suhrkamp taschenbuch 4953

Elena und Lila sind inzwischen erwachsene Frauen. Lila hat einen Sohn bekommen und sich von allem befreit, von der Ehe, von ihrem neuen Namen, vom Wohlstand. Sie hat ihrem alten Viertel den Rücken gekehrt, arbeitet unter entwürdigenden Bedingungen in einer Wurstfabrik und befindet sich unversehens im Zentrum politischer Tumulte. Elena hat Neapel ganz verlassen, das Studium beendet und ihren ersten Roman veröffentlicht. Als sie in eine angesehene norditalienische Familie einheiratet und ihrerseits ein Kind bekommt, hält sie ihren gesellschaftlichen Aufstieg für vollendet. Doch schon bald muss sie feststellen, dass sie ständig an Grenzen gerät.

Elena Ferrante ist die große Unbekannte der Gegenwartsliteratur. In Neapel geboren, hat sie sich mit dem Erscheinen ihres Debütromans im Jahr 1992 für die Anonymität entschieden. Ihre vierbändige Neapolitanische Saga erscheint in 50 Ländern und hat sich millionenfach verkauft.

Karin Krieger übersetzt aus dem Italienischen und Französischen, darunter Bücher von Claudio Magris, Anna Banti, Armando Massarenti, Margaret Mazzantini, Ugo Riccarelli, Andrea Camilleri, Alessandro Barico und Giorgio Fontana.

Band 1: Meine geniale Freundin
Band 2: Die Geschichte eines neuen Namens
Band 4: Die Geschichte des verlorenen Kindes

#FerranteFever
www.elenaferrante.de

Elena Ferrante
Die Geschichte der getrennten Wege
Erwachsenenjahre

Band 3
der Neapolitanischen Saga

Roman

Aus dem Italienischen von
Karin Krieger

Suhrkamp

Die Originalausgabe erschien 2013 unter dem Titel
Storia di chi fugge e di chi resta
bei Edizioni e/o, Rom.

Dieses Buch ist dank einer
Übersetzungsförderung seitens des
Italienischen Außenministeriums und der
Cooperazione Internazionale Italiana erschienen.

Erste Auflage 2019
suhrkamp taschenbuch 4953
© der deutschen Ausgabe Suhrkamp Verlag Berlin 2017
© 2013 by Edizioni e/o
Suhrkamp Taschenbuch Verlag
Umschlagillustration: © Emiliano Ponzi/2agenten
Umschlaggestaltung: Schimmelpenninck.Gestaltung, Berlin
Satz: Hümmer, Waldbüttelbrunn
Druck und Bindung: CPI – Ebner & Spiegel, Ulm
Printed in Germany
ISBN 978-3-518-46953-8

Die handelnden Personen und
was in den vorhergehenden Bänden geschah

Familie Cerullo
(die Familie des Schuhmachers)

Fernando Cerullo, Schuster, Lilas Vater. Er erlaubte seiner Tochter nach der Grundschule keinen weiteren Schulbesuch.

Nunzia Cerullo, Lilas Mutter. Sie steht ihrer Tochter zwar nahe, hat aber nicht genügend Autorität, um sich für Lila gegen ihren Mann durchzusetzen.

Ihre Kinder:

Raffaella Cerullo, genannt Lina oder Lila, ist im August 1944 geboren. Mit sechsundsechzig Jahren verschwindet sie spurlos aus Neapel. Sie ist eine hervorragende Schülerin und schreibt im Alter von zehn Jahren die Erzählung *Die blaue Fee*. Nach Abschluss der Grundschule erlernt sie das Schuhmacherhandwerk. Sehr jung heiratet sie Stefano Carracci und führt erfolgreich zunächst die Salumeria im neuen Viertel und später das Schuhgeschäft an der Piazza dei Martiri. Während eines Ferienaufenthalts auf Ischia verliebt sie sich in Nino Sarratore und verlässt seinetwegen ihren Ehemann. Nach dem Scheitern der wilden Ehe mit Nino und nach der Geburt ihres Sohnes Gennaro verlässt Lila Stefano endgültig, als sie erfährt, dass Ada Cappuccio ein Kind von ihm erwartet. Sie zieht mit Enzo Scanno nach San Gio-

vanni a Teduccio und nimmt eine Arbeit in der Wurstfabrik von Bruno Soccavo an.

Rino Cerullo, Lilas großer Bruder, ebenfalls Schuhma-
cher. Auf Lilas Anregung und mit dem Geld von Stefano Carracci gründet er gemeinsam mit seinem Vater
Fernando die Schuhmacherei Cerullo. Er ist mit Stefanos Schwester Pinuccia Carracci verheiratet, ihr
gemeinsamer Sohn heißt Ferdinando, genannt Dino.
Lilas erstes Kind wird den Namen ihres Bruders –
Rino – tragen.

Weitere Kinder

Familie Greco
(die Familie des Pförtners)

Elena Greco, genannt Lenuccia oder Lenù, ist im August 1944 geboren und die Autorin der langen Geschichte, die wir hier lesen. Elena beginnt sie zu schreiben, als
sie erfährt, dass Lina Cerullo, ihre Freundin seit Kindertagen, die nur von ihr Lila genannt wird, verschwunden
ist. Nach der Grundschule geht Elena mit wachsendem
Erfolg weiter zur Schule. Dank ihrer guten Leistungen
und der Protektion durch ihre Lehrerin, Professoressa
Galiani, übersteht sie auf dem Gymnasium unbescha-
det eine Auseinandersetzung mit dem Religionslehrer
über die Rolle des Heiligen Geistes. Ermuntert durch
Nino Sarratore, in den sie seit ihrer Kindheit heimlich
verliebt ist, und mit Lilas wertvoller Hilfe wird sie einen

Artikel über diesen Streit schreiben, der aber von der Zeitschrift, für die Nino arbeitet, am Ende doch nicht veröffentlicht wird. Elenas brillante schulische Laufbahn wird zum einen mit einem Diplom der Scuola Normale gekrönt, einer Eliteuniversität in Pisa, wo sie Pietro Airota kennenlernt und sich mit ihm verlobt, und zum anderen mit einem Roman, in dem sie das Leben im Rione und ihre Jugenderlebnisse auf Ischia verarbeitet.

Peppe, Gianni und *Elisa*, Elenas jüngere Geschwister

Der Vater ist Pförtner in der Stadtverwaltung.

Die Mutter ist Hausfrau. Ihr Hinken ist für Elena eine große Belastung.

Familie Carracci
(die Familie von Don Achille)

Don Achille Carracci, der Unhold aus den Märchen, Schwarzhändler und Halsabschneider. Er wurde ermordet.

Maria Carracci, seine Frau. Sie arbeitet in der familieneigenen Salumeria.

Ihre Kinder:

Stefano Carracci, Lilas Ehemann. Er verwaltet das von seinem Vater angehäufte Vermögen und wird mit der Zeit ein erfolgreicher Geschäftsmann, dank der zwei gut gehenden Salumerias und des Schuhgeschäfts an der Piazza dei Martiri, das er gemeinsam mit den Solara-Brüdern eröffnet hat. Unzufrieden in der turbulenten Ehe mit Lila, beginnt er eine Affäre mit Ada Cappuccio, mit der er zusammenzieht, als sie schwanger wird und Lila nach San Giovanni a Teduccio geht.

Pinuccia Carracci, sie arbeitet zunächst in der familieneigenen Salumeria und später im Schuhgeschäft. Sie ist mit Lilas Bruder Rino verheiratet und hat einen Sohn mit ihm, Ferdinando, genannt Dino.

Alfonso Carracci, er ist Elenas Banknachbar auf dem Gymnasium und mit Marisa Sarratore liiert. Er wird das Schuhgeschäft an der Piazza dei Martiri leiten.

Familie Peluso
(die Familie des Tischlers)

Alfredo Peluso, Tischler. Kommunist. Des Mordes an Don Achille angeklagt und verurteilt, muss er ins Gefängnis, wo er stirbt.

Giuseppina Peluso, seine Frau. Arbeiterin in der Tabakfabrik. Als ihr Mann stirbt, nimmt sie sich das Leben.

Ihre Kinder:

Pasquale Peluso, der älteste Sohn. Maurer, militanter Kommunist. Er ist der erste Junge, der Lilas Schönheit erkennt und ihr eine Liebeserklärung macht. Er verabscheut die Solaras und war mit Ada Cappuccio verlobt.

Carmela Peluso, nennt sich auch *Carmen*. Verkäuferin in einem Kurzwarengeschäft. Durch Lilas Vermitt-

lung wird sie in Stefanos neuer Salumeria angestellt. Sie war lange mit Enzo Scanno zusammen, doch nach seinem Militärdienst verlässt er sie ohne eine Erklärung. Später verlobt sie sich mit dem Tankwart des Stradone.
Weitere Kinder

Familie Cappuccio
(die Familie der verrückten Witwe)

Melina, Witwe, verwandt mit Nunzia Cerullo. Sie putzt die Treppen in den Wohnblocks des Rione und war die Geliebte von Donato Sarratore, Ninos Vater. Wegen dieser Liebschaft zogen die Sarratores weg aus dem Rione, und Melina verliert den Verstand.
Melinas Mann schleppte Kisten auf dem Obst- und Gemüsemarkt und starb unter ungeklärten Umständen.
Ihre Kinder:
Ada Cappuccio, von klein auf musste sie ihrer Mutter beim Treppenputzen helfen. Mit Lilas Hilfe wird sie als Verkäuferin in der Salumeria im Rione angestellt. Nachdem sie lange mit Pasquale Peluso verlobt war, wird sie Stefano Carraccis Geliebte. Als sie schwanger wird, zieht sie zu ihm. Aus ihrer Beziehung geht eine Tochter hervor, Maria.
Antonio Cappuccio, Automechaniker. Er war Elenas Freund und ist extrem eifersüchtig auf Nino Sarratore. Seine mögliche Einberufung zum Militärdienst beun-

ruhigt ihn sehr, aber als Elena sich an die Solara-Brüder wendet, um ihn davor zu bewahren, ist er zutiefst gekränkt und setzt ihrer Beziehung ein Ende. Während seiner Armeezeit bekommt er eine schwere Nervenkrankheit und wird vorzeitig entlassen. Von Armut getrieben, begibt er sich nach seiner Rückkehr in die Dienste Michele Solaras, der ihn für einen langen, undurchsichtigen Auftrag nach Deutschland schickt.

Weitere Kinder

Familie Sarratore
(die Familie des dichtenden Eisenbahners)

Donato Sarratore, Zugschaffner, Dichter, Journalist. Ein Frauenheld, der der Geliebte von Melina Cappuccio war. Als Elena auf Ischia Ferien macht und im selben Haus wie die Sarratores zu Gast ist, muss sie die Insel überstürzt verlassen, um sich Donatos sexuellen Belästigungen zu entziehen. Sie gibt sich ihm allerdings im darauffolgenden Sommer aus Kummer über die Affäre zwischen Nino und Lila am Strand hin. Um dieses erniedrigende Erlebnis zu bannen, schreibt Elena in ihrem Buch darüber, das später veröffentlicht wird.

Lidia Sarratore, Donatos Frau

Ihre Kinder:

Nino Sarratore, der älteste Sohn, hasst seinen Vater. Er ist ein ausgezeichneter Schüler und hat mit Lila eine

lange, heimliche Affäre, die nach einem extrem kurzen Zusammenleben endet, als Lila schwanger wird.
Marisa Sarratore, sie ist mit Alfonso Carracci zusammen.
Pino, Clelia und Ciro Sarratore, die jüngeren Kinder

Familie Scanno
(die Familie des Gemüsehändlers)

Nicola Scanno, Gemüsehändler, stirbt an einer Lungenentzündung.
Assunta Scanno, seine Frau, stirbt an Krebs.
Ihre Kinder:
Enzo Scanno, ebenfalls Gemüsehändler. Lina hat ihn seit ihrer Kindheit sehr gern. Enzo war lange mit Carmen Peluso verlobt, die er nach Abschluss seines Militärdienstes aber ohne eine Erklärung verlässt. Bei der Armee beginnt er sich weiterzubilden und erwirbt im Fernstudium einen Abschluss als Techniker. Als Lila beschließt, Stefano endgültig zu verlassen, kümmert Enzo sich um sie und ihren Sohn Gennaro und bringt sie in eine Wohnung in San Giovanni a Teduccio.
Weitere Kinder

Familie Solara
*(die Familie des Besitzers der gleichnamigen
Bar-Pasticceria)*

Silvio Solara, Besitzer der Solara-Bar, Monarchist und Faschist. Als Camorra-Mitglied ist er in illegale Geschäfte im Rione verwickelt. Er stellt sich gegen die Gründung der Schuhmacherei Cerullo.
Manuela Solara, seine Frau, Wucherin. Ihr rotes Buch ist im Rione sehr gefürchtet.
Ihre Kinder:
Marcello und *Michele Solara*. Obwohl sie großspurig und rücksichtslos auftreten, sind sie der Schwarm aller Mädchen im Rione, Lila natürlich ausgenommen. *Marcello* verliebt sich in Lila, aber sie weist ihn ab. *Michele* ist etwas jünger als Marcello, doch kaltblütiger, intelligenter und brutaler. Er ist mit Gigliola Spagnuolo, der Tochter des Konditors, verlobt, doch im Laufe der Jahre entwickelt er eine krankhafte Obsession für Lila.

Familie Spagnuolo
(die Familie des Konditors)

Signor Spagnuolo, Konditor in der Solara-Bar
Rosa Spagnuolo, seine Frau
Ihre Kinder:
Gigliola Spagnuolo, verlobt mit Michele Solara
Weitere Kinder

Familie Airota

Guido Airota, Professor für griechische Literatur
Adele Airota, seine Frau. Sie arbeitet für den Mailänder Verlag, in dem Elenas Roman veröffentlicht wird.
Ihre Kinder:
Mariarosa Airota, die älteste Tochter, Dozentin für Kunstgeschichte in Mailand
Pietro Airota, Elenas Kommilitone und ihr Verlobter, er hat eine glänzende Universitätslaufbahn vor sich.

Die Lehrer

Maestro Ferraro, Grundschullehrer und Bibliothekar. Er verleiht Lila und Elena in der Grundschule einen Preis für eifriges Lesen.
Maestra Oliviero, Grundschullehrerin. Sie erkennt Lilas und Elenas Fähigkeiten als Erste. Elena, der Lilas Erzählung *Die blaue Fee* sehr gefallen hat, gibt sie Maestra Oliviero zur Lektüre. Verärgert darüber, dass Lilas Eltern sich geweigert haben, ihre Tochter auf die Mittelschule zu schicken, äußert sich die Lehrerin nie zu der Erzählung und hört sogar auf, sich um Lila zu kümmern. Sie konzentriert sich nur noch auf Elenas Werdegang. Nach langer Krankheit stirbt sie kurz nach Elenas Studienabschluss.
Professor Gerace, Gymnasiallehrer in der Unterstufe
Professoressa Galiani, Gymnasiallehrerin in der Ober-

stufe, hochgebildet, Kommunistin. Sie ist sofort von Elenas Intelligenz beeindruckt, leiht ihr Bücher, nimmt sie bei einem Streit gegen den Religionslehrer in Schutz und lädt sie zu einer Party ihrer Kinder zu sich nach Hause ein. Das Verhältnis zwischen ihr und Elena kühlt sich ab, als der leidenschaftlich für Lila schwärmende Nino ihre Tochter Nadia verlässt.

Weitere Personen

Gino, der Sohn des Apothekers. Er war Elenas erster Freund.

Nella Incardo, Maestra Olivieros Cousine. Sie wohnt in Barano auf Ischia und vermietet im Sommer einige Zimmer ihres Hauses an Familie Sarratore. Sie beherbergt auch Elena während eines Ferienaufenthaltes am Meer.

Armando Galiani, Medizinstudent, Sohn von Professoressa Galiani

Nadia Galiani, Studentin, Tochter von Professoressa Galiani und die Freundin Ninos, der ihr einen Abschiedsbrief schreibt, als er sich in Lila verliebt

Bruno Soccavo, ein Freund Nino Sarratores und der Sohn eines reichen Industriellen aus San Giovanni a Teduccio. Er gibt Lila Arbeit in der Wurstfabrik seiner Familie.

Franco Mari, Student und in den ersten Universitätsjahren Elenas Freund

ERWACHSENENJAHRE

Das letzte Mal habe ich Lila vor fünf Jahren gesehen, im Winter 2005. Wir schlenderten früh am Morgen unsere Straße, den Stradone, entlang, und wie nun schon seit Jahren gelang es uns nicht, uns miteinander wohlzufühlen. Nur ich redete, das weiß ich noch. Sie sang vor sich hin, grüßte die Leute, die aber nicht zurückgrüßten, und die wenigen Male, da sie mich unterbrach, gab sie nur Ausrufe von sich, die keinen erkennbaren Zusammenhang mit dem hatten, was ich sagte. Im Laufe der Zeit war zu viel Schlimmes, teils auch Entsetzliches, geschehen, und um wieder Vertrauen fassen zu können, hätten wir uns verschwiegene Gedanken erzählen müssen, aber mir fehlte die Kraft, um sie zu formulieren, und Lila, die diese Kraft vielleicht besaß, hatte keine Lust dazu, sah keinen Sinn darin.

Ich hatte sie jedenfalls sehr gern, und immer wenn ich nach Neapel kam, wollte ich mich mit ihr treffen, auch wenn ich zugegebenermaßen etwas Angst davor hatte. Sie hatte sich sehr verändert. Das Alter hatte uns beide besiegt, aber während ich nun gegen einen Hang zum Übergewicht ankämpfte, war sie nach wie vor nur Haut und Knochen. Sie hatte kurzes Haar, das sie sich selbst schnitt, schlohweiß, nicht weil sie sich bewusst dafür entschieden hätte, sondern aus Nachlässigkeit. Ihr stark gezeichnetes Gesicht erinnerte immer mehr an das ihres Vaters. Sie lachte überdreht, fast kreischend, und sprach zu laut. Sie gestikulierte in einem fort, mit einer so wilden Entschlossenheit, dass es aussah, als wollte sie die Wohnblocks zerhacken, die Straße, die Passanten, mich.

Wir waren auf der Höhe unserer Grundschule, als uns ein junger Mann, den ich nicht kannte, atemlos überholte und Lila zurief, man habe in den Grünanlagen neben der Kirche eine Frauenleiche gefunden. Wir liefen zu dem kleinen Park, und sich grob den Weg bahnend zog Lila mich in die Ansammlung von Schaulustigen hinein. Die Frau lag auf der Seite, war außerordentlich dick und trug einen unmodernen, dunkelgrünen Regenmantel. Lila erkannte sie sofort, ich nicht. Es war unsere Freundin aus Kindertagen Gigliola Spagnuolo, Michele Solaras Exfrau.

Ich hatte sie jahrzehntelang nicht gesehen. Ihr schönes Gesicht war entstellt, ihre Fußgelenke waren stark geschwollen. Die ehemals braunen Haare waren nun feuerrot und so lang, wie sie sie als junges Mädchen getragen hatte, jedoch dünn, auf der lockeren Erde ausgebreitet. Nur an einem Fuß trug sie einen flachen, stark abgenutzten Schuh; der andere Fuß steckte in einem grauen, am großen Zeh durchlöcherten Wollstrumpf, und der Schuh lag einen Meter weiter, als hätte sie ihn verloren, als sie nach einem Schmerz oder nach einem

Schrecken getreten hatte. Ich brach in Tränen aus, Lila sah mich ärgerlich an.

Auf einer Bank in der Nähe warteten wir schweigend, bis man Gigliola wegbrachte. Was ihr passiert war, wie sie gestorben war, wusste man zunächst nicht. Wir gingen zu Lila, in die alte, kleine Wohnung ihrer Eltern, in der sie nun mit ihrem Sohn Rino lebte. Wir redeten über unsere Freundin, Lila sprach schlecht über sie, über das Leben, das sie geführt hatte, über ihre Anmaßungen, über ihre Gemeinheiten. Diesmal war ich es, die nicht zuhören konnte, ich musste an dieses zur Seite gedrehte Gesicht auf der Erde denken, daran, wie schütter das lange Haar gewesen war, an die Flecken weißlicher Kopfhaut. Wie viele Frauen, damals kleine Mädchen wie wir, lebten nun nicht mehr, waren von der Erde verschwunden, weil sie krank geworden waren, weil ihre Nerven dem Schleifpapier der Qualen nicht standgehalten hatten, weil ihr Blut vergossen worden war. Wir blieben eine kurze Weile in der Küche sitzen, ohne dass sich eine von uns dazu aufraffte, das Geschirr abzuräumen, dann gingen wir erneut aus dem Haus.

Die Sonne dieses schönen Wintertages ließ die Dinge heiter erscheinen. Der Rione hatte sich im Gegensatz zu uns überhaupt nicht verändert. Die niedrigen, grauen Häuser, der Hof unserer Kinderspiele, der Stradone, die dunklen Öffnungen des Tunnels und die Gewalt hatten die Zeit überdauert. Aber die Landschaft ringsumher war nun eine andere. Das grünliche Areal der

Teiche existierte nicht mehr, die alte Konservenfabrik war verschwunden. Stattdessen gab es funkelnde Wolkenkratzer aus Glas, einst das Sinnbild einer strahlenden Zukunft, an die kein Mensch je geglaubt hatte. Ich hatte alle diese Veränderungen im Laufe der Jahre bemerkt, manchmal neugierig, doch meistens unaufmerksam. Als kleines Mädchen hatte ich mir vorgestellt, dass Neapel jenseits des Rione Wunder für mich bereithielt. So hatte es mich vor Jahrzehnten stark beeindruckt, wie der Wolkenkratzer am Hauptbahnhof Stockwerk für Stockwerk in die Höhe gewachsen war, ein Rohbau neben dem kühnen Bahnhof, der uns damals himmelhoch vorkam. Wie erstaunt ich gewesen war, als ich an der Piazza Garibaldi vorübergekommen war: »Sieh doch nur, wie hoch der ist«, sagte ich zu Lila, zu Carmen, zu Pasquale, zu Ada, zu Antonio, zu allen meinen damaligen Gefährten, mit denen ich mich zum Meer aufmachte, zu den Randgebieten der reichen Viertel. ›Da oben‹, dachte ich, ›wohnen die Engel, und bestimmt genießen sie den Blick über die ganze Stadt.‹ Dort hinaufzuklettern, bis ganz nach oben, das hätte mir sehr gefallen. Das war *unser* Wolkenkratzer, obwohl er nicht im Rionc stand, ein Gebilde, das wir von Tag zu Tag wachsen sahen. Doch dann wurden die Arbeiten eingestellt. Als ich aus Pisa nach Hause zurückkam, schien mir der Wolkenkratzer am Bahnhof weniger das Symbol einer sich erneuernden Gemeinschaft zu sein als vielmehr ein weiterer Herd mangelnder Effizienz.

Damals erkannte ich, dass es keinen großen Unterschied zwischen unserem Rione und Neapel gab, das Unbehagen fand sich unterschiedslos hier wie dort. Bei jeder Rückkehr fand ich eine morschere Stadt vor, die dem Wechsel der Jahreszeiten, der Hitze, der Kälte und vor allem den Unwettern nicht standhielt. Mal war der Bahnhof an der Piazza Garibaldi überschwemmt, mal war die Galleria gegenüber dem Museum eingestürzt, mal gab es einen Erdrutsch, und das elektrische Licht kam nicht wieder. In meiner Erinnerung gab es dunkle Straßen voller Gefahren, einen immer chaotischeren Verkehr, Schlaglöcher, große Pfützen. Die vollen Gullys sprudelten und liefen über. Von den mit neuen, hingepfuschten Bauten überladenen Hügeln ergossen sich Ströme von Wasser, Jauche, Abfall und Bakterien ins Meer oder erodierten die unterirdische Welt. Man starb durch Fahrlässigkeit, Korruption und Gewalt, und doch unterstützten die Leute bei jeder Wahl begeistert die Politiker, die ihnen das Leben unerträglich machten. Sowie ich aus dem Zug gestiegen war, bewegte ich mich an den Orten, an denen ich aufgewachsen war, mit Vorsicht und achtete darauf, stets Dialekt zu sprechen, wie um zu signalisieren: *Tut mir nichts, ich bin eine von euch*.

In der Zeit, als ich mein Studium absolvierte, als ich eine Erzählung wie aus einem Guss schrieb, die nach wenigen Monaten völlig unerwartet zu einem Buch wurde, schienen sich die Dinge in der Welt, aus der ich kam, weiter zu verschlechtern. Während ich mich in Pisa, in Mailand wohlfühlte und manchmal sogar glücklich war, fürchtete ich bei jeder Rückkehr in meine Heimatstadt, dass ein unvorhergesehener Zwischenfall mich daran hindern könnte, sie wieder zu verlassen, dass mir alles, was ich mir erobert hatte, weggenommen werden könnte. Dann hätte ich nicht zu Pietro zurückgekonnt, den ich schon bald heiraten sollte; mir wäre ein so hübscher Ort wie der Verlag verwehrt geblieben; ich hätte nicht mehr von der vornehmen Art Adeles profitieren können, meiner künftigen Schwiegermutter, einer Mutter, wie meine nie gewesen war. Die Stadt war mir schon früher überfüllt erschienen, ein einziges Gedrängel von der Piazza Garibaldi bis nach Forcella, nach Duchesca, nach Lavinaio, bis zum Rettifilo. Ende der sechziger Jahre hatte ich den Eindruck, dass das Gewühl noch dichter geworden war und Ungeduld und Aggressivität ausuferten. Eines Morgens hatte ich mich zur Via Mezzocannone aufgemacht, dorthin, wo ich einige Jahre zuvor in einem Buchladen Verkäuferin gewesen war. Ich war aus Neugier hingefahren, um den Ort wiederzusehen, an dem ich so hart gearbeitet hatte, vor allem aber, um einen Blick auf die Universität zu werfen, die ich nie betreten hatte. Ich wollte sie mit der von Pisa vergleichen, mit der Scuola Normale, und hoffte sogar, zufällig den Kindern von Professoressa Galiani – Armando und Nadia – zu begegnen und mich mit dem brüsten zu können, was ich erreicht hatte. Aber der Weg und das Universitätsgelände hatten mich eingeschüchtert, alles war voller Studenten aus Neapel und dem gesamten Süden, gutgekleidete, laute, selbstbewusste junge Menschen und dazu Jugendliche mit ungehobelten und zugleich unterwürfigen Manieren. Sie drängten sich vor den Eingängen, in den Hörsälen und vor den Sekretariaten, wo sich lange und nicht selten rauflustige Schlangen bildeten. Wenige Schritte von mir entfernt hatten drei, vier Studenten ohne Vorwarnung angefangen sich zu prügeln, als genügte es ihnen schon, sich zu sehen, um mit Beschimpfungen und Schlägen aufeinander loszugehen, ein männliches Wüten, das seinen Blutdurst in einem Dialekt herausschrie, den nicht einmal ich ohne weiteres verstand. Ich war schnell davongelaufen, als hätte mich an einem Ort, den ich für sicher und ausschließlich von Vernunft bewohnt gehalten hatte, etwas Gefährliches gestreift.

Kurz, mit jedem Jahr hatte ich einen schlimmeren Eindruck. In der regnerischen Zeit damals hatte die Stadt neue Risse bekommen, ein ganzer Palazzo hatte sich zur Seite geneigt wie ein Mensch, der sich auf die wurmstichige Armlehne eines alten Sessels stützt, woraufhin sie nachgibt. Tote, Verletzte. Und Schreie, Schlägereien, Knallkörper. Es schien, als hegte die Stadt eine Wut, die keinen Weg hinaus fand und sie deshalb innerlich zerfraß oder auf ihrer Oberfläche Pusteln bildete, prall von Gift gegen alle, gegen Kinder, Erwachsene, Leute aus anderen Städten, NATO-Amerikaner, Touristen aus aller Herren Länder und gegen die Neapolitaner selbst. Wie konnte man es an diesem chaotischen, gefährlichen Ort nur aushalten, am Stadtrand, im Zentrum, auf den Hügeln, unterhalb des Vesuvs? Was für einen hässlichen Eindruck hatte San Giovanni a Teduccio auf mich gemacht, auch die Fahrt dorthin. Was für einen hässlichen Eindruck hatte die Fabrik, in der Lila arbeitete, auf mich gemacht, und Lila selbst auch, Lila mit ihrem kleinen Sohn, Lila, die in einem heruntergekommenen Neubau mit Enzo zusammenwohnte, obwohl sie nicht mit ihm schlief. Sie hatte gesagt, er wolle die Funktionsweise elektronischer Rechner studieren und sie wolle ihm dabei helfen. Ihre Stimme hatte sich mir eingeprägt, mit der sie versucht hatte, San Giovanni, die Würste, den Gestank der Fabrik und ihren eigenen Zustand wegzuwischen, indem sie mir mit gespielter Sachkunde Begriffe aufzählte wie: Kybernetisches Zentrum der Mailänder Statale und Sowjetisches Zentrum für die Anwendung von Rechnern in den Gesellschaftswissenschaften. Sie wollte mir weismachen, dass demnächst auch in Neapel ein solches Zentrum entstehen würde. Ich hatte gedacht: in Mailand vielleicht, in der Sowjetunion bestimmt, aber nicht hier, hier sind das die fixen Ideen deines unkontrollierbaren Hirns, in die du jetzt auch noch den armen, zutiefst ergebenen Enzo hineinziehst. Stattdessen lieber weggehen. Für immer abhauen, weit weg aus dem Leben, das wir von Geburt an geführt hatten. Sich in einer gut entwickelten Gegend niederlassen, wo wirklich alles möglich war. Ich hatte mich tatsächlich davongemacht. Aber nur, um in den darauffolgenden Jahrzehnten festzustellen, dass ich mich geirrt hatte, dass dies nur eine Kette mit immer größeren Gliedern war: Der Rione verwies auf die Stadt, die Stadt auf Italien, Italien auf Europa, Europa auf den ganzen Planeten. Und heute sehe ich das so: Nicht der Rione ist krank, nicht Neapel, die ganze Erde ist es, das Universum ist es, oder die Universen. Und die Kunst besteht darin, den wahren Zustand der Dinge vor anderen und vor sich selbst zu verbergen.

Darüber sprach ich an jenem Nachmittag im Winter 2005 mit Lila, eindringlich und wie um Abbitte zu leisten. Ich wollte anerkennen, dass sie schon von klein auf alles begriffen hatte, ohne Neapel je zu verlassen. Aber ich schämte mich fast sofort, merkte meinen Worten den mürrischen Pessimismus eines alternden Menschen an, den Ton, den sie nicht ausstehen konnte. Und wirklich zeigte sie mir ihre alt gewordenen Zähne mit einem Lächeln, das eher eine gereizte Grimasse war, und sagte:

»Du spielst hier die Schlaue, wirfst mit klugen Sprüchen um dich? Was hast du vor? Willst du über uns schreiben? Willst du über mich schreiben?«

»Nein.«

»Sei ehrlich.«

»Das wäre viel zu kompliziert.«

»Aber du hast mit dem Gedanken gespielt, du tust es noch.«

»Ein bisschen, ja.«

»Du musst mich in Ruhe lassen, Lenù. Du musst uns alle in Ruhe lassen. Wir müssen verschwinden, wir sind das nicht wert, weder Gigliola noch ich, niemand.«

»Das ist nicht wahr.«

Unzufrieden verzog sie das Gesicht und musterte mich mit kaum sichtbaren Augen und mit leicht geöffneten Lippen.

»Na gut«, sagte sie. »Schreib, wenn du unbedingt willst, schreib über Gigliola oder sonst wen. Aber nicht über mich, wag es ja nicht, versprich es mir.«

»Ich werde über niemanden schreiben, auch über dich nicht.«

»Vorsicht, ich behalte dich im Auge.«

»Ach ja?«

»Ich komme und durchforste deinen Computer, ich lese deine Dateien und lösche sie.«

»Na, na.«

»Du glaubst, ich kann das nicht?«

»Ich weiß, dass du das kannst. Aber ich weiß mich zu schützen.«

Sie lachte auf ihre alte, boshafte Art.

»Nicht vor mir.«

2

Diese drei Worte habe ich nicht mehr vergessen, es war das Letzte, was sie zu mir gesagt hat: *Nicht vor mir*. Seit Wochen schreibe ich nun schon fieberhaft, ohne Zeit damit zu verlieren, meine Sätze erneut durchzulesen. Wenn Lila noch lebt – überlege ich gerade, während ich an meinem Kaffee nippe und auf das Wasser des Po schaue, das gegen die Pfeiler des Ponte Principessa Isabella stößt –, wird sie nicht widerstehen können und kommen, um in meinem Computer herumzuschnüffeln, sie wird lesen und sich als die schrullige, alte Frau, die sie ist, über meinen Ungehorsam aufregen, sie wird sich einmischen wollen, wird korrigieren, wird ergänzen und wird ihren Drang vergessen, sich aufzulösen. Ich spüle die Tasse ab, gehe zum Schreibtisch und schreibe weiter, mit jenem kalten Frühling in Mailand beginnend, als an einem Abend vor über vierzig Jahren ein Mann mit einer starken Brille vor der ganzen Versammlung voller Sarkasmus über mich und mein Buch sprach und ich verwirrt und zitternd antwortete. Bis plötzlich Nino Sarratore aufstand, der mit seinem ungepflegten, tiefschwarzen Bart fast nicht wiederzuerkennen war, und meinen Widersacher heftig attackierte. Von da an schrie mein ganzes Ich im Stillen seinen Namen – wie lange hatte ich ihn nicht gesehen, vier Jahre oder fünf –, und obwohl ich vor Anspannung wie eingefroren war, stieg mir eine heiße Röte ins Gesicht.

Kaum hatte Nino seine Rede beendet, bat der Mann mit einer knappen Geste ums Wort. Es war klar, dass er verärgert war, aber ich war viel zu aufgewühlt, um sofort zu begreifen, warum. Natürlich war mir aufgefallen, dass Ninos Beitrag die Diskussion von der Literatur auf die Politik verlagert hatte, und dies in einer aggressiven, beinahe schon respektlosen Weise. Doch ich maß dem zunächst keine Bedeutung bei, ich konnte mir nicht verzeihen, dass ich mich in der Auseinandersetzung nicht hatte behaupten können, dass ich vor einem hochgebildeten Publikum unzusammenhängendes Zeug geredet hatte. Dabei war ich doch sehr gut. Am Gymnasium hatte ich in schwierigen Situationen reagiert, indem ich versucht hatte, wie Professoressa Galiani zu sein, ich hatte mir ihren Ton und ihre Sprache angeeignet. Für Pisa hatte dieses weibliche Vorbild nicht ausgereicht, dort hatte ich es mit wirklich versierten Leuten zu tun. Franco, Pietro, alle hervorragenden Studenten und natürlich die renommierten Dozenten an der Normale drückten sich hochkompliziert aus, schrieben mit ausgefeilter Kunstfertigkeit und verfügten über eine Methodik, über eine logische Klarheit, die Professoressa Galiani nicht besaß. Aber ich hatte geübt, wie sie alle zu sein. Und häufig war es mir auch gelungen, ich hatte das Gefühl gehabt, die Worte so zu beherrschen, dass ich die Unstimmigkeiten des Daseins, das Auftreten heftiger Gemütsbewegungen und atemlose Reden ein für alle Mal hatte wegfegen können. Ich beherrschte nun einen Rede- und Schreibstil, der mit einer ausgesuchten Wortwahl, mit weit ausholenden, wohldurchdachten Ausführungen, mit einer zwingenden Anordnung der Argumente und mit einer Klarheit der Form, die nie nachlassen durfte, darauf abzielte, den Gesprächspartner so zu vernichten, dass ihm die Lust zum Widerspruch verging. Doch an jenem Abend hatten sich die Dinge nicht so gefügt, wie sie sollten. Zunächst hatten mich Adele und ihre in meinen Augen sehr belesenen Freunde und dann der Mann mit der starken Brille eingeschüchtert. Ich war wieder zu dem eifrigen Mädelchen aus dem Rione geworden, zu der Pförtnertochter mit dem Akzent aus dem Süden, die selbst erstaunt war, dass sie an diesem Ort gelandet war, um die junge, gebildete Schriftstellerin zu spielen. Und so hatte ich mein Selbstvertrauen verloren und ohne Überzeugung und zusammenhanglos gesprochen. Dazu auch noch Nino. Sein Auftritt hatte mir das Heft aus der Hand genommen, und seine vorzügliche Fürsprache zu meinen Gunsten hatte mir bestätigt, dass ich mein ganzes Können schlagartig eingebüßt hatte. Wir kamen aus ähnlichen Verhältnissen, hatten beide darum gekämpft, diese Sprache zu erwerben. Aber er hatte sie nicht nur wie selbstverständlich angewandt und mühelos gegen seinen Gesprächspartner gerichtet, sondern es sich manchmal, wenn er es für nötig gehalten hatte, auch erlaubt, gezielt etwas Unordnung in dieses elegante Italienisch zu bringen, und dies mit einer unverschämten Geringschätzung, durch die es ihm schnell gelungen war, den schulmeisterlichen Tonfall des Mannes mit der starken Brille veraltet und vielleicht auch ein wenig lächerlich wirken zu lassen. Folglich dachte ich, als ich sah, dass dieser erneut das Wort ergreifen wollte: ›Er ist wütend, und wenn er vorhin schon schlecht über mein Buch gesprochen hat, wird er jetzt noch schlechter darüber sprechen, um Nino, der es in Schutz genommen hat, zu blamieren.‹

Aber den Mann schien etwas anderes zu beschäftigen: Er kam nicht noch einmal auf meinen Roman zurück und erwähnte auch mich nicht mehr. Stattdessen konzentrierte er sich auf einige Formulierungen, die Nino beiläufig gebraucht, aber mehrfach wiederholt hatte: *elitäre Arroganz, antiautoritäre Literatur*. Erst da begriff ich, dass ihn besonders die politische Wendung der Diskussion verärgert hatte. Dieser Sprachgebrauch hatte ihm nicht gefallen, und das betonte er, indem er seine tiefe Stimme plötzlich mit einem sarkastischen Falsett durchsetzte (*demnach wird der Stolz auf Wissen heutzutage als Arroganz bezeichnet, demnach ist jetzt auch schon die Literatur antiautoritär?*). Dann begann er auf dem Wort *Autorität* herumzureiten, »Gott sei Dank« – sagte er – »ein Schutzwall gegen die ungezogenen jungen Kerle, die sich aufs Geratewohl zu jeder Frage äußern und dabei auf den Unsinn irgendwelcher Gegenvorlesungen der Mailänder Statale zurückgreifen.« Er sprach lange über dieses Thema, wobei er sich ans Publikum wandte, nie unmittelbar an Nino oder an mich. Doch zum Schluss nahm er zunächst den alten Kritiker, der neben mir saß, ins Visier und dann direkt Adele, die vielleicht von Anfang an das eigentliche Ziel seiner Polemik gewesen war. »Ich habe nichts gegen die jungen Leute« – sagte er – »aber gegen die promovierten Erwachsenen, die stets bereit sind, eigennützig jede neue Mode der Dummheit mitzumachen.« Dann war er endlich still, und mit leisen, aber energischen »Gestatten Sie«, »Verzeihung«, »Danke« wandte er sich zum Gehen.

Die Anwesenden standen auf, um ihn vorbeizulassen, feindselig und doch willfährig. Da wurde mir endgültig klar, dass er hohes Ansehen genoss, ein so hohes Ansehen, dass sogar Adele auf einen verärgerten Abschiedsgruß seinerseits mit einem herzlichen »Danke, auf Wiedersehen« antwortete. Vielleicht deshalb überraschte Nino alle ein wenig, als er ihn in einem Befehlston, der zugleich spöttisch klang, bei seinem Professorentitel rief, womit er zeigte, dass er wusste, mit wem er es zu tun hatte – *Professore, wo wollen Sie denn hin, nicht weglaufen* –, und ihm dann dank der Behändigkeit seiner langen Beine den Weg abschnitt, sich vor ihm aufbaute und ihm in seiner neuen Sprache Dinge sagte, die ich dort, wo ich saß, teils nicht hören konnte und teils nicht verstand, die aber gesessen haben mussten. Der Mann hörte ihm reglos zu, ohne Ungeduld, wedelte dann kurz mit der Hand, was »mach Platz« bedeutete, und steuerte auf den Ausgang zu.

3

Benommen stand ich vom Tisch auf, ich konnte kaum fassen, dass Nino wirklich hier war, in Mailand, in diesem Raum. Aber da war er und kam lächelnd, doch mit beherrschten Schritten ohne Eile bereits auf mich zu. Wir gaben uns die Hand, seine war heiß, meine kalt, und sagten uns, wie sehr wir uns freuten, uns nach so langer Zeit wiederzusehen. Zu wissen, dass der schlimmste Teil des Abends endlich vorüber war und dass nun er leibhaftig vor mir stand, dämpfte meine schlechte Laune, aber nicht meine Aufregung. Ich stellte ihn dem Kritiker vor, der mein Buch so großzügig gelobt hatte, sagte, Nino sei ein Freund aus Neapel, wir seien zusammen aufs Gymnasium gegangen. Der Kritiker war freundlich, obwohl auch er einige Hiebe von Nino abbekommen hatte, lobte, wie er mit dem Professor umgegangen war, sprach wohlwollend über Neapel und unterhielt sich mit ihm wie mit einem hervorragenden Studenten, der ermutigt werden musste. Nino erzählte, er wohne seit Jahren in Mailand, beschäftige sich mit ökonomischer Geographie und gehöre – er lächelte – zur armseligsten Kategorie in der akademischen Hierarchie, nämlich zu den Assistenten. Er sagte es auf eine gewinnende Art, ohne das etwas mürrische Benehmen, das er als Junge gehabt hatte, und er schien sich eine leichtere Rüstung als die zugelegt zu haben, die mich auf dem Gymnasium fasziniert hatte, ganz als hätte er sich von zu schweren Gewichten befreit, um sich im Turnier schneller und mit Eleganz durchwinden zu können. Erleichtert stellte ich fest, dass er keinen Ehering trug.

Inzwischen waren einige von Adeles Freundinnen herangekommen, um sich mein Buch signieren zu lassen, was mich sehr bewegte, es war das erste Mal, dass mir das geschah. Ich zögerte, wollte Nino keinen Moment aus den Augen verlieren, wollte aber auch den Eindruck, ich sei ein unbeholfenes Mädchen, abschwächen. Also ließ ich ihn mit dem alten Kritiker – er hieß Tarratano – allein und widmete mich zuvorkommend meinen Leserinnen. Ich nahm mir vor, mich schnell loszueisen, doch die Bücher waren neu, rochen druckfrisch, ganz anders als die zerlesenen, muffigen Exemplare, die Lila und ich uns aus der Bibliothek im Rione ausgeliehen hatten, und ich brachte es nicht fertig, sie mit dem Kugelschreiber in Eile vollzuschmieren. Ich stellte meine schönste Schrift aus Maestra Olivieros Zeiten zur Schau und dachte mir ausgefeilte Widmungen aus, was bei den wartenden Damen zu einiger Ungeduld führte. Ich tat es mit stark klopfendem Herzen und ließ Nino nicht aus den Augen. Ich zitterte bei dem Gedanken, er könnte gehen.

Er ging nicht. Zu ihm und Tarratano hatte sich Adele gesellt, und Nino wandte sich ehrerbietig und zugleich zwanglos an sie. Ich erinnerte mich daran, wie er auf dem Flur des Gymnasiums mit Professoressa Galiani gesprochen hatte, und es fiel mir nicht schwer, den brillanten Gymnasialschüler von damals und den jungen Mann von heute in meinem Kopf zusammenzubringen. Allerdings schob ich wie eine unnötige Verirrung, die uns allen Leid zugefügt hatte, heftig den Studenten auf Ischia beiseite, den Liebhaber meiner verheirateten Freundin, den verstörten jungen Kerl, der sich in der Toilette des Schuhgeschäfts an der Piazza dei Martiri versteckt hatte und der Gennaros Vater war, eines Kindes, das er nie gesehen hatte. Gewiss hatte ihn Lilas Überfall ins Schleudern gebracht, aber – das schien mir auf der Hand zu liegen – es hatte sich nur um eine flüchtige Affäre gehandelt. So intensiv diese Geschichte auch gewe sen sein mochte, so tief die Spuren auch waren, die sie bei ihm hinterlassen hatte, war sie doch nun vorbei. Nino hatte sich wieder gefangen, und ich war froh darüber. Ich dachte: ›Ich muss Lila erzählen, dass ich ihn getroffen habe, dass es ihm gut geht.‹ Dann überlegte ich es mir anders: ›Nein, das erzähle ich ihr nicht.‹

Als ich mit den Widmungen fertig war, hatte sich der Raum geleert. Adele nahm sanft meine Hand und lobte mich sehr dafür, wie ich über mein Buch gesprochen und auf den miesen Einwurf – so nannte sie es – des Mannes mit der starken Brille geantwortet hatte. Da ich widersprach (ich wusste nur zu gut, dass es nicht stimmte), bat sie Nino und Tarratano um ihre Meinung, und natürlich ergingen sich die beiden in Komplimenten. Nino, der mich ernst ansah, sagte sogar: »Sie ahnen ja nicht, wie dieses Mädchen schon auf dem Gymnasium war, hochintelligent, hochgebildet, sehr mutig, sehr schön.« Und während mir die Röte im Gesicht brannte, begann er mit freundlicher Ironie von meinem Jahre zurückliegenden Streit mit dem Religionslehrer zu erzählen. Adele hörte zu, lachte häufig. »Unsere Familie«, sagte sie, »hat Elenas Qualitäten sofort erkannt.« Dann verkündete sie, dass sie in einem nahegelegenen Lokal Plätze fürs Abendessen reserviert habe. Ich wurde unruhig, murmelte verlegen, ich sei müde und hätte keinen Hunger, und gab zu verstehen, dass ich vor dem Schlafengehen gern noch ein paar Schritte mit Nino gehen würde, da wir uns lange nicht gesehen hatten. Ich wusste, dass das unhöflich war, das Essen sollte mir zu Ehren und als Dank an Tarratano stattfinden, weil er sich so für mein Buch eingesetzt hatte, aber ich konnte mich nicht beherrschen. Adele musterte mich kurz mit spöttischer Miene, antwortete, selbstverständlich sei auch mein Freund eingeladen, und fügte, wie um mich für das Opfer, das ich brachte, zu entschädigen, geheimnisvoll hinzu: »Ich habe eine schöne Überraschung für dich.« Besorgt sah ich Nino an: Würde er die Einladung annehmen? Er sagte, er wolle nicht stören, schaute auf die Uhr und nahm an.

4

Wir verließen die Buchhandlung. Adele ging mit Tarratano taktvoll voraus, Nino und ich folgten ihnen. Doch ich wusste nicht, was ich zu ihm sagen sollte, ich fürchtete, jedes Wort könnte falsch sein. Er war es, der keine Stille aufkommen ließ. Erneut lobte er mein Buch, sprach dann mit großer Hochachtung von den Airotas (er bezeichnete sie als »die kulturvollste aller Familien, die in Italien etwas zählen«), erwähnte, dass er Mariarosa kannte (»Sie ist immer in vorderster Front. Vor zwei Wochen hatten wir einen heftigen Streit«), gratulierte mir, weil er gerade von Adele erfahren hatte, dass ich mit Pietro verlobt sei, dessen Buch über den Bacchus-Kult er zu meiner Überraschung kannte, sprach jedoch vor allem voller Ehrerbietung über das Familienoberhaupt, Professor Guido Airota, »einen wahrhaft außergewöhnlichen Mann«. Ich ärgerte mich etwas, weil er bereits von meiner Verlobung wusste, und es verstimmte mich, dass das Lob meines Buches nur als Einleitung zu dem weitaus beharrlicheren Lob von Pietros ganzer Familie und von Pietros Buch diente. Ich unterbrach Nino, erkundigte mich nach ihm, aber er blieb vage, nur einige Andeutungen über ein kleines Buch, das demnächst veröffentlicht werde und das er als langweilig, doch notwendig bezeichnete. Ich ließ nicht locker, fragte ihn, ob er in Mailand anfangs Schwierigkeiten gehabt habe. Er antwortete mit ein paar allgemeinen Bemerkungen über die Probleme, die man habe, wenn man ohne einen Centesimo in der Tasche aus dem Süden komme. Dann fragte er mich aus heiterem Himmel:

»Du wohnst jetzt wieder in Neapel?«

»Im Moment ja.«

»Im Rione?«

»Ja.«

»Ich habe den Kontakt zu meinem Vater endgültig abgebrochen und sehe keinen aus meiner Familie mehr.«

»Wie schade.«

»Es ist gut so. Mir tut es nur leid, dass ich nichts von Lina höre.«

Für einen kurzen Augenblick dachte ich, ich hätte mich getäuscht und Lila sei nie aus seinem Leben verschwunden, er sei nicht meinetwegen in die Buchhandlung gekommen, sondern nur, um zu erfahren, wie es ihr gehe. Dann sagte ich mir: ›Wenn er sich wirklich nach Lila hätte erkundigen wollen, hätte er in all den

Jahren schon einen Weg gefunden, um sich zu informieren‹, und ich antwortete impulsiv, mit der Deutlichkeit eines Menschen, der ein Thema schnell beenden will:

»Sie hat ihren Mann verlassen und lebt jetzt mit einem anderen zusammen.«

»Hat sie ein Mädchen oder einen Jungen bekommen?«

»Einen Jungen.«

Missmutig verzog er das Gesicht, sagte:

»Lina hat Mut, zu viel sogar. Aber sie kann sich den Realitäten nicht unterordnen, sie ist nicht in der Lage, andere und sich selbst zu akzeptieren. Sie zu lieben war eine schwierige Erfahrung.«

»Inwiefern?«

»Sie weiß nicht, was Hingabe ist.«

»Vielleicht übertreibst du da.«

»Nein, sie ist wirklich verkorkst, im Kopf und insgesamt, auch sexuell.«

Diese Worte – *auch sexuell* – verstörten mich mehr als alles andere. Also gab Nino ein negatives Urteil über seine Beziehung zu Lila ab? Also hatte er mir soeben gesagt, dass dieses Urteil sich auch auf Sexuelles bezog? Einige Sekunden starrte ich die vor uns gehenden dunklen Gestalten von Adele und ihrem Freund an. Aus meiner Betroffenheit wurde Angst, ich bemerkte, dass *auch sexuell* erst der Anfang war, dass er noch deutlicher werden wollte. Jahre zuvor hatte sich Stefano mir nach seiner Heirat anvertraut, hatte mir von seinen Problemen mit Lila erzählt, hatte dies aber getan, ohne Sexuelles zu erwähnen, kein Mann im Rione hätte das getan, wenn er über die Frau sprach, die er liebte. Es wäre undenkbar gewesen, dass Pasquale mir von Adas Sexualität erzählt hätte, oder schlimmer noch, dass Antonio mit Carmen oder Gigliola über meine Sexualität gesprochen hätte. Die Jungen taten das untereinander – und auf vulgäre Art, wenn ihnen nichts oder nichts mehr an uns Mädchen lag –, aber nie den Mädchen gegenüber. Doch ich ahnte, dass Nino, der neue Nino, es vollkommen normal fand, mir von der sexuellen Beziehung zu erzählen, die er mit meiner Freundin gehabt hatte. Ich wurde verlegen, zog mich zurück. ›Auch das‹, dachte ich, ›darf ich Lila nie erzählen‹, und sagte währenddessen mit gespielter Unbefangenheit: »Schnee von gestern, das soll uns nicht die Laune verderben, reden wir lieber von dir, woran arbeitest du, was hast du für Perspektiven an der Universität, wo wohnst du, lebst du allein?« Aber ich war garantiert zu hitzig, er musste gemerkt haben, dass ich schnell das Thema gewechselt hatte. Er grinste spöttisch und setzte zu einer Antwort an. Aber wir waren am Restaurant angekommen und gingen hinein.

5

Adele übernahm die Verteilung der Plätze. Ich neben Nino und gegenüber von Tarratano, sie neben Tarratano und gegenüber von Nino. Wir bestellten, und inzwischen kam das Gespräch bereits auf den Mann mit der starken Brille, einen Professor für italienische Literatur – wie ich erfuhr – und regelmäßigen Mitarbeiter des *Corriere della Sera*, ein Christdemokrat. Diesmal hielten sich weder Adele noch ihr Freund zurück. Außerhalb der Buchhandlung mit ihren Ritualen sagten sie alles erdenklich Schlechte über diesen Mann und lobten Nino dafür, wie er ihm entgegengetreten war und ihn in die Flucht geschlagen hatte. Sie amüsierten sich besonders beim Wiederholen der Worte, mit denen er den Mann angefahren hatte, als er den Raum verließ, Sätze, die sie gehört hatten und ich nicht. Sie fragten ihn nach dem genauen Wortlaut, Nino wich aus, sagte, er erinnere sich nicht. Aber dann kamen die Worte heraus, vielleicht für diese Gelegenheit neu erfunden, etwas in der Art wie: *Sie kriegen es fertig und schaffen zum Schutz der Autorität in allen ihren Erscheinungsformen glatt die Demokratie ab*. Und von nun an redeten nur noch die drei, mit wachsendem Eifer, über Geheimdienste, über Griechenland, über die Folter in den Gefängnissen dieses Landes, über Vietnam, über das unverhoffte Aufkommen der Studentenbewegung nicht nur in Italien, sondern in ganz Europa und der Welt und über einen Beitrag von Professor Airota im *Ponte* zum Thema der Forschungs- und Ausbildungsbedingungen an den Universitäten – über den Nino sagte, er habe ihm Wort für Wort zugestimmt.

»Ich erzähle meiner Familie, dass er Ihnen gefallen hat«, sagte Adele. »Mariarosa fand ihn miserabel.«

»Mariarosa begeistert sich nur für das, was die Welt nicht geben kann.«

»Bravo, genauso ist es.«

Ich wusste nichts von diesem Beitrag meines künftigen Schwiegervaters. Das Ganze war mir unangenehm, ich hörte schweigend zu. Zunächst hatten die Prüfungen einen Großteil meiner Zeit in Anspruch genommen, dann meine Diplomarbeit, dann mein Buch und seine rasche Publikation. Darüber, was in der Welt vor sich ging, war ich nur oberflächlich informiert, und ich hatte so gut wie nichts von Studenten, Demonstrationen, Zusammenstößen, Verletzten, Festnahmen und Blutvergießen mitbekommen. Da ich nun nicht mehr an der Universität studierte, war das Murren von Pietro, der sich über das beschwerte, was er wörtlich »den gesammelten Blödsinn von Pisa« nannte, alles, was ich wirklich über dieses Chaos wusste. Folglich nahm ich ringsumher ein Szenario mit unscharfen Zügen wahr. Züge, die meine Begleiter dagegen anscheinend genauestens entschlüsseln konnten, allen voran Nino. Ich saß neben ihm, hörte zu, streifte seinen Arm mit meinem, eine Berührung nur durch den Stoff, die mich trotzdem aufwühlte. Er hatte sich seine Vorliebe für Zahlen bewahrt, bezifferte die inzwischen stattliche Menge der Immatrikulationen und die realen Kapazitäten der Universitätsgebäude, dazu die Stunden, die die Herren Professoren wirklich arbeiteten, und die Zahl all derer, die oft lieber im Parlament oder in den Verwaltungsräten saßen oder sich höchst lukrativen Beratertätigkeiten und ihrer privaten Berufsausübung widmeten, als sich um Forschung und Lehre zu kümmern. Adele pflichtete ihm bei, ihr Freund auch, und manchmal ergänzten sie etwas, wobei sie Leute erwähnten, von denen ich noch nie gehört hatte. Ich fühlte mich ausgeschlossen. Die Feier meines Buches war für sie nicht mehr so wichtig, und meine künftige Schwiegermutter schien sogar die Überraschung vergessen zu haben, die sie mir versprochen hatte. Ich sagte leise, ich käme gleich wieder, Adele nickte zerstreut, und Nino redete leidenschaftlich weiter. Tarratano vermutete wohl, dass ich mich langweilte, und sagte fürsorglich und fast flüsternd:

»Kommen Sie schnell zurück, mir liegt viel an Ihrer Meinung.«

»Ich habe keine Meinung«, antwortete ich mit einem schwachen Lächeln.

Auch er lächelte:

»Einer Schriftstellerin fällt doch immer etwas ein.«

»Vielleicht bin ich ja keine Schriftstellerin.«

»Aber ja doch.«

Ich ging zur Toilette. Nino hatte schon immer die Fähigkeit besessen, mir, sobald er den Mund auftat, meine Zurückgebliebenheit vorzuführen. ›Ich muss wieder lernen‹, dachte ich. ›Wie habe ich mich nur so gehenlassen können? Natürlich, bei Bedarf kann ich mit Worten etwas Sachkenntnis und etwas Begeisterung vortäuschen. Aber ich kann so nicht weitermachen, ich habe zu vieles gelernt, was unwichtig ist, kaum etwas Wichtiges. Als die Geschichte mit Franco vorbei war, ist mir das bisschen Neugier auf die Welt abhandengekommen, mit der er mich angesteckt hatte. Und meine Beziehung mit Pietro hat mir nicht geholfen. Was ihn nicht interessierte, hörte auch auf, mich zu interessieren. Wie anders Pietro ist, anders als sein Vater, als seine Schwester, als seine Mutter. Und vor allem anders als Nino. Wäre es nach Pietro gegangen, hätte ich nicht einmal meinen Roman geschrieben. Fast ärgerlich hat er ihn akzeptiert, wie einen Verstoß gegen den akademischen Kanon. Oder vielleicht übertreibe ich auch, und es ist nur meine Schuld. Ich habe meine Grenzen, kann mich nur auf eine Sache konzentrieren und blende alles andere aus. Aber jetzt werde ich mich ändern. Gleich nach diesem langweiligen Abendessen schnappe ich mir Nino und zwinge ihn, die ganze Nacht mit mir spazieren zu gehen, ich werde ihn fragen, welche Bücher ich lesen, welche Filme ich mir ansehen, welche Musik ich hören soll. Ich werde mich bei ihm unterhaken und sagen: ›Mir ist kalt.‹ Wirre Absichten, unvollständige Sätze. Ich verbarg meine Angst vor mir, sagte mir nur: ›Kann sein, dass das unsere einzige Chance ist, morgen fahre ich ab, ich werde ihn nicht wiedersehen.‹

Währenddessen betrachtete ich mich wütend im Spiegel. Mein Gesicht sah müde aus, kleine Pickel am Kinn und dunkle Augenringe kündigten meine Regel an. ›Ich bin hässlich, klein, habe zu viel Busen. Ich hätte längst begreifen müssen, dass ich ihm nie gefallen habe, er hat Lila ja nicht von ungefähr mir vorgezogen. Aber mit welchem Ergebnis? *Sie ist verkorkst, auch sexuell*, hat er gesagt. Es war falsch von mir, vom Thema abzulenken. Ich hätte Neugier zeigen und ihn weiterreden lassen müssen. Wenn er noch mal darauf zurückkommt, bin ich skrupelloser, dann sage ich zu ihm: ›Wann ist denn ein Mädchen sexuell verkorkst? Ich frage das‹ – werde ich ihm lachend erklären –, ›um mich zu ändern, falls mir das nötig erscheint. Vorausgesetzt, man kann sich überhaupt ändern, wer weiß das schon.‹ Mit Abscheu erinnerte ich mich an das, was am Maronti-Strand zwischen mir und seinem Vater vorgefallen war. Ich dachte auch an den Sex mit Franco auf der Liege in seinem kleinen Zimmer in Pisa. Hatte ich dabei etwas falsch gemacht, was zwar bemerkt, mir aber taktvoll verschwiegen worden war? Und wenn ich, nur mal angenommen, noch an diesem Abend mit Nino ins Bett ginge, würde ich da auch etwas falsch machen, so dass er denken würde: ›Sie ist so verkorkst wie Lila‹, und würde er hinter meinem Rücken mit seinen Studienfreundinnen von der Statale und vielleicht sogar mit Mariarosa darüber reden?

Mir wurde bewusst, wie unangenehm seine Worte waren, ich hätte ihn zurechtweisen müssen. ›Aus diesem schlechten Sex‹, hätte ich ihm sagen müssen, ›aus diesem Erlebnis, über das du jetzt so negativ urteilst, ist ein Kind hervorgegangen, der kleine Gennaro, ein kluger Junge. Es ist nicht schön von dir, so zu reden, es geht doch nicht darum, wer verkorkst und wer wohlgeraten ist, Lila hat sich für dich ruiniert.‹ Und ich nahm mir vor: Wenn ich Adele und ihren Freund losgeworden bin, wenn Nino mich ins Hotel bringt, dann spreche ich das Thema noch mal an und sage ihm das.

Ich verließ den Waschraum. Ging ins Restaurant zurück und stellte fest, dass sich die Situation in meiner Abwesenheit verändert hatte. Als meine zukünftige Schwiegermutter mich sah, wedelte sie mit der Hand und sagte fröhlich und mit erhitzten Wangen: »Die Überraschung ist endlich da!« Die Überraschung war Pietro, er saß neben ihr.

6

Mein Verlobter sprang auf, umarmte mich. Von Nino hatte ich ihm nie erzählt. Über Antonio hatte ich einige, wenige, Worte verloren, und auch über meine Beziehung mit Franco, die in den Studentenkreisen von Pisa ohnehin allseits bekannt gewesen war, hatte ich mit Pietro gesprochen. Doch Nino hatte ich nie erwähnt. Diese Geschichte tat mir weh, enthielt peinliche Momente, für die ich mich schämte. Sie zu erzählen hätte bedeutet, einzugestehen, dass ich seit jeher einen Menschen liebte, wie ich Pietro nie lieben würde. Und ihr eine Ordnung, einen Zusammenhang zu geben, hätte mit sich gebracht, auch über Lila zu sprechen, über Ischia, es hätte mich vielleicht veranlasst, zu gestehen, dass die Episode über den Sex mit einem reifen Mann, die in meinem Buch vorkam, auf einer wahren Begebenheit am Maronti-Strand beruhte, auf einer Entscheidung, die ich als verzweifeltes junges Mädchen getroffen hatte und die ich nun, nach so langer Zeit, abstoßend fand. Also alles nur meine Angelegenheit, ich hatte meine Geheimnisse für mich behalten. Hätte Pietro davon gewusst, hätte er den Grund dafür, dass ich ihn nun so unzufrieden begrüßte, sofort verstanden.

Er setzte sich wieder an die Stirnseite des Tisches, zwischen seine Mutter und Nino. Er verschlang ein Steak, trank Wein, sah mich aber nervös an, er spürte meine schlechte Laune. Sicherlich hatte er Gewissensbisse, weil er nicht rechtzeitig gekommen war und er ein wichtiges Ereignis in meinem Leben verpasst hatte, weil seine Nachlässigkeit als ein Zeichen dafür gedeutet werden konnte, dass er mich nicht liebte, und weil er mich ohne seine tröstende Zuneigung mit fremden Menschen alleingelassen hatte. Es wäre schwierig gewesen, ihm zu erklären, dass mein düsteres Gesicht und meine Schweigsamkeit gerade darauf zurückzuführen waren, dass er eben nicht bis zum Schluss weggeblieben war, dass er sich zwischen mich und Nino gedrängt hatte.

Nino machte mich übrigens noch unglücklicher. Er saß neben mir, sprach jedoch überhaupt nicht mit mir. Pietros Ankunft schien ihn zu freuen. Er schenkte ihm

Wein ein, bot ihm eine Zigarette an, gab ihm Feuer, und nun stießen sie beide mit schmalen Lippen Rauch aus, redeten über die beschwerliche Autofahrt von Pisa nach Mailand, über die Freude am Fahren. Mir fiel auf, wie unterschiedlich sie waren. Nino dürr, schlaksig, mit lauter, herzlicher Stimme; Pietro untersetzt, mit der komischen, struppigen Haarmähne über seiner enormen Stirn, die dicken Wangen vom Rasierer abgeschürft, die Stimme stets gedämpft. Sie schienen hocherfreut zu sein, dass sie sich kennengelernt hatten, eine für den eigenbrötlerischen Pietro ungewöhnliche Regung. Nino redete auf ihn ein, zeigte ein aufrichtiges Interesse an seinen Studien (*irgendwo habe ich einen Artikel gelesen, in dem du Milch und Honig dem Wein und jeder Form von Rausch gegenüberstellst*), drängte ihn, ihm davon zu erzählen, und mein Verlobter, der zu diesen Dingen sonst eher nichts sagte, gab nach, korrigierte gutmütig, öffnete sich. Aber gerade als Pietro aufgeschlossener wurde, ging Adele dazwischen.

»Genug geplaudert«, sagte sie zu ihrem Sohn. »Was ist mit der Überraschung für Elena?«

Ich sah sie unsicher an. Noch mehr Überraschungen? Genügte es nicht, dass Pietro stundenlang und ohne Pause unterwegs gewesen war, um wenigstens rechtzeitig zu dem Abendessen zu kommen, das mir zu Ehren stattfand? Neugierig musterte ich meinen Verlobten. Er hatte nun die mürrische Miene, die er für gewöhnlich aufsetzte, wenn er gezwungen war, in der Öffentlichkeit etwas Gutes über sich zu sagen. Er teilte mir mit, allerdings kaum hörbar, dass man ihn zum Professor ernannt habe, zu einem sehr jungen Professor mit eigenem Lehrstuhl in Florenz. Einfach so, wie durch Zauberei und ganz wie üblich bei ihm. Er brüstete sich nie mit seinen Fähigkeiten, ich wusste fast nichts darüber, wie sehr er als Gelehrter geschätzt wurde, er erzählte mir nicht von den harten Prüfungen, denen er sich unterzog. Und nun also warf er geringschätzig diesen Satz hin, als hätte seine Mutter ihn dazu gezwungen, als bedeutete er ihm nicht viel. Dabei bedeutete er ein beachtliches Ansehen schon in jungen Jahren, bedeutete er finanzielle Sicherheit, bedeutete er Abschied von Pisa, bedeutete er, sich einem politischen und kulturellen Klima entziehen zu können, das ihn seit Monaten aus irgendeinem Grund aufregte. Und vor allem bedeutete er, dass wir im Herbst oder spätestens Anfang des nächsten Jahres heiraten würden und ich Neapel verlassen konnte. Niemand erwähnte diesen letzten Punkt, doch alle gratulierten sowohl Pietro als auch mir. Sogar Nino, der kurz danach auf die Uhr sah, einige säuerliche Bemerkungen über Universitätskarrieren machte und laut sagte, es tue ihm leid, aber er müsse los.

Wir standen alle auf. Ich wusste nicht, was ich tun sollte, suchte vergeblich seinen Blick, spürte einen großen Schmerz. Das war's mit diesem Abend, eine verpasste Gelegenheit, fehlgeborene Sehnsüchte. Als wir dann auf der Straße standen, hoffte ich, er würde mir seine Telefonnummer, seine Adresse geben. Aber er drückte mir nur die Hand und wünschte mir alles erdenklich Gute. Es kam mir so vor, als würde er mich mit jeder seiner Bewegungen wegschneiden wollen. Zum Abschied lächelte ich ihm schwach zu und fuhr mit der Hand durch die Luft, als hielte ich einen Stift. Es war ein Flehen, es bedeutete: Du weißt, wo ich wohne, schreib mir, bitte. Aber er hatte mir schon den Rücken zugekehrt.

<h1 style="text-align:center">7</h1>

Ich bedankte mich bei Adele und ihrem Freund dafür, dass sie sich so für mich und mein Buch eingesetzt hatten. Die zwei geizten nicht mit aufrichtigem Lob für Nino und redeten mit mir, als hätte ich einen Anteil daran, dass er so sympathisch, so intelligent geworden war. Pietro sagte nichts, er ließ nur einen Anflug von Gereiztheit erkennen, als seine Mutter ihn bat, nicht so spät nach Hause zu kommen, sie waren beide zu Gast bei Mariarosa. Sofort sagte ich: »Du brauchst mich nicht zu begleiten, geh ruhig mit deiner Mutter.« Niemand kam auf die Idee, dass ich das ernst meinen könnte, dass ich unglücklich war und lieber allein sein wollte.

Während des ganzen Heimwegs war ich unausstehlich. Ich erklärte, Florenz gefalle mir nicht, und das war nicht wahr. Ich erklärte, ich wolle nicht mehr schreiben, sondern unterrichten, und das war nicht wahr. Ich erklärte, ich sei erschöpft, todmüde, und das war nicht wahr. Und damit nicht genug. Als Pietro mir ohne Umschweife ankündigte, er wolle meine Eltern kennenlernen, schrie ich ihn an: »Du bist wohl verrückt geworden, lass meine Eltern in Ruhe, du passt nicht zu ihnen, und sie passen nicht zu dir!« Da fragte er mich erschrocken:

»Willst du mich denn nicht mehr heiraten?«

Fast hätte ich geantwortet: *Stimmt, das will ich nicht*, doch ich beherrschte mich rechtzeitig, ich wusste, dass auch das nicht wahr war. Matt sagte ich: »Entschuldige, ich fühle mich nicht wohl, natürlich will ich dich heiraten«, und ich griff nach seiner Hand, verflocht meine Finger mit seinen. Er war klug, außerordentlich gebildet und gutherzig. Ich hatte ihn gern, wollte ihm nicht wehtun. Aber während ich seine Hand hielt, während ich ihm bestätigte, dass ich ihn heiraten wollte, wusste ich doch mit Bestimmtheit, dass ich, wenn er an diesem Abend nicht im Restaurant erschienen wäre, versucht hätte, mir Nino zu angeln.

Es fiel mir schwer, mir das einzugestehen. Es wäre natürlich eine Gemeinheit gewesen, die Pietro nicht verdient hatte, und doch hätte ich sie gern und vielleicht ohne schlechtes Gewissen begangen. Ich hätte einen Weg gefunden, Nino an mich zu ziehen, zusammen mit unserer ganzen Vergangenheit von der Grundschule bis zum Gymnasium, und auch mit der Erinnerung an Ischia und an die Piazza dei Martiri. Ich hätte ihn mir geangelt, obwohl mir seine Bemerkung über Lila nicht gefallen hatte und mich beunruhigte. Ich hätte ihn mir geangelt, und Pietro hätte ich es nie erzählt. Vielleicht hätte ich es Lila erzählen können, aber wann, im Alter womöglich, wenn nach meiner Vorstellung für sie und für mich nichts mehr von Belang sein würde. Die Zeit war wie immer ein entscheidender Faktor. Nino wäre nur eine Nacht geblieben, er hätte mich am Morgen verlassen. Obwohl ich ihn seit jeher kannte, war er aus Träumereien gemacht, ihn für immer an mich zu binden, wäre unmöglich gewesen, er kam aus der Kindheit, war aus kindlichen Sehnsüchten zusammengesetzt, hatte nichts Konkretes und nichts Zukünftiges. Pietro dagegen war heutig, massiv, ein Grenzstein. Er markierte ein für mich völlig neues Terrain, ein Terrain der Vernunft, regiert von Gesetzen, die er aus seiner Familie hatte und die allem einen Sinn gaben. Es galten große Ideale, der Kult des guten Namens, Fragen des Prinzips. Nichts im Reich der Airotas war einfach nur so. Heiraten, zum Beispiel, wurde zu einem Beitrag im Kampf für den Laizismus. Pietros Eltern waren nur standesamtlich getraut, und Pietro hätte, obgleich er meines Wissens über eine umfassende religiöse Bildung verfügte, oder vielleicht sogar deswegen, niemals kirchlich geheiratet, eher hätte er auf mich verzichtet. Das Gleiche galt für die Taufe. Pietro war nicht getauft, Mariarosa ebenso wenig, folglich würden auch unsere Kinder nicht getauft werden. Alles lief so bei ihm ab, er schien beständig von einer höheren Ordnung geleitet zu sein, die ihm, obwohl sie nicht göttlichen, sondern familiären Ursprungs war, doch die Gewissheit gab, auf der Seite von Wahrheit und Gerechtigkeit zu stehen. Was den Sex anging, nun ja, war er vorsichtig. Er wusste genug von meiner Geschichte mit Franco Mari, um daraus zu schließen, dass ich keine Jungfrau mehr war, trotzdem kam er nie darauf zu sprechen, nicht einmal mit einem anklagenden Halbsatz, einer taktlosen Bemerkung, einem kurzen Auflachen. Ich wusste nicht, ob er andere Freundinnen gehabt hatte, und es war schwierig, ihn sich mit einer Hure vorzustellen, ich schloss auch aus, dass er jemals eine Minute seines Lebens darauf verschwendet hatte, mit anderen Männern über Frauen zu reden. Er konnte anzügliche Witze nicht ausstehen. Konnte Geschwätz, Geschrei, Partys und jede Form von unnützem Aufwand nicht ausstehen. Obwohl er aus sehr wohlhabenden Verhältnissen stammte, neigte er – in dieser Hinsicht im Disput mit seinen Eltern und seiner Schwester – zu einer Art von Askese innerhalb des Überflusses. Und er hatte ein ausgeprägtes Pflichtgefühl, nie hätte er seine Pflichten mir gegenüber vernachlässigt, nie hätte er mich betrogen.

Nein, ich wollte ihn nicht verlieren. Was tat es schon, dass mein trotz aller Bildung ungehobeltes Wesen nichts mit seiner Strenge gemein hatte, dass ich, offen gesagt, nicht wusste, wie lange ich diese ganze penible Planung aushalten würde. Er gab mir die Gewissheit, dass ich der üblen Begabung meines Vaters zum Opportunismus und der Grobschlächtigkeit meiner Mutter entkommen konnte. Daher fegte ich die Gedanken an Nino weg, hakte mich bei Pietro ein und flüsterte: »Ja, lass uns so schnell wie möglich heiraten, ich will weg von zu Hause, will den Führerschein machen, will reisen, will ein Telefon und einen Fernseher haben, ich habe nie was gehabt.« Da bekam er gute Laune, lachte und sagte ja zu allem, was ich zusammenhanglos verlangte. Wenige Schritte vor dem Hotel blieb er stehen und fragte heiser: »Kann ich mit dir schlafen?« Das war die letzte Überraschung des Abends. Verblüfft sah ich ihn an. Ich hatte oft Sex mit ihm gewollt, er hatte sich jedes Mal entzogen, aber Pietro nach der traumatischen Diskussion in der Buchhandlung, nach Nino, hier in Mailand, im Hotel, in meinem Bett zu haben, dazu hatte ich keine Lust. Ich antwortete: »Wir haben so lange gewartet, da können wir auch noch länger warten.« Ich küsste ihn in einer dunklen Ecke und schaute ihm dann vom Hoteleingang aus nach, wie er in Richtung Corso Garibaldi davonging, sich einige Male umdrehte und mir zum Abschied schüchtern winkte. Sein stolpernder Gang, seine Plattfüße und sein hochgebauschtes Strubbelhaar rührten mich an.

8

Von nun an hämmerte das Leben unablässig auf mich ein, die Monate schoben sich rasch ineinander, es gab keinen Tag, an dem nicht etwas Schönes oder Schlimmes geschah. Ich fuhr nach Neapel zurück, meine Gedanken kreisten um Nino, um unsere folgenlose Begegnung, und manchmal überwog der Wunsch, zu Lila zu laufen, zu warten, bis sie von der Arbeit kam, und ihr zu erzählen, was ich erzählen konnte, ohne ihr wehzutun. Doch dann überlegte ich mir, dass schon Ninos bloße Erwähnung sie verletzt hätte, und ich ließ es sein. Lila war ihre Bahn hinuntergeschlittert und Nino seine, ich musste mich um Dringenderes kümmern. Zum Beispiel sagte ich meinen Eltern noch am Abend meiner Rückkehr aus Mailand, dass Pietro bald kommen würde, um sie kennenzulernen, dass wir wahrscheinlich noch in diesem Jahr heiraten würden und dass ich nach Florenz ziehen würde.

Sie zeigten weder Freude noch Zustimmung. Ich vermutete, sie hätten sich endgültig an mein eigenmächtiges Kommen und Gehen gewöhnt, daran, dass ich der Familie zunehmend fremd wurde, ohne Interesse für ihre Überlebensprobleme. Daher fand ich es normal, dass nur mein Vater sich ein wenig aufregte, der in Situationen, denen er sich nicht gewachsen fühlte, stets nervös wurde.

»Muss der Herr Professor denn unbedingt zu uns nach Hause kommen?«, fragte er gereizt.

»Wohin denn sonst?«, fragte meine Mutter aufgebracht. »Wie soll er dich um Lenuccias Hand bitten, wenn er nicht herkommt?«

Ich hielt sie sonst für bereitwilliger als ihn, für pragmatischer, entschlossener, bis an die Grenze der Schroffheit. Doch als sie ihn zum Schweigen gebracht hatte, als ihr Mann schlafen gegangen war und Elisa, Peppe und

Gianni im Esszimmer ihre Betten aufgebaut hatten, musste ich meine Meinung ändern. Sie griff mich mit sehr leiser und doch schneidender Stimme an, indem sie mit geröteten Augen zischte: »Für dich sind wir nicht der Rede wert, du sagst uns erst im letzten Augenblick Bescheid, das feine Fräulein hält sich für wer weiß was, weil sie studiert hat, weil sie Bücher schreibt, weil sie einen Professor heiratet, aber du bist aus diesem Bauch gekrochen, meine Liebe, und aus demselben Stoff gemacht wie wir, also halte dich nicht für was Besseres, und vergiss niemals, dass, so klug du auch sein magst, ich, die ich dich hier drin gehabt habe, genauso klug und noch klüger bin als du, und hätte ich die Möglichkeit gehabt, hätte ich genau die gleichen Dinge getan wie du, verstehst du?« In diesem Ausbruch warf sie mir zunächst vor, dass meine Geschwister in der Schule nur meinetwegen nichts Vernünftiges mehr zustande gebracht hätten, weil ich weggegangen sei und nur an mich gedacht hätte, und bat mich dann um Geld, sie forderte es sogar ein, sagte, sie brauche es, um Elisa ein anständiges Kleid zu kaufen und um die Wohnung ein wenig herzurichten, weil ich sie ja zwänge, meinen Verlobten zu empfangen.

Über die schulischen Misserfolge meiner Geschwister ging ich hinweg. Aber das Geld gab ich ihr sofort, obwohl es nicht stimmte, dass sie es für die Wohnung brauchte, sie bat mich ständig um welches, und jede Ausrede war ihr recht. Sie konnte, auch wenn sie es nie ausdrücklich gesagt hatte, immer noch nicht akzeptieren, dass ich das Geld auf die Post gebracht hatte, dass ich es nicht ihr gegeben hatte wie sonst immer, seit ich mit den Töchtern der Schreibwarenhändlerin ans Meer gefahren war oder in der Buchhandlung in Mezzocannone gearbeitet hatte. Vielleicht, dachte ich, will sie mir damit, dass sie so tut, als gehörte mein Geld ihr, sagen, dass auch ich ihr gehörte und ich ihr, auch wenn ich heiratete, immer gehören würde.

Ich blieb ruhig, erzählte ihr, wie um sie zu entschädigen, dass ich ein Telefon anschaffen würde und auf Raten auch einen Fernseher. Sie sah mich unschlüssig an, mit einer plötzlichen Bewunderung, die nicht zu dem passte, was sie gerade zu mir gesagt hatte.

»Ein Fernseher und ein Telefon hier, in unserer Wohnung?«

»Aber ja.«

»Und du bezahlst das?«

»Ja.«

»Immer, auch wenn du verheiratet bist?«

»Ja.«

»Weiß der Herr Professor, dass wir nicht einen Centesimo für deine Mitgift haben und für das Fest auch nicht?«

»Das weiß er, und es wird gar kein Fest geben.«

Wieder schlug ihre Laune um, ihre Augen röteten sich erneut.

»Was? Kein Fest? Lass ihn das bezahlen!«

»Nein, wir machen keins.«

Meine Mutter war wieder wütend, sie provozierte

mich auf jede erdenkliche Weise, wollte, dass ich ihr antwortete, damit sie sich besser aufregen konnte.

»Erinnerst du dich noch an Linas Hochzeit, an das Fest, das sie veranstaltet hat?«

»Ja.«

»Und du willst gar nichts machen, obwohl du viel besser bist als sie?«

»Nein.«

So ging es weiter, bis ich beschloss, ihre Wut lieber in geballter Form zu ertragen, als ihr Toben stückweise über mich ergehen zu lassen.

»Mama«, sagte ich, »wir geben nicht nur kein Fest, sondern ich werde auch nicht kirchlich heiraten, ich lasse mich standesamtlich trauen.«

Es war, als hätte ein Sturm Türen und Fenster aufgerissen. Obwohl meine Mutter alles andere als streng religiös war, verlor sie komplett die Beherrschung und brüllte mit hochrotem Gesicht und weit nach vorn gebeugt die fürchterlichsten Beschimpfungen. Sie schrie, die Ehe sei ungültig, wenn kein Priester sie für rechtmäßig erklärte. Schrie, wenn ich nicht vor Gott heiratete, würde ich keine Ehefrau, sondern nur eine Hure sein, und trotz ihres schlimmen Beins stürzte sie blitzschnell zu meinem Vater, zu meinen Geschwistern, um sie zu wecken und ihnen das zu berichten, was sie schon immer befürchtet hatte, nämlich dass das übertriebene Studieren meinen Verstand ruiniert habe, dass mir alles Glück dieser Welt zugefallen sei und ich mich trotzdem wie eine Nutte behandeln ließe, dass sie vor Scham nicht mehr aus dem Haus gehen könne, weil sie eine gottlose Tochter habe.

Mein Vater, schlaftrunken, in Unterhosen, und meine Geschwister versuchten zu verstehen, welcher Schererei sie meinetwegen nun schon wieder ausgesetzt waren, und versuchten gleichzeitig, sie zu beruhigen, doch vergeblich. Sie kreischte, sie wolle mich auf der Stelle aus dem Haus jagen, bevor ich sie der Schande aussetzen könne, dass auch sie, *auch sie*, eine Tochter habe, die in wilder Ehe lebte so wie Lila und Ada. Dabei gestikulierte sie so, allerdings ohne den Versuch, mich wirklich zu ohrfeigen, als wäre ich ein Schatten und als hätte sie mein wahres Ich gepackt, das sie nun mit brutalen Schlägen traktierte. Es dauerte eine Weile, bis sie sich beruhigte, was dank Elisa geschah. Meine Schwester fragte mich vorsichtig:

»Bist du es, die auf dem Standesamt heiraten will, oder ist es dein Verlobter?«

Ich erklärte ihr, aber so, als würde ich das Problem für alle erläutern, dass die Kirche für mich schon seit langem keine Bedeutung mehr habe, dass es mir jedoch egal sei, ob ich auf dem Standesamt oder vor dem Altar heiratete; für meinen Verlobten sei es dagegen furchtbar wichtig, sich nur standesamtlich zu trauen, er wisse alles über Religionsfragen und glaube, die höchst achtenswerte Religion nehme gerade dann Schaden, wenn sie sich in die Angelegenheiten des Staates einmische. »Kurz, wenn wir nicht standesamtlich heiraten«, schloss ich, »heiratet er mich überhaupt nicht.«

An dieser Stelle stimmte mein Vater, der sich sofort mit meiner Mutter verbündet hatte, ihr in ihren Beschimpfungen und Klagen nicht mehr zu.

»Er heiratet dich nicht?«

»Nein.«

»Und was macht er dann, verlässt er dich?«

»Dann gehen wir zusammen nach Florenz, ohne zu heiraten.«

Diese Nachricht war für meine Mutter die unerträglichste. Sie verlor nun vollkommen die Fassung und kündigte an, dann werde sie mir die Kehle durchschneiden. Mein Vater raufte sich nervös die Haare und sagte zu ihr:

»Halt doch mal die Klappe und geh mir nicht auf den Sack! Also, dass man vor dem Priester heiraten, ein rauschendes Fest feiern und trotzdem gründlich reinfallen kann, wissen wir ja wohl nur zu gut.«

Auch er spielte deutlich auf Lila an, die der noch immer aktuelle Skandal im Rione war, und da begriff meine Mutter endlich. Der Priester war keine Garantie. In der schlimmen Welt, in der wir lebten, gab es keine Garantien. Und so hörte sie auf zu schreien und überließ es meinem Vater, die Lage zu sondieren und mir gegebenenfalls recht zu geben. Aber sie hinkte weiter hin und her, schüttelte den Kopf und knurrte Beschimpfungen gegen meinen zukünftigen Mann. Was war das denn für einer, dieser Herr Professor? War er Kommunist? Kommunist und Professor? »Ein Scheißprofessor!«, schrie sie. »Was ist das denn für ein Professor, einer, der so denkt? So denkt bloß ein Arschloch!« »Nein«, widersprach mein Vater. »Von wegen Arschloch, das ist einer, der hat studiert und weiß besser als jeder andere, wie viele Schweinereien die Priester veranstalten, darum will er sein Jawort nur im Rathaus geben. Ja gut, viele Kommunisten tun das auch. Ja gut, auf diese Art sieht es so aus, als wäre unsere Tochter nicht verheiratet. Aber ich vertraue dem Professor von der Universität. Er hat sie gern, ich kann nicht glauben, dass er Lenuccia wie eine Nutte dastehen lassen will. Und selbst wenn wir ihm nicht vertrauen – aber ich vertraue ihm, obwohl ich ihn noch nicht kenne: Er ist ein wichtiger Mann, die Mädchen hier träumen von so einer Partie –, dann lass uns doch wenigstens dem Rathaus vertrauen. Immerhin arbeite ich ja da, und eine Eheschließung im Rathaus, das kann ich dir versichern, zählt genauso viel wie die in der Kirche, vielleicht sogar noch mehr.«

So ging es stundenlang weiter. Meine Geschwister konnten irgendwann nicht mehr und gingen wieder ins Bett. Ich blieb auf, um meine Eltern zu beruhigen und sie davon zu überzeugen, etwas zu akzeptieren, was für mich damals ein klares Zeichen für meinen Eintritt in Pietros Welt war. Außerdem fühlte ich mich so einmal mehr kühner als Lila. Und vor allem hätte ich Nino, falls ich ihn wiedergetroffen hätte, gern anspielungsreich gesagt: Da siehst du, wohin mich der Streit mit dem Religionslehrer geführt hat, jede Entscheidung hat ihre Geschichte, und viele Augenblicke unseres Lebens warten im Verborgenen darauf, irgendwann hervorzubre-

chen, und am Ende tun sie es auch. Aber ich hätte übertrieben, eigentlich war alles viel einfacher. Seit wenigstens zehn Jahren kauerte der ohnehin recht schwache
Gott meiner Kindertage nur noch wie ein kranker Greis
in einer Ecke, und so hatte ich kein Bedürfnis nach der
Heiligkeit der Ehe. Entscheidend für mich war, dass
ich aus Neapel wegging.

9

Natürlich verschwand das Entsetzen meiner Familie
darüber, dass wir nur auf dem Standesamt heiraten
wollten, in dieser Nacht nicht, aber es ließ nach. Am
folgenden Tag behandelte mich meine Mutter, als wären sämtliche Gegenstände, mit denen sie hantierte –
die Espressokanne, die Milchtasse, die Zuckerdose, der
frische Brotlaib –, nur dazu da, sie in die Versuchung
zu führen, mir das alles an den Kopf zu werfen. Doch
sie schrie nicht wieder los. Und ich ignorierte sie, ging
früh am Morgen aus dem Haus und kümmerte mich
um die Formalitäten für den Telefonanschluss. Als ich
sie erledigt hatte, schlenderte ich durch Port'Alba und
drehte eine Runde durch die Buchhandlungen. Ich hatte mir vorgenommen, in kürzester Zeit zu lernen, ohne
Scheu zu reden, für den Fall, dass sich wieder eine Situation wie die in Mailand ergeben sollte. Ich kaufte eher
aufs Geratewohl Zeitschriften und Bücher, gab viel
Geld aus. Nach langem Zaudern und noch unter dem

Eindruck von Ninos Bemerkung, die mir häufig in den Sinn kam, erstand ich schließlich die *Drei Abhandlungen zur Sexualtheorie* – ich wusste so gut wie nichts über Freud, und das Wenige, was ich wusste, gefiel mir nicht – und noch einige Heftchen über Sex. Ich wollte es so machen, wie ich es früher für die Schule gemacht hatte, mit den Prüfungen, mit meiner Diplomarbeit, so, wie ich es auch mit den Zeitungen gemacht hatte, die Professoressa Galiani mir gegeben hatte, und mit den marxistischen Schriften, die ich vor einigen Jahren von Franco bekommen hatte. Ich wollte die Gegenwart *studieren*. Schwer zu sagen, was ich damals schon gespeichert hatte. Da waren die Diskussionen mit Pasquale gewesen und auch mit Nino. Da war ein wenig Interesse für Kuba und Lateinamerika gewesen. Da war das unheilbare Elend des Rione gewesen, Lilas verlorener Kampf. Da war die Schule gewesen, in der meine Geschwister nur deswegen durchgefallen waren, weil sie weniger verbissen, weniger opferbereit gewesen waren als ich. Da waren die langen Gespräche mit Franco und die gelegentlichen mit Mariarosa gewesen, bereits diffus in einer einzigen zerfaserten Dunstwolke (*die Welt ist zutiefst ungerecht, man muss sie verändern, aber sowohl die friedliche Koexistenz zwischen dem amerikanischen Imperialismus und den stalinistischen Funktionären als auch die reformistische Politik der europäischen und besonders der italienischen Arbeiterparteien wollen das Proletariat in einem untergeordneten Abwarten halten, das Wasser ins Feuer der Revolution* schüttet, mit dem Ergebnis, dass, wenn sich die weltweite Pattsituation, wenn sich die Sozialdemokratie durchsetzen sollte, das Kapital über Jahrhunderte triumphieren und die Arbeiterklasse dem Konsumzwang zum Opfer fallen würde). Diese Einflüsse hatten ihre Wirkung getan, arbeiteten gewiss seit langem in mir, wühlten mich hin und wieder auf. Was mich aber, zumindest zu Beginn, zu diesem Bildungsgewaltmarsch trieb, war mein alter Drang, unbedingt erfolgreich zu sein. Seit langem war ich davon überzeugt, dass man sich in allem üben kann, selbst in der Begeisterung für Politik.

Als ich bezahlte, fiel mein Blick auf meinen Roman in einem Regal, ich schaute sofort weg. Jedes Mal, wenn ich in einem Schaufenster mein Buch zwischen anderen Neuerscheinungen sah, spürte ich eine Mischung aus Stolz und Angst, eine aufzuckende Freude, die in Besorgnis umschlug. Gewiss, meine Erzählung war zufällig entstanden, in zwanzig Tagen, ohne große Ansprüche, wie ein Beruhigungsmittel gegen eine Depression. Und ich wusste nur zu gut, was große Literatur ist, ich hatte viel über die alten Klassiker gearbeitet, und nie war mir beim Schreiben in den Sinn gekommen, ich könnte etwas von Wert schaffen. Aber die mühsame Suche nach einer Form hatte mich gepackt. Und so war dieses Buch da entstanden, ein Gegenstand, der mich enthielt. Nun war *ich* dort, *ausgestellt*, und mich zu sehen verursachte mir heftiges Herzklopfen. Ich spürte, dass es nicht nur in meinem Buch, sondern in Romanen allgemein etwas gab, was mich wirklich bewegte, ein nacktes, schlagendes Herz, dasselbe, das in dem weit zurückliegenden Moment höher geschlagen hatte, als Lila angeregt hatte, dass wir gemeinsam eine Geschichte schreiben könnten. Mir war es zugefallen, es tatsächlich zu tun. Aber war es das, was ich wollte? Schreiben, nicht zufällig schreiben, sondern besser schreiben, als ich es schon getan hatte? Und die Erzählungen der Vergangenheit und der Gegenwart studieren, um zu begreifen, wie sie funktionierten? Und lernen, alles über die Welt lernen, mit dem alleinigen Ziel, lebensechte Herzen zu gestalten, die niemand je besser als ich würde formen können, nicht einmal Lila, wenn sie die Gelegenheit dazu gehabt hätte?

Ich verließ die Buchhandlung und machte eine Pause auf der Piazza Cavour. Es war ein schöner Tag, die Via Foria wirkte unnatürlich sauber und gediegen, trotz der aufragenden Strebemauern der Galleria. Ich erlegte mir die gewohnte Disziplin auf. Zog ein Notizbuch hervor, das ich gerade gekauft hatte, und wollte es den richtigen Schriftstellern gleichtun, Gedanken festhalten, Beobachtungen, nützliche Informationen. Ich las die *Unità* von Anfang bis Ende, notierte mir die Dinge, die ich nicht wusste. Im *Ponte* entdeckte ich den Artikel von Pietros Vater und überflog ihn neugierig, fand ihn aber nicht so bedeutsam, wie Nino ihn beschrieben hatte, im Gegenteil, mindestens zwei Dinge fielen mir unangenehm auf: Erstens, Guido Airota verwendete auf noch steifere Art die gleiche schulmeisterliche Sprache wie der Mann mit der starken Brille; zweitens, an der Stelle, wo er über Studentinnen sprach (»Sie sind eine neue Masse«, schrieb er, »und sie kommen ganz offensichtlich nicht aus wohlhabenden Verhältnissen, Mädchen in ärmlichen Kleidern und mit einer ärmlichen Bildung, die nach den immensen Mühen des Studiums zu Recht eine Zukunft erwarten, die sich nicht auf die übliche Häuslichkeit beschränkt«), glaubte ich, darin eine absichtliche oder völlig unbewusste Anspielung auf mich zu entdecken. Auch das schrieb ich in mein Notizbuch (*Was bin ich für die Airotas, das Emblem ihrer großzügigen Ansichten?*), und nicht gerade gutgelaunt, eher etwas verärgert, begann ich den *Corriere della Sera* durchzublättern.

Ich weiß noch, dass die Luft mild war, erinnere mich an einen – erdachten oder wahren – Geruch nach bedrucktem Papier und Pizza Fritta. Seite für Seite las ich die Überschriften, bis mir plötzlich der Atem stockte. Eingefasst von einer Bleiwüste aus vier Spalten gab es dort ein Foto von mir. Im Hintergrund sah man ein Stück vom Rione, den Tunnel. Darüber stand: *Die pikanten Erinnerungen eines ehrgeizigen jungen Mädchens. Der Debütroman von Elena Greco.* Der Artikel stammte von dem Mann mit der starken Brille.

10

Während ich las, brach mir der kalte Schweiß aus, mir war schwindlig. Man hatte mein Buch dazu benutzt, einmal mehr zu beweisen, dass in den letzten zehn Jahren unter dem Druck einer verdorbenen Jugend ohne Werte in allen Bereichen des produktiven, sozialen und kulturellen Lebens, in den Fabriken und Büros, an den Universitäten, im Verlagswesen und im Film eine ganze Welt untergegangen sei. Ab und an waren in Anführungszeichen einige Sätze von mir zitiert, um zu belegen, dass ich eine typische Vertreterin meiner missratenen Generation sei. Zum Schluss wurde ich als »eine« bezeichnet, »die versucht, ihre Talentlosigkeit hinter schmuddeligen Seiten mittelmäßiger Trivialität zu verbergen«.

Ich brach in Tränen aus. Es war das Härteste, was ich seit dem Erscheinen meines Buches gelesen hatte, und dies nicht in einem Blatt mit kleiner Auflage, sondern in der meistverbreiteten Zeitung Italiens. Am unerträglichsten war mir das Bild meines lächelnden Gesichts in der Mitte eines derart verletzenden Textes. Ich ging zu Fuß nach Hause, nicht ohne den *Corriere* zuvor weggeworfen zu haben. Ich fürchtete, meine Mutter könnte die Rezension lesen und gegen mich verwenden. Stellte mir vor, sie würde auch diese in ihr Fotoalbum einkleben wollen, um sie mir jedes Mal vorzuhalten, wenn ich ihr Kummer machte.

Ich fand einen nur für mich gedeckten Tisch vor. Mein Vater war auf der Arbeit, meine Mutter war zu einer

Nachbarin gegangen, um sie irgendwas zu fragen, und meine Geschwister hatten schon gegessen. Ich würgte Pasta und Kartoffeln hinunter und las dabei hier und da ein paar Zeilen in meinem Buch. Verzweifelt dachte ich: ›Vielleicht taugt es wirklich nichts, vielleicht hat man es nur veröffentlicht, um Adele einen Gefallen zu tun. Wie hatte ich mir derart blutleere Sätze, derart banale Betrachtungen ausdenken können? Und was für ein Pfusch, wie viele überflüssige Kommas, ich werde nie wieder was schreiben.‹ Niedergeschlagen saß ich da, angewidert vom Essen und angewidert von meinem Buch, als Elisa mit einem Zettel hereinkam. Sie hatte ihn von Signora Spagnuolo bekommen, bei der mit ihrer Einwilligung jeder anrufen durfte, der mir etwas Dringendes mitzuteilen hatte. Auf dem Zettel stand, dass es schon drei Anrufe gegeben habe, einen von Gina Medotti, die die Presseabteilung des Verlags leitete, einen von Adele und einen von Pietro. Die drei Namen in Signora Spagnuolos schwerfälliger Schrift machten mir einen Gedanken bewusst, den ich bis dahin allenfalls unterschwellig gehabt hatte. Die boshaften Worte des Mannes mit der starken Brille verbreiteten sich gerade in Windeseile, sie würden im Laufe des Tages überallhin gelangen. Pietro hatte sie schon gelesen, seine Familie und die Verlagsleitung auch. Vielleicht waren sie auch zu Nino gedrungen. Vielleicht hatten meine Professoren in Pisa sie auf dem Tisch. Garantiert waren Professoressa Galiani und ihre Kinder auf sie aufmerksam geworden. Und wer weiß, vielleicht würde auch

Lila sie lesen. Wieder brach ich in Tränen aus, was Elisa beunruhigte.

»Lenù, was hast du denn?«

»Mir geht's nicht gut.«

»Soll ich dir einen Kamillentee machen?«

»Ja.«

Aber dafür blieb keine Zeit. Es klopfte an der Tür, es war Rosa Spagnuolo. Freudig und etwas außer Atem, weil sie die Treppe im Laufschritt hinaufgekommen war, sagte sie, mein Verlobter habe erneut nach mir gefragt, er sei am Telefon, was für eine schöne Stimme, was für ein schöner, nördlicher Akzent. Unter vielen Entschuldigungen für die Unannehmlichkeiten lief ich zum Telefon. Pietro versuchte, mich zu trösten, richtete mir von seiner Mutter aus, ich solle es nicht schwernehmen, entscheidend sei, dass man über das Buch rede. Zum Erstaunen Signora Spagnuolos, die mich als sanftes Mädchen kannte, schrie ich: »Was habe ich davon, dass es besprochen wird, wenn es verrissen wird!« Er riet mir noch einmal, die Ruhe zu bewahren, und fügte hinzu: »Morgen erscheint ein Artikel in der *Unità*.« Frostig beendete ich das Gespräch, ich sagte: »Es wäre besser, wenn sich keiner mehr um mich kümmern würde.«

Nachts tat ich kein Auge zu. Am Morgen hielt ich es nicht aus und rannte los, um mir die *Unità* zu kaufen. Hastig blätterte ich sie durch, noch am Kiosk, unmittelbar vor der Grundschule. Wieder stieß ich auf mein Foto, dasselbe, das im *Corriere* gewesen war, diesmal nicht in der Mitte des Artikels, sondern darüber, neben der Überschrift: *Junge Rebellen und alte Reaktionäre. Zum Buch von Elena Greco.* Den Namen des Verfassers hatte ich noch nie gehört, aber der Mann konnte mit Sicherheit gut schreiben, seine Worte waren der reinste Balsam. Unumwunden lobte er meinen Roman und schimpfte auf den renommierten Professor mit der starken Brille. Erleichtert, fast schon gutgelaunt ging ich nach Hause. Ich blätterte wieder in meinem Buch, und diesmal erschien es mir gut gegliedert und gekonnt geschrieben zu sein. Meine Mutter fragte mürrisch: »Hast du einen Fünfer im Lotto gewonnen?« Ich ließ die Zeitung auf dem Küchentisch liegen, ohne ihr etwas zu sagen.

Am späten Nachmittag kam Signora Spagnuolo erneut, ich wurde wieder am Telefon verlangt. Angesichts meiner Verlegenheit und meiner Entschuldigungen sagte sie, sie sei hocherfreut, einem Mädchen wie mir behilflich sein zu können, und machte mir viele Komplimente. Gigliola habe Pech gehabt, seufzte sie im Treppenhaus, ihr Vater habe sie zum Arbeiten in die Bar-Pasticceria der Solaras mitgenommen, als sie dreizehn war, aber zum Glück habe sie sich mit Michele verlobt, sonst müsste sie ihr ganzes Leben lang schuften. Sie öffnete die Wohnungstür und ging mir im Flur voraus bis zum Telefon, das an der Wand hing. Ich sah, dass sie extra einen Stuhl hingestellt hatte, damit es bequemer für mich war. Wie viel Ehrerbietung jemandem dargebracht wurde, der studiert hatte. Studieren galt als ein Trick der pfiffigsten jungen Leute zur Vermeidung harter Arbeit. ›Wie kann ich dieser Frau nur erklären‹, überlegte ich, ›dass ich seit meinem siebten Lebensjahr die Sklavin von Buchstaben und Zahlen bin, dass meine Stimmung vom guten Ausgang ihrer Kombinationen abhängt, dass die Freude, etwas gut gemacht zu haben, selten ist und nicht von Dauer, dass sie eine Stunde währt, einen Nachmittag, eine Nacht?‹

»Hast du es gelesen?«, fragte mich Adele.

»Ja.«

»Freust du dich?«

»Ja.«

»Dann habe ich noch eine gute Nachricht für dich: Das Buch fängt an sich zu verkaufen, wenn es so weitergeht, drucken wir nach.«

»Was heißt das?«

»Das heißt, unser Freund vom *Corriere* hat geglaubt, uns zu vernichten, dabei hat er uns einen Gefallen getan. Ciao, Elena, genieß deinen Erfolg.«

11

Das Buch verkaufte sich tatsächlich gut, das stellte ich in den folgenden Tagen fest. Das deutlichste Zeichen dafür waren die immer häufigeren Anrufe von Gina, die mich mal auf eine Notiz in einer Zeitung aufmerksam machte, mir mal von einer Einladung in eine Buchhandlung oder in einen Kulturverein berichtete, ohne je zu vergessen, sich mit dem herzlichen Satz zu verabschieden: »Das Buch findet reißenden Absatz, Dottoressa Greco, Glückwunsch.« »Danke«, sagte ich, freute mich aber nicht. Die Zeitungsbeiträge waren in meinen Augen oberflächlich, sie beschränkten sich darauf, den begeisterten Ansatz der *Unità* oder den vernichtenden des *Corriere* zu übernehmen. Und obwohl Gina mir bei jeder Gelegenheit sagte, dass auch die negativen Kritiken den Verkauf des Buches förderten, taten mir diese Meinungen weh. Ungeduldig wartete ich auf eine Handvoll zustimmender Urteile, um die ablehnenden auszugleichen und mich besser zu fühlen. Ich enthielt meiner Mutter die böswilligen Rezensionen nicht länger vor, ich gab ihr alle, die guten und die schlechten. Sie versuchte mit düsterer Miene, sie zu entziffern, kam aber nie über die ersten vier, fünf Zeilen hinaus und fand entweder sofort einen Anlass zum Streiten oder nahm ärgerlich Zuflucht zu ihrer Sammelleidenschaft. Sie wollte das ganze Album bestücken und beschwerte sich, wenn ich ihr nichts geben konnte, sie hatte Angst, es könnten einige Seiten frei bleiben.

Am meisten verletzte mich in dieser Zeit allerdings eine Rezension in der *Roma*. Sie plapperte Absatz für Absatz die aus dem *Corriere* nach, doch in einem blumigen Stil, der am Ende geradezu manisch nur einen Gedanken verfolgte: Die Frauen werden derzeit absolut zügellos, man braucht sich nur mal den schlüpfrigen Roman von Elena Greco anzusehen, um sich davon zu überzeugen, er ist ein Abklatsch des ebenfalls derben

Bonjour tristesse. Mich kränkte aber nicht so sehr der Inhalt, sondern die Unterschrift. Der Artikel stammte von Ninos Vater, Donato Sarratore. Ich dachte daran, wie beeindruckt ich als kleines Mädchen gewesen war, weil dieser Mann einen Gedichtband verfasst hatte; dachte daran, in welchem Glorienschein ich ihn gesehen hatte, als ich erfuhr, dass er für Zeitungen schreibt. Wozu diese Besprechung? Hatte er sich rächen wollen, weil er sich in dem schmierigen Familienvater wiedererkannt hatte, der die Protagonistin bedrängte? Ich war drauf und dran, ihn anzurufen und ihn im Dialekt auf das Unerträglichste zu beschimpfen. Ich ließ es nur sein, weil mir Nino einfiel und ich eine wichtige Entdeckung zu machen glaubte: Seine Erfahrung und meine ähnelten sich. Beide hatten wir nicht so werden wollen wie unsere Familien. Ich bemühte mich seit jeher, mich von meiner Mutter zu distanzieren, und er hatte jeden Kontakt zu seinem Vater endgültig abgebrochen. Diese Gemeinsamkeit tröstete mich, allmählich legte sich meine Wut.

Aber ich hatte nicht bedacht, dass die *Roma* im Rione mehr als jede andere Zeitung gelesen wurde. Noch am selben Abend wurde es mir klar. Gino, der Sohn des Apothekers, aus dem ein junger Mann geworden war, der nur aus vom Gewichtheben hochgezüchteten Muskeln bestand, trat in einem weißen Arztkittel, den er trug, obwohl er noch keinen Studienabschluss hatte, gerade in dem Moment vor den Laden seines Vaters, als ich dort vorbeikam. Er rief mich, wedelte mit der

Zeitung und sagte in einem Ton, der übrigens recht seriös war, weil er kürzlich eine kleine Karriere im Kreisverband des MSI gemacht hatte: »Hast du gesehen, was sie über dich schreiben?« Da ich ihm die Genugtuung nicht gönnte, antwortete ich: »Geschrieben wird viel«, nickte ihm zu und ging weiter. Er war verwirrt, brummte etwas und verkündete dann mit ausdrücklicher Gehässigkeit: »Das muss ich lesen, dieses Buch von dir. Ich habe gehört, es ist *ziemlich* interessant.«

Das war erst der Anfang. Am nächsten Tag gesellte sich Michele Solara auf der Straße zu mir und bestand darauf, mich zu einem Kaffee einzuladen. Wir gingen in seine Bar-Pasticceria, und während Gigliola uns wortlos bediente und sich sichtlich über meine Anwesenheit und vielleicht auch über die ihres Verlobten ärgerte, fing er an: »Lenù, Gino hat mir einen Artikel gezeigt, in dem steht, dass du ein Buch geschrieben hast, das für Jugendliche unter achtzehn Jahren verboten ist. Ausgerechnet du, wer hätte das gedacht. Hast du *das* in Pisa gelernt? Haben sie dir *das* an der Universität beigebracht? Ich fasse es nicht. Ich glaube, du und Lina, ihr habt eine heimliche Abmachung: Sie tut schlimme Sachen, und du schreibst sie auf. Sei ehrlich.« Ich wurde rot, wartete nicht, bis der Kaffee kam, verabschiedete mich von Gigliola und ging. Amüsiert rief er mir nach: »Was denn, bist du jetzt beleidigt, komm zurück, ich hab' doch bloß Spaß gemacht!«

Wenig später traf ich Carmen Peluso. Meine Mutter hatte mir aufgetragen, in die neue Salumeria der Carraccis zu gehen, weil das Öl dort billiger war. Es war Nachmittag, es gab keine weiteren Kunden, Carmen machte mir viele Komplimente. »Wie gut du aussiehst«, sagte sie leise. »Deine Freundin zu sein, ist eine große Ehre, das einzige Glück, das ich in meinem ganzen Leben gehabt habe.« Dann erzählte sie mir, dass sie Sarratores Artikel gelesen habe, doch nur, weil ein Lieferant die *Roma* im Geschäft liegengelassen habe. Sie bezeichnete die Kritik als eine Gemeinheit, und ihre Entrüstung schien ehrlich zu sein. Aber ihr Bruder Pasquale habe ihr den Artikel aus der *Unità* gegeben, sehr, sehr gut, ein schönes Foto sei dabei gewesen. »Du bist so schön«, sagte sie. »Bei allem, was du tust.« Von meiner Mutter habe sie erfahren, dass ich schon bald einen Professor heiraten und nach Florenz ziehen würde, in ein vornehmes Haus. Auch sie werde heiraten, den Tankwart vom Stradone, aber wann, sei nicht klar, sie hätten kein Geld. Dann begann sie übergangslos sich über Ada zu beschweren. Seit Ada Lilas Platz an Stefanos Seite eingenommen habe, sei alles noch viel schlimmer geworden. Sie spiele sich auch in den zwei Salumerias als Chefin auf und habe es auf sie, Carmen, abgesehen, sie bezichtige sie, zu stehlen, kommandiere sie herum und überwache sie. Daher halte sie es nicht mehr aus, wolle kündigen und an der Tankstation ihres zukünftigen Mannes mitarbeiten.

Ich hörte aufmerksam zu und erinnerte mich an die Zeit, als Antonio und ich heiraten und ebenfalls Tankwarte hatten werden wollen. Das erzählte ich ihr, um

sie aufzuheitern, aber sie knurrte mit finsterer Miene:
»Ja klar, natürlich, aber sicher, du an einer Zapfsäule,
sei froh, dass du dich aus diesem Elend herausgearbeitet hast.« Dann flüsterte sie etwas Unverständliches:
»Es gibt zu viel Ungerechtigkeit, Lenù, viel zu viel, das
muss aufhören, das ist nicht zum Aushalten.« Während
sie noch sprach, zog sie mein Buch aus einer Schublade,
der Einband verbogen und schmutzig. Es war das erste
Exemplar, das ich bei jemandem aus dem Rione sah,
mir fiel auf, wie dick aufgeplustert und dunkel die ersten Seiten waren und wie zusammengepresst und schnee-
weiß die übrigen. »Ich lese es abends ein bisschen«, sagte sie, »oder wenn keine Kundschaft da ist. Aber ich
bin erst auf Seite zweiunddreißig, ich habe nicht viel
Zeit, ich muss mich um alles allein kümmern, von morgens um sechs bis abends um neun, vorher lassen mich
die Carraccis hier nicht raus.« Unversehens fragte sie
mich hämisch: »Dauert es noch lange bis zu den gewagten Stellen? Wie viel muss ich da noch lesen?«
    Die gewagten Stellen.
    Kurze Zeit später traf ich Ada, die ihre und Stefanos
Tochter Maria auf dem Arm hatte. Nach dem, was Carmen mir erzählt hatte, fiel es mir schwer, herzlich zu
ihr zu sein. Ich sagte etwas Nettes über das Mädchen,
lobte ihr schönes Kleidchen und die hübschen Ohrringe. Aber Ada blieb abweisend. Sie erzählte mir von Antonio, sagte, sie schrieben sich, sagte, es sei nicht wahr,
dass er verheiratet sei und Kinder habe, sagte, ich hätte
ihn um den Verstand gebracht und um die Fähigkeit zu

lieben. Dann fing sie von meinem Buch an. Sie habe es nicht gelesen, stellte sie klar, habe aber gehört, dass es keines sei, das man zu Hause haben sollte. Sie regte sich geradezu auf: »Stell dir vor, die Kleine wird größer und findet es, was dann? Tut mir leid, das kaufe ich mir nicht. Aber«, fügte sie hinzu, »es freut mich, dass du Geld machst, Glückwunsch.«

12

Nach diesen Begegnungen begann ich zu argwöhnen, mein Buch verkaufe sich nur deshalb so gut, weil sowohl die ablehnenden als auch die zustimmenden Zeitungen darauf hingewiesen hatten, dass es heikle Stellen enthielt. Ich verfiel sogar auf den Gedanken, Nino habe nur deshalb auf Lilas Sexualität angespielt, weil er geglaubt hatte, mit einer, die schreibt, was ich geschrieben hatte, könne man solche Gespräche problemlos führen. Daher wuchs in mir erneut der Wunsch, meine Freundin wiederzusehen. ›Wer weiß‹, dachte ich, ›ob Lila sich nicht wie Carmen das Buch gekauft hat.‹ Ich stellte sie mir vor, wie sie abends nach der Fabrikarbeit – Enzo einsam in einem Zimmer, sie mit dem Kind in einem anderen – erschöpft war und doch meinen Roman las, den Mund leicht geöffnet und die Stirn in Falten, wie immer, wenn sie sich konzentrierte. Wie würde sie ihn bewerten? Würde auch sie ihn auf die *gewagten Stellen* reduzieren? Doch vielleicht las sie ihn ja gar nicht, ich bezweifelte, dass sie das Geld hatte, um ihn sich zu kaufen, ich sollte ihr ein Exemplar schenken. Für einen Moment schien mir das eine gute Idee zu sein, dann verwarf ich sie wieder. Lila bedeutete mir noch immer mehr als jeder andere Mensch, aber ich konnte mich nicht aufraffen, sie zu besuchen. Ich hatte keine Zeit, zu viel musste schnellstens studiert und erlernt werden. Außerdem war das Ende unserer letzten Begegnung – sie mit diesem Kittel und dem Mantel auf dem Fabrikhof vor dem offenen Feuer, in dem die Seiten der *Blauen Fee* verbrannten – ein unwiderruflicher Abschied von den Resten unserer Kindheit gewesen, die Bestätigung dafür, dass unsere Wege sich nun trennten, und sie hätte vielleicht zu mir gesagt: »Ich habe keine Zeit, dein Buch zu lesen, siehst du nicht, was für ein Leben ich führe?« Ich ging meinen eigenen Weg weiter.

Inzwischen verkaufte sich das Buch immer besser, aus welchem Grund auch immer. Einmal rief Adele mich an und sagte mit ihrer üblichen Mischung aus Ironie und Zuneigung: »Wenn das so weitergeht, wirst du noch reich und weißt dann gar nichts mehr mit dem armen Pietro anzufangen.« Dann sagte sie: »Guido will dich sprechen.« Sie gab den Hörer an ihren Mann weiter. Ich wurde aufgeregt, nur selten hatte ich mich mit Professor Airota unterhalten, und es brachte mich jedes Mal in Verlegenheit. Aber Pietros Vater war sehr liebenswürdig, gratulierte mir zu meinem Erfolg, spottete über die Verklemmtheit meiner Verleumder, sprach über die immer noch mittelalterlichen Verhältnisse in

Italien, lobte mich für meinen Beitrag zur Modernisie-
rung des Landes und immer so weiter mit ähnlichen
Floskeln. Er sagte nichts Konkretes über den Roman,
sicherlich hatte er ihn nicht gelesen, er war ein vielbe-
schäftigter Mann. Trotzdem war es nett, dass er mir
seine Zustimmung und seine Wertschätzung bezeigen
wollte.

Mariarosa war nicht weniger herzlich, auch sie lobte
mich überschwenglich. Anfangs schien sie vorzuhaben,
eingehend über mein Buch zu reden, dann wechselte
sie aufgeregt das Thema und sagte, sie wolle mich in
die Mailänder Statale einladen: Sie hielt es für wichtig,
dass ich an dem teilnahm, was sie *den unaufhaltsamen
Strom der Ereignisse* nannte. »Fahr gleich morgen los«,
drängte sie mich. »Hast du gesehen, was gerade in Frankreich los ist?« Ich wusste alles, klebte ständig an einem
alten, blauen, fettverschmierten Kofferradio, das meine Mutter in der Küche stehen hatte, und antwortete
ja, das ist alles wunderbar, Nanterre, die Barrikaden
im Quartier Latin. Aber sie schien viel besser unterrich-
tet zu sein, viel stärker involviert. Sie plante eine Reise
nach Paris mit einigen Genossen und lud mich ein, in
ihrem Auto mitzufahren. Das klang verlockend. Ich
sagte gut, ich überleg's mir. Nach Mailand aufbrechen,
dann weiter nach Frankreich, ins aufständische Paris,
der Brutalität der Polizei entgegentreten, mich mit meiner ganzen persönlichen Geschichte in das glühendste
Magma dieser Monate stürzen und die andere Reise
weg aus Italien fortsetzen, die ich Jahre zuvor mit Fran-

co unternommen hatte. Wie schön könnte es sein, mit Mariarosa zu verreisen, dem einzigen Mädchen, das ich kannte, das so unvoreingenommen war, so modern, so dicht dran am Weltgeschehen und das die politischen Parolen fast so gut beherrschte, wie die Männer es taten. Ich bewunderte sie, in diesem Umbruch gab es keine Frauen, die ruhmreich herausragten. Die jugendlichen Helden, die der Gewalt der Reaktion auf eigene Gefahr die Stirn boten, hießen Rudi Dutschke, Daniel Cohn-Bendit. Und wie in den Kriegsfilmen, in denen es nur Männer gab, war es schwierig, sich dazugehörig zu fühlen, man konnte sie nur lieben, den eigenen Kopf ihren Gedanken anpassen und um ihr Schicksal bangen. Mir fiel ein, dass auch Nino unter Mariarosas Freunden sein könnte. Sie kannten sich, es war möglich. Ach, ihn treffen, von diesem Abenteuer überwältigt werden, mich mit ihm gemeinsam den Gefahren aussetzen. So ging der Tag vorüber. In unserer Küche war es nun still, meine Eltern schliefen, meine Brüder trieben sich noch herum, Elisa wusch sich eingeschlossen im Bad. Losfahren, morgen früh.

13

Ich fuhr los, aber nicht nach Paris. Nach den politischen Wahlen dieses turbulenten Jahres schickte Gina mich auf Lesereise. Ich startete in Florenz. Ich war von einer Dozentin eingeladen worden, der Freundin eines

Freundes der Airotas, landete in einer dieser Gegenvorlesungen, wie sie an den besetzten Universitäten nun üblich waren, und sollte vor etwa dreißig Studentinnen und Studenten sprechen. Mir fiel sofort auf, dass viele der jungen Mädchen noch schlimmer waren als die von meinem künftigen Schwiegervater im *Ponte* beschriebenen: schlecht gekleidet, schlecht geschminkt, konfus in ihrem zu gefühlsbetonten Auftreten, wütend auf die Prüfungen, auf die Professoren. Von der Dozentin gedrängt, äußerte ich mich mit ausdrücklicher Begeisterung zu den aktuellen Studentenunruhen, vor allem zu denen in Frankreich. Ich glänzte mit dem, was ich gerade gelernt hatte, war zufrieden mit mir. Ich merkte, dass ich mit Überzeugung und Klarheit sprach, dass besonders die Mädchen mich dafür bewunderten, wie ich redete, dafür, was ich wusste und wie ich die schwierigen Probleme der Welt ansprach und sie geschickt in einen Zusammenhang stellte. Doch schnell wurde mir bewusst, dass ich jede Erwähnung meines Buches vermied. Darüber zu reden, war mir unangenehm, ich fürchtete Reaktionen wie die im Rione und fasste mit eigenen Worten lieber die Gedanken aus den *Quaderni piacentini* oder aus der *Monthly Review* zusammen. Andererseits war ich wegen meines Buches eingeladen worden, jemand bat bereits ums Wort. Die ersten Fragen drehten sich darum, wie viel Mühe es die Protagonistin gekostet hatte, aus der Umgebung auszubrechen, in die sie hineingeboren war. Erst gegen Ende bat mich ein junges Mädchen, das ich sehr hochgewachsen und dünn in Erinnerung habe und das seine Sätze mit nervösem Gekicher unterbrach, zu erläutern, warum ich es für nötig gehalten hätte, in eine vollkommen ausgefeilte Geschichte so eine *heikle Stelle* einzubauen.

Ich wurde verlegen, vielleicht auch rot, führte aufs Geratewohl soziologische Gründe an. Erst zum Schluss sprach ich über die Notwendigkeit, jede menschliche Erfahrung freiheraus zu schildern, auch das – betonte ich –, was unaussprechlich zu sein scheint und was wir daher sogar vor uns selbst verbergen. Meine letzten Worte kamen gut an, ich bekam Aufwind. Die Dozentin, die mich eingeladen hatte, stimmte mir zu, sagte, sie werde darüber nachdenken, werde mir schreiben.

Ihre Zustimmung gab mir Selbstvertrauen, so dass ich die wenigen Gedanken, die ich hatte, schon bald immer aufs Neue wiederholte. Ich äußerte sie oft vor Publikum, mal amüsiert, mal in dramatischem Ton, mal kurz und knapp, mal ausführlich mit gedrechselten Worten. Besonders wohl fühlte ich mich an einem Abend in einer Turiner Buchhandlung mit ziemlich vielen Zuhörern, vor denen ich immer unbefangener redete. Allmählich fand ich es normal, dass mich jemand voller Sympathie oder provozierend auf die Sexszene am Strand ansprach, zumal meine stets prompte, zunehmend charmant verfeinerte Antwort einigen Anklang fand.

Nach Turin hatte mich im Auftrag des Verlags Tarratano begleitet, Adeles alter Freund. Er sagte, er sei stolz darauf, die Stärken meines Romans als Erster erkannt zu haben, und stellte mich dem Publikum mit den gleichen begeisterten Formulierungen vor, die er vor einer Weile auch in Mailand verwendet hatte. Am Ende des Abends gratulierte er mir zu den großen Fortschritten, die ich in so kurzer Zeit gemacht hätte. Dann fragte er mich in seiner gutmütigen Art: »Warum akzeptieren Sie so bereitwillig, dass man die erotischen Passagen Ihres Buches als heikel bezeichnet, und warum bezeichnen Sie selbst sie in der Öffentlichkeit so?« Er empfahl mir, das nicht zu tun. Zunächst einmal, weil mein Roman sich nicht auf die Szene am Strand reduzieren lasse, da gebe es doch noch viel interessantere und schönere; und falls er hier und da etwas kühn erscheine, so vor allem deshalb, weil er von einer jungen Frau geschrieben worden sei; »Obszönität ist der guten Literatur nicht fremd«, schloss er, »und wahre Erzählkunst ist niemals heikel, selbst wenn sie die Grenzen des Anstands überschreitet.«

Ich war verwirrt. Dieser hochgebildete Mann erklärte mir gerade taktvoll, dass die Sünden meines Buches lässlich seien und ich einen Fehler machte, wenn ich über sie sprach, als wären sie Todsünden. Ich übertrieb demnach. Ich bekam die Kurzsichtigkeit des Publikums zu spüren, seine Oberflächlichkeit. Ich sagte mir: ›Es reicht, ich darf nicht so unterwürfig sein, ich muss lernen, anderer Meinung zu sein als meine Leser, ich darf nicht auf ihr Niveau sinken.‹ Und ich beschloss, bei der nächstbesten Gelegenheit schroffer zu denen zu sein, die mit jenen Passagen anfangen würden.

Beim Abendessen im Hotelrestaurant, das die Presseabteilung für uns arrangiert hatte, hörte ich Tarratano teils verlegen und teils belustigt zu, als er zum Beweis dafür, dass ich eine im Grunde sittsame Autorin sei, Henry Miller anführte oder mir erklärte, dass nicht wenige hochbegabte Schriftstellerinnen der zwanziger und dreißiger Jahre über Sex Bescheid gewusst und geschrieben hätten, wie ich es mir derzeit nicht einmal vorstellen könnte, wobei er mich liebes Mädchen nannte. Ich schrieb mir ihre Namen ins Notizbuch, dachte aber gleichzeitig: ›Trotz seiner Komplimente hält mich dieser Mann für nicht besonders talentiert; ich bin in seinen Augen ein kleines Mädchen, das unverdient zu Erfolg gekommen ist; er hält nicht mal die Passagen für wichtig, die bei den Lesern den größten Anklang finden, sie können vielleicht Leute schockieren, die so gut wie keine Ahnung haben, aber nicht solche wie ihn.‹

Ich sagte, ich sei etwas müde, und half meinem Gesprächspartner auf, der zu viel getrunken hatte. Er war klein, hatte aber den auffälligen Bauch eines Feinschmeckers. Über seinen großen Ohren bauschte sich weißes Haar auf, aus seinem hochroten Gesicht stachen ein schmaler Mund, eine große Nase und äußerst lebhafte Augen hervor, er war ein starker Raucher, seine Finger waren gelb. Im Fahrstuhl versuchte er mich zu umarmen und zu küssen. Obwohl ich mich losmachte, hatte ich Mühe, ihn mir vom Leib zu halten, er gab nicht auf. Die Berührung mit seinem Bauch und seine Weinfahne sind mir bis heute im Gedächtnis geblieben. Damals hätte ich es nicht im Traum für möglich gehalten, dass ein alter, so anständiger, so gebildeter Mann, der eng mit meiner zukünftigen Schwiegermutter befreundet war, sich dermaßen ungehörig aufführen könnte. Im Flur bat er mich eiligst um Entschuldigung, schob alles auf den Wein und zog sich sofort in sein Zimmer zurück.

14

Am nächsten Tag redete er beim Frühstück und während der gesamten Autofahrt nach Mailand sehr bewegt über das, was er für die aufregendste Zeit seines Lebens hielt, die Jahre 1945 bis 1948. In seiner Stimme lag eine ehrliche Melancholie, die jedoch verschwand, als er mit einem ebenso ehrlichen Enthusiasmus über das neue revolutionäre Klima zu sprechen begann, über die Energie – wie er sagte –, die nun Jung und Alt erfasste. Ich nickte die ganze Zeit über, betroffen, wie viel ihm daran lag, mich davon zu überzeugen, dass meine Gegenwart faktisch seine nun zurückkehrende, begeisternde Vergangenheit sei. Er tat mir ein bisschen leid. Eine beiläufige biographische Anmerkung veranlasste mich, kurz nachzurechnen: Der Mann, mit dem ich es hier zu tun hatte, war achtundfünfzig Jahre alt.

In Mailand ließ ich mich wenige Schritte vom Verlag entfernt absetzen und verabschiedete mich von meinem Begleiter. Ich war etwas benommen, hatte schlecht geschlafen. Unterwegs versuchte ich, den unangenehmen Körperkontakt mit Tarratano endgültig zu vergessen, spürte aber seinen Schmutz noch an mir und auch die undeutliche Nähe zu einer für den Rione typischen Unanständigkeit. Im Verlag wurde ich sehr gefeiert. Das war nicht die Höflichkeit von vor einigen Monaten, sondern so etwas wie eine allgemeine Genugtuung, die bedeutete: Wie gut waren wir doch, weil wir erkannt haben, dass du gut bist. Sogar die Frau in der Telefonzentrale, die Einzige in diesem Haus, die mich herablassend behandelt hatte, kam aus ihrer Kabine und umarmte mich. Und der Lektor, der damals meinen Text akribisch überarbeitet hatte, lud mich erstmals zum Essen ein.

Kaum hatten wir in einem kleinen, halbvollen Restaurant in der Nähe des Verlages Platz genommen, betonte er erneut, dass mein Stil ein faszinierendes Geheimnis berge, und empfahl mir zwischen zwei Gängen, ich solle zwar nicht überstürzt, aber ohne mich allzu lange auf meinen Lorbeeren auszuruhen, mit dem Entwurf eines neuen Buches beginnen. Dann erinnerte er mich daran, dass ich um fünfzehn Uhr eine Veranstaltung in der Statale hätte. Mariarosa hatte nichts damit zu tun, der Verlag hatte über eigene Kanäle ein Treffen mit einer Gruppe Studenten für mich organisiert. »Und an wen soll ich mich dort wenden?«, fragte ich. Mein einflussreicher Gesprächspartner sagte voller Stolz: »Mein Sohn wird am Eingang auf Sie warten.«

Ich holte mein Gepäck aus dem Verlag und brachte es ins Hotel. Wenige Minuten später machte ich mich auf zur Universität. Es herrschte eine unerträgliche Hitze. Ich fand mich vor einer Wand mit eng beschriebenen Anschlägen wieder, vor roten Fahnen und den Fahnen von um ihre Freiheit kämpfenden Völkern, vor Plakaten, die Initiativen ankündigten, und mitten in lautem Geschrei, Gelächter und einer diffusen Alarmbereitschaft. Ich schlenderte ein wenig herum und suchte nach Hinweisen, die mich betrafen. Ich erinnere mich noch an einen brünetten Studenten, der an mir vorbeilief und mich heftig anrempelte, das Gleichgewicht verlor, sich wieder fing und auf die Straße rannte, als werde er verfolgt, obwohl niemand hinter ihm her war. Ich erinnere mich an den reinen Klang einer einsamen Trompete, der die stickige Luft durchschnitt. Ich erinnere mich an ein schmächtiges, blondes Mädchen, das eine Kette mit einem großen Schloss am Ende geräuschvoll hinter sich herzog und zu irgendwem hastig rief: »Ich komme!« Ich erinnere mich daran, weil ich, während ich darauf wartete, dass mich jemand erkannte und zu mir kam, mein Notizbuch hervorzog und allerlei aufschrieb, um mir einen Anschein von Wichtigkeit zu geben. Aber eine halbe Stunde verging, und niemand kam. Daher sah ich mir auf der Suche nach meinem Namen und dem Titel meines Romans die Zettel und Plakate genauer an. Vergebens. Nervös, wie ich war, verzichtete ich darauf, einen der Studenten anzuhalten, ich schämte mich, in einer Umgebung, in der die Zettel an der Wand auf viel wichtigere Themen hinwiesen, mein Buch als Diskussionsgegenstand zu erwähnen. Ärgerlich stellte ich fest, dass ich zwischen zwei entgegengesetzten Gefühlen schwankte: einer großen Sympathie für alle diese Jungen und Mädchen, die an diesem Ort eine absolute Disziplinlosigkeit in Wort und Tat offenbaren, und der Angst, die Unordnung, vor der ich floh, seit ich ein kleines Mädchen war, könnte mich jetzt, genau hier, wieder einholen und mich mitten hinein in den Radau treiben, wo mich schon bald eine unanfechtbare Macht – ein Hausmeister, ein Professor, der Rektor, die Polizei – auf frischer Tat ertappen und mich – mich, die ich doch immer so brav gewesen war – bestrafen würde.

Ich erwog, mich aus dem Staub zu machen, was interessierte mich eine Handvoll Studenten, die kaum jünger waren als ich und denen ich den üblichen Blödsinn erzählt hätte? Ich wollte zurück ins Hotel, meinen Status einer recht erfolgreichen Autorin genießen, die viel auf Reisen war, im Restaurant aß und im Hotel schlief. Aber fünf oder sechs Mädchen, die sehr beschäftigt aussahen, kamen mit schweren Taschen vorbei, und geradezu unwillkürlich folgte ich ihnen, den Stimmen, den Rufen und auch dem Klang der Trompete. So geriet ich nach einer Weile vor einen überfüllten Hörsaal, in dem sich gerade ein wütendes Geschrei erhob. Und da die Mädchen, denen ich mich angeschlossen hatte, hineingingen, trat auch ich vorsichtig ein.

Ein heftiger Streit zwischen unterschiedlichen Lagern war im Gange, sowohl in dem vollen Hörsaal als auch in der kleinen Schar, die das Katheder belagerte. Ich blieb in Türnähe, um gegebenenfalls gleich wieder zu verschwinden, bereits angewidert von dem heißen Dunst aus Zigarettenrauch und verbrauchter Luft, von dem starken Geruch der Erregung.

Ich versuchte herauszufinden, was los war. Man diskutierte wohl über Verfahrensfragen, allerdings in einer Atmosphäre, in der kein Mensch eine Einigung für möglich zu halten schien, manche schrien, andere schwiegen oder spotteten, lachten, bewegten sich schnell wie Kuriere auf einem Schlachtfeld, waren gänzlich desinteressiert oder studierten. Ich hoffte, Mariarosa irgendwo zu sehen. Langsam gewöhnte ich mich an den Krach, an die Gerüche. Wie viele Leute: Überwiegend waren es junge Männer, gutaussehende, hässliche, elegante, schlampige, aggressive, verängstigte, amüsierte. Neugierig sah ich mir die jungen Frauen an, ich hatte den Eindruck, die Einzige zu sein, die allein dort war. Einige von ihnen – so auch die Mädchen, denen ich gefolgt war – blieben sogar jetzt noch dicht zusammen, da sie in dem überfüllten Raum Flugblätter verteilten. Sie schrien zusammen, lachten zusammen, und wenn sie sich ein paar Meter voneinander entfernten, achteten sie darauf, sich nicht aus den Augen zu verlieren. Als langjährige Freundinnen oder vielleicht auch als zufällige Bekannte schienen sie aus der Gruppe die Legitimation zu ziehen, sich an diesem chaotischen Ort aufzuhalten, zwar durchaus von der ausschweifenden Stimmung angezogen, aber zu diesem Abenteuer nur unter der Bedingung bereit, dass sie sich nicht voneinander trennten, so als hätten sie vorsorglich und an einem sichereren

Ort vereinbart, dass sie alle gehen würden, sollte eine von ihnen wegwollen. Andere dagegen hatten sich allein oder höchstens zu zweit zu den Gruppen der Jungen gesellt und kehrten eine provozierende Vertraulichkeit heraus, eine fröhliche Aufhebung der Sicherheitsabstände, und sie schienen mir die Glücklichsten zu sein, die Aggressivsten, die Stolzesten.

Ich fühlte mich nicht dazugehörig, unbefugt anwesend, ohne die Voraussetzungen, auch etwas zu schreien und in diesen Dünsten und Gerüchen zu bleiben, die mich nun an die Gerüche und Ausdünstungen von Antonios Körper erinnerten, an seinen Atem, wenn wir uns an den Teichen aneinandergepresst hatten. Ich war zu kläglich gewesen, zu sehr vom Zwang erdrückt, mich durch große Lernerfolge hervorzutun. So gut wie nie war ich ins Kino gegangen. Hatte mir auch nie Schallplatten gekauft, obwohl ich es gern getan hätte. Ich war kein Fan bestimmter Sänger geworden, war nicht in Konzerte gerannt, hatte keine Autogramme gesammelt, hatte mich nie betrunken, und das bisschen Sex, das ich gehabt hatte, war von Unbehagen begleitet gewesen, von Heimlichkeit und Angst. Aber diese Mädchen hier schienen unbefangener aufgewachsen zu sein, die einen mehr, die anderen weniger, und auf die gerade stattfindende Mauser waren sie besser vorbereitet als ich, vielleicht sahen sie ihre Anwesenheit an diesem Ort, in diesem Klima nicht als eine Entgleisung an, sondern als eine richtige, dringend notwendige Entscheidung. ›Jetzt, da ich ein bisschen Geld habe‹, dachte ich,

›jetzt, da ich noch wer weiß wie viel verdienen werde, kann ich ja was von dem Versäumten nachholen.‹ Oder vielleicht auch nicht, ich war schon zu gebildet, zu unerfahren, zu kontrolliert, zu sehr daran gewöhnt, das Leben abzukühlen, indem ich Ideen und Fakten anhäufte, war schon zu kurz vor einer Hochzeit und vor einem endgültigen Versorgtsein, also alles in allem zu brav in eine Ordnung eingelullt, die hier dekadent wirkte. Dieser Gedanke erschreckte mich. ›Nur weg hier‹, dachte ich, ›jede Aktion und jedes Wort sind ein Hieb gegen die Mühe, die ich mir gegeben habe.‹ Dennoch schob ich mich in den überfüllten Hörsaal.

Sofort fiel mir eine bildschöne junge Frau auf, feine Gesichtszüge, tiefschwarzes, über die Schultern fallendes Haar, bestimmt war sie jünger als ich. Ich konnte den Blick nicht von ihr wenden. Sie befand sich zwischen sehr kämpferischen Studenten, und unmittelbar hinter ihr stand wie ein Leibwächter ein Zigarre rauchender, brünetter Mann um die dreißig. Außer durch ihre Schönheit unterschied sie sich in dieser Umgebung dadurch von den anderen, dass sie ein wenige Monate altes Kind auf dem Arm hatte, es stillte und gleichzeitig aufmerksam dem gerade stattfindenden Streit folgte, manchmal rief sie auch etwas dazwischen. Als das Kind, ein hellblauer Tupfen mit rötlichen Beinchen und Füßchen, die Brustwarze losließ, packte sie ihre Brust nicht wieder in den BH, sondern blieb, wie sie war, entblößt, die weiße Bluse aufgeknöpft, die Brust prall, das Gesicht düster, der Mund halb offen, bis sie bemerkte, dass das

Kind nicht mehr trank, und sie mechanisch versuchte es erneut anzulegen.

Diese Frau verwirrte mich. In dem lauten, verqualmten Hörsaal wirkte sie wie eine unorthodoxe Ikone der Mütterlichkeit. Sie war jünger als ich, zart und verantwortlich für ein Kind. Vor allem aber schien sie damit beschäftigt zu sein, nicht den Eindruck einer jungen Frau erwecken zu wollen, die sich still auf die Pflege ihres Babys konzentrierte. Sie kreischte, gestikulierte, verlangte das Wort, lachte erbost, zeigte verächtlich auf jemanden. Und doch war das Kind ein Teil von ihr, suchte ihre Brust, verlor sie wieder. Zusammen ergaben sie ein flimmerndes Bild in Gefahr, nahe daran zu zerbrechen, als wäre es auf Glas gemalt: Das Kind würde ihr aus den Armen fallen, oder etwas würde gegen seinen Kopf stoßen, ein Ellbogen, mit einer unkontrollierten Bewegung. Ich war froh, als plötzlich Mariarosa neben ihr erschien. Endlich. Wie lebendig sie war, wie farbenfroh, wie herzlich. Offenbar kannte sie die junge Mutter gut. Ich winkte ihr zu, sie sah mich nicht. Sie sagte der jungen Frau kurz etwas ins Ohr, verschwand und tauchte zwischen den Kontrahenten am Katheder wieder auf. Unterdessen stürmte durch eine Seitentür ein Trupp herein, der schon durch seine bloße Anwesenheit die Gemüter etwas besänftigte. Mariarosa gab ein Zeichen, wartete ihrerseits auf ein Signal, nahm das Megaphon und sagte ein paar Worte, die endgültig Ruhe in den überfüllten Hörsaal brachten. Da hatte ich für einige Sekunden das Gefühl, Mailand, die Spannungen jener Zeit und meine eigene Erregung hätten die Kraft, die Schatten zu vertreiben, die ich im Kopf hatte. Wie oft in jenen Tagen hatte ich an meine erste politische Erziehung gedacht? Mariarosa überließ das Megaphon einem jungen Mann, der zu ihr getreten war und den ich sofort erkannte. Es war Franco Mari, mein Freund aus den ersten Jahren in Pisa.

15

Er hatte sich nicht verändert: derselbe warme, überzeugende Tonfall, dasselbe Talent, seine Rede ausgehend von allgemeinen Aussagen aufzubauen, die vor aller Augen Schritt für Schritt folgerichtig zu alltäglichen Erfahrungen führten und deren Bedeutung aufdeckten. Während ich dies schreibe, wird mir bewusst, dass ich nur sehr wenig von seinem Äußeren in Erinnerung habe, nur sein blasses, bartloses Gesicht und die kurzen Haare. Dabei war sein Körper bis dahin der einzige gewesen, an den ich mich geschmiegt hatte, als wären wir verheiratet gewesen.

Als Franco seine Rede beendet hatte, ging ich zu ihm, erstaunt blitzten seine Augen auf, er umarmte mich. Aber ein Gespräch war kaum möglich, jemand zog ihn am Arm, und ein anderer redete schon heftig auf ihn ein, wobei er eindringlich mit dem Finger auf ihn zeigte, als müsste Franco sich für schreckliche Vergehen rechtfertigen. Voller Unbehagen stand ich bei den Leuten am Katheder, in dem Gewühl hatte ich Mariarosa aus den Augen verloren. Doch diesmal war sie es, die mich entdeckte, sie zog mich beiseite.

»Was machst du denn hier?«, fragte sie erfreut.

Ich hütete mich, ihr zu erzählen, dass ich eine Veranstaltung verpasst hatte und nur zufällig dort war. Auf Franco weisend sagte ich:

»Ich kenne ihn.«

»Mari?«

»Ja.«

Sie redete voller Begeisterung über Franco, dann sagte sie leise: »Das werden sie mir heimzahlen, ich war es, die ihn eingeladen hat, sieh dir bloß dieses Wespennest an.« Und da er in ihrer Wohnung schlafen und am nächsten Tag nach Turin fahren würde, bestand sie sogleich darauf, dass auch ich bei ihr wohnte. Ich willigte ein, schade um das Hotelzimmer.

Die Versammlung zog sich in die Länge, mit teils großen Spannungen und in einem Klima ständiger Unruhe. Wir verließen die Universität, als es dunkel wurde. Außer Franco schlossen sich Mariarosa auch die junge Mutter, Silvia, an und der etwa dreißigjährige Zigarrenraucher, der mir schon im Hörsaal aufgefallen war, ein venezolanischer Maler namens Juan. Wir gingen zum Essen alle zusammen in eine Trattoria, die meine zukünftige Schwägerin empfohlen hatte. Ich unterhielt mich lange genug mit Franco, um zu erkennen, dass ich mich geirrt hatte, er hatte sich durchaus verändert. Auf seinem Gesicht lag nun eine Maske, die er sich vielleicht selbst aufgesetzt hatte und hinter der, obwohl sie seinen früheren Zügen vollkommen entsprach, seine Großzügigkeit verschwunden war. Er war nun verkrampft, reserviert, legte jedes Wort auf die Goldwaage. Im Verlauf unseres kurzen, scheinbar vertrauten Gesprächs erwähnte er unsere frühere Beziehung kein einziges Mal, und als ich davon anfing und mich beschwerte, weil er mir nicht mehr geschrieben hatte, fiel er mir ins Wort und brummte: »Es musste so kommen.« Auch was sein Studium betraf, blieb er vage, und ich begriff, dass er keinen Abschluss gemacht hatte.

»Es gibt Wichtigeres zu tun«, sagte er.

»Was denn?«

Fast schon verärgert über den allzu privaten Ton unserer Unterhaltung wandte er sich an Mariarosa:

»Elena will wissen, was es zu tun gibt.«

Mariarosa antwortete fröhlich:

»Die Revolution.«

Da schlug ich einen ironischen Ton an:

»Und in der Freizeit?«

Juan, der neben Silvia saß, mischte sich ernst ein, wobei er sanft die Faust ihres Babys schüttelte:

»In der Freizeit bereiten wir sie vor.«

Nach dem Essen zwängten wir uns alle in Mariarosas Auto. Sie wohnte in einer sehr großen, alten Wohnung in Sant'Ambrogio. Der Venezolaner hatte hier eine Art Atelier, ein sehr unordentliches Zimmer, in das er Franco und mich führte, um uns seine Werke zu zeigen: große Gemälde mit urbanen, von Menschen wimmelnden Szenen, die er mit einer nahezu fotografischen Genauigkeit ausgeführt, doch zugleich auch ruiniert hatte, indem er Farbtuben, Pinsel, Paletten oder Schälchen für Terpentin und Wischlappen daraufgenagelt hatte. Mariarosa lobte ihn sehr, wandte sich aber hauptsächlich an Franco, an dessen Meinung ihr offensichtlich besonders viel lag.

Ich beobachtete sie alle, verstand nicht. Sicherlich wohnte Juan hier, sicherlich wohnte auch Silvia hier, die sich mit Baby Mirko unbefangen in der Wohnung bewegte. Doch nachdem ich anfangs vermutet hatte, der Maler und die junge Mutter seien ein Paar und wohnten zur Untermiete in einem der Zimmer, änderte ich meine Meinung rasch. Der Venezolaner behandelte Silvia nämlich den ganzen Abend nur mit zerstreuter Höflichkeit, während er Mariarosa häufig seinen Arm um die Schultern legte und sie einmal sogar auf den Hals küsste.

Zunächst wurde viel über Juans Werke gesprochen. Franco hatte schon immer ein beneidenswertes Urteilsvermögen hinsichtlich der visuellen Künste und ein ausgeprägtes kritisches Verständnis gehabt. Wir hörten ihm alle gern zu, außer Silvia, deren Baby, das bis dahin wunderbar ruhig gewesen war, nun zu schreien begann und sich nicht mehr beruhigen konnte. Eine Weile hoffte ich, Franco würde auch über mein Buch reden, ich war mir sicher, er würde so kluge Dinge darüber sagen wie die, die er mit einiger Härte gerade über Juans Gemälde sagte. Aber niemand erwähnte meinen Roman, und nach einem ärgerlichen Ausbruch des Venezolaners, der mit einer Bemerkung Francos über Kunst und Gesellschaft nicht einverstanden war, ging man dazu über, die kulturelle Rückständigkeit Italiens zu erörtern, die politische Führungsriege, die aus den Wahlen hervorgegangen war, die fortwährenden Zugeständnisse der Sozialdemokratie, die Rolle der Studenten und die polizeilichen Repressionen und schließlich die sogenannte *französische Lektion*. Die Diskussion der beiden Männer wurde schnell polemisch. Silvia, die nicht verstand, was Mirko fehlte, hinausging, wieder hereinkam und das Kind grob anschnauzte, als wäre es schon groß, rief aus dem langen Flur, wo sie mit dem Baby auf und ab ging, oder aus dem Zimmer, in dem sie es wickelte, häufig missbilligende Phrasen herüber. Mariarosa erzählte, nachdem sie von den Kindergärten an der Sorbonne berichtet hatte, die für den Nachwuchs der streikenden Studenten organisiert worden waren, von einem regnerischen, eiskalten Paris der ersten Junitage, das noch lahmgelegt vom Generalstreik war. Nicht aus eigenem Erleben (wie sie bedauernd sagte, sie hatte nicht hinfahren können), doch so, wie eine Freundin es ihr in einem Brief geschildert hatte. Franco und Juan hörten den beiden Frauen unaufmerksam zu, verloren aber nie den Faden ihrer eigenen Diskussion, ja sie stritten sich mit zunehmender Feindseligkeit.

Die Folge war, dass wir drei Frauen in den Zustand schläfriger Kühe gerieten, die abwarteten, bis die beiden Stiere ihre Kräfte ausgiebig gemessen hatten. Mich nervte das. Ich rechnete damit, dass Mariarosa sich wieder einmischte, wollte dies auch selbst tun. Aber Franco und Juan ließen uns keinerlei Raum, und inzwischen brüllte das Kind, und Silvia behandelte es immer aggressiver. ›Als Lila Gennaro bekommen hat‹, dachte ich, ›war sie noch viel jünger als sie.‹ Und ich bemerkte, dass mich schon während der Versammlung etwas veranlasst hatte, eine Verbindung zwischen den beiden herzustellen. Vielleicht war es die mütterliche Einsamkeit gewesen, wie Lila sie nach Ninos Verschwinden und dem Bruch mit Stefano erlebt hatte. Oder ihre Schönheit: Wäre Lila mit Gennaro auf dieser Versammlung gewesen, wäre sie eine noch attraktivere, noch resolutere Mutter als Silvia gewesen. Aber Lila war längst ausgeschlossen. Die Welle, die ich im Hörsaal gespürt hatte, würde bis nach San Giovanni a Teduccio gelangen, aber Lila würde es an diesem Ort, an dem sie, durch einen freiwilligen Abstieg, gelandet war, nicht einmal bemerken. Wie schade. Ich fühlte mich schuldig. Ich hätte sie fortbringen, entführen, sie auf meinen Reisen mitnehmen sollen. Oder zumindest ihre Präsenz in mir verstärken, ihre Stimme mit meiner vermischen müssen. Wie in diesem Moment. Ich hörte sie sagen: ›Wenn du schon den Mund hältst und bloß die beiden Typen reden lässt, wenn du dich benimmst wie eine Zimmerpflanze, dann hilf wenigstens dieser Frau, denk dran, was es heißt, ein kleines Kind zu haben.‹ Ein Durcheinander von Räumen und Zeiten, von weit auseinanderliegenden Stimmungen. Ich sprang auf und nahm Silvia sanft und behutsam das Baby ab, sie überließ es mir gern.

16

Was für ein hübsches Kind, es war ein unvergesslicher Augenblick. Mirko zog mich sofort in seinen Bann, er hatte Falten im rosigen Fleisch seiner Handgelenke und seiner Beine. Wie schön er war, wie schön seine Augen geschnitten waren, wie viele Haare er hatte, was für schmale, zarte Füße, wie er duftete. Alle diese Komplimente flüsterte ich ihm zu, ruhig, während ich ihn in der Wohnung spazieren trug. Die Stimmen der Männer blieben zurück, auch die Ideen, die sie verfochten, ihre Feindseligkeit, und es geschah etwas für mich Neues. Ich empfand Vergnügen. Ich spürte die Hitze des Kindes und seine Beweglichkeit wie eine unkontrollierbare Flamme, und es kam mir so vor, als würden alle meine Sinne wacher werden, so als hätte sich die Wahrnehmung dieses vollkommenen Stückchens Leben, das ich auf dem Arm hielt, extrem verschärft und als spürte ich seinen Liebreiz und auch Verantwortung für es und als wappnete ich mich, es vor allen bösen Geistern zu beschützen, die in den dunklen Winkeln der Wohnung lauerten. Mirko schien das zu merken und wurde still. Auch das bereitete mir Vergnügen, ich war stolz darauf, dass es mir gelungen war, ihn zu beruhigen.

Als ich ins Zimmer zurückkam, drehte sich Silvia,

die auf Mariarosas Knien saß, dem Streit der beiden Männer zuhörte und sich mit gereizten Zwischenrufen daran beteiligte, nach mir um und las in meinem Gesicht wohl die Freude, mit der ich das Baby an mich drückte. Sie sprang auf, nahm es mir mit einem schroffen Danke weg und brachte es ins Bett. Das löste ein unangenehmes Verlustgefühl in mir aus. Ich spürte, wie mich Mirkos Hitze verließ, setzte mich missmutig und verwirrt wieder hin. Ich wollte das Baby zurückhaben, hoffte, es würde wieder anfangen zu schreien und Silvia würde mich um Hilfe bitten. ›Was ist denn los mit mir? Wünsche ich mir etwa Kinder? Will ich die Mama spielen, stillen, Schlafliedchen singen? Hochzeit und Schwangerschaft? Und wenn meine Mutter gerade dann aus meinem Bauch hervorbricht, wenn ich mich bereits in Sicherheit wähne?‹

17

Ich brauchte eine Weile, bis ich mich auf die Lektion, die wir aus Frankreich erhielten, konzentrieren konnte, auf die spannungsgeladene Auseinandersetzung zwischen den beiden Männern. Doch ich hatte keine Lust, den Mund zu halten. Ich wollte etwas zu dem sagen, was ich über die Ereignisse in Paris gelesen und gedacht hatte, meine Worte verhedderten sich in Sätzen, die unvollständig im Kopf blieben. Ich wunderte mich, warum die so mutige, so unabhängige Mariarosa nach wie vor schwieg, warum sie sich darauf beschränkte, mit einem hübschen Lächeln immer wieder und ausschließlich Francos Äußerungen zuzustimmen, was Juan reizte und ihn manchmal verunsicherte. ›Wenn sie nichts sagt‹, dachte ich, ›dann sage ich was, wozu bin ich sonst hergekommen, wozu habe ich sonst auf das Hotel verzichtet?‹ Fragen, auf die ich eine Antwort hatte. Ich wollte dem, der mich von früher kannte, zeigen, was aus mir geworden war. Wollte Franco zu verstehen geben, dass er mich nicht wie das kleine Mädchen von damals behandeln konnte, wollte ihm klarmachen, dass ich ein ganz anderer Mensch geworden war, wollte ihn dazu bringen, in Mariarosas Gegenwart zu sagen, dass *dieser andere Mensch* seine Hochachtung genoss. Da also das Baby ruhig war, da Silvia mit ihm aus dem Zimmer gegangen war und die zwei mich nicht mehr brauchten, wartete ich noch einen Moment und fand dann eine Gelegenheit, meinem Exfreund zu widersprechen. Es war ein Widerspruch aufs Geratewohl. Nicht von soliden Überzeugungen ließ ich mich leiten, sondern von der Absicht, etwas *gegen Franco* zu sagen, und das tat ich, ich hatte Formeln im Kopf, die ich mit gespielter Sicherheit zusammenwarf. Ich sagte mehr oder weniger, ich sei irritiert über den Stand des Klassenkampfs in Frankreich und fände die Einheit von Studenten und Arbeitern vorerst reichlich abstrakt. Ich sprach entschlossen, fürchtete, einer der Männer würde mich unterbrechen, um etwas zu sagen, was die Diskussion zwischen den beiden wieder aufflammen lassen könnte.

Doch sie hörten mir aufmerksam zu, alle, auch Silvia, die geradezu auf Zehenspitzen und ohne das Baby zurückgekommen war. Weder Franco noch Juan ließen Anzeichen von Ungeduld erkennen, während ich redete, der Venezolaner stimmte sogar zu, als ich zwei oder drei Mal das Wort *Volk* verwendete. Was Mari ärgerte. »Du sagst gerade, dass es *objektiv* keine revolutionäre Situation gibt«, betonte er spöttisch, und ich kannte diesen Ton, er bedeutete, dass er sich verteidigte, indem er sich über mich lustig machte. Also gerieten wir aneinander, ich fiel ihm ins Wort und er mir: Ich weiß nicht, was *objektiv* überhaupt heißen soll; das heißt, dass Handeln unerlässlich ist; und wenn es nicht unerlässlich ist, legst du also die Hände in den Schoß; nein, ein Revolutionär hat immer die Pflicht, das Mögliche zu tun; in Frankreich haben die Studenten das Unmögliche getan, der Bildungsapparat ist zerschlagen und wird sich nicht mehr wiederherstellen lassen; gib zu, dass sich die Dinge geändert haben und weiter ändern werden; ja, aber keiner wollte es von dir oder sonst wem schriftlich haben, dass es *objektiv* eine revolutionäre Situation gibt, die Studenten haben gehandelt und fertig; das ist nicht wahr; doch. Und so weiter. Bis wir gleichzeitig verstummten.

Das war kein normaler Wortwechsel gewesen, nicht wegen des Inhalts, sondern wegen des hitzigen Tons, ohne Rücksicht auf die guten Sitten. Ich sah in Mariarosas Augen ein amüsiertes Aufblitzen, sie hatte an der Art, wie Franco und ich miteinander redeten, erkannt, dass zwischen uns mehr gewesen war als üblicherweise zwischen Kommilitonen. »Kommt, helft mir mal«, sagte sie zu Silvia und Juan. Sie musste eine Leiter nehmen, um Bettwäsche für mich und Franco herauszusuchen. Die zwei folgten ihr, Juan flüsterte ihr etwas ins Ohr.

Franco starrte einen Augenblick auf den Boden, presste die Lippen zusammen, wie um ein Lächeln zu unterdrücken, und sagte mit einem zärtlichen Unterton:

»Du bist immer noch derselbe Spießer.«

Mit diesem Etikett hatte er mich vor Jahren häufig aufgezogen, wenn ich Angst gehabt hatte, in seinem Zimmer ertappt zu werden. Ohne die mäßigende Gegenwart der anderen polterte ich los:

»Der Spießer bist ja wohl du, mit deiner Herkunft, deiner Bildung, deinem Benehmen.«

»Ich wollte dich nicht beleidigen.«

»Ich bin nicht beleidigt.«

»Du hast dich verändert, du bist aggressiver geworden.«

»Ich bin immer noch die Alte.«

»Alles in Ordnung bei dir zu Hause?«

»Ja.«

»Und bei deiner Freundin, an der du so gehangen hast?«

Dieser Gedankensprung verwirrte mich. Hatte ich ihm damals von Lila erzählt? In welchem Zusammenhang? Und warum kam sie ihm jetzt in den Sinn? Wo war die Verbindung, die er irgendwo gesehen hatte und ich nicht?

»Es geht ihr gut.«

»Was macht sie denn so?«

»Sie arbeitet in einer Wurstfabrik am Stadtrand von Neapel.«

»Hatte sie nicht irgendeinen Kaufmann geheiratet?«

»Die Ehe hat nicht funktioniert.«

»Wenn ich mal nach Neapel komme, musst du sie mir vorstellen.«

»Klar.«

»Gib mir deine Telefonnummer und deine Adresse.«

»Ist gut.«

Er sah mich an, um abzuschätzen, welche Worte mich am wenigsten verletzen würden, und fragte:

»Hat sie dein Buch gelesen?«

»Keine Ahnung, hast du es gelesen?«

»Natürlich.«

»Und wie fandst du es?«

»Gut.«

»Inwiefern?«

»Es sind schöne Stellen drin.«

»Welche denn?«

»Die, in denen du der Hauptfigur die Möglichkeit gibst, die Bruchstücke auf ihre eigene Art zusammenzusetzen.«

»Das ist alles?«

»Reicht das nicht?«

»Nein. Man merkt, dass es dir nicht gefallen hat.«

»Ich hab' dir gesagt, es ist gut.«

Ich kannte ihn, er versuchte, mich nicht zu demütigen. Das regte mich auf, ich sagte:

»Das Buch hat eine Diskussion angestoßen, es verkauft sich sehr gut.«

»Dann ist doch alles in Ordnung, nicht?«

»Ja, aber nicht für dich. Was stimmt denn nicht?«

Wieder presste er die Lippen zusammen, dann fasste er sich ein Herz:

»Es ist nicht viel dahinter, Elena. Mit Liebesgeschichtchen und krampfhaften Versuchen, sozial aufzusteigen, überdeckst du gerade das, was erzählenswert wäre.«

»Und was wäre das?«

»Lass es gut sein, es ist schon spät, wir müssen ins Bett.« Er versuchte gutmütige Ironie auszustrahlen, blieb aber im Grunde bei seinem neuen Tonfall eines Menschen, der eine große Aufgabe hat und sich um alles andere nur sehr sporadisch kümmern kann: »Du hast das Mögliche getan, oder? Doch das ist jetzt, objektiv, nicht die Zeit zum Romaneschreiben.«

18

In diesem Moment kam Mariarosa mit Juan und Silvia zurück, sie brachten saubere Handtücher und Nachtwäsche. Bestimmt hatte sie den letzten Satz gehört und begriffen, dass es um mein Buch ging, sagte aber kein Wort. Sie hätte einwerfen können, dass ihr das Buch gefallen habe, dass man Romane zu allen Zeiten schreiben könne, doch das tat sie nicht. Daraus schloss ich, dass mein Buch in diesen so gebildeten und von politischer Leidenschaft verzehrten Kreisen, abgesehen von Sympathiebekundungen und Herzlichkeit, als belangloser Kleinkram betrachtet wurde und dass die Seiten, die derzeit seinen Verkauf förderten, entweder als Abklatsch von wesentlich brisanteren Texten beurteilt wurden, die ich allerdings nie gelesen hatte, oder den abwertenden Stempel verdient hatten, den Franco ihnen aufgedrückt hatte: *Liebesgeschichtchen*.

Meine zukünftige Schwägerin zeigte mir mit flüchtiger Höflichkeit das Bad und mein Zimmer. Ich verabschiedete mich von Franco, der am frühen Morgen abreisen würde. Ich gab ihm nur die Hand, und auch er machte keine Anstalten, mich zu umarmen. Ich sah, wie er mit Mariarosa in einem Zimmer verschwand, und Juans finsterer Miene und Silvias unglücklichem Blick entnahm ich, dass der Gast und die Gastgeberin zusammen schlafen würden.

Ich zog mich in das mir zugewiesene Zimmer zurück. Dort roch es stark nach kaltem Rauch, ich fand ein ungemachtes Bett vor, keinen Nachttisch, keine Lampe außer einer Funzel an der Decke, Zeitungsstapel auf dem Boden, einige Ausgaben von *Menabò*, *Nuovo Impegno*, *Marcatré* und teure Kunstbände, teils zerlesen, teils offensichtlich unberührt. Unter dem Bett entdeckte ich einen Aschenbecher voller Kippen, ich öffnete das Fenster und stellte ihn aufs Fensterbrett. Ich zog mich aus. Das Nachthemd, das Mariarosa mir gegeben hatte, war zu lang, zu eng. Ich ging barfuß ins Bad, über den langen Flur im Dämmerlicht. Dass ich keine Zahnbürste hatte, störte mich nicht. Niemand hatte mich dazu erzogen, mir die Zähne zu putzen, das hatte ich mir erst vor kurzer Zeit in Pisa angewöhnt.

Im Bett versuchte ich den Franco, den ich an diesem Abend kennengelernt hatte, mit dem Franco von vor einigen Jahren auszulöschen, mit dem reichen, großzügigen Jungen, der mich geliebt hatte, der mir geholfen hatte, der mir alles mögliche gekauft hatte, der mir viel beigebracht hatte und mich zu seinen politischen Treffen nach Paris mitgenommen hatte und in den Ferien an die Versilia-Küste, ins Haus seiner Eltern. Doch es gelang mir nicht. Die Gegenwart mit ihren Turbulenzen, dem Geschrei im überfüllten Hörsaal, dem politischen Jargon, der mir im Kopf herumschwirrte und abwertend auf mein Buch niederprasselte, gewann die Oberhand. Machte ich mir Illusionen über meine schriftstellerische Zukunft? Hatte Franco recht, mussten eigentlich ganz andere Dinge getan werden, als Romane zu schreiben? Was für einen Eindruck hatte er von mir? Wie hatte er unsere Liebe in Erinnerung, vorausgesetzt, er erinnerte sich überhaupt? Beschwerte er sich bei Mariarosa gerade über mich, so wie Nino sich bei mir über Lila beschwert hatte? Ich war niedergeschlagen, verzagt. Auf jeden Fall empfand ich das, was ich mir als einen angenehmen, vielleicht etwas melancholischen Abend ausgemalt hatte, als trostlos. Ich konnte es kaum erwarten, dass die Nacht verging und ich nach Neapel zurückfahren konnte. Um das Licht zu löschen, musste ich aufstehen. Im Dunkeln kehrte ich ins Bett zurück.

Ich fand keinen Schlaf. Wälzte mich hin und her, die Gerüche anderer Körper hatten sich im Bett und im Zimmer festgesetzt, eine Intimität wie die bei mir zu Hause, hier allerdings von womöglich abstoßenden Fremden. Dann schlummerte ich ein, schreckte aber plötzlich auf, jemand war ins Zimmer gekommen. Ich flüsterte: »Wer ist da?« Juan antwortete mir, fragte flehend, als bäte er mich um einen wichtigen Gefallen, fast schon um eine Art Erste Hilfe:

»Kann ich mit dir schlafen?«

Dieser Wunsch erschien mir so absurd, dass ich, um völlig wach zu werden und zu verstehen, nachfragte:

»Schlafen?«

»Ja, ich lege mich neben dich, ich werde dich nicht stören, ich will nur nicht allein sein.«

»Auf keinen Fall.«

»Warum denn nicht?«

Ich wusste nicht, was ich antworten sollte, sagte leise:

»Ich bin verlobt.«

»Na und? Wir schlafen doch bloß.«

»Hau ab, bitte, ich kenne dich ja nicht mal.«

»Ich bin Juan, ich habe dir meine Werke gezeigt, was willst du denn noch?«

Ich merkte, dass er sich aufs Bett setzte, ahnte seine dunkle Gestalt, spürte seinen Atem, der nach Zigarre roch.

»Bitte«, sagte ich leise, »ich bin müde.«

»Du bist Schriftstellerin, du schreibst über die Liebe.

Alles, was wir erleben, regt die Phantasie an und hilft uns, schöpferisch zu sein. Lass mich bei dir sein, dann hast du was zu erzählen.«

Er streichelte mit den Fingerspitzen meinen Fuß. Das hielt ich nicht aus, ich sprang auf, machte Licht. Er saß noch auf dem Bett, in Unterwäsche.

»Raus«, zischte ich, und zwar so entschieden, so offensichtlich kurz davor zu schreien, so entschlossen, mich sofort auf ihn zu stürzen und mich mit aller Kraft mit ihm zu prügeln, dass er langsam aufstand und angewidert sagte:

»Wie scheinheilig du bist.«

Er ging. Ich machte die Tür hinter ihm zu, einen Schlüssel gab es nicht.

Ich war entsetzt, war außer mir, war erschrocken, ein blutrünstiger Dialekt wirbelte mir durch den Kopf. Ich wartete eine Weile, bevor ich wieder ins Bett ging, das Licht ließ ich an. Welche Signale sandte ich aus, wie wirkte ich auf andere, was rechtfertigte Juans Bitte? Lag es an dem Ruf, eine freizügige Frau zu sein, in den mein Buch mich gebracht hatte? Lag es an den politischen Parolen, die ich von mir gegeben hatte und die offenbar nicht nur ein dialektisches Geplänkel waren, ein Spiel, um zu zeigen, dass ich genauso viel konnte wie die Männer, sondern meine ganze Person definierten, sexuelle Verfügbarkeit inbegriffen? Hatte so etwas wie eine Zugehörigkeit zum selben politischen Lager diesen Mann dazu veranlasst, bedenkenlos in mein Zimmer zu kommen, oder Mariarosa dazu, ebenfalls bedenkenlos Franco mit in ihres zu nehmen? Oder war ich selbst von der diffusen erotischen Erregung angesteckt, die ich im Hörsaal der Universität bemerkt hatte, und strahlte ich sie aus, ohne mir dessen bewusst zu sein? Noch in Mailand wäre ich zum Sex mit Nino bereit gewesen und hätte Pietro betrogen. Aber das war eine alte Liebe, sie rechtfertigte das sexuelle Verlangen und den Betrug, während Sex an sich, jene unumwundene Bitte um einen Orgasmus, nein, mich nicht mitreißen konnte, ich war nicht darauf vorbereitet, er widerte mich an. Warum sollte ich mich von Adeles Freund in Turin anfassen lassen, warum sollte ich mich in diesem Haus von Juan anfassen lassen, was sollte ich beweisen, was wollten *sie* beweisen? Plötzlich fiel mir die Sache mit Donato Sarratore wieder ein. Nicht so sehr der Abend am Strand von Ischia, den ich in meinem Roman verarbeitet hatte, sondern die Nacht, als er in Nellas Küche aufgetaucht war, kurz nachdem ich ins Bett gegangen war, und er mich geküsst, mich berührt und gegen meinen Willen eine Flut der Lust in mir ausgelöst hatte. Gab es eine Verbindung zwischen dem entgeisterten und verängstigten jungen Mädchen von damals und der im Fahrstuhl bedrängten Frau, der Frau, die nun das Eindringen in ihr Zimmer über sich hatte ergehen lassen müssen? Waren der hochgebildete, mit Adele befreundete Tarratano und der venezolanische Künstler Juan von derselben Sorte wie Ninos Vater, der Zugschaffner und Verseklopfer und käufliche Schreiberling?

19

Ich konnte nicht einschlafen. Zu meiner nervlichen Anspannung, zu meinen widersprüchlichen Gedanken kam
noch Mirko, der erneut zu schreien anfing. Wieder empfand ich die starke Rührung, die mich ergriffen hatte,
als ich das Baby auf dem Arm gehabt hatte, und da es
sich nicht beruhigte, konnte ich mich nicht zurückhalten. Ich stand auf, folgte der Tonspur des Geschreis und
kam zu einer Tür, aus der Licht drang. Ich klopfte, Silvia antwortete grob. Ihr Zimmer war gemütlicher als
meines, es gab einen alten Schrank, eine Kommode
und ein Ehebett, auf dem sie in einem rosa Babydoll
saß, mit übergeschlagenen Beinen und finsterer Miene.
Ihre Arme hingen herab, beide Handrücken lagen auf
dem Laken, wie eine Weihgabe hielt sie auf den nackten
Schenkeln den ebenfalls nackten Mirko, rot angelau-
fen, mit dem schwarzen Loch des aufgerissenen Mundes, die kleinen Augen zusammengekniffen, die Arme
und Beine zappelnd. Sie empfing mich feindselig, dann
wurde sie weicher. Sie sagte, sie fühle sich als Mutter
unfähig, wisse nicht, was sie tun solle, sei verzweifelt.
Schließlich flüsterte sie: »Er ist immer so, außer wenn
er trinkt, vielleicht ist er krank, er wird mir hier auf dem
Bett wegsterben«, und während sie sprach, schien sie
mir von Lila meilenweit entfernt zu sein, sie war hässlich, entstellt von den Zuckungen ihres Mundes und
von den aufgerissenen Augen. Dann begann sie zu
weinen.

Der Kummer von Mutter und Kind rührte mich an, am liebsten hätte ich die beiden umarmt, sie an mich gedrückt und in den Armen gewiegt. Leise fragte ich: »Kann ich ihn ein bisschen nehmen?« Sie nickte schluchzend. Also nahm ich das Kind von ihrem Schoß an meine Brust und spürte erneut den Strom von Gerüchen, Lauten, Wärme, als strebten seine Lebensenergien nach der Trennung nun voller Freude rasch wieder zu mir. Ich ging im Zimmer auf und ab und flüsterte eine Art unsortierte Litanei, die ich aus dem Stegreif erfand, eine lange, sinnfreie Liebeserklärung. Wie durch ein Wunder beruhigte sich Mirko, er schlief ein. Ich legte ihn sacht neben seine Mutter, wollte mich aber nicht von ihm trennen. Ich hatte Angst davor, in mein Zimmer zurückzukehren, ich hielt für möglich, dass ich dort auf Juan traf, und wollte lieber noch etwas bleiben.

Silvia bedankte sich ohne Dankbarkeit bei mir und fügte diesem Danke eine kalte Aufzählung meiner Vorzüge hinzu: »Du bist klug, du weißt alles, du kannst dir Respekt verschaffen, du bist die geborene Mutter, was für ein Glück für die Kinder, die du mal haben wirst.« Ich wehrte ab, sagte: »Ich gehe jetzt.« Aber sie griff in einer Anwandlung von Angst nach meiner Hand und bat mich, zu bleiben: »Auf dich reagiert er«, sagte sie. »Tu es für ihn, dann wird er ruhig schlafen.« Ich willigte sofort ein. Wir legten uns mit dem Baby zwischen uns ins Bett, löschten das Licht. Doch wir schliefen nicht, wir begannen von uns zu erzählen.

Silvias Feindseligkeit ließ in der Dunkelheit nach. Sie

sprach über den Abscheu, den sie empfunden hatte, als sie bemerkt hatte, dass sie ein Kind erwartete. Sie hatte die Schwangerschaft dem Mann, den sie liebte, und auch sich selbst gegenüber verheimlicht, hatte sich eingeredet, das werde vergehen wie eine Krankheit, durch die man hindurchmüsse. Aber dann hatte ihr Körper reagiert, sich verformt. Silvia hatte es ihren Eltern sagen müssen, sehr wohlhabenden Freiberuflern aus Monza. Es hatte eine Szene gegeben, Silvia war von zu Hause ausgezogen. Doch anstatt zuzugeben, dass sie die Monate in Erwartung eines Wunders hatte verstreichen lassen, anstatt sich einzugestehen, dass eine Abtreibung für sie nur aus Angst vor körperlichen Komplikationen nicht in Frage gekommen war, hatte sie sich darauf verlegt, zu behaupten, sie wolle das Kind aus Liebe zu dem Mann, der sie geschwängert hatte. Er hatte zu ihr gesagt: »Wenn du es willst, will ich es dir zuliebe auch.« Ihre Liebe, seine Liebe: Damals war es beiden ernst gewesen. Aber nach wenigen Monaten, noch vor dem Ende der Schwangerschaft, war sowohl seine als auch ihre Liebe vergangen, traurig kam Silvia immer wieder auf diesen Punkt zurück. Außer Groll war nichts geblieben. So stand sie plötzlich allein da, und dass sie bisher über die Runden gekommen war, hatte sie Mariarosa zu verdanken, über die sie viel Gutes sagte, sie sprach mit großer Begeisterung über sie, eine hervorragende Dozentin, die wirklich auf der Seite der Studenten stand, eine unschätzbare Genossin.

Ich sagte, die ganze Familie Airota sei bewundernswert, ich sei mit Pietro verlobt, wir würden im Herbst heiraten. Sie erklärte hitzig: »Ich finde Ehe und Familie schrecklich, das ist doch Schnee von gestern.« Dann wurde ihr Tonfall unversehens melancholisch.

»Mirkos Vater arbeitet auch an der Universität.«

»Ach, ja?«

»Alles begann damit, dass ich seine Vorlesungen besuchte. Er war so selbstsicher, so gut vorbereitet, so klug, und er sah phantastisch aus. Er war in jeder Hinsicht vollkommen. Schon bevor die Unruhen losgingen, hatte er gesagt: ›Erzieht euch eure Professoren, lasst euch nicht wie Vieh behandeln.‹«

»Kümmert er sich denn ein bisschen um das Kind?«

Sie lachte in die Dunkelheit, flüsterte hart:

»Der Mann bleibt immer draußen, abgesehen von den Momenten, in denen du ihn liebst und er in dich eindringt. Darum ist dir später, wenn du ihn nicht mehr liebst, schon allein der Gedanke unangenehm, dass du ihn mal begehrt hast. Ich habe ihm gefallen, er hat mir gefallen, Schluss, aus. Mir passiert es mehrmals täglich, dass mir einer gefällt. Dir etwa nicht? Es hält eine Zeitlang, dann ist es vorbei. Nur das Kind bleibt, es ist ein Teil von dir. Doch sein Vater war ein Fremder, und er wird wieder zu einem Fremden. Sogar sein Name klingt nicht mehr so wie früher. ›Nino‹, sagte ich vor mich hin und wiederholte diesen Namen in Gedanken unentwegt, sobald ich aufgewacht war, er war wie ein Zauberwort. Jetzt dagegen macht mich sein Klang traurig.«

Eine Weile sagte ich nichts, schließlich flüsterte ich:

»Mirkos Vater heißt Nino?«

»Ja, alle an der Universität kennen ihn.«

»Nino und weiter?«

»Nino Sarratore.«

20

Ich brach frühmorgens auf und ließ Silvia mit dem Kind an der Brust schlafen. Vom Maler keine Spur. Nur von Mariarosa konnte ich mich verabschieden, die in aller Frühe aufgestanden war, um Franco zum Bahnhof zu bringen, und gerade zurückgekommen war. Sie sah verschlafen aus und wirkte verdrossen. Sie fragte:

»Gut geschlafen?«

»Ich habe mich lange mit Silvia unterhalten.«

»Hat sie dir von Sarratore erzählt?«

»Ja.«

»Ich weiß, dass ihr befreundet seid.«

»Hat er dir das gesagt?«

»Ja. Wir haben ein bisschen über dich getratscht.«

»Ist Mirko wirklich sein Kind?«

»Ja.« Sie unterdrückte ein Gähnen, lächelte. »Nino ist faszinierend, die Mädchen reißen sich um ihn, sie ziehen ihn hierhin und dorthin. Und wir leben, Gott sei Dank, in glücklichen Zeiten, man nimmt sich, was man will, zumal er eine Kraft freisetzt, die Freude und Tatendrang vermittelt.«

Sie sagte, die Bewegung brauche dringend Leute wie

ihn. Sagte, man müsse sich aber um ihn kümmern, ihn erziehen, ihn lenken. »Hochbegabte Leute«, sagte sie, »müssen geführt werden, in ihnen lauert stets der demokratische Spießer, der Technokrat, der Reformist.« Wir bedauerten beide, dass wir so wenig Zeit füreinander gehabt hatten, und versicherten uns gegenseitig, dass es beim nächsten Mal anders sein würde. Ich holte mein Gepäck aus dem Hotel und fuhr ab.

Erst im Zug, auf meiner langen Reise nach Neapel, wurde mir Ninos zweite Vaterschaft wirklich bewusst. Ein fahles Grau erstreckte sich von Silvia bis zu Lila, von Mirko bis zu Gennaro. Ich hatte den Eindruck, dass die Leidenschaft von Ischia, die Liebesnacht in Forio, die heimliche Affäre an der Piazza dei Martiri und Lilas Schwangerschaft farblos wurden und sich auf einen Mechanismus reduzierten, den Nino, nachdem er Neapel verlassen hatte, mit Silvia und wer weiß wie vielen anderen Mädchen in Gang gesetzt hatte. Die Sache beleidigte mich, als hielte ich Lila in meinem Kopf verborgen und durchlebte nun ihre Gefühle. Ich war verbittert, wie sie es gewesen wäre, hätte sie davon gewusst, ich regte mich auf, als wäre mir ihr Unrecht zugestoßen. Nino hatte Lila und mich betrogen. Wir waren beide, sie und ich, gleichermaßen gedemütigt worden, wir liebten ihn, ohne je wirklich wiedergeliebt worden zu sein. Er war also trotz seiner Vorzüge ein leichtfertiger, oberflächlicher Mann, ein animalischer Organismus, der, triefend vor Schweiß und anderen Flüssigkeiten, eine in weiblichen Bäuchen empfangene, genährte und gewachsene lebende Materie als das Relikt eines flüchtigen Vergnügens hinter sich ließ. Ich erinnerte mich daran, wie er mich vor Jahren im Rione besucht hatte, wie wir plaudernd auf dem Hof gestanden hatten, wie Melina ihn vom Fenster aus gesehen und ihn mit seinem Vater verwechselt hatte. Donatos frühere Geliebte hatte Ähnlichkeiten entdeckt, die ich für nicht vorhanden gehalten hatte. Aber jetzt war es klar, sie hatte recht und ich nicht. Nino floh nämlich nicht vor seinem Vater, weil er fürchtete, er könnte werden wie er, Nino *war bereits* wie sein Vater und wollte das nicht zugeben.

Trotzdem konnte ich ihn nicht hassen. In dem von der Sonne aufgeheizten Zug dachte ich nicht nur daran zurück, wie ich ihn in der Buchhandlung wiedergesehen hatte, sondern fügte ihn auch in die Ereignisse, Worte und Sätze dieser Tage ein. Der Sex war mir nachgejagt und hatte mich gepackt, schmutzig und verführerisch, obsessiv gegenwärtig in Gesten, Gesprächen, Büchern. Derzeit fielen die Trennmauern, zerrissen die Ketten der Anstandsregeln. Und Nino genoss diese Zeit. Er gehörte zur kämpferischen Versammlung der Mailänder Universität mit ihrem intensiven Geruch, passte zur Unordnung in der Wohnung von Mariarosa, deren Liebhaber er garantiert gewesen war. Mit seiner Intelligenz, seinem Verlangen, seinen Verführungskünsten bewegte er sich sicher und neugierig durch diese Zeiten. Vielleicht war es falsch von mir gewesen, ihn auf die schmutzigen Begierden seines Vaters zu reduzieren, sein Verhalten gehörte zu einer anderen Kultur, und Silvia und Mariarosa hatten es klar gesagt: Die Mädchen wollten ihn, und er nahm sie sich, es gab keine Übergriffe, es gab keine Schuld, nur das Recht des Verlangens. Wer weiß, vielleicht wollte Nino mir sagen, als er mir erzählt hatte, Lila sei auch sexuell verkorkst, dass die Zeit der Ansprüche vorbei sei, dass es unsinnig sei, Lust mit Verantwortung zu beschweren. Auch wenn er das Wesen seines Vaters hatte, war seine Liebe zu den Frauen sicherlich eine ganz andere Geschichte.

Erstaunt und verdrossen traf ich in dem Moment in Neapel ein, als bei dem Gedanken daran, wie sehr Nino geliebt wurde und selbst liebte, etwas in mir kapituliert hatte und nun einräumte: ›Was ist schon dabei, er genießt das Leben mit denen, die es genießen können.‹ Und während ich in den Rione zurückkehrte, wurde mir bewusst, dass ich, die ihn seit jeher begehrte, ihn gerade weil alle Mädchen ihn begehrten und er sich alle nahm, noch umso mehr begehrte. Daher beschloss ich, um jeden Preis zu vermeiden, dass ich ihm erneut begegnete. Wie ich mich jedoch Lila gegenüber verhalten sollte, wusste ich nicht. Schweigen? Ihr alles erzählen? Das wollte ich spontan entscheiden, wenn ich sie wiedersehen würde.

21

Zu Hause hatte ich keine Zeit und wollte auch keine haben, um nochmals über diese Frage nachzudenken. Pietro rief an und sagte, dass er in der darauffolgenden Woche kommen würde, um meine Eltern kennenzulernen. Das nahm ich hin wie ein unvermeidliches Unglück, ich tat mein Möglichstes, um ein Hotel für ihn zu finden, die Wohnung zu putzen und die Besorgnis meiner Familie abzuschwächen. Diese letzte Mühe war vergeblich, die Situation hatte sich verschlechtert. Der boshafte Tratsch im Rione über mein Buch, über mich, über mein ständiges Herumreisen ohne Begleitung hatte zugenommen. Meine Mutter hatte sich verteidigt, indem sie sich damit gebrüstet hatte, dass meine Hochzeit unmittelbar bevorstand, hatte aber, um zu vermeiden, dass meine Entscheidung gegen Gott die Dinge komplizierte, behauptet, dass ich nicht in Neapel, sondern in Genua heiraten würde. Daraufhin war noch mehr getratscht worden, und sie war wütend geworden.

Eines Abends griff sie mich heftig an, sagte, die Leute läsen mein Buch, seien empört und redeten hinter ihrem Rücken. Meine Brüder – schrie sie mich an – hätten die Kinder des Metzgers verprügeln müssen, weil sie mich als Nutte bezeichnet hätten, und damit nicht genug, sie hätten auch einem von Elisas Schulkameraden die Fresse eingeschlagen, weil der sie aufgefordert hatte, die gleichen schlimmen Sachen zu machen wie ihre große Schwester.

»Was hast du da bloß geschrieben?«, kreischte sie.

»Nichts, Ma'.«

»Hast du über die Schweinereien geschrieben, die du so machst?«

»Was denn für Schweinereien, lies es doch einfach.«

»Ich kann meine Zeit nicht mit deinem Scheiß verplempern.«

»Dann lass mich doch in Ruhe.«

»Wenn dein Vater erfährt, was man über dich redet, schmeißt er dich raus.«

»Nicht nötig, ich geh' schon von allein.«

Ich verließ die Wohnung, um mir die Füße zu vertreten und um ihr nicht Dinge vorzuwerfen, die ich später bereuen würde. Unterwegs, in unserem kleinen Park am Stradone, hatte ich das Gefühl, dass mich die Leute eindringlich musterten, entrüstete Schatten einer Welt, in der ich nicht mehr lebte. Ich traf Gigliola, die gerade von der Arbeit kam. Wir wohnten im selben Haus und gingen den Weg nun gemeinsam zurück, ich fürchtete, sie würde früher oder später die Gelegenheit nutzen, um etwas Ärgerliches zu sagen. Aber zu meiner Überraschung schlug sie einen schüchternen Ton an, sie, die sonst immer aggressiv, wenn nicht sogar niederträchtig gewesen war:

»Ich habe dein Buch gelesen, es ist schön, wie mutig von dir, so was zu schreiben.«

Ich verhärtete mich.

»So was?«

»Na, was du da am Strand machst.«

»Das mache nicht ich, das macht die Hauptfigur.«

»Ja, aber du hast das sehr gut beschrieben, Lenù, genau so, wie das abläuft, mit der gleichen Schmutzigkeit. Solche Geheimnisse kennt man nur, wenn man schon eine Frau ist.« Schließlich zog sie mich am Arm, zwang mich, stehenzubleiben, und sagte leise: »Sag Lina, wenn du sie siehst, dass sie recht hatte, das muss ich ihr lassen. Sie hat gut daran getan, sich einen Dreck um ihren Mann zu kümmern, um ihre Mutter, ihren Vater, ihren Bruder, um Marcello, um Michele, um dieses ganze Scheißpack. Ich hätte mir ein Beispiel an euch beiden nehmen sollen, denn ihr seid klug, ich hätte auch von hier abhauen sollen. Aber ich bin dumm geboren, dafür kann ich nichts.«

Ansonsten erzählten wir uns nichts von Belang, ich ging zu unserer Wohnung hinauf, und sie ging in ihre. Aber Gigliolas Worte beschäftigten mich weiter. Mich verstörte, dass sie Lilas Fall und meinen Aufstieg willkürlich zusammengeworfen hatte, als wäre beides im Vergleich zu ihrer Situation gleichermaßen positiv. Doch vor allem hatte sich mir eingeprägt, dass sie in der *Schmutzigkeit* meines Romans ihre eigene *Schmutzigkeit* wiedererkannt hatte. Das war neu, und ich wusste nicht, was ich davon halten sollte. Zumal nun Pietro kam und ich die Sache vorerst vergaß.

22

Ich holte ihn vom Bahnhof ab und brachte ihn zur Via
Firenze, in ein Hotel, für das ich mich auf Empfehlung
meines Vaters schließlich entschieden hatte. Pietro schien
noch nervöser als meine Familie zu sein. Er stieg, unor-
dentlich wie immer, aus dem Zug, sein müdes Gesicht
war von der Hitze gerötet, er schleppte einen großen Koffer. Er wollte einen Blumenstrauß für meine Mutter kaufen, und im Gegensatz zu sonst war er erst zufrieden,
als er ihm groß genug, teuer genug erschien. Im Hotel
ließ er mich mit den Blumen im Foyer zurück, versprach,
gleich wieder da zu sein, und erschien eine halbe Stunde später in einem dunkelblauen Anzug, einem weißen
Hemd, mit einer hellblauen Krawatte und blankgeputz-
ten Schuhen. Ich lachte auf, er fragte:»Sehe ich nicht gut
aus?« Ich versicherte ihm, er sehe blendend aus. Doch
unterwegs spürte ich die Blicke der Männer auf mir, sie
lachten höhnisch, als wäre ich allein, und vielleicht sogar noch aufdringlicher als sonst, wie um zu betonen,
dass mein Begleiter keinen Respekt verdiente. Pietro mit
dem großen Blumenstrauß, den er mich nicht tragen
ließ, Pietro, der so grundanständig war, passte nicht
in meine Stadt. Obwohl er mir seinen Arm um die Schulter gelegt hatte, war mir, als wäre ich es, die ihn beschützen müsste.

Elisa öffnete uns, dann kam mein Vater, dann folgten meine Brüder, alle festlich gekleidet, alle übertrieben herzlich. Zuletzt zeigte sich meine Mutter, wir hör-

ten das Geräusch ihres hinkenden Beins gleich nach dem der Toilettenspülung. Sie hatte sich die Haare legen lassen, hatte etwas Farbe auf Lippen und Wangen aufgetragen, und mir ging durch den Kopf, dass sie früher wohl ein schönes Mädchen gewesen war. Selbstgefällig nahm sie die Blumen entgegen, wir setzten uns ins Esszimmer, das aus gegebenem Anlass keine Spur der Betten aufwies, die wir abends aufbauten und morgens wegräumten. Alles war sauber, der Tisch sorgfältig gedeckt. Meine Mutter und Elisa hatten tagelang gekocht, so dass sich das Abendessen endlos hinzog. Pietro verblüffte mich, er ging sehr aus sich heraus. Er fragte meinen Vater nach seiner Arbeit im Rathaus und hörte ihm bereitwillig zu, so dass mein Vater sein schwerfälliges Italienisch beiseiteließ und anfing im Dialekt witzige Geschichten über die städtischen Angestellten zu erzählen, was meinem Verlobten offenkundig sehr gefiel, auch wenn er nur wenig verstand. Vor allem aber aß er so viel, wie ich ihn noch nie habe essen sehen, und nicht nur, dass er meiner Mutter und meiner Schwester zu jeder Speise gratulierte, nein, er, der sich nicht mal ein Ei kochen konnte, erkundigte sich auch nach den Zutaten jedes Gerichts, als hätte er vor, sich sofort selbst an den Herd zu stellen. Für den Kartoffelkuchen zeigte er eine so große Begeisterung, dass meine Mutter ihm schließlich eine zweite, extragroße Portion servierte und Pietro, wenn auch in ihrem typisch unwilligen Ton, versprach, ihn vor seiner Abreise noch einmal zu backen. Die Stimmung hatte sich schnell entspannt. Peppe und Gianni verzichteten sogar darauf, sich zu verdrücken und sich mit ihren Freunden zu treffen.

Nach dem Essen kamen wir zum Thema. Pietro wurde todernst und bat meinen Vater um meine Hand. Mit bewegter Stimme verwendete er wortwörtlich diese Formulierung, was meiner Schwester die Tränen in die Augen trieb und meine Brüder amüsierte. Mein Vater wurde verlegen, nuschelte wohlwollende Bemerkungen über einen so tüchtigen und ernsthaften Professor, dessen Bitte ihm eine Ehre sei. Der Abend schien endlich seinem Ende zuzugehen, als meine Mutter sich einmischte. Düster sagte sie:

»Wir hier sind nicht damit einverstanden, dass ihr nicht in der Kirche heiratet. Eine Hochzeit ohne Priester ist keine Hochzeit.«

Schweigen. Offenbar waren meine Eltern zu einer stillen Übereinkunft gelangt, und meine Mutter hatte die Aufgabe übernommen, sie zu verkünden. Doch mein Vater konnte nicht widerstehen und schenkte Pietro sofort ein leises Lächeln, um ihm zu signalisieren, dass er, obwohl er ein Teil dieses von seiner Frau heraufbeschworenen *Wir* war, zum Einlenken bereit sei. Pietro erwiderte sein Lächeln, hielt ihn diesmal aber nicht für den zuständigen Gesprächspartner, er wandte sich ausschließlich an meine Mutter. Ich hatte ihm von der bei mir zu Hause herrschenden Feindseligkeit erzählt, und er war vorbereitet. Er begann eine schlichte, herzliche Rede, die, wie bei ihm üblich, sehr klar war. Er sagte, er verstehe, wolle aber seinerseits auch verstanden werden.

Sagte, er habe größten Respekt vor allen, die sich aufrichtig in die Obhut eines Gottes begäben, er selbst fühle sich dazu allerdings nicht imstande. Sagte, nicht gläubig zu sein bedeute nicht, an nichts zu glauben, er habe seine Überzeugungen und glaube uneingeschränkt an die Liebe zu mir. Sagte, kein Altar, kein Priester und kein Standesbeamter, sondern diese Liebe sei es, die unserer Ehe Halt gebe. Sagte, für ihn sei die Ablehnung der kirchlichen Trauung eine Frage des Prinzips, und ich würde garantiert aufhören, ihn zu lieben, oder würde ihn garantiert weniger lieben, wenn er sich als prinzipienloser Mann erweisen sollte. Sagte schließlich, dass auch meine Mutter es gewiss ablehnen würde, ihre Tochter einem Menschen anzuvertrauen, der bereit sei, auch nur einen der Grundpfeiler niederzureißen, auf denen er sein Leben aufgebaut habe.

Bei diesen Worten nickte mein Vater vehement, meine Brüder saßen mit offenem Mund da, und Elisa wurde wieder von Rührung ergriffen. Doch meine Mutter blieb unbeirrt. Einen Moment lang nestelte sie an ihrem Ehering herum, dann schaute sie Pietro direkt in die Augen, und anstatt auf seine Argumente einzugehen und zu sagen, dass sie sie überzeugt hätten, oder weiter zu diskutieren, stimmte sie mit eisiger Bestimmtheit ein Loblied auf mich an. Ich sei schon als kleines Mädchen etwas Besonderes gewesen. Ich sei zu Dingen fähig gewesen, zu denen kein anderes Mädchen im Rione fähig gewesen sei, ich sei ihr ganzer Stolz gewesen und sei es noch, der Stolz der ganzen Familie. Ich

hätte sie nie enttäuscht. Ich hätte mir das Recht er-
kämpft, glücklich zu sein, und falls mir jemand wehtun sollte, würde sie ihm noch tausend Mal mehr wehtun.

Verlegen hörte ich ihr zu. Während sie sprach, versuchte ich die ganze Zeit herauszufinden, ob sie es ernst
meinte oder ob sie, wie es ihre Art war, darauf abzielte,
Pietro klarzumachen, dass ihr sein toller Professorentitel und sein ganzes Gerede scheißegal waren; nicht er
tat den Grecos einen Gefallen, sondern die Grecos ihm.
Es gelang mir nicht. Mein Verlobter dagegen glaubte ihr
jedes Wort, und solange meine Mutter redete, stimmte
er ihr unentwegt zu. Als sie schließlich verstummte, antwortete er, er wisse genau, was für ein wertvoller Mensch
ich sei, und er sei ihr dankbar dafür, dass sie mich so erzogen habe, wie ich sei. Dann griff er in die Tasche seines Jacketts und zog ein blaues Etui hervor, das er mir
mit einer schüchternen Geste reichte. ›Was ist das?‹, dachte ich. ›Er hat mir doch schon einen Ring geschenkt, ist
das jetzt noch einer?‹ Ich öffnete das Etui. Es war wirklich ein Ring, ein wunderschöner, aus Rotgold mit einem
von Brillanten eingefassten Amethyst. Pietro sagte leise: »Der gehörte meiner Großmutter, der Mutter meiner Mutter, und bei uns zu Hause freuen sich alle, dass
du ihn jetzt bekommst.«

Dieses Geschenk war das Signal, dass der offizielle Teil
nun vorüber war. Wir erhoben unsere Gläser, mein Vater erzählte wieder lustige Geschichten von seiner Arbeit und aus seinem Privatleben, Gianni fragte Pietro,

für welche Fußballmannschaft er sei, und Peppe forderte ihn zum Armdrücken heraus. Ich half unterdessen meiner Schwester, den Tisch abzuräumen. In der Küche machte ich den Fehler, meine Mutter zu fragen:

»Und wie findest du ihn?«

»Den Ring?«

»Pietro.«

»Hässlich, er hat krumme Füße.«

»Papa war auch nicht besser.«

»Was hast du gegen deinen Vater?«

»Gar nichts.«

»Dann halt den Mund, überheblich kannst du immer nur bei uns sein.«

»Das ist nicht wahr.«

»Nein? Und warum lässt du dich dann herumkommandieren? Wenn er seine Prinzipien hat, hast du dann keine mehr? Verschaff dir Respekt.«

Elisa mischte sich ein:

»Ma', Pietro ist ein feiner Herr, und du weißt nicht, was ein wirklich feiner Herr ist.«

»Aber du weißt es, ja? Pass bloß auf, du Küken, wenn du nicht bleibst, wo du hingehörst, setzt es Ohrfeigen. Hast du gesehen, was für Haare er hat? Hat ein feiner Herr etwa solche Haare?«

»Ma', ein feiner Herr sieht nicht auf die übliche Weise gut aus, ein feiner Herr fällt auf, er ist eigen.«

Meine Mutter tat so, als wollte sie sie schlagen, und meine Schwester zog mich lachend aus der Küche, fröhlich sagte sie:

»Hast du ein Glück, Lenù. Was für feine Manieren Pietro hat, und wie gern er dich hat. Sogar den alten Ring seiner Großmutter hat er dir geschenkt, zeigst du ihn mir?«

Wir gingen zurück ins Esszimmer. Alle männlichen Familienmitglieder wollten sich nun mit meinem Verlobten im Armdrücken messen, ihnen lag viel daran, sich wenigstens mit Kraftproben als dem Professor überlegen zu erweisen. Er kniff nicht. Er zog sich das Jackett aus, krempelte die Hemdsärmel auf und setzte sich an den Tisch. Er verlor gegen Peppe, er verlor gegen Gianni, er verlor auch gegen meinen Vater. Mich beeindruckte, mit welchem Eifer er den Wettkampf anging. Er wurde dunkelrot, auf seiner Stirn schwoll eine Ader an, und er protestierte, weil seine Gegner schamlos gegen die Spielregeln verstießen. Vor allem leistete er Peppe und Gianni, die zum Krafttraining gingen, und meinem Vater, der mit bloßen Fingern Bolzen losschrauben konnte, hartnäckig Widerstand. Die ganze Zeit hatte ich Angst, er würde sich den Arm brechen lassen, nur um nicht aufzugeben.

23

Pietro blieb drei Tage. Mein Vater und meine Brüder schlossen ihn rasch ins Herz. Meine Brüder freuten sich besonders darüber, dass er sich nicht aufspielte und er sich für sie interessierte, obwohl die Schule sie für unfähig befunden hatte. Nur meine Mutter behandelte ihn weiterhin ohne Freundlichkeit und taute erst am Tag vor seiner Abreise auf. Es war Sonntag, mein Vater sagte, er wolle seinem Schwiegersohn zeigen, wie schön Neapel sei. Sein Schwiegersohn willigte ein und schlug uns vor, außer Haus zu essen.

»Im Restaurant?«, fragte meine Mutter mit gerunzelter Stirn.

»Ja, Signora, wir haben doch Grund zum Feiern.«

»Besser, wenn ich koche, wir haben ja abgemacht, dass ich dir noch einen Kartoffelkuchen backe.«

»Danke, nein, Sie hatten schon mehr als genug Arbeit.«

Während wir uns zurechtmachten, nahm meine Mutter mich beiseite und fragte:

»Bezahlt er das?«

»Ja.«

»Sicher?«

»Sicher, Ma', er hat uns doch eingeladen.«

Früh am Morgen machten wir uns in Festtagskleidung auf den Weg ins Stadtzentrum. Was nun geschah, erstaunte vor allem mich. Mein Vater hatte die Rolle des Stadtführers übernommen. Er zeigte unserem Gast den Maschio Angioino, den Palazzo Reale, die Königsstatuen, das Castel dell'Ovo, die Via Caracciolo und das Meer. Pietro hörte ihm mit aufmerksamer Miene zu. Dann begann er, der zum ersten Mal in unserer Stadt war, uns mit Zurückhaltung von ihr zu erzählen, und ging mit uns auf Entdeckungsreise. Das gefiel mir. Ich hatte mich nie besonders für den Ort meiner Kindheit und Jugend interessiert und wunderte mich, dass Pietro mit so viel begeisterter Gelehrtheit darüber sprechen konnte. Er bewies, dass er Neapels Geschichte kannte, seine Literatur, seine Märchen, seine Legenden, viele Anekdoten, die sichtbaren Baudenkmäler und auch die durch Nachlässigkeit unsichtbar gewordenen. Ich ahnte, dass er die Stadt kannte, weil er ohnehin alles wusste und weil er sie mit seiner üblichen Strenge ausgiebig studiert hatte, da sie meine Heimatstadt war, da meine Stimme, meine Gesten, mein ganzer Körper von ihr geprägt waren. Natürlich fühlte mein Vater sich schon bald entthront, und meine Geschwister langweilten sich. Ich bemerkte das und bedeutete Pietro aufzuhören. Er wurde rot und verstummte sofort. Meine Mutter hängte sich nach einer ihrer unberechenbaren Sinnesänderungen bei ihm ein und sagte:

»Erzähl doch weiter, das gefällt mir, ich habe das alles noch nie gehört.«

Zum Essen gingen wir in ein Restaurant in Santa Lucia, das meinem Vater zufolge ausgezeichnet war (er war nie dort gewesen, aber man hatte ihm davon erzählt).

»Kann ich bestellen, was ich will?«, flüsterte Elisa mir ins Ohr.

»Ja.«

Die Zeit verflog auf angenehme Weise. Meine Mutter trank zu viel und gab einige anzügliche Bemerkungen von sich, und mein Vater und meine Geschwister alberten wieder untereinander und mit Pietro herum.

Ich wandte den Blick nicht von meinem zukünftigen Mann, ich war mir sicher, dass ich ihn liebte, er war ein Mensch, der sich seines Ranges bewusst war, ihn aber, wenn nötig, einfach vergessen konnte. Zum ersten Mal fielen mir sein Talent zum Zuhören und seine verständnisvolle Stimme auf, wie die eines weltlichen Beichtvaters, und beides gefiel mir. Vielleicht sollte ich ihn überreden, einen Tag länger zu bleiben, sollte ihn Lila vorstellen und zu ihr sagen: ›Ich heirate diesen Mann und verlasse Neapel demnächst mit ihm, was meinst du, ist das richtig?‹ Während ich diese Möglichkeit erwog, begannen an einem Tisch in der Nähe fünf, sechs Studenten, die bei einer Pizza irgendetwas feierten, lachend zu uns herüberzustarren. Mir war sofort klar, dass sie Pietro mit seinen buschigen Augenbrauen und mit seinen über der Stirn hochgebauschten Haaren albern fanden. Nach wenigen Minuten standen meine Brüder gleichzeitig auf, gingen zum Tisch der Studenten und brachen mit der üblichen Aggressivität einen Streit vom Zaun. Daraus entwickelte sich ein Tumult, Geschrei, Fausthiebe. Meine Mutter rief zur Unterstützung ihrer Söhne Beschimpfungen, mein Vater und Pietro liefen hinüber und zogen die beiden hastig weg. Pietro war geradezu amüsiert, er schien den Grund für den Streit überhaupt nicht verstanden zu haben. Als wir auf der Straße waren, fragte er spöttisch: »Ist das bei euch so Sitte, plötzlich aufzustehen und die vom Nebentisch zu verprügeln?« Am Ende waren er und meine Brüder noch vergnügter und noch vertrauter miteinander als zuvor. Doch bei der ersten Gelegenheit nahm mein Vater Peppe und Gianni beiseite und machte ihnen Vorhaltungen, weil sie sich vor dem Professor so ungehörig aufgeführt hatten. Ich hörte, wie Peppe sich fast flüsternd verteidigte: »Sie haben sich über Pietro lustig gemacht, Papa, was, zum Teufel, sollten wir denn machen?« Ich freute mich, weil er *Pietro* gesagt hatte und nicht *der Professor*. Das hieß, dass er ihn bereits als Familienmitglied betrachtete, als einen von uns, als Freund mit großen Vorzügen, und dass niemand ihn, obwohl sein Äußeres ein bisschen sonderbar war, in Peppes Beisein verhöhnen durfte. Aber mich überzeugte dieser Vorfall auch davon, dass es besser war, Pietro nicht zu Lila mitzunehmen. Ich kannte sie, sie war grob, sie hätte ihn lächerlich gefunden und sich genauso über ihn lustig gemacht wie die Jungen im Restaurant.

Am Abend aßen wir, erschöpft von diesem Tag im Freien, zu Hause und gingen danach alle erneut aus, wir brachten meinen Bräutigam zum Hotel. Beim Abschied gab meine Mutter ihm in ihrem Überschwang unverhofft zwei schmatzende Küsse auf die Wangen. Aber als wir in den Rione zurückkehrten und nur das Beste über Pietro sagten, blieb sie die ganze Zeit sehr reserviert und gab keinen Ton von sich. Erst kurz bevor sie sich ins Schlafzimmer zurückzog, knurrte sie:

»Du hast mehr Glück als Verstand, diesen armen Jungen hast du gar nicht verdient.«

24

Das Buch verkaufte sich den ganzen Sommer über, und ich stellte es weiterhin hier und da in Italien vor. Ich achtete jetzt darauf, es in einem distanzierten Ton zu verteidigen, womit ich die besonders zudringlichen Zuhörer manchmal erstarren ließ. Ab und an kamen mir Gigliolas Worte in den Sinn, und ich mischte sie mit meinen, um ihnen eine Ordnung zu geben.

Anfang September zog Pietro nach Florenz in ein kleines Hotel in Bahnhofsnähe und ging auf Wohnungssuche. Er fand eine kleine Mietwohnung in der Nähe von Santa Maria del Carmine, und ich fuhr sofort hin, um sie mir anzusehen. Sie bestand aus zwei dunklen Zimmern in einem miserablen Zustand. Die Küche war klein, das Bad ohne Fenster. Wenn ich früher zum Lernen zu Lila in die neue Wohnung gegangen war, hatte sie mich oft in ihrer blitzenden Wanne baden lassen, in der ich lang ausgestreckt die Wärme und den vielen Schaum genossen hatte. Die Wanne in Florenz war angeschlagen und vergilbt, so eine, in der man sitzen musste. Aber ich unterdrückte meine Unzufriedenheit, sagte, das sei in Ordnung. Für Pietro begannen die Vorlesungen, er musste arbeiten und hatte keine Zeit zu vergeuden. Und immerhin war die Wohnung im Vergleich zu der meiner Eltern ein Schloss.

Aber gerade als Pietro den Mietvertrag unterschreiben wollte, schaute Adele bei uns herein, die nichts von meiner Zurückhaltung hatte. Sie bezeichnete die Wohnung als Elendsquartier und als gänzlich ungeeignet für zwei Menschen, die einen Großteil ihrer Zeit zu Hause arbeiten mussten. Daher tat sie das, was ihr Sohn nicht getan hatte, allerdings hätte tun können. Sie griff zum Telefon und mobilisierte, ohne sich um Pietros ausdrückliche Ablehnung zu kümmern, einige Florentiner Bekannte, alles Leute mit einigem Einfluss. Innerhalb kürzester Zeit fand sie in San Niccolò zu einer lächerlich geringen Miete, einem Freundschaftspreis, fünf helle Zimmer mit einer großen Küche und einem recht ordentlichen Bad. Und damit gab sie sich noch nicht zufrieden. Sie veranlasste Umbauten auf eigene Kosten und half mir bei der Wohnungseinrichtung. Sie machte Vorschläge, gab Empfehlungen, leitete mich an. Doch ich musste feststellen, dass sie oft weder meiner Nachgiebigkeit noch meinem Geschmack vertraute. Wenn ich zustimmte, wollte sie wissen, ob ich wirklich einverstanden war, wenn ich ablehnte, bedrängte sie mich so lange, bis ich meine Meinung änderte. Eigentlich taten wir immer das, was sie wollte. Allerdings widersetzte ich mich auch selten, ich folgte ihr ohne Spannungen, bemühte mich, dazuzulernen. Ich war überwältigt vom Rhythmus ihrer Sprache, von ihren Gesten, ihren Frisuren, Kleidern, Schuhen, Anstecknadeln, Halsketten, ihren stets wunderschönen Ohrringen. Und ihr gefiel mein Betragen einer aufmerksamen Schülerin. Sie überredete mich, mir meine Haare sehr kurz schneiden zu lassen, drängte mich, in einem exorbitant teuren Geschäft, das ihr erhebliche Rabatte gewährte, Kleider nach ihrem Geschmack zu kaufen, schenkte mir ein Paar Schuhe, die ihr gefielen und die sie sich gern selbst gekauft hätte, die sie jedoch als nicht altersgemäß für sich empfand, und sie brachte mich sogar zu einem befreundeten Zahnarzt.

Währenddessen wurde die Hochzeit wegen der Wohnung, die Adele zufolge immer neue Korrekturen benötigte, und wegen Pietro, der mit Arbeit überhäuft war, vom Herbst auf den Frühling verschoben, was meiner Mutter ermöglichte, ihren Krieg fortzusetzen, mit dem sie mir Geld aus der Tasche zog. Ich versuchte, heftige Konflikte zu vermeiden, indem ich ihr bewies, dass ich meine Familie nicht vergessen hatte. Als das Telefon kam, ließ ich bei ihnen Flur und Küche renovieren, ließ im Esszimmer eine neue, weinrote Blumentapete anbringen, kaufte einen Mantel für Elisa, erwarb auf Raten einen Fernseher. Dann schenkte ich auch mir etwas. Ich meldete mich zur Fahrschule an, bestand die Prüfung ohne Probleme und bekam den Führerschein. Meine Mutter regte sich auf:

»Macht es dir Spaß, Geld zum Fenster rauszuwerfen? Was nützt dir denn ein Führerschein, wenn du kein Auto hast?«

»Das wird sich schon finden.«

»Du willst dir also ein Auto kaufen, ja? Wie viel hast du denn wirklich beiseitegelegt?«

»Das geht dich nichts an.«

Das Auto hatte Pietro, und ich rechnete damit, es zu fahren, sobald wir verheiratet waren. Als er mit diesem

Auto wieder nach Neapel kam und diesmal seine Eltern mitbrachte, damit sie meine Eltern kennenlernen konnten, ließ er mich ein bisschen durch den alten Rione fahren und auch durch das neue Viertel. Ich steuerte den Stradone entlang, kam an der Grundschule vorbei, an der Bibliothek, fuhr in die Gegend hinauf, in der Lila nach ihrer Hochzeit gewohnt hatte, kehrte um, passierte unseren kleinen Park, und dieses Fahrerlebnis ist das einzig Amüsante, an das ich mich erinnere. Ansonsten war es ein schrecklicher Nachmittag, dem ein nicht enden wollendes Abendessen folgte. Pietro und ich gaben uns alle Mühe, um unsere beiden Familien aus ihrem Unbehagen zu reißen, ihre Welten waren so weit voneinander entfernt, dass die Gesprächspausen kein Ende zu nehmen schienen. Als die Airotas aufbrachen, mit einer Menge Essen im Gepäck, das meine Mutter ihnen aufgedrängt hatte, kam es mir plötzlich so vor, als machte ich alles falsch. Ich stammte aus dieser Familie und Pietro aus jener, beide hatten wir unsere Vorfahren im Blut. Wie würde unsere Ehe verlaufen? Was erwartete mich? Würden die Gemeinsamkeiten stärker sein als die Unterschiede? Würde ich in der Lage sein, noch ein Buch zu schreiben? Wann, und worüber? Und würde Pietro mich unterstützen? Und Adele? Und Mariarosa?

Eines Abends, als ich solche Gedanken wälzte, rief mich jemand von der Straße. Ich lief zum Fenster, hatte sofort die Stimme von Pasquale Peluso erkannt. Er war nicht allein, Enzo war bei ihm. Ich wurde unruhig. Müsste Enzo um diese Zeit nicht zu Hause in San Giovanni a Teduccio bei Lila und Gennaro sein?

»Kannst du runterkommen?«, schrie Pasquale.

»Was ist denn los?«

»Lina geht es nicht gut, sie will dich sehen.«

»Ich komme«, sagte ich und stürzte die Treppe hinunter, obwohl meine Mutter mir nachrief: »Wo willst du denn hin um diese Zeit, komm zurück!«

25

Ich hatte seit längerem weder Pasquale noch Enzo gesehen, aber wir hielten uns nicht mit Vorreden auf, sie waren wegen Lila gekommen und erzählten mir sofort von ihr. Pasquale hatte sich einen Che-Guevara-Bart wachsen lassen, und ich fand, dass er so besser aussah. Seine Augen wirkten größer und eindringlicher, und der dichte Schnauzbart verdeckte seine kaputten Zähne, selbst wenn er lachte. Enzo dagegen war immer noch der Alte, genauso schweigsam, genauso konzentriert. Erst als wir in Pasquales altem Auto saßen, fiel mir auf, wie erstaunlich es war, die beiden zusammen zu sehen. Ich war fest davon überzeugt gewesen, dass kein Mensch im Rione noch etwas mit Lila und Enzo zu tun haben wollte. Aber nein, so war es nicht. Pasquale besuchte die beiden oft, er hatte Enzo zu mir begleitet, Lila hatte sie zusammen zu mir geschickt.

Enzo erzählte mir in seiner trockenen, geordneten Art,

wie es dazu gekommen war. Pasquale hätte nach seiner Arbeit auf einer Baustelle in der Gegend von San Giovanni a Teduccio bei ihnen zum Abendessen bleiben sollen. Doch Lila, die normalerweise um halb fünf aus der Fabrik kam, war um sieben, als Enzo und Pasquale nach Hause gekommen waren, noch nicht da. Die Wohnung war leer, Gennaro war bei der Nachbarin. Die zwei hatten zu kochen begonnen, Enzo hatte den Kleinen gefüttert. Lila war erst gegen neun zurückgekehrt, kreidebleich und sehr nervös. Auf die Fragen von Enzo und Pasquale hatte sie nicht geantwortet. Das Einzige, was sie, mit erschreckter Stimme, gesagt hatte, war: »Meine Fingernägel lösen sich ab.« Was nicht stimmte, Enzo hatte ihre Hände genommen und nachgesehen, die Fingernägel waren in Ordnung. Da war sie wütend geworden und mit Gennaro in ihrem Zimmer verschwunden. Nach einer Weile hatte sie geschrien, sie sollten nachsehen, ob ich im Rione sei, sie wolle dringend mit mir sprechen.

Ich fragte Enzo:

»Habt ihr euch gestritten?«

»Nein.«

»Ging es ihr schlecht, hat sie sich bei der Arbeit verletzt?«

»Ich glaube nicht, keine Ahnung.«

Pasquale sagte zu mir:

»Jetzt bloß keine Panik. Wetten, dass Lina sich beruhigt, sobald sie dich sieht? Ich bin so froh, dass wir dich angetroffen haben, du bist ja jetzt eine Berühmtheit, bestimmt hast du viel zu tun.«

Als ich abwehrte, führte er als Beweis den alten Artikel aus der *Unità* an, und Enzo nickte bestätigend, auch er hatte ihn gelesen.

»Lila hat ihn auch gesehen«, sagte er.

»Und was hat sie gesagt?«

»Sie fand das Foto großartig.«

»Allerdings«, brummte Pasquale, »haben sie so getan, als wärst du noch Studentin. Du solltest an die Zeitung schreiben und erklären, dass du dein Studium längst abgeschlossen hast.«

Er beschwerte sich darüber, wie viel Platz sogar die *Unità* den Studenten einräumte. Enzo stimmte ihm zu, ihre Reden klangen nicht viel anders als die, die ich in Mailand gehört hatte, nur dass ihre Ausdrucksweise ungeschliffener war. Es war offensichtlich, dass besonders Pasquale mich mit Themen unterhalten wollte, wie sie einer gebührten, die, obwohl sie ihre Freundin war, mit einem so großen Bild in der *Unità* erschienen war. Aber vielleicht taten sie es auch, um die Besorgnis zu vertreiben, ihre und meine.

Ich hörte zu. Schnell wurde mir klar, dass ihre Beziehung gerade wegen ihres politischen Engagements wieder enger geworden war. Sie trafen sich nach der Arbeit oft auf einer Parteiversammlung oder in irgendwelchen Komitees. Ich hörte ihnen zu, redete aus Höflichkeit mit, und sie antworteten mir, doch gleichzeitig bekam ich die von irgendeiner Angst verzehrte Lila nicht mehr aus meinem Kopf, sie, die immer so widerstandsfähig gewesen war. Als wir in San Giovanni ankamen, hatte

ich den Eindruck, dass sie stolz auf mich waren, besonders Pasquale hatte sich keines meiner Worte entgehen
lassen und sich meiner häufig im Rückspiegel vergewis-
sert. Obwohl er seinen üblichen, neunmalklugen Ton
angeschlagen hatte – er war der Kreissekretär der Kommunistischen Partei im Rione –, hielt er mein politisches
Einverständnis doch für geeignet, zu bekräftigen, dass
er recht hatte. Als er sich eindeutig unterstützt fühlte,
erzählte er mir mit einigem Kummer sogar, dass er zusammen mit Enzo und anderen in eine harte Auseinandersetzung *innerhalb* der Partei verwickelt sei, die – sagte er wütend, wobei er mit den Händen aufs Lenkrad
schlug – wie ein gehorsamer Hund lieber auf einen Pfiff
von Aldo Moro wartete, als unverzüglich aktiv zu werden und die Konfrontation zu suchen.

»Was meinst du dazu?«

»So ist es«, sagte ich.

»Du bist wirklich gut«, lobte er mich nun feierlich,
während wir die schmutzige Treppe hochgingen. »Das
bist du schon immer gewesen. Stimmt's, Enzo?«

Enzo nickte, aber ich merkte, dass seine Sorge um
Lila genauso wie meine mit jeder Stufe wuchs und er
ein schlechtes Gewissen hatte, weil er sich durch dieses
Geschwätz hatte ablenken lassen. Er öffnete die Wohnungstür, sagte laut, wir sind da, zeigte auf eine Tür mit
einem kleinen Fenster aus mattem Glas, durch das ein
Lichtschein von nur wenigen Watt drang. Ich klopfte
sacht, trat ein.

26

Lila lag vollständig bekleidet auf einer Liege. Neben ihr schlief Gennaro. »Komm rein«, sagte sie, »ich wusste, dass du kommst, gib mir einen Kuss.« Ich küsste sie auf die Wangen, setzte mich auf die leere Liege, die wohl die ihres Sohnes war. Wie viel Zeit war vergangen, seit ich sie das letzte Mal gesehen hatte? Sie war noch mehr abgemagert, war noch blasser, ihre Augen waren gerötet, ihre Nasenflügel rissig, ihre schmalen Hände von Schnitten verletzt. Leise, um das Kind nicht zu wecken, und fast ohne Pause fuhr sie fort: »Ich habe dich in der Zeitung gesehen, wie gut du aussiehst, was für schöne Haare, ich weiß alles über dich, ich weiß, dass du heiraten willst, er ist Professor, sehr gut, du ziehst nach Florenz, entschuldige, dass ich dich um diese Zeit herbestellt habe, mein Kopf gehorcht mir nicht mehr, er löst sich ab wie Tapete, ich bin ganz kopflos, zum Glück bist du da.«

»Was ist denn los?«, fragte ich und wollte ihre Hand streicheln.

Diese Frage und diese Geste waren schon zu viel. Sie riss die Augen auf, zog schroff die Hand zurück, fuchtelte mit den Armen.

»Mir geht's nicht gut«, sagte sie. »Aber warte, kein Grund zur Panik, ich beruhige mich gleich wieder.«

Sie beruhigte sich. Leise und die Worte regelrecht skandierend sagte sie:

»Ich mache dir diese Umstände, Lenù, weil du mir

etwas versprechen musst, du bist die Einzige, auf die ich mich verlassen kann: Falls mir was zustößt, falls ich ins Krankenhaus muss, falls sie mich ins Irrenhaus stecken, falls ich verschwinde, musst du Gennaro nehmen, du musst ihn zu dir nehmen, er muss bei dir aufwachsen. Enzo ist ein anständiger Kerl, er ist richtig gut, und ich vertraue ihm, aber er kann meinem Kind nicht geben, was du ihm geben kannst.«

»Warum sagst du das? Was hast du? Wenn du es mir nicht erklärst, verstehe ich kein Wort.«

»Erst dein Versprechen.«

»Ist gut.«

Wieder regte sie sich auf und erschreckte mich.

»Nein, sag nicht ›ist gut‹; sag jetzt und hier, dass du das Kind nimmst. Und wenn du Geld brauchst, geh zu Nino, sag ihm, er soll dir helfen. Aber versprich mir: *Das Kind ziehe ich groß.*«

Ich sah sie unsicher an, ich versprach es ihr. Ich versprach es und hörte ihr die ganze Nacht zu.

27

Vielleicht ist dies das letzte Mal, dass ich in allen Einzelheiten von Lila erzählen kann. Sie ist dann immer schwerer greifbar geworden, und das mir zur Verfügung stehende Material wurde spärlicher. Der Grund dafür war das Auseinanderdriften unserer Leben, war die Entfernung. Und trotzdem, auch als ich in anderen Städ-

ten gelebt habe und wir uns fast nie sahen und sie wie
üblich nichts von sich hören ließ und ich mich zwang,
sie nicht zu fragen, wie es ihr geht, trieb mich ihr Schatten an, entmutigte mich, erfüllte mich mit Stolz, dämpfte
mich wieder und ließ mich nicht zur Ruhe kommen.

Diesen Antrieb brauche ich heute, da ich dies schreibe, noch mehr. Ich will, dass sie da ist, deshalb schreibe
ich. Ich will, dass sie streicht, dass sie ergänzt, dass sie
an unserer Geschichte mitschreibt, indem sie nach Lust
und Laune alles hineingießt, was sie weiß, was sie gesagt oder gedacht hat: den Tag, als sie auf Gino, den
Faschisten traf; den Tag, als sie Professoressa Galianis
Tochter Nadia begegnete; den Tag, als sie vom Corso
Vittorio Emanuele, wo sie sich zuvor sehr fehl am Platz
gefühlt hatte, nach Hause fuhr; den Tag, als sie einen
Blick voller Härte auf ihre sexuellen Erfahrungen warf.
Um meine Verstörtheit, während ich ihr zuhörte, und
um meinen Schmerz, um das Wenige, was ich ihr während ihrer langen Erzählung sagte, kümmere ich mich
später.

28

Als *Die blaue Fee* im Feuer auf dem Fabrikhof zu we-
hender Asche verbrannt war, kehrte Lila zur Arbeit zurück. Ich weiß nicht, wie viel Eindruck unsere Begegnung auf sie gemacht hatte, bestimmt war sie tagelang
unglücklich, schaffte es aber, sich nicht zu fragen, wes-

halb. Sie hatte gelernt, dass es ihr wehtat, wenn sie nach Gründen suchte, und wartete darauf, dass ihr Schmerz sich zunächst in einen allgemeinen Verdruss verwandelte, dann in Melancholie und schließlich in die normalen Alltagsmühen: sich um Gennaro kümmern, die Betten machen, die Wohnung sauber halten, für ihr Kind, sich und Enzo waschen und bügeln, für sie drei Mittag kochen, Gennaro mit unzähligen Ratschlägen bei der Nachbarin abgeben, in die Fabrik hasten, die harte Arbeit und die Schikanen dort aushalten, wieder nach Hause kommen und sich dem Kleinen widmen und auch ein wenig seinen Spielkameraden, sich um das Abendbrot kümmern, wieder zu dritt essen, Gennaro ins Bett bringen, während Enzo den Tisch abräumte und das Geschirr spülte, dann in die Küche zurückkehren und ihm beim Lernen helfen, woran ihm viel lag und was sie ihm trotz ihrer Müdigkeit nicht abschlagen wollte.

Was sah sie in Enzo? Alles in allem wohl dasselbe, was sie schon in Stefano und in Nino hatte sehen wollen: eine Möglichkeit, endlich alles auf die richtige Art in Ordnung zu bringen. Aber während Stefano sich, nunmehr ohne die Aura des Geldes, als ein hohler, gefährlicher Mensch entpuppt hatte und Nino sich, nunmehr ohne die Aura der Intelligenz, in einen schwarzen Rauch des Schmerzes verwandelt hatte, schien ihr Enzo vorerst zu bösen Überraschungen nicht fähig zu sein. Er war der Junge aus der Grundschule gewesen, den sie aus unerfindlichen Gründen stets geachtet hatte, und jetzt war er ein Mann, der bei jedem Schritt so zutiefst gefestigt wirkte, so energisch der Welt gegenüber und so sanft zu ihr, dass sie es für ausgeschlossen hielt, er könnte sich plötzlich deformieren.

Natürlich schliefen sie nicht miteinander, Lila konnte das nicht. Sie zogen sich jeweils in ihr Zimmer zurück, und Lila hörte seine Bewegungen durch die Wand, bis alle Geräusche verstummten und nur noch die der Wohnung, des Hauses und der Straße übrigblieben. Trotz ihrer Müdigkeit hatte sie Mühe einzuschlafen. In der Dunkelheit vermischten sich alle Gründe für ihr Unglück, die sie vorsichtshalber unbenannt gelassen hatte, und konzentrierten sich auf Gennaro. Sie dachte: ›Was wird wohl aus diesem Kind werden?‹ Sie dachte: ›Ich darf ihn nicht Rinuccio rufen, sonst treibe ich ihn zurück in den Dialekt.‹ Sie dachte: ›Ich muss auch seinen Spielkameraden helfen, wenn ich nicht will, dass er durch den Umgang mit ihnen verdorben wird.‹ Sie dachte: ›Ich habe keine Zeit, ich bin nicht mehr wie früher, ich nehme keinen Stift mehr zur Hand, ich lese kein Buch mehr.‹

Manchmal spürte sie eine schwere Last auf ihrer Brust. Sie wurde unruhig, machte mitten in der Nacht das Licht an und betrachtete ihr schlafendes Kind. Sie erkannte so gut wie nichts von Nino an ihm, Gennaro erinnerte sie eher an ihren Bruder. Als er noch kleiner gewesen war, war er ihr nicht von der Seite gewichen, aber nun langweilte er sich, schrie, wollte schnell spielen gehen, beschimpfte sie. ›Ich liebe ihn‹, dachte Lila,

›aber liebe ich ihn so, wie er ist?‹ Eine schlimme Frage. Je aufmerksamer sie ihr Kind betrachtete, umso klarer wurde ihr, dass es nicht so geriet, wie sie es sich wünschte, auch wenn ihre Nachbarin es für hochintelligent hielt. Sie ahnte, dass die Jahre, in denen sie sich ausschließlich ihm gewidmet hatte, nichts genützt hatten. Und dass das Wesen eines Menschen vom Wesen seiner frühesten Kindheit abhängt, hielt sie nun für einen Irrtum. Man musste ausdauernd sein, und Ausdauer hatte Gennaro nicht, wie sie übrigens auch nicht. ›Immerzu geraten meine Gedanken ins Schleudern‹, dachte sie. ›Ich bin missraten, und er ist missraten.‹ Dann schämte sie sich für diese Überlegung, sie flüsterte dem schlafenden Kind zu: »Du bist ein gutes Kind, du kannst schon lesen, kannst schon schreiben, kannst schon plus und minus rechnen, deine Mutter ist dumm, sie ist nie zufrieden.« Sie küsste den Kleinen auf die Stirn, löschte das Licht.

Doch einschlafen konnte sie immer noch nicht, besonders dann nicht, wenn Enzo spät nach Hause kam und ins Bett ging, ohne sie zu bitten, mit ihm zu lernen. Dann stellte sie sich vor, er hätte sich mit einer Nutte getroffen oder hätte eine Geliebte, eine Arbeiterin aus der Fabrik, in der er tätig war, eine Aktivistin aus der kommunistischen Zelle, der er sofort beigetreten war. ›Die Männer sind eben so‹, dachte sie, ›jedenfalls die, die ich kenne: Immer müssen sie vögeln, sonst sind sie unglücklich. Enzo ist da wohl keine Ausnahme, warum auch. Außerdem habe ich ihn zurückgewiesen, ich habe ihn allein gelassen in seinem Bett, ich darf überhaupt keine Ansprüche stellen.‹ Sie hatte nur Angst, er könnte sich in jemanden verlieben und sie wegschicken. Sie fürchtete sich nicht davor, ohne ein Dach über dem Kopf dazustehen, sie hatte die Arbeit in der Wurstfabrik und fühlte sich stark, erstaunlicherweise weitaus stärker als damals, als sie Stefano geheiratet und plötzlich viel Geld gehabt hatte, ihm aber unterworfen gewesen war. Vielmehr erschreckte sie die Möglichkeit, Enzos Freundlichkeit zu verlieren, die Aufmerksamkeit, die er für alle ihre Sorgen aufbrachte, die ruhige Kraft, die er ausstrahlte und mit der er sie zunächst vor Ninos Abwesenheit und dann vor Stefanos Anwesenheit beschützt hatte. Zumal er in ihren derzeitigen Lebensumständen der Einzige war, durch den sie Bestätigung erfuhr, denn er war nach wie vor davon überzeugt, dass sie außergewöhnliche Fähigkeiten besaß.

»Weißt du, was das heißt?«

»Nein.«

»Sieh es dir genau an.«

»Das ist Deutsch, Enzo, ich kann kein Deutsch.«

»Aber wenn du dich konzentrierst, kannst du es nach einer Weile«, sagte er halb im Spaß und halb im Ernst zu ihr.

Enzo, der sich sehr angestrengt hatte, um seinen Abschluss zu machen, und ihn geschafft hatte, schrieb ihr, die doch nur bis zur fünften Grundschulklasse gekommen war, eine viel regere Intelligenz zu, als er sie hatte, und auch die wundersame Kraft, sich jeden Stoff rasch

anzueignen. Daher hatte er sich umgehend an sie gewandt, als er auf der Grundlage sehr weniger Fakten
nicht nur erkannt hatte, dass die Programmiersprachen
der elektronischen Rechner die Zukunft der Mensch-
heit waren, sondern auch, dass die Elite, die sie als Erste beherrschen würde, in der Geschichte der Welt eine
entscheidende Rolle spielen würde.

»Hilf mir.«

»Ich bin müde.«

»Unser Leben ist zum Kotzen, Lina, wir müssen was
ändern.«

»Für mich ist es in Ordnung so.«

»Der Kleine ist den ganzen Tag bei fremden Leuten.«

»Er ist schon groß, er kann doch nicht unter einer
Glasglocke aufwachsen.«

»Sieh dir bloß mal deine kaputten Hände an.«

»Das sind meine Hände, und ich kann mit ihnen machen, was ich will.«

»Ich möchte mehr Geld verdienen, für dich und für
Gennaro.«

»Kümmere du dich um deinen Kram, ich kümmere
mich um meinen.«

Schroffe Reaktionen, wie üblich. Enzo hatte sich zu
einem Fernstudium angemeldet – für ihren Geldbeutel
eine teure Angelegenheit, die eine monatliche Zusen-
dung von Tests an ein internationales Datenverarbei-
tungszentrum mit Sitz in Zürich vorsah, von dem sie
korrigiert zurückgeschickt wurden –, er hatte Lila

nach und nach mit einbezogen, und sie hatte sich Mühe gegeben, um mit ihm Schritt zu halten. Doch sie hatte sich ganz anders verhalten als bei Nino, den sie hartnäckig bedrängt hatte, um ihm zu beweisen, dass sie fähig war, ihm bei allem zu helfen. Wenn sie mit Enzo studierte, war sie ruhig und versuchte nicht, ihn zu übertreffen. Die Abendstunden, die sie dem Studium widmeten, waren für ihn eine Anstrengung und für sie ein Beruhigungsmittel. Vielleicht blieb Lila deshalb die seltenen Male wach, wenn er spät nach Hause zurückkehrte und ohne sie auszukommen schien, und hörte ängstlich auf das plätschernde Wasser im Bad, mit dem er sich, wie sie sich vorstellte, jede Spur von seinen Geliebten vom Körper wusch.

29

In der Fabrik – das hatte sie sofort begriffen – trieb die Überanstrengung die Leute dazu, nicht zu Hause, wohin sie völlig erschöpft und lustlos zurückkehrten, mit ihrer Frau oder ihrem Mann zu ficken, sondern dort, auf der Arbeit, vormittags oder nachmittags. Die Männer grapschten bei jeder Gelegenheit und machten, selbst wenn sie nur vorübergingen, eindeutige Angebote, und die Frauen, besonders die nicht mehr so jungen, lachten, drängten sich mit ihrem großen Busen dicht an ihnen vorbei und verliebten sich, die Liebe wurde zu einer Ablenkung, die die Müdigkeit und den Überdruss dämpfte und ein Gefühl von wahrem Leben vermittelte.

Schon an Lilas ersten Arbeitstagen unternahmen die Männer Annäherungsversuche, wie um sie zu beschnuppern. Lila stieß sie zurück, sie lachten oder gingen weg, wobei sie Lieder mit obszönen Anspielungen trällerten. Um ein für alle Mal Klarheit zu schaffen, riss sie eines Morgens einem Kerl beinahe sein Ohr ab, weil er im Vorbeigehen etwas Unflätiges zu ihr gesagt und ihr einen Kuss auf den Hals gedrückt hatte. Er war ein hübscher Typ um die vierzig, hieß Edo, redete einschmeichelnd mit allen Frauen und konnte gut schweinische Witze erzählen. Lila packte sein Ohr, verdrehte es mit aller Kraft, krallte einen Fingernagel in sein Trommelfell und lockerte ihren Griff nicht, obwohl er brüllte und versuchte, die Fußtritte zu erwidern, die sie ihm gab. Anschließend ging sie wütend zu Bruno Soccavo, um sich zu beschweren.

Seit Bruno sie eingestellt hatte, war Lila ihm nur ein paar Mal begegnet, flüchtig, ohne ihn zu beachten. Aber diesmal hatte sie Gelegenheit, ihn sich genauer anzusehen, er stand hinter dem Schreibtisch, war extra aufgestanden, wie Gentlemen es tun, wenn eine Frau das Zimmer betritt. Lila war erstaunt: Soccavo hatte ein aufgedunsenes Gesicht, vom Überfluss matte Augen und eine klobige Brust, seine glutrote Gesichtsfarbe hob sich wie Lava von seinen tiefschwarzen Haaren und seinen weißen Wolfszähnen ab. Sie fragte sich: ›Was hat der da mit Ninos Freund zu tun, dem Jurastudenten von damals?‹ Und sie spürte, dass es keine Verbindung zwischen den Tagen auf Ischia und der Wurstfabrik gab. Dazwischen erstreckte sich eine Leere, und mit dem Sprung von einer Zeit in die andere – vielleicht weil es seinem Vater seit kurzem schlecht ging und die Bürde des Betriebs (die Schulden, wie es hieß) nun unversehens auf ihm lastete – war Bruno verdorben.

Sie brachte ihr Anliegen vor, er brach in Lachen aus.

»Lina«, ermahnte er sie, »ich habe dir einen Gefallen getan, aber du darfst mir keine Scherereien machen. Wir arbeiten hier alle hart, also halte nicht immer das Gewehr im Anschlag. Die Leute müssen sich ab und zu entspannen, sonst machen sie mir Ärger.«

»Entspannt euch ohne mich.«

Er bedachte sie mit einem amüsierten Blick:

»Ich wusste, dass du gern Witze machst.«

»Ich entscheide gern selbst.«

Lilas feindseliger Ton veranlasste ihn, seinen eigenen zu ändern. Er wurde ernst, sagte, ohne sie anzusehen: »Du bist immer noch die Alte, wie schön du auf Ischia warst.« Dann wies er ihr die Tür: »Geh wieder an die Arbeit, na los.«

Wenn er ihr von nun an in der Fabrik begegnete, unterließ er es nie, sie vor allen anderen anzusprechen und ihr ein gutmütiges Kompliment zu machen. Diese Vertraulichkeit festigte schließlich Lilas Stellung in der Fabrik. Sie stand in der Gunst des jungen Soccavo, und daher tat man gut daran, sie in Ruhe zu lassen. Was sich zu bestätigen schien, als eines Nachmittags unmittelbar nach der Mittagspause ein Riesenweib namens Teresa sie aufhielt und spöttisch zu ihr sagte: »In den Lagerräumen wird dein Typ verlangt.« Lila ging in den Trockenbereich, einen großen, rechteckigen Raum voller Würste, die in einem gelblichen Licht von der Decke hingen. Dort traf sie auf Bruno, der dem Anschein nach Kontrollen durchführte, aber eigentlich plaudern wollte.

Während er im Raum umherging und mit Kennermiene alles befühlte und beschnupperte, erkundigte er sich nach ihrer Schwägerin Pinuccia und sagte, ohne Lila anzusehen – was sie ärgerte – und noch dazu eine Soppressata prüfend: »Sie war nie besonders glücklich mit deinem Bruder, damals im Sommer hat sie sich in mich verliebt, so wie du in Nino.« Dann ging er weiter, wandte ihr den Rücken zu und fuhr fort: »Von ihr habe ich gelernt, dass Schwangere sehr gern Sex haben.« Dann blieb er mitten im Raum stehen und sagte, ohne ihr Zeit für einen Kommentar, eine spöttische Bemerkung oder einen Wutanfall zu lassen, dass er sich hier, im Trockenraum, stets wohlgefühlt habe, obwohl die Fabrik an sich ihm seit frühester Kindheit Übelkeit verursacht habe, hier gebe es etwas Befriedigendes, Ganzes, das Produkt, das seine Vollendung erreiche, das sich verfeinere, das seinen Geruch verströme und bald fertig für den Markt sei. »Sieh mal, fass mal an«, sagte er. »Das ist was Festes, Hartes, spür nur mal diesen Duft. Das riecht genauso, wie wenn Mann und Frau sich umarmen und anfassen – gefällt dir das? –, wenn du wüsstest, wie viele ich schon hergebracht habe, seit ich ein Junge war.« Und er packte sie an der Taille, fuhr mit seinen Lippen an ihrem langen Hals hinunter und knetete schon ihren Hintern, er schien hundert Hände zu haben, befummelte sie auch unter ihrem Kittel, mit einer rasenden Hast, keuchend, eine Erforschung ohne Vergnügen, nichts als zudringliche Begierde.

Das alles, angefangen bei dem Geruch nach Wurst, erinnerte Lila an die Vergewaltigungen durch Stefano, und für einige Sekunden war sie entsetzt, sie hatte Angst, umgebracht zu werden. Dann packte sie die Wut, sie schlug Bruno ins Gesicht und zwischen die Beine, kreischte: »Du mieses Stück Scheiße, du hast doch nichts in der Hose, na komm her, hol ihn raus, ich reiß' ihn dir ab, du Mistkerl!«

Bruno ließ sie los, wich zurück. Er betastete seine blutende Lippe, grinste verlegen und brummte: »Entschuldige, ich dachte, wenigstens ein bisschen Dankbarkeit müsste doch drin sein.« Lila schrie ihn an: »Willst du damit sagen, ich soll mich freikaufen, sonst schmeißt du mich raus, ja?« Er grinste erneut, schüttelte den Kopf: »Nein, wenn du nicht willst, dann willst du nicht, Schluss, aus, ich habe mich doch bei dir entschuldigt, was willst du denn noch?« Aber sie war außer sich, erst jetzt spürte sie die Abdrücke seiner Hände auf ihrem Körper, und sie wusste, dass sie bleiben würden, so etwas ließ sich nicht mit Seife abwaschen. Sie wich zurück zur Tür, sagte: »Jetzt ist es noch mal gut gegangen für dich, aber egal ob du mich rausschmeißt oder nicht, ich schwöre dir, du wirst den Moment verfluchen, in dem du mich angefasst hast.« Und sie ging, während er noch murmelte: »Was hab' ich dir denn getan, gar nichts hab' ich dir getan, komm schon, wenn's sonst keine Probleme gibt, vertragen wir uns doch wieder.«

Sie kehrte an ihren Arbeitsplatz zurück. Damals arbeitete sie in den Dämpfen der Kochtröge als eine Art Hilfskraft fürs Grobe, die unter anderem den Fußboden trocken halten sollte, eine aussichtslose Mühe. Edo, der Kerl, dem sie beinahe das Ohr abgerissen hätte, beobachtete sie neugierig. Alle, Arbeiterinnen und Arbeiter, starrten sie an, als sie wütend aus den Trockenräumen kam. Lila wechselte mit niemandem einen Blick. Sie griff nach einem Lappen, klatschte ihn auf die Fliesen, begann den Boden zu wischen, der ein einziges Schlammfeld war, und sagte mit lauter, drohender Stimme: »Wollen wir doch mal sehen, ob es noch ein Hurensohn probieren will.« Ihre Kollegen wandten sich wieder ihrer Arbeit zu.

Tagelang wartete sie auf ihre Entlassung, doch die kam nicht. Wenn sie Bruno zufällig traf, lächelte er sie freundlich an, und sie antwortete mit einer schroffen Geste. Also keinerlei Folgen, abgesehen von dem Ekel vor seinen kurzen Händen und dem immer wieder aufzuckenden Hass. Da Lila sich auch weiterhin mit ihrer üblichen Herablassung einen Scheißdreck um alle anderen scherte, begannen die kleinen Chefs allerdings sofort wieder, sie zu quälen, sie teilten ihr ständig neue Aufgaben zu, ließen sie bis zur völligen Erschöpfung arbeiten und sagten Schweinereien zu ihr. Was bewies, dass sie die Erlaubnis dafür erhalten hatten.

Enzo erzählte sie nichts von dem fast abgerissenen Ohr, von Brunos Übergriff, von den täglichen Kränkungen und Strapazen. Wenn er sich erkundigte, wie es in der Wurstfabrik lief, antwortete sie sarkastisch: »Warum erzählst du mir nicht, wie es bei dir auf der Arbeit läuft?« Und da er schwieg, zog Lila ihn noch ein bisschen auf, dann setzten sie sich gemeinsam an die Übungen für den Fernkurs. Sie zogen sich aus mehreren Gründen darauf zurück, der wichtigste war, sich möglichst keine Fragen über die Zukunft zu stellen: Was waren sie füreinander; warum kümmerte er sich um sie und Gennaro; warum ließ sie zu, dass er das tat; warum lebten sie seit langem unter einem Dach, obwohl Enzo jede Nacht vergeblich darauf wartete, dass sie zu ihm kam, er sich im Bett herumwälzte, wieder und wieder, dann unter dem Vorwand, einen Schluck Wasser trinken zu wollen, in die Küche ging und einen Blick auf die Tür mit dem Glasfenster warf, um zu sehen, ob sie das Licht noch nicht gelöscht hatte, und um nach ihrem Schatten zu spähen. Stumme Spannungen – ich klopfe jetzt an, ich lasse ihn rein –, Zweifel bei ihm, Zweifel bei ihr. Am Ende betäubten sie sich lieber, indem sie untereinander mit Blockdiagrammen wetteiferten, als wären sie Sportgeräte.

»Machen wir das Diagramm einer sich öffnenden Tür«, sagte Lila.

»Machen wir das Diagramm eines Krawattenkno-
tens«, sagte Enzo.

»Machen wir ein Diagramm davon, wie ich Gennaro die Schuhe zubinde«, sagte Lila.

»Machen wir ein Diagramm davon, wie man mit
der Napoletana Kaffee kocht«, sagte Enzo.

Obwohl die Tests aus Zürich das gar nicht verlangten, zerbrachen sie sich den Kopf darüber, wie man All-
tägliches schematisch darstellen konnte, von den ein-
fachsten Verrichtungen bis hin zu den kompliziertesten.
Und das nicht, weil Enzo es gewollt hätte, sondern weil
Lila, die zunächst heimlich damit angefangen hatte, wie
üblich mit jedem Abend eifriger geworden war und
trotz der nachts eisigen Wohnung nun von dem Drang
gepackt war, die ganze elende Welt, in der sie lebten,
auf die Wahrheit von o und 1 zu reduzieren. Sie schien
eine abstrakte Linearität anzustreben – eine Abstraktion, die alle Abstraktionen erzeugte – und hoffte, sie
würde ihr eine erholsame Reinheit sichern.

»Machen wir das Schema einer Fabrik«, schlug sie
ihm eines Abends vor.

»Mit allem, was dort gemacht wird?«, fragte er erstaunt.

»Ja.«

Er sah sie an, sagte:

»Gut, fangen wir mit deiner an.«

Sie verzog ärgerlich das Gesicht, brummte gute Nacht
und verschwand in ihrem Zimmer.

30

Dieses ohnehin recht wacklige Gleichgewicht veränderte sich, als Pasquale wieder auftauchte. Er arbeitete
auf einer Baustelle in der Gegend und war wegen einer
Versammlung des Ortsverbandes der Kommunistischen
Partei nach San Giovanni a Teduccio gekommen. Er und
Enzo trafen sich zufällig auf der Straße, fanden sofort
zu ihrer alten Vertrautheit, kamen schließlich auf die
Politik zu sprechen und äußerten beide die gleiche Unzufriedenheit. Anfangs drückte Enzo sich noch vorsichtig aus, doch überraschenderweise zeigte sich Pasquale
alles andere als vorsichtig, obwohl er im Rione als Parteisekretär ein wichtiges Amt innehatte, und griff die
Partei an, weil sie revisionistisch war, und den Bürger-
meister, weil er zu oft beide Augen zudrückte. Die beiden verbrüderten sich, so dass Lila Pasquale zur Essenszeit bei sich zu Hause antraf und auch für ihn etwas
zubereiten musste.

Der Abend begann schlecht. Sie fühlte sich beobachtet, musste sich Mühe geben, um sich nicht aufzuregen.
Was wollte Pasquale, sie ausspionieren, im Rione her-
umerzählen, wie sie lebte? Was gab ihm das Recht,
hier zu sitzen und über sie zu urteilen? Er richtete nicht
ein freundliches Wort an sie, erzählte nichts von ihrer
Familie, von Nunzia, von ihrem Bruder Rino, von Fernando. Stattdessen warf er ihr abschätzende Männer-
blicke zu, wie sie sie aus der Fabrik kannte, und wenn
sie es bemerkte, schaute er weg. Bestimmt fand er, dass

sie hässlich geworden war, bestimmt dachte er: ›Wie konnte ich mich als Junge bloß in die verlieben, was war ich doch für ein Idiot.‹ Und ohne Zweifel hielt er sie für eine denkbar schlechte Mutter, denn sie hätte ihr Kind ja im Wohlstand der Salumerias Carracci aufwachsen lassen können, hatte es stattdessen aber in dieses Elend gebracht. Irgendwann schnaufte Lila und sagte zu Enzo: »Räum du den Tisch ab, ich geh schlafen.« Doch zu ihrer Überraschung schlug Pasquale einen feierlichen Ton an und sagte etwas aufgeregt zu ihr: »Lina, bevor du gehst, muss ich dir was sagen: Es gibt keine zweite Frau wie dich, du stürzt dich mit so viel Kraft ins Leben; wenn alle die hätten, wäre die Welt schon längst eine andere.« Da das Eis nun gebrochen war, erzählte er ihr, dass Fernando wieder angefangen habe Schuhe zu besohlen, dass Rino zu Stefanos Plage geworden sei und ihn in einem fort um Geld anbettele, dass man Nunzia kaum noch zu Gesicht bekomme, sie gehe nicht aus dem Haus. »Aber du hast es richtig gemacht«, sagte er erneut. »Keiner im Rione hat den Carraccis und den Solaras so oft ins Gesicht gespuckt wie du, ich stehe auf deiner Seite.«

Nach diesem Abend ließ er sich häufig blicken, was das Fernstudium nicht eben wenig beeinträchtigte. Er kam abends zur Essenszeit mit vier heißen Pizzas, spielte die übliche Rolle von einem, der bestens darüber Bescheid weiß, wie die kapitalistische und die antikapitalistische Welt funktionierten, und ihre alte Freundschaft lebte wieder auf. Es war offensichtlich, dass er ohne jede Zuneigung lebte, seine Schwester Carmen war verlobt und hatte wenig Zeit für ihn. Aber er bekämpfte seine Einsamkeit mit einem verbissenen Aktivismus, der Lila gefiel, sie neugierig machte. Obwohl er von der Arbeit auf der Baustelle wie zerschlagen war, engagierte er sich in der Gewerkschaft, schleuderte blutrote Farbe auf das amerikanische Konsulat, war immer vorne mit dabei, wenn es darum ging, die Faschisten zu verdreschen, war Mitglied eines Arbeiter- und Studentenkomitees und stritt sich in einem fort mit den Studenten. Und erst recht mit der Kommunistischen Partei. Wegen seiner extrem kritischen Haltung rechnete er jeden Augenblick damit, sein Amt als Parteisekretär zu verlieren. Bei Enzo und Lila nahm er kein Blatt vor den Mund, er vermischte persönliche Ressentiments mit politischen Argumenten. »*Mir* sagen sie, ich bin ein Feind der Partei«, beschwerte er sich, »*mir* sagen sie, ich schlage zu viel Krach, ich soll die Füße stillhalten. Dabei sind *sie* es doch, die die Partei gerade zerstören, *sie* sind es doch, die die Partei in ein Rädchen im System verwandeln, *sie* sind es, die den Antifaschismus auf eine demokratische Kontrolle reduziert haben. Wisst ihr, wen man an die Spitze des Ortsverbandes des Movimento Sociale im Rione gestellt hat? Gino, den Sohn des Apothekers, Michele Solaras dämlichen Handlanger. Und ich soll dulden, dass die Faschisten in meinem Viertel wieder den Kopf erheben?« »Mein Vater«, sagte er bewegt, »hat der Partei alles gegeben, und wofür? Für diesen Rosenwasser-Antifaschismus, für diese Scheiße von heute?« Als der Arme unschuldig im Gefängnis gelandet sei, »absolut unschuldig«, ereiferte er sich – denn nicht er habe Don Achille ermordet –, da habe die Partei ihn im Stich gelassen, obwohl er ein treuer Genosse gewesen sei, obwohl er bei den Quattro giornate gegen die deutschen Besatzer dabei gewesen sei und am Ponte della Sanità für die Befreiung Neapels gekämpft habe und obwohl er sich nach dem Krieg weiter als jeder andere im Rione aus dem Fenster gelehnt habe. Und Giuseppina, seine Mutter? Habe man die etwa unterstützt? Als Pasquale über seine Mutter sprach, nahm er Gennaro auf den Schoß und fragte ihn: »Na, ist deine Mama nicht wunderschön, hast du sie lieb?«

Lila hörte ihm zu. Manchmal dachte sie, dass sie diesem Jungen, dem ersten, der auf sie aufmerksam geworden war, ihr Jawort hätte geben sollen, anstatt zu Stefano und seinem Geld zu laufen, anstatt sich mit Nino in Schwierigkeiten zu bringen: bleiben, wo sie hingehörte, nicht die Sünde des Hochmuts begehen, den Kopf beruhigen. Dann wiederum fühlte sie sich durch Pasquales Geschimpfe erneut von ihrer Kindheit eingeholt, von der Brutalität des Rione, von Don Achille, von seiner Ermordung, die sie als kleines Mädchen dermaßen oft und in so vielen erfundenen Einzelheiten erzählt hatte, dass es ihr nun so schien, als wäre sie dabei gewesen. Auch die Verhaftung von Pasquales Vater kam ihr wieder in den Sinn und wie laut der Tischler geschrien hatte, wie laut auch seine Frau, wie laut auch Carmen, und das war ihr unangenehm, wahre Erinnerungen mischten sich mit falschen, sie sah die Gewalt, das Blut. Da raffte sie sich voller Unbehagen auf, entzog sich Pasquales nur so sprudelndem Ärger und drängte ihn, um sich selbst zu beruhigen, etwas anderes zu erzählen, egal was, von Weihnachten oder Ostern in der Familie, von den Kochkünsten seiner Mutter Giuseppina. Er durchschaute das sofort, und vielleicht mochte er gedacht haben, dass Lila familiäre Wärme genauso fehlte wie ihm. Jedenfalls kam er eines Tages ohne Vorankündigung zu ihr und sagte freudestrahlend: »Sieh mal, wen ich dir mitgebracht habe.« Es war Nunzia.

Mutter und Tochter umarmten sich, Nunzia weinte ausgiebig und schenkte Gennaro einen Pinocchio aus Stoff. Aber sobald sie versuchte, ihre Tochter wegen ihrer Entscheidungen zu kritisieren, sagte Lila, die sich anfangs gefreut hatte, sie zu sehen: »Ma', entweder wir tun so, als wäre nichts passiert, oder du gehst lieber wieder.« Nunzia war beleidigt, begann mit dem Kind zu spielen und sagte häufig, als redete sie tatsächlich mit dem Kleinen: »Du armes Ding, wenn deine Mama schuften geht, bei wem lässt sie dich dann bloß?« Da merkte Pasquale, dass er einen Fehler gemacht hatte, und sagte, es sei schon spät, sie müssten los. Nunzia stand auf und wandte sich teils drohend, teils flehend an ihre Tochter. »Erst hast du uns ein Leben in Saus und Braus beschert, und dann hast du uns ruiniert. Dein Bruder fühlt sich im Stich gelassen und will dich nicht mehr sehen, dein Vater hat dich aus dem Gedächtnis gestrichen; Lina, bitte, ich sage ja nicht, dass du mit deinem

Mann Frieden schließen sollst, das ist unmöglich, aber komm wenigstens mit den Solaras ins Reine, deinetwegen haben die alles an sich gerissen, und Rino, dein Vater, wir Cerullos sind nun wieder der letzte Dreck.«

Lila hörte sich das an und schob sie dann fast schon hinaus: »Ma'«, sagte sie, »es ist besser, wenn du nicht mehr kommst.« Das Gleiche schrie sie auch Pasquale hinterher.

31

Zu viele Probleme auf einmal: Schuldgefühle Gennaro gegenüber, Enzo gegenüber; der harte Schichtdienst, die Überstunden, Brunos Schweinereien; ihr Elternhaus, das nun wieder Druck auf sie ausüben wollte; und die Gegenwart Pasquales, zu dem abweisend zu sein sinnlos war. Er wurde nie böse, schneite fröhlich herein und schleppte Lila, Gennaro und Enzo mal in eine Pizzeria, mal brachte er sie mit dem Auto nach Agerola, damit das Kind an die frische Luft kam. Aber vor allem versuchte er, sie in seine Aktivitäten einzubeziehen. Er drängte sie, der Gewerkschaft beizutreten, obwohl sie das nicht wollte, und sie tat es nur, um Soccavo, der das nicht gern sah, eins auszuwischen. Er brachte ihr verschiedene Broschüren mit, sehr klar und sehr kurz gehaltene Hefte zu Themen wie etwa die Lohntüte, die Tarifverhandlung, die regionalen Mindestlöhne, wohl wissend, dass Lila sie früher oder später lesen würde, während er sie noch nicht einmal durchgeblättert hatte. Er schleppte sie zusammen mit Enzo und dem Kleinen zur Riviera di Chiaia zu einer Demonstration für den Frieden in Vietnam mit, die in eine wilde Flucht ausartete: durch die Luft fliegende Steine, provozierende Faschisten, angreifende Polizisten, Pasquale, der Prügel austeilte, Lila, die Beschimpfungen schrie, und Enzo, der den Moment verfluchte, in dem sie beschlossen hatten, Gennaro in dieses Chaos mitzunehmen.

Doch vor allem zwei Ereignisse in dieser Zeit waren für Lila von Bedeutung. Einmal bestand Pasquale darauf, dass sie mitkam, um eine wichtige Genossin reden zu hören. Lila willigte ein, ihre Neugier war geweckt. Aber sie hörte so gut wie nichts von der Rede – im Wesentlichen ein Vortrag über die Partei und die Arbeiterklasse –, weil die Genossin zu spät kam, und als die Veranstaltung endlich begann, war Gennaro völlig überdreht, sie musste ihn beschäftigen, ging zum Spielen mit ihm hinaus auf die Straße, kam wieder herein und ging erneut hinaus. Trotzdem genügte ihr das Wenige, was sie hörte, um zu erkennen, wie nobel diese Frau war und wie sehr sie sich in allem von ihrem proletarischen und kleinbürgerlichen Publikum unterschied. Daher dachte Lila, als sie bemerkte, dass Pasquale, Enzo und einige andere nicht mit dem einverstanden waren, was die Rednerin sagte, sie hätten unrecht, sie hätten dieser gebildeten Dame dankbar sein müssen, dass sie gekommen war, um ihre Zeit mit ihnen zu verschwenden. Und als Pasquale der delegierten Genossin derart polemisch antwortete, dass sie sich aufregte und mit überschlagender Stimme schrie: »Jetzt reicht's aber, ich gehe«, gefiel Lila ihre Reaktion, und sie war auf ihrer Seite. Aber offenbar waren ihre Gefühle wie immer verworren. Als Enzo zu Pasquales Unterstützung brüllte: »Genossin, *ohne uns* gibt es dich gar nicht, also bleibst du so lange hier, wie *wir* es wollen, und du gehst erst, wenn *wir* es dir sagen«, überlegte Lila es sich anders, schloss sich plötzlich der Heftigkeit dieses *Wir* an und glaubte, dass die Frau es nicht anders verdiente. Ärgerlich kehrte sie mit dem Kind, das ihr den Abend verdorben hatte, nach Hause zurück.

Noch viel turbulenter ging es auf einer Versammlung des Komitees zu, dem Pasquale in seinem verbissenen Aktivismus beigetreten war. Lila nahm nicht nur daran teil, weil ihm so viel daran lag, sondern auch, weil sie glaubte, dass die Unruhe, die ihn dazu trieb, zu suchen und zu verstehen, etwas Gutes war. Das Komitee traf sich in Neapel in einem alten Haus in der Via dei Tribunali. Sie fuhren eines Abends mit Pasquales Auto dorthin und gingen verwahrloste, doch monumentale Treppen hoch. Der Raum war groß, die Zahl der Anwesenden klein. Lila bemerkte, wie leicht sich die Gesichter der Studenten von denen der Arbeiter unterscheiden ließen und die Gewandtheit der Führer vom Gestammel der kleinen Parteimitglieder. Unverzüglich bekam sie schlechte Laune. Denn die Reden der Studenten kamen ihr geheuchelt vor, ihr bescheidener Ton passte nicht zu ihren besserwisserischen Sätzen. Und es war immer dieselbe Leier: Wir sind hier, um von euch, den Arbeitern, zu lernen. Dabei trumpften sie mit nur allzu klaren Vorstellungen vom Kapital, von der Ausbeutung, vom Verrat durch die Sozialdemokratic, von der Durchführung des Klassenkampfes auf. Zu allem Überfluss, stellte Lila fest, überschlugen sich die wenigen, für gewöhnlich schweigsamen Mädchen bei Enzo und Pasquale vor kokettem Geplapper. Besonders Pasquale, der der Geselligere von beiden war, schlug viel Sympathie entgegen. Er wurde als Arbeiter angesehen, der sich, obwohl er Mitglied der Kommunistischen Partei und Parteisekretär war, entschlossen hatte, seine proletarischen Erfahrungen an einem Ort der Revolution einzubringen. Wenn er oder Enzo das Wort ergriffen, stimmten die Studenten, die sich untereinander ständig in die Haare gerieten, ihnen jedes Mal zu. Enzo verlor wie üblich nicht viele, aber gewichtige Worte. Pasquale dagegen erzählte in einem nie versiegenden Redefluss halb auf Italienisch, halb im Dialekt von den Fortschritten der politischen Arbeit auf den Baustellen der Provinz und teilte Seitenhiebe gegen die nur mäßig aktiven Studenten aus. Zum Schluss brachte er plötzlich Lila ins Spiel. Er stellte sie mit Vor- und Zunamen vor, bezeichnete sie als proletarische Genossin, die in einer kleinen Lebensmittelfabrik arbeitete, und sprach sehr anerkennend über sie.

Lila runzelte die Stirn und kniff die Augen zusammen, es gefiel ihr nicht, dass alle sie anstarrten wie ein seltenes Tier. Und als nach Pasquale erstmals eins der anwesenden Mädchen das Wort ergriff, wurde Lilas Laune noch schlechter. Erstens, weil sie wie gedruckt redete, zweitens, weil sie Lila mehrmals erwähnte und sie dabei Genossin Cerullo nannte, und drittens, weil sie sie wiedererkannte: Es war Nadia, Professoressa Galianis Tochter, Ninos kleine Freundin, die ihm Liebesbriefchen nach Ischia geschrieben hatte.

Für einen Moment fürchtete sie, Nadia habe sie ebenfalls erkannt, doch obwohl sie sich beim Reden fast ausschließlich an Lila wandte, erinnerte sie sich allem Anschein nach nicht an sie. Wieso sollte sie auch? Wer weiß, auf wie vielen Partys der Reichen sie schon gewesen war und wie viele Schattengestalten sich in ihrem Gedächtnis drängten. Lila dagegen hatte vor Jahren nur diese eine Gelegenheit gehabt, und die hatte sich ihr tief eingeprägt. Sie erinnerte sich noch genau an die Wohnung am Corso Vittorio Emanuele, an Nino, an alle die Jugendlichen aus gutem Hause, an die Bücher, an die Gemälde und an die unangenehme Erfahrung, die sie gemacht hatte, daran, wie schlecht sie sich gefühlt hatte. Sie hielt das nicht aus, stand auf, während Nadia noch redete, und lief mit Gennaro herum, wobei sie eine negative Energie in sich spürte, die kein Ventil fand und ihr schwer zu schaffen machte.

Aber nach einer Weile hellte sich ihre Stimmung wieder auf und sie beschloss, sich einzumischen, um sich nicht unterlegen zu fühlen. Jetzt sprach ein junger Lockenkopf sehr sachkundig über Italsider und Akkordarbeit. Lila wartete, bis er fertig war, und bat ums Wort, ohne auf Enzos verblüfften Blick zu achten. Sie sprach lange, auf Italienisch, während Gennaro auf ihrem Arm zappelte. Nachdem sie leise begonnen hatte, redete sie in dem allgemeinen Schweigen mit vielleicht zu lauter Stimme weiter. Sie sagte spöttisch, sie wisse nichts über die Arbeiterklasse. Sagte, sie kenne nur die Arbeiterinnen und Arbeiter aus der Fabrik, in der sie arbeite, Menschen, von denen man absolut nichts lernen könne außer Elend. »Könnt ihr euch vorstellen«, fragte sie, »was es heißt, acht Stunden am Tag bis zum Bauch im Mortadella-Kochwasser zu stehen? Könnt ihr euch vorstellen, was es heißt, vom Ablösen der Tierknochen lauter Wunden an den Fingern zu haben? Könnt ihr euch vorstellen, was es heißt, in Kühlräumen ein und aus zu gehen, in denen minus zwanzig Grad herrschen, und pro Stunde zehn Lire – lumpige zehn Lire – Kältezuschlag zu bekommen? Wenn ihr euch das vorstellen könnt, was glaubt ihr dann von Leuten lernen zu können, die gezwungen sind, so zu leben? Die Arbeiterinnen müssen sich von den kleinen Chefs und von den eigenen Kollegen an den Hintern grapschen lassen, ohne aufzumucken. Und wenn dem Juniorchef danach ist, muss eine zu ihm in die Lagerräume, was auch sein Vater schon verlangte, vielleicht auch sein Großvater, und dort hält dir ebendieser Juniorchef, bevor er über dich herfällt, einen kleinen, altbewährten Vortrag darüber, wie sehr ihn der Salamigeruch erregt. Männer und Frauen müssen Leibesvisitationen über sich ergehen lassen, denn am Ausgang gibt es ein sogenanntes Stoppsignal, das, wenn Rot statt Grün aufleuchtet, bedeutet, dass du Salami oder Mortadella gestohlen hast. Dieses Stoppsignal wird vom Pförtner bedient, einem Spitzel des Fabrikbesitzers, der nicht nur bei möglichen Dieben auf Rot schaltet, sondern vor allem bei hübschen, widerspenstigen Mädchen und bei Nervtötern. So sieht es in der Fabrik aus, in der ich bin. Die Gewerkschaft ist dort nie gewesen, und die Arbeiter sind bloß arme, unter Zwang stehende Schlucker, dem Gesetz des Chefs unterworfen, was besagt: Ich bezahle dich, also besitze ich dich, und ich besitze dein Leben, deine Familie und alles um dich herum, und wenn du nicht tust, was ich dir sage, mache ich dich fertig.«

Zunächst sagte niemand ein Wort. Dann folgten weitere Beiträge, die allesamt ehrfürchtig Lila zitierten. Am Ende ging Nadia zu ihr und umarmte sie. Sie machte ihr viele Komplimente: »Du bist so schön, so klug, und du sprichst so gut.« Sie bedankte sich bei ihr, sagte ernst: »Du hast uns gezeigt, wie viel Arbeit noch vor uns liegt.« Aber trotz ihres wichtigen, fast schon feierlichen Tons kam sie Lila kindlicher vor als damals, an dem Abend vor einigen Jahren, als sie sie mit Nino zusammen gesehen hatte. Was hatten sie getan, sie und Sarratores Sohn, getanzt, geplaudert, sich aneinandergeschmiegt, sich geküsst? Sie wusste es nicht mehr. Gewiss, dieses Mädchen besaß eine unvergessliche Anmut. Und nun, da sie so vor ihr stand, kam sie ihr noch sauberer als damals vor, sauber und zerbrechlich und so ehrlich empfänglich für das Leid anderer, dass sie deren

Qual bis ins Unerträgliche am eigenen Leib zu spüren schien.

»Wirst du wiederkommen?«

»Ich habe ein Kind.«

»Du musst wiederkommen, wir brauchen dich.«

Lila schüttelte den Kopf, sie wiederholte: »Ich habe ein Kind«, zeigte auf Gennaro und forderte ihn auf: »Sag der Frau guten Tag, sag ihr, dass du lesen und schreiben kannst, und zeig ihr, wie gut du sprechen kannst.« Und da Gennaro sein Gesicht an ihrem Hals vergrub und Nadia ihrerseits zwar ein Lächeln andeutete, ihn aber offenbar nicht beachtete, sagte sie erneut: »Ich habe ein Kind, ich schufte acht Stunden am Tag, nicht gerechnet die Überstunden, Leute in meiner Situation wollen abends nur noch schlafen.« Dann ging sie entnervt weg, mit dem Gefühl, sich zu sehr Menschen geöffnet zu haben, die zwar gutmütig waren und alles begriffen, solange es abstrakt war, sie aber im Konkreten nicht verstanden. *Ich weiß* – klang es in ihrem Kopf, ohne nach außen zu dringen – *ich weiß genau, was ein Leben in Wohlstand und voller guter Absichten ist, während du nicht mal ahnst, was wirkliche Armut bedeutet.*

Draußen auf der Straße wuchs ihr Unmut. Als sie zum Auto gingen, bemerkte sie, dass Pasquale und Enzo düster dreinblickten, ihre Wortmeldung hatte die beiden offenbar verstört. Pasquale nahm behutsam ihren Arm und überwand so eine körperliche Distanz, die zu überwinden er noch nie versucht hatte, und fragte:

»Arbeitest du wirklich unter solchen Bedingungen?«

Verärgert über diese Berührung zog sie den Arm weg und fragte aufgebracht:

»Und du, wie arbeitest du denn, ihr beide, wie arbeitet ihr?«

Sie antworteten nicht. Sie arbeiteten hart, das war klar. Und zumindest Enzo sah in der Fabrik garantiert Arbeiterinnen, die nicht weniger ausgelaugt von der Arbeit, von den Demütigungen und von den häuslichen Pflichten waren als Lila. Trotzdem deprimierten sie jetzt die Bedingungen, unter denen *sie* arbeitete, das konnten sie nicht ertragen. Männern musste man alles verheimlichen. Sie zogen es vor, lieber nichts zu wissen, zogen es vor, so zu tun, als passierte das, was einer Angestellten beim Chef passierte, auf wundersame Weise nicht der Frau, die ihnen wichtig war und die sie – mit dieser Vorstellung waren sie aufgewachsen – beschützen mussten, selbst auf die Gefahr hin, ermordet zu werden. Angesichts ihres Schweigens wurde Lila noch wütender.

»Leckt mich doch am Arsch«, sagte sie. »Ihr und die Arbeiterklasse.«

Sie stiegen ins Auto und wechselten auf der ganzen Fahrt bis nach San Giovanni a Teduccio nur belanglose Worte. Aber als Pasquale sie zu Hause absetzte, sagte er ernst: »Du bist nun mal immer die Beste, daran lässt sich nicht rütteln«, dann fuhr er zurück in den Rione. Aber Enzo brummte mit dem schlafenden Kind auf dem Arm:

»Warum hast du mir nie was gesagt? Hat dich in der Fabrik einer angefasst?«

Sie waren müde, Lila beschloss, ihn zu beruhigen. Sagte:

»Bei mir trauen sie sich das nicht.«

32

Einige Tage später begannen die Schwierigkeiten. Lila kam frühmorgens zur Arbeit, erschöpft von unzähligen Pflichten und absolut nicht auf das gefasst, was nun geschehen sollte. Es war sehr kalt, seit Tagen hustete sie, sie hatte eine Erkältung. Am Eingang standen zwei junge Burschen, offenbar hatten sie beschlossen, die Schule zu schwänzen. Einer der beiden grüßte sie, als würden sie sich kennen, und gab ihr kein Flugblatt, wie es sonst manchmal vorkam, sondern eine mehrseitige Hektographie. Sie erwiderte seinen Gruß mit einem erstaunten Blick, diesen Jungen hatte sie auf der Versammlung des Komitees in der Via dei Tribunali gesehen. Sie steckte die Seiten in ihre Manteltasche und ging an Filippo, dem Pförtner, vorbei, ohne ihn eines Blickes zu würdigen, so dass er ihr hinterherrief: »He, also wirklich, sagen wir jetzt nicht mal mehr guten Morgen!«

Sie arbeitete wie üblich verbissen – damals war sie in der Zerlegeabteilung – und vergaß den Jungen. Zur Mittagszeit ging sie mit ihrem Kochgeschirr auf den Hof, um sich zum Essen ein Plätzchen in der Sonne zu suchen, aber kaum hatte Filippo sie gesehen, kam er aus seinem Pförtnerhäuschen zu ihr. Er war um die fünfzig, klein, schwerfällig und hatte einen Hang zu den widerwärtigsten Schweinereien, aber auch zu einer aufdringlichen Sentimentalität. Vor kurzem war sein sechstes Kind geboren, und er wurde schnell rührselig, zog seine Brieftasche hervor und drängte jedem das Foto des Babys auf. Lila dachte, er wolle es auch ihr zeigen, doch so war es nicht. Der Mann zog die Hektographie aus seiner Jackentasche und sagte sehr aggressiv:

»Cerù, hör mir genau zu: Wenn du das warst, die diesen Mistkerlen das, was hier drinsteht, erzählt hat, sitzt du jetzt richtig in der Scheiße, ist dir das klar?«

Sie antwortete eisig:

»Ich hab', verdammt noch mal, keine Ahnung, wovon du redest, lass mich gefälligst essen.«

Wütend schleuderte Filippo ihr die Hektographie ins Gesicht und platzte los:

»Das weißt du nicht, was? Na, dann lies das mal! Wir sind hier alle immer ein Herz und eine Seele gewesen, und nur eine Schlampe wie du konnte so ein Zeug rumerzählen. Ich schalte das Stoppsignal ein, wie es mir passt, ja? Ich begrapsche Weiber, ja? Ich, als Familienvater? Pass bloß auf, sonst wird Don Bruno es dich büßen lassen, und wenn nicht er, meine Liebe, dann schlage ich dir höchstpersönlich die Fresse ein, da kannst du Gift drauf nehmen!«

Er machte kehrt und ging zurück in sein Pförtnerhäuschen.

Lila aß in Ruhe auf, dann hob sie die Hektographie auf. Die Überschrift war großspurig: *Untersuchung zur Lage der Arbeiter in Neapel und Umgebung.* Sie überflog die Blätter und stieß auf eine ganze Seite über die Wurstfabrik Soccavo. Wort für Wort las sie dort alles, was ihr auf der Versammlung in der Via dei Tribunali so herausgerutscht war.

Sie tat, als ob nichts wäre. Ließ die Seiten auf dem Boden liegen, ging in das Fabrikgebäude zurück, ohne ein einziges Mal zur Pförtnerloge zu sehen, und arbeitete weiter. Aber sie war stocksauer auf die, die ihr das eingebrockt hatten, ohne sie zu warnen. Auf Nadia vor allem, dieses Engelchen. Garantiert hatte sie dieses Zeug geschrieben, es war sorgfältig gegliedert und voller Gefühlsduselei. Während Lila zunehmend wütend das kalte Fleisch mit dem Messer bearbeitete und der Geruch ihr Übelkeit verursachte, spürte sie die Feindseligkeit ihrer Kollegen um sich her, der Männer und der Frauen. Sie kannten sich untereinander schon lange, wussten, dass sie still duldende Opfer waren, und hatten nicht den geringsten Zweifel daran, wer hier geplaudert hatte: Lila, die Einzige, die sich von Anfang an aufgeführt hatte, als ginge die Notwendigkeit, schwer zu arbeiten, nicht mit der Notwendigkeit einher, sich zu erniedrigen.

Am Nachmittag tauchte Bruno auf, und kurze Zeit später ließ er sie rufen. Sein Gesicht war röter als sonst, in der Hand hielt er die Hektographie.

»Warst du das?«

»Nein.«

»Sag die Wahrheit, Lina. Da draußen sind schon zu viele Leute, die Unruhe stiften, bist du jetzt auch dabei?«

»Ich hab' doch gesagt: nein.«

»Nein? Hier ist aber sonst keiner, der das Talent und die Unverfrorenheit besitzt, sich diese ganzen Lügenmärchen auszudenken.«

»Es wird wohl einer aus dem Büro gewesen sein.«

»Die aus dem Büro erst recht nicht.«

»Was willst du von mir, kleine Vögel singen nun mal, reg dich über die auf.«

Er schnaufte, wirkte tatsächlich erschöpft. Er sagte: »Ich habe dir Arbeit gegeben. Habe stillgehalten, als du in die kommunistische Gewerkschaft eingetreten bist, mein Vater hätte dich mit Fußtritten weggejagt. Ja doch, ich habe eine Dummheit gemacht, drüben in den Lagerräumen, aber ich habe mich entschuldigt, du kannst nicht behaupten, ich hätte dich noch weiter bedrängt. Und was machst du? Rächst dich, indem du meinen Betrieb in ein schlechtes Licht rückst und schwarz auf weiß verkündest, ich würde mir Arbeiterinnen in den Trockenraum holen? Wann denn, bitte schön, ich, Arbeiterinnen, spinnst du? Ich bereue den großen Gefallen, den ich dir getan habe, jetzt schon.«

»Gefallen? Ich rackere mich ab, und du zahlst mir einen Hungerlohn. Ich tue dir nun wirklich einen größeren Gefallen als du mir.«

»Siehst du? Du redest genau wie diese Arschlöcher.

Hab doch den Mumm und gib zu, dass du diesen Mist geschrieben hast.«

»Ich habe gar nichts geschrieben.«

Bruno verzog den Mund und starrte auf die Seiten vor sich, Lila sah, dass er unschlüssig war, er konnte sich nicht entscheiden: Sollte er einen härteren Ton anschlagen, ihr drohen, sie entlassen oder zurückrudern und versuchen herauszufinden, ob noch mehr solcher Aktionen geplant waren? Sie war es, die die Dinge in die Hand nahm. Widerwillig, doch mit der Andeutung einer gewinnenden Miene, die sich nicht mit der in ihrem Körper noch lebendigen Erinnerung an seine Brutalität vertrug, sagte sie leise drei versöhnliche Sätze:

»Glaub mir. Ich habe einen kleinen Sohn. Ich war das wirklich nicht.«

Er nickte, brummte aber ärgerlich:

»Weißt du, wozu du mich zwingst?«

»Nein, und ich will es auch nicht wissen.«

»Ich sage es dir trotzdem. Wenn die da Freunde von dir sind, dann solltest du sie warnen: Sobald sie noch mal kommen, um vor dem Tor Krawall zu machen, lasse ich sie so verprügeln, dass ihnen jede Streitlust vergeht. Und du, pass bloß auf. Übertreib es nicht, sonst reißt mir wirklich der Geduldsfaden.«

Aber damit war der Tag noch nicht zu Ende. Am Ausgang sprang das Signal auf Rot, als Lila hinauswollte. Es war immer das Gleiche. Jeden Tag suchte sich der Pförtner fröhlich drei, vier Opfer. Die schüchternen Mädchen ließen sich mit gesenktem Blick betatschen, die unbefangeneren Frauen lachten und sagten: »Filì, wenn du grapschen musst, dann grapsche, aber beeil dich, ich muss nach Hause, Essen kochen.« Diesmal hielt Filippo nur Lila auf. Es war kalt und sehr windig. Der Pförtner kam aus seinem Häuschen. Lila fröstelte, sagte:

»Wenn du mich auch nur ein bisschen anfasst, bring' ich dich um, oder ich lasse dich umbringen, so viel ist sicher.«

Düster wies Filippo auf den kleinen Tisch aus einer Kaffeebar, der schon immer neben dem Pförtnerhäuschen stand.

»Leere deine Taschen aus, und leg das Zeug hierhin.«

Lila fand eine frische Bratwurst in ihrer Manteltasche, angewidert spürte sie das in Naturdarm gepresste, weiche Fleisch. Sie zog sie heraus, lachte auf und sagte:

»Ihr seid doch wirklich ein verdammtes Scheißpack, alle zusammen.«

33

Die Androhung einer Anzeige wegen Diebstahls. Lohnkürzungen, Geldstrafen. Und Filippo, der sie beschimpfte, und sie, die Filippo beschimpfte. Bruno ließ sich nicht blicken, dabei war er garantiert noch in der Fabrik, sein Auto stand im Hof. Lila ahnte, dass sich die Dinge für sie weiter verschlechtern würden.

Sie kam erschöpfter als sonst nach Hause, regte sich über Gennaro auf, der bei der Nachbarin bleiben wollte, machte das Abendessen. Enzo sagte sie, er müsse die Lektionen allein durcharbeiten, und ging früh zu Bett. Da sie unter der Decke nicht warm wurde, stand sie auf und zog sich einen Wollpullover über das Nachthemd. Als sie sich wieder hinlegte, spürte sie ein plötzliches Pochen im Hals, ihr Herz schlug ohne ersichtlichen Grund so heftig, als wäre es das eines anderen.

Sie kannte diese Symptome, sie gingen mit dem einher, was sie im Nachhinein – elf Jahre später, 1980 – als Auflösung bezeichnen sollte. Aber sie waren noch nie so stark gewesen, und vor allem war es das erste Mal, dass sie auftraten, als sie allein war, ohne Menschen um sich her, die diesen Effekt auf die eine oder andere Weise herbeigeführt hätten. Dann stellte sie entsetzt fest, dass sie gar nicht allein war. Aus ihrem verwirrten Kopf brachen die Gestalten und Stimmen des Tages hervor und geisterten durch den Raum: die zwei Jungen vom Komitee, der Pförtner, ihre Arbeitskollegen, Bruno in dem großen Lagerraum, Nadia, alle viel zu schnell, wie in einem Stummfilm, auch das Aufleuchten des roten Stoppsignals in extrem kurzen Abständen, auch Filippo, der ihr die Wurst aus der Hand riss und Drohungen ausstieß. Alles Einbildung. Es gab außer dem regelmäßig atmenden Gennaro auf der Liege neben ihr weder reale Personen noch Geräusche im Zimmer. Aber das beruhigte sie nicht, im Gegenteil, es vervielfachte ihr Entsetzen. Ihr Herzklopfen war nun so stark, dass es fähig zu sein schien, die Verzahnung der Dinge zu sprengen. Der feste Zusammenhalt der Zimmerwände lockerte sich, das heftige Hämmern im Hals erschütterte das Bett, tat Risse im Putz auf, löste Lilas Schädeldecke ab und hätte womöglich das Kind zertrümmert, ja, es hätte das Kind zertrümmert wie eine Zelluloidpuppe, hätte ihm Brust und Bauch und Kopf zerschmettert, um sein Innerstes bloßzulegen. ›Ich muss Gennaro entfernen‹, dachte sie. ›Je länger ich ihn bei mir behalte, umso wahrscheinlicher wird es, dass er kaputtgeht.‹ Sie erinnerte sich an ein anderes Kind, das sie entfernt hatte, das Kind, das nicht in ihrem Bauch hatte heranwachsen können, Stefanos Kind. ›Ich habe es ausgetrieben, jedenfalls erzählten Pinuccia und Gigliola das hinter meinem Rücken. Und vielleicht habe ich es ja wirklich getan, habe es absichtlich abgestoßen. Warum ist mir bis heute nichts wirklich gut gelungen? Und warum sollte ich das, was misslungen ist, behalten?‹ Das Herzklopfen ließ nicht nach, die Nebelgestalten bedrängten sie mit ihrem Geflüster, erneut richtete sie sich auf, setzte sich auf den Rand des Bettes. Sie war mit einem klebrigen Schweiß bedeckt, er fühlte sich an wie eisiges Öl. Sie stemmte ihre nackten Füße gegen Gennaros Liege und drückte langsam dagegen, um sie wegzuschieben, aber nicht zu weit. Sie fürchtete, ihn kaputt zu machen, wenn sie ihn bei sich behielt, und hatte Angst, ihn zu verlieren, wenn sie ihn weggab. Mit kurzen Schritten ging sie in die Küche, stützte sich an den Möbeln und Wänden ab, schaute aber aus Angst, der Fußboden könnte sich hinter ihr auftun und Gennaro in die Tiefe ziehen, immer wieder zurück. Sie trank Wasser aus dem Hahn, bespritzte sich das Gesicht, ihr Herz blieb ruckartig stehen und schleuderte sie nach vorn wie nach einer Vollbremsung.

Vorbei. Die Dinge griffen erneut ineinander, ihr Körper regulierte sich langsam wieder, der Schweiß trocknete. Nun zitterte Lila, sie war so müde, dass die Wände sich um sie drehten, sie hatte Angst, ohnmächtig zu werden. ›Ich muss zu Enzo‹, dachte sie, ›und wieder warm werden. Jetzt zu ihm ins Bett kriechen, mich an seinen Rücken schmiegen, während er schläft, selbst auch einschlafen.‹ Doch sie ging nicht zu ihm. Sie spürte wieder die gewinnende Miene, die sie angedeutet hatte, als sie zu Bruno gesagt hatte: *Glaub mir. Ich habe einen kleinen Sohn. Ich war das wirklich nicht*, ein ansprechendes, vielleicht verführerisches Getue, der trotz des Ekels automatisch in Aktion getretene weibliche Körper. Sie schämte sich dafür. Wie hatte sie sich so verhalten können, wohl wissend, was Soccavo ihr im Trockenraum angetan hatte? Und trotzdem. Ach, immer Druck auf die Männer ausüben und sie wie gehorsame Ochsen zu Zielen treiben, die nicht ihre waren. Nein, nein, es war genug, sie hatte das früher, fast unbewusst, aus verschiedenen Gründen getan, mit Stefano, mit Nino, mit den Solara-Brüdern, vielleicht sogar mit Enzo. Jetzt wollte sie nicht mehr, sie würde allein klarkommen: mit dem Pförtner, mit ihren Arbeitskollegen, mit den Studenten, mit Soccavo, mit ihrem eigenen Kopf voller Ansprüche, dem es nicht gelang, sich zu begnügen, und der, zermürbt vom Zusammenprall mit Menschen und Dingen, nun kapitulierte.

34

Als sie aufwachte, hatte sie Fieber, nahm eine Aspirin und ging dann trotzdem zur Arbeit. Am noch nächtlichen Himmel erschien ein schwaches, bläuliches Licht, das die flachen Häuser, das schlammige Unkraut und den Schrott umspielte. Schon am Anfang der ungepflasterten Straße, die zur Fabrik führte und deren Pfützen sie mied, sah sie, dass die Studenten nun zu viert waren, die zwei vom Vortag, ein dritter, der so alt war wie die anderen beiden, und ein Dicker um die zwanzig, ein regelrechter Fettwanst. Sie klebten Plakate, die zum Kampf aufriefen, an die Fabrikmauer und hatten gerade begonnen, ein Flugblatt gleichen Inhalts zu verteilen. Doch während die Arbeiter und Arbeiterinnen am Vortag aus Neugier oder aus Höflichkeit noch eins genommen hatten, gingen die meisten von ihnen nun mit gesenktem Kopf weiter oder nahmen das Blatt, zerknüllten es augenblicklich und warfen es weg.

Als Lila sah, dass die Jungen schon da waren, pünktlich, als müssten sie bei dem, was sie politische Arbeit nannten, strengere Dienstzeiten einhalten als sie, wurde sie ärgerlich. Dieser Ärger verwandelte sich in Feindseligkeit, als der Junge vom Vortag sie erkannte und mit liebenswürdiger Miene auf sie zugelaufen kam, eine beträchtliche Zahl von Flugblättern in der Hand.

»Alles klar, Genossin?«

Lila beachtete ihn nicht, ihr Hals war entzündet, in ihren Schläfen pochte es. Der Junge rannte ihr nach, sagte unsicher:

»Ich bin Dario, vielleicht erinnerst du dich nicht mehr, wir haben uns in der Via dei Tribunali gesehen.«

Da herrschte sie ihn an: »Verdammt, ich weiß, wer du bist, aber ich will nichts mit dir zu tun haben und mit deinen Freunden auch nicht!«

Dario verschlug es die Sprache, er wurde langsamer, sagte wie zu sich selbst:

»Willst du denn das Flugblatt nicht?«

Lila antwortete ihm lieber nicht, sie hätte ihm nur Gemeinheiten an den Kopf geworfen. Aber das verwirrte Gesicht des Jungen prägte sich ihr ein, dieser Ausdruck eines Menschen, der sich im Recht fühlt und nicht versteht, wie es denn sein kann, dass die anderen nicht seiner Meinung sind. Sie überlegte, dass sie ihm gründlich hätte auseinandersetzen sollen, warum sie auf der Versammlung des Komitees gesagt hatte, was sie gesagt hatte, und warum es für sie unerträglich gewesen war, dass diese Bemerkungen in der Hektographie gelandet waren, und weshalb sie es sinnlos und dumm fand, dass die vier hier in der Kälte herumstanden, anstatt noch im Bett zu liegen oder jetzt in ein Klassenzimmer zu gehen, und engbeschriebene Seiten an Leute verteilten, die kaum lesen konnten und außerdem gar keinen Grund hatten, sich dieser Mühe zu unterziehen, weil sie ja bereits wussten, wie die Situation war, sie erlebten sie Tag für Tag und könnten noch Schlimmeres darüber erzählen, Unaussprechliches, das niemand je sagen, schreiben, lesen würde, das aber möglicherweise die wahren Gründe für ihre Unterwürfigkeit in sich barg. Doch sie hatte Fieber, hatte alles satt, es hätte sie zu viel Anstrengung gekostet. Jedenfalls war sie am Tor angekommen, und hier spitzte sich die Lage gerade zu.

Der Pförtner wetterte gegen den ältesten der Jungen, den Fettwanst, er schrie ihn im Dialekt an: »Setz deinen Fuß über diese Linie, na los, du Arschgeige, dann ist das unerlaubtes Betreten von Privateigentum, und ich knall' dich ab!« Der gleichermaßen erregte Student reagierte mit einem Lachen, einem langen, aggressiven Lachen, dem er Beschimpfungen folgen ließ. Er bezeichnete ihn als Knecht, schrie auf Italienisch: »Na dann schieß doch, zeig mal, wie du schießen kannst, das hier ist kein Privateigentum, das hier gehört alles dem Volk!« Lila ging an den beiden vorbei – wie oft hatte sie solche vollmundigen Sprüche schon gehört, Rino, Antonio, Pasquale und sogar Enzo waren ganz groß darin – und sagte ernst zu Filippo: »Tu ihm den Gefallen und quatsch nicht lange rum, einer, der schlafen oder studieren könnte, aber lieber hier rumsteht und allen auf die Nüsse geht, hat es verdient, erschossen zu werden.« Der Pförtner sah sie, hörte sie, stand mit offenem Mund da und versuchte herauszufinden, ob sie ihn wirklich zu einer Wahnsinnstat anstachelte oder ob sie ihn auf den Arm nahm.

Der Student dagegen hatte keine Zweifel. Er starrte sie wütend an, schrie: »Na los, geh doch rein und küss deinem Chef den Arsch«, wich kopfschüttelnd ein paar Schritte zurück und verteilte wenige Meter vor dem Tor weiter seine Flugblätter.

Lila steuerte auf den Hof zu. Sie war schon morgens um sieben erschöpft, ihre Augen brannten, acht Stunden Arbeit kamen ihr unendlich lang vor. Da hörte sie hinter sich Bremsenquietschen und das Geschrei von Männern, sie drehte sich um. Zwei Autos waren vorgefahren, ein graues und ein blaues. Aus dem ersten waren schon welche ausgestiegen und hatten angefangen, die frisch angeklebten Plakate von der Fabrikmauer zu reißen. ›Das sieht nicht gut aus‹, dachte Lila und ging spontan zurück, obwohl sie wusste, dass sie lieber wie die anderen schnellstens hätte hineingehen und mit der Arbeit beginnen sollen.

Ein paar Schritte genügten ihr, um den jungen Mann zu erkennen, der am Lenkrad des grauen Wagens saß. Es war Gino. Sie sah, dass er die Autotür öffnete und groß und muskelbepackt, wie er geworden war, mit einem Stock in der Hand ausstieg. Die anderen, also die Plakatabreißer, und die, die sich mit größerer Trägheit erst jetzt aus den Autos herausschälten, sieben oder acht im Ganzen, hatten Ketten und Eisenstangen dabei. Faschisten, fast alle aus dem Rione, Lila kannte ein paar von ihnen. Faschisten, wie Stefanos Vater Don Achille einer gewesen war und als welcher sich auch Stefano selbst schon bald entpuppt hatte, Faschisten wie die Solaras, der Großvater, der Vater, die Enkel, auch wenn sie sich manchmal als Monarchisten ausgaben und manchmal als Christdemokraten, je nachdem. Sie konnte sie nicht ausstehen, seit sie sich als kleines Mädchen jedes Detail ihrer Schweinereien ausgemalt hatte, seit sie entdeckt zu haben glaubte, dass es unmöglich war, sich von ihnen zu befreien und noch einmal bei null anzufangen. Die Verbindung zur Vergangenheit war nie wirklich abgerissen, der Rione liebte die Faschisten mit großer Mehrheit und verhätschelte sie, und sie tauchten in ihrer schwarzen Masse überall dort auf, wo eine Schlägerei in der Luft lag.

Dario, der Junge aus der Via dei Tribunali, rührte sich als Erster, er lief herbei, um gegen das Abreißen der Plakate zu protestieren. In der Hand hatte er den Packen mit den Flugblättern, und Lila dachte: ›Schmeiß die weg, du Idiot‹, aber das tat er nicht. Sie hörte, wie er auf Italienisch sinnloses Zeug sagte wie: »Hört auf damit, dazu habt ihr kein Recht«, und sah, dass er sich gleichzeitig hilfesuchend zu seinen Gefährten umwandte. ›Er hat keine Ahnung, wie man sich prügelt: Lass den Gegner nie aus den Augen‹, im Rione wurde nicht lange gequatscht, allenfalls schrie man sich mit weit aufgerissenen Augen an, um dem anderen Angst einzujagen, und währenddessen prügelte man als Erster los, so brutal wie irgend möglich und ohne aufzuhören, die anderen waren dafür zuständig, dich zum Aufhören zu bringen, falls sie dazu in der Lage waren. Einer von den Plakatabreißern benahm sich genau so. Er boxte Dario ohne Vor-

warnung ins Gesicht und schickte ihn zu Boden, wo
die Flugblätter lagen, die ihm heruntergefallen waren,
dann stürzte er sich auf ihn und schlug ihn weiter, während die Seiten herumflogen, als wären auch die Dinge
in wilder Aufregung. Der dicke Student sah den am Boden liegenden Jungen und eilte ihm zu Hilfe, mit bloßen Händen, wurde aber auf halbem Weg von einem
Kerl mit einer Eisenkette aufgehalten, die dieser auf seinem Arm niedergehen ließ. Wütend packte der junge
Mann die Kette, um sie dem Angreifer zu entreißen,
und einige Sekunden zerrten beide daran, wobei sie
sich lauthals beschimpften. Bis Gino hinter dem Fettwanst auftauchte und ihn mit einem Stockhieb niederschlug.

Lila vergaß ihr Fieber, ihre Müdigkeit und lief zum
Tor, allerdings ohne einen konkreten Plan. Sie wusste
nicht, ob sie einen besseren Überblick haben wollte, ob
sie den Studenten helfen wollte oder ob sie einfach ein
Instinkt leitete, den sie schon immer gehabt hatte und
durch den sie keine Angst vor Prügeln hatte, im Gegenteil, sie befeuerten ihre Wut noch. Aber sie kam nicht
rechtzeitig zurück auf die Straße und musste ausweichen, um nicht von einer Gruppe Arbeiter überrannt
zu werden, die durch das Tor stürmten. Einige hatten
versucht, die Schläger aufzuhalten, sicherlich Edo mit
ein paar anderen, doch es war ihnen nicht gelungen,
und nun rannten sie weg. Männer und Frauen rannten
weg, verfolgt von zwei jungen Burschen mit Eisenstangen. Eine Büroangestellte namens Isa schrie Filippo im

Laufen zu: »Na los, tu doch was, ruf die Polizei«, und Edo, der an einer Hand blutete, sagte laut vor sich hin: »Ich hol' mir eine Axt, dann wollen wir doch mal sehen.« Und so war das blaue Auto bereits abgefahren, als Lila die ungepflasterte Straße erreichte, und in das graue stieg gerade Gino ein, der sie erkannte, überrascht innehielt und sagte: »Lina, hier bist du gelandet?« Von seinen Kameraden in den Wagen gezogen, startete er den Motor und fuhr an, schrie aber noch aus dem Fenster: »Erst die feine Dame spielen, du Schlampe, aber jetzt sieh mal, was zum Teufel aus dir geworden ist!«

35

Der Arbeitstag verging in einer Angst, die Lila wie üblich hinter einem teils verächtlichen, teils drohenden Verhalten verbarg. Jeder ließ sie spüren, dass sie schuld an der aufgeheizten Stimmung war, die plötzlich in dem sonst so ruhigen Werk ausgebrochen war. Doch schon bald bildeten sich zwei Lager: Die einen, eine kleine Schar, wollten sich in der Mittagspause irgendwo versammeln, sich die Ereignisse zunutze machen und Lila drängen, mit vorsichtigen finanziellen Forderungen zum Chef zu gehen; die anderen, die Mehrheit, sprachen kein Wort mit Lila und waren gegen jede Initiative, die ihr ohnehin schon schwieriges Arbeitsleben noch schwieriger machen würde. Zwischen den beiden Gruppen war keine Einigung möglich. Edo, der zur ersten gehör-

te und ziemlich gereizt war, weil ihm seine Hand wehtat, ging sogar so weit, zu einem Kerl aus der anderen
Gruppe zu sagen: »Wenn sich meine Hand infiziert und
man sie amputieren muss, komme ich zu dir nach Hause, gieße einen Kanister Benzin aus und fackle dich und
deine ganze Familie ab.« Lila ignorierte beide Parteien.
Sie blieb für sich und arbeitete mit gesenktem Kopf
und so effizient wie üblich, wobei sie das Gerede, die
Beschimpfungen und ihre Erkältung verdrängte. Aber
sie dachte angestrengt über das nach, was sie erwartete, die verschiedensten Gedanken wirbelten ihr durch
den fiebrigen Kopf: Was war aus den verprügelten Studenten geworden, wohin waren sie geflüchtet, in welche
Schwierigkeiten hatten sie sie gebracht; Gino würde
im ganzen Rione über sie, Lila, herziehen und Michele
Solara alles erzählen; wie erniedrigend, Bruno um einen
Gefallen zu bitten, doch es gab keine andere Möglichkeit, sie fürchtete, entlassen zu werden, fürchtete um ihren Lohn, der, so jämmerlich er auch war, es ihr erlaubte, Enzo zu lieben, ohne ihn als die Grundlage für ihr
und Gennaros Überleben zu betrachten.

   Dann fiel ihr die qualvolle Nacht wieder ein. Was
war los mit ihr, brauchte sie einen Arzt? Und wenn
der Arzt nun eine Krankheit fand, wie sollte sie es dann
mit der Arbeit und dem Kind machen? Vorsicht, nicht
aufregen, sie wollte klare Verhältnisse schaffen. Daher
gab sie dem Druck ihrer Sorgen nach und ging in der
Mittagspause zu Bruno. Sie wollte ihm von dem schlechten Scherz mit der Bratwurst und von Ginos Faschisten

erzählen und erneut bekräftigen, dass sie keine Schuld traf. Doch zuvor schloss sie sich in der Toilette ein, um voller Selbstverachtung ihre Frisur zu ordnen und etwas Lippenstift aufzutragen. Die Sekretärin sagte abweisend, Bruno sei nicht da und komme höchstwahrscheinlich die ganze Woche nicht mehr. Wieder wurde sie von Angst gepackt. Mit wachsender Nervosität erwog sie, Pasquale zu bitten, die Schüler und Studenten davon abzuhalten, noch einmal zum Fabriktor zu kommen, sie sagte sich, wenn die Jungen vom Komitee erst einmal verschwunden wären, würden auch die Faschisten verschwinden, und in die Fabrik würde mit den alten Gewohnheiten auch wieder Ruhe einkehren. Aber wie konnte sie Pasquale erreichen? Sie wusste nicht, wo die Baustelle war, auf der er arbeitete, und sie hatte keine Lust, ihn im Rione zu besuchen, sie fürchtete, auf ihre Mutter, auf ihren Vater und vor allem auf ihren Bruder zu treffen, mit dem sie nicht aneinandergeraten wollte. So rechnete sie müde alle ihre Probleme zusammen und beschloss dann, sich direkt an Nadia zu wenden. Nach der Schicht hastete sie nach Hause, legte Enzo einen Zettel hin, mit dem sie ihn bat, sich um das Abendessen zu kümmern, mummte Gennaro dick in Mantel und Mütze ein und fuhr mit dem Bus hoch zum Corso Vittorio Emanuele, wobei sie mehrmals umsteigen musste.

Der Himmel war pastellfarben, nicht ein Wolkenbausch war zu sehen, das Licht des Spätnachmittags schwand zusehends, und ein starker Wind stob durch die violette Luft. Sie erinnerte sich noch genau an das

Haus, an den Eingang, an alles, und die Jahre zurückliegende Demütigung ließ ihren derzeitigen Ärger noch stärker aufflammen. Wie brüchig die Vergangenheit doch war, fortwährend stürzte sie über ihr ein. Aus dieser Wohnung, zu der sie gemeinsam mit mir zu einer Party hochgegangen war, auf der sie es sehr schwer gehabt hatte, war nun Nadia, Ninos Exfreundin, herausgepurzelt, um ihr das Leben noch schwerer zu machen. Aber sie war keine, die stillhielt, mit Gennaro im Schlepptau erklomm sie den Hügel. Sie wollte diesem Püppchen sagen: ›Du und die anderen, ihr bringt mich und meinen Sohn in Schwierigkeiten; für dich ist das bloß ein Spiel, dir wird nie was Schlimmes passieren; aber für mich und für ihn ist das sehr ernst, also entweder sorgst du dafür, dass alles wieder in Ordnung kommt, oder ich schlag' dir die Fresse ein.‹ Genau das wollte sie sagen, und sie hustete, ihre Wut wurde größer, sie konnte es kaum erwarten, sich Luft zu machen.

Die Haustür stand offen. Sie ging die Treppen hinauf, erinnerte sich an mich und an sich, an Stefano, der uns zu der Party gefahren hatte, an die Kleider, an die Schuhe, an jedes Wort, das wir auf dem Hinweg und auf der Rückfahrt gewechselt hatten. Sie klingelte, Professoressa Galiani öffnete und sah noch genauso aus, wie sie sie in Erinnerung hatte, freundlich und auch zu Hause akkurat zurechtgemacht. Dagegen fühlte Lila sich schmutzig mit dem Gestank nach rohem Fleisch, den sie an sich hatte, mit der Erkältung, die sich in ihrer Brust festgesetzt hatte, mit dem Fieber, das ihre Gefühle verwirrte, mit dem Kind, das im Dialekt quengelte und sie aufregte. Schroff fragte sie:

»Ist Nadia da?«

»Nein.«

»Wann kommt sie zurück?«

»Das weiß ich leider nicht, in zehn Minuten, in einer Stunde, sie macht, was sie will.«

»Können Sie ihr ausrichten, dass Lina sie besuchen wollte?«

»Ist es was Dringendes?«

»Ja.«

»Wollen Sie es mir erzählen?«

Was denn ihr erzählen? Lila geriet ins Schleudern, sie schaute an der Lehrerin vorbei. Weiter hinten war das aristokratische Alter der Möbel und Leuchter auszumachen, die übervolle Bücherwand, die sie damals beeindruckt hatte, die kostbaren Gemälde an den Wänden. Sie dachte: ›Das ist die Welt, die Nino begehrt hat, bevor er mit mir versumpft ist.‹ Dachte: ›Was weiß ich von diesem anderen Neapel, gar nichts; hier werde ich niemals wohnen und auch Gennaro nicht; soll es doch vor die Hunde gehen, sollen Feuer und Asche und Lava bis ganz nach oben auf diese Hügel kommen.‹ Schließlich antwortete sie: »Nein, danke, ich muss mit Nadia persönlich sprechen.« Sie wollte sich schon verabschieden, es war eine vergebliche Fahrt gewesen. Doch die Ablehnung, mit der die Lehrerin über ihre Tochter gesprochen hatte, war ihr sympathisch gewesen, und in einem unversehens frivolen Ton sagte sie:

»Wissen Sie, dass ich vor ein paar Jahren mal auf einer Party in dieser Wohnung war? Ich hatte sonst was erwartet, aber ich habe mich nur gelangweilt, ich konnte es kaum erwarten, wieder zu gehen.«

36

Auch Professoressa Galiani spürte wohl etwas Anziehendes, vielleicht diese Offenheit an der Grenze zur Frechheit. Als Lila dann unsere Freundschaft erwähnte, schien die Lehrerin sich zu freuen, sie rief: »Ach ja, Greco, sie hat sich nicht mehr blicken lassen, der Erfolg ist ihr wohl zu Kopf gestiegen.« Sie bat Mutter und Kind ins Wohnzimmer, wo ihr kleiner Enkel spielte, ein blonder Junge, dem sie geradezu befahl: »Marco, sag unserem neuen Freund guten Tag.« Lila schubste ihren Sohn vorwärts und sagte: »Los, Gennaro, geh zu Marco spielen«, setzte sich auf einen alten und bequemen, grünen Sessel und erzählte weiter von der damaligen Party. Die Lehrerin bedauerte, keinerlei Erinnerung daran zu haben, Lila wusste noch alles. Sie sagte, jener Abend sei einer der schlimmsten ihres Lebens gewesen. Erzählte, wie fehl am Platz sie sich gefühlt habe, und spottete reichlich über die Gespräche, die sie mit angehört hatte, ohne etwas zu verstehen. »Damals war ich sehr ungebildet«, rief sie übertrieben fröhlich, »und heute bin ich es noch mehr.«

Professoressa Galiani hörte ihr zu, beeindruckt von

ihrer Aufrichtigkeit, von ihrem verblüffenden Ton, von ihren Worten in einem sehr eindringlichen Italienisch und von ihrer geschickt beherrschten Ironie. Sie hatte wohl, so stelle ich es mir vor, jenes Unbegreifliche an Lila gespürt, das zugleich verführte und beunruhigte, die Kraft einer Sirene. Das passierte jedem, und es passierte auch ihr, das Gespräch brach erst ab, als Gennaro Marco eine Ohrfeige gab, ihn lauthals im Dialekt beschimpfte und ihm ein kleines, grünes Auto wegnahm. Lila sprang wütend auf, packte ihren Sohn am Arm, schlug ihm mehrmals kräftig auf die Hand, mit der er den anderen Jungen geohrfeigt hatte, und obwohl die Lehrerin matt sagte: »Lassen Sie doch, es sind ja noch Kinder«, machte sie ihm heftige Vorwürfe und nötigte ihn, das Spielzeug zurückzugeben. Marco weinte, Gennaro nicht, er warf sogar verächtlich mit dem Auto nach ihm. Lila schlug ihn erneut, sehr kräftig, auf den Kopf.

»Wir gehen«, sagte sie gereizt.

»Aber nicht doch, bleiben Sie noch ein bisschen.«

Lila setzte sich wieder.

»Er ist nicht immer so.«

»Er ist so ein bildhübsches Kind. Nicht, Gennaro, du bist ein ganz lieber Junge?«

»Er ist nicht lieb, er ist überhaupt nicht lieb. Aber er ist klug. Obwohl er noch so klein ist, kann er schon alle Buchstaben lesen und schreiben, große und kleine. Na, Gennà, willst du der Professoressa zeigen, wie du lesen kannst?«

Sie nahm eine Zeitschrift von einem hübschen Glastischchen, zeigte auf ein beliebiges Wort auf dem Titelblatt und sagte: »Los, lies das.« Gennaro weigerte sich, Lila gab ihm einen Klaps auf die Schulter und wiederholte drohend: »Lies das, Gennà!« Der Junge entzifferte widerstrebend: *R-i-c*, dann brach er ab und starrte wütend auf Marcos Spielzeugauto. Marco drückte es fest an die Brust, kicherte und las ohne Weiteres: *Richtung*.

Lila war enttäuscht, ihr Gesicht verdüsterte sich, sie schaute den Enkel der Galiani ärgerlich an.

»Er kann gut lesen.«

»Weil ich mich viel mit ihm beschäftige. Seine Eltern sind ja ständig unterwegs.«

»Wie alt ist er?«

»Dreieinhalb.«

»Er sieht älter aus.«

»Ja, er ist ein stämmiger Junge. Und wie alt ist Ihr Sohn?«

»Er ist fast fünf«, räumte Lila unwillig ein.

Die Lehrerin streichelte Gennaro und sagte zu ihm:

»Deine Mama hat dir so ein schweres Wort zum Lesen gegeben, aber du machst das gut, man merkt gleich, dass du schon lesen kannst.«

In dem Moment kam Unruhe auf, die Wohnungstür wurde geöffnet und wieder geschlossen, Getrappel in der Wohnung, Männerstimmen, Frauenstimmen. »Da sind ja meine Kinder«, sagte Professoressa Galiani und rief: »Nadia!« Aber nicht Nadia ließ sich blicken, sondern ein dünnes, sehr blasses Mädchen polterte herein, hellblond, mit blauen Augen, die geradezu künstlich wirkten. Sie breitete die Arme aus und rief Marco zu: »Na, wer gibt der Mama einen Kuss?« Der Kleine lief ihr entgegen, sie umarmte ihn und küsste ihn ab, während Professoressa Galianis Sohn Armando hereinschaute. Auch an ihn erinnerte Lila sich sofort, und sie sah zu, wie er Marco den Armen seiner Mutter fast schon entriss, wobei er rief: »Na los, wenigstens dreißig Küsse auch für Papa!« Marco begann seinen Vater auf die Wange zu küssen und zählte: »Eins, zwei, drei, vier.«

»Nadia«, rief die Lehrerin noch einmal, in einem unvermittelt ärgerlichen Ton. »Bist du taub? Komm her, du hast Besuch!«

Endlich kam Nadia ins Zimmer. Hinter ihr erschien Pasquale.

37

Lilas Ärger flammte wieder auf. Also rannte Pasquale nach der Arbeit zu solchen Leuten, zu Müttern und Vätern und Großmüttern und Tanten und glücklichen Kindern, allesamt herzlich, allesamt hochgebildet, allesamt so tolerant, dass sie ihn als einen der ihren willkommen hießen, obwohl er Maurer war und noch die dreckigen Spuren seiner Schufterei an sich hatte?

Nadia umarmte sie auf ihre sentimentale Art. »Schön, dass du da bist«, sagte sie. »Lass den Kleinen bei meiner Mutter, wir müssen miteinander reden.« Lila gab wütend zurück, dass sie ja, allerdings, sofort miteinander zu reden hätten, genau deshalb sei sie gekommen. Und da sie betonte, sie habe nicht viel Zeit, erbot sich Pasquale, sie später mit dem Auto nach Hause zu fahren. Sie ließen die Kinder im Wohnzimmer bei der Großmutter und gingen alle – auch Armando, auch das blonde Mädchen, das Isabella hieß – in Nadias Zimmer, einen großen Raum mit einer Liege, einem Schreibtisch, bücherbeladenen Regalen und Postern von Sängern, Filmen und revolutionären Kämpfen, von denen Lila so gut wie nichts wusste. Dort waren drei weitere junge Männer, zwei, die sie noch nie gesehen hatte, und Dario, der ziemlich übel zugerichtet von den Schlägen, die er eingesteckt hatte, mit Schuhen auf der rosafarbenen Steppdecke von Nadias Bett fläzte. Alle drei rauchten, das Zimmer war verqualmt. Lila kam gleich zur Sache, sie erwiderte nicht einmal Darios Gruß. Sie sagte, sie hätten sie in große Schwierigkeiten gebracht. Wegen ihres Leichtsinns stehe sie kurz vor der Entlassung, die Hektographie habe einen Riesenkrach ausgelöst, sie dürften nie wieder zum Fabriktor kommen, ihretwegen seien die Faschisten aufgetaucht, und alle seien jetzt sowohl auf die Roten als auch auf die Schwarzen sauer. Sie fauchte Dario an: »Und du bleib lieber zu Hause, wenn du dich nicht prügeln kannst. Ist dir klar, dass die dich hätten umbringen können?« Pasquale versuchte mehrmals, sie zu unterbrechen, aber sie wies ihn verächtlich zurück, als wäre schon seine bloße Anwesenheit in diesem Haus ein Verrat. Die anderen dagegen hörten schweigend zu. Erst als Lila fertig war, ergriff Armando das Wort. Er hatte die zarten Gesichtszüge seiner Mutter und dichte, schwarze Augenbrauen; der bläuliche Schimmer seines sorgfältig rasierten Bartes reichte bis hinauf zu den Wangenknochen, und er sprach mit einer warmen, vollen Stimme. Er stellte sich vor, sagte, dass er sehr erfreut sei, sie kennenzulernen, dass er bedauere, nicht dabei gewesen zu sein, als sie auf der Versammlung des Komitees gesprochen habe, dass sie aber untereinander über das, was sie berichtet habe, viel diskutiert hätten, und da sie es für einen wichtigen Beitrag gehalten hätten, seien sie am Ende zu dem Entschluss gekommen, alles Wort für Wort aufzuschreiben. »Keine Sorge«, sagte er abschließend, »wir werden dich und deine Genossen auf jede erdenkliche Weise unterstützen.«

Lila hustete, der Rauch im Zimmer reizte ihren Hals noch mehr.

»Ihr hättet mir Bescheid sagen müssen.«

»Das stimmt, aber dafür war keine Zeit.«

»Zeit findet sich immer, wenn man will.«

»Wir sind nur wenige, und es werden immer mehr Aktionen.«

»Was arbeitest du?«

»Wie meinst du das?«

»Womit verdienst du deinen Lebensunterhalt?«

»Ich bin Arzt.«

»Wie dein Vater?«

»Ja.«

»Und riskierst du gerade deinen Arbeitsplatz? Kannst du von einem Augenblick zum anderen auf der Straße landen, zusammen mit deinem Sohn?«

Unwirsch schüttelte Armando den Kopf, er sagte:

»Gegeneinander aufzurechnen, wer mehr riskiert, ist nicht richtig, Lina.«

Und Pasquale:

»Ihn haben sie zweimal festgenommen, und ich habe acht Anzeigen am Hals. Hier gibt es keinen, der weniger riskiert oder mehr riskiert.«

»Ach nein?«

»Nein«, sagte Nadia. »Wir sind alle an vorderster Front und bereit, uns unserer Verantwortung zu stellen.«

Da schrie Lila, die vergaß, dass sie sich in einem fremden Haus befand:

»Und wenn ich meine Arbeit verliere, komme ich her und wohne hier, ihr gebt mir was zu essen, und die Verantwortung für mein Leben übernehmt dann ihr?«

Nadia antwortete ruhig:

»Ja, wenn du willst.«

Nur vier Worte. Lila verstand, dass das kein Scherz war, dass Nadia das ernst meinte, dass, wenn Bruno Soccavo die gesamte Belegschaft entlassen würde, sie mit ihrer süßlichen Stimme dieselbe unsinnige Antwort geben würde. Sie behauptete, im Dienst der Arbeiter zu stehen, und wollte dich gleichzeitig in einer komplett aus Büchern bestehenden Wohnung mit Blick aufs Meer von ihrem Zimmer aus herumkommandieren, wollte dir sagen, wie du es mit deiner Arbeit halten solltest, traf an deiner Stelle Entscheidungen und hatte schon eine Lösung parat, falls du auf der Straße landen solltest. ›Wenn ich will, du falsche Schlange‹, lag es Lila auf der Zunge, ›schlage ich alles viel gründlicher kaputt als du. Ich habe es nicht nötig, dass ausgerechnet du mir mit deinem scheinheiligen Stimmchen erzählst, was ich denken und was ich tun soll.‹ Aber sie nahm sich zusammen, frostig sagte sie zu Pasquale:

»Ich hab's eilig, also was ist nun, kommst du mit oder bleibst du hier?«

Schweigen. Pasquale warf einen Blick zu Nadia hinüber, er brummte: »Ich komme mit«, und Lila schickte sich an, das Zimmer zu verlassen, ohne sich zu verabschieden. Das Mädchen machte ihr hastig Platz und sagte währenddessen, wie unzumutbar die Arbeitsbedingungen seien, die Lila ja selbst so gut beschrieben habe, wie dringend nötig es sei, den Funken des Kampfes zu entzünden, und noch mehr solcher Phrasen. »Zieh dich nicht zurück«, mahnte sie Lila schließlich, bevor sie ins Wohnzimmer gingen. Sie erhielt keine Antwort.

Professoressa Galiani saß im Sessel und las mit finsterer Miene. Als sie aufschaute, wandte sie sich an Lila, ohne auf ihre Tochter zu achten und auch ohne auf Pasquale zu achten, der soeben verlegen dazugekommen war.

»Wollen Sie gehen?«

»Ja, es ist schon spät. Na los, Gennaro, gib Marco das Auto zurück und zieh deinen Mantel an.«

Die Lehrerin lächelte ihrem schmollenden Enkel zu:

»Marco hat es ihm geschenkt.«

Lila kniff die Augen zu zwei Schlitzen zusammen:

»Sie sind hier alle sehr großzügig, danke.«

Die Lehrerin sah zu, wie sie mit ihrem Sohn kämpfte, um ihm den Mantel anzuziehen.

»Kann ich Sie mal was fragen?«

»Nur zu.«

»Was für eine Ausbildung haben Sie?«

Die Frage schien Nadia zu ärgern, die sich einmischte:

»Mama, Lina muss los.«

Lila hörte zum ersten Mal einen gereizten Unterton in dieser kindischen Stimme, und das gefiel ihr.

»Dürfte ich wohl ein paar Worte sagen?«, brauste die Galiani nicht weniger gereizt auf. Dann fragte sie Lila erneut, aber in einem liebenswürdigen Tonfall: »Was für eine Ausbildung haben Sie?«

»Überhaupt keine.«

»Das denkt man gar nicht, wenn man Sie so reden – und schreien – hört.«

»Ist aber so, ich habe nach der fünften Klasse der Grundschule aufgehört.«

»Warum denn?«

»Ich war nicht gut genug.«

»Woher wissen Sie das?«

»Greco war gut, ich nicht.«

Die Lehrerin schüttelte missbilligend den Kopf, sie sagte:

»Wenn Sie weitergelernt hätten, wären Sie genauso erfolgreich geworden wie Greco.«

»Wie kommen Sie denn darauf?«

»Das ist mein Beruf.«

»Ihr Lehrer gebt so viel aufs Lernen, weil ihr damit euer Brot verdient, aber Lernen nützt gar nichts, es macht einen auch nicht zu einem besseren Menschen, nein, es macht einen sogar schlechter.«

»Ist Elena denn jetzt ein schlechterer Mensch?«

»Nein, sie nicht.«

»Wieso denn nicht?«

Lila setzte ihrem Sohn die Wollmütze auf:

»Als wir klein waren, haben wir einen Pakt geschlossen: Die Böse bin ich.«

38

Im Auto regte sie sich über Pasquale auf (*bist du jetzt der Knecht von denen da?*), und er wartete, bis sie sich abreagiert hatte. Erst als er das Gefühl hatte, das Reservoir ihrer Anschuldigungen sei restlos ausgeschöpft, begann er mit seiner politischen Formelsammlung: die Lage der Arbeiter in Süditalien, die Knechtschaft, in der sie sich befanden, die fortwährende Erpressung, die Schwäche oder gar das Fehlen der Gewerkschaften, die Notwendigkeit, die Situation zuzuspitzen und endlich zum Kampf überzugehen. »Lina«, sagte er betrübt im Dialekt, »du hast Angst, die paar Lire zu verlieren, die sie dir geben, und du hast ja recht, Gennaro muss wachsen und gedeihen. Aber ich weiß, dass du eine wahre Genossin bist, ich weiß, dass du verstehst: Wir Arbeiter hier unten waren noch nie in irgendeiner Lohnzone, wir stehen außerhalb von jeder Norm, wir sind weniger als nichts. Darum ist es eine Riesendummheit zu sagen: Lasst mich in Ruhe, ich habe meine eigenen Probleme und will mich nur um meinen eigenen Kram kümmern. Jeder muss an dem Platz, an den er gestellt wurde, tun, was er kann.«

Lila war erschöpft, zum Glück schlief Gennaro auf dem Rücksitz, das Spielzeugauto fest in der rechten Hand. Pasquales kleine Ansprache drang in Wellen an ihr Ohr. Ab und an kam ihr die schöne Wohnung am Corso Vittorio in den Sinn und die Professoressa und Armando und Isabella und Nino, der sich aus dem Staub gemacht hatte, um sich irgendwo eine Ehefrau von Nadias Schlag zu suchen, und Marco, der mit seinen drei Jahren schon viel besser lesen konnte als Gennaro. Was für eine sinnlose Anstrengung, ihm zu Klugheit verhelfen zu wollen. Der Junge war bereits dabei abzugleiten, er wurde runtergezogen, und sie schaffte es nicht, ihn aufzuhalten. Als sie an ihrem Haus ankamen und sie sich genötigt fühlte, Pasquale einzuladen, mit hinaufzukommen, sagte sie: »Ich weiß nicht, was Enzo gekocht hat, er kocht miserabel, vielleicht ist das nicht das Richtige für dich«, und hoffte, er würde verschwinden. Aber er antwortete: »Ich bleibe nur zehn Minuten«, und so berührte sie mit den Fingerspitzen seinen Arm und flüsterte:

»Sag deinem Freund nichts davon.«

»Nichts wovon?«

»Von den Faschisten. Wenn er davon erfährt, geht er noch heute Abend los und schlägt Gino die Fresse ein.«

»Liebst du ihn?«

»Ich will ihm nicht wehtun.«

»Aha.«

»So ist es nun mal.«

»Weißt du, Enzo weiß besser als ich und als du, was zu tun ist.«

»Ja, aber sag ihm trotzdem nichts.«

Pasquale willigte mit skeptischer Miene ein. Er nahm Gennaro, der nicht aufwachen wollte, auf den Arm und trug ihn die Treppe hinauf, gefolgt von Lila, die ärgerlich knurrte: »Was für ein mieser Tag, ich bin todmüde, du und deine Freunde habt mir da ganz schön was eingebrockt.« Enzo erzählten sie, dass sie auf einer Versammlung in Nadias Wohnung gewesen seien, und Pasquale ließ ihm keine Gelegenheit, Fragen zu stellen, er plapperte ohne Punkt und Komma bis Mitternacht. Er sagte, Neapel sei wie die ganze Welt erfüllt vom Brodeln eines neuen Lebens, und sprach sehr anerkennend über Armando, der ein ausgezeichneter Arzt sei, aber nicht an seine Karriere denke, sondern kostenlos die behandele, die kein Geld hätten, sich um die Kinder aus den Quartieri Spagnoli kümmere und sich gemeinsam mit Nadia und Isabella in unzähligen Initiativen zum Wohl des Volkes engagiere, in einem Kindergarten, in einem Ambulatorium. Er sagte, niemand mehr sei allein, die Genossen würden sich gegenseitig helfen, die Stadt erlebe eine großartige Zeit. Er sagte: »Ihr dürft nicht eingeigelt zu Hause bleiben, ihr müsst rausgehen, wir müssen öfter zusammen sein.« Schließlich kündigte er an, für ihn sei die Kommunistische Partei gestorben: zu viele üble Geschichten, zu viele Kompromisse auf nationaler und internationaler Ebene, er halte dieses Mittelmaß nicht mehr aus. Enzo zeigte sich sehr beunruhigt über diesen Schritt, die Diskussion zwischen den beiden wurde hitzig und zog sich lange hin, die Partei ist die Partei, nein, ja, nein, es reicht jetzt mit der Politik der Stabilisierung, man muss das System bei seinen Wurzeln packen. Lila langweilte sich schon bald, brachte Gennaro ins Bett, der inzwischen vor Müdigkeit quengelnd gegessen hatte, und kam nicht mehr zurück.

Sie blieb auch dann noch wach, als Pasquale gegangen war und die Geräusche verklangen, die Enzos Anwesenheit in der Wohnung verrieten. Sie maß Fieber, hatte achtunddreißig. Ihr fiel wieder ein, wie Gennaro mühsam versucht hatte zu lesen. Was für ein verdammtes Wort hatte sie ihm da bloß gezeigt: Richtung. Garantiert hatte Gennaro das noch nie gehört. ›Es reicht nicht, dass er das Alphabet kennt‹, dachte sie. ›Es ist viel komplizierter. Hätte Nino dieses Kind mit Nadia gemacht, hätte sein Schicksal eine ganz andere Richtung genommen.‹ Sie hatte das Gefühl, eine schlechte Mutter zu sein. ›Aber ich wollte dieses Kind‹, dachte sie weiter. ›Von Stefano wollte ich keine Kinder, von Nino schon.‹ Sie hatte Nino wirklich geliebt. Hatte ihn heiß begehrt, hatte ihm gefallen wollen und hatte ihm zum Gefallen bereitwillig alles das getan, was sie trotz ihres Abscheus für ihren Mann hatte tun müssen, um nicht ermordet zu werden. Aber das, was sie im Augenblick des Eindringens angeblich hätte empfinden müssen, hatte sie nie empfunden, so viel stand fest, und nicht nur bei Stefano nicht, auch bei Nino nicht. Wie unglaublich wichtig war den Männern ihr Schwanz, er war ihr ganzer Stolz, und sie waren fest davon überzeugt, dass er für dich bestimmt noch viel wichtiger war als für sie. Auch Gennaro spielte unentwegt mit seinem Pimmelchen, manchmal war es peinlich, wenn er daran herumfingerte und es langzog. Lila fürchtete, er könnte sich wehtun, sie hatte sich auch überwinden und sich erst daran gewöhnen müssen, ihn zu waschen und ihn beim Pinkeln zu halten. Enzo war sehr taktvoll. Nie in Unterhosen durch die Wohnung, nie ein vulgäres Wort. Deshalb empfand sie diese tiefe Zuneigung zu ihm, und sie war ihm dankbar für sein ergebenes Warten im Nebenzimmer, das nie mit einer falschen Regung geendet hatte. Die Kontrolle, die er über die Dinge und sich selbst hatte, war wohl ihr einziger Trost. Aber dann meldete sich ihr schlechtes Gewissen: Das, was sie tröstete, war für ihn gewiss eine Qual. Und der Gedanke, dass Enzo ihretwegen litt, kam zu allen schlimmen Dingen dieses Tages noch dazu. Die Ereignisse und Gespräche wirbelten ihr noch lange durch den Kopf. Tonfälle, einzelne Wörter. Wie sich morgen in der Fabrik verhalten? Gab es in Neapel und der Welt wirklich all diesen Eifer, oder bildeten Pasquale, Nadia und Armando sich das bloß ein, um ihre eigenen Ängste zu beschwichtigen, aus Langeweile oder um sich Mut zu machen? Sollte sie ihnen glauben, auf die Gefahr hin, auf Hirngespinste hereinzufallen? Oder war es besser, wenn sie noch einmal zu Bruno ging, um ihre schwierige Lage abzuwenden? Aber half es wirklich, zu versuchen, ihn zu besänftigen, und so zu riskieren, dass er erneut über sie herfiel? Half es, sich die Übergriffe Filippos und der kleinen Chefs gefallen zu lassen? Sie kam nicht weiter. Am Ende, im Halbschlaf, landete sie bei einem alten Prinzip, das wir zwei von klein auf verinnerlicht hatten. Um sich zu retten, um Gennaro zu retten, schien es ihr notwendig zu sein, den einzuschüchtern, der sie einschüchtern wollte, und dem Angst einzujagen, der ihr Angst einjagen wollte. Sie schlief mit der Absicht ein, jemandem zu schaden, und zwar Nadia, indem sie ihr klarmachte, dass sie nur ein kleines Mädchen aus gutem Hause war, voller süßlichem Gequassel, und auch Soccavo, indem sie ihm den Spaß verdarb, in den Lagerräumen Wurst und Frauen zu beriechen.

39

Schweißgebadet wachte sie um fünf Uhr morgens auf, das Fieber war weg. Am Fabriktor stieß sie zwar nicht auf die Schüler und Studenten, aber auf die Faschisten. Dieselben Autos, dieselben Gesichter wie am Vortag. Sie riefen Parolen, verteilten Flugblätter. Lila ahnte, dass sich neue Gewalttätigkeiten anbahnten, ging, die Hände in den Taschen, mit gesenktem Kopf weiter und hoffte, das Fabrikgebäude vor Beginn der Schlägerei zu erreichen. Aber Gino hielt sie auf.

»Kannst du noch lesen?«, fragte er im Dialekt und hielt ihr ein Flugblatt hin. Sie ließ ihre Hände in den Manteltaschen, antwortete:

»Ich ja, aber wann willst du das denn gelernt haben?«

Vergeblich versuchte sie, ihren Weg fortzusetzen. Gino hinderte sie daran und stopfte ihr das Flugblatt so gewaltsam in die Tasche, dass er ihr mit einem Fingernagel die Hand zerkratzte. Seelenruhig zerknüllte Lila das Papier.

»Das ist nicht mal gut genug, um sich den Arsch damit abzuwischen«, sagte sie und warf es weg.

»Heb das wieder auf«, befahl ihr der Sohn des Apothekers und packte sie am Arm. »Heb das sofort auf und nimm dich in Acht: Gestern Nachmittag habe ich diesen gehörnten Scheißkerl von deinem Mann um die Erlaubnis gebeten, dir die Fresse zu polieren, und er hat sie mir gegeben.«

Lila sah ihm direkt in die Augen:

»Du fragst erst meinen Mann um Erlaubnis, bevor du mir die Fresse polierst? Lass sofort meinen Arm los, du Arschloch.«

In dem Moment kam Edo vorbei, und anstatt so zu tun, als ob nichts wäre, wie man es hätte erwarten können, blieb er stehen.

»Belästigt dich dieser Kerl, Cerù?«

Dann ging alles blitzschnell. Gino schlug ihm mit der Faust ins Gesicht, Edo landete auf dem Boden. Lilas Herz sprang ihr in die Kehle, die Dinge nahmen Fahrt auf, sie griff nach einem Stein, umklammerte ihn fest und schlug dem Sohn des Apothekers damit voll gegen die Brust. Nicht so blitzschnell war alles vorüber. Während Gino sie zurückstieß und sie dabei gegen einen Laternenpfahl schleuderte, und während Edo versuchte aufzustehen, kam auf der ungepflasterten Straße staubaufwirbelnd ein weiteres Auto angefahren. Lila erkannte es, das war Pasquales Schrottkiste. ›Na klar‹, dachte sie, ›Armando hat auf mich gehört, Nadia wohl auch, die sind wohlerzogen, aber Pasquale hat es nicht ausgehalten, der muss jetzt hier einen Krieg anzetteln.‹ Und wirklich sprangen die Autotüren auf und mit ihm stiegen noch vier weitere Kerle aus. Es waren welche von der Baustelle, sie hatten knotige Knüppel dabei, mit denen sie jetzt systematisch auf die Faschisten einprügelten, ohne Raserei, mit präzisen Hieben, die sie niederstrecken sollten. Lila erkannte sofort, dass Pasquale es auf Gino abgesehen hatte, und da der nur einige Schritte entfernt von ihr stand, packte sie ihn mit beiden Händen am Arm und riet ihm lachend: »Vielleicht solltest du lieber abhauen, sonst bringen sie dich um.« Aber er haute nicht ab, er stieß sie erneut von sich und stürzte sich auf Pasquale. Lila half Edo auf und versuchte ihn zum Hof zu ziehen, kein leichtes Unterfangen, er war schwer und wand sich, schimpfte lautstark, blutete. Er beruhigte sich erst ein wenig, als er sah, dass Pasquale Gino mit dem Knüppel zu Boden schickte. Es gab ein großes Durcheinander. Am Straßenrand aufgesammeltes Gerümpel flog durch die Luft, dazu Spucke und Beschimpfungen. Pasquale hatte den bewusstlosen Gino liegenlassen und war zusammen mit einem Mann, der über seinen weiten, kalkverschmierten blauen Hosen nur ein Unterhemd trug, in den Hof gestürmt. Die beiden schlugen nun mit den Knüppeln auf das Pförtnerhäuschen von Filippo ein, der sich entsetzt eingeschlossen hatte. Sie zertrümmerten die Fensterscheiben und brüllten unflätige Schimpfwörter, als eine näherkommende Polizeisirene erklang. Wieder einmal empfand Lila eine bange Genugtuung über die Gewalt. ›Ja‹, dachte sie, ›du musst dem, der dir Angst machen will, selbst Angst machen, anders geht es nicht, Schläge gegen Schläge, was du mir wegnimmst, hole ich mir zurück, was du mir antust, zahle ich dir heim.‹ Doch während Pasquale und seine Gefährten schon ins Auto stiegen und so auch die Faschisten, die Gino mitschleppten, und während die Polizeisirene immer näher kam, erschrak Lila, weil sich ihr Herz nun anfühlte wie die überspannte Feder eines Spielzeugs, sie musste sich schnellstens einen Platz zum Hinsetzen suchen. Sobald sie im Vorraum des Fabrikgebäudes war, sank sie mit dem Rücken an der Wand zusammen, sie versuchte, sich zu beruhigen. Teresa, das Riesenweib aus der Zerlegeabteilung, verarztete Edo, wischte ihm das Blut vom Gesicht und zog Lila auf:

»Erst reißt du dem ein Ohr ab, und dann hilfst du ihm? Du hättest ihn da draußen liegenlassen sollen.«

»Er hat mir geholfen und ich ihm.«

Teresa wandte sich ungläubig an Edo:

»*Du* hast ihr geholfen?«

Er knurrte:

»Es passte mir nicht, dass ein Fremder ihr die Fresse poliert, das mache ich lieber selbst.«

Die Frau sagte:

»Habt ihr gesehen, was für einen Schiss Filippo hatte?«

»Geschieht ihm recht«, brummte Edo. »Schade, dass sie ihm bloß sein Pförtnerhäuschen eingeschlagen haben.«

Teresa wandte sich wieder an Lila, fragte sie augenzwinkernd:

»Mal ehrlich, die Kommunisten, hast du die gerufen?«

›Macht sie Witze‹, fragte sich Lila, ›oder ist sie ein Spitzel und rennt gleich zum Chef?‹

»Nein«, antwortete sie, »aber ich weiß, wer die Faschisten gerufen hat.«

»Wer denn?«

»Soccavo.«

40

Pasquale erschien mit finsterer Miene nach dem Abendessen und lud Enzo zu einer Versammlung der Orts-
gruppe San Giovanni a Teduccio ein. Lila war einige Minuten mit ihm allein, sie sagte:

»Was für ein Scheiß, das heute Morgen.«

»Ich tue, was getan werden muss.«

»Waren deine Freunde damit einverstanden?«

»Meine Freunde?«

»Nadia und ihr Bruder.«

»Natürlich waren sie einverstanden.«

»Aber sie sind zu Hause geblieben.«

Pasquale knurrte:

»Wer sagt denn, dass sie zu Hause geblieben sind?«

Seine Stimmung war nicht gut, er wirkte sogar schlaff,
als hätte die Gewaltanwendung seinen Tatendrang auf-
gesogen. Außerdem hatte er Lila nicht zu der Versammlung eingeladen, er hatte sich nur an Enzo gewandt, was
sonst nie geschah, auch dann nicht, wenn es spät am
Abend und kalt und unwahrscheinlich war, dass sie
mit Gennaro rausging. Vielleicht hatten sie noch mehr
Männerkriege zu führen. Vielleicht war er auch sauer
auf sie, weil sie ihn mit ihrer Ablehnung des Kampfes
vor Nadia und Armando blamierte. Garantiert war er
aber verärgert über den kritischen Ton, mit dem sie die
morgendliche Unternehmung erwähnt hatte. ›Er ist davon überzeugt‹, dachte Lila, ›dass ich nicht begriffen
habe, warum er Gino so verprügelt hat und warum er

dem Pförtner den Schädel einschlagen wollte. Alle Männer, ob gut oder schlecht, glauben, man müsste sie für jede ihrer Aktionen auf einen Sockel heben wie den heiligen Georg, der den Drachen tötet. Er hält mich für undankbar, er hat das getan, um mich zu rächen, und möchte wenigstens ein Danke von mir hören.‹

Als die beiden Männer gegangen waren, legte sie sich ins Bett und las bis spät in die Nacht hinein in den Heften über Arbeit und Gewerkschaft, die Pasquale ihr vor einer Weile gegeben hatte. Sie halfen ihr, den Kontakt zu den grauen Dingen des Alltags nicht zu verlieren, sie fürchtete sich vor der Stille in der Wohnung, vor dem Schlaf, vor den Schlägen ihres ungehorsamen Herzens, vor den Formen, die jeden Augenblick kaputtgehen konnten. Trotz ihrer Müdigkeit las sie viel, und wie üblich fing sie Feuer, lernte hastig die verschiedensten Dinge. Um ein Gefühl der Sicherheit zu erlangen, zwang sie sich, auf Enzos Rückkehr zu warten. Aber er kam nicht, und schließlich wirkten Gennaros regelmäßige Atemzüge wie ein Narkotikum, sie schlief ein.

Am nächsten Morgen begannen Edo und Teresa, die Frau aus der Zerlegeabteilung, mit schüchterner Freundlichkeit um sie herumzustreifen. Lila wies sie nicht nur nicht zurück, sondern verhielt sich auch zu den anderen Kollegen liebenswürdig. Sie war hilfsbereit zu denen, die vor Anstrengung schnauften, verständnisvoll mit denen, die sich aufregten, solidarisch mit denen, die gegen die Übergriffe wetterten. Sie lenkte den Ärger des einen zum Ärger des anderen und verband alles mit gu-

ten Worten. Vor allem aber ermutigte sie in den folgenden Tagen Edo, Teresa und ihre winzige Partei zu einer
immer größeren Vertrautheit, indem sie die Mittagspau-
sen zu einer Zeit konspirativer Treffen machte. Da sie
gezielt den Eindruck vermitteln konnte, nicht sie wäre
es, die Vorschläge machte und Anordnungen traf, sondern die anderen, versammelten sich immer mehr Leute um sie, froh darüber, dass man ihnen sagte, ihre allgemein gehaltenen Klagen seien nur allzu berechtigte,
dringende Bedürfnisse. Sie fasste die Forderungen aus
der Zerlegeabteilung mit denen aus den Kühlräumen
und denen aus der Kochabteilung zusammen und kam
überrascht zu dem Ergebnis, dass die Schwierigkeiten
der einen Abteilung von denen einer anderen abhingen
und dass sie alle zusammen die Glieder ein und derselben Kette der Ausbeutung waren. Sie stellte eine detail-
lierte Liste aller durch die Arbeitsbedingungen verur-
sachten Krankheiten zusammen: Schädigungen der
Hände, der Knochen, der Bronchien. Sie sammelte genügend Informationen, um zu belegen, dass die ganze
Fabrik in einem denkbar schlechten Zustand war, dass
die hygienischen Verhältnisse miserabel waren, dass Roh-
stoffe verarbeitet wurden, die teils verdorben und teils
unsicherer Herkunft waren. Als sie die Gelegenheit fand,
mit Pasquale unter vier Augen zu sprechen, und ihm
erläuterte, was sie in kürzester Zeit zusammengetragen hatte, staunte ihr sonst so mürrischer Freund mit
offenem Mund und sagte freudestrahlend: »Ich hätte
schwören können, dass du das machst«, er arrangierte

ein Treffen mit einem gewissen Capone, dem Sekretär des Ortsverbandes der CGIL.

Lila schrieb ihre Notizen ins Reine und brachte Capone die Kopie. Der Gewerkschaftssekretär las sie sich durch und war ebenfalls begeistert. Er sagte Dinge zu ihr wie: »Dich hat uns der Himmel geschickt, Genossin, du hast eine großartige Arbeit geleistet, sehr gut.« Und weiter: »Wir haben es nie geschafft, einen Fuß in Soccavos Fabrik zu setzen, alles Faschisten da drinnen, aber jetzt, wo du da bist, sieht die Sache anders aus.«

»Wie sollen wir vorgehen?«, fragte sie.

»Bildet eine Kommission.«

»Wir sind schon eine Kommission.«

»Na wunderbar. Dann müsst ihr zunächst mal Ordnung in das Ganze bringen.«

»*Ordnung*, was soll das heißen?«

Capone sah Pasquale an, Pasquale sagte nichts.

»Ihr verlangt zu viel auf einmal, auch Dinge, die bisher noch nie irgendwo verlangt worden sind, wir müssen Prioritäten setzen.«

»Da drinnen hat alles Priorität.«

»Ich weiß, aber das ist eine Frage der Taktik. Wenn ihr alles sofort wollt, riskiert ihr eine Niederlage.«

Lilas Augen wurden zu zwei schmalen Schlitzen, es folgte ein kleines Wortgefecht. Dabei kam heraus, dass die Kommission nicht direkt mit dem Fabrikbesitzer verhandeln durfte, dazu brauchte es die Vermittlung durch die Gewerkschaft.

»Bin ich denn etwa nicht die Gewerkschaft?«, regte Lila sich auf.

»Natürlich, aber es gibt Regeln für das Wann und Wie.«

Wieder gerieten sie sich in die Haare. Capone sagte: »Fühlt ihr mal ein bisschen vor, brecht eine Diskussion vom Zaun, über irgendwas, die Schichtdienste, den Urlaub, die Überstunden, dann machen wir weiter. Auf jeden Fall«, schloss er, »ahnst du gar nicht, wie sehr ich mich über eine Genossin wie dich freue, das ist so selten, wir sollten uns untereinander abstimmen, wir werden im Lebensmittelsektor große Fortschritte machen, engagierte Frauen haben wir nicht viele.« Er griff nach seiner Brieftasche, die hinten in seiner Hose steckte, und fragte:

»Willst du etwas Geld für deine Ausgaben?«

»Was denn für Ausgaben?«

»Für das Kopieren, das Papier, den Zeitaufwand, so was eben.«

»Nein.«

Capone steckte die Brieftasche wieder ein.

»Aber nicht, dass du den Mut verlierst und abtauchst, Lina, lass uns in Verbindung bleiben. Ich schreibe mir Vor- und Zunamen auf, ich will der Gewerkschaft von dir berichten, wir müssen dich einsetzen.«

Unzufrieden ging Lila weg, sie fragte Pasquale: »Zu was für einem hast du mich denn da gebracht?« Aber er beschwichtigte sie, bekräftigte, dass Capone ein sehr guter Mann sei, sagte, er habe recht, man müsse das verstehen, es gebe eine Strategie und es gebe eine Taktik. Dann wurde er von Begeisterung und fast schon Rührung gepackt, er machte Anstalten, sie zu umarmen, besann sich aber und sagte: »Mach weiter, Lina, scheiß auf die Bürokratie, ich informiere inzwischen das Komitee.«

Lila sortierte keines der Ziele aus. Sie beschränkte sich darauf, die erste, sehr ausführliche Fassung auf eine engbeschriebene Seite zusammenzustreichen, die sie Edo gab: eine Liste mit Forderungen, die die Arbeitsorganisation und das Arbeitstempo betrafen, den Allgemeinzustand der Fabrik, die Qualität der Produkte, die ständige Gefahr, sich zu verletzen oder krank zu werden, die miserablen Zuschläge und die Lohnerhöhungen. Dann stellte sich die Frage, wer die Liste zu Bruno bringen sollte.

»Geh du«, sagte Lila zu Edo.

»Ich raste zu schnell aus.«

»Umso besser.«

»Ich bin nicht der Richtige dafür.«

»Du bist goldrichtig.«

»Nein, geh du, du bist in der Gewerkschaft. Außerdem kannst du gut reden, du machst ihm sofort klar, was Sache ist.«

41

Lila hatte von Anfang an gewusst, dass es sie treffen würde. Sie schob die Angelegenheit auf, brachte Gennaro zu ihrer Nachbarin und ging mit Pasquale zu einer Versammlung des Komitees in der Via dei Tribunali, auf der *auch* über die Lage in der Soccavo-Fabrik gesprochen werden sollte. Diesmal waren sie zu zwölft, mit Nadia, Armando, Isabella und Pasquale. Lila ließ den Text herumgehen, den sie für Capone geschrieben hatte, in dieser ersten Fassung war jede Forderung noch besser begründet. Nadia las sich das aufmerksam durch. Schließlich sagte sie: »Pasquale hatte recht, du bist eine, die nicht kneift, du hast in kürzester Zeit eine ausgezeichnete Arbeit geleistet.« Mit aufrichtiger Bewunderung lobte sie nicht nur den politischen und gewerkschaftlichen Inhalt des Papiers, sondern auch seinen Stil. »Du bist wirklich gut«, sagte sie. »Wann hat je einer so gekonnt über dieses Thema geschrieben?« Trotzdem riet sie ihr nach dieser Einleitung davon ab, sofort die direkte Konfrontation mit Soccavo zu suchen. Armando war der gleichen Ansicht.

»Warten wir ab, bis wir stärker und größer sind«, sagte er. »Die Situation in Soccavos kleiner Fabrik muss erst heranreifen. Wir haben jetzt einen Fuß in der Tür, und das ist schon eine Menge, wir dürfen nicht riskieren, vernichtet zu werden, bloß weil wir voreilig waren.«

Dario fragte:

»Und was schlagt ihr vor?«

Die Antwort gab Nadia, die sich aber an Lila wandte:

»Wir berufen eine große Versammlung ein. Wir treffen uns so schnell wie möglich mit deinen Genossen, festigen eure Strukturen und drucken vielleicht mit deinem Material noch ein Flugblatt.«

Angesichts dieser plötzlichen Vorsicht empfand Lila eine tiefe, aggressive Genugtuung. Höhnisch sagte sie:

»Eurer Meinung nach habe ich mir diese ganze Mühe also nur gemacht und meinen Arbeitsplatz nur riskiert, damit *ihr* eine große Versammlung einberufen und noch ein Flugblatt drucken könnt?«

Doch sie kam nicht dazu, das Gefühl der Revanche auszukosten. Nadia, die genau vor ihr saß, erzitterte wie eine schlecht befestigte Fensterscheibe, sie fiel in sich zusammen. Ohne ersichtlichen Grund schnürte es Lila die Kehle zu, und die kleinen Bewegungen der Anwesenden beschleunigten sich, selbst ein Wimpernschlag. Sie schloss die Augen, ließ sich gegen die Lehne ihres klapprigen Stuhls zurückfallen und hatte das Gefühl zu ersticken.

»Ist alles in Ordnung?«, fragte Armando.

Pasquale wurde unruhig.

»Sie arbeitet zu viel«, sagte er. »Lina, was ist mit dir, willst du ein Glas Wasser?«

Dario lief los, um das Wasser zu holen, während Armando ihren Puls fühlte und Pasquale nervös auf sie einredete:

»Was hast du, streck die Beine aus, atme tief durch.«

Lila murmelte, es gehe ihr gut, entriss Armando ihr Handgelenk und sagte, sie wolle einfach nur einen Augenblick in Ruhe gelassen werden. Aber weil Dario mit dem Wasser zurückgekommen war, trank sie einen kleinen Schluck und flüsterte, es sei nichts, nur eine leichte Erkältung.

»Hast du Fieber?«, fragte Armando ruhig.

»Heute nicht.«

»Husten, Atembeschwerden?«

»Ein bisschen, ich spüre meinen Herzschlag im Hals.«

»Geht es dir jetzt etwas besser?«

»Ja.«

»Komm mit ins Nebenzimmer.«

Lila wollte nicht, spürte aber eine große Beklemmung. Sie gehorchte, stand mit Mühe auf und folgte Armando, der inzwischen seine schwarze Ledertasche mit den goldfarbenen Verschlüssen geholt hatte. Sie gingen in einen Raum, den Lila noch nicht kannte, groß, kalt, drei Liegen mit alten, anscheinend schmutzigen Matratzen, ein Schrank mit einem zerfressenen Spiegel, eine Kommode. Erschöpft setzte sie sich auf eine Liege, seit ihrer Schwangerschaft hatte sie sich keiner medizinischen Untersuchung mehr unterzogen. Als er sie zu ihren Symptomen befragte, unterschlug sie alles und erwähnte lediglich den Druck in ihrer Brust, fügte aber hinzu: »Das ist nichts weiter.«

Armando untersuchte sie schweigend, und sie hasste dieses Schweigen sofort, es kam ihr boshaft vor. Dieser saubere, distanzierte Mann schien, obwohl er ihr Fra-

gen stellte, ihren Antworten überhaupt keinen Glauben
zu schenken. Er untersuchte sie, als könnte er Informationen, untermauert durch Instrumente und Sachkenntnis, nur vom zuverlässigen Mechanismus ihres Körpers
erhalten. Er horchte sie ab, tastete sie ab, betrachtete sie
genau und zwang ihr zugleich das Warten auf endgültige Worte darüber auf, was da gerade in ihrer Brust, in
ihrem Bauch, in ihrer Kehle vor sich ging, an scheinbar
wohlbekannten Stellen, die ihr jetzt vollkommen fremd
erschienen. Schließlich fragte Armando:

»Kannst du gut schlafen?«

»Sehr gut sogar.«

»Wie lange?«

»Das kommt drauf an.«

»Worauf?«

»Auf meine Gedanken.«

»Isst du genug?«

»Wenn ich Lust dazu habe.«

»Hast du manchmal Atembeschwerden?«

»Nein.«

»Schmerzen in der Brust?«

»Einen Druck, aber nur leicht.«

»Kalter Schweiß?«

»Nein.«

»Bist du schon mal ohnmächtig geworden, oder hattest du das Gefühl, gleich ohnmächtig zu werden?«

»Nein.«

»Hast du sie immer regelmäßig?«

»Was denn?«

»Deine Menstruation.«

»Nein.«

»Wann hattest du sie das letzte Mal?«

»Keine Ahnung.«

»Führst du denn keinen Kalender?«

»Muss man das?«

»Besser wäre es. Nimmst du Verhütungsmittel?«

»Was meinst du damit?«

»Präservative, eine Spirale, die Pille.«

»Was für eine Pille?«

»Ein neues Präparat. Du nimmst sie und kannst nicht schwanger werden.«

»Wirklich?«

»Garantiert. Hat dein Mann nie ein Präservativ benutzt?«

»Ich habe keinen Mann mehr.«

»Hat er dich verlassen?«

»Ich habe ihn verlassen.«

»Hat er eins benutzt, als ihr zusammen wart?«

»Ich weiß nicht mal, wie ein Präservativ aussieht.«

»Hast du ein geregeltes Sexualleben?«

»Wozu müssen wir über solche Sachen reden?«

»Wenn du nicht willst, reden wir nicht darüber.«

»Ich will nicht.«

Armando packte seine Instrumente wieder ein, setzte sich auf einen ziemlich durchgesessenen Stuhl, seufzte.

»Du musst kürzertreten, Lina. Du hast dich körperlich zu sehr verausgabt.«

»Und das heißt?«

»Du bist unterernährt, gesundheitlich angeschlagen, du hast viel zu wenig auf dich achtgegeben.«

»Und weiter?«

»Du hast etwas Husten, ich gebe dir einen Hustensaft.«

»Und weiter?«

»Du solltest einige Untersuchungen machen lassen, deine Leber ist etwas vergrößert.«

»Ich habe keine Zeit für Arztbesuche, gib mir eine Medizin.«

Armando schüttelte unzufrieden den Kopf.

»Hör mal«, sagte er. »Ich weiß, dass es bei dir besser ist, nicht um den heißen Brei zu reden: Du hast einen Herzfehler.«

»Was ist das?«

»Eine Komplikation am Herzen, es könnte etwas Ernstes sein.«

Lila zog ein besorgtes Gesicht.

»Was soll das heißen, muss ich sterben?«

Er lächelte, sagte:

»Nein, du sollst dich nur von einem Kardiologen untersuchen lassen. Komm morgen bei mir im Krankenhaus vorbei, ich schicke dich zu einem guten Spezialisten.«

Lila runzelte die Stirn, stand auf und sagte kalt:

»Morgen kann ich nicht, da geh' ich zu Soccavo.«

42

Pasquales besorgter Ton regte sie auf. Als er sie nach Hause fuhr, fragte er:

»Was hat Armando gesagt, was hast du?«

»Nichts, ich soll mehr essen.«

»Siehst du, du achtest nicht genug auf dich.«

Lila polterte los:

»Pasquà, du bist nicht mein Vater, bist nicht mein Bruder, bist gar nichts. Lass mich gefälligst in Ruhe, ja?«

»Darf ich mir denn keine Sorgen um dich machen?«

»Nein, und pass auf, was du tust und was du sagst, vor allem bei Enzo. Wenn du ihm erzählst, dass es mir schlecht ging – was nicht stimmt, mir war bloß ein bisschen schwindlig –, dann könnte es mit unserer Freundschaft vorbei sein.«

»Gönn dir zwei Tage Ruhe und geh nicht zu Soccavo. Capone hat dir davon abgeraten und das Komitee auch, das ist eine Frage der politischen Zweckmäßigkeit.«

»Ich scheiß' auf die politische Zweckmäßigkeit. Ihr habt mich da reingeritten, und jetzt mache ich, was ich will.«

Sie bat ihn nicht hinauf, und er fuhr ärgerlich weg. Wieder in ihrer Wohnung, verhätschelte sie Gennaro, machte das Abendessen und wartete auf Enzo. Sie fühlte sich nun ständig kurzatmig. Da Enzo nicht kam, gab sie Gennaro zu essen, sie fürchtete, es könnte wieder so ein Abend werden, an dem er sich mit anderen Frauen traf und erst spätnachts zurückkehrte. Als der Junge ein Glas Wasser umkippte, vergaß sie alle Zärtlichkeit und schrie ihn im Dialekt an wie einen Erwachsenen: »Könntest du wohl mal einen Moment stillsitzen, gleich setzt es was, warum musst du mir bloß das Leben so versauen?«

In dem Moment kam Enzo, und sie bemühte sich, freundlich zu sein. Sie aßen zusammen, aber Lila war, als rutschten die Bissen kaum tiefer, sie zerschnitten ihr die Brust. Als Gennaro eingeschlafen war, setzten sie sich an das Studienmaterial aus Zürich, doch Enzo wurde schnell müde und versuchte mehrmals sanft, sich zum Schlafen zurückzuziehen. Vergeblich, Lila wollte lange aufbleiben, sie hatte Angst davor, in ihr Zimmer zu gehen, fürchtete, die Symptome, die sie Armando verschwiegen hatte, könnten alle zusammen wieder auftreten und sie umbringen, sobald sie in der Dunkelheit allein sein würde. Er fragte leise:

»Sagst du mir, was du hast?«

»Nichts.«

»Immer bist du mit Pasquale unterwegs. Warum? Was habt ihr für Geheimnisse?«

»Das ist Gewerkschaftskram, er hat mich dazu gebracht, Mitglied zu werden, und jetzt muss ich mich da kümmern.«

Enzo zog eine bedrückte Miene, Lila fragte:

»Was ist denn?«

»Pasquale hat mir erzählt, was du in der Fabrik tust.

Ihm hast du es gesagt und denen vom Komitee auch. Warum bin ich der Einzige, der es nicht wert ist, das zu erfahren?«

Gereizt stand Lila auf, sie ging ins Bad. Pasquale hatte der Versuchung also nicht widerstehen können. Was hatte er alles erzählt? Nur von dem gewerkschaftlichen Ärger, den sie Soccavo bereiten wollte, oder auch von Gino und von ihrem Schwächeanfall in der Via dei Tribunali? Er hatte seinen Mund einfach nicht halten können, Männerfreundschaften haben ihre ungeschriebenen, aber festen Abmachungen, ganz anders als Frauenfreundschaften. Sie betätigte die Spülung, ging zu Enzo zurück und sagte:

»Pasquale ist eine Petze.«

»Pasquale ist ein Freund. Aber du, was bist du?«

Sein Ton tat ihr weh, sie kapitulierte unerwartet, schlagartig. Tränen traten ihr in die Augen, vergeblich versuchte sie, sie zurückzuhalten, sich der eigenen Schwäche schämend.

»Ich will dir nicht noch mehr Ärger machen, als ich dir sowieso schon gemacht habe«, schluchzte sie. »Ich habe Angst, dass du mich wegschickst.« Dann schnaubte sie sich die Nase und fügte flüsternd hinzu: »Kann ich bei dir schlafen?«

Enzo starrte sie ungläubig an.

»Wie – schlafen?«

»Wie du es willst.«

»Willst du es denn?«

Lila fixierte die alberne Wasserkaraffe auf dem Tisch,

Gennaro gefiel sie sehr, sie hatte einen Hühnerkopf, und murmelte:

»Hauptsache, ich kann in deiner Nähe bleiben.«

Enzo schüttelte missmutig den Kopf.

»Du willst mich nicht.«

»Ich will dich, aber ich empfinde nichts.«

»Du empfindest nichts *für mich*?«

»Ach was, dich liebe ich sehr, und jeden Abend wünsche ich mir, dass du mich rufst und mich in den Arm nimmst. *Aber mehr als das wünsche ich mir nicht.*«

Enzo wurde blass, sein sympathisches Gesicht verzog sich wie durch einen unerträglichen Schmerz, er konstatierte:

»Du findest mich abstoßend.«

»Nein, nein, nein: Wir tun, was du willst, jetzt sofort, ich bin bereit.«

Er lächelte traurig und schwieg einen Moment. Dann ertrug er ihre Unruhe nicht länger und brummte:

»Lass uns schlafen gehen.«

»Jeder in seinem Zimmer?«

»Nein, bei mir.«

Erleichtert ging Lila, um sich auszuziehen. Sie streifte ihr Nachthemd über und kam vor Kälte zitternd zu ihm. Er war schon im Bett.

»Kann ich mich hierhin legen?«

»Ja.«

Sie glitt unter die Decke, legte den Kopf an seine Schulter und ihren Arm auf seine Brust. Enzo rührte sich nicht, sie spürte sofort, dass eine heftige Hitze von ihm ausging.

»Meine Füße sind eisig«, flüsterte sie. »Kann ich sie an deinen wärmen?«

»Ja.«

»Soll ich dich ein bisschen streicheln?«

»Lass mich in Ruhe.«

Allmählich wich die Kälte von ihr. Der Schmerz in ihrer Brust verschwand, sie vergaß ihre zugeschnürte Kehle und überließ sich der friedlichen Wärme.

»Darf ich schlafen?«, fragte sie ihn todmüde.

»Ja, schlaf.«

43

Bei Tagesanbruch zuckte sie zusammen, ihr Körper erinnerte sie daran, dass sie aufwachen musste. Augenblicklich waren alle ihre Sorgen glasklar wieder da: das kranke Herz, Gennaros Rückschritte, die Faschisten aus dem Rione, Nadias Besserwisserei, Pasquales Unzuverlässigkeit, die Liste mit den Forderungen. Erst dann wurde ihr bewusst, dass sie bei Enzo geschlafen hatte, er aber nicht mehr im Bett lag. Eilig stand sie auf, gerade rechtzeitig, um zu hören, wie sich die Wohnungstür schloss. War er aufgestanden, sobald sie eingeschlafen war? War er die ganze Nacht wach geblieben? Hatte er im Nebenzimmer bei dem Jungen geschlafen? Oder hatte er sein Verlangen vergessen und war mit ihr eingeschlafen? Auf jeden Fall hatte er einsam gefrühstückt, nachdem er für sie und Gennaro gedeckt hatte. Er war ohne ein Wort zur Arbeit gegangen, den Kopf voller Gedanken.

Auch Lila hastete zur Fabrik, nachdem sie den Kleinen bei der Nachbarin abgegeben hatte.

»Hast du dich nun entschieden?«, erkundigte sich Edo etwas mürrisch.

»Ich entscheide mich, wann es mir passt«, antwortete Lila, die wieder in ihren alten Ton verfiel.

»Wir sind eine Kommission, du musst uns informieren.«

»Habt ihr die Liste herumgegeben?«

»Ja.«

»Und was sagen die anderen?«

»Wer schweigt, stimmt zu.«

»Nein«, sagte sie. »Wer schweigt, hat Schiss.«

Capone hatte recht, Nadia und Armando auch. Diese Initiative war schwach, aufgezwungen. Verbissen widmete Lila sich ihrer Arbeit und zerlegte Fleisch, sie hätte gern jemandem wehgetan, sich wehgetan. Sich das Messer in die Hand gerammt, es vom toten Fleisch jetzt zu ihrem, lebenden, gezogen. Geschrien, sich auf die anderen gestürzt und alle für die eigene Unfähigkeit, ein Gleichgewicht zu finden, büßen lassen. ›Ach, Lina Cerrullo, du bist unverbesserlich. Warum hast du diese Liste aufgestellt? Du willst dich nicht ausbeuten lassen? Willst deine Lage und die der anderen da verbessern? Du bist überzeugt davon, dass du, dass ihr hier, mit dem, was ihr jetzt seid, den Anfang macht und ihr euch dann in den Siegeszug des internationalen Proletariats einreiht? Von wegen! Ein Siegeszug, um was zu werden? Wieder nur Arbeiter? Arbeiter, die von morgens bis abends schuften, aber dann an der Macht sind? Blödsinn. Tönende Phrasen, um die bittere Pille der Arbeit zu versüßen. Du weißt genau, dass eure Lage schrecklich ist, sie muss nicht verbessert, sie muss beseitigt werden, das weißt du seit deiner Kindheit. Verbessern, sich verbessern? Du, zum Beispiel, hast du dich etwa verbessert, bist du vielleicht wie Nadia oder Isabella geworden? Hat dein Bruder sich etwa verbessert, ist er wie Armando geworden? Und ist dein Sohn etwa wie Marco? Nein, wir bleiben wir, und die bleiben die. Also warum gibst du nicht auf? Schuld ist dein Kopf, der keine Ruhe findet, er sucht ständig nach einem Weg, um zu funktionieren. Schuhe entwerfen. Sich ins Zeug legen, um eine Schuhmacherei aufzubauen. Ninos Artikel umschreiben, ihn so lange bedrängen, bis er tut, was du gesagt hast. Das Zürcher Studienmaterial auf deine Weise nutzen, mit Enzo. Und jetzt Nadia beweisen, dass, wenn sie Revolution macht, du sie noch viel besser machen kannst. Der Kopf, oh ja, der ist das Problem. Wegen der Unzufriedenheit des Kopfes wird jetzt der Körper krank. Ich habe mich satt, habe alles satt. Habe auch Gennaro satt. Seine Bestimmung ist es, wenn er Glück hat, an einem Ort wie diesem zu landen und für fünf Lire mehr vor irgendeinem Chef zu kriechen. Also? Also übernimm Verantwortung, Cerullo, und tu das, was du schon immer vorhattest: Jage Soccavo Angst ein, treib ihm das Laster aus, in den Trockenräumen die Arbeiterinnen zu vögeln. Lass sehen, was du dir für den Studenten mit dem Wolfsgesicht ausgedacht hast. Damals der Sommer auf Ischia. Die Getränke, das Haus in Forio, das luxuriöse Bett, in dem ich mit Nino gelegen habe. Das Geld dafür kam aus dieser Fabrik, aus diesem Gestank, aus den in diesem Saustall verbrachten Tagen, aus dieser schlechtbezahlten Schufterei. Was habe ich hier zerschnitten? Eine gelbliche Masse spritzt raus, das ist ja ekelhaft. Die Welt dreht sich, aber wenn sie einstürzt, geht sie zum Glück kaputt.‹

Nach der Mittagspause fasste sie ihren Entschluss, sie sagte zu Edo: »Ich gehe jetzt hin.« Aber sie war noch nicht dazu gekommen, den Kittel auszuziehen, als die Sekretärin des Chefs in der Zerlegeabteilung erschien und ihr mitteilte:

»Dottor Soccavo erwartet dich auf der Stelle in seinem Büro.«

Lila dachte, irgendein Spitzel hätte Bruno bereits verraten, was sie vorhatten. Sie verließ ihren Arbeitsplatz, nahm die Liste mit den Forderungen aus ihrem Spind und ging hinauf. Sie klopfte an die Bürotür, trat ein. In dem Raum war nicht nur Bruno. In einem Sessel saß, mit einer Zigarette im Mund, Michele Solara.

44

Sie hatte immer gewusst, dass Michele früher oder später wieder in ihrem Leben auftauchen würde, aber in Brunos Büro auf ihn zu stoßen, erschreckte sie so wie in ihrer Kindheit die Gespenster in den dunklen Wohnungsecken. ›Was hat der denn hier zu suchen‹, dachte sie. ›Ich muss hier weg.‹ Aber als Solara sie sah, stand er auf, breitete die Arme aus und schien wirklich gerührt zu sein. Auf Italienisch sagte er: »Lina, wie schön, ich freue mich sehr.« Er wollte sie umarmen und hätte es auch getan, wenn sie ihn nicht mit einer spontanen Geste angewidert abgewehrt hätte. Er stand noch einen Augenblick mit ausgebreiteten Armen da, dann strich er sich konfus mit einer Hand über Wange und Nacken, wies mit der anderen auf Lila und sagte diesmal in einem unechten Ton zu Soccavo:

»Sieh mal einer an, nicht zu fassen! Hältst du hier zwischen den Salami wirklich Signora Carracci versteckt?«

Lila wandte sich barsch an Bruno:

»Ich komme später noch mal.«

»Setz dich«, sagte er düster.

»Ich stehe lieber.«

»Setz dich, damit du dich nicht überanstrengst.«

Sie schüttelte den Kopf, blieb stehen, und Michele grinste Soccavo komplizenhaft zu:

»Sie ist nun mal so, gib's auf, sie gehorcht nie.«

Lila kam es so vor, als sei Solaras Stimme kräftiger

geworden, er betonte das Ende jedes Wortes, als wäre er in den letzten Jahren zur Sprecherziehung gegangen. Vielleicht um sich zu schonen, vielleicht auch nur ihm zum Trotz, überlegte sie es sich anders und setzte sich. Auch Michele setzte sich wieder, wandte sich aber ganz ihr zu, als wäre Bruno nicht mehr im Raum. Er betrachtete sie ausgiebig, wohlwollend, und sagte bedauernd: »Deine Hände sind ruiniert, wie schade, als du ein junges Mädchen warst, waren sie wunderschön.« Dann begann er vom Geschäft an der Piazza dei Martiri zu berichten, als wäre Lila noch bei ihm angestellt und dies ein Arbeitstreffen. Er erzählte von neuen Regalen, von neuen Spotlights und dass er die Toilettentür zum Hof wieder habe zumauern lassen. Lila erinnerte sich an diese Tür und sagte leise im Dialekt:

»Dein Laden ist mir scheißegal.«

»Du meinst *unseren* Laden: Wir haben ihn doch zusammen entworfen.«

»Mit dir zusammen habe ich nie was entworfen.«

Michele lächelte erneut und schüttelte zum Zeichen milder Missbilligung den Kopf. »Der Geldgeber schaltet und waltet genauso wie einer, der mit den Händen oder mit dem Kopf arbeitet«, sagte er. »Geld schafft Horizonte, Konstellationen, das Leben von Menschen. Du ahnst ja nicht, wie viele Leute ich allein mit der Ausstellung eines Schecks glücklich machen oder ruinieren kann.« Dann plauderte er ruhig weiter und schien sich zu freuen, dass er ihr erzählen konnte, was es Neues gab, so wie man es unter Freunden tut. Er begann mit Alfonso, der seine Arbeit an der Piazza dei Martiri gut gemacht habe und nun genug verdiene, um eine Familie zu gründen. Allerdings habe er keine Lust zum Heiraten gehabt und die arme Marisa lieber im Zustand der ewigen Verlobten halten und wie bisher weitermachen wollen. Er als sein Arbeitgeber habe ihm daher einen Schubs gegeben, denn ein geordnetes Leben tue den Angestellten gut, er habe Alfonso angeboten, ihm das Hochzeitsfest zu bezahlen, und so werde im Juni, endlich, geheiratet. »Weißt du«, sagte er zu ihr, »hättest du weiter für mich gearbeitet, hätte ich dir alles gegeben, worum du mich gebeten hättest, viel mehr noch als Alfonso, du wärst eine Königin geworden.« Ohne ihr Zeit für eine Antwort zu lassen, eröffnete er ihr, während er die Zigarettenasche in einen alten Bronzeaschenbecher schnippte, dass auch er heiraten werde, ebenfalls im Juni, und natürlich Gigliola, die große Liebe seines Lebens. »Schade, dass ich dich nicht einladen kann«, sagte er bedauernd. »Das hätte ich gern getan, aber ich will deinen Mann nicht in Verlegenheit bringen.« Und er erzählte von Stefano, von Ada und von ihrer kleinen Tochter, wobei er zunächst sehr wohlwollend von allen dreien sprach und dann betonte, dass die beiden Salumerias nicht mehr so liefen wie früher. »Carracci«, erläuterte er, »hat sich über Wasser gehalten, solange das Geld seines Vaters reichte, aber der Handel ist jetzt wie ein stürmisches Meer, und Stefanos Boot hat seit einer Weile ein Leck, er schafft's nicht mehr.« Die Konkurrenz, sagte er, sei größer geworden, ständig eröffneten neue Läden. Marcello, zum Beispiel, habe es sich in den Kopf gesetzt, den alten Laden des seligen Don Carlo auszubauen und eines dieser Geschäfte daraus zu machen, in denen es alles mögliche gebe, von feinen Seifen über Glühlampen bis hin zu Mortadella und Süßigkeiten. Und das habe er dann auch getan, das Unternehmen laufe im großen Stil, er habe ihm den Namen *Tutto per tutti* gegeben, *Alles für alle*.

»Willst du damit sagen, dass du und dein Bruder es geschafft habt, sogar Stefano zu ruinieren?«

»Ruinieren, ach was, Lina, wir gehen nur unserer Arbeit nach, nichts weiter, im Gegenteil, wenn wir Freunden helfen können, helfen wir gern. Rate mal, wen Marcello in dem neuen Geschäft angestellt hat.«

»Weiß ich nicht.«

»Deinen Bruder.«

»Ihr habt aus Rino einen eurer Verkäufer gemacht?«

»Tja, du hast ihn ja sitzenlassen, und der Junge hat deinen Vater, deine Mutter, ein Kind und Pinuccia am Hals, die wieder schwanger ist. Was sollte er da machen? Er hat Marcello um Hilfe gebeten, und Marcello hat ihm geholfen. Gefällt dir das nicht?«

Lila antwortete frostig:

»Nein, das gefällt mir nicht, mir gefällt überhaupt nichts von dem, was ihr macht.«

Michele zog ein missmutiges Gesicht, Bruno fiel ihm wieder ein:

»Siehst du, wie ich es gesagt habe, ihr Problem ist, dass sie einen schlechten Charakter hat.«

Bruno setzte ein verlegenes Grinsen auf, das verschwörerisch wirken sollte.

»Stimmt.«

»Hat sie dich auch traktiert?«

»Ein bisschen.«

»Wusstest du, dass sie als kleines Mädchen meinem Bruder, der doppelt so groß war wie sie, ein Schustermesser an die Kehle gesetzt hat? Und das nicht aus Spaß, es war klar, dass sie es benutzen würde.«

»Wirklich?«

»Ja. Die hat Mumm und fackelt nicht lange.«

Lila ballte ihre Hände zu Fäusten, sie hasste die Schwäche, die sie in ihrem Körper spürte. Das Zimmer schwankte, die Formen der Gegenstände und der beiden Männer dehnten sich aus. Sie sah Michele zu, der den Zigarettenstummel im Aschenbecher ausdrückte. Er verwendete zu viel Kraft darauf, als wollte auch er, trotz seines ruhigen Tonfalls, einem Unbehagen Luft machen. Lila starrte auf seine Finger, die unaufhörlich auf dem Stummel herumdrückten, die Fingernägel waren weiß. ›Früher‹, dachte sie, ›hat er mich mal gebeten, seine Geliebte zu werden. Aber eigentlich will er nicht darauf hinaus, da ist noch etwas anderes, etwas, das mit Ficken nichts zu tun hat und das er nicht mal sich selbst erklären kann. Es ist eine Art fixe Idee von ihm, eine Art Aberglauben. Vielleicht glaubt er, ich hätte irgendeine Kraft in mir und dass er ohne diese Kraft nicht auskommen kann. Er hätte sie gern, kann sie sich aber nicht holen und leidet darunter, er kann sie mir nicht mit Gewalt wegnehmen. Ja, so wird es sein. Wenn es nicht so wäre, hätte er mich längst vernichtet. Aber warum gerade ich? Was hat er an mir entdeckt, das ihm nützlich sein könnte? Ich darf nicht hier vor seinen Augen bleiben, darf ihm nicht zuhören. Was er sieht und will, macht mir Angst.‹ Sie sagte zu Soccavo:

»Ich lasse dir das hier da und gehe dann mal.«

Sie stand auf und wollte ihm die Liste mit den Forderungen geben, eine Aktion, die ihr zunehmend sinnlos und doch notwendig zu sein schien. Sie wollte das Blatt neben den Aschenbecher auf den Tisch legen und den Raum verlassen. Aber Micheles Stimme hielt sie zurück. Sie klang jetzt ausgesprochen zärtlich, fast schon einschmeichelnd, als hätte er geahnt, dass Lila versuchte, von ihm wegzukommen, und als setzte er nun alles daran, sie zu betören und aufzuhalten. Er redete weiter mit Soccavo:

»Siehst du, sie hat wirklich einen schlechten Charakter. Ich rede hier, und sie pfeift drauf, holt ein Blatt Papier heraus und sagt, dass sie gehen will. Doch ich verzeihe ihr, denn ihr schlechter Charakter wird durch jede Menge Vorzüge wettgemacht. Du glaubst, du hast eine Arbeiterin eingestellt? Oh nein, diese Dame hier ist viel, viel mehr. Wenn du sie machen lässt, verwandelt sie für dich Scheiße in Gold, sie ist fähig, diese ganze Bruchbude umzugestalten und sie dir auf ein Niveau zu heben, das du dir nicht mal im Traum vorstellen kannst. Und warum? Weil sie einen Kopf hat, wie ihn Frauen normalerweise nicht haben und auch wir Männer nicht. Ich beobachte sie, seit sie fast noch ein Kind war, und es ist wirklich so. Sie hat mir Schuhe entworfen, die ich noch heute in Neapel und außerhalb verkaufe, und ich mache einen Haufen Geld damit. Und an der Piazza dei Martiri hat sie mir einen Laden mit so viel Phantasie eingerichtet, dass daraus ein Verkaufssalon für die Reichen aus der Via Chiaia, aus Posilippo und vom Vomero wurde. Und sie könnte noch viel, sehr viel mehr schaffen. Aber sie ist übergeschnappt, denkt, sie kann immer machen, was sie will. Sie geht, kommt, baut auf, reißt ein. Glaubst du, ich habe sie rausgeworfen? Nein, eines Tages ist sie schlichtweg nicht mehr zur Arbeit erschienen. Einfach so, verschwunden. Und wenn du sie einfängst, entwischt sie dir wieder, sie ist wie ein Aal. Ihr Problem ist: Obwohl sie ziemlich intelligent ist, begreift sie nicht, was sie tun darf und was nicht. Und das, weil sie noch nicht an den richtigen Mann geraten ist. Der richtige Mann stutzt dir eine Frau zurecht. Sie kann nicht kochen? Sie wird es lernen. Die Wohnung ist dreckig? Sie wird sie putzen. Ein richtiger Mann kann eine Frau zu allem bringen. Nur mal so zum Beispiel, vor kurzem habe ich eine kennengelernt, die konnte nicht pfeifen. Na ja, wir waren bloß zwei Stunden zusammen – heiße Stunden – und danach habe ich zu ihr gesagt: Und jetzt pfeif. Und sie – du wirst es nicht glauben – hat gepfiffen. Wenn du eine Frau erziehen kannst, gut so. Wenn du es nicht kannst, lass sie laufen, sonst schadest du dir bloß.« Die letzten Worte sprach er todernst, als wären sie ein unumgängliches

Gebot. Aber noch während er redete, schien er bemerkt zu haben, dass er selbst auch nicht in der Lage gewesen war und noch immer nicht war, sein Gesetz zu befolgen. Daher setzte er eine andere Miene auf, sein Ton schlug plötzlich um, und er hatte den Drang, sie zu beleidigen. Er drehte sich mit einer Anwandlung von Unduldsamkeit zu Lila und verkündete zunehmend vulgär im Dialekt: »Mit der hier ist das allerdings ein Problem, die kriegst du nicht so leicht dazu, dir nicht mehr auf die Eier zu gehen. Dabei sieh sie dir doch an, kleine Augen, kleine Titten, kleiner Arsch, die ist ja bloß noch 'n Besenstiel. Was kannst du mit so einer schon machen, da steht er dir ja nicht mal. Aber eine Sekunde reicht, bloß 'ne Sekunde: Du siehst sie an, und du willst sie ficken.«

In diesem Moment spürte Lila einen heftigen Stoß in ihrem Kopf, als wäre ihr Herz, anstatt in ihrer Kehle zu hämmern, nun unter ihrer Schädeldecke explodiert. Sie beschimpfte ihn nicht weniger unflätig, als er es gerade getan hatte, schnappte sich den bronzenen Aschenbecher vom Tisch, so dass Zigarettenkippen und Asche herumflogen, und wollte auf Michele einprügeln. Aber trotz ihrer Wut war ihre Bewegung langsam, kraftlos. Und auch Brunos Stimme – *Lina, bitte, was soll denn das* – drang nur matt zu ihr durch. Vielleicht konnte Solara sie deshalb so leicht aufhalten und ihr ebenso leicht den Aschenbecher wegnehmen, wobei er wütend sagte:

»Glaubst du etwa, du bist bei Dottor Soccavo angestellt? Glaubst du, ich bin hier ein Niemand? Da irrst du dich aber. Dottor Soccavo steht seit kurzem im roten Buch meiner Mutter, und das hat viel mehr Gewicht als das Rote Buch von Mao. Deshalb bist du nicht bei ihm angestellt, sondern bei mir, du unterstehst immer und ausschließlich mir. Bis jetzt habe ich dich machen lassen, ich wollte sehen, wo, verdammt noch mal, ihr hinwolltet, du und dieser Drecksack, mit dem du fickst. Aber von jetzt an vergiss nicht, dass ich ein Auge auf dich habe, und wenn ich dich brauche, dann springst du, ist das klar?«

Erst jetzt fuhr Bruno auf und rief aufs Äußerste gereizt:

»Lass sie in Ruhe, Michè, jetzt übertreibst du aber!«

Langsam ließ Solara Lilas Handgelenk los und knurrte, nun wieder auf Italienisch, an Soccavo gewandt:

»Du hast recht, entschuldige. Aber Signora Carracci hat nun mal dieses Talent: Auf die eine oder andere Art bringt sie dich immer dazu, zu übertreiben.«

Lila unterdrückte ihre Wut, rieb sich vorsichtig das Handgelenk und fegte mit den Fingerspitzen Asche von ihrer Kleidung. Dann faltete sie das Blatt mit den Forderungen auseinander, legte es Bruno hin und sagte auf dem Weg zur Tür zu Solara:

»Ich konnte schon pfeifen, als ich fünf war.«

45

Als sie kreidebleich wieder nach unten kam, erkundigte sich Edo, wie es gelaufen war, aber Lila antwortete nicht, schob ihn mit einer Hand beiseite und schloss sich in der Toilette ein. Sie hatte Angst, sofort wieder zu Bruno gerufen zu werden, hatte Angst, in Micheles Gegenwart zu einer Auseinandersetzung gezwungen zu sein, hatte Angst vor der unüblichen Schwäche ihres Körpers, konnte sich nicht an sie gewöhnen. Vom Fenster aus spähte sie auf den Hof und seufzte erleichtert auf, als sie sah, wie der hochgewachsene Michele mit seinen Geheimratsecken, seinem hübschen, glattrasierten Gesicht und in einer schwarzen Lederjacke über seinen dunklen Hosen nervös zu seinem Auto ging und wegfuhr. Da kehrte sie in die Zerlegeabteilung zurück, und Edo fragte sie erneut:

»Und?«

»Es hat geklappt. Aber von jetzt an müsst ihr selbst klarkommen.«

»Inwiefern?«

Sie kam nicht mehr dazu, ihm zu antworten, atemlos erschien Brunos Sekretärin bei ihnen, der Chef wolle Lila auf der Stelle sprechen. Sie ging wie diese Heilige zu ihm, die, obwohl ihr Kopf noch auf dem Hals saß, ihn auch in der Hand hielt, als hätte man ihn ihr schon abgeschlagen. Kaum stand sie vor Bruno, schrie er sie an:

»Wollt ihr vielleicht auch noch den Morgenkaffee

ans Bett gebracht kriegen? Was sind denn das für neue Moden, Lina? Merkst du eigentlich noch was? Setz dich hin und erklär mir das. Ich fasse es nicht!«

Lila erklärte ihm in dem Ton, den sie hatte, wenn Gennaro etwas nicht verstehen wollte, die Forderungen eine nach der anderen. Sie wies darauf hin, dass er gut daran täte, das Papier ernst zu nehmen und die verschiedenen Punkte konstruktiv anzugehen, denn falls er nicht vernünftig sein sollte, würde ihm sehr bald die Gewerbeaufsicht ins Haus schneien. Zum Schluss fragte sie ihn, in was er sich denn da hineingeritten habe, wenn er so gefährlichen Leuten wie den Solaras in die Hände gefallen sei. Da verlor Bruno endgültig die Geduld. Sein rotes Gesicht wurde violett, seine Augen waren blutunterlaufen, er brüllte, er werde Lila fertigmachen, er brauche den paar Arschlöchern, die sie gegen ihn aufgehetzt habe, bloß einige Lire extra zu geben, um wieder Ordnung zu schaffen. Er schrie, sein Vater stecke der Gewerbeaufsicht schon jahrelang was zu, es wäre ja gelacht, wenn er Angst vor einer Kontrolle hätte. Er schrie, die Solaras würden ihr schon die Lust austreiben, die Gewerkschafterin zu spielen, und sagte schließlich mit erstickter Stimme: »Raus, sofort raus hier, raus.«

Lila ging zur Tür. Erst auf der Schwelle sagte sie:

»Du siehst mich jetzt zum letzten Mal. Ich arbeite hier nicht mehr.«

Bei diesen Worten kam Soccavo augenblicklich zu sich. Beunruhigt verzog er das Gesicht, wahrscheinlich hatte er Michele versprochen, sie nicht zu entlassen. Er sagte:

»Bist du jetzt sauer? Spielst du die beleidigte Leberwurst? Was erzählst du denn da, komm her, seien wir doch vernünftig, hier entscheide ich, ob ich dich entlassen muss oder nicht. Du Miststück, komm her, sag' ich!«

Für den Bruchteil einer Sekunde fiel ihr Ischia wieder ein, die Vormittage, an denen wir auf Nino gewartet hatten und auf seinen reichen Freund, der ein Haus in Forio hatte, dieser vollendet höfliche und stets geduldige junge Mann. Sie ging hinaus und schloss die Tür hinter sich. Unmittelbar darauf überkam sie ein heftiges Zittern, ihr brach der Schweiß aus. Sie ging nicht wieder in die Zerlegeabteilung, verabschiedete sich nicht von Edo und Teresa, sie hastete stattdessen an Filippo vorbei, der sie verblüfft anstarrte und ihr hinterherschrie: »Cerù, wo willst du hin, komm zurück!« Aber sie rannte die ungepflasterte Straße entlang, nahm den erstbesten Bus zur Via Marina und fuhr ans Meer. Sie streifte lange umher. Ein kalter Wind wehte, sie nahm die Seilbahn hoch zum Vomero, schlenderte über die Piazza Vanvitelli, durch die Via Scarlatti, durch die Via Cimarosa, nahm erneut die Seilbahn und fuhr wieder hinunter. Erst spät fiel ihr ein, dass sie ja Gennaro vergessen hatte. Um neun kam sie nach Hause und bat Enzo und Pasquale, die ihr besorgte Fragen stellten, zum Rione zu fahren und mich zu holen.

Und da sitzen wir nun, mitten in der Nacht, in diesem kahlen Zimmer in San Giovanni a Teduccio. Gennaro schläft, Lila redet und redet mit leiser Stimme, Enzo und Pasquale warten in der Küche. Ich fühle mich wie ein Ritter in einem alten Roman, der, nachdem er durch die Welt gezogen ist und unzählige wunderbare Taten vollbracht hat, in seiner funkelnden Rüstung auf einen zerlumpten, unterernährten Hirten trifft, der, ohne dass er seine Weide je verlässt, mit bloßen Händen und außerordentlichem Mut schreckliche Bestien bezwingt und beherrscht.

46

Ich war eine stille Zuhörerin, ich ließ sie reden. Einige Passagen der Erzählung verstörten mich sehr, vor allem wenn Lilas Gesichtsausdruck sich im Lauf ihrer Rede plötzlich schmerzlich verzerrte. Ich hatte ein schlechtes Gewissen, dachte: ›Dieses Leben hätte auch mich treffen können, und dass es nicht so gekommen ist, habe ich auch ihr zu verdanken.‹ Mehrmals war ich kurz davor, sie zu umarmen, doch noch öfter hätte ich sie gern etwas gefragt oder einen Kommentar abgegeben. Aber ich hielt mich weitgehend zurück, redete höchstens zwei-, dreimal dazwischen.

Mit Sicherheit unterbrach ich sie, zum Beispiel, als sie über Professoressa Galiani und ihre Kinder sprach. Ich hätte mir gewünscht, dass sie mir ausführlicher erzählt hätte, was meine Lehrerin gesagt hatte und mit welchem exakten Wortlaut und ob bei Nadia und Armando irgendwann mein Name gefallen war. Doch ich bemerkte die Schäbigkeit meiner Fragen rechtzeitig

und hielt mich zurück. Auch wenn ich einerseits meinte, dass meine Neugier berechtigt war, ging es andererseits doch immer noch um Bekanntschaften, auf die ich
mir viel einbildete. Ich sagte also nur:

»Bevor ich nach Florenz ziehe, muss ich bei der Galiani vorbeischauen, um mich von ihr zu verabschieden.
Komm doch mit, hast du Lust?« Ich fügte hinzu: »Unsere Beziehung hat sich nach Ischia etwas abgekühlt,
sie hat mir die Schuld daran gegeben, dass Nino Nadia
verlassen hat.« Da Lila mich anschaute, als sähe sie
mich nicht, sagte ich noch: »Die Galianis sind anständige Leute, ein bisschen eingebildet, doch die Sache mit
dem Herzfehler sollte genauer untersucht werden.«

Diesmal reagierte sie:

»Den Herzfehler gibt es.«

»Na schön«, antwortete ich. »Aber auch Armando
hat gesagt, dass ein Kardiologe sich das noch mal an-
schauen sollte.«

Sie entgegnete:

»Er hat ihn jedenfalls gehört.«

Doch vor allem fühlte ich mich angesprochen, als es
um Sex ging. Als sie von dem Trockenraum erzählte,
war ich drauf und dran, ihr zu sagen: »Mich hat in Turin ein alter Intellektueller belästigt, und in Mailand ist
ein venezolanischer Maler, den ich erst seit ein paar
Stunden kannte, in mein Zimmer gekommen und wollte zu mir ins Bett, als wäre das ein Gefallen, den ich ihm
schuldete.« Aber auch diesmal hielt ich mich zurück.
Wozu sollte es gut sein, in diesem Augenblick über mei-

ne Angelegenheiten zu sprechen? Und hatte das, was ich ihr hätte erzählen können, wirklich mit dem zu tun, was sie mir erzählte?

Diese Frage stellte sich mir klar und deutlich, als Lila von der Aufzählung bloßer Fakten – wir hatten Jahre zuvor, als sie mir von ihrer Hochzeitsnacht erzählt hatte, ausschließlich über die, höchst brutalen, Fakten geredet – nun dazu überging, mir allgemein von ihrer Sexualität zu erzählen. Dass wir dieses Thema anschnitten, war absolut neu für uns. Die vulgäre Sprache der Welt, aus der wir kamen, eignete sich für Angriff und Verteidigung, erschwerte jedoch intime Gespräche und verhinderte sie sogar, eben weil sie eine Sprache der Gewalt war. Daher wurde ich verlegen und starrte zu Boden, als sie in der rohen Sprache des Rione sagte, vögeln habe ihr nie den Spaß gebracht, den sie als junges Mädchen erwartet hatte, sie habe jedes Mal so gut wie nichts gespürt, nach Stefano und nach Nino sei es ihr geradezu unangenehm, so dass sie noch nicht einmal einen so freundlichen Mann wie Enzo in sich habe aufnehmen können. Und nicht nur das. Sie fügte mit einer noch brutaleren Wortwahl hinzu, dass sie mal unter Zwang, mal aus Neugier und mal aus Leidenschaft alles getan habe, was ein Mann von einer Frau verlangen kann, dass sich aber sogar, als sie sich ein Kind von Nino gewünscht habe und sie schwanger geworden sei, die Lust, die sich angeblich besonders in diesem Moment großer Liebe einstellte, nicht eingestellt habe.

Angesichts einer solchen Offenheit wurde mir klar,

dass ich nicht still bleiben konnte, dass ich sie meine Nähe spüren lassen musste, dass ich ihre vertraulichen Bekenntnisse mit ebensolchen erwidern musste. Aber bei dem Gedanken daran, von mir zu erzählen, wuchs mein Unbehagen – der Dialekt widerte mich an, und obwohl ich als Autorin gewagter Stellen galt, war mir das Italienisch, das ich mir angeeignet hatte, zu kostbar für eine so klebrige Angelegenheit wie sexuelle Erfahrungen –, ich vergaß, dass dies ein schweres Geständnis für sie war, dass jedes, selbst das vulgärste Wort von der Erschöpfung geprägt war, die ihr Gesicht und das Zittern ihrer Hände verrieten, und ich machte es kurz.

»Bei mir ist das nicht so«, sagte ich.

Das war nicht gelogen, und trotzdem war es nicht wahr. Die Wahrheit war komplizierter, und um ihr eine Form zu geben, hätte ich bewährte Wörter gebraucht. Ich hätte Lila erklären müssen, dass ich immer viel Lust empfunden hatte, als ich mich damals an Antonio gerieben hatte und ich mich von ihm hatte anfassen lassen, und dass ich mich nach dieser Lust noch immer sehnte. Ich hätte zugeben müssen, dass die Penetration auch mich enttäuscht hatte, dieses Erlebnis war durch Schuldgefühle beeinträchtigt gewesen, durch die unbequemen Bedingungen des Beischlafs, durch die Angst, überrascht zu werden, durch die Hast, die sich daraus ergab, und durch die panische Angst, schwanger zu werden. Aber ich hätte auch sagen müssen, dass Franco – das bisschen, was ich über Sex wusste, ließ sich überwiegend auf ihn zurückführen – mir erlaubt hatte, bevor er in mich eindrang und danach, mich an seinem Bein und an seinem Bauch zu reiben, und das war jedes Mal angenehm gewesen, und manchmal hatte es auch das Eindringen angenehmer gemacht. Darum – hätte ich ihr abschließend sagen müssen – freute ich mich nun auf meine Hochzeit, Pietro sei ein sehr freundlicher Mann, ich hoffte, in der Ungestörtheit und der Legitimität des Ehebetts die Zeit und die Ruhe zu haben, um die Freuden des Koitus zu entdecken. Tja, wenn ich so gesprochen hätte, wäre ich ehrlich gewesen. Aber so deutliche Bekenntnisse waren zwischen uns beiden, mit unseren fast fünfundzwanzig Jahren, nicht üblich. Während ihrer Verlobungszeit mit Stefano und meiner Liebschaft mit Antonio hatte es nur Andeutungen gegeben, zurückhaltende Bemerkungen, Anspielungen. Was Donato Sarratore und was Franco betraf, hatte ich weder den einen noch den anderen je erwähnt. Darum hielt ich mich an diese wenigen Worte – *bei mir ist das nicht so* –, die für Lila klingen mussten wie: *Vielleicht bist du nicht normal.* Und wirklich sah sie mich verblüfft an und sagte, wie um sich zu verteidigen:

»In deinem Buch steht aber was anderes.«

Sie hatte es also gelesen. Ich murmelte abwehrend:

»Inzwischen weiß ich nicht mal mehr selbst, was ich da geschrieben habe.«

»Du hast *schmutziges* Zeug geschrieben«, sagte sie. »So was, was Männer nicht hören wollen und Frauen zwar wissen, aber aus Angst nicht sagen. Und was machst du jetzt, versteckst du dich jetzt?«

So drückte sie sich sinngemäß aus, und auf jeden Fall verwendete sie das Wort *schmutzig*. Also kam auch sie mir mit den heiklen Stellen, und sie tat es genauso wie Gigliola, die das Wort *Schmutzigkeit* gebraucht hatte. Ich wartete darauf, dass Lila mir eine Gesamteinschätzung meines Buches gab, aber das geschah nicht, sie erwähnte es nur, um wieder eine Brücke zu dem zu schlagen, was sie wiederholt und beharrlich als *die nervige Vögelei* bezeichnete. »Genau das steht in deinem Roman!«, rief sie aus. »Und wenn du darüber geschrieben hast, kennst du es auch, da brauchst du gar nicht zu sagen: Bei mir ist das nicht so.« Ich stammelte ja, vielleicht, ich weiß nicht. Und während sie mich mit gequälter Schamlosigkeit weiter ins Vertrauen zog – viel Erregung, wenig Befriedigung und ein Gefühl des Ekels –, fiel mir Nino ein, und die Fragen, die ich häufig in meinem Kopf gewälzt hatte, tauchten wieder auf. War diese lange, mit Erzählungen angefüllte Nacht eine geeignete Gelegenheit, um ihr zu sagen, dass ich ihn wiedergesehen hatte? Sollte ich ihr eröffnen, dass sie in Bezug auf Gennaro nicht auf Nino zählen konnte, dass er noch ein weiteres Kind hatte, dass er bedenkenlos Kinder hinterließ? Sollte ich diese Gelegenheit, ihre Offenbarungen, nutzen, um ihr zu sagen, dass er mir in Mailand etwas Unangenehmes – *Lina ist auch sexuell verkorkst* – über sie erzählt hatte? Sollte ich so weit gehen, ihr zu sagen, dass ich in ihren aufgeregten Bekenntnissen und auch in der Art, wie sie die *schmutzigen* Seiten meines Buches las, nun, während sie redete, die Bestätigung dafür zu sehen glaubte, dass Nino im Grunde recht hatte? Was hatte Sarratores Sohn wirklich gemeint, wenn nicht das, was sie selbst gerade einräumte? Hatte er bemerkt, dass es für Lila nur eine Pflicht war, sich penetrieren zu lassen, dass sie die körperliche Vereinigung nicht genießen konnte? ›Er kennt sich aus‹, sagte ich mir. ›Er hat viele Frauen gehabt, er weiß, was bei einer Frau ein gutes sexuelles Betragen ist, und kann folglich auch ein schlechtes erkennen. Offensichtlich bedeutet *sexuell verkorkst sein*, unter den Stößen des Mannes kein Vergnügen empfinden zu können, bedeutet es, sich vor Begehren zu winden und sich zu reiben, um das Verlangen zu befriedigen, bedeutet es, die Hände des Mannes zu umklammern und sie sich zwischen die Beine zu pressen, wie ich es manchmal bei Franco getan habe, ohne seinen Unmut oder sogar den Überdruss desjenigen zu beachten, der seinen Orgasmus schon hatte und gern einschlummern wollte.‹ Mein Unbehagen wuchs, ich dachte: ›Habe ich *das* in meinem Roman geschrieben, haben Gigliola und Lila *das* erkannt, hat womöglich auch Nino *das* erkannt und wollte deshalb darüber sprechen?‹ Ich schob das alles von mir und flüsterte aufs Geratewohl:

»Es tut mir leid.«

»Was?«

»Dass du ohne Freude schwanger geworden bist.«

Mit einem plötzlich aufblitzenden Sarkasmus antwortete sie:

»Na, mir erst.«

Ich unterbrach sie schließlich, als es bereits tagte, sie

hatte gerade die Schilderung ihrer Auseinandersetzung mit Michele beendet. Ich sagte: »Genug jetzt, beruhige dich, du solltest deine Temperatur messen.« Sie hatte achtunddreißig fünf. Ich umarmte sie fest, flüsterte: »Jetzt kümmere ich mich um dich, und bis du wieder ganz gesund bist, bleiben wir ständig zusammen, und wenn ich nach Florenz muss, kommst du mit dem Kind mit.« Sie lehnte energisch ab und kam zum letzten Bekenntnis dieser Nacht. Sie sagte, es sei ein Fehler gewesen, mit Enzo nach San Giovanni a Teduccio zu ziehen, sie wolle zurück in den Rione.

»In den Rione?«

»Ja.«

»Du bist ja verrückt.«

»Sobald ich mich besser fühle, gehe ich zurück.«

Ich machte ihr Vorwürfe, sagte, das seien vom Fieber ausgelöste Hirngespinste, der Rione werde sie aufreiben, dort wieder einen Fuß hineinzusetzen, sei eine Dummheit.

»Ich kann es kaum erwarten, wegzugehen«, rief ich.

»Du bist stark«, antwortete sie zu meiner Überraschung, »das bin ich nie gewesen. Je weiter du dich entfernst, umso wahrhaftiger fühlst du dich und umso besser geht es dir. Ich bekomme schon Angst, wenn ich nur durch den Tunnel des Stradone gehe. Weißt du noch, wie wir versucht haben, ans Meer zu kommen, es aber zu regnen anfing? Wer von uns beiden wollte denn weitergehen, und wer ist umgekehrt, ich oder du?«

»Das weiß ich nicht mehr. Jedenfalls sollst du nicht in den Rione zurückgehen.«

Ich versuchte vergeblich, sie umzustimmen, wir debattierten heftig.

»Geh«, sagte sie schließlich, »und rede mit den beiden Männern, sie warten schon seit Stunden. Sie haben kein Auge zugetan und müssen zur Arbeit.«

»Was soll ich ihnen denn sagen?«

»Was du willst.«

Ich zog ihre Decke hoch und deckte auch Gennaro zu, der sich die ganze Nacht im Schlaf heftig bewegt hatte. Ich sah, dass Lila bereits einschlief. Ich flüsterte:

»Ich komme bald wieder.«

Sie sagte noch:

»Vergiss nicht, was du mir versprochen hast.«

»Was denn?«

»Hast du das schon vergessen? Wenn mir was zustößt, musst du dich um Gennaro kümmern.«

»Dir wird nichts zustoßen.«

Als ich das Zimmer verlassen wollte, zuckte Lila im Halbschlaf zusammen und murmelte:

»Pass auf mich auf, bis ich eingeschlafen bin. Pass immer auf mich auf, auch wenn du aus Neapel verschwindest. Dann weiß ich, dass du mich siehst, und ich habe keine Angst.«

47

In der Zeit nach dieser Nacht bis zum Tag meiner Hochzeit – ich heiratete am 17. Mai 1969 in Florenz, und nach einer nur dreitägigen Hochzeitsreise nach Venedig startete ich begeistert in mein Leben als Ehefrau – versuchte ich für Lila alles zu tun, was ich konnte. Anfangs hatte ich eigentlich nur vor, ihr zu helfen, bis ihre Erkältung vorüber war. Ich hatte mit der Wohnung in Florenz zu tun, musste etlichen Verpflichtungen im Zusammenhang mit meinem Buch nachkommen – das Telefon klingelte unaufhörlich, und meine Mutter schimpfte; sie hatte dem halben Rione ihre Nummer gegeben, aber kein Mensch rief sie an; »dieses Ding im Haus zu haben«, sagte sie, »ist bloß nervtötend«; die Anrufe waren fast immer für mich –, ich machte mir Notizen für mögliche neue Romane und versuchte meine Wissenslücken in Literatur und Politik zu schließen. Doch der Zustand allgemeiner Schwäche, in dem sich meine Freundin befand, veranlasste mich schon bald, meine Angelegenheiten zu vernachlässigen und mich immer mehr um Lila zu kümmern. Meine Mutter bekam sofort mit, dass wir unsere Beziehung wieder aufgenommen hatten. Sie fand das beschämend, spuckte Gift und Galle und überhäufte uns beide mit Beschimpfungen. Sie glaubte noch immer, mir befehlen zu können, was ich zu tun und zu lassen hatte, humpelte mich kritisierend hinter mir her und schien manchmal sogar entschlossen zu sein, sich in meinen Körper zu stehlen, nur damit ich nicht selbst über mich bestimmen konnte. »Was hast du mit der noch gemein«, redete sie auf mich ein. »Denk daran, wer du bist und wer sie ist, hat dir das ekelhafte Buch, das du geschrieben hast, noch nicht gereicht, willst du etwa weiter mit einer Nutte befreundet sein?« Ich stellte mich taub. Ich sah Lila jeden Tag und half ihr, ihr Leben zu organisieren, seit ich sie in ihrem Zimmer dem Schlaf überlassen hatte und zu den zwei Männern, die die ganze Nacht gewartet hatten, in die Küche gegangen war.

Ich sagte Enzo und Pasquale, dass es Lila schlechtgehe, dass sie nicht mehr bei Soccavo arbeiten könne und gekündigt habe. Bei Enzo musste ich nicht viele Worte verlieren, er hatte längst begriffen, dass sie nicht mehr in die Fabrik gehen konnte, dass sie sich in eine schwierige Lage gebracht hatte, dass gerade etwas in ihr kapitulierte. Aber Pasquale begehrte auf der Fahrt durch die noch verkehrsarmen, frühmorgendlichen Straßen zum Rione auf. »Wir wollen mal nicht gleich übertreiben«, sagte er. »Lila hat ein furchtbares Leben, das stimmt schon, aber so geht es den Ausgebeuteten auf der ganzen Welt.« In der Art, die er schon als Junge gehabt hatte, kam er auf die Bauern im Süden zu sprechen, auf die Arbeiter im Norden, auf die Völker in Lateinamerika, im Nordosten Brasiliens, in Afrika, auf die Afroamerikaner, auf die Vietnamesen, auf den US-amerikanischen Imperialismus. Ich unterbrach ihn fast sofort: »Pasquale, wenn Lina so weitermacht, stirbt sie.« Er gab nicht nach, hörte nicht auf, mir zu widersprechen, und dies nicht, weil er Lila nicht gernhatte, sondern weil ihm der Kampf in der Soccavo-Fabrik wichtig war, weil er die Rolle unserer Freundin für entscheidend hielt und weil er im Stillen davon überzeugt war, dass dieses ganze Gewese wegen eines kleinen Schnupfens nicht so sehr von ihr ausging, sondern von mir, einer kleinbürgerlichen Intellektuellen, die sich eher um ein bisschen Fieber sorgte als um die schlimmen politischen Folgen einer Niederlage der Arbeiterschaft. Da er mir das aber nicht offen ins Gesicht sagte, sondern nur in Andeutungen, brachte ich es mit ruhiger Deutlichkeit für ihn auf den Punkt, um ihm zu zeigen, dass ich verstanden hatte. Das reizte ihn noch mehr, und als er mich vor dem Haus absetzte, sagte er: »Ich muss jetzt zur Arbeit, Lenù, aber darüber reden wir noch mal.« Als ich das nächste Mal nach San Giovanni a Teduccio kam, nahm ich Enzo beiseite und sagte zu ihm: »Halte Pasquale von Lina fern, wenn sie dir etwas bedeutet, sie darf nichts mehr von der Fabrik hören.«

Zu jener Zeit hatte ich immer ein Buch und ein Notizbuch in der Tasche. Ich las im Bus oder wenn Lila schlief. Manchmal ertappte ich sie dabei, dass sie mich mit weit offenen Augen ansah, vielleicht wollte sie herausbekommen, was ich las, aber sie fragte mich nie nach dem Titel des Buches, und als ich versuchte, ihr ein paar Seiten vorzulesen – einige Szenen aus dem *Gasthof von Upton*, soweit ich mich erinnere –, schloss sie die Augen, als störte ich sie. Ihr Fieber verging nach wenigen Tagen, aber ihr Husten nicht, weshalb ich sie nötigte, noch im Bett zu bleiben. Ich machte den Haushalt, kochte, kümmerte mich um Gennaro. Vielleicht weil er schon ein wenig größer, etwas aggressiv und launisch war, vermisste ich an ihm den wehrlosen Liebreiz, den Mirko ausgestrahlt hatte, Ninos anderer Sohn. Doch manchmal verfiel Gennaro nach rabiaten Spielen in eine plötzliche Niedergeschlagenheit und schlief auf dem Fußboden ein, was mich rührte, ich schloss ihn ins Herz, und das führte dazu, dass er mir nicht mehr von der Seite wich, als er es bemerkte, und mich von der Hausarbeit und vom Lesen abhielt.

Gleichzeitig versuchte ich, besser zu verstehen, wie es um Lila stand. Hatte sie Geld? Nein. Ich gab ihr welches, und sie nahm es an, nachdem sie mir unzählige Male versprochen hatte, dass sie es mir zurückzahlen würde. Wie viel schuldete Bruno ihr? Zwei Monatslöhne. Und die Abfindung? Sie wusste es nicht. Was für einer Arbeit ging Enzo nach, wie viel verdiente er? Hm. Und dieses Zürcher Fernstudium, welche konkreten Chancen bot es? Tja, also. Sie hustete in einem fort, hatte Schmerzen in der Brust, Schweißausbrüche, eine zugeschnürte Kehle und ein Herz, das unversehens verrücktspielte. Sorgfältig notierte ich mir alle Symptome, ich wollte Lila davon überzeugen, dass eine weitere ärztliche Untersuchung nötig sei, eine viel gründlichere als die, die Armando vorgenommen hatte. Sie willigte nicht ein, lehnte aber auch nicht ab. Eines Abends, als Enzo noch nicht zu Hause war, schneite Pasquale herein und sagte artig, er, die Genossen vom Komitee und einige Arbeiter aus der Soccavo-Fabrik wüssten gern, wie sie sich fühle. Ich erklärte, dass es ihr nicht gut gehe, dass sie Ruhe brauche, aber er wollte sie trotzdem sehen, nur um guten Tag zu sagen. Ich bat ihn in die Küche, ging zu Lila und riet ihr, nicht mit ihm zu sprechen. Sie verzog das Gesicht, wie um zu sagen: Wie du willst. Es bewegte mich, weil sie sich mir ohne Diskussion fügte – sie, die seit jeher herumkommandiert und nach Belieben geschaltet und gewaltet hatte.

48

Noch am selben Abend führte ich von der Wohnung meiner Eltern aus ein langes Telefongespräch mit Pietro und erzählte ihm haarklein von Lilas Problemen und davon, wie gern ich ihr helfen würde. Geduldig hörte er mir zu. Irgendwann offenbarte er sogar Kooperationsbereitschaft, ein junger Gräzist aus Pisa fiel ihm ein, der für Computer schwärmte und davon träumte, mit ihnen die Philologie zu revolutionieren. Ich freute mich, dass Pietro sich aus Liebe zu mir bemühte, sich nützlich zu machen, obwohl er mit den Gedanken immer bei seiner Arbeit war.

»Ruf ihn an«, bat ich ihn. »Erzähl ihm von Enzo, man kann nie wissen, vielleicht ergibt sich ja eine Möglichkeit.«

Er versprach es und fügte hinzu, soweit er sich erinnere, habe Mariarosa mal eine kurze Affäre mit einem jungen, neapolitanischen Anwalt gehabt. Vielleicht könne er, Pietro, sich mit ihm in Verbindung setzen und ihn fragen, ob er eine Möglichkeit sähe, mir zu helfen.

»Wobei?«

»Das Geld deiner Freundin einzutreiben.«

Ich war begeistert.

»Ruf Mariarosa an.«

»Das mache ich.«

Ich ließ nicht locker:

»Versprich es nicht nur, ruf sie bitte wirklich an.«

Er schwieg kurz, dann sagte er:

»Eben hattest du den gleichen Tonfall wie meine Mutter.«

»Wie meinst du das?«

»Du warst wie sie, wenn ihr etwas sehr am Herzen liegt.«

»Ich bin ziemlich anders als sie, leider.«

Wieder schwieg er.

»Zum Glück bist du anders. Aber in solchen Dingen ist sie unübertroffen. Erzähl ihr von deiner Freundin, und du wirst sehen, dass sie dir hilft.«

Ich rief Adele an. Ich tat es mit einiger Verlegenheit, die ich jedoch überwand, als ich mich an die vielen Gelegenheiten erinnerte, da ich sie in Aktion gesehen hatte, sowohl für mein Buch als auch bei der Wohnungssuche in Florenz. Diese Frau legte sich gern ins Zeug. Wenn sie etwas brauchte, griff sie zum Telefon und bekam Schritt für Schritt, was sie wollte. Sie verstand es, ihre Bitten so zu formulieren, dass man sie ihr unmöglich abschlagen konnte. Unbekümmert übertrat sie ideologische Grenzen, missachtete Hierarchien, rief Putzfrauen, kleine Angestellte, Industrielle, Intellektuelle und Minister an und behandelte alle mit herzlicher Distanz, so als würde eigentlich sie den Gefallen, um den sie gerade bat, den anderen tun. Unter vielen schüchternen Entschuldigungen für die Störung erzählte ich auch Adele in allen Einzelheiten von meiner Freundin, und sie wurde neugierig, begeisterte sich, empörte sich. Schließlich sagte sie:

»Lass mich nachdenken.«

»Natürlich.«

»Darf ich dir unterdessen einen Rat geben?«

»Natürlich.«

»Sei nicht so schüchtern. Du bist Schriftstellerin, nutze deine Rolle, probiere sie aus, verleihe ihr Gewicht. Wir leben in entscheidenden Zeiten, alles ist im Umbruch. Mach mit, sei präsent. Und fang mit dem Gesindel in deiner Stadt an, dränge sie mit dem Rücken an die Wand.«

»Wie denn?«

»Indem du schreibst. Jag Soccavo und Konsorten einen Mordsschrecken ein. Versprichst du mir, dass du das tust?«

»Ich versuch's.«

Sie gab mir den Namen eines Redakteurs der *Unità*.

49

Das Telefonat mit Pietro und vor allem das mit meiner Schwiegermutter setzten ein Gefühl frei, das ich bis dahin im Zaum gehalten hatte, das ich sogar unterdrückt hatte, das aber stark war und sich zunehmend bemerkbar machte. Es hatte mit der Änderung meiner Lebensverhältnisse zu tun. Wahrscheinlich betrachteten mich die Airotas, besonders Guido, aber vielleicht auch Adele, als ein Mädchen, das zwar sehr strebsam, aber ganz anders war als das, was sie sich für ihren Sohn gewünscht hatten. Ebenso wahrscheinlich war es, dass meine Herkunft, mein Dialekt, mein gesamter Mangel an Eleganz ihre Toleranz auf eine harte Probe stellten. Mit einiger Übertreibung hätte ich mir sogar vorstellen können, dass die Veröffentlichung meines Buches zu einem Notprogramm gehörte, das mich in ihrer Welt vorzeigbar machen sollte. Aber es war unbestreitbar, dass sie mich akzeptiert hatten, dass ich mit ihrem Einverständnis schon bald Pietro heiraten würde, dass ich in eine schützende Familie eintreten würde, in eine gut befestigte Burg, von der aus ich ohne Angst voranschreiten konnte oder in die ich mich zurückziehen konnte, wenn ich mich bedroht fühlte. Es war demnach unbedingt notwendig, dass ich mich an diese neue Zugehörigkeit gewöhnte, vor allem musste sie mir bewusst sein. Ich war nicht mehr das kleine Mädchen mit den Schwefelhölzern, das immer kurz vor dem letzten Hölzchen war, ich hatte mir einen ansehnlichen Vorrat an Schwefelhölzern beschafft. Und deshalb – so begriff ich mit einem Mal – konnte ich für Lila viel mehr tun, als ich in Betracht gezogen hatte.

Mit dieser Überlegung ließ ich mir von ihr das Material geben, das sie gegen Soccavo zusammengetragen hatte, sie überließ es mir anstandslos, ohne zu fragen, was ich damit vorhatte. Ich las es mit wachsender Anteilnahme. Wie viele entsetzliche Dinge hatte sie präzise und eindrucksvoll geschildert. Wie viele unerträgliche Erlebnisse offenbarten sich hinter der Beschreibung der Fabrik. Lange blätterte ich in dem Text, dann schaute ich fast unwillkürlich ins Telefonbuch und rief in der Soccavo-Fabrik an. Ich wählte einen geeigneten Tonfall, sagte mit der passenden Überheblichkeit: »Hallo, Elena Greco hier, geben Sie mir Bruno.« Er war herzlich – *wie schön, von dir zu hören* –, ich war kühl. Er sagte: »Wie viel du erreicht hast, Elena, ich habe dein Foto in der *Roma* gesehen, großartig, herrliche Zeiten waren das auf Ischia.« Ich antwortete, auch ich freute mich, ihn zu sprechen, aber Ischia sei lange her, wir alle hätten uns zum Guten oder zum Schlechten verändert, so hätte ich über ihn, zum Beispiel, schlimme Gerüchte gehört, die hoffentlich nicht wahr seien. Er verstand im Nu und protestierte sofort. Er redete denkbar schlecht über Lila, über ihre Undankbarkeit, über den Ärger, den sie ihm gemacht habe. Ich schlug einen anderen Ton an, antwortete, ich glaubte Lila eher als ihm. »Nimm Stift und Papier«, sagte ich, »und schreib dir meine Nummer auf, hast du sie? Und jetzt sorg dafür, dass man ihr das, was du ihr schuldest, bis auf die letzte Lira zur Zahlung anweist, sag mir Bescheid, wann ich vorbeikommen kann, um das Geld zu holen. Ich möchte ja nicht, dass auch dein Bild in der Zeitung erscheint.«

Ich legte auf, bevor er etwas erwidern konnte, ich war stolz auf mich. Ich hatte keinerlei Aufregung gezeigt, war schroff gewesen, nur wenige Sätze auf Italienisch, zuerst freundlich, dann abweisend. Ich hoffte, Pietro habe recht. War ich tatsächlich dabei, mir Adeles Ton anzueignen, lernte ich unbewusst, auf ihre Art durch die Welt zu gehen? Ich beschloss herauszufinden, ob ich die Drohung auch wahr machen konnte, mit der ich das Telefongespräch beendet hatte. So aufgeregt, wie ich nicht gewesen war, als ich Bruno angerufen hatte – er war für mich immer noch der langweilige Typ, der am Strand von Citara versucht hatte, mich zu küssen –, wählte ich die Nummer der Redaktion der *Unità*. Während der Ruf hinausging, hoffte ich, dass die Stimme meiner Mutter, die im Hintergrund Elisa etwas im Dialekt zuschrie, nicht zu hören war. »Ich heiße Elena Greco«, sagte ich zur Telefonistin, doch bevor ich mein Anliegen vorbringen konnte, rief die Frau: »Die Schriftstellerin Elena Greco?« Sie hatte mein Buch gelesen, beglückwünschte mich vielmals dazu. Ich bedankte mich, fühlte mich unbeschwert und stark, erklärte ungefragt, dass ich einen Artikel über eine kleine Fabrik am Stadtrand schreiben wolle, und nannte den Namen des Redakteurs, den Adele mir empfohlen hatte. Die Telefonistin gratulierte mir erneut, dann wurde ihr Ton wieder dienstlich: »Bleiben Sie am Apparat.« Eine Minute später fragte mich eine sehr rauhe Männerstimme spöttisch, seit wann die Anbeter der schöngeistigen Literatur sich denn herabließen, sich die Feder mit Akkordlohn, Schichtdienst und Überstunden schmutzig zu machen, mit sterbenslangweiligem Zeug, von dem sich vor allem junge Erfolgsautorinnen fernhielten.

»Worum geht es denn?«, fragte er. »Bauarbeiter, Hafenarbeiter, Bergleute?«

»Um eine kleine Wurstfabrik«, sagte ich leise. »Keine große Sache.«

Der Mann zog mich immer noch auf:

»Da müssen Sie sich doch nicht entschuldigen, das passt großartig. Wenn Elena Greco, der diese Zeitung sogar eine halbe Seite Lobhudelei gewidmet hat, beschließt, über Würste zu schreiben, wie könnten wir armen Redakteure da sagen, dass uns das nicht interessiert? Sind Sie mit dreißig Zeilen einverstanden? Zu wenig? Ach, was soll's, sagen wir gleich sechzig. Und wenn Sie fertig sind, wie wollen Sie es dann machen, bringen Sie es mir persönlich vorbei oder diktieren Sie es mir?«

Ich setzte mich sofort an den Artikel. Ich musste aus Lilas Seiten meine sechzig Zeilen herausfiltern, und ihr zuliebe wollte ich eine gute Arbeit abliefern. Allerdings hatte ich keine Erfahrung mit Zeitungsberichten, abgesehen von dem einen Mal, als ich äußerst erfolglos versucht hatte, für Ninos Zeitschrift über meinen Streit mit dem Religionslehrer zu schreiben. Vielleicht wurde das Ganze gerade durch diese Erinnerung so schwer für mich, ich weiß es nicht. Oder vielleicht lag es an den sarkastischen Bemerkungen des Redakteurs, die mir noch in den Ohren klangen, besonders seine Bitte zum Abschied, doch meine Schwiegermutter zu grüßen. Jedenfalls verwendete ich extrem viel Zeit auf den Artikel, schrieb ihn verbissen wieder und wieder um. Als ich ihn fertig hatte, war ich nicht zufrieden damit und brachte ihn nicht zur Zeitung. ›Ich muss erst mit Lila darüber sprechen‹, dachte ich. ›Wir müssen das gemeinsam entscheiden, ich gebe ihn erst morgen ab.‹

Am nächsten Tag besuchte ich Lila, es schien ihr besonders schlecht zu gehen. Sie murmelte, gewisse Erscheinungen machten sich meine Abwesenheit zunutze, um aus den Dingen herauszukommen und sie und Gennaro zu belästigen. Dann sah sie, dass ich besorgt wurde, und setzte eine amüsierte Miene auf, leise sagte sie, das sei nur ein dummer Scherz gewesen, sie wolle einfach, dass ich mehr Zeit mit ihr verbrachte. Wir unterhielten uns lange, ich beruhigte sie, aber den Artikel zeigte ich ihr nicht. Davon abgehalten hatte mich der Gedanke, dass ich es ihr hätte sagen müssen, wenn die *Unità* meinen Artikel nicht für gut befunden und nicht angenommen hätte, das wäre mir peinlich gewesen. Es bedurfte eines Telefongesprächs mit Adele am Abend, um mir eine gehörige Portion Optimismus einzuflößen und mich zu einem Entschluss zu bringen. Sie hatte sich mit ihrem Mann beraten und auch mit Mariarosa. Innerhalb weniger Stunden hatte sie Himmel und Hölle in Bewegung gesetzt: Koryphäen der Medizin, sozialistische Professoren, die gewerkschaftlich bewandert waren, einen Christdemokraten, den sie als etwas kindisch, aber auch als fähigen Mann und großen Experten für die Rechte der Werktätigen bezeichnete. Das Ergebnis war, dass ich für den kommenden Tag einen Termin beim besten Kardiologen Neapels hatte – einem Freund von Freunden, ich musste nichts bezahlen –, dass die Gewerbeaufsicht der Soccavo-Fabrik unverzüglich einen Besuch abstatten würde und dass ich mich, um Lilas Geld einzutreiben, an Mariarosas Freund wenden konnte, den Pietro erwähnt hatte, einen jungen, sozialistischen Anwalt, der eine Kanzlei an der Piazza Nicola Amore hatte und bereits Bescheid wusste.

»Freust du dich?«

»Ja.«

»Hast du deinen Artikel geschrieben?«

»Ja.«

»Sieh mal einer an. Ich war mir sicher, dass du das nicht tun würdest.«

»Aber er ist fertig, ich bringe ihn morgen zur *Unità*.«

»Sehr gut. Ich laufe Gefahr, dich zu unterschätzen.«

»Ist das eine Gefahr?«

»Das ist eine Unterschätzung immer. Wie geht es übrigens mit diesem armen Geschöpf von meinem Sohn?«

50

Von da an lief alles glatt, ganz als hätte ich das Talent, die Ereignisse wie Quellwasser zum Fließen zu bringen. Auch Pietro hatte sich für Lila eingesetzt. Sein Kollege, der Gräzist, hatte sich als großmäuliger Gelehrter erwiesen, war aber trotzdem nützlich gewesen. Er kannte jemanden in Bologna, der tatsächlich ein Computerexperte war – die zuverlässige Quelle seiner philologischen Phantastereien – und ihm die Nummer eines als ebenso zuverlässig eingeschätzten Bekannten in Neapel gegeben hatte. Er gab mir Vor- und Zunamen, Adresse und Telefonnummer dieses Neapolitaners, und ich bedankte mich herzlich bei ihm, kommentierte seine forcierte Unternehmungslust mit warmherziger Ironie und gab ihm sogar einen Kuss durchs Telefon.

Ich ging sofort zu Lila. Sie hatte einen hohlen Husten, war angespannt und blass, ihr Blick übertrieben wachsam. Aber ich brachte wunderbare Neuigkeiten und war guter Dinge. Ich schüttelte sie, umarmte sie, drückte ihre Hände und erzählte ihr währenddessen von meinem Anruf bei Bruno, ich las ihr den Artikel vor, den ich geschrieben hatte, und zählte ihr auf, was die emsigen Bemühungen Pietros, meiner Schwiegermutter und meiner Schwägerin ergeben hatten. Sie hörte mir zu, als redete ich aus weiter Ferne zu ihr – aus einer anderen Welt, in die ich vorgestoßen war – und als erfasste sie nur die Hälfte von dem, was ich sagte, mit ganzer Klarheit. Außerdem zerrte Gennaro in einem fort an ihr, damit sie mit ihm spielte, und sie ging lieblos auf ihn ein, während ich redete. Ich freute mich trotzdem. Früher hatte Lila in der Salumeria ihre wundertätige Kassenschublade geöffnet und mir alles mögliche gekauft, vor allem Bücher. Nun öffnete ich meine Schubladen und revanchierte mich in der Hoffnung, sie würde sich nun so sicher fühlen, wie ich mich inzwischen fühlte.

»Also«, fragte ich sie schließlich, »kommst du morgen früh mit zum Kardiologen?«

Sie reagierte unangemessen auf diese Frage, sagte kichernd:

»Nadia wird diese Art, die Dinge anzugehen, nicht gefallen und ihrem Bruder auch nicht.«

»Was denn für eine Art, ich verstehe nicht ganz.«

»Schon gut.«

»Lila«, sagte ich, »was, bitte schön, hat denn Nadia damit zu tun, mach sie nicht wichtiger, als sie sich sowieso schon fühlt. Und vergiss Armando, der war schon immer oberflächlich.«

Ich wunderte mich selbst über dieses Urteil, alles in allem wusste ich wenig über die Kinder von Professoressa Galiani. Für einen kurzen Augenblick hatte ich den Eindruck, dass Lila mich nicht wiedererkannte und stattdessen einen Geist vor sich sah, der ihre Schwäche ausnutzte. Dabei wollte ich nicht so sehr schlecht über Nadia und Armando reden als ihr vielmehr begreiflich machen, dass die Hierarchien andere waren, dass die Galianis verglichen mit den Airotas gar nichts zählten

und dass Leute wie Bruno Soccavo oder dieser Camorrista Michele noch weniger zählten, kurz, dass sie tun sollte, was ich ihr sagte, und sie sich keine Sorgen zu machen brauchte. Aber noch während ich sprach, wurde mir klar, dass ich kurz davor war, zu prahlen, und so streichelte ich ihr die Wange, sagte, dass ich das politische Engagement der Geschwister trotzdem sehr bewunderte, und fügte lachend hinzu: »Vertrau mir doch.«
Sie brummte:

»Na gut, gehen wir zum Kardiologen.«

Ich bedrängte sie:

»Und welchen Termin soll ich für Enzo vereinbaren, welche Uhrzeit, welchen Tag?«

»Wann du willst, aber abends nach fünf.«

Sobald ich wieder zu Hause war, hängte ich mich erneut ans Telefon. Ich rief den Anwalt an, erläuterte ihm Lilas Situation in allen Einzelheiten. Ich telefonierte mit dem Kardiologen und bestätigte den Termin. Ich telefonierte mit dem Computerspezialisten, er arbeitete im Amt für Entwicklung. Ihm zufolge war das Zürcher Fernstudium nichts wert, ich könne Enzo aber trotzdem zu ihm schicken, an dem und dem Tag zu der und der Uhrzeit und zu der und der Adresse. Ich telefonierte mit der *Unità*, der Redakteur sagte: »Na, Sie haben ja die Ruhe weg, bringen Sie mir diesen Artikel noch, oder wollen wir bis Weihnachten warten?« Ich telefonierte mit Soccavos Sekretärin und bat sie, ihrem Chef auszurichten, dass demnächst ein Artikel von mir in der *Unità* erscheinen werde, da ich nichts mehr von ihm gehört hätte.

Auf dieses letzte Telefonat folgte unverzüglich eine heftige Reaktion. Soccavo rief mich zwei Minuten später zurück, und diesmal war er nicht freundlich, er drohte mir. Ich antwortete ihm, dass er jeden Augenblick das Gewerbeamt auf dem Hals haben werde und einen Anwalt, der Lilas Interessen vertrete. Am Abend lief ich beschwingt zur *Unità* – ich war stolz darauf, aus Zuneigung und aus Überzeugung gegen Ungerechtigkeit zu kämpfen, Pasquale und Franco zum Trotz, die immer noch glaubten, mich belehren zu können – und lieferte meinen Artikel ab.

Der Mann, mit dem ich telefoniert hatte, war mittleren Alters, nicht groß, feist, und in seinen kleinen, lebhaften Augen flackerte unentwegt ein gutmütiger Spott. Er bot mir einen Platz auf einem schäbigen Stuhl an und las den Artikel aufmerksam durch. Am Ende legte er die Seiten auf den Schreibtisch und sagte:

»Und das sollen sechzig Zeilen sein? Ich glaube, es sind hundertfünfzig.«

Ich merkte, dass ich rot wurde, und sagte leise:

»Ich habe mehrmals nachgezählt, es sind sechzig.«

»Ja, aber mit der Hand und so klein geschrieben, dass man sie nicht mal mit der Lupe lesen kann. Doch der Artikel ist wirklich sehr gut, Genossin. Such dir irgendwo eine Schreibmaschine und kürze, was du kürzen kannst.«

»Jetzt gleich?«

»Wann denn sonst? Da kann ich schon mal was Aufsehenerregendes drucken, und du willst mich bis zum Sankt-Nimmerleins-Tag warten lassen?«

51

Wie viel Kraft ich damals in mir spürte. Wir gingen zum
Kardiologen, der eine Kapazität war, mit Wohnung und
Praxis in der Via Crispi. Aus diesem Anlass machte ich
mich sorgfältig zurecht. Obwohl der Professor aus Neapel war, verkehrte er in Adeles Kreisen, und ich wollte
keinen schlechten Eindruck hinterlassen. Ich bürstete
mir die Haare, zog ein Kleid an, das sie mir geschenkt
hatte, benutzte ein leichtes Parfüm, das ihrem ähnelte,
und schminkte mich zurückhaltend. Ich wollte, dass
der Professor gut über mich sprach, wenn er mit meiner Schwiegermutter telefonierte oder sie sich zufällig
begegneten. Lila erschien dagegen so, wie ich sie tagtäglich zu Hause antraf, ohne dass sie den geringsten Wert
auf ihr Äußeres legte. Wir setzten uns in ein großes Vor-
zimmer, an dessen Wänden Gemälde aus dem 19. Jahr-
hundert hingen: eine Adlige in einem Sessel mit einem
schwarzen Dienstmädchen im Hintergrund; das Porträt einer alten Dame und eine große, weitläufige Jagd-
szene. Es gab noch zwei Wartende, einen Mann und
eine Frau, beide alt, beide mit dem sauberen, eleganten
Aussehen wohlhabender Leute. Wir warteten schweigend. Nur einmal sagte Lila, die mir unterwegs schon
viele Komplimente zu meinem Äußeren gemacht hatte,
leise zu mir: »Du siehst aus, als wärst du einem dieser
Gemälde entsprungen, du bist die feine Dame, und ich
bin das Dienstmädchen.«

Wir warteten nur wenige Minuten. Eine Krankenschwester rief uns auf, ohne ersichtlichen Grund kamen wir vor den anderen wartenden Patienten dran. Erst jetzt wurde Lila unruhig, sie wollte, dass ich bei der Untersuchung dabei war, beteuerte, dass sie da allein nie hineingehen würde, und stieß mich schließlich vorwärts, als wäre ich diejenige, die sich untersuchen lassen musste. Der Arzt war ein hagerer Mann um die sechzig, sehr dichtes, graues Haar. Er begrüßte mich liebenswürdig, wusste alles über mich, plauderte zehn Minuten lang, als wäre Lila gar nicht da. Er sagte, sein Sohn habe auch an der Scuola Normale studiert, allerdings sechs Jahre vor mir. Er hob hervor, dass sein Bruder Schriftsteller und recht bekannt sei, aber nur in Neapel. Er lobte die Airotas in den höchsten Tönen, war gut bekannt mit einem Cousin Adeles, der ein renommierter Physiker sei. Er fragte mich:

»Wann ist die Hochzeit?«

»Am 17. Mai.«

»Am 17.? Das bringt Unglück. Bitte nehmen Sie einen anderen Termin.«

»Das geht nicht mehr.«

Lila verhielt sich die ganze Zeit über still. Sie würdigte den Professor keines Blickes, ich spürte ihre Neugier auf mir, sie schien sich über jede meiner Gesten und jedes meiner Worte zu wundern. Als der Arzt sich endlich auf sie konzentrierte und sie lange befragte, antwortete sie widerwillig, im Dialekt oder in einem hässlichen Italienisch, das dialektale Wendungen nachahmte. Ich musste mich oft einmischen, um sie an Symptome zu erinnern, von denen sie mir erzählt hatte, oder um mehr Gewicht auf die zu legen, die sie herunterspielte. Schließlich ließ sie eine gründliche, penible Untersuchung über sich ergehen, mit aufgebrachter Miene, als fügten der Kardiologe und ich ihr eine Kränkung zu. Ich betrachtete ihren dünnen Körper in dem hellblauen, sehr abgetragenen Unterrock, der ihr zu groß war. Ihr langer Hals schien den Kopf nur mit Mühe zu halten, die Haut über ihren Knochen spannte wie Seidenpapier kurz vor dem Zerreißen. Von Zeit zu Zeit zuckte ihr linker Daumen. Gut eine halbe Stunde verging, bevor der Professor sie aufforderte, sich wieder anzuziehen. Sie tat es, wobei sie ihn wachsam ansah, jetzt wirkte sie verängstigt. Der Kardiologe ging zum Schreibtisch, setzte sich und verkündete endlich, dass alles in Ordnung sei, er habe keinen Herzfehler gefunden. »Signora«, erklärte er, »ihr Herz arbeitet tadellos.« Aber seine Feststellung sagte Lila offenbar nicht viel, sie zeigte keine Freude, ja schien sich sogar zu ärgern. Ich war es, die sich erleichtert fühlte, als gehörte dieses Herz mir, und ich war es auch, die sich besorgt zeigte, als der Professor sich nun wieder an mich und nicht an sie wandte, als hätte ihre spärliche Reaktion ihn beleidigt, und verdrießlich hinzufügte, dass angesichts des Gesamtzustands meiner Freundin allerdings dringend etwas geschehen müsse. »Nicht der Husten«, sagte er, »ist das Problem. Die Signora ist erkältet, sie hatte eine leichte Grippe, ich werde ihr einen Hustensaft verschreiben.« Das Problem sei seiner Meinung nach ihre Erschöpfung aufgrund eines schlimmen Kräfteverfalls. Lila müsse besser auf sich achtgeben, regelmäßig essen, eine Kur machen, sich wenigstens acht Stunden Schlaf gönnen. »Die meisten Symptome ihrer Freundin«, sagte er zu mir, »werden verschwinden, wenn sie wieder zu Kräften gekommen ist. Auf jeden Fall«, sagte er abschließend, »rate ich zum Besuch eines Neurologen.«

Bei dieser letzten Bemerkung fuhr Lila auf. Sie runzelte die Stirn, beugte sich vor und sagte auf Italienisch:

»Wollen Sie damit sagen, dass ich nervenkrank bin?«

Der Arzt sah sie überrascht an, als wäre die Patientin, die er bis dahin untersucht hatte, wie von Zauberhand durch einen anderen Menschen ersetzt worden.

»Im Gegenteil. Ich empfehle Ihnen lediglich eine Kontrolluntersuchung.«

»Habe ich etwas Unangebrachtes gesagt oder getan?«

»Nein, keine Sorge, die Untersuchung dient nur dazu, ein klares Bild von Ihrem Gesamtzustand zu erhalten.«

»Eine Verwandte von mir«, sagte Lila, »eine Cousine meiner Mutter, war unglücklich, ihr ganzes Leben lang ist sie unglücklich gewesen. Als ich klein war, hörte ich im Sommer bei offenem Fenster, wie sie schrie und lachte. Oder ich sah sie auf der Straße verrückte Sachen tun. Aber das war, weil sie unglücklich war, und darum ist sie nie zu einem Neurologen gegangen, sie ist sowieso nie zu irgendeinem Arzt gegangen.«

»Das wäre aber besser gewesen.«

»Nervenkrankheiten sind was für Damen.«

»Ist die Cousine Ihrer Mutter denn keine Dame?«

»Nein.«

»Und Sie?«

»Ich erst recht nicht.«

»Sind Sie unglücklich?«

»Mir geht's prächtig.«

Mürrisch wandte sich der Arzt wieder mir zu:

»Absolute Ruhe. Sorgen Sie dafür, dass sie eine Kur macht, dass sie sich gründlich erholt. Sollten Sie die Möglichkeit haben, sie eine Weile aufs Land zu bringen, wäre das gut.«

Lila lachte los, verfiel wieder in den Dialekt:

»Als ich das letzte Mal bei einem Arzt war, hat er mich ans Meer geschickt, und ich kriegte einen Haufen Ärger.«

Der Professor tat so, als hörte er sie nicht, lächelte mich an, um ein komplizenhaftes Lächeln von mir zu erhalten, und empfahl mir einen mit ihm befreundeten Neurologen, den er selbst anrief, damit er uns schnellstmöglich empfing. Es war nicht leicht, Lila in eine weitere Arztpraxis zu schleppen. Sie sagte, sie habe für so was keine Zeit, sie habe sich schon beim Kardiologen genug gelangweilt, sie müsse sich um Gennaro kümmern und sie habe vor allem kein Geld zu verschwenden und wolle auch nicht, dass ich welches verschwendete. Ich versicherte ihr, dass der Besuch kostenlos sei, und am Ende gab sie widerwillig nach.

Der Neurologe war ein lebhafter, glatzköpfiger kleiner Mann, der seine Praxis in einem alten Palazzo in Toledo hatte und in seinem Wartezimmer nur philosophische Schriften in schöner Ordnung ausstellte. Er hörte sich gern reden und redete so viel, dass er mir mehr Aufmerksamkeit auf den roten Faden seiner Ausführungen als auf seine Patientin zu richten schien. Er untersuchte sie und wandte sich an mich, stellte ihr Fragen und unterbreitete mir seine tiefschürfenden Überlegungen, ohne auf ihre Antworten zu achten. Schließlich entschied er unkonzentriert, Lilas Nerven seien genauso in Ordnung wie ihr Herzmuskel. »Allerdings«, sagte er immer noch an mich gewandt, »hat mein Kollege recht, liebe Dottoressa Greco, ihr Organismus ist geschwächt, und daher gewinnen sowohl das aufbrausende wie auch das begehrende Wesen die Oberhand über das rationale. Tun wir dem Körper etwas Gutes, machen wir auch den Geist wieder gesund.« Er schrieb in unleserlicher Schrift ein Rezept aus, wobei er laut und deutlich die Namen der Medikamente und die jeweilige Dosis nannte. Dann gab er Ratschläge. Er empfahl zur Erholung lange Spaziergänge, aber nicht am Meer. »Lieber«, sagte er, »im Wald von Capodimonte oder in Camaldoli.« Empfahl, viel zu lesen, doch tagsüber, nie abends. Empfahl Handarbeit, obwohl ein Blick auf Lilas Hände genügt hätte, um ihm zu zeigen, dass sie schon viel zu viel mit den Händen gearbeitet hatte. Als er begann, lang und breit die wohltuende Wirkung des Häkelns auf die Nerven zu erläutern, rutschte Lila auf ihrem Stuhl hin und her, ließ den Arzt nicht ausreden und fragte ihn ihren sehr persönlichen Gedanken folgend:

»Wenn wir schon mal hier sind, können Sie mir da nicht die Pille geben, durch die man keine Kinder bekommt?«

Der Arzt runzelte die Stirn, ich auch, glaube ich. Ich hielt diese Frage für unangebracht.

»Sind Sie verheiratet?«

»Früher war ich es, jetzt nicht mehr.«

»Inwiefern jetzt nicht mehr?«

»Ich habe mich von meinem Mann getrennt.«

»Dann sind Sie doch noch verheiratet.«

»Na ja.«

»Haben Sie schon Kinder?«

»Eins.«

»Eins ist nicht viel.«

»Mir reicht es.«

»Eine Schwangerschaft in Ihrem Zustand würde helfen. Es gibt keine bessere Medizin für eine Frau.«

»Ich kenne Frauen, die an ihren Schwangerschaften kaputtgegangen sind. Lieber die Pille.«

»Mit diesem Problem müssen Sie zu einem Gynäkologen gehen.«

»Sie kennen sich bloß mit den Nerven aus, und von der Pille haben Sie keine Ahnung?«

Der Arzt ärgerte sich. Er redete noch ein bisschen weiter und gab mir dann auf der Türschwelle die Adresse und die Telefonnummer einer Ärztin, die in einem medizinischen Labor in der Via Ponte di Tappia arbeitete. »Wenden Sie sich dorthin«, sagte er zu mir, als hätte ich um das Verhütungsmittel gebeten, und verabschiedete sich von uns. Als wir die Praxis verlassen wollten, forderte uns die Sprechstundenhilfe auf, zu bezahlen. Der Neurologe – begriff ich – stand außerhalb der Kette der von Adele in Gang gebrachten Gefälligkeiten. Ich bezahlte.

Auf der Straße platzte Lila wütend heraus: »Ich werde keine von den Arzneien nehmen, die dieser Scheißkerl mir verschrieben hat, weil ich dann trotzdem ganz kopflos bin, das weiß ich jetzt schon!« Ich antwortete: »Ich bin dagegen, aber mach doch, was du willst.« Da wurde sie verlegen, flüsterte: »Ich bin nicht sauer auf dich, ich bin sauer auf die Ärzte«, und wir gingen in Richtung Via Ponte di Tappia, ohne es uns einzugestehen, ganz als schlenderten wir nur ein wenig herum, um uns die Beine zu vertreten. Mal schwieg sie, mal äffte sie wütend den Tonfall und die Reden des Neurologen nach. Ihr Ärger schien mir ein Beweis dafür zu sein, dass ihre Lebensgeister zurückkehrten. Ich fragte:

»Geht es mit Enzo etwas besser?«

»Alles beim Alten.«

»Was willst du dann mit der Pille?«

»Kennst du sie?«

»Ja.«

»Und nimmst du sie?«

»Nein, aber wenn ich verheiratet bin, nehme ich sie.«

»Willst du keine Kinder?«

»Doch, aber vorher muss ich noch ein Buch schreiben.«

»Weiß dein Mann, dass du noch nicht gleich welche willst?«

»Ich werde es ihm sagen.«

»Wollen wir zu dieser Tante gehen und uns beide die Pille verschreiben lassen?«

»Lila, das sind doch keine Bonbons, die du nimmst, wie du gerade Lust hast. Wenn mit Enzo nichts läuft, lass die Finger davon.«

Sie sah mich mit zusammengekniffenen Augen an, aus Schlitzen, hinter denen die Pupillen kaum noch zu erkennen waren:

»Im Moment läuft nichts mit ihm, aber später vielleicht.«

»Im Ernst?«

»Soll ich nicht?«

»Doch, doch.«

In der Via Ponte di Tappia suchten wir eine Telefonzelle und riefen die Ärztin an, sie war bereit, uns sofort zu empfangen. Auf dem Weg zum Labor zeigte ich mich froh darüber, dass Lila und Enzo sich näherkamen, und meine Zustimmung schien sie zu ermutigen. Wir wurden wieder zu den kleinen Mädchen von früher, flachsten herum, halb im Ernst, halb im Spaß, und sagten uns in einem fort gegenseitig: »Du musst reden, weil du unverschämter bist, nein du, weil du so schick gekleidet bist, ich brauch das nicht unbedingt, ich auch nicht, na, wozu gehen wir dann überhaupt hin.«

Die Ärztin wartete in einem weißen Kittel vor dem Eingang auf uns. Sie war eine umgängliche Frau mit einer schrillen Stimme. Sie lud uns in eine Kaffeebar ein und behandelte uns, als wären wir schon lange mit ihr befreundet. Mehrmals betonte sie, dass sie keine Gynä- kologin sei, gab aber so bereitwillig Auskünfte und Rat- schläge, dass Lila, während ich mich zurückhielt und mich ein wenig langweilte, immer deutlichere Fragen stellte, Einwände erhob, nachfragte und spöttische Be- merkungen machte. Sie verstanden sich ausgezeichnet. Zum Schluss erhielten wir zusammen mit vielen Emp- fehlungen je ein Rezept. Die Ärztin lehnte eine Bezah- lung ab, denn – sagte sie – dies sei eine Mission, der sie sich gemeinsam mit ihren Freunden verschrieben habe. Anstatt uns zum Abschied – sie musste zurück zur Ar- beit – die Hand zu geben, umarmte sie uns. Draußen auf der Straße sagte Lila ernst: »Endlich mal ein anstän- diger Mensch.« Sie war jetzt fröhlich, so hatte ich sie lange nicht gesehen.

52

Trotz der begeisterten Zustimmung des Redakteurs verschob die *Unità* die Veröffentlichung meines Artikels. Ich war ungeduldig, fürchtete, er werde überhaupt nicht erscheinen. Am Tag nach dem Besuch beim Neurolo- gen ging ich frühmorgens zum Zeitungskiosk, überflog eilig umblätternd die Zeitung Seite für Seite und fand ihn schließlich. Ich hatte angenommen, ihn zurechtge- stutzt zwischen den Bagatellen im Lokalteil zu finden,

aber da stand er nun ungekürzt unter der Rubrik Innen-
politik, und der Anblick meines gedruckten Namens traf
mich wie der Stich einer langen Nadel. Pietro rief mich
erfreut an, auch Adele war begeistert, sie sagte, der Artikel habe ihrem Mann und sogar Mariarosa sehr gefallen. Doch das Überraschendste für mich war, dass der
Chef meines Verlags und zwei berühmte Persönlichkeiten, die seit Jahren für den Verlag arbeiteten, anriefen,
um mir zu gratulieren, und auch Franco, Franco Mari,
der sich meine Nummer von Mariarosa besorgt hatte.
Er sprach voller Respekt mit mir, sagte, er freue sich
für mich, ich hätte eine beispielhaft ungeschönte Untersuchung zur Lage der Arbeiter geliefert, er hoffe, mich
bald zu einem Gespräch treffen zu können. Ich wartete
damals darauf, dass ich auf irgendeinem unvorhergese-
henen Weg auch Ninos Zustimmung erhalten würde.
Doch vergeblich, und das tat mir weh. Auch Pasquale
meldete sich nicht, der allerdings aus politischem Wi-
derwillen die Parteizeitung schon längst nicht mehr
las. Immerhin tröstete mich der Redakteur der *Unità*,
er rief mich an, um mir zu sagen, wie viel Beifall mein
Artikel in der Redaktion gefunden habe, und schlug mir
auf seine typische spöttische Art vor, ich sollte mir eine
Schreibmaschine kaufen und noch mehr gute Sachen
zu Papier bringen.

Aber ich muss sagen, das verblüffendste Telefonat
führte ich mit Bruno Soccavo. Er ließ seine Sekretärin
bei mir anrufen, dann kam er selbst an den Apparat. Er
klang niedergeschlagen, als hätte ihn der Artikel – den

er anfangs allerdings mit keinem Wort erwähnte – so hart getroffen, dass ihm aller Lebensmut abhandengekommen war. Er sagte, damals auf Ischia, während unserer schönen Strandspaziergänge, habe er mich geliebt, wie er nie wieder jemanden geliebt habe. Er drückte seine große Bewunderung darüber aus, welche Wendung ich meinem Leben schon in so jungen Jahren hatte geben können. Er beteuerte, sein Vater habe ihm einen Betrieb übergeben, der in großen Schwierigkeiten stecke, voller schlimmer Sitten, und er, Bruno, sei lediglich der unschuldige Erbe von verwerflichen Zuständen. Er sagte, mein Artikel – endlich erwähnte er ihn – habe ihm die Augen geöffnet, und er wolle viele der von der Vergangenheit ererbten Missstände schnellstmöglich beseitigen. Die Missverständnisse mit Lila täten ihm leid, die Verwaltungsabteilung sei bereits dabei, alles mit *meinem* Anwalt zu klären. Zum Schluss sagte er leise: »Du kennst ja die Solaras, sie helfen mir in dieser schwierigen Lage, die Soccavo-Fabrik wieder besser dastehen zu lassen.« Und er fügte hinzu: »Michele lässt dich herzlich grüßen.« Ich erwiderte den Gruß, nahm seine guten Vorsätze zur Kenntnis und legte auf. Doch ich rief sofort den mit Mariarosa befreundeten Anwalt an, um ihm von dem Telefonat zu erzählen. Er bestätigte mir, dass das Problem des Geldes gelöst sei, und ich besuchte ihn einige Tage später in der Kanzlei, für die er arbeitete. Er war nur wenige Jahre älter als ich, war abgesehen von seinen unangenehm dünnen Lippen sympathisch, und er war akkurat gekleidet. Er lud mich auf einen

Kaffee in eine Bar ein. Er sprach voller Bewunderung über Guido Airota und konnte sich noch gut an Pietro erinnern. Er gab mir den Betrag, den die Soccavo-Fabrik für Lila gezahlt hatte, und riet mir, mir nicht die Handtasche entreißen zu lassen. Er schilderte das Chaos aus Studenten, Gewerkschaftern und Polizei, auf das er am Fabriktor gestoßen sei, und erzählte, dass sich auch die Gewerbeaufsicht in der Fabrik habe blicken lassen. Trotzdem schien er nicht froh zu sein. Erst beim Abschied an der Tür fragte er mich:

»Kennst du die Solaras?«

»Das sind welche aus dem Rione, in dem ich aufgewachsen bin.«

»Weißt du, dass sie hinter Soccavo stecken?«

»Ja.«

»Und das beunruhigt dich nicht?«

»Ich verstehe nicht.«

»Ich meine, die Tatsache, dass du sie schon ewig kennst und du fern von Neapel studiert hast, hindert dich vielleicht daran, die Situation klar einzuschätzen.«

»Die ist mir nur zu klar.«

»In den letzten Jahren sind die Solaras expandiert, sie haben in dieser Stadt viel zu sagen.«

»Na und?«

Er presste die Lippen zusammen, gab mir die Hand.

»Nichts weiter. Wir haben das Geld bekommen, es ist alles in Ordnung. Grüß Mariarosa und Pietro schön von mir. Wann soll denn die Hochzeit sein? Gefällt dir Florenz?«

53

Ich händigte Lila das Geld aus, die es voller Genugtuung mindestens zweimal nachzählte und mir sofort die Summe zurückgeben wollte, die ich ihr geliehen hatte. Kurz darauf kam Enzo, er hatte sich gerade mit dem Computerspezialisten getroffen. Er wirkte zufrieden, selbstredend in den Grenzen des für ihn typischen Gleichmuts, der, vielleicht sogar gegen seinen Willen, Gefühle und Wörter erstickte. Lila und ich hatten Mühe, ihm die Einzelheiten aus der Nase zu ziehen, aber am Ende ergab sich ein recht klares Bild. Der Experte war sehr freundlich gewesen. Zunächst hatte er erneut bekräftigt, dass die Zürcher Lektionen herausgeworfenes Geld seien, doch dann hatte er sich davon überzeugt, dass Enzo trotz der Nutzlosigkeit dieses Fernstudiums sehr versiert war. Er hatte ihm erzählt, dass IBM dabei sei, in ihrem Werk in Italien, in Vimercate, einen brandneuen Rechner zu produzieren und dass die Filiale in Neapel dringend Lochkartenprüfer, Operatoren und Programmanalytiker brauche. Er hatte ihm versichert, sobald die Firma mit Ausbildungskursen beginnen würde, wolle er ihm Bescheid geben. Und er hatte sich seine Personalien notiert.

»Hältst du ihn für seriös?«, fragte Lila.

Enzo verwies zum Beweis für die Seriosität seines Gesprächspartners auf mich, er sagte:

»Er wusste alles über Lenuccias Verlobten.«

»Und das wäre?«

»Er hat mir erzählt, dass er der Sohn eines einfluss-reichen Mannes ist.«

Lila verzog ärgerlich das Gesicht. Sie wusste natürlich, dass das Treffen von Pietro arrangiert worden war und dass der Name Airota für den guten Ausgang des Ge-sprächs ausschlaggebend war, aber sie schien sich dar-über aufzuregen, dass Enzo das erfuhr. Ich nahm an, der Gedanke, dass auch er mir etwas schuldig sei, stör-te sie, als könnte diese Schuld, die zwischen ihr und mir keinerlei Konsequenzen nach sich zog, auch nicht die Unterlegenheit der Dankbarkeit, Enzo dagegen scha-den. Hastig sagte ich, das Ansehen meines Schwieger-vaters zähle nicht viel, der Computerexperte habe mir gesagt, er werde Enzo nur helfen, wenn er gut genug sei. Lila nickte etwas übertrieben und betonte:

»Er ist sehr gut!«

»Ich habe noch nie einen Computer gesehen«, sagte Enzo.

»Na und? Dieser Typ hat bestimmt trotzdem kapiert, dass du was davon verstehst.«

Er dachte darüber nach und wandte sich mit einer Bewunderung an Lila, die mich für einen Augenblick neidisch machte:

»Er war beeindruckt von den Übungen, die du mir aufgegeben hast.«

»Ja?«

»Ja. Vor allem von den Diagrammen nach dem Mus-ter: bügeln oder einen Nagel einschlagen.«

Dann begannen sie herumzualbern und in einem

Fachjargon zu reden, den ich nicht verstand und der mich ausschloss. Plötzlich kamen sie mir vor wie ein sehr glückliches Liebespaar mit einem so geheimen Geheimnis, dass nicht einmal sie selbst es kannten. Ich sah wieder unseren Hof aus Kindheitstagen vor mir, sah sie und Enzo noch einmal, wie sie vor dem Schuldirektor und vor Maestra Oliviero um den ersten Platz im Rechnen kämpften. Sah noch einmal, wie Enzo, der sonst nie weinte, ganz aufgelöst war, weil er sie mit einem Stein verletzt hatte. Ich dachte: ›Ihre Art des Zusammenseins geht zurück auf die besseren Seiten des Rione. Vielleicht hat Lila recht, wenn sie dahin zurückwill.‹

54

Ich fing an, auf die Schilder mit der Aufschrift *Zu vermieten* zu achten, die an den Haustüren hingen und freie Wohnungen anzeigten. Unterdessen erhielt ich, nicht aber meine Familie, eine Einladung zur Hochzeit von Gigliola Spagnuolo und Michele Solara. Wenige Stunden später wurde mir persönlich eine weitere Einladung überreicht. Marisa Sarratore und Alfonso Carracci heirateten, und sowohl Familie Solara als auch Familie Carracci wandten sich voller Hochachtung an mich: *Sehr geehrte Dottoressa Greco Elena.* Die beiden Einladungen waren in meinen Augen sofort ein guter Vorwand, um herauszufinden, ob es ratsam war, Lilas Rückkehr in den Rione zu unterstützen. Ich nahm mir vor, Michele, Alfonso, Gigliola und Marisa aufzusuchen, scheinbar um ihnen zu gratulieren und ihnen zu sagen, dass ihre Hochzeiten in eine Zeit fallen würden, in der ich schon weit weg von Neapel sein würde; tatsächlich aber nur, um in Erfahrung zu bringen, ob den Solaras und den Carraccis noch immer daran lag, Lila zu drangsalieren. Alfonso schien der Einzige zu sein, der mir unvoreingenommen sagen konnte, wie stark Stefanos Groll gegen seine Frau noch war. Und mit Michele wollte ich, auch wenn ich ihn nicht ausstehen konnte – vielleicht auch gerade weil ich ihn nicht ausstehen konnte –, in Ruhe über Lilas gesundheitliche Probleme reden und ihm klarmachen, dass ich, obwohl er sich einbildete, wer weiß wer zu sein, und mich aufzog, als wäre ich immer noch das Mädchen von damals, inzwischen genügend Macht besaß, um ihm sein Leben und seine Geschäfte zu vermiesen, falls er meine Freundin weiterhin belästigen sollte. Ich steckte die beiden Einladungen in die Tasche, damit meine Mutter sie nicht sah und sie sich nicht über die Aufmerksamkeit ärgerte, die mir zuteilwurde und meinem Vater und ihr nicht. Ich plante einen ganzen Tag für diese Besuche ein.

Das Wetter verhieß nichts Gutes, ich nahm einen Regenschirm mit, aber ich war bester Laune, ich wollte zu Fuß gehen, nachdenken, dem Rione und der Stadt eine Art Gruß entbieten. Mit der Angewohnheit einer fleißigen Schülerin nahm ich mir die schwierigste Begegnung zuerst vor, die mit Michele Solara. Ich ging zu seiner Bar, traf aber weder ihn noch Gigliola noch Marcello an, man sagte mir, sie seien vielleicht in ihrem neuen Geschäft am Stradone. Dort schaute ich im Schlenderschritt einer Müßiggängerin vorbei, die sich in aller Ruhe umsieht. Die Erinnerung an Don Carlos dunkles Kellerloch, in dem ich als kleines Mädchen Flüssigseife und andere Haushaltsartikel eingekauft hatte, war endgültig ausgelöscht. Von den Fenstern des dritten Stockwerks bis zur großen Eingangstür zog sich der riesige Schriftzug *Tutto per tutti* hinunter. Das Geschäft war hell erleuchtet, obwohl es Tag war, und führte Waren aller Art, ein Triumph des Überflusses. Ich traf auf Lilas Bruder Rino, der sehr dick geworden war. Er behandelte mich kühl, sagte, hier sei er der Chef, von den Solaras wisse er nichts. »Wenn du Michele suchst, dann geh zu ihm nach Hause«, sagte er feindselig und drehte mir den Rücken zu, als hätte er etwas Dringendes zu erledigen.

Ich machte mich auf den Weg, kam ins neue Viertel, wo, wie ich wusste, die ganze Familie Solara vor Jahren eine riesige Wohnung gekauft hatte. Die Mutter, Manuela, die Wucherin, die ich seit Lilas Hochzeit nicht mehr gesehen hatte, öffnete mir. Zunächst bemerkte ich, dass sie mich durch den Spion beobachtete. Das tat sie lange, dann schob sie den Riegel zurück und erschien im Türrahmen, teils umschlossen von der Dunkelheit der Wohnung, teils ungeschützt im Licht, das durch das große Fenster im Treppenhaus hereinfiel. Sie sah aus wie verdorrt. Die Haut über ihren großen Knochen spannte, sie hatte ein sehr helles Auge und ein fast erloschenes. An ihren Ohren, um ihren Hals, auf ihrem dunklen Kleid, das schlaff an ihr herabhing, funkelte Gold, als wollte sie zu einem Fest gehen. Sie war liebenswürdig zu mir, wollte, dass ich eintrat, dass ich einen Kaffee trank. Michele war nicht da, ich erfuhr, dass er noch eine Wohnung in Posillipo hatte, in die er nach seiner Hochzeit endgültig ziehen würde. Er richtete sie zusammen mit Gigliola gerade ein.

»Die beiden verlassen den Rione?«, fragte ich.

»Aber ja doch.«

»Um nach Posillipo zu gehen?«

»Sechs Zimmer, Lenù, drei davon mit Blick aufs Meer. Mir wäre der Vomèro lieber gewesen, aber Michele wollte seinen Willen durchsetzen. Jedenfalls ist da morgens eine Luft und ein Licht, das kannst du dir nicht vorstellen.«

Ich staunte. Nie hätte ich gedacht, dass die Solaras den Ort verlassen würden, an dem sie ihre krummen Geschäfte abwickelten, die Höhle, in der sie ihre Beute versteckten. Und doch zog nun ausgerechnet Michele weg, der Aufgeweckteste, der Gierigste der Familie, weiter hinauf, nach Posillipo, mit Blick aufs Meer und auf den Vesuv. Der Größenwahn der Brüder hatte wirklich noch zugenommen, der Anwalt hatte recht. Aber die Sache gefiel mir sofort, ich freute mich, dass Michele den Rione verließ. Das konnte eine mögliche Rückkehr Lilas nur begünstigen.

55

Ich bat Signora Manuela um die Adresse, verabschiedete mich von ihr und durchquerte die Stadt, zunächst mit der U-Bahn bis Mergellina, dann ein Stück zu Fuß und ein Stück mit dem Bus hinauf nach Posillipo. Ich war neugierig. Mittlerweile fühlte ich mich als Teil einer legitimen Macht, allgemein bewundert, ausgestattet mit dem Nimbus hoher Kultur, und ich wollte sehen, in welchem schrillen Gewand die Macht nun daherkam, die ich von klein auf vor Augen gehabt hatte, der vulgäre Spaß an Gewalt, die ungestrafte Ausübung des Verbrechens, die die Gesetzestreue belächelnden Betrügereien und das verschwenderische Protzen, wie die Solara-Brüder es verkörperten. Aber Michele entglitt mir erneut. Ich traf im obersten Stockwerk eines nagelneuen Wohnhauses lediglich Gigliola an, die mich mit deutlicher Verwunderung und mit ebenso deutlichem Ärger begrüßte. Mir wurde bewusst, dass ich nur herzlich zu ihr gewesen war, solange ich zu jeder Tageszeit das Telefon ihrer Mutter benutzt hatte, doch seit ich einen Anschluss in die Wohnung meiner Eltern hatte legen lassen, war die ganze Familie Spagnuolo aus meinem Leben verschwunden. Und nun tauchte ich an einem düsteren Tag, der Regen verhieß, ohne Vorankündigung mittags dort in Posillipo auf, platzte in eine Wohnung, in der es kurz vor der Hochzeit noch wie Kraut und Rüben aussah? Ich schämte mich und kehrte eine unnatürliche Heiterkeit hervor, um mich zu entschuldigen.

Gigliola schmollte noch ein bisschen, war womöglich auch beunruhigt, aber dann überwog ihre Geltungssucht. Sie wollte von mir beneidet werden, wollte deutlich spüren, dass ich sie für die Glücklichste von uns Mädchen hielt. Darum zeigte sie mir nacheinander alle Zimmer, wobei sie meine Reaktionen beobachtete und meine Begeisterung genoss, zeigte mir die teuren Möbel, die prunkhaften Leuchter, die zwei großen Badezimmer, den riesigen Warmwasserboiler, den Kühlschrank, die Waschmaschine, gleich drei Telefone, die leider noch nicht funktionierten, den wer weiß wie viel Zoll großen Fernseher und die unermessliche Terrasse, die gar keine Terrasse war, sondern ein hängender Garten, mit Blumen übersät, die nur wegen des schlechten Wetters nicht in ihrer ganzen Farbenpracht bewundert werden konnten.

»Sieh mal, hast du schon mal so einen Blick aufs Meer gehabt? Und auf Neapel? Und auf den Vesuv? Und auf den Himmel? Hat es im Rione je so viel Himmel gegeben?«

Nie. Das Meer war aus Blei, vom Golf umschlossen wie vom Rand eines Schmelztiegels. Die dichte Masse der tiefschwarzen Wolken wälzte sich ausfasernd bis zu uns. Doch weiter hinten, zwischen Meer und Wolken, stieß ein langer Riss gegen den violetten Schatten des Vesuvs, eine Wunde, aus der ein blendendes Zinkweiß sickerte. Wir blieben lange in diesen Anblick versunken, die Kleider vom Wind wie angeklebt. Ich war von Neapels Schönheit hypnotisiert, nicht einmal auf der Terrasse von Professoressa Galiani hatte ich, Jahre zuvor, so etwas gesehen. Die Verunstaltung der Stadt bot gegen einen hohen Preis Aussichtspunkte aus Beton auf eine außergewöhnliche Landschaft. Michele hatte einen gekauft, der wirklich unvergesslich war.

»Gefällt es dir nicht?«

»Es ist wunderbar.«

»Kein Vergleich zu Linas Wohnung im neuen Viertel, oder?«

»Nein, kein Vergleich.«

»Ich habe zwar Lina gesagt, aber da wohnt jetzt Ada.«

»Ja.«

»Hier ist es viel vornehmer.«

»Ja.«

»Trotzdem ziehst du ein finsteres Gesicht.«

»Nein, ich freu' mich für dich.«

»Jedem das Seine. Du hast studiert, du schreibst Bücher, und ich habe das hier.«

»Ja.«

»Du meinst das gar nicht so.«

»Doch, wirklich.«

»Den Klingelschildern nach zu urteilen, wohnen in diesem Haus nur Ingenieure, Rechtsanwälte und Professoren. Landschaft und Komfort kosten viel Geld. Ich glaube, wenn du und dein Mann genug spart, könntet ihr euch auch so eine Wohnung wie die hier kaufen.«

»Das glaube ich nicht.«

»Will er nicht nach Neapel ziehen?«

»Das halte ich für ausgeschlossen.«

»Man kann nie wissen. Du bist ein Glückspilz, ich habe Pietros Stimme oft am Telefon gehört und ihn vom Fenster aus gesehen, man merkt, dass er ein anständiger Mann ist. Nicht so wie Michele, er wird das machen, was du willst.«

Sie zog mich zurück in die Wohnung, wollte, dass wir etwas aßen. Sie packte Schinken und Provolone aus, schnitt Brot ab. »Noch ist hier alles provisorisch«, sagte sie entschuldigend. »Aber wenn du mal mit deinem Mann nach Neapel kommst, musst du mich besuchen, dann zeige ich dir, wie ich alles eingerichtet habe.« Ihre Augen wurden groß und strahlten, sie war ganz aufgeregt von der Anstrengung, keinen Zweifel an ihrem Wohlstand aufkommen zu lassen. Aber diese unwahrscheinliche Zukunft – Pietro und ich in Neapel zu Besuch bei ihr und Michele – musste sich zwangsläufig als trügerisch erweisen. Für einen kurzen Augenblick hing sie düsteren Gedanken nach, und als sie wieder mit ihrer Prahlerei begann, hatte sie das Vertrauen in das, was sie sagte, verloren, ihre Stimmung hatte sich verändert. »Ich bin auch ein Glückspilz«, betonte sie, aber ohne Freude, ja sogar mit einiger Selbstironie. »Carmen«, so zählte sie auf, »ist beim Tankwart vom Stradone gelandet, Pinuccia vermodert mit diesem Trottel von Rino, und Ada ist Stefanos Nutte. Ich dagegen habe Michele, was für ein Glück für mich, er sieht gut aus, ist intelligent, hat Macht über alle und hat sich endlich entschlossen, mich zu heiraten, du siehst ja, wohin er mich gebracht hat, und du ahnst nicht, was für ein Fest er vorbereitet hat, wir feiern eine Hochzeit, wie nicht mal der Schah von Persien sie mit Soraya hatte. Ja, zum Glück habe ich ihn mir schon als kleines Mädchen geangelt, ich war die Schlaueste von uns.« So redete sie immer weiter, allerdings in diesem selbstironischen Ton. Sie erging sich im Lob der eigenen Schlauheit und glitt von den Annehmlichkeiten, die sie sich erobert hatte, indem sie sich Solara geschnappt hatte, allmählich zu ihrer einsamen Rolle als Braut ab. »Michele«, sagte sie, »ist nie da, es ist, als würde ich allein heiraten.« Unvermittelt fragte sie mich, als sei sie an meiner Meinung wirklich interessiert: »Glaubst du, dass es mich gibt? Sieh mich an, was sagst du, gibt es mich?« Sie schlug sich mit der flachen Hand auf den üppigen Busen, aber wie um mir zu beweisen, dass ihre Hand praktisch durch sie hindurchging, dass ihr Körper durch Micheles Schuld nicht da war. Er habe sich sofort alles von ihr genommen, als sie fast noch ein Kind gewesen sei. Er habe sie benutzt, habe sie zerknickt, und jetzt, da sie fünfundzwanzig sei, habe er sich an sie gewöhnt, er sehe sie nicht mal mehr an. »Er vögelt kreuz und quer durch die Gegend, wie es ihm gefällt. Wie er mich anwidert, wenn jemand fragt: ›Wie viel Kinder wollt ihr denn?‹, und er großspurig verkündet: ›Da müsst ihr Gigliola fragen, ich habe ja schon welche, ich weiß nicht mal, wie viele.‹ Sagt dein Mann so was zu dir? Sagt dein Mann: ›Mit Lenuccia will ich drei, mit den anderen – keine Ahnung‹? Er behandelt mich vor allen wie einen Fußabtreter. Und ich weiß auch, warum. Er hat nie was für mich übriggehabt. Er heiratet mich, um ein treues Dienst-mädchen zu haben, alle Männer heiraten aus diesem Grund. Und ständig sagt er: ›Was soll ich, verdammt noch mal, bloß mit dir anfangen, du weißt ja überhaupt nichts, hast keinen Verstand und keinen Geschmack, diese schöne Wohnung ist rausgeschmissenes Geld, mit dir wird alles zum Kotzen.‹« Sie weinte, schluchzend sagte sie:

»Entschuldige, ich rede so, weil du dieses Buch ge-schrieben hast, es hat mir gefallen, ich habe gemerkt, dass du weißt, was Kummer ist.«

»Warum lässt du dir solche Bemerkungen gefallen?«

»Weil er mich sonst nicht heiratet.«

»Aber lass ihn nach der Hochzeit dafür bezahlen.«

»Wie denn? Ich bin ihm scheißegal. Schon jetzt sehe ich ihn nie, da kannst du dir ja vorstellen, wie es später sein wird.«

»Dann verstehe ich dich nicht.«

»Du verstehst mich nicht, weil du nicht ich bist. Wür-dest du dir etwa einen aussuchen, von dem du genau weißt, dass er in eine andere verliebt ist?«

Verblüfft sah ich sie an.

»Michele hat eine Geliebte?«

»Jede Menge, er ist ein Mann, er steckt ihn überall rein. Aber das ist es nicht.«

»Was dann?«

»Lenù, wenn ich dir das erzähle, darfst du es keinem weitersagen, Michele bringt mich sonst um.«

Ich versprach es ihr, und ich habe mein Versprechen

gehalten. Ich schreibe jetzt nur darüber, weil sie tot ist. Sie sagte:

»Er liebt Lina. Und er liebt sie, wie er mich nie geliebt hat, wie er nie jemand anders lieben wird.«

»Unsinn.«

»Sag so was nicht zu mir, Lenù, sonst solltest du besser wieder gehen. Es ist die Wahrheit. Er liebt Lina seit dem verfluchten Tag, als sie Marcello das Schustermesser an die Kehle gesetzt hat. Das denke ich mir nicht aus, das hat er mir selbst gesagt.«

Und sie erzählte mir Dinge, die mich zutiefst beunruhigten. Erzählte mir, dass Michele sich vor nicht langer Zeit hier, in dieser Wohnung, eines Abends betrunken habe und ihr gesagt habe, mit wie vielen Frauen er schon zusammen gewesen sei, die genaue Zahl: einhundertzweiundzwanzig, für Geld oder gratis. »Du stehst auch auf dieser Liste«, habe er betont, »und du gehörst garantiert nicht zu denen, mit denen ich den größten Spaß hatte, im Gegenteil. Und weißt du auch, warum? Weil du eine dumme Gans bist und man sogar zum Ficken ein bisschen Grips braucht. Zum Beispiel kannst du einem nicht mal einen blasen, du hast kein Talent dafür, und es ist sinnlos, es dir beibringen zu wollen, du kriegst das nicht hin, man merkt zu sehr, dass du dich ekelst.« So hatte er noch eine Weile weitergesprochen, und seine Reden waren immer widerlicher geworden, Vulgarität war bei ihm an der Tagesordnung. Dann hatte er ihr in aller Deutlichkeit erklärt, wie die Dinge lagen. Er heirate sie aus Achtung vor ihrem Vater, einem erfahrenen Konditor, den er gut leiden könne. Er heirate sie, weil man ja schließlich eine Frau brauche und auch Kinder und auch einen offiziellen Hausstand. Aber er wolle keine Missverständnisse aufkommen lassen: Sie bedeute ihm gar nichts, er habe sie auf keinen Sockel gestellt, nicht sie liebe er über alles, also solle sie es ja nicht wagen, ihm auf die Nüsse zu gehen, und glauben, sie hätte irgendwelche Rechte. Hässliche Worte. Irgendwann schien Michele das auch selbst klar geworden zu sein, er war in eine Art Melancholie verfallen. Hatte gemurmelt, Frauen seien für ihn Spielzeug mit ein paar Löchern drin, an denen man herumfingern könne. Alle Frauen. Alle außer einer. Lina sei die einzige Frau auf der Welt, die er liebe – ja, liebe, wie im Film – und respektiere. »Er hat gesagt«, schluchzte Gigliola, »sie, ja, sie hätte diese Wohnung wirklich gut einrichten können. Er hat gesagt, Lina Geld zum Einkaufen zu geben, ja, das wäre ihm ein Vergnügen gewesen. Er hat gesagt, zusammen mit ihr könnte er in Neapel wirklich ein großes Tier werden. Er hat gesagt: ›Weißt du noch, was sie aus diesem Foto gemacht hat, auf dem sie im Brautkleid zu sehen war, weißt du noch, wie sie das Schuhgeschäft eingerichtet hat? Und du und Pinuccia und alle anderen? Was zum Teufel seid ihr schon, was zum Teufel könnt ihr denn?‹« Das alles hatte er zu ihr gesagt und noch mehr. Er hatte gesagt, er denke Tag und Nacht an Lila, aber nicht mit dem üblichen Verlangen, sein Verlangen nach ihr sei nicht so, wie er es sonst kenne. *Eigentlich begehre er sie nicht.* Also er begehre sie nicht, wie er Frauen normalerweise begehre, um sie unter sich zu spüren, sie hin und her zu drehen, sie zu öffnen, sie aufzubrechen, auf ihnen herumzutrampeln, sie zu zertreten. Er begehre sie nicht, um sie sich zu nehmen und sie dann zu vergessen. Er begehre sie wegen der feinsinnigen Ideen, die sie im Kopf habe. Er begehre sie wegen ihres Erfindungsreichtums. Und er begehre sie, ohne sie beschädigen zu wollen, damit sie fortdauere. Er begehre sie nicht, um sie zu ficken, auf Lila bezogen störe ihn dieses Wort. Er begehre sie, um sie zu küssen und zu streicheln. Er begehre sie, um gestreichelt, unterstützt, geführt, befehligt zu werden. Er begehre sie, um zu sehen, wie sie sich mit der Zeit verändere, wie sie alt werde. Er begehre sie, um nachdenkliche Gespräche zu führen und beim Nachdenken Hilfe zu finden. »Verstehst du? Er hat über sie gesprochen, wie er mit mir, mit mir, die er jetzt heiraten wird, noch nie gesprochen hat. Ich schwöre dir, das ist die Wahrheit. Er hat gemurmelt: ›Mein Bruder Marcello und dieser Drecksack von Stefano und Enzo mit seinem Arschgesicht, was haben die von Lina kapiert? Haben die vielleicht begriffen, was sie verloren haben oder was sie verlieren können? Nein, dazu fehlt es ihnen an Verstand. Nur ich weiß, was sie ist, wer sie ist. *Ich habe sie erkannt.* Und es tut mir leid, wenn ich sehe, wie sie sich wegwirft.‹ Solches Zeug hat er gefaselt, um sich Luft zu machen. Und ich habe ihm zugehört, ohne ein Wort zu sagen, bis er eingeschlafen ist. Ich habe ihn angesehen und mir gesagt: Wie kann es sein, dass Michele zu solchen Gefühlen fähig ist? Das ist nicht er, der da spricht, das ist ein anderer. Und diesen anderen habe ich gehasst, ich habe gedacht: Ich ersteche ihn jetzt im Schlaf und hole mir meinen Michele zurück. Aber auf Lina bin ich nicht wütend. Vor vielen Jahren, als Michele mir das Geschäft an der Piazza dei Martiri weggenommen hat, um mich zurück an den Tresen in der Bar-Pasticceria zu schicken, wollte ich sie umbringen. Damals habe ich mich gefühlt wie ein Stück Scheiße. Aber jetzt hasse ich sie nicht mehr, sie hat nichts damit zu tun. Sie hat immer versucht, sich irgendwie aus der Affäre zu ziehen. Sie ist nicht so dämlich wie ich und heiratet ihn, sie wird ihn nie nehmen. Und weil Michele sich alles greift, was es zu greifen gibt, das aber bei ihr nicht schaffen wird, habe ich sie seit einer Weile richtig gern: wenigstens eine, die ihm Feuer unterm Arsch macht.«

Ich hörte ihr zu und versuchte von Zeit zu Zeit, das Ganze herunterzuspielen, um Gigliola zu trösten. Ich sagte: »Wenn er dich heiratet, heißt das, dass ihm etwas an dir liegt, egal was er sagt, verlier nicht den Mut.« Gigliola schüttelte energisch den Kopf und wischte sich mit den Fingern die Tränen von den Wangen. »Du kennst ihn nicht«, sagte sie. »Niemand kennt ihn so wie ich.« Ich fragte:

»Was meinst du, könnte er den Kopf verlieren und Lina was antun?«

Sie stieß einen Laut zwischen einem Lachen und einem Schrei aus.

»Der? Lina? Hast du nicht gesehen, wie er sich alle

die Jahre aufgeführt hat? Er könnte mir was antun, dir, einfach jedem, auch seinem Vater, seiner Mutter, seinem Bruder. Er könnte allen was antun, an denen Lila etwas liegt, ihrem Sohn und Enzo. Er könnte das ohne jeden Skrupel, kaltblütig. Aber ihr, ihr persönlich, wird er niemals was zuleide tun.«

56

Ich wollte meine Erkundungsrunde abschließen. Zu Fuß ging ich nach Mergellina hinunter und gelangte zur Piazza dei Martiri, als der schwarze Himmel so tief hing, dass er auf den Häusern zu liegen schien. In der Annahme, dass das Unwetter jeden Augenblick losbrechen würde, hastete ich zum eleganten Schuhgeschäft Solara. Ich traf auf Alfonso, der noch besser aussah, als ich ihn in Erinnerung hatte, große Augen mit langen Wimpern, wohlgeformte Lippen, der Körper schlank und trotzdem kräftig, sein Italienisch ein wenig künstlich vom Studium des Lateinischen und Griechischen. Er freute sich aufrichtig, mich zu sehen. In den schwierigen, gemeinsamen Jahren am Gymnasium hatte sich ein herzliches Verhältnis zwischen uns entwickelt, das sofort wieder auflebte, obwohl wir uns lange nicht gesehen hatten. Wir redeten beide zugleich munter drauflos, sprachen über unsere Zeit damals an der Schule, über die Lehrer, über das Buch, das ich veröffentlicht hatte, über seine Heirat und meine. Natürlich war ich es, die Lila ins Spiel brachte, und er wurde verlegen, er wollte nicht schlecht über sie sprechen, aber auch über seinen Bruder nicht und auch nicht über Ada. Er sagte nur:

»Es war ja absehbar, dass das so endet.«

»Wieso?«

»Weißt du noch, wie ich dir erzählt habe, dass Lina mir Angst macht?«

»Ja.«

»Es war keine Angst, das habe ich erst viel später begriffen.«

»Was war es dann?«

»Fremdheit und Anziehung, der Eindruck von Ferne und Nähe zugleich.«

»Und das heißt?«

»Das ist schwer zu erklären: Du und ich, wir waren im Nu Freunde, dich habe ich gern. Mit ihr schien mir das immer unmöglich zu sein. Sie hatte etwas Schreckliches an sich, das in mir den Wunsch weckte, auf die Knie zu fallen und ihr meine geheimsten Gedanken zu beichten.«

Ich sagte spöttisch:

»Na wunderbar, eine geradezu religiöse Erfahrung.«

Er blieb ernst:

»Nein, nur die Anerkennung einer Unterlegenheit. Aber wunderbar war es, als sie mir beim Lernen geholfen hat, das ja. Sie las das Lehrbuch, verstand es sofort und fasste alles mit einfachen Worten für mich zusammen. Es hat Momente gegeben, und die gibt es noch heute, da denke ich: Wäre ich als Frau geboren, wäre ich gern so wie sie. Wir waren in der Familie Carracci im Grunde beide wie Fremdkörper, weder sie noch ich konnte bleiben. Darum haben mich ihre Fehler nie interessiert, ich war immer auf ihrer Seite.«

»Ist Stefano noch sauer auf sie?«

»Keine Ahnung. Selbst wenn er sie hassen sollte, hat er zu viel am Hals, um es zu merken. Im Moment ist Lina sein geringstes Problem.«

Seine Bemerkung wirkte ehrlich und vor allem nachvollziehbar, ich redete nicht weiter über Lila. Stattdessen erkundigte ich mich bei ihm nach Marisa, nach der Familie Sarratore und schließlich nach Nino. Alfonso gab über sie alle nur ungenau Auskunft, besonders über Nino, den – nach Donatos Willen, wie er mir sagte – zu der unerträglichen Hochzeit einzuladen, die ihnen bevorstand, niemand gewagt hatte.

»Freust du dich denn nicht, dass du heiratest?«, fragte ich vorsichtig.

Er sah durch das Schaufenster hinaus. Draußen blitzte es, donnerte es, aber es regnete noch nicht. Er sagte:

»Es ging mir gut, so wie es war.«

»Und Marisa?«

»Ihr nicht. Ihr ging es nicht gut.«

»Wolltest du sie als deine ewige Verlobte?«

»Ich weiß nicht.«

»Am Ende hast du ihr ja den Gefallen getan.«

»Sie ist zu Michele gegangen.«

Ich sah ihn irritiert an.

»Was meinst du?«

Er lachte, es war ein kurzes, nervöses Lachen.

»Sie ist zu ihm gegangen und hat ihn gegen mich aufgehetzt.«

Ich saß auf einem Hocker, er stand im Gegenlicht. Sein Körper war angespannt, fest, wie der eines Toreros in den Filmen über Stierkämpfe.

»Das verstehe ich nicht: Du heiratest Marisa, weil sie Solara gebeten hat, dir zu sagen, dass du das tun sollst?«

»Ich heirate Marisa, um nicht Micheles Missfallen zu erregen. Er hat mich hier eingestellt, er hat auf meine Fähigkeiten gesetzt, ich bin ihm freundschaftlich verbunden.«

»Du bist verrückt.«

»Du redest so, weil ihr alle ein falsches Bild von Michele habt, ihr wisst nicht, wie er ist.« Er verzog das Gesicht, versuchte vergeblich, die Tränen zurückzuhalten. Dann fügte er hinzu: »Marisa ist schwanger.«

»Ach so.«

Das war also der Grund. Ich nahm seine Hand, versuchte sehr verlegen, ihn zu trösten. Nur mit Mühe beruhigte er sich, er sagte:

»Das Leben ist verdammt hässlich, Lenù.«

»Das stimmt nicht. Marisa wird eine gute Ehefrau und eine großartige Mutter sein.«

»Marisa ist mir scheißegal.«

»Na, jetzt übertreib mal nicht.«

Er sah mich forschend an, als versuchte er etwas

an mir zu begreifen, was ihn fassungslos machte. Er fragte:

»Hat Lina nicht mal dir was gesagt?«

»Was sollte sie mir denn sagen?«

Er schüttelte, plötzlich amüsiert, den Kopf.

»Siehst du? Ich habe recht. Sie ist kein gewöhnlicher Mensch. Ich habe ihr mal ein Geheimnis anvertraut. Ich war entsetzt und musste jemandem den Grund für dieses Entsetzen mitteilen. Ich habe ihr davon erzählt, und sie hat mir aufmerksam zugehört, so dass ich mich wieder beruhigt habe. Für mich war es wichtig, mit ihr zu reden, ich hatte das Gefühl, sie hörte nicht mit den Ohren zu, sondern mit einem Organ, das nur sie hat und das meine Worte annehmbar machte. Zum Schluss habe ich sie nicht gebeten, wie man es normalerweise tut: ›Verrate mich nicht, das musst du mir schwören!‹ Aber da sie es dir nicht erzählt hat, ist ja jetzt klar, dass sie es niemandem erzählt hat, nicht mal aus Rache, nicht mal in der für sie schlimmsten Zeit des Hasses, als mein Bruder sie verprügelte.«

Ich unterbrach ihn nicht. Ich spürte nur, wie verdrossen ich war, weil er Lila wer weiß was anvertraut hatte und mir nicht, obwohl ich doch seit jeher mit ihm befreundet war. Offenbar bemerkte er das und wollte es wiedergutmachen. Er umarmte mich fest und flüsterte mir ins Ohr:

»Lenù, ich bin eine Tunte, ich mache mir nichts aus Frauen.«

Als ich mich verabschieden wollte, murmelte er verlegen: »Ich bin mir sicher, dass du das schon bemerkt hast.« Das verstärkte meinen Verdruss nur noch, denn tatsächlich war ich auf diesen Gedanken nie gekommen.

57

So ging dieser lange, regenlose, doch dunkle Tag vorüber. Damals begann eine Entwicklung, die die Phase scheinbarer Annäherung zwischen Lila und mir schnell in den Wunsch verkehrte, einen Schlussstrich zu ziehen und mich wieder um mein eigenes Leben zu kümmern. Oder vielleicht hatte das schon früher begonnen, mit winzigen Einzelheiten, die ich kaum beachtet hatte, als sie mir aufstießen, die sich nun aber summierten. Mein Rundgang hatte sich gelohnt, und trotzdem kehrte ich unzufrieden nach Hause zurück. Was war das für eine Freundschaft zwischen Lila und mir, wenn sie mir jahrelang nichts von Alfonso erzählt hatte, obwohl sie wusste, dass ich ein enges Verhältnis zu ihm hatte? Und konnte es sein, dass sie Micheles völlige Abhängigkeit von ihr nicht bemerkt hatte, oder hatte sie ihre Gründe, sie mir zu verschweigen? Und auf der anderen Seite ich, wie viele Dinge hatte ich ihr verheimlicht?

Den Rest des Tages schlug ich mich mit einem Wirrwarr aus Orten, Zeiten und Personen herum. Da war die teuflische Signora Manuela, der geistlose Rino, Gigliola in der Grundschule, Gigliola in der Mittelschule, Gigliola verführt von der mächtigen Schönheit der jungen Solara-Brüder, Gigliola geblendet vom Millecento, und Michele, auf den genau wie auf Nino alle Frauen flogen, der aber im Gegensatz zu Nino zu uneingeschränkter Liebe fähig war, und Lila – Lila, die diese Liebe hatte wecken können, eine Leidenschaft, die sich nicht nur aus Besitzsucht, aus Vorstadtprahlereien, aus Rachegelüsten und aus niederen Begierden speiste, wie sie das gern darstellte, sondern eine obsessive Form der Erhöhung der Frau war, keine Ergebenheit, keine Unterwürfigkeit, vielmehr eine männliche Liebe, die zu den begehrtesten gehört, ein kompliziertes Gefühl, das eine Frau mit Entschlossenheit und gewissermaßen mit Grausamkeit zu der Auserwählten machen konnte. Ich fühlte mich Gigliola nahe, verstand, wie gedemütigt sie sich fühlte.

Am Abend ging ich zu Lila und Enzo. Ich erzählte nichts von meiner Erkundungsrunde, die ich ihr zuliebe und auch, um den Mann zu schützen, mit dem sie zusammenlebte, unternommen hatte. Stattdessen passte ich einen Moment ab, in dem Lila in der Küche war, um ihrem Kind etwas zu essen zu geben, und erzählte Enzo, dass sie in den Rione zurückwollte. Ich beschloss, ihm meine Meinung nicht zu verschweigen. Sagte, ich hielte das für keine gute Idee, dächte aber, dass alles, was dazu beitragen könne, sie zu stabilisieren – sie sei ja gesund und müsse nur ihr Gleichgewicht wiederfinden –, oder von dem sie glaube, dass es das tue, unterstützt werden sollte. Zumal viel Zeit vergangen sei und es ihnen, soweit ich wisse, im Rione nicht schlechter gehen würde als in San Giovanni a Teduccio. Enzo zuckte mit den Schultern.

»Von mir aus. Dann stehe ich eben morgens früher auf und komme abends etwas später nach Hause.«

»Ich habe gesehen, dass Don Carlos alte Wohnung zu mieten ist. Seine Kinder sind nach Caserta gezogen, und jetzt will auch seine Witwe dorthin.«

»Wie hoch soll denn die Miete sein?«

Ich sagte es ihm. Die Mieten im Rione waren niedriger als in San Giovanni a Teduccio.

»In Ordnung«, sagte Enzo.

»Ihr werdet trotzdem ein paar Probleme haben.«

»Die gibt es hier auch.«

»Es wird mehr Ärger geben, und auch mehr Forderungen.«

»Abwarten.«

»Bleibst du bei ihr?«

»Solange sie will, ja.«

Wir gingen zu Lila in die Küche, erzählten ihr von Don Carlos Wohnung. Sie hatte mit Gennaro geschimpft. Nun, da der Junge öfter bei seiner Mutter und seltener bei der Nachbarin war, kam er durcheinander, er hatte weniger Freiheiten, musste eine Reihe von Gewohnheiten aufgeben, sperrte sich und verlangte, mit seinen fünf Jahren noch gefüttert zu werden. Lila hatte herumgeschrien, und er hatte seinen Teller heruntergeworfen, er war in tausend Stücke zersprungen. Als wir dazukamen, hatte sie Gennaro gerade eine Ohrfeige gegeben. Aggressiv sagte sie zu mir:

»Hast du ihn gefüttert und dabei mit dem Löffel Flugzeug gespielt?«

»Nur einmal.«

»Das darfst du nicht.«

»Es kommt nicht wieder vor.«

»Genau, nie wieder, denn du fährst wieder weg und spielst die Schriftstellerin, während ich meine Zeit mit so was vergeuden muss.«

Allmählich beruhigte sie sich, ich säuberte den Boden. Enzo sagte zu ihr, für ihn sei es in Ordnung, in den Rione zu ziehen, ich schluckte meinen Groll herunter und erzählte ihr weiter von Don Carlos Wohnung. Sie hörte uns lustlos zu, während sie das Kind tröstete, dann benahm sie sich, als wäre Enzo derjenige, der umziehen wollte, und als wäre ich es, die zu dieser Entscheidung drängte. Sie sagte: »Na gut, ich mache, was ihr wollt.«

Am nächsten Tag sahen wir uns zusammen die Wohnung an. Sie war in einem miserablen Zustand, doch Lila war begeistert. Es gefiel ihr, dass sie am Rand des Rione lag, fast direkt am Tunnel, und dass man aus dem Fenster die Tanksäule von Carmens Verlobtem sah. Enzo wandte ein, nachts würden sie von den Lastwagen gestört werden, die auf dem Stradone vorbeifuhren, und von den rangierenden Zügen. Aber da ihr auch diese Geräusche gefielen, die unsere Kindheit begleitet hatten, einigten sie sich mit der Witwe auf einen angemessenen Preis. Von nun an fuhr Enzo abends nicht nach San Giovanni a Teduccio, sondern in den Rione, um die Wohnung in eine annehmbare Bleibe zu verwandeln.

Inzwischen war es fast Mai, der Tag meiner Hochzeit rückte näher, ich pendelte zwischen Florenz und Neapel. Aber als interessierte Lila dieser Termin überhaupt nicht, schleppte sie mich zu Einkäufen mit, die ihrer Wohnung den letzten Schliff geben sollten. Wir kauften ein Ehebett, eine Liege für Gennaro und gingen gemeinsam einen Telefonanschluss beantragen. Die Leute auf der Straße starrten uns an, manche grüßten nur mich, andere uns beide, und wieder andere taten so, als bemerkten sie weder sie noch mich. In jedem Fall schien Lila sich wohlzufühlen. Einmal sahen wir Ada, sie winkte herzlich und ging weiter, als hätte sie es eilig. Ein andermal begegneten Lila und ich Stefanos Mutter Maria, die wir beide grüßten, sie wandte den Blick ab. Einmal fuhr Stefano im Auto vorbei und hielt von sich aus an. Er stieg aus, redete gutgelaunt nur mit mir, erkundigte sich nach meiner Hochzeit, sprach anerkennend über Florenz, wo er kürzlich mit Ada und ihrer Tochter gewesen war. Schließlich gab er Gennaro einen leichten Nasenstüber, nickte Lila zum Abschied zu und fuhr weiter. Einmal sahen wir Lilas Vater Fernando, er stand gebeugt und sehr gealtert vor der Grundschule, und Lila wurde ganz aufgeregt, sie sagte zu Gennaro, sie wolle ihm seinen Großvater vorstellen, ich versuchte sie zurückzuhalten, sie wollte trotzdem hingehen, doch Fernando tat so, als wäre seine Tochter gar nicht da, schaute seinen Enkel kurz an, sagte deutlich:

»Wenn du deine Mutter siehst, sag ihr, dass sie eine Hure ist«, und ging weg.

Aber die verstörendste Begegnung – auch wenn sie zunächst die belangloseste zu sein schien – hatten wir einige Tage bevor Lila endgültig in ihre neue Wohnung zog. Als wir das Haus verließen, trafen wir auf Melina mit ihrer Enkelin Maria an der Hand, der Tochter von Stefano und Ada. Sie hatte wie üblich einen geistesabwesenden Blick, war aber gut gekleidet, hatte sich die Haare blondiert und war stark geschminkt. Sie erkannte mich, aber Lila nicht, oder vielleicht wollte sie auch anfangs nur mit mir sprechen. Sie behandelte mich, als wäre ich noch immer die Freundin ihres Sohnes Antonio, erzählte, er werde bald aus Deutschland zurückkommen, und fragte in seinen Briefen stets nach mir. Ich machte ihr Komplimente zu ihrem Kleid und ihrer Frisur, sie schien sich zu freuen. Aber noch erfreuter wirkte sie, als ich freundlich über ihre Enkelin sprach, die sich schüchtern an den Rock ihrer Großmutter schmiegte. Dadurch fühlte sie sich offenbar verpflichtet, etwas Nettes über Gennaro zu sagen, und wandte sich an Lila: »Ist das dein Kind?« Erst jetzt schien Melina sich an sie zu erinnern, die sie bis dahin nur wortlos angesehen hatte, und ihr muss bewusst geworden sein, dass Lila die Frau war, der ihre Tochter Ada den Mann weggenommen hatte. Ihre Augen sanken tiefer in die großen Höhlen, todernst sagte sie: »Lina, du bist hässlich und dürr geworden, da musste Stefano dich ja verlassen, Männer wollen was zum Anfassen, sonst wissen sie nicht, wohin mit ihren Händen, und sie laufen weg.« Schließlich wandte sie sich mit einer allzu hastigen Kopfbewegung an Gennaro, wies auf ihre Enkelin und sagte beinahe schreiend: »Das ist deine Schwester, weißt du? Gebt euch einen Kuss, na los, du liebe Güte, wie schön ihr seid!« Sofort küsste Gennaro das Mädchen, das sich dies widerspruchslos gefallen ließ, und als Melina die zwei Gesichter so eng beieinander sah, rief sie: »Sie kommen beide nach ihrem Vater, sie sind ihm wie aus dem Gesicht geschnitten!« Nach dieser Feststellung zerrte sie ihr Enkelkind weiter und ging grußlos weg, als hätte sie etwas Dringendes zu erledigen.

Lila sagte die ganze Zeit über kein Wort. Ich sah, dass sie sehr erschüttert war, wie damals in unserer Kindheit, als sie beobachtet hatte, wie Melina auf dem Stradone Schmierseife gegessen hatte. Als die Frau und das Mädchen weg waren, fuhr sie auf, zerzauste sich mit einer Hand ungestüm die Haare, blinzelte und sagte: »Genauso werde ich auch.« Dann brachte sie ihre Frisur wieder in Ordnung und flüsterte:

»Hast du gehört, was sie gesagt hat?«

»Du bist doch nicht hässlich und dürr.«

»Ist doch scheißegal, ob ich hässlich und dürr bin, ich rede von der Ähnlichkeit.«

»Welcher Ähnlichkeit?«

»Zwischen den Kindern. Melina hat recht, die beiden sind Stefano wie aus dem Gesicht geschnitten.«

»Ach, Quatsch, die Kleine ja, aber Gennaro doch nicht.«

Sie lachte los, nach langer Zeit war ihr boshaftes Lachen von früher wieder da. Sie bekräftigte:

»Sie gleichen sich wie ein Ei dem anderen.«

58

Ich musste unbedingt weg. Was ich für Lila tun konnte, hatte ich getan, nun lief ich nur noch Gefahr, mich in sinnlosen Grübeleien darüber zu verlieren, wer Gennaros wirklicher Vater war, wie klarsichtig Melina gewesen war, welche geheimen Regungen durch Lilas Kopf geisterten, und auch darüber, was sie wusste oder nicht wusste oder vermutete und nicht sagte oder gern glaubte, und immer so weiter, in einer Spirale, die mir nicht guttat. Wir nutzten die Gelegenheit, dass Enzo auf der Arbeit war, um über diese Begegnung zu sprechen. Ich verwendete Gemeinplätze wie: Eine Frau weiß immer, wer der Vater ihrer Kinder ist. Ich sagte: »Du hast doch immer gespürt, dass dieses Kind von Nino ist, du hast es sogar deswegen gewollt, und jetzt bist du dir auf einmal sicher, dass es von Stefano ist, bloß weil die verrückte Melina das gesagt hat?« Aber sie kicherte und sagte: »Wie dumm von mir, wieso bin ich nicht gleich drauf gekommen«, und schien sich – was mir unbegreiflich war – zu freuen. Daher schwieg ich am Ende. Falls ihr diese neue Überzeugung half, gesund zu werden, umso besser. Und falls sie ein weiteres Zeichen ihrer Labilität war, was konnte ich dann dagegen tun? Es war genug. Mein Buch war von Frankreich, von Spanien und von Deutschland gekauft worden, man würde es übersetzen. Ich hatte noch zwei Artikel über Frauenarbeit in kampanischen Fabriken geschrieben, und bei der *Unità* war man zufrieden. Mein Verlag drängte mich zu einem neuen Roman. Kurz, ich hatte mich um viele eigene Dinge zu kümmern, für Lila hatte ich wirklich genug getan, ich konnte mich nicht länger in den Wirrnissen ihres Lebens verstricken. In Mailand kaufte ich, von Adele ermutigt, ein cremefarbenes Kostüm für meine Hochzeit, es stand mir gut, die Jacke lag eng an, der Rock war kurz. Als ich es anprobierte, musste ich an Lila denken, an ihr prunkvolles Brautkleid, an das Foto, das die Schneiderin im Schaufenster am Rettifilo ausgestellt hatte, und dieser Vergleich zeigte mir, wie definitiv anders ich war. Ihre Hochzeit und meine: nunmehr weit voneinander entfernte Welten. Ich hatte ihr vor einer Weile erzählt, dass ich nicht kirchlich heiraten würde, dass ich kein traditionelles Brautkleid tragen würde und dass Pietro gerade einmal der Anwesenheit der engsten Angehörigen zugestimmt hatte.

»Warum?«, hatte sie mich, allerdings ohne besonderes Interesse, gefragt.

»Warum was?«

»Warum heiratet ihr nicht in der Kirche?«

»Wir glauben nicht an Gott.«

»Und Gottes Finger? Und der Heilige Geist?«, hatte sie zitiert und mich damit an den Artikel erinnert, den wir als kleine Mädchen gemeinsam geschrieben hatten.

»Ich bin kein Kind mehr.«

»Aber feiere wenigstens ein Fest, lade deine Freunde ein!«

»Pietro will das nicht.«

»Lädst du mich auch nicht ein?«

»Würdest du denn kommen?«

Sie hatte gelacht und den Kopf geschüttelt:

»Nein.«

Das war alles. Aber Anfang Mai, als ich eine letzte Angelegenheit erledigen wollte, bevor ich die Stadt endgültig verließ, nahmen die Dinge in dieser Hinsicht und nicht nur in dieser eine unangenehme Wendung. Ich beschloss, Professoressa Galiani zu besuchen. Ich suchte ihre Nummer heraus, rief sie an. Ich erzählte ihr, dass ich demnächst heiraten und nach Florenz ziehen würde und ich vorbeikommen wolle, um mich von ihr zu verabschieden. Ohne Erstaunen, ohne Freude, aber höflich lud sie mich zu fünf Uhr am folgenden Tag ein. Bevor sie auflegte, sagte sie: »Bring auch deine Freundin Lina mit, wenn sie Lust hat.«

Lila ließ sich nicht groß bitten, sie vertraute Gennaro so lange Enzo an. Ich schminkte mich, kämmte mich, kleidete mich in dem Stil, den ich von Adele übernommen hatte, und half Lila – da es schwierig war, sie zu überreden, sich hübsch zu machen –, wenigstens halbwegs vernünftig auszusehen. Sie wollte Kuchen mitbringen, ich sagte, das sei nicht angebracht. Stattdessen kaufte ich ein Exemplar meines Buches, obwohl ich davon überzeugt war, dass die Galiani es schon gelesen hatte. Ich tat es nur, um die Gelegenheit zu haben, ihr eine Widmung hineinzuschreiben.

Wir waren pünktlich, klingelten, Stille. Wir klingelten erneut, Nadia öffnete uns außer Atem, nur halb angezogen und ohne die übliche Liebenswürdigkeit, als hätten wir nicht nur ihr Äußeres, sondern auch ihre gute Erziehung durcheinandergebracht. Ich sagte, ich hätte eine Verabredung mit ihrer Mutter. »Sie ist nicht da«, sagte sie, ließ uns aber im Wohnzimmer Platz nehmen. Dann verschwand sie.

Wir schwiegen, wechselten in der stillen Wohnung mit schwachem Lächeln verlegene Blicke. Etwa fünf Minuten vergingen, endlich ertönten Schritte im Flur. Etwas zerrauft erschien Pasquale. Lila zeigte keinerlei Überraschung, ich rief ehrlich verwundert: »Was machst du denn hier?« Er entgegnete ernst und ohne Herzlichkeit: »Und was macht *ihr* hier?« Dieser Satz stellte die Situation auf den Kopf, und als wäre er dort zu Hause, musste nun ich ihm erklären, dass ich eine Verabredung mit meiner Lehrerin hatte.

»Aha«, sagte er und fragte Lila spöttisch: »Na, hast du dich erholt?«

»Einigermaßen.«

»Das freut mich.«

Ich wurde wütend, antwortete für sie, sagte, dass Lila gerade erst beginne, sich besser zu fühlen, dass die Soccavo-Fabrik aber auf jeden Fall eine ordentliche Abreibung bekommen habe, die Gewerbeaufsicht sei gekommen, und die Fabrik habe Lila alles Geld zahlen müssen, das ihr zustand.

»Tatsächlich?«, sagte er, als Nadia zurückkam, nun sorgfältig gekleidet, wie um auszugehen. »Hast du gehört, Nadia? Dottoressa Greco sagt, sie hat Soccavo eine ordentliche Abreibung verpasst.«

Ich begehrte auf:

»Nicht ich!«

»Nicht sie, der liebe Gott hat der Soccavo-Fabrik die Abreibung verpasst.«

Nadia lächelte dünn, ging durch den Raum und setzte sich mit einer anmutigen Bewegung auf Pasquales Knie, obwohl das Sofa frei war. Ich fühlte mich unbehaglich.

»Ich habe nur versucht, Lina zu helfen.«

Pasquale umschlang Nadias Taille mit einem Arm, beugte sich zu mir und platzte los:

»Na prima! Du meinst, sobald in allen Fabriken, auf allen Baustellen und in jedem Winkel Italiens und der Welt der Boss den Bogen überspannt und die Arbeiter in Gefahr sind, rufen wir Elena Greco: Die telefoniert dann mit ihren Freunden, mit der Gewerbeaufsicht, mit allen ihren Schutzheiligen und sorgt für eine Lösung.«

Noch nie hatte er in diesem Ton mit mir gesprochen, nicht einmal, als ich klein war und er mir schon groß vorgekommen war und sich als Politikexperte aufgespielt hatte. Ich war verletzt, setzte zu einer Antwort an, aber Nadia schnitt mir das Wort ab. Sie wandte sich mit ihrem trägen Stimmchen an Lila, als lohnte es sich nicht, mit mir zu reden:

»Die Gewerbeaufsicht hat nichts zu sagen, Lina. Die sind zu Soccavo gegangen, haben ihre Berichte geschrieben, na und? In der Fabrik läuft alles wie zuvor. Und jetzt sind die, die sich weit aus dem Fenster gelehnt haben, in Schwierigkeiten; wer den Mund gehalten hat, dem sind unter der Hand ein paar Lire zugesteckt worden; die Polizisten haben uns angegriffen; und die Faschisten sind bis hierher, zu unserem Haus, gekommen und haben Armando verprügelt.«

Sie hörte auch nicht auf zu reden, als Pasquale sich bereits erneut und noch schroffer an mich wandte, diesmal mit erhobener Stimme:

»Erklär uns doch, was du deiner Meinung nach verdammt noch mal geglaubt hast, ausrichten zu können«, sagte er mit aufrichtigem Kummer und Enttäuschung. »Weißt du, wie es in Italien aussieht? Hast du eine Ahnung davon, was Klassenkampf ist?«

»Schrei bitte nicht so«, bat Nadia ihn, dann wandte sie sich wieder an Lila und flüsterte beinahe:

»Man lässt seine Genossen nicht im Stich.«

Sie antwortete:

»Es wäre so oder so schiefgegangen.«

»Was soll das heißen?«

»Da drinnen gewinnt man nicht mit Flugblättern und auch nicht damit, dass man Faschisten verprügelt.«

»Wie denn sonst?«

Lila schwieg, Pasquale zischte sie an:

»Gewinnt man vielleicht, indem man die Freunde der Unternehmer mobilisiert? Gewinnt man, indem man ein bisschen Geld verlangt und sich einen Scheiß um die anderen kümmert?«

Da polterte ich los:

»Pasquale, hör auf damit!« Unwillkürlich wurde auch ich lauter: »Was soll denn dieser Ton? So war das nicht!«

Ich wollte es erklären und ihn zum Schweigen bringen, obwohl mein Kopf leer war, ich nicht wusste, auf welche Argumente ich zurückgreifen sollte, und der einzige Gedanke, der mir auf der Zunge lag, niederträchtig und politisch nicht verwendbar war: ›Behandelst du mich so, weil du diese Signorina aus gutem Hause befummeln darfst und jetzt denkst, du bist wer weiß was?‹ Aber da hielt Lila mich mit einer völlig unerwarteten, ärgerlichen Geste zurück, die mich irritierte. Sie sagte:

»Das reicht jetzt, Lenù, sie haben recht.«

Ich war tief getroffen. Sie hatten recht? Ich wollte etwas erwidern, mich auch mit ihr anlegen, was hatte sie gemeint? Doch in diesem Augenblick kam die Galiani, man hörte ihre Schritte im Flur.

59

Ich hoffte, die Professoressa hatte mich nicht schreien hören. Zugleich wartete ich darauf, dass Nadia von Pasquales Knie sprang und sich schnell aufs Sofa setzte, ich wollte die beiden zu gern in der Verlegenheit sehen, ihre Intimitäten verhehlen zu müssen. Ich bemerkte, dass auch Lila sie spöttisch anschaute. Aber die zwei blieben, wie sie waren, Nadia schlang sogar ihren Arm um Pasquales Hals, als fürchtete sie herunterzufallen, und sagte zu ihrer Mutter, die auf der Schwelle erschienen war: »Das nächste Mal sag mir Bescheid, wenn du Besuch erwartest.« Die Professoressa antwortete nicht, sie wandte sich kühl an uns: »Entschuldigt, ich bin zu spät, setzen wir uns in mein Arbeitszimmer.« Wir folgten ihr, während Pasquale Nadia von sich schob und in einem Ton, der plötzlich niedergeschlagen klang, leise sagte: »Komm, wir gehen nach nebenan.«

Die Galiani ging uns auf dem Flur voraus und knurrte gereizt: »Am meisten stört mich diese Rüpelhaftigkeit.« Dann führte sie uns in ein geräumiges Zimmer mit einem alten Schreibtisch, vielen Büchern und spartanischen Polsterstühlen. Ihr Ton war freundlich, doch es war offensichtlich, dass sie mit schlechter Laune kämpfte. Sie sagte, sie freue sich, mich zu sehen und auch Lila wiederzusehen. Trotzdem spürte ich, dass sie immer mürrischer wurde, ich wollte so schnell wie möglich wieder weg. Ich entschuldigte mich, weil ich mich nicht eher gemeldet hatte, redete etwas atemlos über die Mühen des Studiums, über mein Buch, über die unzähligen Dinge, die über mich gekommen waren, über meine Verlobung, meine bevorstehende Heirat.

»Heiratest du kirchlich oder nur auf dem Standesamt?«

»Nur auf dem Standesamt.«

»Sehr schön.«

Sie wandte sich an Lila, wollte sie ins Gespräch miteinbeziehen:

»Hast du kirchlich geheiratet?«

»Ja.«

»Glaubst du an Gott?«

»Nein.«

»Warum hast du dann kirchlich geheiratet?«

»Das hat man eben so gemacht.«

»Man muss doch nichts machen, bloß weil es immer so gemacht wird.«

»Das tun wir doch oft.«

»Gehst du zu Elenas Hochzeit?«

»Sie hat mich nicht eingeladen.«

Ich fuhr hoch und sagte sofort:

»Das ist nicht wahr!«

Lila kicherte:

»Natürlich, sie schämt sich für mich.«

Sie sagte das ironisch, trotzdem war ich verletzt. Was war los mit ihr? Warum war sie mir vor Nadia und Pasquale in den Rücken gefallen und sagte nun im Beisein der Lehrerin so hässliche Dinge?

»Blödsinn«, sagte ich, zog, um mich zu beruhigen, mein Buch aus der Tasche und gab es der Galiani:

»Das wollte ich Ihnen schenken.« Sie warf, vielleicht mit einem anderen Gedanken beschäftigt, einen kurzen Blick darauf, ohne es zu sehen, dann bedankte sie sich, sagte, sie habe es schon, und gab es mir zurück, wobei sie sich erkundigte:

»Und was macht dein Mann?«

»Er hat einen Lehrstuhl für Lateinische Literatur in Florenz.«

»Ist er viel älter als du?«

»Er ist siebenundzwanzig.«

»So jung und schon Professor?«

»Er ist sehr gut.«

»Wie heißt er?«

»Pietro Airota.«

Die Galiani sah mich an wie in der Schule, wenn ich eine Antwort gegeben hatte, die sie für falsch hielt.

»Ist er verwandt mit Guido Airota?«

»Er ist sein Sohn.«

Sie lächelte betont hämisch.

»Eine gute Partie.«

»Wir lieben uns.«

»Hast du schon ein neues Buch angefangen?«

»Ich versuche es.«

»Du arbeitest für die *Unità*, habe ich gesehen.«

»Nur gelegentlich.«

»Für die schreibe ich nicht mehr, das ist ein Bürokratenblatt.«

Erneut sprach sie Lila an, offenbar wollte sie ihr unbedingt ihre Sympathie bekunden:

»Was du in der Fabrik getan hast, ist beachtlich.«

Lila verzog ärgerlich das Gesicht.

»Ich habe gar nichts getan.«

»Das stimmt doch nicht.«

Die Galiani stand auf, kramte in den Papieren auf dem Schreibtisch und zeigte ihr wie einen unanfechtbaren Beweis einige Blätter.

»Nadia hat deinen Text hier in der Wohnung herumliegen lassen, und ich habe mir erlaubt, ihn zu lesen. Eine mutige Arbeit, neu und sehr gut geschrieben. Ich wollte dich wiedersehen, um dir das zu sagen.«

Sie hatte Lilas Seiten in der Hand, aus denen ich meinen ersten Artikel für die *Unità* gemacht hatte.

60

Oh ja, es war wirklich Zeit für mich, aus alldem herauszukommen. Verbittert und mit trockenem Mund verließ ich die Wohnung der Galiani, ohne den Mut aufgebracht zu haben, der Professoressa zu sagen, dass sie kein Recht habe, mich so zu behandeln. Sie hatte sich nicht zu meinem Buch geäußert, obwohl sie es seit langem besaß und es garantiert gelesen oder wenigstens darin geblättert hatte. Sie hatte mich nicht um eine Widmung in dem Buch gebeten, das ich ihr extra mitgebracht hatte, und als ich mich – aus einer Schwäche heraus, weil ich diese Beziehung auf eine herzliche Art hatte beenden wollen – kurz vor dem Abschied dennoch angeboten hatte, ihr eine hineinzuschreiben, hatte sie weder zugestimmt noch abgelehnt, sie hatte gelächelt und sich weiter mit Lila unterhalten. Und vor allem hatte sie nichts zu meinen Artikeln gesagt, hatte sie anfangs sogar nur erwähnt, um sie in ihr negatives Urteil über die *Unità* einzubeziehen, hatte dann Lilas Text hervorgekramt und ein Gespräch mit ihr begonnen, als wäre meine Meinung zu diesem Thema völlig belanglos, als wäre ich gar nicht mehr im Raum. Am liebsten hätte ich sie angeschrien: ›Ja, es stimmt, Lila besitzt eine außergewöhnliche Intelligenz, eine Intelligenz, die ich stets anerkannt habe, die ich liebe und die alles, was ich getan habe, beeinflusst hat! Meine Intelligenz habe ich mit großer Mühe, doch erfolgreich ausgebildet, überall schätzt man mich, ich bin keine angeberische Niete wie deine Tochter!‹ Aber stattdessen hatte ich den Mund gehalten und zugehört, wie die beiden über Arbeit, Fabriken und Forderungen diskutiert hatten. Noch auf dem Treppenabsatz hatten sie weitergeredet, bis die Galiani sich unaufmerksam von mir verabschiedet hatte, zu Lila aber sehr herzlich gewesen war: »Melde dich mal«, und sie umarmt hatte. Ich hatte mich gedemütigt gefühlt. Zu allem Überfluss waren Pasquale und Nadia nicht noch einmal aufgetaucht, ich hatte keine Gelegenheit gehabt, sie zurechtzuweisen, und war meine Wut über diese beiden nicht losgeworden: Was war so schlimm daran, einer Freundin zu helfen, dafür hatte ich einiges riskiert, wie konnten sie es sich erlauben, mein Vorgehen zu kritisieren. Nun, auf der Treppe, dann im Foyer und auf dem Gehsteig des Corso Vittorio Emanuele waren wir allein, Lila und ich. Ich war drauf und dran, sie anzuherrschen: ›Glaubst du wirklich, ich schäme mich für dich, was fällt dir ein, und warum hast du den beiden recht gegeben, du bist so undankbar, ich habe alles mögliche getan, um in deiner Nähe zu sein, um dir zu helfen, und dafür behandelst du mich nun so, du bist wirklich krank im Kopf!‹ Aber kaum waren wir im Freien, hakte sie sich bei mir unter, noch bevor ich den Mund aufmachen konnte (was hätte es auch geändert, wenn ich es getan hätte?), und fing an zu reden, wobei sie mich gegen die Galiani in Schutz nahm.

Ich fand überhaupt keine Gelegenheit, um ihr zwischendurch sowohl ihre Parteinahme für Pasquale und Nadia vorzuwerfen als auch ihre unsinnige Beschuldigung, ich wolle sie bei meiner Hochzeit nicht dabeihaben. Sie benahm sich, als hätte eine andere Lila das alles gesagt, eine Lila, von der sie selbst nichts wusste und die um eine Erklärung zu bitten nichts nützte. »Was für grässliche Leute«, begann sie und hörte bis zur U-Bahn-Station Amedeo nicht mehr auf zu reden. »Hast du gemerkt, wie die Alte dich behandelt hat, die wollte sich rächen, die kann es nicht ertragen, dass du Bücher und Artikel schreibst, dass du vorteilhaft heiratest, und vor allem kann sie es nicht ertragen, dass Nadia nichts Vernünftiges zustande bringt, Nadia, die extra so erzogen wurde, dass sie die Beste von allen wird, Nadia, die ihr ganzer Stolz sein sollte, die jetzt mit einem Maurer zusammen ist und sich vor ihren Augen aufführt wie seine Hure. Ja, das kann sie nicht ertragen, aber es ist nicht gut, dass du dich darüber aufregst, scheiß drauf, du hättest ihr nicht dein Buch geben sollen, du hättest sie nicht fragen sollen, ob sie eine Widmung von dir möchte, und vor allem wäre es falsch, sie ihr zu geben, solche Leute muss man mit Arschtritten behandeln, dein Fehler ist, dass du zu gut bist, du springst auf alles an, was die Studierten sagen, als hätten bloß die Köpfchen, aber so ist das nicht, entspann dich, los, heirate, mach eine Hochzeitsreise, du hast dich zu sehr nur um mich gekümmert, schreib noch einen Roman, du weißt, dass ich die schönsten Dinge von dir erwarte, ich hab' dich lieb.«

Die ganze Zeit hörte ich ihr überwältigt zu. Mit ihr zur Ruhe zu kommen, war ein Ding der Unmöglichkeit, alles Feststehende in unserer Beziehung erwies sich früher oder später als doch nur vorläufig, im Nu verschob sich etwas in ihrem Kopf, das sie aus dem Gleichgewicht brachte und mich auch. Ich wusste nicht, ob ihre Worte mich wirklich um Verzeihung bitten sollten, ob sie heuchelte und Gefühle verheimlichte, die sie mir nicht anvertrauen wollte, ob sie auf einen endgültigen Abschied aus war. Bestimmt war sie unehrlich, und auch undankbar, und ich war ihr trotz all meiner Veränderungen immer noch unterlegen. Ich hatte das Gefühl, mich nie aus dieser Unterlegenheit befreien zu können, und das war mir unerträglich. Ich wünschte mir – und diesen Wunsch konnte ich nicht im Zaum halten –, der Kardiologe hätte sich geirrt, Armando hätte recht gehabt, sie wäre wirklich krank und sie würde sterben.

Von nun an sahen wir uns viele Jahre nicht, wir telefonierten nur miteinander. Wir wurden Stimmfetzen füreinander, ohne jede Überprüfung durch einen Blick. Doch mein Wunsch, sie möge sterben, setzte sich irgendwo in mir fest, ich verdrängte ihn, aber er verschwand nicht.

61

In der Nacht vor meiner Abreise nach Florenz konnte ich nicht schlafen. Der hartnäckigste meiner Gedanken hatte mit Pasquale zu tun. Seine Kritik lag mir auf der Seele. Zunächst hatte ich sie komplett zurückgewiesen, nun schwankte ich zwischen der Überzeugung, dass ich sie nicht verdient hatte, und der Überlegung, dass ich vielleicht wirklich einen Fehler gemacht hatte, denn schließlich hatte Lila Pasquale recht gegeben. Am Ende tat ich etwas, was ich noch nie getan hatte. Ich stand morgens um vier auf und ging noch vor dem Morgengrauen allein aus dem Haus. Ich war sehr unglücklich und wollte, dass mir etwas Schlimmes zustieß, etwas, das, indem es mich für meine falschen Taten und für meine schlechten Gedanken bestrafte, indirekt auch Lila bestrafte. Aber mir geschah nichts. Lange ging ich durch die verlassenen Straßen, die nun viel sicherer waren, als wenn sich dort Menschen drängten. Der Himmel wurde violett. Ich kam ans Meer, eine eher graue Fläche unter einem blassen Himmel mit seinen spärlichen, rosa umrandeten Wolken. Das wuchtige Castel dell'Ovo war vom Licht scharf zweigeteilt, die dem Vesuv zugewandte Seite in strahlendem Ockergelb, die Seite in Richtung Mergellina und Posillipo ein brauner Fleck. Die Straße an den Klippen war leer, das Meer rauschte nicht, verströmte aber einen intensiven Geruch. Wer weiß, welche Gefühle ich für Neapel, für mich, gehegt hätte, wenn ich jeden Morgen nicht im Rione, sondern in einem der Palazzi an der Uferstraße aufgewacht wäre. ›Was will ich? Meine Herkunft ändern? Mit mir auch die anderen ändern? Diese jetzt menschenleere Stadt mit Bürgern bevölkern, die ohne den Druck von Armut oder Habsucht sind, ohne Groll und ohne Wut, fähig, die Herrlichkeit dieser Landschaft zu genießen, wie die Götter es taten, die sie einst bewohnten? Meinem Dämon freien Lauf lassen, ihm ein schönes Leben schenken und mich glücklich fühlen?‹ Ich hatte die Macht der Airotas genutzt, also von Leuten, die seit Generationen für den Sozialismus kämpften, Leuten, die auf der Seite von solchen wie Pasquale und Lila standen, und das nicht, weil ich glaubte, sämtliche Missstände der Welt beseitigen zu können, sondern weil ich in der Lage war, einem geliebten Menschen zu helfen, und es mir sträflich vorgekommen wäre, es nicht zu tun. Hatte ich falsch gehandelt? Hätte ich Lila in der Klemme sitzen lassen sollen? Nie mehr, nie mehr würde ich für irgendwen auch nur einen Finger rühren. Ich fuhr ab. Um zu heiraten.

62

Ich weiß nichts mehr von meiner Hochzeit. Die Gedächtnisstütze einiger Fotos hat sie, anstatt die Erinnerung anzuregen, zu wenigen Bildern erstarren lassen: Pietro mit geistesabwesender Miene, ich offenbar wütend, meine Mutter, der es, obwohl ihr Bild nicht scharf ist, trotzdem gelingt, ihre Unzufriedenheit zu zeigen. Oder nein, es ist die eigentliche Zeremonie, an die ich mich nicht erinnere, dafür aber an eine lange Diskussion, die ich wenige Tage vor der Hochzeit mit Pietro hatte. Ich sagte ihm, dass ich vorhätte, die Pille zu nehmen, dass mir am wichtigsten sei, zu versuchen, ein neues Buch zu schreiben. Ich war mir seiner sofortigen Zustimmung sicher. Aber zu meiner Überraschung war er dagegen. Zunächst bemühte er das Argument der Legalität, die Pille war noch nicht offiziell im Handel. Dann sagte er, es heiße, sie sei sehr gesundheitsschädlich. Dann hielt er mir einen komplizierten Vortrag über Sex, Liebe und Befruchtung. Und schließlich knurrte er, wenn man wirklich was zu schreiben habe, dann schreibe man so oder so, auch wenn man ein Kind erwarte. Das gefiel mir nicht, ich regte mich auf, diese Reaktion passte für mich nicht zu dem gebildeten jungen Mann, der nur standesamtlich heiraten wollte, und das sagte ich ihm auch. Wir stritten uns. Der Tag unserer Hochzeit kam, ohne dass wir uns wieder vertragen hatten, Pietro war stumm, ich kalt.

Und eine weitere Überraschung ist in meiner Erinnerung nicht verblasst: das Fest. Wir hatten beschlossen, zu heiraten, unsere nächsten Verwandten zu verabschieden und ohne eine Feier nach Hause zu gehen. Diese Entscheidung spiegelte sowohl Pietros Hang zur Askese wider als auch meine Neigung, zu beweisen, dass ich nicht mehr zur Welt meiner Mutter gehörte. Aber unsere Pläne wurden von Adele durchkreuzt. Sie lotste uns auf ein Glas, wie sie sagte, ins Haus einer ihrer Freundinnen, und dort fanden Pietro und ich uns als Mittelpunkt eines großen Empfangs in einer noblen Florentiner Wohnung wieder, mit vielen Verwandten der Airotas und bekannten und berühmten Persönlichkeiten, die alle bis zum Abend blieben. Mein Mann zog ein finsteres Gesicht, und ich fragte mich verwirrt, warum ich mich hatte darauf beschränken müssen, nur meine Eltern und meine Geschwister einzuladen, da es sich doch um ein Fest zu *meiner* Hochzeit handelte. Ich fragte Pietro:

»Wusstest du davon?«

»Nein.«

Eine Weile meisterten wir die Situation gemeinsam. Doch bald entzog er sich den Versuchen seiner Mutter und seiner Schwester, ihn mal diesem und mal jenem vorzustellen, er verschanzte sich zusammen mit meinen Eltern in einer Ecke und unterhielt sich die ganze

Zeit mit ihnen. Ich fand mich anfangs etwas missmutig damit ab, in der Falle zu sitzen, in die wir getappt waren, dann begann ich es aufregend zu finden, dass prominente Politiker, namhafte Intellektuelle, junge Revolutionäre und sogar ein Dichter und ein Romancier, die beide sehr bekannt waren, Interesse für mich und mein Buch zeigten und mich für meine Artikel in der *Unità* lobten. Die Zeit verging wie im Flug, ich fühlte mich in der Welt der Airotas zunehmend akzeptiert. Selbst mein Schwiegervater wollte mich neben sich haben und erkundigte sich liebenswürdig nach meinen Erkenntnissen zu den Problemen der Arbeitswelt. Schnell bildete sich ein Grüppchen um uns, alles Leute, die damit beschäftigt waren, in Zeitungen und Zeitschriften über die im Land anwachsende Flut von Forderungen zu berichten. Und da stand ich nun mit ihnen, und es war mein Fest, und ich war der Mittelpunkt des Gesprächs.

Irgendwann sprach mein Schwiegervater in den höchsten Tönen über einen Essay, der in *Mondo Operaio* erschienen war und das Problem der Demokratie in Italien seiner Meinung nach mit scharfsichtiger Intelligenz erörterte. Durch eine große Fülle an Fakten zeige der Text im Wesentlichen auf, dass – während die RAI, die großen Zeitungen, die Schulen, die Universitäten und die Justiz Tag für Tag darauf hinarbeiteten, die herrschende Ideologie zu festigen – der Wahlkampf faktisch manipuliert sei und die Arbeiterparteien nie genügend Stimmen bekommen könnten, um zu regieren. Kopfnicken, bestätigende Bemerkungen, Verweise auf diesen oder jenen Beitrag. Am Ende nannte Professor Airota mit seiner ganzen Autorität den Verfasser des Artikels, und noch bevor er den Namen sagte – Giovanni Sarratore –, wusste ich, dass es sich um Nino handelte. Ich war so froh, dass ich mich nicht zurückhalten konnte und sagte, dass ich ihn kannte, dann rief ich Adele, damit sie vor ihrem Mann und den anderen Anwesenden bestätigte, wie brillant mein neapolitanischer Freund sei.

Nino nahm an meiner Hochzeit teil, ohne dabei zu sein, und als ich über ihn sprach, fühlte ich mich berechtigt, auch über mich zu sprechen, über die Gründe, weshalb ich begonnen hatte mich mit dem Kampf der Arbeiter zu beschäftigen, über die Notwendigkeit, Fakten zu präsentieren, damit die Parteien und die parlamentarischen Vertretungen der Linken die Versäumnisse nachholten, die sie, was das Verständnis der aktuellen politischen und wirtschaftlichen Situation betraf, angehäuft hatten, und immer so fort mit weiteren Formeln, die ich erst kürzlich erlernt hatte, aber unbefangen anwandte. Ich fühlte mich klug. Meine Laune wurde immer besser, es gefiel mir, neben meinen Schwiegereltern zu stehen und die Wertschätzung ihrer Freunde zu genießen. Am Ende, als meine Familie sich schüchtern verabschiedete und davonlief, um wer weiß wo zu kampieren, bis der erste Morgenzug sie nach Neapel zurückbringen würde, hatte ich keine Lust mehr, mit Pietro zu schmollen. Was er offenbar bemerkte, denn auch er wurde weicher, seine Anspannung ließ spürbar nach.

Kaum waren wir in unserer Wohnung und hatten die Tür hinter uns geschlossen, hatten wir Sex. Zunächst gefiel mir das sehr, aber der Tag hielt noch eine weitere Überraschung für mich bereit. Mein erster fester Freund, Antonio, war, wenn er sich an mir gerieben hatte, schnell und stürmisch gewesen. Franco hatte sich große Mühe gegeben, sich zu beherrschen, hatte sich aber irgendwann mit einem Keuchen zurückgezogen und hielt, nachdem er das Kondom übergestreift hatte, plötzlich inne, schien schwerer geworden zu sein, erdrückte mich mit seinem Gewicht und lachte mir ins Ohr. Pietro dagegen mühte sich so lange ab, dass es mir wie eine Ewigkeit vorkam. Er versetzte mir gezielte, starke Stöße, so dass mein anfängliches Vergnügen allmählich nachließ, besiegt von der monotonen Beharrlichkeit und von dem Schmerz in meinem Bauch. Durch die lange Anstrengung und vielleicht Qual begann er zu schwitzen, und als ich den Schweiß auf seinem Gesicht und seinem Hals sah und seinen nassen Rücken berührte, verging mir die Lust vollends. Doch das bemerkte er nicht, er fuhr fort, sich zurückzuziehen und dann kräftig in mich einzudringen, rhythmisch und ohne Pause. Ich wusste nicht, wie ich mich verhalten sollte. Ich streichelte ihn, raunte ihm Liebesworte zu und hoffte, er würde aufhören. Als er, endlich erschöpft, in ein Brüllen ausbrach und in sich zusammenfiel, freute ich mich, obwohl ich niedergeschlagen und unbefriedigt war.

Er blieb nur kurz im Bett, stand auf und ging ins Bad. Ich wartete einige Minuten auf ihn, war aber müde und schlief ein. Nach einer Stunde schreckte ich hoch und sah, dass er nicht ins Bett zurückgekommen war. Ich fand ihn im Arbeitszimmer, am Schreibtisch.

»Was machst du?«

Er lächelte mich an.

»Ich arbeite.«

»Komm schlafen.«

»Geh schon mal vor, ich komme später nach.«

Ich bin mir sicher, dass ich in dieser Nacht schwanger geworden war.

63

Als ich entdeckte, dass ich ein Kind erwartete, packte mich die Angst, und ich rief meine Mutter an. So konfliktreich unser Verhältnis auch seit jeher war, überwog in dieser Situation doch mein Bedürfnis, mit ihr zu sprechen. Es war ein Fehler, sie wurde sofort aufdringlich. Sie wollte losfahren, bei mir wohnen, mir helfen, mich anleiten, oder umgekehrt, mich in den Rione zurückholen, mich wieder bei sich zu Hause haben, mich der alten Hebamme anvertrauen, die allen ihren Kindern auf die Welt geholfen hatte. Ich hatte Mühe, sie auf Abstand zu halten, sagte, ein mit meiner Schwiegermutter befreundeter Gynäkologe, ein bedeutender Professor, betreue mich, und ich werde in seiner Klinik entbinden.

Sie war beleidigt. Zischte mich an: »Deine Schwiegermutter ist dir also lieber als ich«, und rief nicht mehr an.

Dafür meldete sich wenige Tage später Lila. Wir hatten seit meiner Abreise schon ein paar Mal miteinander telefoniert, doch immer nur kurz, wir wollten nicht
zu viel Geld ausgeben, sie fröhlich, ich distanziert, sie,
die sich ironisch nach meinem Leben als Ehefrau erkundigte, ich, die ich ernst nach ihrem Gesundheitszu-
stand fragte. Diesmal merkte ich, dass etwas nicht
stimmte.

»Bist du sauer auf mich?«, fragte sie.

»Nein, warum sollte ich?«

»Du hast mir nichts erzählt. Ich habe die Neuigkeit
nur erfahren, weil deine Mutter vor allen Leuten mit
deiner Schwangerschaft angibt.«

»Ich weiß es erst seit kurzem mit Gewissheit.«

»Ich dachte, du nimmst die Pille.«

Ich wurde verlegen.

»Ja, aber dann wollte ich sie doch nicht.«

»Warum denn nicht?«

»Die Jahre vergehen.«

»Und das Buch, das du schreiben wolltest?«

»Wir werden sehen.«

»Ich bitte darum.«

»Ich tu', was ich kann.«

»Du musst das Maximum tun.«

»Ich versuch's.«

»Ich, jedenfalls, nehme die Pille.«

»Also läuft es gut mit Enzo?«

»Einigermaßen, aber ich will nie wieder schwanger werden.«

Sie schwieg, auch ich sagte nichts. Als sie weitersprach, erzählte sie mir sowohl vom ersten als auch vom zweiten Mal, als sie bemerkt hatte, dass sie ein Kind erwartete. Sie bezeichnete beide Male als schlimme Erfahrungen. »Beim zweiten Mal«, sagte sie, »war ich mir sicher, dass das Kind von Nino ist, und obwohl es mir schlechtging, freute ich mich. Aber egal, ob froh oder nicht, du wirst sehen, dass der Körper leidet, er will sich nicht verformen, da ist zu viel Schmerz.« Sie machte in immer schwärzeren Farben weiter, es ging um Erlebnisse, die sie mir schon erzählt hatte, aber noch nie mit einem so großen Drang, mich in ihre Qualen einzuweihen, damit auch ich sie spürte. Sie schien mich auf das, was mich erwartete, vorbereiten zu wollen, war sehr besorgt um mich und meine Zukunft. »Das Leben eines anderen Menschen«, sagte sie, »klammert sich im Bauch erst an dir fest, und wenn es endlich rauskommt, nimmt es dich gefangen, hält dich an der Leine, und du bestimmst nicht mehr selbst über dich.« Lebhaft schilderte sie mir jede Phase meiner Mutterschaft, indem sie ihre eigene auf meine übertrug, sie drückte sich auf ihre übliche, wirkungsvolle Art aus. »Das ist, als hättest du dir deine eigene Plage erschaffen«, rief sie, und ich sah, dass sie nicht zu dem Gedanken fähig war, dass sie sie war und ich ich, für sie war es unvorstellbar, ich könnte eine andere Schwangerschaft haben, als sie sie erlebt hatte, und ein anderes Gefühl für mein Kind. Für sie war es so selbstverständlich, dass ich die gleichen Schwierig-keiten haben würde wie sie, dass ich den Eindruck ge-wann, sie würde mögliche Mutterfreuden meinerseits sofort als Verrat betrachten.

Ich wollte ihr nicht länger zuhören und nahm den Hörer vom Ohr, sie machte mir Angst. Wir verabschie-deten uns ohne Wärme voneinander.

»Wenn du mich brauchst«, sagte sie, »gib mir Be-scheid.«

»Ist gut.«

»Du hast mir geholfen, jetzt will ich dir helfen.«

»Ist gut.«

Aber dieser Anruf hatte mir überhaupt nicht gehol-fen, im Gegenteil, er hatte mich beunruhigt. Ich wohnte in einer Stadt, über die ich nichts wusste, auch wenn ich durch Pietro inzwischen jeden Winkel kannte, was ich von Neapel nicht behaupten konnte. Ich liebte das Ar-noufer, machte schöne Spaziergänge, aber die Farbe der Häuser gefiel mir nicht, sie verdarb mir die Laune. Der spöttelnde Ton der Einwohner – des Hausportiers, des Fleischers, des Bäckers, des Briefträgers – stachelte mich an, genauso spöttelnd zu reden, daraus ergab sich eine grundlose Abneigung. Die vielen Freunde meiner Schwiegereltern, die am Tag unserer Hochzeit so entge-genkommend gewesen waren, hatten sich nie mehr bli-cken lassen, und Pietro hatte auch nicht die Absicht, sie zu sehen. Ich fühlte mich einsam und verletzlich. Kaufte mir einige Bücher darüber, wie man eine perfekte Mutter wird, und bereitete mich mit meinem üblichen Fleiß vor.

Die Tage, die Wochen vergingen, aber zu meiner Überraschung belastete mich die Schwangerschaft kein bisschen, sie erleichterte mich sogar. Die Übelkeit war nicht der Rede wert, nie waren mein Körper, meine Stimmung, meine Unternehmungslust beeinträchtigt. Ich war im vierten Monat, als mein Buch einen bedeutenden Preis erhielt, der mir weitere Berühmtheit und noch etwas Geld einbrachte. Trotz des herrschenden politischen Klimas, in dem diese Art von Anerkennung abgelehnt wurde, ging ich zur Preisverleihung und fühlte mich in einem Zustand der Gnade, ich war stolz auf mich, empfand eine körperliche und geistige Erfüllung, die mich unerschrocken und offenherzig machte. In meiner Dankesrede war ich zu geschwätzig, ich sagte, ich sei so glücklich wie die Astronauten in den weißen Weiten des Mondes. Weil ich mich stark fühlte, rief ich einige Tage darauf Lila an, um ihr von dem Preis zu erzählen. Ich wollte ihr mitteilen, dass sich die Dinge nicht so entwickelten, wie sie es prophezeit hatte, dass im Gegenteil alles glatt lief, dass ich zufrieden sei. Ich ruhte so in mir, dass ich bereit war, über den Verdruss hinwegzugehen, den sie mir bereitet hatte. Aber Lila hatte im *Mattino* – nur die neapolitanischen Zeitungen hatten meinem Preis einige Zeilen gewidmet – meinen Satz über die Astronauten gelesen und rieb ihn mir unter die Nase, ohne mich zu Wort kommen zu lassen. »Die weißen Weiten des Mondes«, sagte sie höhnisch. »Manchmal ist es besser, den Mund zu halten, als Blödsinn zu reden.« Sie fügte hinzu, der Mond sei ein Stein unter Milliarden anderen

Steinen, und, Stein hin oder her, das Beste sei, mit beiden Beinen fest auf der Erde zu stehen, samt ihren Schwierigkeiten.

Das war wie ein Schlag in die Magengrube. Warum hörte sie nicht auf, mir wehzutun? Wollte sie nicht, dass ich glücklich war? Oder hatte sie sich nie erholt, und ihr Unwohlsein ließ ihre schlechten Seiten stärker hervortreten? Hässliche Worte kamen mir in den Sinn, aber ich kam nicht dazu, sie auch auszusprechen. Als hätte sie gar nicht bemerkt, dass sie mich verletzt hatte, oder als glaubte sie, ein Recht dazu zu haben, war sie bereits dazu übergegangen, mir in einem sehr freundschaftlichen Ton von sich zu erzählen. Sie hatte mit ihrem Bruder, mit ihrer Mutter und sogar mit ihrem Vater Frieden geschlossen; war sich mit Michele Solara über die alte Frage des Markennamens der Schuhe und über das Geld, das er Rino schuldete, in die Haare geraten und hatte sich mit Stefano in Verbindung gesetzt, um zu verlangen, dass er wenigstens finanziell auch für Gennaro wie ein Vater sorgte und nicht nur für Maria. Sie zog gereizt, manchmal auch vulgär sowohl über Rino her als auch über die Solaras und über Stefano. Am Ende fragte sie mich, als wäre sie wirklich dringend auf meine Meinung angewiesen: »Habe ich das richtig gemacht?« Ich antwortete nicht. Ich hatte einen bedeutenden Preis bekommen, und sie hatte nur auf den Satz mit den Astronauten geachtet. Vielleicht um sie zu kränken, fragte ich sie, ob sie noch die Symptome habe, die sie ganz kopflos machten. Sie verneinte, wiederholte mehrmals, es gehe ihr prächtig, und sagte beiläufig mit selbstironischem Kichern: »Nur manchmal sehe ich aus dem Augenwinkel Leute aus den Möbeln kommen.« Schließlich fragte sie mich: »Alles in Ordnung mit der Schwangerschaft?« Ich sagte: »Ja, alles in Ordnung, sehr sogar, ging mir nie besser.«

In diesen Monaten reiste ich viel. Ich war hier und dort eingeladen, nicht nur wegen meines Buches, sondern auch wegen der Artikel, die ich schrieb und die mich ebenfalls zwangen herumzureisen, um die neuen Streikformen und die Reaktionen der Fabrikbesitzer aus der Nähe zu beobachten. Ich hatte nie vorgehabt, unbedingt Publizistin zu werden. Ich war es jetzt, weil mir die Arbeit Spaß machte. Ich fühlte mich ungehorsam, rebellisch und so voller Kraft, dass meine Sanftmut wie eine Verkleidung wirkte. Doch gerade mit ihrer Hilfe schmuggelte ich mich unter die Streikposten vor den Fabriken, sprach ich mit Arbeitern und Arbeiterinnen, mit Gewerkschaftern und schlüpfte ich an den Polizisten vorbei. Mich erschreckte nichts. Als die Bombe vor der Banca dell'Agricoltura hochging, befand ich mich in Mailand, im Verlag, wurde aber nicht unruhig und hatte keine dunklen Vorahnungen. Ich betrachtete mich als Teil einer unaufhaltsamen Kraft, als unverwundbar. Niemand konnte mir und meinem Kind etwas anhaben. Wir zwei waren die einzige beständige Realität, ich sichtbar und er (oder sie, aber Pietro wünschte sich einen Jungen) vorerst noch unsichtbar. Der Rest war ein Luftstrom, eine Flut von Bildern und Geräuschen, die, egal ob zerstörerisch oder wohltuend, Stoff für meine Arbeit lieferte, sie zog vorüber oder kam auf mich zu, damit ich sie mit Zauberworten in einer Erzählung, in einem Artikel, in einer öffentlichen Rede verarbeiten konnte, wobei ich sorgfältig darauf bedacht war, dass nichts vom Schema abwich und dass jeder Gedanke den Airotas gefiel und auch dem Verlag und Nino, der meine Sachen bestimmt irgendwo las, und auch Pasquale, wieso nicht, und Nadia und Lila, die endlich würden denken müssen: ›Na sieh mal einer an, was Lena da schreibt, wir haben ihr unrecht getan, sie steht auf unserer Seite.‹

Diese Zeit der Schwangerschaft war besonders intensiv. Es überraschte mich, dass ich in diesem Zustand mehr Lust auf Sex hatte. Ich verführte Pietro, umarmte ihn, küsste ihn, obwohl er für Küsse nicht viel übrighatte und fast sofort begann, mich auf seine langatmige, schmerzhafte Weise zu nehmen. Danach stand er auf und arbeitete bis spät in die Nacht. Ich schlief ein, zwei Stunden, dann wachte ich auf, spürte, dass er nicht im Bett war, knipste das Licht an, las, bis ich müde wurde. Dann ging ich in sein Zimmer, drängte ihn, schlafen zu kommen. Er gehorchte, stand aber früh wieder auf, es schien, als hätte er Angst vor dem Schlaf. Ich dagegen schlief bis zum Mittag.

Nur ein Ereignis beunruhigte mich damals. Ich war im siebten Monat, mein Bauch war schwer. Ich stand in Florenz vor den Werkstoren von Nuovo Pignone, es kam zu Tumulten, ich lief davon. Vielleicht machte ich eine falsche Bewegung, ich weiß es nicht, jedenfalls spürte ich einen heftigen Stich in meiner rechten Hinterbacke, der sich wie von einem heißen Eisen bis in mein Bein fortsetzte. Hinkend kehrte ich nach Hause zurück und legte mich ins Bett, es ging vorüber. Aber manchmal flammte der Schmerz wieder auf und strahlte zur Leiste und zum Oberschenkel aus. Ich gewöhnte mir an, Haltungen einzunehmen, die ihn linderten, doch als mir bewusst wurde, dass ich dazu neigte, nun regelmäßig zu hinken, war ich entsetzt, ich ging zu dem Professor, der meine Schwangerschaft begleitete. Er beruhigte mich, sagte, es sei alles in Ordnung, die Last, die ich mit mir herumtrage, sei groß und drücke ein wenig auf den Ischiasnerv. »Warum machen Sie sich so viele Sorgen?«, fragte er mich freundlich. »Sie sind doch ein so unbeschwerter Mensch.« Ich log, behauptete, ich wisse es nicht. Dabei wusste ich es genau, ich befürchtete, der Gang meiner Mutter hätte mich eingeholt, hätte sich in meinem Körper eingenistet, und ich müsste nun für immer so humpeln wie sie.

Nach den beschwichtigenden Worten des Frauenarztes beruhigte ich mich, der Schmerz dauerte noch kurze Zeit an, dann verschwand er. Pietro verbot mir, weitere Dummheiten zu machen, genug mit dem vielen Herumgelaufe. Ich gab ihm recht, in der letzten Zeit der Schwangerschaft verbrachte ich meine Tage mit Lesen, ich schrieb fast nichts mehr. Am 12. Februar 1970 morgens um 5.20 Uhr wurde unsere Tochter geboren. Wir nannten sie Adele, obwohl meine Schwiegermutter unablässig wiederholte: »Das arme Kind, Adele ist ein schrecklicher Name, nenn es sonst wie, aber doch nicht so.« Ich entband unter grausamen Schmerzen, die aber nicht lange währten. Als das Baby zur Welt kam und ich es sah – tiefschwarze Haare, ein violetter Körper, der sich voller Kraft wand und schrie –, empfand ich eine so überwältigende körperliche Freude, dass ich mir noch heute keine andere Freude denken kann, die damit vergleichbar wäre. Wir ließen es nicht taufen, meine Mutter schrie mir am Telefon die schlimmsten Dinge ins Ohr und beteuerte, sie werde niemals kommen, um es sich anzusehen. ›Sie wird sich schon wieder beruhigen‹, dachte ich betrübt. ›Ihr Pech, wenn sie nicht kommt.‹

Als ich wieder auf den Beinen war, rief ich sofort Lila an, ich wollte nicht, dass sie sich ärgerte, weil ich ihr nicht Bescheid gesagt hatte.

»Es war eine wundervolle Erfahrung«, sagte ich zu ihr.

»Was denn?«

»Die Schwangerschaft, die Geburt. Adele ist bildschön und so lieb.«

Sie antwortete:

»Jeder erzählt sich das Leben so, wie es ihm gefällt.«

64

Was für ein Wirrwarr von Fäden mit unauffindlichen
Enden entdeckte ich damals in mir. Sie waren alt und
verblasst oder ganz neu, manchmal in kräftigen Farben,
manchmal farblos, hauchdünn, fast unsichtbar. Mein
Wohlbefinden endete abrupt in dem Moment, als ich
Lilas Prophezeiungen entgangen zu sein glaubte. Das
Kind veränderte sich zum Schlechten, und die unters-
ten Schichten dieses Durcheinanders kamen wie durch
eine unbedachte Bewegung an die Oberfläche. Anfangs,
als wir noch in der Klinik gewesen waren, hatte mein
Baby problemlos an der Brust gesaugt, aber kaum waren wir zu Hause, fingen die Probleme an, es wollte mich
nicht mehr. Es trank nur wenige Sekunden, dann schrie
es wie ein kleines, wildes Tier. Ich erkannte, wie schwach
ich war, wie empfänglich für alten Aberglauben. Was
hatte die Kleine? Waren meine Brustwarzen nicht groß
genug, konnte sie sie nicht fassen? Schmeckte ihr meine
Milch nicht? Oder war ihr aus der Ferne eine Abneigung gegen mich, ihre Mutter, angehext worden?

Ein Leidensweg von Arzt zu Arzt begann, nur für sie
und mich, Pietro hatte immer für die Universität zu arbeiten. Meine vergeblich geschwollenen Brüste begannen zu schmerzen, ich spürte glühende Steine darin,
malte mir Infektionen aus, Amputationen. Ich quälte
mich mit der Milchpumpe ab, um mir Erleichterung zu
verschaffen, um genügend Milch zu gewinnen und die
Kleine mit dem Fläschchen zu füttern, um die Schmer-

zen zu lindern. Ich flüsterte ihr schmeichelnd zu: »Trink, na komm, du bist so eine Liebe, so eine Süße, was für ein niedliches Mäulchen du hast, was für niedliche Äuglein, na, was denn.« Vergeblich. Zunächst entschloss ich mich niedergeschlagen, dazuzufüttern, dann hörte ich ganz auf zu stillen. Ich griff zu künstlicher Milch, die mir Tag und Nacht langwierige Vorbereitungen auferlegte, eine lästige Prozedur zum Sterilisieren der Sauger und Fläschchen, eine penible Gewichtskontrolle vor und nach dem Füttern, Schuldgefühle bei jedem Durchfall. Manchmal fiel mir Silvia ein und wie sie in der turbulenten Atmosphäre der Studentenversammlung in Mailand wie selbstverständlich Ninos Sohn Mirko gestillt hatte. Warum konnte ich das nicht? Ich weinte viel, still und heimlich.

Ein paar Tage hatte mein Kind dann einen stabileren Rhythmus, ich atmete auf, hoffte, der Zeitpunkt für eine Neuordnung meines Lebens sei gekommen. Aber die Kampfpause hielt nicht einmal eine Woche. In ihrem ersten Lebensjahr tat meine Kleine nie ein Auge zu, ihr winziger Körper wand sich, und sie schrie stundenlang mit ungeahnter Kraft und Ausdauer. Sie beruhigte sich nur, wenn ich sie eng umschlungen durch die Wohnung trug und mit ihr redete: »Jetzt ist Mamas Liebling ganz artig und leise, jetzt ruht er sich aus und schläft fein.« Aber Mamas Liebling wollte nicht schlafen, die Kleine schien den Schlaf genauso zu fürchten wie ihr Vater. Was hatte sie nur? Bauchschmerzen, Hunger, Angst davor, alleingelassen zu werden, weil ich sie nicht gestillt hatte? Den bösen Blick auf sich, einen Dämon, der ihr in den Körper gefahren war? Und ich, was hatte ich an mir? Was für ein Gift war in meine Milch gefahren? Und mein Bein? Bildete ich mir das nur ein, oder fing es wieder an wehzutun? War meine Mutter schuld? Wollte sie mich bestrafen, weil ich mein ganzes Leben lang versucht hatte, nicht so zu sein wie sie? Oder war es etwas anderes?

Eines Nachts erklang die dünne Stimme Gigliolas wieder, die im ganzen Rione herumerzählt hatte, Lila besitze schreckliche Kräfte, sie sei zu Hexereien mit Feuer imstande und ersticke die Kinder in ihrem Bauch. Ich schämte mich, versuchte dagegenzuhalten, brauchte Ruhe. Ich versuchte, die Kleine bei Pietro zu lassen, der wegen seiner Angewohnheit, bis in die Nacht zu arbeiten, die Müdigkeit nicht so stark spürte. Ich sagte: »Ich kann nicht mehr, weck mich in ein paar Stunden«, und ging ins Bett, ich sank in den Schlaf wie in eine tiefe Ohnmacht. Doch einmal wachte ich vom verzweifelten Schreien des Babys auf, ich wartete eine Weile, es wurde nicht still. Ich stand auf. Ich sah, dass Pietro die Wiege in sein Arbeitszimmer gezogen hatte und, ohne sich um das Gebrüll unserer Tochter zu kümmern, über seine Bücher gebeugt dasaß und sich Notizen machte, als wäre er taub. Ich vergaß meine guten Manieren, fiel in alte Verhaltensweisen zurück und beschimpfte ihn in meinem Dialekt. »Ist dir denn alles scheißegal, ist dir dieser Mist wichtiger als deine Tochter?« Mein Mann forderte mich distanziert, eisig auf, das Zimmer zu verlassen und die

Wiege mitzunehmen. Er musste einen wichtigen Artikel für eine englische Zeitschrift fertigstellen, der Termin war denkbar knapp. Von nun an bat ich ihn nicht mehr um Hilfe, und wenn er mir welche anbot, sagte ich: »Geh schon, danke, ich weiß, du hast zu tun.« Nach dem Abendessen strich er unsicher und verlegen um mich herum, dann zog er sich in sein Zimmer zurück und arbeitete bis in die Nacht hinein.

65

Ich kam mir verlassen vor, glaubte aber, es nicht anders zu verdienen: Ich war nicht in der Lage, meiner Tochter Ruhe zu schenken. Trotzdem machte ich mit zusammengebissenen Zähnen weiter, auch wenn ich immer verzagter wurde. Mein Körper verweigerte die Mutterrolle. Und sosehr ich die Schmerzen in meinem Bein auch verdrängte und alles tat, um sie zu ignorieren, waren sie doch wieder da und wurden stärker. Aber ich gab nicht auf und zermürbte mich, indem ich mir alles mögliche aufbürdete. Da unser Haus keinen Fahrstuhl hatte, trug ich den Kinderwagen mit der Kleinen darin hoch und runter, ich ging einkaufen, kam mit Taschen beladen nach Hause, putzte die Wohnung, kochte und dachte: ›Jetzt werde ich vor der Zeit alt und hässlich wie die Frauen im Rione.‹ Und ausgerechnet als ich besonders verzweifelt war, rief mich natürlich Lila an.

Als ich ihre Stimme hörte, war ich drauf und dran, sie anzuschreien: ›Was hast du mit mir gemacht, alles ging glatt, und jetzt passiert auf einmal das, was du gesagt hast, der Kleinen geht es schlecht, und ich hinke, wie ist das möglich, ich kann nicht mehr!‹ Aber ich konnte mich rechtzeitig bremsen, sagte nur leise: »Alles in Ordnung, die Kleine macht ein paar Sperenzchen und wächst im Moment wenig, aber sie ist zauberhaft, ich bin zufrieden.« Dann erkundigte ich mich mit geheucheltem Interesse nach Enzo, nach Gennaro, nach Lilas Verhältnis zu Stefano, zu ihrem Bruder, zum Rione, danach, ob sie noch einmal Probleme mit Bruno Soccavo und mit Michele gehabt hatte. Sie antwortete in einem hässlichen, dreckigen und aggressiven Dialekt, doch im Großen und Ganzen ohne Wut. »Soccavo muss bluten«, sagte sie. »Und wenn ich Michele treffe, spucke ich ihm ins Gesicht.« Gennaro war in ihren Reden nunmehr eindeutig Stefanos Sohn, sie sagte: »Er ist so stämmig wie sein Vater.« Und als ich anmerkte: »Er ist so ein sympathischer Junge«, lachte sie und warf verächtlich hin: »Und du bist ja so eine tüchtige Mama, nimm du ihn doch!« Aus diesen Worten hörte ich den Sarkasmus von jemandem heraus, der durch irgendwelche geheimen Kräfte erfahren hatte, wie es mir wirklich ging, und ich ärgerte mich, hielt aber erst recht an meiner Komödie fest – »hör mal, was Dede für ein schönes Stimmchen hat, hier in Florenz lebt es sich wunderbar, ich lese gerade ein interessantes Buch von Baran« – und machte so lange weiter, bis sie mich zwang, den Vorhang zu schließen, und mir von dem IBM-Lehrgang erzählte, mit dem Enzo begonnen hatte.

Nur über ihn sprach sie mit Respekt, lange, und erkundigte sich gleich darauf nach Pietro.

»Geht es dir gut mit deinem Mann?«

»Ausgezeichnet.«

»Mir mit Enzo auch.«

Als sie auflegte, ließ ihre Stimme eine Wolke aus Bildern und Geräuschen der Vergangenheit zurück, die mir noch stundenlang im Kopf blieb: unser Hof, unsere gefährlichen Spiele, meine Puppe, die sie ins Kellerloch geworfen hatte, die dunkle Treppe, auf der wir zu Don Achille hinaufgestiegen waren, um sie uns wiederzuholen, Lilas Hochzeit, ihre Großzügigkeit und ihre Bosheit und wie sie sich Nino geschnappt hatte. ›Sie kann mein Glück nicht ertragen‹, dachte ich unruhig. ›Sie will mich wieder bei sich haben, unter sich, damit ich ihr in ihren Angelegenheiten beistehe, in ihren elenden Rione-Gefechten.‹ Dann sagte ich mir: ›Ich bin ja dumm, wozu habe ich denn studiert‹, und ich tat so, als hätte ich alles unter Kontrolle. Meiner Schwester Elisa, die mich häufig anrief, sagte ich, Mutter zu sein, sei wunderbar. Carmen Peluso, die mir von ihrer Hochzeit mit dem Tankwart vom Stradone erzählte, antwortete ich: »Ach, was für eine schöne Nachricht, ich wünsche dir viel Glück, grüß Pasquale von mir, was treibt er denn so.« Bei den seltenen Gelegenheiten, da meine Mutter anrief, gab ich mich freudestrahlend und knickte nur ein einziges Mal ein, ich fragte sie:

»Was ist eigentlich mit deinem Bein passiert, warum hinkst du?« Doch sie antwortete: »Was juckt dich das denn, kümmere dich gefälligst um deinen eigenen Kram.«

Ich kämpfte monatelang, versuchte die trübsten Seiten an mir in Schach zu halten. Manchmal ertappte ich mich dabei, wie ich zur Heiligen Jungfrau betete, obwohl ich mich für eine Atheistin hielt, und ich schämte mich. Aber häufiger stieß ich fürchterliche Schreie aus, wenn ich mit dem Kind allein zu Hause war, keine Worte, nur Atemluft, die zusammen mit meiner Verzweiflung ausbrach. Diese schlimme Phase schien nicht vergehen zu wollen, es war eine langsame, quälende Zeit. Nachts trug ich die Kleine hinkend auf dem Flur hin und her, und ich flüsterte ihr keine süßen Wörter ohne Sinn mehr zu, ich beachtete sie nicht, versuchte, mich auf mich zu konzentrieren, hatte stets ein Buch, eine Zeitschrift in der Hand, obwohl ich so gut wie nichts lesen konnte. Tagsüber, wenn Adele ruhig schlief – anfangs hatte ich mir angewöhnt, sie Ade zu nennen, ohne an den Hades zu denken, der in diesen zwei Silben steckte, so dass ich verlegen wurde, als Pietro mich darauf aufmerksam machte, und nun lieber Dede sagte –, versuchte ich, für die Zeitung zu schreiben. Aber ich hatte keine Zeit mehr – und sicherlich auch keine Lust –, für die *Unità* herumzufahren. So verloren die Dinge, die ich schrieb, an Kraft, ich wollte nur mein stilistisches Geschick zur Schau stellen und landete bei Schnörkeln ohne Substanz. Einmal warf ich einen Artikel aufs Papier und zeigte ihn Pietro, bevor ich ihn der Redaktion diktierte. Er befand:

»Er ist nichtssagend.«

»Inwiefern?«

»Nichts als leere Wörter.«

Ich war gekränkt, diktierte ihn trotzdem. Man druckte ihn nicht. Von da an lehnten sowohl die Lokalredaktion als auch die Inlandsredaktion meine Texte mit einiger Verlegenheit ab, man schob Platzmangel vor. Ich litt, stellte fest, dass wie durch heftige Erschütterungen, die aus unzugänglichen Tiefen kamen, rings um mich her zusehends alles zusammenbrach, was ich bis vor Kurzem für sicher etablierte Lebens- und Arbeitsbedingungen gehalten hatte. Ich las nur, um meinen Blick auf ein Buch oder eine Zeitschrift zu heften, es war, als sähe ich lediglich die Schriftzeichen und hätte auf die Bedeutungen keinen Zugriff mehr. Zwei-, dreimal stieß ich zufällig auf Artikel von Nino, doch deren Lektüre verschaffte mir nicht mehr das übliche Vergnügen, ihn mir vorzustellen, seine Stimme zu hören und seine Gedanken zu genießen. Natürlich freute ich mich für ihn. Wenn er schrieb, bedeutete dies, dass es ihm gut ging und er sein Leben lebte, wer weiß wo, wer weiß mit wem. Aber ich starrte auf seinen Namen, las wenige Zeilen und zuckte stets zurück, als machte jeder seiner schwarz auf weiß gedruckten Sätze meine Lage noch unerträglicher. Ich war nicht mehr neugierig, schaffte es nicht einmal mehr, mein Äußeres zu pflegen. Für wen denn auch? Ich sah niemanden, außer Pietro, der mich mit geschliffener Höflichkeit behandelte, aber ich merkte, dass ich für ihn nur ein Schatten war. Manchmal kam es mir so vor, als würde ich mit seinem Kopf denken und seine Unzufriedenheit spüren. Die Heirat mit mir hatte sein Gelehrtenleben nur komplizierter gemacht, und das ausgerechnet, als sein Name bekannter wurde, besonders in England und den Vereinigten Staaten. Ich bewunderte ihn, trotzdem ärgerte ich mich über ihn. Ich sprach immer mit einer Mischung aus Groll und Unterordnung mit ihm.

›Das reicht‹, befahl ich mir eines Tages. ›Schluss mit der *Unità*, es ist schon viel, wenn ich den richtigen Einstieg in mein neues Buch finde. Sobald es fertig ist, wird sich alles regeln.‹ Aber welches Buch denn? Meiner Schwiegermutter und dem Verlag gegenüber behauptete ich, schon ziemlich weit zu sein, aber das war gelogen, ich log bei jeder Gelegenheit in den herzlichsten Tönen. In Wahrheit hatte ich bloß Hefte voller lustloser Notizen, weiter nichts. Und wenn ich sie aufschlug, in der Nacht oder am Tag, je nachdem, welchen Rhythmus Dede mir aufzwang, schlief ich darüber ein. Einmal kam Pietro spätnachmittags aus der Universität nach Hause und fand mich in einem Zustand vor, der schlimmer war als der, in dem ich ihn vor einer Weile ertappt hatte. Ich saß in der Küche und schlief fest, mit dem Kopf auf dem Tisch. Die Kleine hatte ihre Mahlzeit nicht bekommen und schrie weit weg, im Schlafzimmer. Ihr Vater fand sie in der Wiege, sie war halb nackt und vernachlässigt. Als Dede sich, gierig an das

Fläschchen geklammert, beruhigte, fragte Pietro traurig:

»Kann es sein, dass du keinen hast, der dir helfen könnte?«

»In dieser Stadt nicht, das weißt du doch.«

»Hol deine Mutter her, deine Schwester.«

»Das will ich nicht.«

»Dann frag doch deine Freundin aus Neapel. Du hast dich für sie eingesetzt, da wird sie das Gleiche für dich tun.«

Ich zuckte zusammen. Für den Bruchteil einer Sekunde spürte ein Teil von mir in aller Deutlichkeit, dass Lila bereits im Haus war. So wie sie sich früher in mir versteckt hatte, war sie nun in Dede hineingeschlüpft, mit den zusammengekniffenen Augen, der gerunzelten Stirn. Energisch schüttelte ich den Kopf. Sofort weg mit diesem Bild, weg mit dieser Möglichkeit, was sah ich da vor mir?

Pietro fand sich damit ab, dass er seine Mutter anrufen musste. Widerwillig fragte er sie, ob sie für eine Weile zu uns kommen könne.

66

Ich begab mich mit sofort einsetzender Erleichterung in die Obhut meiner Schwiegermutter, die sich auch diesmal wieder als eine Frau erwies, der ich gern ähnlich gewesen wäre. In wenigen Tagen machte sie ein robustes Mädchen knapp über zwanzig ausfindig, Clelia aus den Maremmen, und unterwies sie genauestens darin, wie sie sich um die Wohnung, den Einkauf, die Küche zu kümmern hatte. Als Pietro Clelia zu Hause vorfand, ohne auch nur gefragt worden zu sein, wurde er ärgerlich.

»Ich will keine Sklaven in meinem Haus«, sagte er.

Adele antwortete ruhig:

»Sie ist keine Sklavin, sie ist eine Angestellte.«

Und bestärkt durch die Gegenwart meiner Schwiegermutter platzte ich heraus:

»Soll vielleicht ich die Sklavin spielen, deiner Meinung nach?«

»Du bist die Mutter, keine Sklavin.«

»Ich wasche und bügle deine Sachen, putze die Wohnung für dich, koche für dich, habe dir eine Tochter geschenkt, ziehe sie unter zahllosen Schwierigkeiten groß, ich bin am Ende.«

»Wer zwingt dich denn, habe ich je etwas von dir verlangt?«

Ich kam nicht an gegen ihn, aber Adele schon, sie besiegte ihren Sohn mit einem teils brutalen Sarkasmus, und Clelia blieb. Dann nahm sie mir das Kind ab, schob die Wiege in das Zimmer, das ich für sie vorgesehen hatte, und kümmerte sich sowohl nachts als auch am Tage um die pünktliche Einhaltung der Flaschenmahlzeiten. Als sie sah, dass ich hinkte, brachte sie mich zu einem mit ihr befreundeten Arzt, der mir verschiedene Injektionen verschrieb. Sie erschien persönlich jeden Morgen und jeden Abend mit der Spritze und den Ampullen, um mir fröhlich die Nadel in den Hintern zu rammen. Sofort ging es mir besser, der Schmerz in meinem Bein verschwand, meine Stimmung besserte sich, ich wurde heiterer. Doch Adele hörte nicht auf, sich um mich zu kümmern. Taktvoll bewegte sie mich dazu, mich wieder mehr zu pflegen, schickte mich zum Friseur, drängte mich, zum Zahnarzt zu gehen. Vor allem erzählte sie mir beharrlich vom Theater, vom Kino, von einem Buch, das sie gerade übersetzte, von einem anderen, das sie herausgab, davon, was ihr Mann oder andere Berühmtheiten, die sie freundschaftlich beim Vornamen nannte, in dieser oder jener Zeitschrift geschrieben hatten. Durch sie erfuhr ich erstmals von sehr kämpferischen feministischen Heften. Mariarosa kenne die jungen Frauen, die daran mitarbeiteten, sie sei ganz begeistert von ihnen, habe große Hochachtung vor ihnen. Sie selbst aber nicht. Sie sagte in ihrer typischen ironischen Art, dass sie über die Frauenfrage faselten, als könnte man sie unabhängig vom Klassengegensatz in Angriff nehmen. »Lies das ruhig trotzdem«, riet sie mir am Ende und ließ mir mit einem letzten, sibyllinischen Satz einige dieser Broschüren da: »Wenn du eine Schriftstellerin sein willst, dann lass dir nichts entgehen.« Ich legte sie beiseite, hatte keine Lust, meine Zeit mit Texten zu verschwenden, die Adele selbst nicht guthieß. Aber besonders bei dieser Gelegenheit fiel mir auf, dass keiner der gelehrten Plaudereien meiner Schwiegermutter das Bedürfnis nach einem wirklichen Gedankenaustausch mit mir zugrunde lag. Adeles Ziel war es, mich systematisch aus meiner unerträglichen Lage einer unfähigen Mutter zu befreien, sie riss Wörter an, um Funken daraus zu schlagen und meinen eingefrorenen Kopf und Blick neu zu entflammen. Aber es gefiel ihr mehr, mich zu retten, als mir zuzuhören.

Was dann. Dann weinte Dede nachts trotzdem weiter, ich hörte sie, das wühlte mich auf, von ihr drang ein Kummer zu mir herüber, der die wohltätige Aktion meiner Schwiegermutter unwirksam machte. Und obwohl ich mehr Zeit hatte, gelang es mir nicht, zu schreiben. Und der für gewöhnlich so kontrollierte Pietro verlor in Gegenwart seiner Mutter bis zur Unhöflichkeit die Beherrschung, seiner Rückkehr nach Hause folgte fast immer eine Auseinandersetzung mit einem sarkastischen Schlagabtausch zwischen den beiden, das verstärkte schließlich das Gefühl des Zerfalls, den ich rings um mich her spürte. Mein Mann – so erkannte ich schnell – fand es normal, Adele als verantwortlich für letztlich jedes seiner Probleme zu betrachten. Er verübelte ihr einfach alles, selbst das, was ihm bei der Arbeit widerfuhr. Ich wusste so gut wie nichts über die aufreibenden Spannungen, denen er an der Universität ausgesetzt war, für gewöhnlich antwortete er auf mein *Wie geht's* mit *Gut*, er wollte mich schonen. Aber bei seiner Mutter ließ er seiner Rede freien Lauf, wobei er den anklagenden Ton eines Kleinkinds hatte, das sich vernachlässigt fühlt. Über Adele schüttete er alles aus, was er mir nicht erzählte, und wenn dies in meiner

Gegenwart geschah, tat er so, als wäre ich nicht da, ganz als sollte ich, seine Frau, nur die stumme Zeugin geben.

So wurden mir viele Dinge klar. Seine Kollegen, allesamt älter als er, schrieben seine glänzende Karriere und auch das bisschen Ruhm im Ausland, das ihn nun allmählich umspielte, dem Namen zu, den er trug, sie hatten ihn ausgeschlossen. Die Studenten hielten ihn für unnötig streng, für einen neunmalklugen Spießer, der sein Gärtchen bestellte, ohne dem Chaos der Gegenwart irgendwelche Zugeständnisse zu machen, kurz, für einen Klassenfeind. Und wie üblich verteidigte er sich nicht und griff auch nicht an, sondern ging stur seinen Weg, hielt – da war ich mir sicher – klare, kluge Vorlesungen und bestätigte mit der gleichen Klarheit das Wissen seiner Studenten oder ließ sie durchfallen. »Es ist aber so schwer«, begehrte er eines Abends Adele gegenüber jammernd auf. Sofort senkte er die Stimme, murmelte, er brauche Ruhe, seine Arbeit sei anstrengend, nicht wenige Kollegen wiegelten die Studenten gegen ihn auf, oft würden Gruppen von Jugendlichen in seinen Hörsaal eindringen und ihn zwingen, die Vorlesung abzubrechen, und an den Wänden stünden jetzt abscheuliche Schmierereien. Da polterte ich, noch bevor Adele ein Wort sagen konnte, unbeherrscht los: »Wenn du ein bisschen weniger reaktionär wärst, würde dir so was nicht passieren!« Und zum ersten Mal, seit ich ihn kannte, gab er mir eine boshafte Antwort, er zischte: »Halt den Mund, du redest doch bloß abgedroschenes Zeug!«

Ich schloss mich im Bad ein, plötzlich wurde mir bewusst, dass ich ihn kaum kannte. Was wusste ich denn von ihm? Er war ein friedlicher Mann, doch festgelegt bis zum Starrsinn. Er stand auf der Seite der Arbeiterklasse und der Studenten, aber er lehrte und prüfte auf die denkbar konventionellste Art. Er war Atheist, hatte nicht kirchlich heiraten wollen, hatte mich genötigt, darauf zu verzichten, Dede taufen zu lassen, bewunderte aber die christlichen Gemeinden von Oltrarno und redete mit großer Sachkenntnis über religiöse Fragen. Er war ein Airota, ertrug aber die Privilegien und Vorteile nicht, die sich daraus für ihn ergaben. Ich beruhigte mich, versuchte, ihm näher zu sein, ihn meine Zuneigung spüren zu lassen. ›Er ist mein Mann‹, sagte ich mir. ›Wir müssen mehr miteinander reden.‹ Doch Adeles Anwesenheit erwies sich zunehmend als ein Problem. Zwischen ihnen stand etwas Unausgesprochenes, was Pietro dazu trieb, seine guten Manieren zu vergessen, und Adele, mit ihm zu sprechen wie mit einem Versager, ohne die Hoffnung auf Rettung.

So lebten wir nun mit ständigen Auseinandersetzungen. Er stritt mit seiner Mutter, sagte schließlich etwas, was mich wütend machte, und ich griff ihn an. Bis meine Schwiegermutter ihn eines Tages beim Abendessen in meinem Beisein fragte, warum er auf dem Sofa schlafe. Da antwortete er: »Es ist besser, wenn du morgen wieder fährst.« Ich mischte mich nicht ein, obwohl ich wusste, weshalb er auf dem Sofa schlief. Er tat es für mich, um meinen Schlaf nicht zu stören, wenn er nachts um drei aufhörte zu arbeiten und sich etwas Ruhe gönnte. Tags darauf fuhr Adele nach Genua zurück. Ich fühlte mich verloren.

67

Doch die Monate vergingen, und sowohl das Kind als auch ich schafften es. Dede begann an ihrem ersten Geburtstag zu laufen. Ihr Vater hockte sich vor sie hin und redete ihr gut zu, sie lächelte, löste sich von mir und lief wacklig auf ihn zu, mit ausgestreckten Armen und offenem Mund, als wäre er das wunderbare Ziel ihres durchweinten Jahres. Von da an waren ihre Nächte ruhig, und auch meine. Die Kleine war immer häufiger mit Clelia zusammen, meine Unruhe ließ nach, ich nahm mir etwas Zeit für mich. Aber ich hatte keine Lust zu anspruchsvollen Tätigkeiten. Wie nach einer langen Krankheit konnte ich es kaum erwarten, an die frische Luft zu kommen, Sonne und Farben zu genießen, durch Straßen voller Menschen zu schlendern und Schaufenster anzuschauen. Da ich ziemlich viel Geld hatte, kaufte ich in dieser Phase Kleidung für mich, für das Kind, für Pietro, stopfte die Wohnung mit Möbeln und Nippes voll und verschwendete Geld wie noch nie. Ich hatte das Bedürfnis, schön zu sein, interessante Leute zu treffen, mich mit ihnen zu unterhalten, aber es war mir nicht gelungen, Freundschaften zu schließen, und Pietro brachte nur sehr selten Gäste mit nach Hause.

Ich versuchte, nach und nach wieder an das erfüllende Leben anzuknüpfen, das ich bis vor einem Jahr geführt hatte, und nun erst wurde mir bewusst, dass das Telefon immer seltener klingelte, dass mich kaum jemand anrief. Die Erinnerung an meinen Roman verblasste, und damit verbunden ließ auch das Interesse an mir nach. Auf die frühere Zeit der Euphorie folgte eine Phase, in der ich mich besorgt und manchmal deprimiert fragte, was ich tun könnte, ich las wieder zeitgenössische Literatur, schämte mich oft für meinen Roman, der vergleichsweise frivol und sehr althergebracht wirkte, legte die Notizen für mein neues Buch beiseite, die die Tendenz aufwiesen, das alte zu wiederholen, und bemühte mich, mir anspruchsvollere Geschichten auszudenken, die die Unruhen der Gegenwart enthielten.

Ich führte auch zaghafte Telefongespräche mit der *Unità* und versuchte wieder, Artikel zu schreiben, doch es gehörte nicht viel dazu, um zu begreifen, dass meine Texte in der Redaktion nicht mehr gern gesehen waren. Ich war ins Hintertreffen geraten, war schlecht informiert, hatte keine Zeit, um jeweils vor Ort zu recherchieren und dann darüber zu berichten, ich schrieb elegante Sätze von abstrakter Strenge, um ausgerechnet in dieser Zeitung – und wem eigentlich – meine Zustimmung zur scharfen Kritik an der kommunistischen Partei und an den Gewerkschaften kundzutun. Heute fällt es mir schwer zu erklären, warum ich dieses Zeug unbedingt schreiben wollte oder, besser gesagt, warum ich mich, trotz meiner Zahmheit und obwohl ich so gut wie gar nicht am politischen Leben der Stadt teilnahm, immer stärker von extremen Positionen angezogen fühlte. Vielleicht aus Unsicherheit. Oder vielleicht aus einem Misstrauen gegen jede Form von Vermittlung, eine Kunst, die ich seit frühester Kindheit mit den Mauscheleien meines Vaters in Verbindung brachte, der sich mit Gerissenheit in der schlecht funktionierenden Stadtverwaltung bewegte. Oder wegen meiner unmittelbaren Bekanntschaft mit der Armut, die nicht zu vergessen ich mich verpflichtet fühlte, ich wollte auf der Seite derer stehen, die unten geblieben waren und dafür kämpften, dass alles in die Luft flog. Oder weil mir die Politik im Kleinen, die Forderungen, über die ich doch so fleißig geschrieben hatte, ziemlich egal waren, ich wollte nur, dass *etwas Großes* – diese Formulierung hatte ich oft benutzt und benutzte sie noch – um sich griff und ich es miterleben und darüber schreiben konnte. Oder weil – es fiel mir schwer, das zuzugeben – noch immer Lila mit ihrer eigensinnigen Unvernunft, die keine Kompromisse duldete, mein Vorbild war, so dass ich, obwohl ich inzwischen in jeder Hinsicht weit von ihr entfernt war, das sagen und tun wollte, von dem ich annahm, dass sie es gesagt und getan hätte, wenn sie über meine Mittel verfügt hätte und wenn sie sich nicht selbst im Rione eingesperrt hätte.

Ich hörte auf, die *Unità* zu kaufen, und begann *Lotta continua* und *il manifesto* zu lesen. In *il manifesto* – hatte ich geschen – tauchte hin und wieder Ninos

Name auf. Wie gut seine Texte für gewöhnlich belegt waren und mit welcher zwingenden Logik sie formuliert waren! Wie damals, wenn ich als junges Mädchen mit ihm gesprochen hatte, wünschte ich mir, mich ebenfalls in ein Gehege aus allgemeinen, kunstvoll formulierten Sätzen zurückzuziehen, das mich davor bewahrte, weiter herumzuschlingern. Ich nahm endgültig zur Kenntnis, dass ich nicht mehr mit Sehnsucht und auch nicht mit Liebe an ihn dachte. Er war, so kam es mir vor, zu einer Gestalt des Bedauerns geworden, zur Synthese dessen, was ich nun wohl nie werden würde, obwohl ich die Chance dazu gehabt hatte. Wir waren im selben Milieu aufgewachsen, hatten uns beide glänzend aus ihm herausgearbeitet. Warum also glitt ich jetzt in die Mittelmäßigkeit ab? Weil ich verheiratet war? Wegen meiner Mutterschaft und Dede? Weil ich eine Frau war, weil ich mich um Haushalt und Familie kümmern, Scheiße abwischen und Windeln wechseln musste? Jedes Mal, wenn ich auf einen Artikel von Nino stieß und ich ihn gut geschrieben fand, bekam ich schlechte Laune. Und ausbaden musste es Pietro, mein im Grunde einziger Gesprächspartner. Ich regte mich über ihn auf, beschuldigte ihn, mich in der schrecklichsten Zeit meines Lebens alleingelassen zu haben, nur seine Karriere im Sinn zu haben und mich zu vernachlässigen. Unsere Beziehung – es fiel mir schwer, das zuzugeben, weil es mir Angst machte, aber so war es nun mal – verschlechterte sich zusehends. Ich sah, dass es ihm beruflich schlecht ging, schaffte es aber trotzdem nicht, nachsichtig zu sein, ich kritisierte ihn sogar mit politischen Positionen, die sich nicht von denen unterschieden, mit denen die Studenten ihm zusetzten. Er hörte mir missmutig zu, erwiderte so gut wie nichts. Bei diesen Gelegenheiten argwöhnte ich, dass die Worte, mit denen er mich vor kurzem angeschrien hatte (*halt den Mund, du redest doch bloß abgedroschenes Zeug*), nicht nur eine momentane Unbeherrschtheit gewesen waren, sondern darauf hindeuteten, dass er mich ganz allgemein nicht als ebenbürtig für eine ernsthafte Diskussion betrachtete. Das verbitterte mich, deprimierte mich, mein Groll wuchs, besonders weil ich selbst wusste, dass ich zwischen widersprüchlichen Gefühlen schwankte, die sich im Kern folgendermaßen zusammenfassen ließen: Durch die Ungleichheit war das Studium für die einen extrem mühsam (für mich, zum Beispiel) und für die anderen fast ein Zeitvertreib (für Pietro, zum Beispiel). Und doch, Ungleichheit hin oder her, konnte man studieren, und zwar gut, sehr gut sogar. Ich war stolz auf meinen Weg, auf mein Können, das ich unter Beweis gestellt hatte, und ich weigerte mich zu glauben, dass meine Anstrengungen umsonst und in gewisser Hinsicht stumpfsinnig gewesen waren. Trotzdem konnte ich Pietro gegenüber aus mir unverständlichen Gründen nur die Ungerechtigkeit der Ungleichheit thematisieren. Ich sagte zu ihm: »Du benimmst dich, als hättest du lauter Studenten mit gleichen Voraussetzungen vor dir, aber so ist das nicht; von jungen Menschen, die nicht die gleichen Chancen hatten, die gleichen Ergebnisse zu verlangen, ist eine Form von Sadismus.« Und ich kritisierte ihn schließlich auch, als er mir von einem heftigen Streit erzählte, den er mit einem wenigstens zwanzig Jahre älteren Kollegen gehabt hatte, einem Bekannten seiner Schwester, der geglaubt hatte, in ihm einen Verbündeten gegen den konservativsten Kreis des akademischen Lehrkörpers zu finden. Dieser Mann hatte ihm den freundschaftlichen Rat gegeben, nicht so streng mit den Studenten zu sein. Pietro hatte auf seine wohlerzogene, aber unumwundene Art entgegnet, er habe nicht das Gefühl, streng zu sein, sondern nur anspruchsvoll. »Na«, hatte der andere geantwortet, »dann sei weniger anspruchsvoll, besonders zu denen, die selbstloserweise einen Großteil ihrer Zeit darauf verwenden, den Laden hier zu verändern.« An diesem Punkt hatten sich die Dinge zugespitzt, auch wenn ich nicht weiß, wie und mit welchen Argumenten. Pietro, der das Ganze wie üblich herunterspielte, behauptete zunächst, er habe zu seiner Verteidigung nur gesagt, er pflege alle Studenten stets mit dem Respekt zu behandeln, den sie verdienten. Dann räumte er ein, seinen Kollegen beschuldigt zu haben, mit zweierlei Maß zu messen: nachsichtig mit den aggressivsten Studenten und unerbittlich bis zur Demütigung mit den ängstlichsten. Das hatte der andere ihm übelgenommen, so dass er ihn angeschrien hatte, nur weil er Pietros Schwester gut kenne, sage er ihm nicht – und hatte es damit doch gesagt –, dass er ein Idiot sei, des Lehrstuhls nicht würdig, auf dem er sitze.

»Hättest du nicht behutsamer sein können?«

»Ich bin behutsam.«

»Scheint mir nicht so.«

»Ich werde ja wohl noch sagen dürfen, was ich denke.«

»Vielleicht solltest du lernen zu erkennen, wer Freund und wer Feind ist.«

»Ich habe keine Feinde.«

»Freunde auch nicht.«

Ein Wort gab das andere, ich übertrieb. Zischte ihn an: »Das Ergebnis deines Verhaltens ist, dass uns in dieser Stadt kein Mensch, und schon gar nicht die Freunde deiner Eltern, zum Essen einlädt oder zu einem Konzert oder zu einem Ausflug.«

68

Mir war inzwischen klar, dass Pietro in seinem beruflichen Umfeld als Langweiler angesehen wurde, denkbar weit entfernt vom begeisterten Aktivismus seiner Familie, ein missratener Airota. Und ich teilte diese Meinung, was unserem Zusammenleben und unseren intimen Beziehungen nicht zuträglich war. Als Dede endlich ruhiger geworden war und einen regelmäßigen Schlafrhythmus entwickelt hatte, war er in unser Ehebett zurückgekehrt, aber es war mir sofort unangenehm, wenn er sich mir näherte, ich hatte Angst, erneut schwanger zu werden, und wollte, dass er mich schlafen ließ.

So schob ich ihn wortlos von mir, es genügte, ihm den Rücken zuzuwenden, und wenn er hartnäckig blieb und sein Glied an mich drückte, stieß ich mit der Ferse leicht gegen sein Bein, um ihm zu bedeuten: Ich will nicht, ich bin müde. Dann zog sich Pietro unbefriedigt zurück, stand auf und setzte sich an die Arbeit.

Eines Abends debattierten wir zum x-ten Mal über Clelia. Es gab immer Spannungen, wenn sie bezahlt werden musste, aber diesmal wurde offensichtlich, dass Clelia nur ein Vorwand war. Er murmelte düster: »Elena, wir müssen über unsere Beziehung nachdenken und Bilanz ziehen.« Ich stimmte sofort zu. Ich sagte, ich bewunderte seine Intelligenz und seine gute Erziehung, Dede sei wundervoll, fügte aber hinzu, ich wolle keine weiteren Kinder, die Isolation, in die ich geraten sei, sei mir unerträglich, ich wolle ins Berufsleben zurück, ich hätte mich nicht seit meiner Kindheit so abgerackert, nur um am Ende in der Rolle der Hausfrau und Mutter eingesperrt zu sein. Wir stritten uns, ich mit Härte, er mit Anstand. Er protestierte nicht mehr wegen Clelia, kapitulierte schließlich. Er entschloss sich, Kondome zu kaufen, begann Freunde zum Abendessen einzuladen, oder eher Bekannte – Freunde hatte er ja nicht –, und fand sich damit ab, dass ich manchmal mit Dede zu Versammlungen und Kundgebungen ging, trotz des zunehmenden Blutvergießens auf den Straßen.

Aber anstatt es zu verbessern, machte dieser neue Kurs mein Leben komplizierter. Dede hing immer mehr an Clelia, und wenn ich mit ihr aus dem Haus ging, langweilte sie sich, war gereizt, zog mich an den Ohren, an den Haaren, an der Nase und verlangte schluchzend nach ihr. Ich musste einsehen, dass sie lieber mit der jungen Frau aus den Maremmen zusammen war als mit mir, und das ließ meinen Verdacht wieder aufkommen, dass ich, da ich sie nicht gestillt hatte und ihr erstes Jahr schwierig gewesen war, in ihren Augen eine dunkle Gestalt war, eine schreckliche Frau, die sie bei jeder Gelegenheit zurechtwies und gleichzeitig aus Eifersucht ihr ach so herziges Kindermädchen, ihre Spielgefährtin, ihre Märchenerzählerin schikanierte. Sie wies mich auch zurück, wenn ich ihr mit dem Taschentuch die Nase putzte oder ihr Essensreste vom Mund abwischte. Sie weinte, sagte, ich täte ihr weh.

Was Pietro anging, dämpften die Kondome seine Erregbarkeit zusätzlich. Um zum Orgasmus zu kommen, brauchte er noch länger als sonst, was ihn quälte und mich quälte. Manchmal ließ ich mich von hinten nehmen, ich hatte das Gefühl, dass es dann weniger wehtat, und während er mir seine heftigen Stöße versetzte, ergriff ich seine Hand und führte sie in der Hoffnung an meine Scham, er würde begreifen, dass ich gestreichelt werden wollte. Aber er schien nicht beides gleichzeitig tun zu können, und da ihm die erste lieber war, vergaß er die zweite fast augenblicklich, und sobald er befriedigt war, schien er auch nicht zu bemerken, dass ich irgendeinen Teil seines Körpers brauchte, um auch meine Lust zu löschen. Nachdem er sein Vergnügen gehabt hatte, strich er mir übers Haar und flüsterte: »Ich arbeite noch ein bisschen.« Wenn er weg war, kam mir die Einsamkeit vor wie ein Trostpreis.

Manchmal, in den Demonstrationszügen, beobachtete ich neugierig die jungen Männer, die sich unerschrocken jeder Gefahr aussetzten, mit einer fröhlichen Energie, auch wenn sie sich bedroht fühlten und selbst bedrohlich wurden. Ich war fasziniert von ihnen, fühlte mich von dieser fiebrigen Hitze angezogen. Doch ich empfand mich als in jeder Hinsicht weit entfernt von den farbenfrohen Mädchen in ihrer Gesellschaft, ich war zu gebildet, bebrillt, verheiratet, und meine Zeit war stets knapp bemessen. Unzufrieden kehrte ich nach Hause zurück, behandelte meinen Mann kühl, fühlte mich bereits alt. Nur wenige Male stellte ich mir vor, dass einer dieser jungen Männer, einer, der in Florenz sehr bekannt und beliebt war, mich bemerkt und weggezogen hätte, so wie damals, als ich mich als Mädchen unbeholfen gefühlt hatte und nicht hatte tanzen wollen, Antonio und Pasquale mich aber am Arm gepackt und mir keine Wahl gelassen hatten. Natürlich kam es nie dazu. Dafür sorgten nun die Bekannten, die mir Pietro ins Haus brachte, für Komplikationen. Ich rackerte mich ab, um die Abendessen zu kochen, spielte die Gattin, die es verstand, ein angeregtes Gespräch in Gang zu halten, und beklagte mich nicht, denn ich hatte meinen Mann ja darum gebeten, ein paar Leute einzuladen. Aber mit Unbehagen bemerkte ich schon bald, dass sich dieser Ritus nicht darin erschöpfte, ich fühlte mich zu jedem Mann hingezogen, der mir ein bisschen Aufmerksamkeit schenkte. Groß, klein, dünn, dick, hässlich, gutaussehend, alt, verheiratet oder ledig, wenn der Gast eine meiner Bemerkungen lobte, wenn er sich mit schönen Worten an mein Buch erinnerte, wenn er sich gar für meine Klugheit begeisterte, sah ich ihn voller Sympathie an, und nach einem kurzen Hin und Her von Sätzen und Blicken übertrug sich meine Aufgeschlossenheit auf ihn. Dann verwandelte sich der anfangs gelangweilte Mann in einen schwungvollen, ignorierte Pietro schließlich vollkommen und vervielfachte seine Aufmerksamkeiten mir gegenüber. Seine Worte wurden immer anspielungsreicher und seine Gesten, sein Benehmen im Verlauf des Gesprächs zunehmend vertraulich. Er berührte meine Schulter mit den Fingerspitzen, mit der Hand, schaute mir tief in die Augen, während er schwermütige Sätze formulierte, stieß mit seinen Knien gegen meine, mit seinen Schuhspitzen gegen meine Schuhe.

In solchen Momenten fühlte ich mich wohl, ich vergaß die Existenz von Pietro und Dede, den Rattenschwanz todlangweiliger Pflichten, den sie mit sich brachten. Ich fürchtete mich nur vor dem Augenblick, da der Gast gehen würde und ich wieder in die Eintönigkeit des Haushalts zurückfallen müsste: sinnlose Tage, Trägheit, unter Sanftmut versteckte Wut. Darum übertrieb ich. In meiner Erregung redete ich zu viel und sehr laut, ich schlug die Beine übereinander, wobei ich sie möglichst weit entblößte, öffnete mit einer unwillkürlichen Bewegung einen Knopf meiner Bluse. Ich verkürzte von mir aus die Distanz, als wäre ein Teil von mir davon überzeugt, dass, wenn ich mich an diesen Unbekannten klammerte, etwas von dem Wohlbefinden, das ich in diesem Moment spürte, in meinem Körper bleiben könnte und, wenn er die Wohnung allein oder mit seiner Frau oder mit seiner Lebensgefährtin verlassen haben würde, ich die Depression, die Leere hinter der Zurschaustellung von Gefühlen und Gedanken und meine Versagensängste weniger spüren würde.

Aber in Wahrheit fühlte ich mich dann, allein im Bett, während Pietro arbeitete, schlichtweg dumm, ich verachtete mich. Doch sosehr ich mich auch bemühte, ich schaffte es nicht, mich zu ändern. Zumal diese Männer glaubten, Eindruck gemacht zu haben, und für gewöhnlich am folgenden Tag anriefen, sie erfanden Vorwände, um mich wiederzusehen. Ich willigte ein. Aber sobald ich zu der Verabredung kam, schreckte ich zurück. Schon die Tatsache, dass sie für mich entflammt waren, obwohl sie, zum Beispiel, dreißig Jahre älter waren als ich oder eine Frau hatten, zerstörte ihre Autorität, zerstörte ihre Rolle als Retter, die ich ihnen zugeschrieben hatte, und das Vergnügen, das ich während des Spiels der Verführung empfunden hatte, erwies sich als beschämender Irrtum. Verstört fragte ich mich: ›Warum habe ich mich bloß so benommen, was ist los mit mir?‹ Ich widmete Dede und Pietro mehr Aufmerksamkeit.

Doch bei der nächstbesten Gelegenheit begann alles wieder von vorn. Ich träumte vor mich hin, hörte laut

Musik, die ich als junges Mädchen nicht gekannt hatte, las nicht, schrieb nicht. Vor allem bedauerte ich zunehmend, dass ich wegen meiner allumfassenden Selbstdisziplin die Freuden eines zügelloseren Lebens, die die Frauen meines Alters in dem Milieu, in dem ich mich nun bewegte, offenkundig gehabt hatten und noch hatten, versäumt hatte. Wenn zum Beispiel Mariarosa bei uns in Florenz auftauchte, mal wegen ihrer Forschungsarbeit, mal wegen politischer Versammlungen, übernachtete sie mit stets anderen Männern bei uns, manchmal auch mit Freundinnen, und sie nahm Drogen, die sie auch ihren Genossen und uns anbot, und während Pietro ein finsteres Gesicht zog und in seinem Zimmer verschwand, war ich fasziniert, ich lehnte es unsicher ab, Hasch oder Acid zu probieren – ich fürchtete, mir könnte schlecht werden –, blieb aber da, um mit ihr und ihren Freunden bis tief in die Nacht zu diskutieren.

Es wurde über alles gesprochen, die Wortwechsel waren oftmals heftig, ich hatte den Eindruck, die gepflegte Sprache, die ich mir mühsam angeeignet hatte, sei unpassend geworden. Zu ordentlich, zu sauber. ›Sieh mal an, wie sich Mariarosas Sprache verändert hat‹, dachte ich. ›Sie hat ihre gute Erziehung hinter sich gelassen, sie redet vulgär.‹ Pietros Schwester sprach nun schlimmer als Lila und ich in unserer Kindheit. Sie gebrauchte nicht ein Substantiv, ohne ein »Scheiß« davorzusetzen. *Wo habe ich bloß dieses Scheißfeuerzeug gelassen, wo sind die Scheißzigaretten.* Lila hatte nie aufgehört, so zu sprechen. Und ich, was sollte ich nun machen, wie-

der so werden wie sie, wieder an den Anfang zurückkehren? Wozu hatte ich mich dann überhaupt so abgemüht?

Ich beobachtete meine Schwägerin. Mir gefiel, wie sie
ihre Solidarität mit mir betonte und wie sie dagegen ihren Bruder und die Männer, die sie uns ins Haus schleppte, in Verlegenheit brachte. Eines Abends unterbrach
sie das Gespräch abrupt und sagte zu ihrem Begleiter:
»Komm, wir gehen ficken.« *Ficken*. Pietro hatte für alles Sexuelle eine Sprache von Kindern aus gutem Hause erfunden, ich hatte sie übernommen und benutzte
sie anstelle des unflätigen, dialektalen Vokabulars, das
ich seit frühester Kindheit kannte. Aber musste man
jetzt wieder vulgäre Wörter in Umlauf bringen, um sich
wirklich in der im Wandel begriffenen Welt zu fühlen,
musste man sagen: Ich will gevögelt werden, fick mich
so und so? Mit meinem Mann unvorstellbar. Doch die
wenigen und allesamt hochgebildeten Männer, mit denen ich zu tun hatte, verwandelten sich gern in niederes
Volk, amüsierten sich mit Frauen, die taten, als wären
sie ordinäre Schlampen, und schienen es zu genießen,
sich bei einer Dame aufzuführen, als wäre sie eine Nutte. Anfangs waren sie sehr förmlich, sie hielten sich zurück. Doch sie konnten es kaum erwarten, ein Geplänkel
zu beginnen, das vom Ungesagten zum Gesagten wechselte, zu immer deutlicheren Worten, in einem Spiel von
Freizügigkeiten, in dem weibliche Widerspenstigkeit als
Zeichen scheinheiliger Anständigkeit betrachtet wurde.
Offenheit und Spontanität dagegen! Das waren die Vor-

züge der befreiten Frau, und ich gab mir Mühe, mich
dem anzupassen. Aber je mehr ich mich anpasste, umso mehr fühlte ich mich von meinem Gesprächspartner
gefangen. Einige Male war mir, als würde ich mich verlieben.

69

Das passierte zunächst mit einem Assistenten für griechische Literatur, der so alt war wie ich, aus Asti stammte und in seiner Heimatstadt eine Verlobte hatte, über
die er sich unzufrieden äußerte. Dann mit dem Mann
einer Dozentin für Papyruskunde, ein Paar mit zwei kleinen Kindern, sie aus Catania, er aus Florenz, er war ein
Ingenieur, der Maschinenbau unterrichtete, hieß Mario, war sehr in Politik bewandert, genoss ein ziemlich
großes öffentliches Ansehen, hatte lange Haare, spielte
in seiner Freizeit Schlagzeug in einer Rockband und
war sieben Jahre älter als ich. Bei beiden war der Ab-
lauf der gleiche: Pietro lud sie zum Abendessen ein, ich
begann zu flirten. Anrufe, die fröhliche Teilnahme an
Demonstrationen, viele Spaziergänge, manchmal mit
Dede, manchmal ohne, und ab und an ein Kinobesuch.
Von dem Assistenten zog ich mich zurück, sobald er
deutlich wurde. Mario dagegen umstrickte mich immer
mehr, und eines Abends, in seinem Auto, küsste er mich,
er küsste mich lange und streichelte meine Brüste im
BH. Ich hatte Mühe, ihn wegzustoßen, sagte, ich wolle

ihn nicht mehr sehen. Aber er rief an, rief wieder an, er fehlte mir, ich gab nach. Da er mich geküsst und angefasst hatte, war er davon überzeugt, gewisse Rechte zu haben, und benahm sich sofort so, als machten wir an dem Punkt weiter, an dem wir aufgehört hatten. Er drängte, machte Angebote, forderte. Als ich ihn einerseits provozierte und mich andererseits lachend entzog, spielte er den Beleidigten und beleidigte mich.

Eines Morgens ging ich mit ihm und Dede spazieren, die, soweit ich mich erinnere, etwas mehr als zwei Jahre alt war und sehr an ihrer heißgeliebten Puppe Tes hing, diesen Namen hatte sie sich ausgedacht. Bei diesen Treffen schenkte ich ihr denkbar wenig Aufmerksamkeit, ich war hingerissen von dem Wortgeplänkel, bisweilen vergaß ich sie ganz. Mario nahm keinerlei Rücksicht auf die Anwesenheit der Kleinen, er war nur darauf bedacht, mich mit tabulosen Reden zu verführen, und wandte sich an Dede, um ihr spielerisch Dinge ins Ohr zu flüstern wie: »Kannst du deiner Mama bitte sagen, sie soll lieb zu mir sein?« Die Zeit verging wie im Flug, wir verabschiedeten uns, ich machte mich mit Dede auf den Heimweg. Nach wenigen Schritten stieß die Kleine schroff hervor: »Tes hat mir gesagt, sie will Papa ein Geheimnis sagen.« Mein Herz setzte aus. »Tes?« »Ja.« »Was will sie Papa denn sagen?« »Tes weiß das.« »Etwas Schönes oder etwas Schlimmes?« »Etwas Schlimmes.« Ich drohte ihr: »Dann sag Tes, wenn sie Papa das erzählt, schließe ich sie in der Besenkammer ein, im Dunkeln.« Sie begann zu weinen, ich musste sie auf dem

Arm nach Hause tragen, sie, die mir zuliebe immer allein lief und so tat, als ermüdete sie nie. Dede verstand also, oder ahnte zumindest, dass es zwischen mir und diesem Mann etwas gab, was ihr Vater nicht dulden würde.

Wieder hörte ich auf, mich mit Mario zu treffen. Was war er denn schließlich? Ein Spießer, der an Pornolalie litt. Doch meine Unruhe legte sich nicht, in mir wuchs die Sehnsucht nach einem Normverstoß, ich wollte so zügellos werden, wie offenbar gerade die ganze Welt zügellos wurde. Ich wollte wenigstens einmal meiner Ehe entkommen oder, warum nicht, allem in meinem Leben, dem, was ich gelernt hatte, dem, was ich geschrieben hatte, dem, was ich zu schreiben versuchte, dem kleinen Mädchen, das ich zur Welt gebracht hatte. Oh ja, die Ehe war ein Gefängnis. Lila, die Mut hatte, war ihr entflohen und hatte dabei ihr Leben aufs Spiel gesetzt. Und ich, welche Risiken ging ich mit dem so unaufmerksamen, so zerstreuten Pietro ein? Keine. Also? Ich rief Mario an. Ließ Dede in Clelias Obhut, ging zu ihm ins Büro. Wir küssten uns, er saugte an meinen Brustwarzen, berührte mich zwischen den Beinen, wie Antonio es vor vielen Jahren an den Teichen getan hatte. Aber als er seine Hosen herunterließ und mich, seine Unterhosen auf Kniehöhe, am Nacken packte, um mich zu seinem Schwanz hinunterzudrücken, machte ich mich los, sagte nein, brachte meine Sachen in Ordnung und lief weg.

In höchster Aufregung und voller Schuldgefühle kam

ich nach Hause. Ich schlief leidenschaftlich mit Pietro, noch nie hatte ich mich so beteiligt gefühlt, ich war es, die kein Kondom wollte. ›Was soll die Angst‹, sagte ich mir. ›Du bist kurz vor der Regel, es wird schon nichts passieren.‹ Aber es passierte. Nach einigen Wochen merkte ich, dass ich wieder schwanger war.

70

Über eine Abtreibung versuchte ich mit Pietro gar nicht erst zu reden – er freute sich sehr, dass ich ihm noch ein Kind schenkte –, und außerdem hatte ich Angst vor diesem Schritt, schon das Wort verursachte mir Übelkeit. Aber Adele spielte am Telefon auf eine Abtreibung an, ich wich sofort mit Phrasen aus, nach dem Motto: Dede braucht Gesellschaft, als Einzelkind aufzuwachsen ist traurig, es ist besser, sie bekommt noch ein Brüderchen oder ein Schwesterchen.

»Und dein Buch?«

»Ich bin bald fertig«, log ich.

»Lässt du es mich dann lesen?«

»Natürlich.«

»Wir sind schon alle sehr gespannt.«

»Ich weiß.«

Ich war in Panik, ohne nachzudenken tat ich etwas, was Pietro sehr erstaunte und mich vielleicht auch. Ich rief meine Mutter an, erzählte ihr, dass ich wieder ein Kind erwartete, und fragte sie, ob sie für eine Weile nach Florenz kommen wolle. Sie brummte, sie könne nicht, sie müsse sich um meinen Vater kümmern, um meine Geschwister. Ich schrie sie an: »Das heißt, deinetwegen werde ich nichts mehr schreiben!« »Ist doch scheißegal«, antwortete sie. »Reicht es dir nicht, in Saus und Braus zu leben?« Und sie legte auf. Aber fünf Minuten später rief Elisa an. »Ich kümmere mich hier um den Haushalt«, sagte sie. »Mama kommt morgen zu dir.«

Pietro holte meine Mutter mit dem Auto vom Bahnhof ab, was sie sehr stolz machte, sie fühlte sich geliebt. Kaum hatte sie einen Fuß in unsere Wohnung gesetzt, zählte ich ihr eine Reihe von Regeln auf: »Du darfst nichts an der Ordnung in meinem und in Pietros Zimmer verändern; du darfst Dede nicht verhätscheln, und du darfst dich nie zwischen mich und meinen Mann stellen; beaufsichtige Clelia, aber leg dich nicht mit ihr an; betrachte mich als eine Fremde, die unter keinen Umständen gestört werden darf; und bleib in der Küche oder in deinem Zimmer, wenn ich Gäste habe.« Ich hatte mich mit dem Gedanken abgefunden, dass sie nicht eine dieser Regeln befolgen würde, doch als hätte die Angst, weggeschickt zu werden, ihr Wesen verändert, wurde sie innerhalb weniger Tage zu einer ergebenen Dienstmagd, die sich um alle Belange des Hauses kümmerte und jedes Problem mit Entschlossenheit und Tatkraft löste, ohne mich oder Pietro je zu stören.

Von Zeit zu Zeit fuhr sie nach Neapel, und ihre Abwesenheit führte dazu, dass ich mich sofort meinem Schicksal überlassen fühlte, ich hatte Angst, sie würde nicht wiederkommen. Doch sie kam jedes Mal wieder. Sie erzählte mir das Neuste aus dem Rione (Carmen war schwanger, Marisa hatte einen Sohn bekommen, Gigliola sollte Michele bald einen zweiten Sohn schenken, nur Lila erwähnte sie nicht, um Konflikte zu vermeiden) und wurde dann zu einer Art guter Seele des Hauses, die unsichtbar dafür sorgte, dass wir alle saubere und sorgfältig gebügelte Wäsche hatten, Mahlzeiten, die wie in der Kindheit schmeckten, eine blitzblanke Wohnung und eine Ordnung, die, sobald sie zerstört war, mit akribischer Zuverlässigkeit wiederhergestellt wurde. Pietro rechnete sich gute Chancen für den erneuten Versuch aus, Clelia loszuwerden, und meine Mutter war einverstanden. Ich regte mich auf, aber anstatt mich mit meinem Mann auseinanderzusetzen, schnauzte ich sie an, sie zog sich ohne eine Antwort in ihr Zimmer zurück. Pietro machte mir Vorwürfe und setzte sich dafür ein, dass ich mich mit meiner Mutter wieder versöhnte, was ich schnell und bereitwillig tat. Er vergötterte sie, sagte, sie sei eine sehr kluge Frau, und blieb nach dem Abendessen oft bei ihr in der Küche, um ein wenig zu plaudern. Dede nannte sie Oma und hing so sehr an ihr, dass sie schlechte Laune bekam, wenn Clelia auftauchte. ›Na also‹, sagte ich mir. ›Alles ist in Ordnung, jetzt hast du keine Ausrede mehr.‹ Und ich zwang mich, mich auf mein Buch zu konzentrieren.

Ich sah meine Notizen durch. Und kam endgültig zu der Überzeugung, dass ich einen neuen Weg einschlagen musste. Ich wollte das hinter mir lassen, was Franco als *Liebesgeschichtchen* bezeichnet hatte, und etwas schreiben, was in Zeiten von Straßendemonstrationen, von Todesfällen durch Gewalt, von polizeilicher Repression und der Angst vor einem Staatsstreich angemessen war. Mir fiel nichts ein, was über ein Dutzend lahmer Seiten hinausging. Was also fehlte mir? Schwer zu sagen. Neapel vielleicht, der Rione. Oder ein Bild wie das der *Blauen Fee*. Oder eine Leidenschaft. Oder eine Stimme, der ich Autorität beimaß und die mich führte. Stundenlang saß ich vergeblich am Schreibtisch, blätterte in Romanen und ging aus Angst davor, dass Dede mich in Beschlag nahm, nicht aus dem Zimmer. Wie unglücklich ich war. Ich hörte die Stimme der Kleinen im Flur, auch die von Clelia und den hinkenden Schritt meiner Mutter. Ich schob meinen Rock hoch und betrachtete meinen Bauch, der schon zu wachsen begann und von dem aus sich ein unerwünschtes Wohlbefinden auf meinen ganzen Körper ausbreitete. Ich war zum zweiten Mal schwanger und trotzdem leer.

71

Damals begann ich Lila nicht nur sporadisch anzurufen, wie ich es bis dahin getan hatte, sondern fast jeden Tag. Ich führte kostspielige Ferngespräche mit ihr, mit dem einzigen Ziel, mich in ihren Schatten zu kauern, die Zeit der Schwangerschaft schnell verrinnen zu lassen und darauf zu hoffen, dass sie einer alten Gewohnheit entsprechend meine Phantasie in Gang setzte. Natürlich achtete ich darauf, kein falsches Wort zu sagen, und hoffte, dass auch sie kein falsches Wort sagte. Ich wusste inzwischen nur zu gut, dass wir unsere Freundschaft nur pflegen konnten, wenn wir beide unsere Zunge im Zaum hielten. So konnte ich ihr, zum Beispiel, nicht gestehen, dass eine dunkle Seite von mir befürchtet hatte, sie habe mich aus der Ferne verhext, und dass diese Seite noch immer hoffte, sie sei wirklich krank und werde sterben. Und Lila konnte mir, zum Beispiel, nicht die wahren, dringlichen Gründe für ihren groben und häufig beleidigenden Ton verraten, den sie mir gegenüber anschlug. Daher beschränkten wir uns darauf, über Gennaro zu reden, der einer der Besten in der Grundschule war, und über Dede, die schon lesen konnte, und wir taten das so, wie Mütter üblicherweise mit ihren Kindern angeben. Oder ich erwähnte ihr gegenüber meine Schreibversuche, doch ohne zu übertreiben, ich sagte nur: »Ich sitze dran, es ist nicht leicht, die Schwangerschaft macht mich ein bisschen schlapp.« Oder ich versuchte, herauszufinden, ob Michele noch um sie herumstrich, um sie auf irgendeine Weise einzusperren und bei sich zu halten. Oder ich fragte sie manchmal, ob ihr bestimmte Schauspieler aus Film und Fernsehen gefielen, und versuchte, sie dahin zu bringen, mir zu sagen, ob sie sich von Männern, die anders waren als Enzo, angezogen fühlte, und ihr gegebenenfalls zu erzählen, dass auch ich manchmal Männer begehrte, die anders waren als Pietro. Aber dieses Thema schien sie nicht zu interessieren. Über die Schauspieler sagte sie fast immer: »Wer ist das, den habe ich noch nie gesehen, weder im Kino noch im Fernsehen.« Sobald ich Enzos Namen erwähnte, begann sie mich auf den neuesten Stand der Computergeschichte zu bringen und verblüffte mich mit einem mir unverständlichen Kauderwelsch.

Es waren begeisterte Berichte, und während sie sprach, machte ich mir in der Annahme, sie könnten mir später einmal nützlich sein, manchmal Notizen. Enzo hatte es geschafft, er arbeitete jetzt in einer kleinen Wäschefabrik, fünfzig Kilometer von Neapel entfernt. Die Firma hatte einen IBM-Rechner gemietet, und er war der Systemingenieur. »Weißt du, was das ist? Er schematisiert manuelle Prozesse in Flussdiagrammen. Die zentrale Verarbeitungseinheit des Rechners ist so groß wie ein dreitüriger Kleiderschrank, und der Speicher umfasst acht Kilobyte. Lenù, du kannst dir nicht vorstellen, wie heiß es da ist. Der Rechner ist schlimmer als ein Backofen. Maximale Abstraktion plus Schweiß und viel Gestank.« Sie erzählte mir von Ferritkernen, von Ringen, durch die ein elektrischer Draht geführt wurde, dessen Spannung ihre Richtung bestimmte, 0 oder 1, und ein Ring war ein Bit, und acht Ringe zusammen konnten für ein Byte stehen, das heißt für ein Zeichen. Enzo war die absolute Hauptfigur in Lilas Redeschwall. Er herrschte über diese ganze Materie wie ein Gott, handhabte ihre Sprache und ihren Inhalt in einem riesigen Raum mit großen Klimageräten, ein Held, der einer Maschine alles beibringen konnte, was Menschen taten. »Verstehst du?«, fragte sie mich von Zeit zu Zeit. Ich antwortete mit einem matten Ja, wusste aber nicht, worüber sie da redete. Ich wusste nur, dass ich, wie sie bemerkte, überhaupt nichts verstand und ich mich dafür schämte.

Ihre Begeisterung wuchs von Ferngespräch zu Ferngespräch. Enzo verdiene jetzt einhundertachtundvierzigtausend Lire im Monat, genau, *einhundertachtundvierzigtausend*. Weil er richtig gut sei, der intelligenteste Mann, dem sie je begegnet sei. So gut, so pfiffig, dass er schnell unabkömmlich geworden sei und sogar einen Weg gefunden habe, Lila anstellen zu lassen, als Assistentin. Das war also die Neuigkeit: Lila arbeitete wieder, und diesmal gefiel es ihr. »Er ist der Chef, Lenù, und ich bin seine rechte Hand. Ich lasse Gennaro bei meiner Mutter – manchmal auch bei Stefano – und fahre jeden Morgen in die Fabrik. Enzo und ich studieren den Produktionsprozess Stück für Stück. Wir tun alles, was die Angestellten tun, um genau zu verstehen, was wir in den Rechner eingeben müssen. Wir überprüfen, was weiß ich, Buchungsvorgänge, kleben Steuermarken auf Rechnungen, kontrollieren die Lehrlingshefte, die Stechkarten, und dann verwandeln wir alles in Diagramme und in Löcher in den Karten. Ja, wirklich, ich arbeite auch als Datentypistin, zusammen mit drei anderen Frauen, ich bekomme achtzigtausend Lire. Einhundertachtundvierzig plus achtzig macht zweihundertachtundzwanzig, Lenù. Enzo und ich sind reich, und in ein paar Monaten wird es noch besser, weil

der Chef gemerkt hat, dass ich was kann, und mich zu
einem Lehrgang schicken will. Siehst du, was für ein
Leben ich habe, freust du dich?«

72

Eines Abends war sie es, die anrief, sie sagte, sie habe
gerade eine schlechte Nachricht erhalten. Dario, der
Schüler, von dem sie mir früher erzählt hatte, der Junge aus dem Komitee, der vor der Soccavo-Fabrik Flugblätter verteilt hatte, sei totgeprügelt worden, direkt
vor der Schule an der Piazza del Gesù.

Sie klang besorgt. Erzählte mir von dem schwarzen
Mantel, der schwer auf dem Rione und der ganzen Stadt
liege, Gewalt über Gewalt. Hinter vielen dieser Schlägereien, sagte sie, steckten Ginos Faschisten, und hinter Gino stehe Michele Solara, Namen, die sie mit altem Abscheu und neuer Wut nannte, als gäbe es hinter
dem, was sie sagte, noch viel mehr, was sie verschwieg.
Ich dachte: ›Wie kann sie sich nur so sicher sein, dass
die zwei dafür verantwortlich sind? Vielleicht steht sie
noch in Verbindung mit den Studenten aus der Via dei
Tribunali, vielleicht besteht ihr Leben nicht nur aus Enzos
Computern.‹ Ich hörte ihr zu, ohne sie zu unterbrechen,
während sie die Worte auf ihre typische, mitreißende
Art fließen ließ. Sie erzählte in allen Einzelheiten von
einer Anschlagsserie der Neofaschisten, die am Parteisitz des MSI gegenüber der Grundschule starteten, über

den Rettifilo, über die Piazza Municipio und hoch auf den Vomero ausschwärmten und Genossen mit Eisenstangen und Messern angriffen. Auch Pasquale war mehrmals verprügelt worden, sie hatten ihm die Frontzähne ausgeschlagen. Und Enzo war eines Abends direkt vor seiner Haustür mit Gino persönlich in eine Schlägerei geraten.

Dann brach sie ab, änderte ihren Ton. Sie fragte: »Erinnerst du dich noch an die Atmosphäre im Rione, als wir klein waren? Jetzt ist es noch schlimmer, nein, es ist genauso.« Sie führte ihren Schwiegervater Don Achille Carracci an, den faschistischen Halsabschneider, und Peluso, den kommunistischen Tischler, und den Krieg, der direkt vor unseren Augen stattgefunden hatte. Wir glitten langsam in die alten Zeiten zurück, ich erinnerte mich an ein Detail, sie an ein anderes. Bis Lila das Schwärmerische ihrer Worte verstärkte und mir die Ermordung Don Achilles schilderte, wie sie es als kleines Mädchen getan hatte, mit Versatzstücken der Realität und viel Phantasie. Der Messerstich in den Hals, der lange Blutstrahl, der einen Kupfertopf bespritzt hatte. Wie schon damals schloss sie aus, dass es der Tischler gewesen war. Sie sagte mit der Überzeugung der erwachsenen Frau: »Die damalige Justiz hat sich, wie übrigens auch die heutige, sofort mit der offensichtlichsten Spur zufriedengegeben, mit der, die zu dem Kommunisten führte.« Dann rief sie: »Aber wer sagt denn, dass es wirklich der Vater von Carmen und Pasquale war? Und wer sagt, dass es ein Mann war

und keine Frau?« Wie in einem Spiel unserer Kindertage, wenn wir das Gefühl hatten, uns vollkommen zu
ergänzen, folgte ich ihr Schritt für Schritt, wobei meine
Stimme aufgeregt ihre überlagerte und mir war, als ge-
langten wir gemeinsam – die Mädchen von damals
und die Frauen von heute – zu einer Wahrheit, die zwei
Jahrzehnte lang unaussprechlich gewesen war. *Überleg doch mal*, sagte sie, *wer hat denn eigentlich von diesem Mord profitiert, wer hat denn am Ende die Wucher-
geschäfte übernommen, die Don Achille kontrolliert
hatte?* Tja, wer? Wir fanden die Antwort einstimmig:
Profitiert hatte die Frau mit dem roten Buch, Manuela
Solara, die Mutter von Marcello und Michele. »Sie hat
Don Achille ermordet«, sagten wir gleichzeitig mit erhobener Stimme, und danach flüsterten wir, erst ich,
dann sie, melancholisch geworden: »Aber was reden
wir denn da, jetzt reicht's aber, wir sind immer noch
zwei Kindsköpfe, wir werden nie erwachsen.«

73

Dieser Augenblick tat endlich gut, schon seit geraumer
Zeit hatten wir nicht mehr zu unserem früheren Einklang zurückgefunden. Nur dass dieser Einklang nun
wirklich auf einen Klang reduziert war, auf unsere ver-
wobenen Stimmen in der Telefonleitung. Wir hatten
uns lange nicht mehr gesehen. Sie wusste nicht, wie
ich nach zwei Schwangerschaften aussah, ich wusste

nicht, ob sie immer noch blass und spindeldürr war. Ich sprach seit einigen Jahren mit einem geistigen Bild, das von der Stimme matt hervorgeholt wurde. Vielleicht kam mir deshalb der Mord an Don Achille plötzlich vor allem wie eine Erfindung vor, wie der Kern einer möglichen Erzählung. Kaum hatte ich den Hörer aufgelegt, versuchte ich, unser Gespräch zu ordnen und die Passagen zu rekonstruieren, in denen Lila mich durch die Verschmelzung von Vergangenheit und Gegenwart von der Ermordung des armen Dario über die des Halsabschneiders auf Manuela Solara gebracht hatte. Ich konnte nicht einschlafen, grübelte lange darüber nach. Immer deutlicher spürte ich, dass dieser Stoff womöglich eine Uferbrüstung war, über die ich mich hinauslehnen konnte, um eine Geschichte zu fassen zu kriegen. In den folgenden Tagen vermengte ich Florenz mit Neapel, die aktuellen Unruhen mit fernen Stimmen, den gegenwärtigen Wohlstand mit der Anstrengung, die ich unternommen hatte, um mich aus meiner Herkunft herauszuarbeiten, die Angst, alles zu verlieren, mit dem Kitzel des Rückschritts. Nach sorgfältiger Überlegung kam ich zu dem Schluss, dass ich ein Buch daraus machen konnte. In ein kariertes Heft schrieb ich angestrengt und mit ständigen, schmerzhaften Überarbeitungen eine Geschichte von Gewalttaten, die die letzten zwanzig Jahre aneinanderreihte. Lila rief ein paar Mal an, sie fragte:

»Wie kommt's, dass du dich nicht mehr meldest, geht es dir nicht gut?«

»Mir geht's ausgezeichnet, ich schreibe.«

»Und wenn du schreibst, existiere ich nicht mehr?«

»Doch, aber ich bin mit meinen Gedanken woanders.«

»Und wenn es mir nun schlecht geht, wenn ich was brauche?«

»Dann ruf an.«

»Und wenn ich nicht anrufe, steckst du in deinem Roman?«

»Ja.«

»Du Glückliche, ich beneide dich.«

Ich arbeitete mit der wachsenden Sorge, vor der Entbindung nicht fertig zu werden, hatte Angst, während der Geburt zu sterben und das Buch unvollendet zu lassen. Es war hart, da war nichts von der seligen Unbekümmertheit, mit der ich meinen ersten Roman heruntergeschrieben hatte. Als die Geschichte in groben Zügen abgeschlossen war, feilte ich an der Dynamik des Textes. Ich strebte einen lebhaften, neuartigen, gezielt chaotischen Stil an und schonte mich nicht. Ich arbeitete akribisch an einer zweiten Fassung. Wieder und wieder korrigierte ich jede Zeile, auch während ich mit der Lettera 32, die ich mir während meiner Schwangerschaft mit Dede gekauft hatte, und mit Kohlepapier meine Notizen in ein dickes, maschinegeschriebenes Manuskript in dreifacher Ausführung verwandelte, fast zweihundert Seiten, und nicht ein Tippfehler.

Es war Sommer, es war sehr heiß, ich hatte einen riesigen Bauch. Seit einer Weile war der Schmerz im Gesäß wieder da, er kam und ging, und der Schritt meiner Mutter im Flur zerrte an meinen Nerven. Ich starrte auf die Seiten, merkte, dass ich Angst vor ihnen hatte. Seit Tagen konnte ich mich nicht dazu durchringen, sie Pietro zu lesen zu geben. ›Vielleicht‹, dachte ich, ›sollte ich sie direkt an Adele schicken, er ist für diese Art Geschichten nicht der Richtige.‹ Außerdem machte er sich das Leben in der Fakultät mit seinem Starrsinn weiterhin sehr schwer, er kam extrem gereizt nach Hause und hielt mir abstrakte Vorträge über den Wert der Rechtsstaatlichkeit, kurz, er war nicht in der geeigneten Verfassung, einen Roman zu lesen, in dem Arbeiter vorkamen, Fabrikbesitzer, Kämpfe, Blut, Camorra-Mitglieder und Halsabschneider. Noch dazu *meinen* Roman. ›Er hält mich fern von dem Durcheinander, das in ihm herrscht, er hat sich nie für das interessiert, was ich war und was ich geworden bin, was für einen Sinn sollte es da haben, ihm das Buch zu geben? Er würde sich darauf beschränken, über die eine oder die andere Wortwahl zu diskutieren, auch über die Zeichensetzung, aber wenn ich ihn drängen würde, seine Meinung zu sagen, würde er vage bleiben.‹ Ich schickte Adele ein Exemplar des Manuskripts, dann rief ich sie an.

»Ich bin fertig.«

»Das freut mich sehr. Schickst du es mir?«

»Ich habe es heute Morgen in die Post gegeben.«

»Ausgezeichnet, ich kann es kaum erwarten, es zu lesen.«

74

Ich richtete mich darauf ein, zu warten, auf ein Warten, das viel ungeduldiger wurde als das auf das Baby in meinem Bauch, das mich von innen trat. Ich wartete fünf lange Tage, Adele meldete sich nicht. Am sechsten Tag beim Abendbrot, als Dede sich Mühe gab, allein zu essen, damit ich mich nicht über sie ärgerte, und ihre Großmutter darauf brannte, ihr zu helfen, es aber nicht tat, fragte mich Pietro:

»Hast du dein Buch fertig?«

»Ja.«

»Und wieso hast du es meiner Mutter zu lesen gegeben und mir nicht?«

»Du hast so viel zu tun, ich wollte dich nicht stören. Aber wenn du es lesen willst, auf meinem Schreibtisch liegt noch ein Exemplar.«

Er antwortete nicht. Ich wartete, fragte:

»Hat dir Adele erzählt, dass ich es ihr geschickt habe?«

»Wer soll es denn sonst gewesen sein?«

»Hat sie es ausgelesen?«

»Ja.«

»Und wie findet sie es?«

»Das sagt sie dir selbst, mich geht das nichts an.«

Er hatte es mir übelgenommen. Nach dem Essen räumte ich das Manuskript von meinem Schreibtisch auf seinen, brachte Dede ins Bett, sah fern, ohne etwas zu sehen oder zu hören, und ging schließlich schlafen.

Ich tat kein Auge zu. Warum hatte Adele mit Pietro über das Buch gesprochen und mich noch nicht angerufen? Am folgenden Tag, dem 30. Juli 1973, sah ich nach, ob mein Mann mit der Lektüre begonnen hatte. Das Manuskript war unter den Büchern gelandet, mit denen er einen Großteil der Nacht gearbeitet hatte, es war offensichtlich, dass er nicht einmal darin geblättert hatte. Ich wurde wütend, schrie Clelia an, sie solle sich um Dede kümmern und nicht die Hände in den Schoß legen, während meine Mutter sich mit allem abrackerte. Ich war sehr hart, aber meine Mutter nahm das Ganze offenbar als einen Liebesbeweis. Sie berührte meinen Bauch, wie um mich zu beruhigen, und erkundigte sich:

»Wenn es wieder ein Mädchen wird, wie soll es dann heißen?«

Ich hatte andere Sorgen, mein Bein tat mir weh, ich antwortete, ohne nachzudenken:

»Elsa.«

Ihr Gesicht verfinsterte sich, zu spät wurde mir klar, dass sie als Antwort erwartet hatte: Wir haben Dede nach Pietros Mutter benannt, und wenn es wieder ein Mädchen wird, bekommt es deinen Namen. Ich versuchte, mich zu rechtfertigen, doch widerwillig. Ich sagte: »Ma', das musst du verstehen, du heißt Immacolata, ich kann meiner Tochter doch nicht so einen Namen geben, er gefällt mir nicht.« Sie knurrte: »Wieso, ist Elsa etwa besser?« Ich erwiderte: »Elsa ist wie Elisa, ich gebe ihr den Namen meiner Schwester, du solltest dich freuen.« Sie sprach kein Wort mehr mit mir. Ach, wie satt ich das alles hatte. Es wurde immer heißer, ich war völlig durchgeschwitzt, hielt meinen schweren Bauch nicht mehr aus, hielt mein Hinken nicht mehr aus, hielt überhaupt nichts, nichts, nichts mehr aus.

Endlich, kurz vor Mittag, rief Adele an. Ihre Stimme hatte nicht den üblichen spöttischen Einschlag. Sie sprach langsam und ernst, ich merkte, dass jedes Wort sie Mühe kostete, sie sagte weit ausholend und mit vielen Einschränkungen, dass das Buch nicht gut sei. Aber als ich meinen Text verteidigen wollte, hörte sie auf, nach Formulierungen zu suchen, die mich nicht verletzen sollten, sie wurde deutlich. Die Heldin sei unsympathisch. Die Figuren seien nicht glaubhaft, sondern nur Karikaturen. Die Handlung und die Dialoge seien gekünstelt. Der Stil wolle modern sein, sei aber nur wirr. Der viele Hass wirke unangenehm. Der Schluss sei plump, in der Art eines Italo-Westerns, er beleidige meine Intelligenz, meine Bildung, mein Talent. Ich schwieg resigniert und hörte mir ihre Kritik von Anfang bis Ende an. Schließlich sagte sie: »Dein erster Roman hatte etwas Lebendiges, Brandneues, doch der hier ist inhaltlich altbacken und so hochgestochen geschrieben, dass die Worte hohl klingen.« Ich sagte leise: »Vielleicht ist man im Verlag wohlwollender.« Sie verhärtete sich, entgegnete: »Schick es ihnen, wenn du willst, nur zu, aber ich garantiere dir, dass sie ihn für nicht publizierbar halten werden.« Ich wusste nicht, was ich sagen sollte, murmelte: »Gut, ich überleg's mir, ciao.« Doch sie hielt mich auf, wechselte augenblicklich den Ton und fing an herzlich über Dede zu reden, über meine Mutter, über meine Schwangerschaft, über Mariarosa, die sie sehr wütend machte. Dann fragte sie mich:

»Warum hast du deinen Roman nicht Pietro gezeigt?«

»Ich weiß nicht.«

»Er hätte dir Ratschläge geben können.«

»Das bezweifle ich.«

»Schätzt du denn sein Urteil nicht?«

»Nein.«

Später, als ich allein in meinem Zimmer war, packte mich die Verzweiflung. Es war beschämend gewesen, das konnte ich nicht ertragen. Ich aß fast nichts, schlief trotz der Hitze bei geschlossenem Fenster. Um vier Uhr nachmittags setzten die Wehen ein. Ich sagte meiner Mutter nichts, nahm die Tasche, die ich schon vor einer Weile gepackt hatte, setzte mich ans Steuer unseres Autos und fuhr zur Klinik, in der Hoffnung, unterwegs zu sterben, ich mit meinem zweiten Kind. Aber alles lief glatt. Ich litt schlimme Schmerzen und bekam nach wenigen Stunden meine zweite Tochter. Pietro setzte sich gleich am nächsten Morgen dafür ein, dass sie den Namen meiner Mutter erhielt, für ihn war das ein notwendiges Zeichen der Hochachtung. Denkbar schlecht gelaunt wiederholte ich, dass ich es satthätte, an Traditionen festzuhalten, und dass sie Elsa heißen solle. Als ich aus dem Krankenhaus nach Hause kam, rief ich als Erstes Lila an. Ich erzählte ihr nicht, dass ich gerade entbunden hatte, ich fragte sie, ob ich ihr meinen Roman schicken dürfe.

Einige Sekunden hörte ich ihren leichten Atem, dann sagte sie leise:

»Ich lese ihn, wenn er erscheint.«

»Ich brauche deine Meinung jetzt.«

»Ich habe schon seit Ewigkeiten kein Buch mehr aufgeschlagen, Lenù, ich kann nicht mehr lesen, ich bin dazu nicht mehr imstande.«

»Bitte, tu mir den Gefallen.«

»Das andere hast du doch auch einfach veröffentlicht und fertig. Warum das hier jetzt nicht?«

»Weil ich das andere gar nicht für ein Buch gehalten habe.«

»Ich kann dir nur sagen, ob es mir gefällt.«

»Ist gut, das reicht.«

75

Während ich darauf wartete, dass Lila das Buch las, wurde bekannt, dass in Neapel die Cholera ausgebrochen war. Meine Mutter regte sich furchtbar auf, wurde fahrig, zerbrach schließlich eine Suppenschüssel, an der mir viel lag, und erklärte, sie müsse zurück nach Hause. Auch wenn die Cholera bei ihrer Entscheidung eine gewisse Rolle gespielt haben mochte, ahnte ich sofort, dass meine Weigerung, unsere zweite Tochter nach ihr zu benennen, nicht weniger ausschlaggebend gewesen war. Ich versuchte, sie zurückzuhalten, doch sie ließ mich trotzdem allein, als ich mich noch gar nicht von der Entbindung erholt hatte und mein Bein noch wehtat. Sie ertrug es nicht länger, Monat um Monat ihres Lebens einer Tochter zu opfern, die keinen Respekt und keine Dankbarkeit zeigte, da rannte sie lieber zurück, um zusammen mit ihrem Mann und mit ihren wohlgeratenen Kindern an Vibriobakterien zu sterben. Aber bis sie die Wohnung verließ, behielt sie die Beherrschtheit bei, die ich ihr aufgezwungen hatte. Sie beklagte sich nicht, grollte nicht, machte mir keine Vorwürfe. Sie ließ sich bereitwillig von Pietro zum Bahnhof fahren. Sie spürte, dass ihr Schwiegersohn sie gernhatte, und wahrscheinlich – überlegte ich – hatte sie sich die ganze Zeit nicht so sehr mir zuliebe zusammengenommen, sondern um auf ihn keinen schlechten Eindruck zu machen. Rührung zeigte sie erst, als sie sich von Dede trennen musste. Auf dem Treppenabsatz fragte sie die Kleine mit ihrem bemühten Italienisch: »Bist du traurig, dass die Oma wegfährt?« Dede, die diese Abreise wie einen Verrat empfand, antwortete düster: »Nein.«

Ich richtete meinen Ärger mehr gegen mich als gegen sie. Eine selbstzerstörerische Wut packte mich, und wenige Stunden später entließ ich Clelia. Pietro wunderte sich, sorgte sich. Ich sagte grimmig, ich hätte es satt, mal gegen Dedes Maremmen-Akzent und mal gegen den neapolitanischen Tonfall meiner Mutter anzukämpfen. Ich wolle wieder selbst über meinen Haushalt und meine Kinder bestimmen. Doch eigentlich fühlte ich mich schuldig und hatte ein großes Bedürfnis, mich zu bestrafen. Ich schwelgte mit einem verzweifelten Genuss in der Vorstellung, dass mich die zwei Mädchen überfordern würden, dazu der Haushalt und mein schmerzendes Bein.

Ich war mir sicher, dass Elsa mir ein nicht weniger schreckliches Jahr bescheren würde als das, was ich mit Dede erlebt hatte. Aber vielleicht, weil ich nun geübter im Umgang mit einem Baby war, oder vielleicht, weil ich mich damit abgefunden hatte, eine schlechte Mutter zu sein, und ich nicht mehr diesen Drang zum Perfektionismus hatte, nahm die Kleine die Brust ohne Schwierigkeiten und gönnte sich lange Stillmahlzeiten und viel Schlaf. Daher schlief auch ich in diesen ersten Tagen zu Hause ziemlich viel, und zu meiner Überraschung kümmerte sich Pietro darum, die Wohnung sauber zu halten, einzukaufen, zu kochen, Elsa zu baden und Dede zu hätscheln, die von der Ankunft ihrer kleinen Schwester und von der Abreise ihrer Großmutter wie betäubt war. Die Schmerzen in meinem Bein verschwanden schlagartig. So war ich alles in allem entspannt, als mich mein Mann eines Spätnachmittags aus einem Schläfchen weckte: »Deine Freundin aus Neapel ist am Telefon.« Ich lief schnell zum Apparat.

Lila hatte lange mit Pietro gesprochen, sie sagte, sie könne es kaum erwarten, ihn persönlich kennenzulernen. Ich hörte ihr lustlos zu – Pietro war zu jedem liebenswürdig, der nicht zur Welt seiner Eltern gehörte –, und da sie das Gespräch mit einer offenbar nervösen Aufgeräumtheit in die Länge zog, war ich kurz davor, sie anzuschreien: ›Ich habe dir die Gelegenheit gegeben, mir das Schlimmstmögliche anzutun, also mach schon, rede, du hast das Buch jetzt dreizehn Tage, sag mir, was du davon hältst!‹ Stattdessen unterbrach ich sie nur schroff:

»Hast du es gelesen oder nicht?«

Sie wurde ernst.

»Ich habe es gelesen.«

»Und?«

»Es ist gut.«

»Was soll das heißen – gut? Hat es dich interessiert, amüsiert, gelangweilt?«

»Es hat mich interessiert.«

»Wie sehr? Wenig, sehr?«

»Sehr.«

»Und warum?«

»Wegen der Geschichte, man bekommt Lust, sie zu lesen.«

»Und was noch?«

»Wie – was noch?«

Ich verhärtete mich, sagte:

»Lila, ich muss unbedingt wissen, wie das Zeug ist, das ich geschrieben habe, und ich habe niemanden außer dir, der mir das sagen kann.«

»Das tue ich doch gerade.«

»Nein, das stimmt nicht, du machst mir was vor. Noch nie hast du über irgendwas so oberflächlich geredet.«

Es folgte ein langes Schweigen. Ich stellte mir vor, wie sie mit übergeschlagenen Beinen neben einem hässlichen Tischchen saß, auf dem das Telefon stand. Vielleicht waren Enzo und sie gerade von der Arbeit gekommen, vielleicht spielte Gennaro in der Nähe. Sie sagte:

»Ich hatte dir doch gesagt, dass ich nicht mehr lesen kann.«

»Darum geht es doch gar nicht. Aber ich brauche dich, und dir ist das scheißegal.«

Erneutes Schweigen. Dann knurrte sie etwas, was ich nicht verstand, vielleicht ein Schimpfwort. Sie sagte hart, gereizt: »Ich mache eine Arbeit, du machst eine andere, was willst du denn von mir, du bist doch diejenige, die studiert hat, du bist diejenige, die weiß, wie Bücher sein müssen.« Dann überschlug sich ihre Stimme, sie schrie beinahe: »Du darfst so was nicht schreiben, Lenù, das bist du nicht, nichts von dem, was ich da gelesen habe, ähnelt dir, es ist ein schlechtes, schlechtes, schlechtes Buch, und das davor war es auch.«

Genau so. Krampfhaft hervorgestoßene Sätze, als würde sich ihr Atem, ein leichter, ein Hauch, plötzlich verfestigen und nicht mehr durch ihre Kehle passen. Mir war übel, ich spürte einen starken, anwachsenden Schmerz über dem Bauch, doch nicht wegen dem, was sie gesagt hatte, sondern wegen der Art, *wie* sie es gesagt hatte. Schluchzte sie? Ich rief besorgt: »Lila, was ist los, beruhige dich, mach schon, atme tief durch!« Sie beruhigte sich nicht. Es waren wirklich Schluchzer, sie klangen mir so kummervoll im Ohr, dass ich die Verletzung des *schlecht, schlecht, schlecht, Lenù* gar nicht spürte und es mich auch nicht kränkte, dass sie mein erstes Buch – das sich sehr gut verkauft hatte und ein Erfolg für mich gewesen war, über das sie sich aber nie wirklich geäußert hatte – ebenfalls als einen Reinfall bezeichnete. Was mir wehtat, war ihr Weinen. Darauf war ich nicht gefasst, das hatte ich nicht erwartet. Mir wäre die kratzbürstige Lila lieber gewesen, und ihr boshafter Ton. Doch nein, sie schluchzte, und sie konnte sich nicht bremsen.

Ich war verstört. ›Na gut‹, sagte ich mir. ›Ich habe zwei schlechte Bücher geschrieben, was macht das schon, der Kummer hier wiegt viel schwerer.‹ Leise sagte ich: »Lila, was weinst du denn, ich müsste doch weinen, hör auf.« Aber sie schrie: »Warum hast du mir das zu lesen gegeben, warum hast du mich gezwungen, dir zu sagen, was ich denke, ich hätte das für mich behalten sollen.« Ich darauf: »Nein, ich bin froh, dass du es mir gesagt hast, wirklich.« Ich wollte, dass sie sich beruhigte, aber es gelang ihr nicht, sie schüttete einen Schwall ungeordneter Sätze über mir aus: »Gib mir nichts mehr zu lesen, ich bin nicht die Richtige dafür, ich erwarte Großes von dir, ich bin mir absolut sicher, dass du es besser kannst, *ich will*, dass du es besser machst, das ist mein größter Wunsch, denn wer bin ich, wenn du nicht gut bist, wer bin ich dann?« Ich sagte: »Mach dir keine Sorgen, sag mir immer, was du denkst, nur so hilfst du mir, hast du mir von klein auf geholfen, ohne dich kann ich nichts.« Endlich schluckte sie ihre Schluchzer hinunter, schniefend flüsterte sie: »Warum heule ich denn, ich bin ja bescheuert.« Sie lachte. »Ich wollte dich nicht ärgern, ich hatte eine ganze Lobrede vorbereitet, stell dir vor, ich hatte sie sogar aufgeschrieben, ich wollte einen guten Eindruck machen.« Ich ermunterte sie, sie mir zu schicken, sagte: »Vielleicht weißt du besser als ich, was ich schreiben soll.« Und damit redeten wir nicht mehr über das Buch, ich erzählte ihr, dass Elsa geboren war, wir sprachen über Florenz, über Neapel, über die Cholera. »Welche Cholera«, fragte sie spöttisch. »Es gibt keine Cholera, nur das übliche Chaos und die Angst, in der Scheiße zu sterben, mehr Angst als Tatsachen, überhaupt keine Tatsachen, wir essen jede Menge Zitronen und keiner hat mehr die Scheißerei.«

Jetzt redete sie wie ein Wasserfall, fast schon fröhlich, sie war eine Last losgeworden. Und mir stand die Sackgasse, in der ich mich befand, wieder deutlicher vor Augen – zwei kleine Töchter, ein für gewöhnlich abwesender Mann, mein schriftstellerisches Desaster –, aber ich machte mir trotzdem keine Sorgen, ja ich fühlte mich sogar leicht, und ich selbst brachte das Gespräch wieder auf mein Versagen. Ich hatte Sätze im Kopf wie: ›Der Faden ist abgerissen, deine positive Ausstrahlung auf mich ist weg, jetzt bin ich wirklich allein.‹ Aber das sagte ich nicht. Stattdessen bekannte ich in einem selbstironischen Ton, dass hinter den Mühen für dieses Buch der Wunsch gestanden hatte, mit dem Rione abzurechnen, dass ich geglaubt hatte, die großen Veränderungen darstellen zu können, die sich um mich her vollzogen, dass mich die Geschichte von Don Achille und der Mutter der Solara-Brüder inspiriert und ermutigt hatte, es zu schreiben. Sie lachte auf. Sagte, die widerliche Fratze der Dinge genüge nicht, um daraus einen Roman zu machen. Ohne Phantasie wirke sie nicht wie ein wahres Gesicht, sondern wie eine Maske.

76

Ich weiß nicht genau, was dann mit mir geschah. Auch jetzt noch, während ich dieses Telefongespräch einordne, fällt es mir schwer zu sagen, welche Wirkung Lilas Schluchzer auf mich hatten. Bei genauer Betrachtung glaube ich vor allem so etwas wie eine unangebrachte Befriedigung zu erkennen, als hätte dieses Weinen dadurch, dass es mir ihre Zuneigung und ihr Vertrauen in meine Fähigkeiten bestätigt hatte, letztlich ihr negatives Urteil über beide Bücher ausgelöscht. Erst viel später kam mir in den Sinn, dass diese Schluchzer es ihr ermöglicht hatten, meine Arbeit in letzter Instanz zu zerstören, meinem Groll zu entkommen und mir ein so hohes Ziel aufzuerlegen – *sie nicht zu enttäuschen* –, dass jeder weitere Schreibversuch blockiert wurde. Aber ich wiederhole: Sosehr ich mich auch bemühe, hinter die Bedeutung dieses Telefongesprächs zu kommen, kann ich doch nicht sagen: Es stand am Beginn von diesem oder jenem, es war ein wichtiger Moment in unserer Freundschaft oder nein, im Gegenteil, es war einer ihrer erbärmlichsten Momente. Mit Sicherheit wollte Lila mir wieder einmal meine Unfähigkeiten vor Augen führen. Und mit Sicherheit akzeptierte ich mein Versagen nun bereitwilliger, ganz als wäre Lilas Meinung viel maßgeblicher – aber auch überzeugender und liebevoller – als die meiner Schwiegermutter.

So rief ich einige Tage später Adele an und sagte: »Danke, dass du so aufrichtig warst, ich habe eingesehen, dass du recht hast, und habe jetzt den Eindruck, dass auch mein erstes Buch viele Fehler hat. Vielleicht muss ich das alles überdenken, vielleicht kann ich nicht gut schreiben, oder ich brauche einfach mehr Zeit.« Sofort überhäufte meine Schwiegermutter mich mit Komplimenten, lobte meine Fähigkeit zur Selbstkritik, erinnerte mich daran, dass ich eine Leserschaft hätte und dass diese Leserschaft warte. Ich sagte leise: »Ja, natürlich.« Unmittelbar darauf verschloss ich die letzte Kopie meines Romans in einem Schubfach, räumte auch die Schreibhefte mit allen Notizen weg und ließ mich vom Alltag auffressen. Der Ärger über die vergebliche Mühe erstreckte sich auch auf mein erstes Buch und vielleicht auf mein literarisches Schreiben überhaupt. Sobald mir ein Bild, ein anregender Satz einfiel, fühlte ich mich unwohl und lenkte mich mit etwas anderem ab.

Ich kümmerte mich um den Haushalt, die Mädchen, Pietro. Nie dachte ich daran, Clelia zurückzuholen oder sie durch jemand anders zu ersetzen. Ich bürdete mir wieder alles allein auf, und sicherlich tat ich es, um mich zu betäuben. Es geschah ohne Anstrengung, ohne Bedauern, als hätte ich plötzlich entdeckt, dass dies die richtige Art sei, sein Leben zu nutzen, und als flüsterte ein Teil von mir: Schluss mit den Hirngespinsten. Ich organisierte die Hausarbeit nach eisernen Regeln und kümmerte mich mit unerwarteter Freude um Elsa und Dede, als hätte ich mich nicht nur von der Last meines dicken Bauches und der Last des Manuskripts befreit, sondern auch noch von einer anderen, versteckteren, die ich nicht benennen konnte. Elsa erwies sich als ein sehr stilles kleines Wesen – sie freute sich über lange, unbeschwerte Bäder, trank von der Brust, schlief, lachte sogar im Schlaf –, aber auf Dede, die ihre Schwester hasste, musste ich sehr achtgeben, sie wachte morgens mit verstörter Miene auf und erzählte, sie habe sie mal aus dem Feuer, mal aus dem Wasser, mal vor dem Wolf gerettet, und vor allem tat sie so, als wäre sie auch ein Neugeborenes und wollte an meiner Brust saugen, sie ahmte das Babygeschrei nach und konnte sich nicht damit abfinden, das zu sein, was sie inzwischen war, ein fast vierjähriges Mädchen mit einer weit entwickelten Sprache, das bei den wichtigsten Verrichtungen vollkommen selbstständig war. Ich achtete sorgsam darauf, ihr viel Zuneigung zu schenken, ihre Klugheit und ihre Tüchtigkeit zu loben und sie davon zu überzeugen, dass ich bei allem ihre Hilfe brauchte, beim Einkaufen, beim Kochen und dabei, zu verhindern, dass ihre Schwester Schaden anrichtete.

Damals begann ich aus panischer Angst, erneut schwanger zu werden, die Pille zu nehmen. Ich wurde dick, fühlte mich wie aufgeblasen, traute mich aber nicht, sie wieder abzusetzen. Mehr als alles andere fürchtete ich eine neue Schwangerschaft. Außerdem war mir mein Körper nicht mehr so wichtig wie früher. Ich hatte das Gefühl, meine beiden Mädchen hätten besiegelt, dass ich nicht mehr jung war, dass die an mir sichtbaren Spuren der Anstrengung – die Kleinen waschen, sie anziehen, sie ausziehen, der Kinderwagen, die Einkäufe, das Kochen, und dann eine auf dem Arm und eine an der Hand, beide auf dem Arm, der einen die Nase putzen, der anderen den Mund abwischen, kurz, der Alltagsstress – meine weibliche Reife bezeugten und den Umstand, dass es keine Bedrohung mehr war, sondern der natürliche Lauf der Dinge, wie die Mütter im Rione zu werden. ›Das ist in Ordnung so‹, sagte ich mir.

Pietro, der nachgegeben hatte, nachdem er lange gegen die Pille gewesen war, betrachtete mich besorgt. »Du wirst rundlicher. Was sind das für Flecken auf deiner Haut?« Er hatte Angst, die Mädchen, ich, er, wir könnten krank werden, er konnte Ärzte nicht ausstehen. Ich versuchte, ihn aufzuheitern. In letzter Zeit war er sehr abgemagert, er hatte ständig Augenringe und schon weiße Fäden in den Haaren. Er klagte über Schmerzen mal im Knie, mal in der rechten Hüfte, mal in der Schulter, aber untersuchen lassen wollte er sich nicht. Ich zwang ihn dazu, begleitete ihn mit den Kindern, und abgesehen von der Notwendigkeit, ein paar Beruhigungsmittel zu nehmen, erwies er sich als kerngesund. Das stimmte ihn für einige Stunden euphorisch, alle seine Symptome verschwanden. Aber nach kurzer Zeit ging es ihm trotz der Beruhigungsmittel wieder schlecht. Als Dede ihn einmal nicht die Fernsehnachrichten sehen ließ – das war unmittelbar nach dem Putsch in Chile –, versohlte er ihr mit maßloser Härte den Hintern. Und kaum hatte ich begonnen die Pille zu nehmen, packte ihn der Drang nach mehr Sex, aber nur morgens oder nachmittags, weil – wie er sagte – der abendliche Orgasmus schuld an seiner Schlaflosigkeit sei und ihn zwinge, fast die ganze Nacht zu arbeiten, was ihn chronisch müde und folglich krank mache.

Von wegen. Das nächtliche Studium war schon immer eine Angewohnheit von ihm, es war ihm ein Bedürfnis. Trotzdem sagte ich: »Dann machen wir es nicht mehr abends«, mir war alles recht. Natürlich, manchmal regte ich mich auf. Es war schwierig, von ihm auch nur die kleinste praktische Hilfe zu bekommen: einkaufen gehen, wenn er frei hatte, nach dem Abendessen das Geschirr spülen. Eines Abends verlor ich die Geduld. Ich sagte nichts Schreckliches zu ihm, ich wurde einfach nur laut. Und ich machte eine wichtige Entdeckung. Ich brauchte nur zu schreien, damit seine Dickköpfigkeit schlagartig verschwand und er mir gehorchte. Wenn ich ihm mit Härte entgegentrat, konnte es sogar sein, dass seine wechselnden Schmerzen vergingen und seine neurotische Lust, ständig mit mir zu schlafen. Aber ich tat es nicht gern. Wenn ich mich so benahm, tat er mir leid, ich hatte das Gefühl, ein schmerzhaftes Zittern in seinem Gehirn auszulösen. Und die Ergebnisse waren ohnehin nicht von langer Dauer. Er gab nach, besserte sich, übernahm mit einer gewissen Feierlichkeit einige Pflichten, war dann aber wirklich todmüde, vergaß den Abwasch und konzentrierte sich wieder nur auf sich. Am Ende ließ ich es sein, versuchte ihn zum Lachen zu bringen, küsste ihn. Was hatte ich mit ein paar schlecht gespülten Tellern schon gewonnen? Nur ein langes Gesicht und eine Zerstreutheit, die bedeutete: ›Ich vergeude hier meine Zeit, während ich zu arbeiten habe.‹ Besser, ich ließ ihn in Ruhe, ich war froh, wenn ich Spannungen vermeiden konnte.

Um ihn nicht zu reizen, lernte ich auch, meine Meinung nicht zu sagen. Er schien ohnehin keinen Wert darauf zu legen. Wenn er, was weiß ich, über die Maßnahmen der Regierung gegen die Ölkrise redete oder wenn er die Annäherung der kommunistischen Partei an die Christdemokraten guthieß, war es ihm lieber, wenn ich nur die zustimmende Zuhörerin gab. Und wenn ich mich mal nicht einverstanden erklärte, zog er eine geistesabwesende Miene oder sagte in dem Ton, den er offensichtlich bei seinen Studenten verwendete: »Du bist in schlechten Verhältnissen aufgewachsen, du kennst den Wert der Demokratie nicht, des Staates, der Gesetze, der Vermittlung zwischen bestehenden Interessen, des Gleichgewichts zwischen den Nationen. Dir gefällt die Apokalypse.« Ich war seine Frau, eine gebildete

Ehefrau, und er erwartete, dass ich ihm viel Aufmerksamkeit schenkte, wenn er mit mir über Politik, über seine Forschungen oder über das neue Buch sprach, an dem er angespannt und sich aufreibend arbeitete; aber diese Aufmerksamkeit sollte nur liebevoll sein, Meinungen wollte er nicht hören, besonders dann nicht, wenn sie Zweifel in ihm auslösten. Es war, als dächte er laut, um sich selbst einen Überblick zu verschaffen. Dabei war seine Mutter ein ganz anderer Frauentyp. Und auch seine Schwester. Doch offenkundig wollte er nicht, dass ich wie die beiden war. In dieser Zeit seiner Schwäche entnahm ich manchen Andeutungen, dass ihm nicht nur der Erfolg, sondern allein schon die Veröffentlichung meines ersten Buches missfallen hatte. Was das zweite anging, fragte er mich nie, was denn aus meinem Manuskript geworden sei und welche Pläne ich für die Zukunft hätte. Der Umstand, dass ich das Schreiben nicht mehr erwähnte, schien ihn zu erleichtern.

Dass Pietro sich mit jedem Tag als schlechter entpuppte, als ich erwartet hatte, trieb mich trotzdem nicht wieder zu anderen Männern. Manchmal traf ich zufällig Mario, den Ingenieur, aber ich merkte schnell, dass mein Verlangen, zu verführen und verführt zu werden, vergangen war, und meine frühere Erregung kam mir sogar wie eine etwas lächerliche Phase meines Lebens vor, zum Glück war das vorbei. Auch mein Drang, auszugehen und am öffentlichen Leben der Stadt teilzunehmen, ließ nach. Wenn ich zu einer Diskussion oder einer Demonstration wollte, nahm ich die Mädchen immer mit, und ich war stolz auf meine mit den Utensilien für ihre Versorgung vollgestopften Taschen und auf die vorsichtige Missbilligung, mit der jemand sagte: »Sie sind doch noch so klein, es könnte gefährlich werden.«

Ich ging jeden Tag und bei jedem Wetter aus dem Haus, damit meine Töchter frische Luft und Sonne bekamen. Ich tat es nie, ohne ein Buch mitzunehmen. Aus einer Gewohnheit, die nicht verschwand, las ich noch immer bei jeder Gelegenheit, obwohl mein Ehrgeiz verflogen war, mir ein Bild von der Welt zu machen. Für gewöhnlich schlenderte ich ein wenig herum und setzte mich dann auf eine Bank in der Nähe unseres Hauses. Ich blätterte in anspruchsvollen Essays, las Zeitung, rief: »Dede, nicht weglaufen, bleib bei der Mama!« Das hier war ich, das musste ich akzeptieren. Lila war, egal welche Wendung ihr Leben nahm, anders.

77

In dieser Zeit ergab es sich, dass Mariarosa nach Florenz kam, um das Buch einer ihrer Universitätskolleginnen über die *Madonna del Parto* vorzustellen. Pietro beteuerte, er werde da sein, aber im letzten Augenblick fand er eine Ausrede und verkroch sich irgendwo. Meine Schwägerin kam mit dem Auto, diesmal allein und etwas müde, aber herzlich wie immer und mit Geschenken für Dede und Elsa bepackt. Sie erwähnte meinen misslungenen Roman mit keinem Wort, obwohl Adele ihr sicherlich alles erzählt hatte. Mit der für sie typischen Begeisterung redete sie wie ein Wasserfall über Reisen, die sie unternommen hatte, und über Bücher. Voller Energie verfolgte sie die vielen Neuigkeiten in der Welt. Sie vertrat eine Sache, wurde ihrer überdrüssig und vertrat eine andere, die sie kurz zuvor – aus Versehen, aus Blindheit – noch abgelehnt hatte. Als sie dann über das Buch ihrer Kollegin sprach, gewann sie sofort die Bewunderung der im Publikum sitzenden Kunsthistoriker. Der Abend wäre reibungslos in den gewohnten akademischen Bahnen verlaufen, hätte sie nicht irgendwann abrupt den Kurs geändert und die folgenden, teils vulgären Sätze geäußert: »Wir dürfen keinem Vater Kinder schenken und erst recht nicht Gottvater; Kinder müssen sich selbst geschenkt werden; es ist jetzt an der Zeit, nicht wie Männer, sondern wie Frauen zu studieren; hinter jeder Disziplin steckt ein Schwanz, und wenn der Schwanz sich impotent fühlt, nimmt er den Schlagstock zu Hilfe, die Polizei, die Gefängnisse, die Armee, die Konzentrationslager; wenn du dich nicht unterwirfst, wenn du sogar weiter alles auf den Kopf stellst, folgt das Gemetzel.« Missbilligendes Raunen, Zustimmung, am Ende wurde sie von einer dichten Frauengruppe umringt. Sie rief mich unter fröhlichem Winken zu sich, zeigte ihren Freundinnen aus Florenz stolz Dede und Elsa und sprach sehr wohlwollend über mich. Eine der Frauen erinnerte sich an mein Buch, aber ich ging rasch darüber hinweg, als hätte nicht ich es geschrieben. Es war eine schöne Veranstaltung, aus der sich auf Betreiben eines bunten Grüppchens von Mädchen und Frauen die Einladung ergab, sich einmal pro Woche in der Wohnung einer von ihnen zu treffen, um – wie sie sagten – über uns zu sprechen.

Mariarosas provokante Worte und die Einladung ihrer Freundinnen veranlassten mich, aus einem Bücherstapel die Broschüren hervorzukramen, die Adele mir vor einer Weile gegeben hatte. Ich trug sie in meiner Handtasche mit mir herum, las sie im Freien, unter einem grauen Spätwinterhimmel. Als Erstes las ich, durch den Titel neugierig geworden, *Wir pfeifen auf Hegel*. Ich las den Text, während Elsa im Kinderwagen schlief und Dede in Mantel, Schal und Wollmützchen sich leise mit ihrer Puppe unterhielt. Jeder Satz, jedes Wort beeindruckten mich, vor allem aber die unverschämte Gedankenfreiheit. Mit Nachdruck unterstrich ich unzählige Sätze, setzte Ausrufungszeichen und senkrechte Striche. Auf Hegel pfeifen. Auf die Kultur der Männer pfeifen, auf Marx, Engels, Lenin pfeifen. Und auf den historischen Materialismus. Und auf Freud. Und auf die Psychoanalyse und den Penisneid. Und auf die Ehe, die Familie. Und auf den Nationalsozialismus, den Stalinismus, den Terrorismus. Und auf den Krieg. Und auf den Klassenkampf. Und auf die Diktatur des Proletariats. Und auf den Sozialismus. Und auf den Kommunismus. Und auf die Falle der Gleichheit. Und auf *alle* Ausdrucksformen der patriarchalen Kultur. Und auf *alle* ihre Organisationsformen. Sich der Zersplitterung der weiblichen Intelligenz widersetzen. Sich entkulturalisieren. Sich diskulturieren, ausgehend von der Mutterschaft, niemandem Kinder *schenken*. Sich von der Herr-Knecht-Dialektik befreien. Sich die Unterlegenheit aus dem Kopf schlagen. Sich sich selbst zurückgeben. Keine Antithesen haben. Sich im Namen des eigenen Andersseins auf einer anderen Ebene bewegen. Die Universität befreit die Frauen nicht, sie perfektioniert ihre Unterdrückung. Gegen die Gelehrtheit. Während die Männer fleißig zum Mond fliegen, muss das Leben für die Frauen auf diesem Planeten erst noch beginnen. Die Frau ist das andere Gesicht der Erde. Die Frau ist das Unvorhergesehene Subjekt. Sich von der Unterwürfigkeit befreien, hier, jetzt, in dieser Gegenwart.

Die Autorin dieser Seiten hieß Carla Lonzi. ›Wie ist es möglich‹, fragte ich mich, ›dass eine Frau so denken kann? Ich habe mich viel mit Büchern abgemüht, aber ich habe sie nur hingenommen, habe nie wirklich Gebrauch von ihnen gemacht, habe sie nie gegen sich selbst gekehrt. Aber so muss man denken. So muss man gegendenken. Ich kann – nach so vielen Mühen – nicht denken. Auch Mariarosa kann es nicht: Sie hat viele Seiten gelesen und gibt sie brillant und effektvoll wieder. Mehr nicht. Lila dagegen kann es. Sie hat das im Blut. Hätte sie studiert, hätte sie so denken können.‹

Diese Idee setzte sich fest. Meine Lektüren in jener Zeit bezogen auf die eine oder andere Art letztlich immer Lila mit ein. Ich war auf ein weibliches Denkmodell gestoßen, das, von den zu berücksichtigenden Unterschieden abgesehen, das gleiche Gefühl der Bewunderung und der Unterlegenheit in mir auslöste, das ich ihr gegenüber empfand. Und nicht nur das: Beim Lesen dachte ich an sie, an Fragmente ihres Lebens, an Sätze, denen sie zugestimmt hätte, und an solche, die sie abgelehnt hätte. Durch diese Lektüre angeregt, schloss ich mich häufig der Gruppe von Mariarosas Freundinnen an, und das war nicht leicht, in einem fort fragte Dede: »Wann gehen wir wieder?«, und Elsa stieß unversehens Freudenquiekser aus. Aber nicht nur meine Töchter bereiteten mir Schwierigkeiten. Im Grunde traf ich dort nur auf Frauen, die mir, obwohl sie mir ähnelten, keine Hilfe sein konnten. Ich langweilte mich, wenn die Diskussion so etwas wie eine schlecht formulierte Zusammenfassung dessen wurde, was mir schon bekannt war. Mir schien, ich wüsste gut genug, was es bedeutete, als Frau geboren zu sein, die Mühen der Selbsterkenntnis begeisterten mich nicht. Und ich hatte keineswegs die Absicht, öffentlich über meine Beziehung zu Pietro und zu Männern im Allgemeinen zu sprechen, um zu bezeugen, was Männer aller Schichten und jeden Alters sind. Und niemand wusste besser als ich, was es hieß, seinen Verstand zu vermännlichen, damit er von der Kultur der Männer gebilligt wurde, ich hatte es getan, tat es noch. Zudem stand ich vollkommen außerhalb der Spannungen, der Eifersuchtsausbrüche, der autoritären Töne, der unterwürfigen Stimmchen, der intellektuellen Hierarchien und der Machtkämpfe in der Gruppe, die in verzweifeltem Schluchzen endeten. Aber etwas Neues gab es doch, und es führte mich natürlich zurück zu Lila. Mich faszinierte die bis zur Unerträglichkeit offene Art, mit der geredet und gestritten wurde. Mir gefiel nicht so sehr die Bereitwilligkeit, mit der man einem losen Mundwerk den Vorrang ließ, das war mir seit meiner Kindheit zur Genüge vertraut. Aber mich faszinierte das dringende Bedürfnis nach Authentizität, das ich nie gehabt hatte und das womöglich nicht in meinem Wesen lag. Ich sagte in diesem Kreis nie ein Wort, das diesem Bedürfnis gerecht geworden wäre. Ich fühlte allerdings, dass ich das mit Lila hätte tun sollen, wir hätten uns in unserer Verwicklung mit genau dieser Unbeugsamkeit befragen sollen, hätten uns restlos alles sagen sollen, was wir uns verschwiegen, und hätten dabei vielleicht von ihrem ungewöhnlichen Schluchzen wegen meines misslungenen Buches ausgehen sollen.

Dieser Wunsch war so stark, dass ich erwog, mit meinen Töchtern für eine kurze Weile nach Neapel zu fahren oder Lila zu bitten, mit Gennaro zu mir zu kommen, oder sich mit mir zu schreiben. Einmal sprach ich am Telefon mit ihr darüber, aber das war ein Fiasko. Ich erzählte von den Frauenbüchern, die ich gerade las, von der Gruppe, zu der ich ging. Sie hörte mir zu, doch dann lachte sie über Titel wie *Die klitorische Frau und die vaginale Frau* und gab sich alle Mühe, vulgär zu sein: »Was erzählst du bloß für einen Scheiß, Lenù,

Lust und Fotze, als hätten wir hier nicht schon genug Probleme, du hast sie ja nicht mehr alle.« Sie wollte mir beweisen, dass sie nicht über die Mittel verfügte, sich auf die Dinge einzulassen, die mich interessierten. Am Ende wurde sie abfällig, sagte: »Na hopphopp, mach die netten Sachen, die du machen musst, worauf wartest du noch.« Sie war jetzt wütend. ›Offenbar ist das nicht der richtige Moment‹, dachte ich. ›Ich versuch's später noch mal.‹ Aber ich fand nie die Zeit und den Mut, um es noch einmal zu versuchen. Letztlich kam ich zu dem Schluss, dass ich vor allem besser verstehen musste, wer ich war. Meine weibliche Natur erforschen. Ich hatte es übertrieben, hatte mich gezwungen, mir männliche Fähigkeiten anzueignen. Ich glaubte, alles wissen zu müssen, mich um alles kümmern zu müssen. Was gingen mich Politik und Arbeitskämpfe an. Ich wollte einen guten Eindruck bei den Männern machen, ihnen gewachsen sein. Wem oder was denn gewachsen sein? Ihrer Vernunft, der unvernünftigsten überhaupt. So viel Verbissenheit, um mir Ausdrucksweisen einzubläuen, die gerade in Mode waren, eine unnütze Mühe. Ich war durch das Studium geprägt, es hatte mein Denken, meine Stimme geformt. Auf welche heimlichen Abmachungen mit mir selbst hatte ich mich eingelassen, nur um zu glänzen. Und was musste ich nun, nach der harten Anstrengung des Lernens, wieder verlernen. Außerdem war ich durch Lilas kraftvolle Nähe gezwungen, mir vorzustellen, was ich nicht war. Ich hatte mich ihr zugerechnet, und ich fühlte mich verstümmelt, sobald ich mich ihr entzog. Nicht ein Einfall ohne Lila. Nicht ein Gedanke, auf den ich ohne den Rückhalt ihrer Gedanken vertraute. Nicht ein Bild. Ich musste mich außerhalb von ihr akzeptieren. Das war der springende Punkt. Akzeptieren, dass ich ein mittelmäßiger Mensch war. Was sollte ich tun. Wieder versuchen, zu schreiben. Vielleicht fehlte mir dazu die Leidenschaft, ich beschränkte mich darauf, eine Aufgabe zu erfüllen. Also nicht mehr schreiben. Mir irgendeine Arbeit suchen. Oder die feine Dame spielen, wie meine Mutter das nannte. Mich in die Familie zurückziehen. Oder alles zum Teufel jagen. Den Haushalt. Die Mädchen. Den Mann.

78

Ich intensivierte meine Beziehung zu Mariarosa. Ich rief sie häufig an, doch als Pietro das mitbekam, begann er immer abfälliger über seine Schwester zu reden. Sie sei leichtfertig, sei geistlos, sei eine Gefahr für sich und andere, sei der grausame Quälgeist seiner Kindheit und Jugend gewesen, sei die größte Sorge ihrer Eltern. Eines Abends kam er mit wirrem Haar und müdem Gesicht aus seinem Zimmer, als ich mit meiner Schwägerin telefonierte. Er drehte eine Runde durch die Küche, aß irgendwas, schäkerte mit Dede und belauschte währenddessen unser Gespräch. Dann schrie er aus heiterem Himmel: »Weiß diese blöde Kuh nicht, dass es

Zeit fürs Abendessen ist?« Ich entschuldigte mich bei Mariarosa und legte auf. »Es ist alles fertig«, sagte ich. »Wir können sofort essen. Kein Grund, so zu schreien.« Er knurrte, Geld für Ferngespräche zu verschwenden, um sich den Blödsinn seiner Schwester anzuhören, halte er für idiotisch. Ich antwortete nicht, deckte den Tisch. Er merkte, dass ich wütend war, sagte niedergedrückt: »Ich bin nicht auf dich sauer, sondern auf Mariarosa.« Von diesem Abend an blätterte er in den Büchern, die ich las, und machte spöttische Bemerkungen über das, was ich unterstrichen hatte. Er sagte: »Lass dich nicht einwickeln, das ist alles Unsinn.« Und er versuchte, mir die hinkende Logik feministischer Manifeste und Broschüren darzulegen.

Schließlich stritten wir uns eines Abends über dieses Thema, und vielleicht übertrieb ich, als ich ihm nach einigen Sätzen sagte: »Du spielst dich wer weiß wie auf, aber alles, was du bist, verdankst du nur deinem Vater und deiner Mutter, genau wie Mariarosa.« Er reagierte vollkommen unerwartet, er gab mir eine Ohrfeige, vor Dedes Augen.

Ich hielt mich gut, besser als er. Ich hatte in meinem Leben schon ziemlich viele Ohrfeigen bekommen, Pietro hatte nie welche ausgeteilt und sehr wahrscheinlich auch nie eine bekommen. Ich sah ihm den Abscheu über das an, was er getan hatte, einen Moment lang starrte er seine Tochter an, dann verließ er die Wohnung. Ich drosselte meine Wut. Ging nicht ins Bett, wartete auf ihn und machte mir Sorgen, weil er nicht zurückkam, ich wusste nicht, was tun. War er mit den Nerven am Ende, hatte er zu wenig Erholung? Oder war das seine wahre Natur, unter tausenden Büchern und einer guten Erziehung begraben? Wieder einmal wurde mir klar, dass ich wenig über ihn wusste, dass ich nicht fähig war, seine Schritte vorherzusehen. Er konnte sich in den Arno gestürzt haben, betrunken in einer Ecke liegen, sogar nach Genua gefahren sein, um jammernd in den Armen seiner Mutter Trost zu suchen. Oh, es reichte, ich hatte Angst. Ich merkte, dass ich das, was ich las und was ich wusste, an der Grenze zu meinem Privatleben zurückließ. Ich hatte zwei Töchter, ich wollte keine übereilten Schlussfolgerungen ziehen.

Pietro kam gegen fünf Uhr morgens zurück, und meine Erleichterung, ihn heil und gesund wiederzusehen, war so groß, dass ich ihn umarmte, ihn küsste. Er murmelte: »Du liebst mich nicht, du hast mich nie geliebt.« Und fügte hinzu: »Jedenfalls habe ich dich nicht verdient.«

79

Im Grunde gelang es Pietro nicht, das Chaos zu akzeptieren, das sich inzwischen in allen Lebensbereichen ausgebreitet hatte. Er hätte gern ein geregeltes Leben mit unumstößlichen Gewohnheiten gehabt: forschen, lehren, mit den Mädchen spielen, Sex haben, tagtäglich in seinem kleinen Rahmen dazu beitragen, im Sinne der

Demokratie das beinahe unauflösliche Knäuel der Probleme Italiens zu entwirren. Stattdessen zermürbten ihn die Auseinandersetzungen an der Universität, seine Kollegen würdigten seine Arbeit herab, die im Ausland dagegen immer mehr an Ansehen gewann, er fühlte sich ständig verachtet und bedroht und hatte den Eindruck, durch meine Unruhe (aber welche Unruhe denn, ich war eine dumpfe Frau) wäre auch unsere Familie ständigen Gefahren ausgesetzt. Eines Nachmittags spielte Elsa für sich, ich gab Dede Leseübungen auf, er hatte sich in sein Zimmer zurückgezogen, die Wohnung war reglos. ›Pietro wünscht sich eine Festung‹, dachte ich gereizt, ›in der er an seinem Buch arbeiten kann, ich mich um alle Haushaltsbelange kümmere und die Mädchen sorglos aufwachsen.‹ Da brach wie ein elektrischer Schlag die Klingel herein, ich lief zur Tür, und zu meiner Überraschung standen Pasquale und Nadia vor mir.

Sie trugen große Armeerucksäcke, er hatte eine schäbige Mütze auf seiner dichten, krausen Haarmähne, die in einen ebenso dichten, krausen Bart hineinwucherte, sie wirkte abgemagert und müde, hatte riesige Augen, wie die eines verschreckten Kindes, das so tut, als hätte es keine Angst. Sie hatten sich unsere Adresse von Carmen besorgt, die sie ihrerseits von meiner Mutter bekommen hatte. Die zwei waren herzlich und ich auch, als hätte es nie Spannungen oder Meinungsverschiedenheiten zwischen uns gegeben. Sie nahmen die Wohnung in Beschlag, verstreuten überall ihre Sachen. Pasquale redete viel, laut, fast immer im Dialekt. Anfangs waren die beiden für mich wie ein frischer Wind in meinem eintönigen Alltag. Aber ich sah schon bald, dass sie Pietro nicht gefielen. Es ärgerte ihn, dass sie sich nicht telefonisch angemeldet hatten, dass sie sich übertrieben zwanglos benahmen. Nadia zog ihre Schuhe aus und legte sich aufs Sofa. Pasquale behielt seine Mütze auf, nahm irgendwelche Gegenstände in die Hand, blätterte in unseren Büchern, holte, ohne um Erlaubnis zu bitten, ein Bier für sich und eines für Nadia aus dem Kühlschrank, kippte seines herunter und rülpste auf eine Art, die Dede zum Lachen brachte. Sie sagten, sie hätten beschlossen, ein bisschen herumzureisen, sagten *herumreisen*, ohne nähere Auskünfte zu geben. Wann hatten sie Neapel verlassen? Sie blieben vage. Wann würden sie dorthin zurückkehren? Sie blieben ebenso vage. »Und die Arbeit?«, fragte ich Pasquale. Er lachte. »Basta, ich habe schon zu viel gearbeitet, jetzt erhole ich mich.« Er zeigte Pietro seine Hände, verlangte, dass er ihm seine zeigte, strich darüber und fragte: »Merkst du den Unterschied?« Er schnappte sich *Lotta Continua* und fuhr mit seiner Rechten über die Titelseite, stolz über das kratzende Geräusch der rauhen Haut auf dem Papier und so vergnügt, als hätte er ein neues Spiel erfunden. Dann fügte er beinahe drohend hinzu: »Ohne diese schwieligen Hände, Professore, gäbe es keinen einzigen Stuhl, kein Haus, kein Auto, nichts, nicht einmal dich; wenn wir Arbeiter aufhören würden zu schuften, würde alles zum Stillstand kommen, der Himmel würde auf die Erde krachen, und die Erde würde in den

Himmel stieben, die Pflanzen würden sich die Stadt zurückerobern, der Arno würde eure schönen Häuser überschwemmen, und bloß wer immer schon geschuftet hat, wüsste, wie man überlebt, während euch beide mit euren ganzen Büchern die Hunde zerfleischen würden.«

Es war eine von Pasquales üblichen Reden, überschwenglich und offenherzig, und Pietro hörte zu, ohne etwas zu entgegnen. Wie übrigens auch Nadia, die, während ihr Gefährte sprach, ernst auf dem Sofa lag und zur Decke starrte. Sie mischte sich kaum in die Unterhaltung der zwei Männer ein, und auch mit mir redete sie nicht. Doch als ich in die Küche ging, um Kaffee zu kochen, kam sie mir nach. Sie sah, dass Elsa ständig an mir klebte, und sagte ernst:

»Sie liebt dich sehr.«

»Sie ist noch klein.«

»Soll das heißen, wenn sie groß ist, wird sie dich nicht mehr lieben?«

»Nein, ich hoffe, sie liebt mich auch noch, wenn sie groß ist.«

»Meine Mutter hat furchtbar oft von dir gesprochen. Du warst bloß ihre Schülerin, aber du schienst mehr ihre Tochter zu sein als ich.«

»Wirklich?«

»Ich habe dich dafür gehasst und auch dafür, dass du mir Nino weggenommen hattest.«

»Er hat dich nicht meinetwegen verlassen.«

»Wen juckt's, ich weiß nicht mal mehr, wie er aussieht.«

415

»Als junges Mädchen wollte ich so sein wie du.«

»Wozu denn? Meinst du, es macht Spaß, mit einem Silberlöffel im Mund geboren zu sein?«

»Na ja, immerhin musstest du dich nicht so anstrengen.«

»Da irrst du dich aber, eigentlich ist es so, dass schon alles fertig zu sein scheint und du keinen vernünftigen Grund hast, dich anzustrengen. Immer fühlst du dich schuldig für das, was du bist, ohne dass du es dir erarbeitet hast.«

»Besser als sich schuldig zu fühlen, weil man versagt hat.«

»Erzählt dir das deine Freundin Lina?«

»Bestimmt nicht.«

Nadia machte eine aggressive Kopfbewegung und zog eine boshafte Miene, die ich ihr nie zugetraut hätte. Sie sagte:

»Sie ist mir lieber als du. Ihr seid zwei Stück Scheiße, das ist nicht zu ändern, zweimal Abschaum aus dem Lumpenproletariat. Aber du spielst die Nette, Lina nicht.«

Sie ließ mich in der Küche stehen, ich war sprachlos. Ich hörte, wie sie Pasquale zurief: »Ich geh' duschen, dir würde ein kleiner Schauer auch guttun.« Sie schlossen sich im Bad ein. Wir hörten die beiden lachen, Nadia stieß kleine Schreie aus, die – wie ich sah – Dede sehr beunruhigten. Als sie wieder herauskamen, waren sie halbnackt, mit nassen Haaren, und ausgesprochen fröhlich. Sie turtelten weiter herum, als ob es uns nicht gäbe. Pietro versuchte, sich mit Fragen einzuschalten wie etwa: »Wie lange seid ihr schon zusammen?« Nadia antwortete eisig: »Wir sind nicht zusammen, *ihr* seid es vielleicht.« Er erkundigte sich in dem starrsinnigen Ton, den er anschlug, wenn ihm Leute extrem oberflächlich vorkamen: »Was soll das heißen?« »Das verstehst du nicht«, sagte Nadia. Mein Mann hielt dagegen: »Wenn einer was nicht versteht, versucht man, es ihm zu erklären.« Nun mischte sich lachend Pasquale ein: »Da gibt's nichts zu erklären, Professore. Stell dir vor, du bist tot und weißt es nicht. Alles ist tot. Wie ihr lebt, ist tot, wie ihr redet, eure Überzeugung, hochintelligent zu sein, demokratisch und links. Wie soll man denn einem, der tot ist, was erklären?«

Es waren Momente voller Spannungen. Ich sagte nichts, bekam Nadias Beschimpfungen nicht aus dem Kopf, einfach so hingeworfen, als ob nichts wäre, in meiner Wohnung. Schließlich gingen sie wieder, ohne Vorankündigung, so wie sie gekommen waren. Sie nahmen ihre Sachen und verschwanden. In einem plötzlich traurigen Ton sagte Pasquale an der Tür nur:

»Ciao, Signora Airota.«

Signora Airota. Hatte auch mein Freund aus dem Rione eine schlechte Meinung von mir? Sollte das heißen, ich war für ihn nicht mehr Lenù, Elena, Elena Greco? Nicht für ihn und nicht für wie viele andere? Auch nicht für mich? Benutzte ich selbst nicht fast ständig den Namen meines Mannes, jetzt, da mein Name das bisschen erworbenen Glanz wieder verloren hatte? Ich räumte die Wohnung auf, besonders das Bad, das sie in einem miserablen Zustand hinterlassen hatten. Pietro sagte: »Ich will die beiden nie wieder in meiner Wohnung haben; einer, der so über geistige Arbeit redet, ist ein Faschist, auch wenn er das nicht weiß; und was sie angeht, diese Sorte kenne ich, die hat rein gar nichts im Kopf.«

80

Wie um Pietro recht zu geben, begannen die Unruhen konkrete Formen anzunehmen, da Menschen von ihnen betroffen waren, die mir nahegestanden hatten. Von Mariarosa erfuhr ich, dass Franco in Mailand von Faschisten überfallen worden war, es ging ihm sehr schlecht, er hatte ein Auge verloren. Ich machte mich mit Dede und der kleinen Elsa sofort auf den Weg. Während der Bahnfahrt spielte ich mit den Mädchen und gab ihnen etwas zu essen, war aber betrübter geworden durch ein anderes Ich – das der armen, ungebildeten Freundin des reichen, politikbesessenen Franco Mari: Wie viele Ichs gab es inzwischen von mir? –, das irgendwo abhandengekommen und nun wiederaufgetaucht war.

Am Bahnhof entdeckte ich meine Schwägerin, blass und in großer Sorge. Sie nahm uns mit nach Hause in ihre diesmal verwaiste Wohnung, die noch unordentlicher war als damals, als sie mich beherbergt hatte, nach der Studentenversammlung in der Universität. Während

Dede spielte und Elsa schlief, erzählte sie mir ausführlicher als am Telefon, was geschehen war. Der Vorfall hatte sich fünf Tage zuvor ereignet. Franco hatte in einem kleinen, rappelvollen Theater auf einer Kundgebung der Avanguardia Operaia gesprochen. Danach war er mit Silvia, die nun in einem schönen Haus ganz in der Nähe des Theaters mit einem Redakteur des *Giorno* zusammenlebte, zu Fuß zu ihr nach Hause gegangen. Dort wollte er übernachten und tags darauf nach Piacenza fahren. Sie waren schon fast an der Haustür, Silvia hatte gerade ihre Schlüssel aus der Handtasche genommen, als ein weißer Lieferwagen kam, aus dem Faschisten sprangen. Er wurde brutal zusammengeschlagen und Silvia verprügelt und vergewaltigt.

Wir tranken viel Wein, Mariarosa packte die Drogen aus, und ich entschloss mich, den Stoff, wie sie das nannte, auch mal auszuprobieren, doch nur, weil ich trotz des Weins überhaupt nichts hatte, woran ich mich klammern konnte. Nach immer wütenderen Sätzen verstummte meine Schwägerin und brach in Tränen aus. Mir fiel kein Wort ein, um sie zu beruhigen. Ich *hörte* ihre Tränen, mir war, als rollten sie geräuschvoll über ihre Wangen. Plötzlich sah ich Mariarosa nicht mehr und auch das Zimmer nicht, alles wurde schwarz. Ich verlor das Bewusstsein.

Als ich wieder zu mir kam, rechtfertigte ich mich verlegen, ich schob alles auf die Müdigkeit. In dieser Nacht schlief ich wenig. Mein Körper wog schwer durch ein Übermaß an Disziplin, und der Wortschatz der Bücher und Zeitschriften triefte von Beklemmung, als wären die Buchstaben des Alphabets plötzlich nicht mehr miteinander kombinierbar. Ich hielt meine Mädchen dicht bei mir, als wären sie diejenigen, die mich trösten und beschützen müssten.

Am folgenden Tag ließ ich Dede und Elsa bei meiner Schwägerin und ging in die Klinik. Ich fand Franco in einem grünlichen Krankensaal, in dem ein schwerer Geruch nach verbrauchter Luft, Urin und Medizin hing. Franco wirkte gedrungener und aufgedunsen, bis heute sind mir das Weiß der Verbände und die blaurote Farbe einiger Stellen seines Gesichts und seines Halses im Gedächtnis. Er empfing mich unwirsch, offenbar schämte er sich für seinen Zustand. Ich war es, die redete, ich erzählte ihm von meinen Töchtern. Nach wenigen Minuten stammelte er: »Geh weg, ich will dich hier nicht.« Als ich darauf bestand, zu bleiben, flüsterte er gereizt: »Das bin ich nicht, hau ab.« Es ging ihm sehr schlecht, von einer kleinen Gruppe seiner Genossen erfuhr ich, dass man ihn vielleicht noch einmal operieren würde. Als ich aus dem Krankenhaus zurückkam, bemerkte Mariarosa meine Erschütterung. Sie half mir mit den Kindern, und sobald Dede eingeschlafen war, schickte sie auch mich ins Bett. Aber tags darauf wollte sie, dass ich sie zu Silvia begleitete. Ich versuchte, mich zu drücken, es war schon unerträglich gewesen, Franco zu sehen und zu merken, dass ich ihm nicht nur nicht helfen konnte, sondern ihn im Gegenteil noch verletzlicher machte. Ich sagte, ich würde sie lieber so in Erinnerung behalten, wie sie in der Versammlung an der Statale gewesen sei. »Nein«, beharrte Mariarosa. »Sie will, dass wir sie so sehen, wie sie jetzt ist, ihr liegt viel daran.« Wir gingen hin.

Eine sehr gepflegte Dame öffnete uns, ihr hellblondes Haar fiel ihr in Wellen über die Schultern. Sie war Silvias Mutter und hatte Mirko bei sich, auch er blond, ein Junge von inzwischen fünf oder sechs Jahren, dem Dede auf ihre halb schmollende, halb herrische Art sofort ein Spiel mit Tes aufdrängte, ihrer alten Puppe, die sie überallhin mitnahm. Silvia schlief, hatte aber ausrichten lassen, sie wolle bei unserer Ankunft geweckt werden. Wir warteten eine ganze Weile, bevor sie erschien. Sie war stark geschminkt und trug ein schönes, langes, grünes Kleid. Betroffen machten mich nicht so sehr ihre blauen Flecken, ihre Schnittwunden und ihr unsicherer Gang – ich hatte Lila nach der Rückkehr von ihrer Hochzeitsreise noch schlimmer zugerichtet gesehen –, sondern ihr ausdrucksloser Blick. Ihre Augen waren leer und standen im krassen Gegensatz zu dem hektischen Geplapper, mit dem sie nun *mir*, nur mir, die noch nicht Bescheid wusste, erzählte, was die Faschisten ihr angetan hatten. Sie sprach, als sagte sie eine schreckliche Litanei auf, mit der sie, vorerst, den Schrecken begrub, indem sie ihn für jeden wiederholte, der sie besuchen kam. Ihre Mutter versuchte mehrfach, sie zu unterbrechen, aber sie wies sie mit einer ärgerlichen Geste jedes Mal zurück, wurde lauter, gab Obszönitäten von sich und malte sich eine nahe, eine unmittelbar bevorstehende Zeit grausamer Racheakte aus. Als ich zu weinen begann, brach sie ab. Inzwischen waren noch mehr Leute gekommen, vor allem ihre Genossinnen und Freundinnen der Familie. Also begann Silvia wieder von vorn, ich zog mich hastig in eine Ecke zurück, wobei ich Elsa fest an mich drückte und ihr leichte Küsse gab. Mir kam in allen Einzelheiten wieder in den Sinn, was Stefano Lila angetan hatte, Einzelheiten, die ich mir vorgestellt hatte, als Silvia erzählte, und die Worte beider Geschichten klangen für mich wie animalische Schreie des Entsetzens.

Irgendwann machte ich mich auf die Suche nach Dede. Ich fand sie zusammen mit Mirko und der Puppe im Flur. Sie spielten Mutter, Vater, Kind, aber nicht friedlich, sie inszenierten einen Streit. Ich blieb stehen. Dede instruierte Mirko: *Du musst mir eine Ohrfeige geben, verstanden?* Ein neues Menschenleben wiederholte spielerisch ein altes, wir waren eine Schattenreihe, die seit jeher mit derselben Bürde aus Liebe, Hass, Lust und Gewalt ins Leben trat. Ich betrachtete Dede genauer, sie hatte Ähnlichkeit mit Pietro. Mirko dagegen glich Nino aufs Haar.

81

Nur kurze Zeit später überfiel mich dieser im Untergrund geführte Krieg aufs Neue, der in den Zeitungen und im Fernsehen in Form von plötzlichen Anschlägen sichtbar wurde – Putschpläne, polizeiliche Gewalt, bewaffnete Gruppen, Schießereien, Verletzungen, Morde, Bomben und Blutbäder in den großen wie in den kleinen Städten. Carmen rief an, aufs Äußerste besorgt, sie hatte seit Wochen nichts von Pasquale gehört.

»War er zufällig bei dir?«

»Ja, aber vor mindestens zwei Monaten.«

»Aha. Er hatte mich nach deiner Telefonnummer und nach deiner Adresse gefragt. Er wollte dich um einen Rat bitten, hat er das gemacht?«

»Was für einen Rat?«

»Keine Ahnung.«

»Er hat mich nicht um Rat gefragt.«

»Und was hat er erzählt?«

»Nichts, es ging ihm gut, er war fröhlich.«

Carmen hatte überall herumgefragt, auch bei Lila, auch bei Enzo, auch bei denen aus dem Kollektiv in der Via dei Tribunali. Am Ende hatte sie sogar bei Nadia zu Hause angerufen, aber deren Mutter war unfreundlich gewesen, und Armando hatte nur gesagt, dass sie unbekannt verzogen sei.

»Sie werden jetzt wohl zusammenwohnen.«

»Pasquale mit der? Ohne eine Adresse oder eine Telefonnummer zu hinterlassen?«

Wir erörterten das lange. Ich sagte, dass Nadia vielleicht wegen ihrer Beziehung zu Pasquale mit ihrer Familie gebrochen habe und dass, wer weiß, die beiden womöglich nach Deutschland, nach England oder nach Frankreich gegangen seien. Aber das überzeugte Carmen nicht. »Pasquale ist ein liebevoller Bruder«, sagte sie. »Er würde niemals einfach so verschwinden.« Sie hatte allerdings eine schlimme Vorahnung. Im Rione seien Kämpfe nun an der Tagesordnung, jeder Kommunist müsse auf der Hut sein, die Faschisten hätten auch Carmen und ihren Mann bedroht. Und Pasquale hätten sie beschuldigt, sowohl den Parteisitz des MSI als auch den Supermarkt der Solaras in Brand gesteckt zu haben. Davon hatte ich nichts gehört, ich war erstaunt. Das war im Rione passiert, das warfen die Faschisten Pasquale vor? Ja, er stehe ganz oben auf der Liste, er gelte als einer, der aus dem Weg geräumt werden müsse. »Vielleicht«, sagte Carmen, »hat Gino ihn ermorden lassen.«

»Warst du bei der Polizei?«

»Ja.«

»Und was haben sie gesagt?«

»Die hätten mich um ein Haar verhaftet, die sind faschistischer als die Faschisten.«

Ich rief Professoressa Galiani an. Sie fragte mich ironisch: »Was ist denn los, ich sehe nichts mehr von dir im Buchladen und auch in den Zeitungen nicht, bist du schon in Rente gegangen?« Ich antwortete, ich hätte zwei Töchter, um die ich mich erst mal kümmern müsse, dann erkundigte ich mich nach Nadia. Sie wurde abweisend. »Nadia ist erwachsen, sie hat jetzt eine eigene Wohnung.« Ich fragte, wo. »Das ist ihre Sache«, sagte sie und legte grußlos auf, noch während ich sie nach der Telefonnummer ihres Sohnes fragte.

Es kostete mich einige Mühe, Armandos Nummer herauszufinden, und noch schwieriger war es, ihn zu Hause zu erreichen. Als er sich endlich meldete, schien er sich zu freuen, meine Stimme zu hören, und er war fast schon zu vertraulich. Im Krankenhaus arbeite er viel, mit seiner Ehe sei es vorbei, seine Frau habe ihn verlassen und das Kind mitgenommen, er sei jetzt allein und durcheinander. Als er über seine Schwester sprach, stockte er. Leise sagte er: »Ich habe keinen Kontakt mehr zu ihr. Politische Meinungsverschiedenheiten, Meinungsverschiedenheiten in allem.« Seit sie mit Pasquale zusammen sei, rede sie kein vernünftiges Wort mehr. Ich fragte: »Sind sie zusammengezogen?« Er sagte kurz angebunden: »Sozusagen.« Und als wäre ihm dieses Thema peinlich, lenkte er ab, verlegte sich auf harsche Kommentare zur politischen Lage und redete über das Bombenattentat von Brescia, über die Wirtschaftsbosse, die die Parteien und, wenn die Dinge schlechter liefen, die Faschisten finanzierten.

Ich rief erneut Carmen an, um sie zu beruhigen. Erzählte ihr, dass Nadia mit ihrer Familie gebrochen habe, um mit Pasquale zusammen zu sein, und dass Pasquale ihr nachgelaufen sei wie ein Schoßhündchen.

»Meinst du?«, fragte Carmen.

»Kein Zweifel, so ist die Liebe nun mal.«

Sie war skeptisch. Ich blieb dabei, schilderte ihr den Nachmittag genauer, den die beiden in meiner Wohnung verbracht hatten, und übertrieb etwas, als ich ihr beschrieb, wie sehr sie sich liebten. Wir verabschie-

deten uns. Doch Mitte Juni rief mich Carmen wieder
verzweifelt an. Gino war am helllichten Tag vor der
Apotheke ermordet worden, man hatte ihm ins Gesicht
geschossen. Zunächst dachte ich, sie habe mir diese
Nachricht überbracht, weil wir den Sohn des Apothekers von klein auf kannten und mich dieses Ereignis,
Faschist hin oder her, sicherlich bewegen würde. Aber
es ging ihr nicht darum, mit mir das Entsetzen über diesen gewaltsamen Tod zu teilen. Die Carabinieri waren
bei ihr gewesen und hatten ihre ganze Wohnung auf
den Kopf gestellt und sogar die Tankstation. Sie hatten
irgendeinen Beweis gesucht, der sie zu Pasquale hätte
führen können, und Carmen hatte sich noch viel schlechter als damals gefühlt, als sie gekommen waren, um
ihren Vater wegen des Mordes an Don Achille zu verhaften.

82

Carmen war völlig verängstigt, sie weinte, weil sie glaubte, die Verfolgung ihrer Familie gehe nun weiter. Ich dagegen wurde die Erinnerung an den kleinen, kahlen Platz
nicht los, an dem die Apotheke lag, und hatte das La-
deninnere vor Augen, das mir wegen des Geruchs nach
Bonbons und Hustensaft, wegen der dunklen Holzmö-
bel, auf denen bunte Glasgefäße aufgereiht waren, und
vor allem wegen Ginos freundlicher Eltern schon immer gefallen hatte, die sich wie auf einem Balkon leicht

über den Ladentisch beugten, sie, die sicherlich auch dort gewesen waren, als das Geräusch der Schüsse sie hatte zusammenzucken lassen, sie, die vielleicht von dort aus mit weit aufgerissenen Augen gesehen hatten, wie ihr Sohn auf der Schwelle zusammengebrochen war, und das Blut. Ich wollte mit Lila sprechen. Aber sie wirkte vollkommen gleichgültig, tat den Vorfall als einen unter vielen ab und sagte nur: »Garantiert haben die Carabinieri es jetzt auf Pasquale abgesehen.« Ihre Stimme packte und überzeugte mich sofort, sie betonte, dass, wenn Pasquale Gino wirklich ermordet hätte – was auszuschließen sei –, sie trotzdem auf seiner Seite wäre, denn die Carabinieri hätten besser daran getan, den Toten mit seinen ganzen Untaten zu verfolgen statt unseres Freundes, des kommunistischen Maurers. Daraufhin fragte sie mich mit dem Ton eines Menschen, der zu Wichtigerem übergeht, ob sie Gennaro bei mir lassen könne, bis die Schule wieder anfange. Gennaro? Wie sollte das gehen? Ich hatte schon Dede und Elsa, die mich fix und fertig machten. Ich brummte:

»Warum denn?«

»Ich muss arbeiten.«

»Ich will mit den Mädchen ans Meer fahren.«

»Dann nimm ihn auch mit.«

»Ich fahre nach Viareggio und bleibe dort bis Ende August. Der Junge kennt mich kaum, er wird sich nach dir sehnen. Wenn du mitkommst, kein Problem, aber ich allein, ich weiß nicht.«

»Du hast mir versprochen, du würdest dich um ihn kümmern.«

»Ja, aber wenn es dir schlecht geht.«

»Und woher willst du wissen, dass es mir nicht schlecht geht?«

»Geht es dir schlecht?«

»Nein.«

»Kannst du ihn denn nicht bei deiner Mutter oder bei Stefano lassen?«

Sie schwieg einige Sekunden, dann vergaß sie ihre guten Manieren.

»Tust du mir den Gefallen jetzt, ja oder nein?«

Ich gab sofort nach.

»Ist gut, bring ihn her.«

»Enzo bringt ihn dir.«

Er kam an einem Samstagabend in einem schneeweißen Cinquecento, den er sich kurz zuvor gekauft hatte. Schon allein Enzos Anblick vom Fenster aus – da war er, dieselben beherrschten Bewegungen wie immer, dieselbe kompakte Gestalt – und sein Dialekt, in dem er mit dem Jungen sprach, der noch im Auto saß, ließen Neapel, ließen den Rione wieder Gestalt annehmen. Ich öffnete die Tür zusammen mit Dede, die an meinem Rockzipfel hing, und mir genügte ein Blick auf Gennaro, um zu erkennen, dass Melina bereits fünf Jahre zuvor recht gehabt hatte: Der Junge mit seinen nunmehr zehn Jahren hatte eindeutig nichts von Nino und auch nichts von Lila, er war das vollkommene Ebenbild Stefanos.

Ich bemerkte das mit gemischten Gefühlen, mit Enttäuschung und mit Genugtuung. Ich dachte, wenn ich den Jungen schon so lange nehmen musste, wäre es immerhin schön gewesen, zusammen mit meinen Töchtern einen Sohn von Nino im Haus gehabt zu haben, und gleichzeitig freute ich mich, festzustellen, dass Nino Lila überhaupt nichts hinterlassen hatte.

83

Enzo wollte sich sofort wieder auf den Weg machen, aber Pietro begrüßte ihn sehr herzlich und nötigte ihn, über Nacht zu bleiben. Ich drängte Gennaro, mit Dede zu spielen, obwohl der Altersunterschied zwischen ihnen fast sechs Jahre betrug, aber während sie ihre Bereitschaft bekundete, weigerte er sich mit einem entschiedenen Kopfschütteln. Die Aufmerksamkeit, mit der Enzo sich um diesen Sohn kümmerte, der nicht seiner war, beeindruckte mich sehr, er kannte seine Gewohnheiten, seine Vorlieben, seine Bedürfnisse. Obgleich Gennaro müde war und widersprach, bewegte er ihn freundlich dazu, vor dem Schlafengehen pinkeln zu gehen und sich die Zähne zu putzen, und da der Junge sich vor Müdigkeit kaum noch auf den Beinen halten konnte, zog er ihn behutsam aus und half ihm in den Schlafanzug.

Während ich das Geschirr spülte und aufräumte, unterhielt sich Pietro mit unserem Gast. Die zwei Männer saßen am Küchentisch, sie hatten nichts gemeinsam. Sie versuchten es mit Politik, doch als mein Mann sich beifällig über die zunehmende Annäherung der Kommunisten an die Christdemokraten äußerte und Enzo anmerkte, falls diese Strategie Erfolg haben sollte, hätte Berlinguer den schlimmsten Feinden der Arbeiterklasse in die Hände gespielt, verzichteten sie auf eine Diskussion, um sich nicht in die Haare zu geraten. Pietro wechselte höflich das Thema und erkundigte sich nach Enzos Arbeit, und offenbar hielt dieser seine Neugier für aufrichtig, denn er war nicht so lakonisch wie sonst und begann mit einem nüchternen, vielleicht etwas zu technischen Bericht. IBM habe kürzlich beschlossen, ihn und Lila in ein größeres Werk zu schicken, in eine Fabrik in der Gegend von Nola, mit dreihundert Arbeitern und etwa vierzig Verwaltungsangestellten. Das Gehaltsangebot habe sie sprachlos gemacht: dreihundertfünfzigtausend Lire im Monat für ihn als Chef der Datenverarbeitung und einhunderttausend für sie als seine Assistentin. Natürlich hätten sie eingewilligt, aber das ganze Geld müsse nun auch verdient werden, und der Arbeitsanfall sei wirklich enorm. »Wir sind für ein System 3 Model 10 zuständig«, erklärte er uns und sprach von nun an stets in der Wir-Form. »Wir haben zwei Operatoren und fünf Datentypistinnen zur Verfügung, die auch Lochkartenprüferinnen sind. Wir müssen eine riesige Menge von Daten sammeln und in das System eingeben, damit die Maschine bestimmte Dinge erledigen kann wie – was weiß ich – die Buchhaltung zum Beispiel, die Lohnabrechnung, die Rechnungsstellung, die Lagerverwaltung, die Auftragsverwaltung, die Bestellungen für die Zulieferer, Produktion und Vertrieb. Dazu verwenden wir Lochkarten. Die Löcher sind das Wichtigste, darin steckt die meiste Arbeit. Ich erkläre euch mal, was man machen muss, um so einen einfachen Vorgang wie die Ausstellung von Rechnungen zu programmieren. Es fängt bei den Lieferscheinen auf Papier an, auf denen der Lagerverwalter sowohl die Waren als auch den Kunden eingetragen hat, an den sie geliefert wurden. Jeder Kunde hat einen eigenen Code, seine Personalien haben einen Code, und auch die Waren haben einen. Die Datentypistinnen setzen sich an die Maschinen, drücken die Kartenausgabetaste, fangen an zu tippen und verwandeln so die Lieferscheinnummer, die Kundennummer, die Kundendaten und die Art und Anzahl der Waren in ein entsprechendes Lochmuster auf den Karten. Um es mal deutlich zu machen, tausend Lieferscheine à zehn Artikel ergeben zehntausend Lochkarten, wobei die Löcher nicht größer sind als Nadelstiche. Alles klar, könnt ihr mir folgen?«

So ging es den ganzen Abend. Ab und an nickte Pietro, um zu signalisieren, dass er aufmerksam zuhörte, und stellte sogar einige Fragen (*Die Löcher sind das Entscheidende, aber spielen auch die ungelochten Stellen eine Rolle?*). Ich beschränkte mich auf ein schwaches Lächeln, während ich spülte und putzte. Enzo schien sich zu freuen, einem Professor von der Universität, der ihm zuhörte wie ein disziplinierter Student, und einer alten Freundin, die ein Diplom gemacht und ein Buch geschrieben hatte und nun die Küche aufräumte, Dinge erläutern zu können, von denen sie rein gar nichts verstanden. Aber ich hörte eigentlich schon bald nicht mehr richtig zu. Ein Operator nahm also zehntausend Lochkarten und bestückte damit eine sogenannte Sortiermaschine. Diese Maschine sortierte sie nach dem Artikelcode. Dann kamen zwei Code-Leser, die aber keine Menschen waren, sondern Geräte, die darauf programmiert waren, die Löcher und die Nicht-Löcher auf den Lochkarten zu lesen. Und dann? An diesem Punkt schweiften meine Gedanken ab. Sie schweiften von den Codes ab und von den riesigen Lochkartenstapeln und von den Löchern, die andere Löcher abglichen und Löcher lasen und die vier Grundrechenarten anwandten und Namen, Adressen und Gesamtbeträge ausdruckten. Meine Gedanken blieben bei dem Wort *file* hängen, ich hatte es noch nie gehört, Enzo benutzte es ständig und sprach es italienisch aus, wie den Plural von *fila*, Reihe, aber er sagte nicht *die file*, sondern verwendete eine mysteriöse männliche Form, *der file von diesem* und *der file von jenem*, so ging das in einem fort. Meine Gedanken blieben auch bei Lila hängen, die sich mit diesen Begriffen bestens auskannte, mit diesen Maschinen, mit dieser Arbeit, und die dieser Arbeit jetzt in einem großen Werk bei Nola nachging, obwohl sie mit dem Gehalt, das man ihrem Lebensgefährten zahlte, besser die feine Dame hätte spielen können als ich. Und meine Gedanken blieben bei Enzo hängen, der voller Stolz sagen konnte: *Ohne sie könnte ich das alles nicht,* und uns so von einer ergebenen Liebe erzählte, es war offensichtlich, dass er sich und andere gern an die Außergewöhnlichkeit der von ihm geliebten Frau erinnerte, während mein Mann mich nie lobte, mich sogar auf die Rolle der Mutter seiner Kinder reduzierte, wollte, dass ich zu keinem eigenständigen Denken fähig war, obwohl ich studiert hatte, mich herabsetzte, indem er das herabsetzte, was ich las, was mich interessierte, was ich sagte, und offenbar nur unter der Bedingung bereit war, mich zu lieben, dass ich ständig meine Nichtigkeit unter Beweis stellte.

Schließlich setzte auch ich mich an den Tisch, mürrisch, weil keiner der beiden gesagt hatte: Komm, wir helfen dir beim Tischdecken, beim Abräumen, beim Geschirrspülen, beim Ausfegen. »Eine Rechnung«, sagte Enzo gerade, »ist ein einfaches Dokument, was kostet es mich schon, es mit der Hand zu schreiben? Nichts, wenn ich nur zehn Stück am Tag ausstellen muss. Aber wenn es nun tausend sind? Die Code-Leser erfassen bis zu zweihundert Lochkarten pro Minute, also zweitausend in zehn Minuten und zehntausend in fünfzig Minuten. Die Geschwindigkeit dieser Maschine ist ein riesiger Vorteil, besonders, wenn sie komplexe Operationen ausführen kann, die viel Zeit kosten. Und darin besteht meine und Lilas Aufgabe: das System so einzurichten, dass es komplexe Operationen ausführen kann. Die Phasen der Programmentwicklung sind wirklich wunderbar. Die der Anwendung nicht ganz so. Oft bleiben die Lochkarten in den Sortiermaschinen hängen und zerreißen. Und oft fällt dir ein Behälter mit den frisch sortierten Karten runter, und sie landen verstreut auf dem Boden. Aber es ist toll, auch das ist toll.«

Ich unterbrach ihn nur, um mich anwesend zu fühlen, fragte:

»Kann er sich irren?«

»Wer?«

»Der Rechner.«

»Es gibt keinen Er, Lenù, er ist ich. Wenn er sich irrt, wenn er Blödsinn macht, dann habe ich mich geirrt, dann habe ich Blödsinn gemacht.«

»Ah«, sagte ich. Und dann: »Ich bin müde.«

Pietro nickte und schien den Abend beschließen zu wollen. Aber er wandte sich an Enzo:

»Das ist alles großartig, natürlich, aber wenn es so ist, wie du sagst, werden diese Maschinen den Menschen ersetzen, viele seiner Fähigkeiten werden verschwinden, bei Fiat wird das Schweißen schon von Robotern erledigt, unzählige Arbeitsplätze werden verlorengehen.«

Enzo stimmte zunächst zu, schien es sich dann aber anders zu überlegen und berief sich auf den einzigen Menschen, dem er Autorität zubilligte:

»Lina sagt, sie sind ein Segen: Entwürdigende und stupide Arbeiten müssen verschwinden.«

Lina, Lina, Lina. Spöttisch fragte ich: »Wenn Lina so gut ist, warum geben sie dann dir dreihundertfünfzigtausend Lire und ihr hunderttausend, warum bist dann du der Chef der Datenverarbeitung, und sie ist die Assistentin?« Wieder zögerte Enzo, er schien etwas sehr Wichtiges sagen zu wollen, verwarf es aber. Er knurrte: »Was willst du denn von mir, das Privateigentum an Produktionsmitteln muss abgeschafft werden.« In der Küche war für einige Sekunden das Brummen des Kühlschranks zu hören. Pietro stand auf, er sagte: »Lasst uns schlafen gehen.«

84

Enzo wollte gegen sechs Uhr aufbrechen, doch ich hörte ihn schon um vier in seinem Zimmer hantieren, daher stand ich auf, um ihm einen Kaffee zu kochen. So unter vier Augen in der stillen Wohnung ließen wir die Computersprache und das Pietros Autorität geschuldete Italienisch beiseite und verfielen in unseren Dialekt. Ich fragte ihn nach seiner Beziehung zu Lila. Er sagte, alles laufe gut, allerdings gönne sie sich nie Ruhe. Sie stürze sich in die Arbeit, sie streite sich mit ihrer Mutter, mit ihrem Vater, mit ihrem Bruder, und sie helfe Gennaro bei den Hausaufgaben und dann irgendwann auch Rinos Kindern und sämtlichen Kindern, die bei ihnen zu Hause hereinschneiten. Lila schone sich nicht, darum sei sie sehr erschöpft, sie wirke immer wie kurz vor dem Zusammenbruch, den es ja schon gegeben habe, sie sei überarbeitet. Mir wurde schnell klar, dass dieses gut eingespielte Paar, das im Beruf Schulter an Schulter zusammenarbeitete und mit guten Gehältern gesegnet war, in einem komplizierteren Zusammenhang gesehen werden musste. Ich wagte die Bemerkung:

»Vielleicht müsst ihr euch ein bisschen besser organisieren. Lina darf sich nicht so überanstrengen.«

»Das sage ich ihr doch ständig.«

»Und dann ist da noch die Trennung, die Scheidung; es hat doch keinen Sinn, dass sie immer noch mit Stefano verheiratet ist.«

»Das ist ihr scheißegal.«

»Und Stefano?«

»Er weiß nicht mal, dass man sich jetzt scheiden lassen kann.«

»Und Ada?«

»Ada kämpft ums Überleben. Das Rad dreht sich weiter, wer heute oben ist, landet morgen unten. Die Carraccis haben nicht eine Lira mehr, nur Schulden bei den Solaras, und Ada versucht, alles, was sie kann, an sich zu raffen, bevor es zu spät ist.«

»Und du? Willst du denn nicht heiraten?«

Ich verstand, dass er gern geheiratet hätte, Lila aber dagegen war. Sie wollte nicht nur keine Zeit mit einer Scheidung verlieren – wen juckt's denn, ob ich mit dem Kerl verheiratet bin, ich lebe mit dir, ich schlafe mit dir, nur darauf kommt es an –, sondern schon der Gedanke an eine neue Hochzeit brachte sie zum Lachen. Sie sagte: »Du und ich? Du und ich verheiratet? Was erzählst du denn da, es geht uns doch gut so, und wenn wir uns

satthaben, geht jeder seines Weges.« Die Aussicht auf
eine neue Heirat interessiere Lila nicht, sie müsse über
andere Sachen nachdenken.

»Und die wären?«

»Schon gut.«

»Nun sag schon.«

»Hat sie dir nie was erzählt?«

»Wovon denn?«

»Von Michele Solara.«

Er berichtete mit knappen, spannungsgeladenen Sätzen, dass Michele Solara in all den Jahren nie aufgehört
hatte, Lila darum zu bitten, für ihn zu arbeiten. Er hatte ihr angeboten, ein neues Geschäft auf dem Vomero
zu leiten. Oder sich um Buchführung und Steuern zu
kümmern. Oder um das Sekretariat eines seiner Freunde, eines einflussreichen christdemokratischen Politi-
kers. Er hatte ihr sogar ein Monatsgehalt von zweihun-
derttausend Lire angeboten, nur damit sie etwas erfand,
irgendetwas Verrücktes, alles, was ihr gerade in den Sinn
kam. Obwohl er in Posillipo wohnte, hatte er die Schalt-
zentrale für alle seine krummen Geschäfte noch immer
im Rione, im Haus seiner Eltern. Daher stieß Lila ständig auf ihn, auf der Straße, auf dem Markt, in den Läden.
Er hielt sie an, stets sehr freundlich, flachste mit Gennaro herum und machte ihm kleine Geschenke. Dann
wurde er sehr ernst, aber obwohl sie seine Angebote
immer wieder ablehnte, blieb er geduldig und verabschiedete sich von ihr, indem er mit der für ihn typischen Ironie betonte: »Ich gebe nicht auf, ich warte bis in alle

Ewigkeit auf dich, ruf mich an, wann immer du willst, und ich bin sofort da.« Bis er erfahren hatte, dass sie bei IBM arbeitete. Das hatte ihn wütend gemacht, er hatte Leute mobilisiert, die er kannte, um Enzo von der Liste der Berater streichen zu lassen und damit auch Lila. Er hatte keinen Erfolg, IBM brauchte dringend Techniker, und so versierte Techniker wie Enzo und Lila waren rar. Trotzdem hatte sich das Klima verändert. Enzo war vor seinem Haus auf Ginos Faschisten gestoßen und nur glimpflich davongekommen, weil er rechtzeitig die Haustür erreicht und sie hinter sich verschlossen hatte. Aber kurze Zeit später war Gennaro etwas Besorgniserregendes zugestoßen. Wie üblich war Lilas Mutter zur Schule gegangen, um ihn abzuholen. Alle Schüler waren herausgekommen, aber der Junge war nicht zu sehen. Die Lehrerin: »Eben war er noch da.« Seine Klassenkameraden: »Er war hier, dann war er auf einmal weg.« In höchster Angst hatte Nunzia ihre Tochter auf der Arbeit angerufen, Lila war sofort gekommen und hatte sich auf die Suche nach Gennaro gemacht. Auf einer Bank in unserem kleinen Park hatte sie ihn gefunden. Der Junge saß ruhig da, mit Schulkittel, Schleife, Schulmappe, und auf die Frage, wo bist du gewesen, was hast du gemacht, lachte er nur mit leeren Augen. Sie wollte auf der Stelle zu Michele und ihn umbringen, sowohl für die versuchte Schlägerei als auch für die Entführung ihres Kindes, doch Enzo hielt sie davon ab. Die Faschisten verprügelten schließlich jeden, der links war, und nichts bewies, dass Michele den

Hinterhalt angeordnet hatte. Gennaro wiederum gab zu, dass sein kurzes Verschwinden nur eine Ungezogenheit gewesen sei. Jedenfalls hatte Enzo beschlossen, nachdem er Lila beruhigt hatte, selbst mit Michele zu sprechen. Er war in der Solara-Bar erschienen, und Michele hatte ihm ohne eine Regung zugehört. Dann hatte er ihm in etwa gesagt: »Enzù, ich habe keine Ahnung, worüber, zum Teufel, du da redest. Ich mag Gennaro sehr, wer ihn anrührt, ist ein toter Mann, und das einzig Wahre an dem ganzen Blödsinn, den du erzählt hast, ist, dass Lina sehr viel kann und es schade ist, dass sie ihre Intelligenz vergeudet, seit Jahren schon bitte ich sie, für mich zu arbeiten.« Und er fuhr fort: »Das kotzt dich an? Ist mir scheißegal. Aber du machst einen Fehler. Wenn du sie liebst, musst du sie ermuntern, ihre enormen Fähigkeiten anzuwenden. Komm, setz dich, nimm einen Kaffee und ein Stück Kuchen und erzähl mir mal, wozu eure Rechner gut sind.« Und dabei war es nicht geblieben. Sie hatten sich noch zwei, drei Mal getroffen, zufällig, und Michele hatte ein immer größeres Interesse am System 3 bekundet. Eines Tages hatte er ihm sogar amüsiert erzählt, er habe einen von IBM gefragt, wer denn besser sei, er oder Lila, und der habe geantwortet, Enzo sei sicherlich sehr gut, aber die Beste von allen sei Lila. Bei einer anderen Gelegenheit hatte er ihn auf der Straße angehalten und ihm einen schwerwiegenden Vorschlag gemacht. Er hatte die Absicht, das System 3 zu mieten und es in allen seinen Geschäften einzusetzen. Die Konsequenz: Er wollte sie als Chefin der Datenverarbeitung, für vierhunderttausend Lire im Monat.

»Hat sie dir auch das nicht erzählt?«, fragte Enzo mich vorsichtig.

»Nein.«

»Wie man sieht, will sie dich nicht stören, du hast dein eigenes Leben. Aber du verstehst, dass das für sie persönlich ein gewaltiger Sprung nach vorn wäre, und für uns beide zusammen wäre das ein Vermögen. Zu zweit würden wir auf monatlich siebenhundertfünfzigtausend Lire kommen, verstehst du?«

»Und Lina?«

»Bis September muss sie sich entscheiden.«

»Und was wird sie tun?«

»Keine Ahnung. Hast du je erraten, was in ihrem Kopf vorgeht?«

»Nein. Aber was sollte sie deiner Meinung nach tun?«

»Ich halte das für richtig, was sie für richtig hält.«

»Auch wenn du nicht einverstanden bist?«

»Auch dann.«

Ich brachte ihn zum Auto. Auf der Treppe fiel mir ein, dass ich ihm vielleicht sagen sollte, was er garantiert nicht wusste, nämlich dass Michele Solara eine Liebe für Lila hegte, die wie ein Spinnennetz war, eine gefährliche Liebe, die nichts mit körperlichem Besitz zu tun hatte und auch nichts mit ergebener Unterwürfigkeit. Ich war bereits drauf und dran, es zu tun, ich hatte ihn sehr gern und wollte nicht, dass er annahm, er habe es nur mit einem verdorbenen Camorrista zu tun, der schon lange vorhatte, die Intelligenz der von ihm, Enzo, geliebten Frau zu kaufen. Erst als er am Steuer saß, fragte ich:

»Und wenn Michele sie dir nun wegnehmen will?«

Er verzog keine Miene.

»Dann bringe ich ihn um. Aber er will sie ja gar nicht, er hat schon eine Geliebte, das weiß doch jeder.«

»Wen denn?«

»Marisa, er hat sie wieder geschwängert.«

Zunächst glaubte ich, mich verhört zu haben.

»Marisa Sarratore?«

»Ja, Marisa, Alfonsos Frau.«

Ich erinnerte mich an ein Gespräch mit meinem Schulkameraden. Er hatte versucht, mir zu erklären, wie kompliziert sein Leben war, und ich hatte mich zurückgezogen, mehr von der Form seiner Offenbarung verstört als von ihrem Inhalt. Auch jetzt hatte ich keine genaue Vorstellung von seiner Qual – um mir Klarheit zu verschaffen, hätte ich noch einmal mit ihm sprechen müssen, und vielleicht hätte ich nicht einmal dann verstanden –, dennoch berührte sie mich schmerzhaft. Ich fragte:

»Und Alfonso?«

»Ihn juckt das nicht, es heißt, er ist schwul.«

»Wer sagt das?«

»Alle sagen das.«

»Alle ist sehr allgemein, Enzo. Und was sagen *alle* noch so?«

In seinen Augen blitzte eine verschwörerische Ironie auf:

»So allerhand, im Rione wird doch immer getratscht.«

»Zum Beispiel?«

»Alte Geschichten sind wieder hochgekommen. Es heißt, die Mutter der Solara-Brüder hat Don Achille umgebracht.«

Er fuhr ab, und ich hoffte, er würde auch seine Worte mitnehmen. Doch was ich erfahren hatte, blieb da, machte mich unruhig, machte mich wütend. Um es loszuwerden, griff ich zum Telefon, sprach mit Lila und warf Ängste und Vorwürfe durcheinander: »Warum hast du mir nichts von Micheles Arbeitsangeboten gesagt, besonders von dem letzten nicht; warum hast du Alfonsos Geheimnis verraten; warum hast du die Geschichte von der Solara-Mutter herumerzählt, das war doch bloß ein Spiel zwischen uns; warum hast du mir Gennaro geschickt, hast du Angst um ihn, sag es mir klar und deutlich, ich habe ein Recht darauf; und ein für alle Mal, warum sagst du mir nicht, was wirklich in deinem Kopf vorgeht?« Es war ein Ausbruch, aber ich hoffte im Stillen mit jedem Satz mehr, dass es nicht dabei bleiben würde, dass, wenn auch nur am Telefon, unser altes Bedürfnis zum Zuge kommen würde, uns mit unserer ganzen Beziehung auseinanderzusetzen, sie zu überprüfen, sie zu durchleuchten und sie vollkommen zu verstehen. Ich wollte Lila provozieren und sie in weitere, immer persönlichere Fragen verwickeln. Aber Lila war das zu viel, sie behandelte mich ziemlich kühl, sie war in keiner guten Stimmung. Sie antwortete mir, ich sei doch schon vor Jahren weggegangen, ich hätte inzwischen ein Leben, in dem die Solaras, Stefano, Marisa und Alfonso keine Rolle mehr spielten, sie zählten weniger als nichts. »Mach du deine Ferien«, sagte sie kurz angebunden, »schreib, spiel die Intellektuelle, wir hier sind viel zu bodenständig für dich, du bist weit weg; und bitte geh mit Gennaro ein bisschen in die Sonne, sonst wird er mir noch genauso rachitisch wie sein Vater.«

Die Ironie in ihrer Stimme, ihr abfälliger, fast schon grober Ton entkräfteten Enzos Bericht und wischten jede Chance beiseite, sie in die Bücher, die ich las, hineinzuziehen, in die Schlagwörter, die ich von Mariarosa und von der Frauengruppe in Florenz gelernt hatte, oder in die Fragen, die ich mir stellte und mit denen sie sich, sobald ich ihr die Grundbegriffe geliefert hätte, garantiert besser als wir alle hätte auseinandersetzen können. ›Aber ja doch‹, dachte ich. ›Ich kümmere mich um meinen Kram und du dich um deinen. Wenn dir das Spaß macht, dann werde nicht erwachsen, spiel auch jetzt noch, mit fast dreißig Jahren, weiter auf dem Hof. Mir reicht's, ich fahre ans Meer.‹ Und das tat ich.

85

Pietro setzte mich und die drei Kinder in einem hässlichen Haus in Viareggio ab, das wir gemietet hatten, und fuhr nach Florenz zurück, um die Arbeit an seinem Buch abzuschließen. ›Na bitte‹, sagte ich mir. ›Jetzt bin ich also ein Feriengast, eine wohlhabende Signora mit drei Kindern und Unmengen von Spielzeug, mit einem eigenen Sonnenschirm in der ersten Reihe, weichen Handtüchern, viel zu essen, fünf Bikinis in verschiedenen Farben und Mentholzigaretten, dazu die Sonne, die meine Haut bräunt und mich noch blonder macht.‹ Jeden Abend telefonierte ich mit Pietro und mit Lila. Pietro erzählte mir von Leuten, die mich hatten sprechen wollen, Relikte aus einer fernen Zeit, und noch seltener von irgendeiner Arbeitsthese, die ihm gerade eingefallen war. Wenn Lila am Apparat war, gab ich ihr Gennaro, der ihr unwillig von seinem Tag berichtete und ihr eine gute Nacht wünschte. Ich sprach fast gar nicht mit Pietro und fast gar nicht mit Lila. Vor allem Lila schien mir endgültig nur noch eine Stimme zu sein.

Doch nach einer Weile merkte ich, dass es nicht ganz so war, etwas von ihr steckte in Gennaros Körper. Der Junge hatte zweifellos große Ähnlichkeit mit Stefano und sah überhaupt nicht aus wie Lila. Aber seine Bewegungen, seine Redeweise, einige Wörter und Lieblingswendungen und eine gewisse Aggressivität an ihm erinnerten mich an die Lila unserer Kinderzeit. So zuckte ich manchmal zusammen, wenn ich in Gedanken war und seine Stimme hörte, oder ich schaute fasziniert zu, wenn er Dede gestikulierend ein Spiel erklärte.

Im Gegensatz zu seiner Mutter war Gennaro allerdings hinterhältig. Die Unartigkeit der kleinen Lila war immer deutlich sichtbar gewesen, keine Strafe der Welt hatte sie dazu gebracht, sie zu verhehlen. Aber Gennaro spielte den wohlerzogenen, geradezu schüchternen Jungen, und sobald ich ihm den Rücken zuwandte, ärgerte er Dede, versteckte ihre Puppe, schlug sie. Als ich ihm androhte, dass wir zur Strafe seine Mutter nicht anrufen würden, um gute Nacht zu sagen, setzte er eine zerknirschte Miene auf. Doch eigentlich kümmerte ihn diese mögliche Strafe nicht, das Ritual des abendlichen Anrufs hatte schließlich ich eingeführt, er konnte problemlos darauf verzichten. Viel größere Sorgen bereitete ihm die Androhung, ich würde ihm kein Eis kaufen. Da begann er zu weinen, sagte schluchzend, dass er nach Neapel zurückwolle, und ich gab sofort nach. Was ihn aber nicht besänftigte. Er rächte sich an mir, indem er heimlich Dede quälte.

Ich war davon überzeugt, dass die Kleine sich vor ihm fürchtete, ihn hasste. Doch nein. Mit der Zeit reagierte sie immer weniger auf Gennaros Schikanen, sie verliebte sich in ihn. Sie nannte ihn Rino oder Rinuccio, weil er gesagt hatte, dass seine Freunde ihn so nannten, und lief ihm nach, ohne auf meine Rufe zu achten, ja, sie war es, die ihn anstachelte, sich vom Sonnenschirm zu entfernen. Mein Tag war ein einziges Zetern: »Dede, wo willst du hin; Gennaro, komm her; Elsa, was machst du denn, du sollst doch keinen Sand in den Mund nehmen; Gennaro, das reicht jetzt; Dede, wenn du nicht aufhörst, kannst du was erleben!« Eine sinnlose Anstrengung: Elsa aß garantiert Sand, und garantiert verschwanden Dede und Gennaro, während ich ihr den Mund mit Meerwasser auswusch.

Sie versteckten sich in einem Schilfdickicht in der Nähe. Einmal ging ich ihnen mit Elsa nach, um zu sehen, was sie anstellten, und sah, dass sie sich die Badesachen ausgezogen hatten und Dede neugierig das aufrecht stehende Pimmelchen betastete, das Gennaro ihr zeigte. Ich blieb einige Meter entfernt stehen und hatte keine Ahnung, wie ich mich verhalten sollte. Dede – das wusste ich, ich hatte sie gesehen – masturbierte, auf dem Bauch liegend, sehr oft. Aber ich hatte einiges über kindliche Sexualität gelesen, hatte für meine Tochter sogar ein Bilderbuch gekauft, das in knappen Sätzen erklärte, was zwischen Mann und Frau vor sich ging, und das ich ihr vorlas, ohne ihr Interesse zu wecken, und so hatte ich mich nicht nur gezwungen, Dede nicht zu stören und ihr keine Vorhaltungen zu machen, sondern auch aufgepasst, dass ihr Vater sie nicht überraschte, obwohl mir nicht wohl dabei gewesen war.

Aber jetzt? Sollte ich zulassen, dass sie an sich herumspielten? Sollte ich mich zurückziehen, mich aus dem Staub machen? Oder zu ihnen gehen, ohne dem Ganzen Bedeutung beizumessen, und unbefangen über etwas ganz anderes reden? Und wenn dieses brutale Trampeltier, das viel größer war als Dede, sie nun zu sonst was zwang und ihr wehtat? War der Altersunterschied keine Gefahr? Zwei Ereignisse beschleunigten die Situation. Elsa entdeckte ihre Schwester, schrie freudig auf und rief sie. Gleichzeitig hörte ich, was Gennaro im Dialekt zu Dede sagte, derbe Wörter, dieselben vulgären Wörter, die auch ich als Kind auf dem Hof gelernt hatte. Das war zu viel, alles, was ich über Lüste, Latenzen, Neurosen und polymorphe Perversionen von Kindern und Frauen gelesen hatte, verschwand, und ich schimpfte heftig mit den beiden, vor allem mit Gennaro, den ich am Arm packte und wegzog. Er heulte los, und Dede sagte kalt und unerschrocken zu mir: »Du bist böse.«

Ich kaufte beiden ein Eis, doch es begann eine Phase, in der zu einer vorsichtigen Überwachung, die eine Wiederholung dieses Vorfalls verhindern sollte, eine Beunruhigung darüber hinzukam, dass Dedes Wortschatz immer mehr unflätige Ausdrücke des neapolitanischen Dialekts aufnahm. Ich gewöhnte mir an, abends, wenn die Kinder schliefen, in meinem Gedächtnis zu kramen: Hatte ich diese Spiele mit meinen Altersgenossen auf dem Hof auch gespielt? Und hatte Lila solche Erlebnisse gehabt? Wir hatten nie darüber gesprochen. Damals hatten wir widerliche Wörter gebraucht, das ja, aber es waren Beschimpfungen gewesen, die uns unter anderem vor den Händen schmieriger Erwachsener schützen sollten, Schweinereien, die wir im Weglaufen

schrien. Und sonst? Mit deutlichem Widerstreben fragte
ich mich schließlich: Sie und ich, haben wir uns jemals
berührt? Hatte ich mir das gewünscht, als Kind, als
kleines Mädchen, als junges Mädchen, als erwachsene
Frau? Und sie? Lange umkreiste ich diese Fragen nur.
Ich antwortete mir leise: ›Ich weiß es nicht, ich will es
nicht wissen.‹ Dann gestand ich mir ein, dass es eine gewisse Bewunderung meinerseits für ihren Körper – das
vielleicht doch – gegeben hatte, aber ich schloss aus,
dass zwischen uns je etwas geschehen war. Zu viel
Angst. Hätte man uns gesehen, hätte man uns totgeprügelt.

Jedenfalls vermied ich es damals, als ich mich mit
diesem Problem herumschlug, mit Gennaro zu einer
Telefonzelle zu gehen. Ich fürchtete, er würde Lila sagen, dass er sich bei mir nicht mehr wohlfühlte, und
ihr den Vorfall erzählen. Diese Befürchtung ärgerte mich.
Weshalb machte ich mir solche Sorgen? Ich ließ Gras
über die Sache wachsen. Auch meine Überwachung der
beiden Kinder ließ allmählich nach, ich konnte sie nicht
ununterbrochen kontrollieren. Ich kümmerte mich um
Elsa und vernachlässigte die anderen beiden. Nur wenn
sie trotz blauer Lippen und schrumpliger Fingerkup-
pen nicht aus dem Wasser kommen wollten, rief ich sie,
ihre Handtücher in der Hand, äußerst gereizt vom Ufer
aus.

Die Augusttage vergingen wie im Flug. Haushalt, Einkauf, Packen der Taschen, Strand, Rückkehr zum Haus,
Abendbrot, Eis, Telefon. Ich unterhielt mich mit ande-

ren Müttern, alle älter als ich, und freute mich, wenn sie *meine* Kinder lobten. Und meine Geduld. Sie erzählten mir von ihren Männern und deren Arbeit. Ich erzählte von meinem, sagte: »Er ist Professor für Latein an der Universität.« Am Wochenende kam Pietro, genau wie Jahre zuvor Stefano und Rino nach Ischia gekommen waren. Die anderen Frauen wechselten untereinander Blicke voller Hochachtung und schienen dank seines Lehrstuhls sogar sein hochgebauschtes Strubbelhaar zu mögen. Er ging mit den Mädchen und Gennaro schwimmen, unternahm scheinbar waghalsige Aktionen mit ihnen, bei denen sich alle vier großartig amüsierten, legte sich dann unter den Sonnenschirm, um zu arbeiten, und beklagte sich von Zeit zu Zeit über Schlafmangel, seine Beruhigungsmittel vergaß er oft. Wenn die Kinder schliefen, nahm er mich in der Küche im Stehen, um das quietschende Bett zu vermeiden. Die Ehe kam mir nun vor wie eine Institution, die, ganz anders, als man denken könnte, dem Beischlaf alle Menschlichkeit nahm.

86

Pietro war es, der eines Samstags unter den vielen Schlagzeilen, die sich seit Tagen mit dem faschistischen Bombenanschlag auf den Italicus Express beschäftigten, im *Corriere della Sera* eine kurze Notiz über eine kleine Fabrik am Stadtrand von Neapel fand.

»Hieß nicht die Fabrik, in der deine Freundin gearbeitet hat, Soccavo?«, fragte er mich.

»Was ist denn passiert?«

Er gab mir die Zeitung. Ein Kommando von zwei Männern und einer Frau war in eine Wurstfabrik am Stadtrand von Neapel eingedrungen. Die drei hatten zunächst dem Pförtner, Filippo Cara, dessen Zustand sehr ernst sei, in die Beine geschossen; dann waren sie ins Büro des Besitzers Bruno Soccavo gestürmt, eines jungen, neapolitanischen Unternehmers, und hatten ihn mit vier Pistolenschüssen getötet, drei in die Brust und einer in den Kopf. Ich sah beim Lesen vor mir, wie Brunos Gesicht sich verzerrte und samt seinen schneeweißen Zähnen zersprang. »Du lieber Gott«, mir blieb die Luft weg. Ich ließ die Kinder bei Pietro und lief los, um Lila anzurufen, es tutete lange in der Leitung, ohne dass jemand abnahm. Am Abend versuchte ich es erneut, wieder nichts. Ich erreichte sie am nächsten Tag, sie fragte alarmiert: »Was gibt's, ist was mit Gennaro?« Ich beruhigte sie, erzählte ihr von Bruno. Sie wusste nichts darüber, ließ mich reden und sagte am Ende leise: »Das ist wirklich eine schlechte Nachricht.« Nichts weiter. Ich drängte sie: »Ruf irgendwen an, lass dir alles erzählen und erkundige dich, wohin ich das Beileidstelegramm schicken kann.« Sie sagte, sie habe zu niemandem in der Fabrik mehr Kontakt. »Und was denn für ein Telegramm«, knurrte sie. »Lass es gut sein.«

Ich ließ es gut sein. Tags darauf entdeckte ich im *Manifesto* einen Artikel von Giovanni Sarratore, das heißt von Nino, der viele Informationen über die kampanische Kleinindustrie lieferte, auf die politischen Spannungen in diesen rückständigen Kreisen hinwies und voller Wärme über Bruno und sein tragisches Ende berichtete. Tagelang verfolgte ich nun die Berichterstattung zu diesem Ereignis, doch es verschwand schnell aus den Zeitungen. Und Lila ließ nicht zu, dass wir noch weiter darüber sprachen. Am Abend rief ich sie mit den Kindern an, sie schnitt mir das Wort ab, sagte: »Gib mir Gennaro.« Ihr Ton wurde ausgesprochen gereizt, als ich ihr von Nino erzählte. »Immer dasselbe«, brummte sie. »Ständig muss er seinen Senf dazugeben. Was hat denn Politik damit zu tun, es wird um was anderes gegangen sein, hier wird man aus tausend Gründen umgebracht, Fremdgehen, krumme Geschäfte oder auch nur ein Blick zu viel.« Die Tage vergingen, und von Bruno blieb nichts als ein Bild. Nicht das des Fabrikchefs, dem ich am Telefon gedroht hatte, indem ich mich der Autorität der Airotas bedient hatte, sondern das des Jungen, der versucht hatte, mich zu küssen, und den ich grob zurückgestoßen hatte.

87

Schon dort am Strand kamen mir hässliche Gedanken. ›Lila‹, sagte ich mir, ›wehrt gezielt jede Gemütsbewegung, jedes Gefühl ab.‹ Je mehr ich nach Möglichkeiten suchte, mit denen ich mir über mich selbst klar werden konnte, umso mehr versteckte sie sich. Je mehr ich versuchte, sie ins Offene zu ziehen und sie in mein Streben nach Klarheit einzubeziehen, umso mehr flüchtete sie sich in den Schatten. Sie wirkte wie der Vollmond, wenn er sich hinter den Wald duckt und die Zweige sein Gesicht zerkritzeln.

Anfang September kehrte ich nach Florenz zurück, aber meine hässlichen Gedanken setzten sich fest, anstatt sich aufzulösen. Sinnlos, Pietro ins Vertrauen ziehen zu wollen. Er freute sich kein bisschen über meine Rückkehr mit den Kindern, er war mit seinem Buch in Verzug, und der Gedanke, dass in Kürze das akademische Jahr wieder begann, machte ihn nervös. Eines Abends, als Dede und Gennaro sich bei Tisch über irgendwas stritten, sprang er auf und rannte aus der Küche, wobei er die Tür so heftig zuschlug, dass die Mattglasscheibe in tausend Stücke sprang. Ich rief Lila an und sagte ihr ohne Umschweife, sie solle ihren Sohn zurücknehmen, er sei jetzt schon anderthalb Monate bei mir.

»Kannst du ihn nicht noch bis Ende des Monats behalten?«

»Nein.«

»Hier ist es schlimm.«

»Hier auch.«

Enzo fuhr mitten in der Nacht los und kam am Vormittag an, als Pietro auf der Arbeit war. Ich hatte Gennaros Sachen bereits gepackt. Die Spannungen unter den Kindern seien unerträglich geworden, erklärte ich ihm, es tue mir leid, aber drei seien einfach zu viel, ich könne nicht mehr. Er sagte, er verstehe das, und bedankte sich für alles, was ich getan hatte. Als Rechtfertigung brummte er nur: »Du weißt ja, wie Lina ist.« Ich antwortete nicht, einerseits weil Dede brüllte, todunglücklich über Gennaros Abreise, und andererseits weil ich sonst womöglich Dinge gesagt hätte – eben weil ich wusste, wie Lila war –, die ich bereut hätte.

Ich hatte Gedanken im Kopf, die ich nicht einmal vor mir selbst formulieren wollte, ich fürchtete, die Dinge könnten sich meinen Worten magisch fügen. Aber es gelang mir nicht, die Sätze wegzuwischen, ich hatte sie fix und fertig parat, und das erschreckte mich, faszinierte mich, entsetzte mich und reizte mich. Meine Übung darin, eine Ordnung zu finden, indem ich einen Zusammenhang zwischen weit auseinanderliegenden Elementen herstellte, hatte sich durchgesetzt. Ich hatte Ginos gewaltsamen Tod mit dem von Bruno Soccavo in Verbindung gebracht (Filippo, der Pförtner der Fabrik, war noch einmal davongekommen). Und ich hatte geschlussfolgert, dass beide Ereignisse zu Pasquale führten, vielleicht auch zu Nadia. Schon allein diese Vermutung hatte mich in helle Aufregung versetzt. Ich hatte erwogen, Carmen anzurufen und zu fragen, ob sie etwas von ihrem Bruder gehört habe. Dann hatte ich es mir anders überlegt, aus Angst, ihr Telefon könnte abgehört werden. Als nun Enzo gekommen war, um Gennaro abzuholen, hatte ich mir vorgenommen, mit ihm darüber zu sprechen, um zu sehen, wie er reagieren würde. Aber auch diesmal hielt ich den Mund, weil ich fürchtete, zu viel zu sagen, weil ich fürchtete, den Namen des Menschen zu nennen, der hinter Pasquale und Nadia stand: Lila, also die immergleiche Lila; Lila, die nicht redet, sondern handelt; Lila, die von der Kultur des Rione durchdrungen ist und sich kein bisschen um Polizisten, um Gesetze, um den Staat schert, sondern glaubt, Probleme könnten nur mit dem Schustermesser geregelt werden; Lila, die den Schrecken der Ungleichheit kennt; Lila, die in der Zeit des Kollektivs in der Via dei Tribunali mit der revolutionären Theorie und Praxis einen Weg gefunden hat, ihren allzu rastlosen Kopf zu beschäftigen; Lila, die ihre alte und ihre neue Wut in politische Ziele verwandelt hat; Lila, die die Leute hin und her schiebt wie Figuren in einer Geschichte; Lila, die unsere persönliche Erfahrung von Elend und Gewalt mit dem bewaffneten Kampf gegen Faschisten, gegen Fabrikbesitzer, gegen das Kapital verbunden hat und noch verbindet. Ich gebe es hier zum ersten Mal offen zu: In diesen Septembertagen hegte ich den Verdacht, dass nicht nur Pasquale – der durch seine Geschichte dazu getrieben wurde, zur Waffe zu greifen – und nicht nur Nadia, sondern auch Lila dieses Blut vergossen hatte. Lange Zeit sah ich sie zusammen mit den beiden anderen vor mir, während ich kochte, während ich mich um meine Töchter kümmerte, sah, wie sie auf Gino schoss, auf Filippo schoss, auf Bruno Soccavo schoss. Und während es mir schwerfiel, mir Pasquale und Nadia in allen Einzelheiten vorzustellen – er war für mich ein lieber, etwas großmäuliger Kerl, der zwar heftig zuschlagen konnte, aber töten, nein; und sie hielt ich für ein braves Mädchen, das höchstens mit Wörtern verletzen konnte –, hatte ich bei Lila keinerlei Zweifel: Sie hätte den cleversten Plan aushecken können, sie hätte das Risiko auf ein Minimum reduziert, sie hätte die Angst unter Kontrolle gehabt, sie war fähig, den Mordabsichten eine abstrakte Reinheit zu geben, sie wusste, wie man Körpern und Blut die menschliche Substanz nahm, sie hätte keine Skrupel gehabt, keine Gewissensbisse, sie hätte getötet und sich im Recht gefühlt.

Da war sie also, klar und deutlich, zusammen mit den Schemen von Pasquale, von Nadia, von wer weiß wem sonst noch. Sie fuhren mit dem Auto über den kleinen Platz, bremsten vor der Apotheke und schossen auf Gino, auf den Körper dieses faschistischen Schlägers im weißen Kittel. Oder sie kamen auf der staubigen Straße, an deren Rändern Müll aller Art aufgehäuft lag, zur Soccavo-Fabrik. Pasquale passierte das Tor und schoss Filippo in die Beine, strömendes Blut im Pförtnerhäuschen, Schreie, entsetzte Blicke. Lila, die den Weg gut kannte, überquerte den Hof, ging in das Fabrikgebäude, die Treppen hinauf, drang in Brunos Büro ein und schoss ihm, gerade als er fröhlich sagte: »Ciao, was verschlägt dich denn hierher?«, dreimal in die Brust und einmal ins Gesicht.

Oh ja, militantem Antifaschismus, neuem Widerstand, proletarischer Gerechtigkeit und weiteren solchen Formeln konnte sie, die in der Lage war, sich den wiedergekäuten Phrasen der Herde instinktiv zu entziehen, garantiert einen Inhalt geben. Ich vermutete, dass solche Aktionen obligatorisch waren, wenn man bei, was weiß ich, den Roten Brigaden, bei Prima Linea, bei den Nuclei Armati Proletari mitmachen wollte. Lila würde aus dem Rione verschwinden, wie bereits Pasquale. Vielleicht hatte sie deshalb Gennaro bei mir lassen wollen, scheinbar für einen Monat, in Wahrheit aber für immer. Wir würden sie nie wiedersehen. Oder man würde sie verhaften, wie es den Anführern der Roten Brigaden, Curcio und Franceschini, ergangen war. Oder sie würde jedem Polizisten und jedem Gefängnis entkommen, einfallsreich und wagemutig, wie sie war. Und wenn die *große Sache* vollbracht sein würde, würde sie, als Revolutionsführerin für ihre Aktionen bewundert, triumphierend wiederauftauchen und zu mir sagen: »Du wolltest Romane schreiben, aber ich habe einen Roman gelebt, mit echten Menschen, mit echtem Blut, in der Realität.«

Nachts kamen mir alle Phantasien wie Tatsachen vor, und ich hatte Angst um Lila, sah sie gehetzt, verwundet, wie so viele Frauen und Männer im Chaos der Welt, und sie tat mir leid, aber ich beneidete sie auch. Meine kindliche Überzeugung, sie sei schon immer für außergewöhnliche Taten bestimmt gewesen, wuchs ins Unermessliche, ich bedauerte es, aus Neapel geflohen zu sein und mich von ihr gelöst zu haben, und mein Bedürfnis, bei ihr zu sein, kehrte wieder. Ich war aber auch wütend, weil sie diesen Weg eingeschlagen hatte, ohne mich um Rat zu fragen, ganz als hielte sie mich nicht für ebenbürtig. Dabei wusste ich viel über das Kapital, die Ausbeutung, den Klassenkampf, die Unausweichlichkeit der proletarischen Revolution. Ich hätte nützlich sein können, mitmachen können. Und ich war unglücklich. Unzufrieden mit meiner Rolle als Hausfrau und Mutter lag ich leidend in meinem Bett, jede Zukunft entwertet durch die bis ans Lebensende wiederholten häuslichen Rituale in Küche und Ehebett.

Tagsüber sah ich klarer, und der Schrecken überwog. Ich stellte mir eine launische Lila vor, die absichtlich Hass schürte und schließlich zunehmend in grausame Aktionen verwickelt war. Sicherlich hatte sie den Mut gehabt, einen Schritt weiter zu gehen und mit der zweifelsfreien Entschlossenheit, mit der selbstlosen Grausamkeit eines Menschen, der von gerechten Motiven getrieben wird, die Initiative zu ergreifen. Doch mit welcher Aussicht? Einen Bürgerkrieg vom Zaun zu brechen? Den Rione, Neapel, Italien in ein Schlachtfeld zu verwandeln, in ein Vietnam am Mittelmeer? Uns alle in einen erbarmungslosen, endlosen Konflikt zu stürzen, eingekeilt zwischen Ostblock und Westmächten? Und dessen Ausweitung zu einem Flächenbrand in Europa und auf der ganzen Welt zu begünstigen? Auf immer bis zum Sieg? Welchem Sieg denn? Zerstörte Städte, Feuer, Tote auf den Straßen, die Schande erbittertster Gefechte nicht nur mit dem Klassenfeind, sondern auch innerhalb des eigenen Lagers, zwischen revolutionären Gruppen aus unterschiedlichen Regionen und mit unterschiedlichen Zielen, alle im Namen des Proletariats und seiner Diktatur. Womöglich sogar ein Atomkrieg.

Entsetzt schloss ich die Augen. Meine Mädchen, die Zukunft. Ich klammerte mich an Parolen: das unvorhergesehene Subjekt, die destruktive Logik des Patriarchats, der weibliche Wert des Überlebens, Mitgefühl. ›Ich muss mit Lila sprechen‹, sagte ich mir. ›Sie muss mir alles erzählen, was sie tut und plant, damit ich mich entscheiden kann, ob ich ihre Komplizin sein möchte oder nicht.‹

Aber ich rief sie nicht an, und auch sie rief mich nicht an. Ich merkte, dass der lange, dünne Gesprächsfaden, der über Jahre unser einziger Kontakt gewesen war, uns nicht gutgetan hatte. Wir hatten die Verbindung zwischen unseren zwei Geschichten zwar aufrechterhalten, aber nur, weil wir uns einander entzogen hatten. Wir waren abstrakte Wesen füreinander geworden, so dass ich sie mir nun als Computerspezialistin vorstellen konnte, aber auch als eine entschlossene, unerbittliche Stadtguerillera, während sie in mir aller Wahrscheinlichkeit nach sowohl den Inbegriff einer erfolgreichen Intellektuellen sehen konnte als auch eine gebildete, wohlhabende Dame, nichts als Kinder, Bücher und gelehrte Konversation mit ihrem gelehrten Ehemann. Wir brauchten beide eine neue Tiefe, Substanz, doch wir hatten uns voneinander entfernt und konnten sie uns nicht mehr geben.

88

So verging der ganze September, dann der Oktober. Ich sprach mit niemandem, nicht einmal mit Adele, die viel Arbeit hatte, und auch mit Mariarosa nicht, die Franco bei sich aufgenommen hatte – den versehrten, hilfsbedürftigen, durch die Depression veränderten Franco – und mich zwar freudig begrüßte und versprach, ihm meine Grüße auszurichten, das Gespräch dann aber wegen ihrer vielen Verpflichtungen schnell beendete. Ganz zu schweigen von Pietros Wortkargheit. Die Welt außerhalb der Bücher belastete ihn zunehmend, nur sehr ungern begab er sich ins organisierte Chaos der Universität, er meldete sich oft krank. Er sagte, er tue das, um seine Forschungen weiterzuführen, aber er kam mit seinem Buch nicht zurande, zog sich selten zum Arbeiten zurück und kümmerte sich, als Entschuldigung vor sich selbst und vor anderen, um Elsa, kochte, fegte aus, wusch und bügelte. Ich musste ihn anherrschen, damit er wieder in die Fakultät ging, bereute es aber sofort. Seit die Gewalt auch Menschen getroffen hatte, die ich kannte, hatte ich Angst um ihn. Selbst in gefährlichen Situationen hatte er es sich nie nehmen lassen, sich öffentlich gegen das zu stellen, was er gern als die gesammelte Dummheit seiner Studenten und vieler seiner Kollegen bezeichnete. Obwohl ich mir Sorgen um ihn machte, vielleicht sogar weil ich mir Sorgen um ihn machte, gab ich ihm nie recht. Ich hoffte, wenn ich ihn kritisierte, würde er sich eines Besseren besinnen, von seinem reaktionären Reformismus ablassen (genau diese Formulierung gebrauchte ich) und geschmeidiger werden. Aber in seinen Augen trieb mich das erst recht auf die Seite der Studenten, die ihn angriffen, und der Dozenten, die sich gegen ihn verbündeten.

So stimmte das aber nicht, die Situation war verwickelter. Einerseits wollte ich ihn irgendwie schützen, andererseits ergriff ich wohl auch Partei für Lila und verteidigte die Entscheidungen, die ich ihr im Stillen zuschrieb. So dass ich manchmal erwog, sie anzurufen und direkt mit Pietro und unseren Konflikten zu beginnen, um mir dann von ihr sagen zu lassen, wie sie darüber dachte, und sie Schritt für Schritt aus der Reserve zu locken. Ich tat es natürlich nicht, es war lächerlich, am Telefon Offenheit in diesen Dingen zu verlangen. Doch eines Abends war sie es, die mich anrief, sie war ausgesprochen fröhlich.

»Ich muss dir was Schönes erzählen.«

»Was ist denn los?«

»Ich bin Chefin.«

»Wie bitte?«

»Chefin des IBM-Lochkartenzentrums, das Michele gemietet hat.«

Ich fand das unglaublich. Ich bat sie, das noch einmal zu sagen, es mir zu erklären. Sie hatte Solaras Angebot angenommen? Nach so viel Widerstand hatte sie sich wieder in Abhängigkeit von ihm begeben wie damals an der Piazza dei Martiri? Sie bejahte das, voller Begeisterung, und wurde immer vergnügter, immer deutlicher. Michele habe ihr das System 3 anvertraut, das er gemietet und in einem Schuhdepot in Acerra eingerichtet hatte; ihr würden Operatoren und Datentypistinnen unterstellt sein; ihr Monatsgehalt belaufe sich auf vierhundertfünfundzwanzigtausend Lire.

Ich war enttäuscht. Nicht nur das Bild der Guerillera verschwand augenblicklich, sondern alles, was ich über Lila zu wissen glaubte, geriet ins Wanken. Ich sagte:

»Das ist das Letzte, was ich von dir erwartet hätte.«

»Was hätte ich denn tun sollen?«

»Ablehnen.«

»Und warum?«

»Wir wissen doch, wer die Solaras sind.«

»Na und? Es ist schon abgemacht, und bei Michele ist es mir besser ergangen als bei diesem Arschloch von Soccavo.«

»Dann mach doch, was du willst.«

Ich hörte ihren Atem. Sie sagte:

»Dieser Ton gefällt mir nicht, Lenù. Ich werde besser bezahlt als Enzo, obwohl er ein Mann ist: Was also stimmt nicht?«

»Nichts.«

»Die Revolution, die Arbeiter, die neue Welt und der ganze Scheiß?«

»Hör auf. Falls du dich plötzlich doch für ein aufrichtiges Gespräch entscheiden solltest, bin ich dabei, falls nicht, lassen wir das.«

»Weißt du was? Du verwendest immer Wörter wie *wahr* und *aufrichtig*, sowohl beim Reden als auch beim Schreiben. Oder du sagst *plötzlich*. Aber seit wann reden die Leute denn *aufrichtig*, und seit wann passiert etwas *plötzlich*? Du weißt besser als ich, dass alles ein einziger Schwindel ist und dass ein Ereignis das nächste nach sich zieht und dann noch eines. Ich mache überhaupt nichts mehr *aufrichtig*, Lenù. Und was die Ereignisse angeht, habe ich gelernt, sie aufmerksam im Auge zu behalten, nur Idioten glauben, dass etwas *plötzlich* passiert.«

»Na bravo. Was willst du mir weismachen, dass du alles im Griff hast, dass du Michele benutzt und nicht er dich? Komm, lass es gut sein, ciao.«

»Nein, rede, sag, was du zu sagen hast.«

»Ich habe nichts zu sagen.«

»Rede, sonst rede ich.«

»Na dann los, rede.«

»Mich kritisierst du, aber deiner Schwester sagst du nichts?«

Ich fiel aus allen Wolken.

»Was hat denn jetzt meine Schwester damit zu tun?«

»Weißt du nichts von Elisa?«

»Was soll ich denn wissen?«

Sie lachte böse.

»Frag deine Mutter, deinen Vater und deine Brüder.«

89

Mehr wollte sie mir nicht sagen, wutentbrannt unterbrach sie die Verbindung. Besorgt rief ich bei meinen Eltern an, meine Mutter war am Apparat.

»Ab und an erinnerst du dich also doch noch, dass es uns gibt«, sagte sie.

»Ma', was ist Elisa passiert?«

»Das, was den Mädchen von heute eben passiert.«

»Und das wäre?«

»Sie ist mit einem Kerl zusammen.«

»Hat sie sich verlobt?«

»Sozusagen.«

»Mit wem hat sie sich eingelassen?«

Die Antwort traf mich bis ins Mark.

»Mit Marcello Solara.«

Das also sollte ich Lila zufolge wissen. Marcello, der schöne Marcello unserer frühen Jugend, Lilas hartnäckiger, verzweifelter Verehrer, der junge Mann, den sie gedemütigt hatte, indem sie Stefano Carraccis Frau geworden war, hatte sich meine Schwester Elisa genommen, die Jüngste der Familie, meine kleine, liebe Schwester, eine Frau, die für mich noch ein zauberhaftes Kind war. Und Elisa hatte sich nehmen lassen. Und meine Eltern und meine Brüder hatten keinen Finger gerührt, um das zu verhindern. Und meine ganze Familie, mich eingeschlossen, war nun mit den Solaras verschwägert.

»Seit wann?«, fragte ich.

»Was weiß ich, seit einem Jahr vielleicht.«

»Und ihr habt das erlaubt?«

»Hast du uns etwa um Erlaubnis gebeten? Du hast gemacht, was du wolltest. Und sie hat das Gleiche getan.«

»Pietro ist nicht Marcello Solara.«

»Da hast du recht. Marcello würde sich von Elisa nie so behandeln lassen, wie Pietro sich von dir behandeln lässt.«

Schweigen.

»Ihr hättet mir Bescheid sagen können, hättet mich um Rat fragen können.«

»Wozu denn? Du bist weggegangen. ›Ich kümmere mich um euch, macht euch keine Sorgen.‹ Von wegen. Du hast dich bloß um deinen eigenen Kram gekümmert, wir waren dir scheißegal.«

Ich beschloss, sofort mit den Mädchen nach Neapel zu fahren. Ich wollte den Zug nehmen, doch Pietro bot sich an, uns zu fahren, und gab den Umstand, dass er keine Lust zum Arbeiten hatte, als Fürsorge aus. Schon als wir von der Doganella herunterfuhren und in den chaotischen Verkehr von Neapel gerieten, fühlte ich mich wieder von der Stadt überwältigt, von ihren ungeschriebenen Gesetzen kommandiert. Ich war nicht mehr dort gewesen, seit ich weggezogen war, um zu heiraten. Der Lärm erschien mir unerträglich, das ständige Gehupe der Autofahrer machte mich nervös und auch ihr Geschimpfe auf Pietro, wenn er zögerte und bremste, weil er den Weg nicht kannte. Kurz vor der Piazza Carlo III.

nötigte ich ihn, rechts ranzufahren, setzte mich ans Steuer und fuhr aggressiv zur Via Firenze, zum selben Hotel, in dem er Jahre zuvor gewohnt hatte. Wir bezogen unser Zimmer. Mit größter Sorgfalt machte ich die beiden Mädchen und mich selbst zurecht. Dann fuhren wir in den Rione zu meiner Familie. Was glaubte ich tun zu können, mich mit der Autorität der großen, diplomierten und gut verheirateten Schwester Elisa gegenüber durchzusetzen? Sie dazu zu bewegen, die Verbindung zu lösen? Ihr zu sagen: Wer Marcello ist, weiß ich nur zu gut, seit er mich am Handgelenk gepackt und versucht hat, mich in seinen Millecento zu ziehen, so dass das silberne Armband unserer Mutter zerriss, darum glaub mir, er ist vulgär und gewalttätig? Ja. Mein Entschluss stand fest, ich musste Elisa aus dieser Falle herausholen.

Meine Mutter empfing Pietro sehr herzlich und gab den Mädchen – *das ist von der Oma für Dede, und das ist für Elsa* – ein Geschenk nach dem anderen. Mein Vater hatte vor Rührung eine heisere Stimme, er schien schmaler geworden zu sein und noch unterwürfiger. Ich wartete darauf, dass meine Brüder auftauchten, erfuhr aber, dass sie nicht zu Hause waren.

»Sie sind immer auf der Arbeit«, sagte mein Vater ohne Begeisterung.

»Und was machen sie?«

»Arbeiten eben«, mischte meine Mutter sich ein.

»Wo denn?«

»Marcello hat sie angestellt.«

Ich erinnerte mich, wie die Solara-Brüder Antonio *angestellt* hatten, in was sie ihn verwandelt hatten.

»Um was zu tun?«, fragte ich.

Meine Mutter antwortete gereizt:

»Sie bringen Geld nach Hause, das reicht doch wohl. Elisa ist nicht so wie du, Lenù, Elisa denkt an uns alle.«

Ich tat, als hätte ich das nicht gehört.

»Hast du ihr gesagt, dass ich heute komme? Wo ist sie?«

Mein Vater senkte den Blick, meine Mutter sagte schroff:

»In ihrer Wohnung.«

Ich wurde wütend:

»Sie wohnt nicht mehr hier?«

»Nein.«

»Und seit wann?«

»Seit fast zwei Monaten. Sie und Marcello haben eine schöne Wohnung im neuen Viertel«, sagte meine Mutter kalt.

90

Man war also längst über eine Art Verlobung hinaus. Ich wollte sofort zu Elisa nach Hause, obwohl meine Mutter mehrmals sagte: »Was machst du denn, deine Schwester bereitet gerade eine Überraschung für dich vor, bleib hier, wir gehen später alle zusammen zu ihr.« Ich ignorierte das. Ich rief Elisa an, sie reagierte erfreut und verlegen. Ich sagte: »Warte, ich bin gleich da.« Ich ließ Pietro und die Mädchen bei meinen Eltern und machte mich zu Fuß auf den Weg.

Der Rione kam mir noch heruntergekommener vor: von den Häusern abbröckelnder Putz, die Straße voller Schlaglöcher, Dreck. Den schwarzumrandeten Traueranzeigen an den Hauswänden – noch nie hatte ich so viele auf einmal gesehen – entnahm ich, dass der alte Ugo Solara gestorben war, der Großvater von Marcello und Michele. Das Datum verriet, dass das schon eine Weile zurücklag, mindestens zwei Monate, und die hochtönenden Worte, die Gesichter der schmerzensreichen Madonnen und auch der Name des Verstorbenen waren verblasst und verwischt. Trotzdem blieben diese Todesanzeigen in den Straßen noch hängen, als hätten die anderen Toten respektvoll beschlossen, aus der Welt zu scheiden, ohne es irgendwen wissen zu lassen. Viele dieser Anschläge sah ich auch am Eingang zu Stefanos Salumeria. Sie war geöffnet, aber sie wirkte wie eine Bresche in der Mauer, dunkel und verlassen, im Hintergrund tauchte Carracci im weißen Kittel auf und verschwand wie ein Geist wieder.

Ich ging hoch in Richtung Eisenbahn und kam an dem vorbei, was wir früher die neue Salumeria genannt hatten. Der heruntergelassene, teils aus der Führung gesprungene Rollladen war verrostet und mit schweinischen Sprüchen und Zeichnungen beschmiert. Dieser ganze Teil des Rione wirkte verwahrlost, das strahlende Weiß von früher war grau geworden, an einigen Stellen war der Putz bis auf die Ziegel abgebröckelt. Ich ging an dem Haus vorbei, in dem Lila gewohnt hatte. Nur wenige der kümmerlichen Bäumchen von damals hatten überlebt. Ein Paketklebeband bändigte einen Sprung in der Scheibe der Eingangstür. Elisa wohnte ein ganzes Stück weiter oben in einer besser erhaltenen, protzigeren Gegend. Ein Portier erschien, ein glatzköpfiges Männchen mit einem dünnen Schnauzbart, und hielt mich auf, feindselig fragte er, zu wem ich wolle. Ich wusste nicht, was ich sagen sollte, murmelte: »Solara.« Er zog ein ehrerbietiges Gesicht und ließ mich passieren.

Erst im Fahrstuhl wurde mir bewusst, dass mein ganzes Ich wie zurückgerutscht war. Was ich in Mailand oder Florenz für akzeptabel gehalten hätte – das Recht der Frau, frei über ihren Körper und ihre Bedürfnisse zu verfügen, und ein Leben in wilder Ehe –, war hier im Rione undenkbar für mich. Die Zukunft meiner Schwester stand auf dem Spiel, ich konnte mich gar nicht beruhigen. Elisa war mit einem so gefährlichen Mann wie Marcello zusammengezogen? Und meine Mutter freute sich darüber? Sie, die sich aufgeregt hatte, weil ich nur standesamtlich und nicht kirchlich geheiratet hatte; sie, die Lila für eine Nutte hielt, weil sie ohne Trauschein mit Enzo zusammenlebte, und Ada für eine ausgemachte Hure, weil sie Stefanos Geliebte geworden war; *sie* akzeptierte, dass ihre jüngste Tochter mit Marcello Solara schlief – einem üblen Kerl –, ohne dass sie verheiratet waren? Solche Gedanken trieben mich um, als ich zu Elisa hochfuhr, und eine Wut, die ich für berechtigt hielt. Aber mein Verstand – mein disziplinierter Verstand – war durcheinander, ich wusste nicht, welche Argumente ich anführen würde. Die, die meine Mutter noch bis vor wenigen Jahren vorgebracht hätte, wenn ich eine solche Entscheidung getroffen hätte? Würde ich mich also auf ein Niveau zurückbegeben, das sie dagegen verlassen hatte? Oder würde ich sagen: ›Zieh zusammen, mit wem du willst, aber nicht mit Marcello Solara‹? Würde ich das sagen? Doch welches Mädchen – in Florenz, in Mailand, in diesen Zeiten – hätte ich denn gedrängt, den Mann, in den sie verliebt war, sausen zu lassen, wer immer er auch gewesen wäre?

Als Elisa die Tür öffnete, umarmte ich sie so fest, dass sie lachend hervorstieß: »Du tust mir weh!« Ich spürte ihre Unruhe, als sie mir im Wohnzimmer – einem prätentiösen Wohnzimmer, ganz aus geblümten Sofas und Sesseln mit goldfarbenen Lehnen – einen Platz anbot und wie ein Wasserfall zu reden begann, aber über anderes: wie gut ich aussähe, was für schöne Ohrringe ich hätte, was für eine schöne Kette, wie elegant ich sei, sie freue sich sehr darauf, Dede und Elsa kennenzulernen. Begeistert beschrieb ich ihr ihre Nichten, nahm meine Ohrringe ab, ließ sie sie vor dem Spiegel anprobieren, schenkte sie ihr. Sie räusperte sich, lachte, sagte leise:

»Ich hatte Angst, du wärst gekommen, um mir Vorwürfe zu machen, um zu sagen, dass du gegen meine Beziehung mit Marcello bist.«

Ich sah sie lange an, sagte:

»Elisa, ich *bin* dagegen. Und ich habe diese Reise extra gemacht, um es dir, Mama, Papa und unseren Brüdern zu sagen.«

Ihre Miene veränderte sich, ihre Augen füllten sich mit Tränen.

»Du tust mir weh. Warum bist du dagegen?«

»Die Solaras sind ein übles Pack.«

»Marcello nicht.«

Sie fing an, mir von ihm zu erzählen. Sagte, alles habe begonnen, als ich mit Elsa schwanger gewesen sei. Unsere Mutter sei ja zu mir gefahren, und sie habe die ganze Last der Familie allein tragen müssen. Als sie einmal im Supermarkt der Solaras gewesen sei, habe Lilas Bruder Rino zu ihr gesagt, wenn sie ihm die Einkaufsliste daließe, würde er ihr die Sachen nach Hause bringen lassen. Und während Rino redete, habe Marcello ihr von weitem grüßend zugewunken, wie um ihr zu bedeuten, dass diese Anweisung von ihm komme. Von da an sei er um sie herumscharwenzelt und habe sie mit Nettigkeiten überhäuft. Sie habe gedacht: ›Er ist alt, er gefällt mir nicht.‹ Aber er sei immer präsenter in ihrem Leben geworden, mit guten Manieren, nie habe es auch nur eine Geste oder ein Wort gegeben, die an die Abscheulichkeiten der Solaras erinnert hätten. Marcello sei ein grundanständiger Mann, bei ihm fühle sie sich in Sicherheit, er habe eine Kraft und ein Auftreten, durch die er zehn Meter groß wirke. Und nicht nur das. Von dem Moment an, da klar geworden sei, dass er sich für sie interessiere, habe sich ihr Leben verändert. Alle im Rione und auch außerhalb hätten angefangen, sie wie eine Königin zu behandeln, alle hätten sie nun beachtet. Das sei ein wunderschönes Gefühl, an das sie sich noch nicht gewöhnt habe. »Zuerst bist du niemand«, sagte sie, »und dann kennt dich auf einmal jeder. Natürlich, du hast ein Buch geschrieben, du bist berühmt, du bist daran gewöhnt, aber ich doch nicht, ich war vollkommen perplex.« Es sei aufregend gewesen, als sie entdeckt habe, dass sie sich um nichts mehr kümmern musste. Marcello regele alles, jeder Wunsch von ihr sei ihm Befehl. So habe sie sich im Laufe der Zeit immer mehr in ihn verliebt. Am Ende habe sie ihn erhört. Und wenn sie ihn jetzt einen Tag nicht sehe und nicht spreche, weine sie die ganze Nacht.

Ich merkte, dass Elisa davon überzeugt war, ein unvorstellbares Glück gehabt zu haben, und mir wurde klar, dass ich nicht die Kraft besitzen würde, ihr diese Glückseligkeit zu verderben. Sie ließ mir ohnehin keine Gelegenheit dazu: Marcello war tüchtig, Marcello war verantwortungsbewusst, Marcello sah phantastisch aus, Marcello war perfekt. Bei jedem Wort, das sie sagte, achtete sie sorgsam darauf, ihn von der Solara-Familie abzuheben oder aber mit behutsamer Sympathie mal über seine Mutter zu sprechen, mal über seinen Vater, der sehr magenkrank sei und fast nie mehr aus dem Haus gehe, mal über seinen seligen Großvater, mal sogar über Michele, der, wenn man öfter mit ihm zu tun habe, auch anders erscheine, als die Leute ihn einschätzten, er sei sehr liebevoll. »Darum, glaub mir«, sagte sie zu mir, »seit ich geboren bin, ging es mir noch nie so gut, und sogar Mama – du weißt ja, wie sie ist – steht auf meiner Seite, sogar Papa, und Gianni und Peppe, die bis vor kurzem in den Tag hineingelebt haben, ohne was zu tun, jetzt werden sie von Marcello eingesetzt, und er bezahlt sie besonders gut.«

»Wenn das so ist, dann heiratet doch«, sagte ich.

»Das machen wir auch. Aber jetzt ist es gerade schlecht, Marcello sagt, er muss noch lauter komplizierte Geschäfte abwickeln. Und dann ist da noch die Trauerzeit wegen seinem Großvater, der Ärmste war zum Schluss ganz wirr im Kopf, er wusste nicht mal mehr, wie man läuft, wie man spricht, Gott hat ihn zu sich genommen und ihn erlöst. Aber sobald alles geregelt ist, heiraten wir, keine Sorge. Und außerdem ist es doch besser, wenn man prüft, ob man zusammenpasst, bevor man zum Traualtar geht, oder?«

Sie verwendete nun Wörter, die nicht ihre waren, Wörter eines modernen Mädchens, aufgeschnappt aus den Käseblättern, die sie las. Ich verglich sie mit den Wörtern, die ich zu diesem Thema gesagt hätte, und stellte fest, dass sie nicht viel anders waren, sie klangen bei ihr nur etwas ungeschliffener. Was sollte ich ihr entgegnen? Ich hatte es vor diesem Wiedersehen nicht gewusst, und ich wusste es auch jetzt nicht. Ich hätte sagen können: »Da gibt es nicht viel zu prüfen, Elisa, es ist doch alles klar: Marcello wird dich ausnutzen, wird sich an deinen Körper gewöhnen und wird dich verlassen.« Aber diese Worte klangen altbacken, nicht mal meine Mutter hatte sich getraut, sie auszusprechen. Und so resignierte ich. Ich hatte mich davongemacht, Elisa war geblieben. Was wäre aus mir geworden, wenn auch ich geblieben wäre, wofür hätte ich mich entschieden? Hatten die jungen Solara-Brüder damals nicht auch mir gefallen? Und was hatte ich denn schon damit gewonnen, dass ich weggegangen war? Nicht einmal die Fähigkeit, kluge Worte zu finden, um meine Schwester zu überreden, sich nicht zu ruinieren. Elisa hatte ein schönes, sehr zartes Gesicht, einen unauffälligen Körper und eine sanfte Stimme. Marcello hatte ich groß und gutaussehend in Erinnerung, mit einem kräftigen Gesicht von gesunder Farbe, er war ein Muskelpaket und zu tiefen, dauerhaften Gefühlen fähig. Das hatte er bewiesen, als er in Lila verliebt gewesen war, andere Liebesgeschichten waren von ihm seither nicht bekannt geworden. Was sollte ich also sagen? Am Ende holte sie ein Kästchen und zeigte mir den ganzen Schmuck, den Marcello ihr geschenkt hatte, Stücke, neben denen die Ohrringe, die ich ihr gegeben hatte, waren, was sie eben waren, nicht der Rede wert.

»Sei vorsichtig«, sagte ich. »Verlier dich nicht. Und falls was ist, ruf mich an.«

Ich wollte aufstehen, sie hielt mich lachend zurück.

»Wo willst du denn hin, hat dir Mama nichts gesagt? Zum Abendessen kommen alle her. Ich habe jede Menge Essen vorbereitet.«

Ich wurde ärgerlich.

»Wer – alle?«

»Na alle. Es ist eine Überraschung.«

91

Als Erstes kamen mein Vater, meine Mutter, unsere Töchter und Pietro. Dede und Elsa bekamen noch mehr Geschenke, diesmal von Elisa, die die beiden überschwenglich empfing (*Dede, meine Süße, gib mir hier einen dicken Kuss, Elsa, was für ein schönes Pummelchen du bist, komm zu deiner Tante, weißt du, dass wir den gleichen Namen haben?*). Meine Mutter verschwand sofort in der Küche, mit gesenktem Kopf, ohne mich anzusehen. Pietro versuchte, mich beiseitezunehmen, um mir etwas Wichtiges zu sagen, doch mit der Miene von jemandem, der seine Unschuld beteuern will. Er kam nicht dazu, mein Vater zog ihn zum Sofa vor den Fernseher, den er anstellte und auf volle Lautstärke drehte.

Kurz darauf erschien Gigliola mit ihren Kindern, zwei wilden Jungen, die sich sofort mit Dede verbündeten, während Elsa verstört zu mir flüchtete. Gigliola kam frisch vom Friseur, stöckelte auf hohen Absätzen einher und glitzerte golden an Ohren, Hals und Armen. Sie steckte nur knapp in einem grünglänzenden, tief ausgeschnittenen Kleid, und ihr dick aufgetragenes Makeup begann schon zu bröckeln. Sarkastisch und ohne Umschweife sprach sie mich an:

»Da wären wir also, extra zu Ehren der studierten Herrschaften. Alles klar bei dir, Lenù? Ist das da das Genie von der Universität? Verdammt, hat dein Mann schöne Haare!«

Pietro befreite sich von meinem Vater, der ihm seinen Arm um die Schultern gelegt hatte, sprang mit einem schüchternen Lächeln auf und konnte sich nicht beherrschen, unwillkürlich starrte er auf die große Woge von Gigliolas Busen. Sie bemerkte es mit Genugtuung.

»Immer mit der Ruhe«, sagte sie. »Sonst werde ich noch verlegen. Hier ist noch nie einer aufgestanden, um eine Dame zu begrüßen.«

Mein Vater zog meinen Mann zu sich herunter, aus Angst, man würde ihn ihm wegnehmen, und begann ihm trotz des lauten Fernsehers wieder irgendwas zu erzählen. Ich fragte Gigliola, wie es ihr gehe, und versuchte ihr mit meinem Blick und meinem Tonfall zu bedeuten, dass ich nicht vergessen hatte, was sie mir anvertraut hatte, und dass ich mit ihr fühlte. Das gefiel ihr offenbar nicht, sie sagte:

»Hör mal, Schätzchen, mir geht's gut, dir geht's gut, uns allen geht's gut. Aber wenn mein Mann nicht gesagt hätte, dass ich zu diesem stinklangweiligen Haufen hier kommen muss, würde es mir zu Hause noch viel besser gehen. Nur damit das klar ist.«

Ich kam nicht dazu, ihr zu antworten, es klingelte. Meine Schwester setzte sich federleicht in Bewegung, sie schien auf einem Windhauch zu schweben, rasch öffnete sie die Tür. Ich hörte sie rufen: »Ich freue mich so, kommen Sie, Mammà, kommen Sie herein!« Sie kehrte mit ihrer künftigen Schwiegermutter an der Hand zurück, mit Manuela Solara in Festtagskleidung und mit einer Kunstblume in den rötlich gefärbten Haaren, ihre schmerzerfüllten Augen lagen in tiefen Höhlen, und sie war noch abgemagerter als beim letzten Mal, als ich sie gesehen hatte, fast nur noch Haut und Knochen. Hinter ihr tauchte Michele auf, sorgfältig gekleidet, sorgfältig rasiert und mit einer typischen schroffen Kraft in seinem Blick und in seinen ruhigen Bewegungen. Einen Moment später erschien ein Hüne, den ich kaum wiedererkannte, weil er so riesig in allem war: von hohem Wuchs, mit großen Füßen, die Beine lang, dick und kräftig, Bauch, Brust und Schultern wie mit einem schweren, sehr kompakten Stoff aufgeblasen, der Kopf gewaltig, mit einer breiten Stirn, die langen braunen Haare zurückgekämmt, der Bart in einem schimmernden Anthrazit. Es war Marcello, wie mir Elisa dadurch bestätigte, dass sie ihm ihre Lippen darbot wie einem Gott, dem man Respekt und Dankbarkeit schuldet. Er beugte sich zu einem leichten Kuss hinunter, während mein Vater aufstand, auch Pietro sich mit verlegener Miene erhob und meine Mutter schnell aus der Küche herbeihinkte. Ich bemerkte, dass Signora Solaras Anwesenheit als etwas Besonderes betrachtet wurde, als etwas, worauf man stolz sein konnte. Elisa flüsterte mir aufgeregt zu: »Meine Schwiegermutter wird heute sechzig.« Ich sagte: »Aha«, und wunderte mich darüber, dass Marcello, der gerade erst gekommen war, sich unvermittelt an meinen Mann wandte, als wären sie alte Bekannte. Er schenkte ihm ein strahlendes Lächeln und rief: »Alles klar, Professore?« *Wie – alles klar?* Pietro antwortete ihm mit einem unsicheren Lächeln, dann schaute er mich an, mit einem bedauernden Kopfschütteln, wie um zu sagen: Ich hab' getan, was ich konnte. Gern hätte ich eine Erklärung von ihm bekommen, aber Marcello stellte ihm bereits Manuela vor: »Komm her, Mammà, das ist Lenuccias Mann, der Professor, setz dich hier neben ihn.« Pietro deutete eine Verbeugung an, und auch ich sah mich gezwungen, Signora Solara zu begrüßen, die sagte: »Lenù, wie schön du bist, so schön wie deine Schwester.« Und dann etwas unruhig: »Es ist ein bisschen heiß hier, findest du nicht?« Ich antwortete nicht, Dede rief jammernd nach mir, und Gigliola – die Einzige, die Manuelas Anwesenheit keinerlei Bedeutung beizumessen schien – schrie ihren Söhnen im Dialekt etwas Unflätiges zu, weil sie meiner Tochter wehgetan hatten. Ich sah, dass Michele mich schweigend musterte, ohne mich auch nur mit einem Ciao zu begrüßen. Aber ich begrüßte ihn mit fester Stimme, dann versuchte ich, Dede zu beruhigen und auch Elsa, die beim Anblick ihrer unglücklichen Schwester ebenfalls drauf und dran war, in Tränen auszubrechen. Marcello sagte zu mir: »Ich freue mich sehr, dass ihr meine Gäste seid, es ist mir eine große Ehre, glaub mir.« Er wandte sich an Elisa, als überstiege es seine Kräfte, direkt mit mir zu sprechen: »Sag du ihr, wie sehr ich mich freue, deine Schwester macht mich ganz verlegen.« Ich murmelte etwas Abwiegelndes, doch da klingelte es erneut.

Michele öffnete die Tür und kam gleich darauf mit amüsierter Miene zurück. Ihm folgte ein alter Mann, der Koffer schleppte, *meine Koffer*, die Koffer, die wir im Hotel gelassen hatten. Michele wies auf mich, und der Mann stellte sie vor mir ab, als hätte er zu meinem Vergnügen einen Zaubertrick aufgeführt. »Nein«, rief ich, »oh, nein, das finde ich nicht in Ordnung!« Doch Elisa umarmte mich, küsste mich, sagte: »Wir haben viel Platz, ihr könnt doch nicht im Hotel wohnen, hier gibt es jede Menge Zimmer und zwei Bäder.« Und Marcello betonte: »Jedenfalls habe ich deinen Mann vorher um Erlaubnis gefragt, ich hätte es nie gewagt, das im Alleingang zu entscheiden. Professore, bitte, sagen Sie es Ihrer Frau, nehmen Sie mich in Schutz.« Ich fuchtelte mit den Händen, wütend, aber lächelnd: »Du lieber Gott, was für ein Zirkus, danke, Marcè, sehr freundlich von dir, aber das können wir wirklich nicht annehmen.« Ich wollte die Koffer wieder ins Hotel zurückschicken. Doch ich musste mich auch um Dede kümmern, sagte zu ihr: »Zeig her, was die Kinder dir getan haben, das ist nichts, ein Küsschen darauf, und alles ist wieder gut, geh spielen, und nimm Elsa mit.« Ich rief Pietro, den Manuela Solara bereits fest in ihren Fängen hatte: »Pietro, kommst du mal bitte, was hast du denn Marcello erzählt, wir können doch nicht hier schlafen.« Und ich merkte, dass sich durch meine Nervosität der dialektale Einschlag verstärkte, dass mir einige Wörter im Neapolitanisch des Rione unterkamen, dass der Rione – vom Hof über den Stradone bis hin zum Tunnel – mir seine Sprache aufzwang, die Art, zu agieren und zu reagieren, seine Figuren, die in Florenz nur wie verblasste Bilder wirkten, hier aber aus Fleisch und Blut waren.

Wieder klingelte es an der Tür, Elisa öffnete. Wer konnte jetzt noch kommen? Einige Sekunden vergingen, und Gennaro stürzte ins Zimmer, schaute Dede an, Dede schaute ungläubig ihn an und hörte sofort auf zu jammern, aufgewühlt von diesem unerwarteten Wiedersehen musterten sich die beiden. Unmittelbar darauf erschien Enzo, der einzige Blonde unter den vielen Dunkelhaarigen, in sehr hellen Farben und doch düster. Schließlich kam Lila herein.

92

Eine lange Zeit körperloser Wörter, der bloßen Stimme, die in Wellen über ein elektrisches Meer gelaufen war, riss plötzlich ab. Lila trug ein blaues Kleid, das über dem Knie aufhörte. Sie war dürr und sehnig, was sie trotz der flachen Absätze größer als früher erscheinen ließ. In den Mund- und Augenwinkeln hatte sie deutliche Falten, an Stirn und Wangenknochen war die schneeweiße Haut straff. In den zu einem Pferdeschwanz gebundenen Haaren schimmerten über den

Ohren mit den fast vollständig angewachsenen Ohr-
läppchen weiße Fäden auf. Kaum hatte sie mich gesehen, lächelte sie und kniff die Augen zusammen. Ich lächelte nicht und sagte vor Überraschung auch nichts,
nicht einmal Ciao. Obwohl wir beide dreißig Jahre alt
waren, kam sie mir älter vor, zerknitterter, als ich es
zu sein glaubte. Gigliola kreischte: »Na endlich kommt
das zweite Prinzesschen, die Kinder haben Hunger, ich
kann sie nicht länger hinhalten.«

Wir aßen zu Abend. Ich fühlte mich eingezwängt in
ein unangenehmes Gefüge, bekam keinen Bissen herunter. Wütend dachte ich an unsere Sachen, die ich gleich
nach unserer Ankunft im Hotel ausgepackt hatte und
die von einem oder mehreren Fremden eigenmächtig
wieder eingepackt worden waren, von Leuten, die meine Kleidung, die von Pietro und die der Kindern angefasst und durcheinandergebracht hatten. Ich konnte
das Offensichtliche nicht akzeptieren, nämlich dass ich
bei Marcello Solara übernachten würde, um meiner
Schwester, die das Bett mit ihm teilte, einen Gefallen
zu tun. Mit einer Feindseligkeit, die mich niederdrück-
te, beobachtete ich Elisa und meine Mutter. Während
Elisa, von einem ängstlichen Glück überwältigt, pau-
senlos redete und die Rolle der Gastgeberin spielte,
schien meine Mutter zufrieden zu sein, so zufrieden,
dass sie sogar Lilas Teller zuvorkommend füllte. Ich
spähte zu Enzo hinüber, der mit gesenktem Kopf aß,
von Gigliola genervt, die ihren Riesenbusen gegen seinen Arm presste und überlaut und in verführerischen

Tönen mit ihm sprach. Ärgerlich schaute ich zu Pietro, der, obwohl von meinem Vater, von Marcello und von Signora Solara belagert, vor allem Lila Aufmerksamkeit schenkte, die ihm gegenübersaß und außer ihm niemanden beachtete, auch mich nicht, vielleicht gerade mich nicht. Mir gingen die Kinder auf die Nerven, die fünf neuen Leben, die sich in zwei Lager geteilt hatten: Gennaro und Dede, artig und verschlagen, gegen Gigliolas Söhne, die Wein aus dem Glas ihrer abgelenkten Mutter tranken, dabei immer unausstehlicher wurden und nun Elsa sehr gefielen, die sich zu ihnen gesellt hatte, obwohl die zwei sie überhaupt nicht beachteten.

Wer hatte dieses ganze Theater inszeniert? Wer hatte die verschiedenen Anlässe zum Feiern zusammengefügt? Natürlich Elisa, aber von wem gedrängt? Vielleicht von Marcello. Aber Marcello war garantiert von Michele gelenkt worden, der neben mir saß und genüsslich aß, trank, das Benehmen seiner Frau und seiner Kinder zu ignorieren schien, doch spöttisch meinen offenbar von Lila hingerissenen Mann musterte. Was wollte er beweisen? Dass das hier Solara-Revier war? Dass ich, auch wenn ich von diesem Ort geflohen war, doch zu ihm gehörte und damit auch zu ihnen? Dass sie mich zu allem zwingen konnten, indem sie Zuneigung, Sprache, Bräuche mobilisierten, aber auch zerstörten und, je nach Bedarf, das Hässliche schön und das Schöne hässlich machten? Zum ersten Mal, seit er gekommen war, sprach er mich an: »Hast du Mammà gesehen, stell dir vor, sie ist jetzt sechzig, kaum zu glauben, sieh bloß mal, wie schön sie ist, sie hat sich gut gehalten, was?« Er hob extra die Stimme, damit alle nicht nur seine Frage hörten, sondern vor allem die Antwort, die ich ihm nun geben musste. Ich sollte Mammà Lob zollen. Da saß sie, neben Pietro, eine alte, etwas verlorene Frau, freundlich und scheinbar harmlos mit dem langen, knochigen Gesicht, der kräftigen Nase und dieser albernen Blume im spärlichen Haar. Dabei war sie die Wucherin, die das Vermögen der Familie begründet hatte; die Verwalterin und Hüterin des roten Buches, in dem die Namen vieler Leute aus dem Rione, aus der Stadt und aus der Provinz standen; die Frau mit der Schuld ohne Sühne, das erbarmungslose, kreuzgefährliche Weibsbild aus den Telefonphantasien, in denen ich mit Lila geschwelgt hatte, und auch aus den nicht wenigen Seiten meines misslungenen Romans: Mammà, die Don Achille ermordet hatte, um seinen Platz einzunehmen und das Monopol des Wuchergeschäfts an sich zu reißen, und die ihre Söhne dazu erzogen hatte, über alle hinwegzugehen und sich alles zu nehmen. Und jetzt sollte ich zu Michele sagen: Ja, stimmt, deine Mutter ist wirklich schön, sie hält sich ausgezeichnet, ich gratuliere. Aus den Augenwinkeln sah ich, dass Lila aufgehört hatte, mit Pietro zu reden, weil sie genau das erwartete, schon drehte sie sich mir zu, um mich anzusehen, die vollen Lippen leicht geöffnet, die Augen zu Schlitzen verengt, die Stirn gerunzelt. Ich las den Sarkasmus in ihrem Gesicht, und mir fiel ein, dass sie es gewesen sein könnte, die Michele eingeflüstert hatte, mich in diesen Käfig zu stecken: *Mammà ist gerade sechzig geworden, Lenù, die Mutter deines Schwagers, die Schwiegermutter deiner Schwester, mal sehen, was du jetzt sagst, mal sehen, ob du immer noch die kleine Lehrerin spielst.* Ich sagte zu Manuela: »Herzlichen Glückwunsch«, weiter nichts. Augenblicklich schaltete Marcello sich ein, wie um mir zu Hilfe zu eilen, und rief gerührt: »Danke. Danke, Lenù!« Dann sagte er zu seiner Mutter, die eine hitzegeplagte Miene und auf dem mageren Hals rote Flecken hatte: »Lenuccia hat Ihnen gratuliert, Mammà.« Und sofort sagte auch Pietro zu der Frau neben ihm: »Herzlichen Glückwunsch auch von meiner Seite, Signora.« Dann sangen alle – alle außer Gigliola und Lila –, auch die Kinder, für Signora Solara im Chor: »Zum Geburtstag, liebe Manuela, zum Geburtstag, liebe Oma, zum Geburtstag viel Glück.« Sie wehrte ab und brummte: »Ich bin alt«, zog einen himmelblauen Fächer mit einem Bild des Golfs und des rauchenden Vesuvs aus ihrer Handtasche und wedelte sich zunächst langsam, dann immer energischer Luft zu.

Obwohl Michele mich angesprochen hatte, schien ihm mehr an den Glückwünschen meines Mannes zu liegen. Er wandte sich liebenswürdig an ihn: »Sehr freundlich, Professore, Sie sind nicht von hier und können die Verdienste unserer Mutter nicht kennen.« Vertraulich fügte er hinzu: »Wir sind anständige Leute, mein seliger Großvater, Friede seiner Seele, hat mit der Bar hier an der Ecke angefangen, aus dem Nichts, und mein Vater hat sie ausgebaut, hat eine in ganz Neapel bekannte Pasticceria daraus gemacht, auch dank des großen Könnens von Spagnuolo, dem Vater meiner Frau, einem hervorragenden Konditor – stimmt's, Gigliò?« Er fügte hinzu: »Aber eigentlich verdanken wir alles meiner Mutter, *unserer* Mutter. In letzter Zeit haben missgünstige Leute, Leute, die uns nicht leiden können, hässliche Gerüchte über sie in Umlauf gebracht. Doch wir sind tolerante Menschen, seit jeher daran gewöhnt, Geschäfte zu machen und Geduld zu haben. Schließlich siegt immer die Wahrheit. Und die Wahrheit ist, dass diese Frau sehr klug ist, einen starken Charakter hat und es nie einen Moment gegeben hat, in dem man hätte annehmen können: Sie hat keine Lust zu arbeiten. Sie hat immer gearbeitet, immer, und sie hat es nur für die Familie getan, nie für sich selbst. Was wir heute haben, hat sie für uns Kinder aufgebaut, was wir heute tun, ist nur die Fortführung dessen, was sie getan hat.«

Manuela fächelte sich nun mit bedächtigeren Bewegungen Luft zu und sagte laut zu Pietro: »Michele ist ein Goldjunge. Als er klein war, ist er zu Weihnachten immer auf den Tisch geklettert und hat wunderbar Gedichte aufgesagt. Aber er hat den Fehler, dass er gern redet, und beim Reden muss er immer übertreiben.« Marcello mischte sich ein: »Nein, Mammà, wieso denn übertreiben, das ist doch alles wahr.« Und Michele sang sein Loblied auf Manuela weiter, wie schön sie sei, wie großzügig sie sei, er hörte gar nicht mehr auf.

Bis er sich plötzlich an mich wandte. Er sagte ernst, ja geradezu feierlich: »Es gibt nur eine andere Frau, die fast wie unsere Mutter ist.« *Eine andere Frau? Eine Frau, die* fast *vergleichbar mit Manuela Solara ist?* Verblüfft starrte ich ihn an. Dieser Satz war trotz dieses *fast* unangebracht, und der Lärm des Abendessens legte sich für einige Sekunden. Gigliola musterte ihren Mann nervös, mit vom Wein und vom Kummer geweiteten Pupillen. Auch meine Mutter hatte nun einen der Situation nicht angemessenen, wachsamen Gesichtsausdruck. Vielleicht hoffte sie, diese Frau könnte Elisa sein und Michele würde ihrer Tochter so etwas wie ein Erbrecht auf den höchsten Thron im Schoß der Solara-Familie zubilligen. Und Manuela hörte kurz auf, sich Luft zuzufächeln, wischte sich mit dem Zeigefinger den Schweiß von der Lippe und wartete darauf, dass ihr Sohn seine Worte in einen spöttischen Witz verwandelte.

Aber mit der Unverschämtheit, die ihn schon immer ausgezeichnet hatte, scherte er sich einen Dreck um seine Frau, auch um Enzo und sogar um seine Mutter, er starrte Lila an, wobei sein Gesicht sich grünlich verfärbte und seine Bewegungen und Worte heftiger wurden, um sie aus der Aufmerksamkeit zu reißen, die sie weiterhin Pietro schenkte. »Heute Abend«, sagte er, »sind wir alle hier im Haus meines Bruders versammelt, um erstens diese beiden hochverehrten Akademiker und ihre schönen Töchter gebührend zu begrüßen, um zweitens meine Mutter, diese geheiligte Frau, zu feiern, um drittens Elisa viel Glück und bald eine schöne Hochzeit zu wünschen, und um viertens, wenn ihr gestattet, auf einen Vertrag anzustoßen, von dem ich befürchtet hatte, dass er nie zustande kommen würde. Lina, kommst du mal bitte her.«

Lina. Lila.

Ich suchte ihren Blick, und sie schaute mich für den Bruchteil einer Sekunde mit Augen an, die sagten: ›Jetzt hast du das Spiel kapiert, weißt du noch, wie es geht?‹ Dann stand sie zu meiner großen Überraschung gehorsam auf und ging, während Enzo einen Punkt auf dem Tischtuch fixierte, zu Michele.

Er berührte sie nicht. Griff nicht nach ihrer Hand, ihrem Arm, nichts davon, ganz als gäbe es eine Klinge zwischen ihnen, die ihn verletzen könnte. Dafür legte er für einige Sekunden seine Fingerspitzen auf meine Schulter und sprach mich erneut an: »Sei nicht beleidigt, Lenù, du bist klug, du hast es weit gebracht, du bist in die Zeitung gekommen, wir alle hier, die dich schon von klein auf kennen, sind stolz auf dich. Aber – und ich bin mir sicher, dass du einverstanden bist und es dich freut, wenn ich das jetzt sage, weil du sie magst – Lina hat wie sonst niemand etwas Lebendiges im Kopf, etwas Starkes, das hin und her springt, und nichts kann es aufhalten, etwas, das nicht mal die Ärzte sehen können und das meiner Meinung nach auch sie selbst nicht kennt, obwohl sie es von Geburt an hat – sie kennt es nicht, und sie will es nicht zur Kenntnis nehmen, seht bloß, was für ein böses Gesicht sie jetzt macht –, etwas, das einem eine Menge Probleme bereiten kann, wenn ihr was nicht passt, das aber, wenn es ihr passt, alle restlos verblüfft. Na gut, jedenfalls will ich ihr diese Besonderheit schon seit einer halben Ewigkeit abkaufen. Ja, abkaufen, es ist doch nichts dabei, kaufen, wie man Perlen kauft, oder Diamanten. Aber bisher war das leider nicht möglich. Wir haben nur einen kleinen Schritt nach vorn gemacht, und diesen kleinen Schritt will ich heute Abend feiern: Ich habe Signora Cerullo in dem Lochkartenzentrum angestellt, das ich in Acerra aufgebaut habe, eine hochmoderne Anlage, die ich euch, Lenù, falls dich und den Professor das interessiert, schon morgen zeigen kann, oder jedenfalls noch vor eurer Abreise. Was meinst du, Lina?«

Lila verzog angewidert das Gesicht. Unzufrieden schüttelte sie den Kopf und sagte, den Blick starr auf Signora Solara gerichtet: »Michele hat keine Ahnung von Computern, er denkt, ich mache sonst was, aber das ist Scheiße, dafür reicht ein Fernkurs, sogar ich habe das gelernt, dabei bin ich bloß bis zur fünften Klasse der Grundschule gegangen.« Mehr sagte sie nicht. Sie machte sich nicht, wie ich es erwartet hätte, lustig über Michele, über das ziemlich unheimliche Bild, das er da entworfen hatte, von dem Lebendigen, das ihr durch den Kopf schwirrte. Sie machte sich nicht lustig über die Perlen, die Diamanten. Und vor allem entzog sie sich den Glückwünschen nicht, sie ließ sogar zu, dass wir auf ihre neue Stellung anstießen, als wäre sie geradezu in den Himmel erhoben worden, und sie erlaubte, dass Michele seine Lobreden auf sie fortsetzte und mit diesem Lob das Gehalt rechtfertigte, das er ihr zahlte. Und das Ganze, während Pietro mit seinem typischen Talent, sich mit Leuten wohlzufühlen, die er als niedriger erachtete, nun, ohne mich gefragt zu haben, bereits erklärte, dass ihm viel daran liege, das Zentrum in Acerra zu besichtigen, und er sich von Lila, die sich wieder gesetzt hatte, alles erklären ließ. Für einen kurzen Augenblick kam mir in den Sinn, dass sie mir, falls ich ihr die Zeit dazu ließe, meinen Mann wegnehmen würde, wie sie mir Nino weggenommen hatte. Doch ich war nicht eifersüchtig, denn wenn das geschehen sollte, dann nur aus dem Wunsch heraus, den Graben zwischen uns weiter zu vertiefen, für mich war es selbstverständlich, dass Pietro ihr nicht gefallen konnte und dass er nie fähig sein würde, mich zu betrügen, weil er eine andere begehrte.

Stattdessen überfiel mich ein anderes, komplizierteres Gefühl. Ich war in meiner Heimatstadt, wurde seit jeher als das Mädchen mit dem größten Erfolg angesehen und war davon überzeugt, dass das zumindest in diesem Kreis eine unbestreitbare Tatsache war. Aber als hätte Michele meine Herabsetzung im Rione und besonders innerhalb der Familie, aus der ich kam, absichtlich herbeiführen wollen, hatte er dafür gesorgt, dass Lila mich in den Schatten stellte, hatte geradezu verlangt, dass ich diesem In-den-Schatten-Stellen selbst zustimmte, indem ich die einzigartigen Fähigkeiten meiner Freundin öffentlich anerkannte. Und sie hatte mit Vergnügen zugelassen, dass das geschah. Schlimmer noch, vielleicht hatte auch sie darauf hingearbeitet, hatte es selbst geplant und organisiert. Während mich das alles einige Jahre zuvor, als ich meinen kleinen schriftstellerischen Erfolg gehabt hatte, nicht verletzt hätte und es mir vielleicht sogar gefallen hätte, bemerkte ich nun, dass ich litt. Ich wechselte einen Blick mit meiner Mutter. Sie war mürrisch und sah so aus wie immer dann, wenn sie sich mühsam beherrschen musste, mir keine Ohrfeige zu geben. Sie wollte, dass ich nicht meine übliche friedfertige Haltung einnahm, wollte, dass ich reagierte, dass ich zeigte, wie viele Dinge ich wusste, alles vom Feinsten, nicht solcher Blödsinn wie Acerra. Das sagten mir ihre Augen, ein stummer Befehl. Aber ich schwieg. Plötzlich rief Manuela Solara mit verdrießlichen Blicken in die Runde: »Mir ist heiß, euch auch?«

93

Elisa konnte es wie meine Mutter nicht ertragen, dass ich an Ansehen verlor. Aber während meine Mutter kein Wort sagte, sprach sie mich freudestrahlend und herzlich an, um mir zu bedeuten, dass ich ihre außergewöhnliche große Schwester war, auf die sie immer stolz sein würde. »Ich muss dir was geben«, sagte sie und fügte in ihrer typischen Art, fröhlich von einem Thema zum nächsten zu springen, hinzu: »Bist du schon mal mit einem Flugzeug geflogen?« Ich verneinte. War das denn möglich? Ja. Wie sich herausstellte, war von den Anwesenden nur Pietro schon geflogen, und zwar mehrmals, aber er redete darüber, als wäre es nichts Besonderes. Dagegen war es für Elisa ein wundervolles Erlebnis gewesen, und auch für Marcello. Sie waren nach Deutschland gereist, ein langer Flug aus geschäftlichen Gründen, aber auch zum Vergnügen. Elisa war zunächst etwas ängstlich gewesen, es hatte ein Rütteln und Stoßen gegeben, und ein eisiger Luftzug hatte ihren Kopf getroffen, als wollte er ihn durchbohren. Dann hatte sie am Fenster kreideweiße Wolken unter sich gesehen und einen leuchtend blauen Himmel über sich. Sie hatte entdeckt, dass über den Wolken immer schönes Wetter ist und dass die Erde von oben ganz grün und dunkelblau und violett und schneestrahlend ist, wenn man über die Berge fliegt. Sie sagte zu mir:

»Rate mal, wen wir in Düsseldorf getroffen haben.«
Ich murrte:
»Keine Ahnung, Elisa, wen denn.«
»Antonio.«
»Aha.«
»Er lässt dich herzlich grüßen.«
»Geht es ihm gut?«
»Ausgezeichnet. Er hat mir ein Geschenk für dich mitgegeben.«

Das war es also, was sie für mich hatte, ein Geschenk von Antonio. Sie stand auf und lief, um es zu holen. Marcello sah mich amüsiert an, Pietro fragte:

»Wer ist Antonio?«

»Einer unserer Beschäftigten«, sagte Marcello.

»Ein früherer Freund Ihrer Frau«, sagte Michele lachend. »Die Zeiten haben sich geändert, Professore, heutzutage haben die Frauen haufenweise Freunde und brüsten sich schlimmer als die Männer damit. Und wie viele Freundinnen hatten Sie?«

Pietro sagte ernst:

»Ich, keine, ich habe nur meine Frau geliebt.«

»Lügner«, rief Michele aufs Höchste belustigt. »Darf ich Ihnen ins Ohr flüstern, wie viele ich hatte?«

Er stand auf, stellte sich unter dem angewiderten Blick Gigliolas hinter meinen Mann und flüsterte ihm etwas zu.

»Unglaublich«, rief Pietro mit vorsichtiger Ironie. Beide lachten.

Elisa kam zurück und reichte mir ein in Packpapier gewickeltes Päckchen.

»Mach es auf.«

»Weißt du, was drin ist?«, fragte ich erstaunt.

»Das wissen wir beide«, sagte Marcello. »Aber wir hoffen, dass du es noch nicht weißt.«

Ich machte das Päckchen auf. Alle Augen waren auf mich gerichtet. Vor allem Lila sah mich schräg von der Seite an, auf der Hut, als rechnete sie damit, dass eine Schlange hervorschnellte. Als die anderen sahen, dass Antonio, der Sohn der verrückten Melina, der fast analphabetische, gewalttätige Knecht der Solara-Brüder, mein Freund aus frühen Jugendjahren, mir nichts Schönes geschickt hatte, nichts Rührendes, nichts, was auf die alten Zeiten anspielte, sondern nur ein Buch, waren sie enttäuscht. Dann bemerkten sie, dass ich rot wurde, dass ich mit einer unbändigen Freude auf den Umschlag starrte. Das war nicht irgendein Buch. Das war *mein* Buch. Es war die deutsche Übersetzung meines Romans, sechs Jahre nach seiner Veröffentlichung in Italien. Zum ersten Mal wohnte ich dem Schauspiel bei – einem Schauspiel, ja –, dass meine Worte in einer fremden Sprache vor meinen Augen tanzten.

»Wusstest du nichts davon?«, fragte Elisa mich glücklich.

»Nein.«

»Freust du dich?«

»Riesig.«

Voller Stolz verkündete meine Schwester den Anwesenden:

»Das ist der Roman, den Lenuccia geschrieben hat, aber auf Deutsch.«

Auch meine Mutter wurde rot, sie sagte:

»Seht ihr, wie berühmt sie ist?«

Gigliola nahm mir das Buch aus der Hand, blätterte darin und flüsterte bewundernd: »Das Einzige, was man versteht, ist *Elena Greco*.« Da streckte Lila gebieterisch die Hand aus, sie bedeutete ihr, es ihr zu geben. Ich sah ihren Augen die Neugier an, den Wunsch, es anzufassen, anzuschauen und die unbekannte Sprache zu lesen, die meinen Text enthielt und mich in weite Fernen gebracht hatte. Ich sah ihr das dringende Verlan-

gen nach diesem Buch an, ein Verlangen, das ich wiedererkannte, es war das der kleinen Lila, und es rührte mich.
Aber Gigliola rückte wütend zur Seite, riss das Buch
weg, damit sie es nicht nehmen konnte, und sagte:

»Moment, jetzt habe ich es. Was ist denn, kannst du
etwa Deutsch?« Lila zog die Hand zurück, schüttelte
den Kopf, und Gigliola sagte laut: »Dann geh mir nicht
auf den Wecker, lass mich mal sehen: Ich will genau wissen, was Lenuccia da geschafft hat.« In dem allgemeinen Schweigen drehte sie das Buch zufrieden hin und
her. Langsam blätterte sie die Seiten um, als läse sie hier
fünf Zeilen und dort noch einmal vier. Am Ende gab
sie es mir zurück und sagte mit weinseliger Stimme:
»Bravo, Lenù, herzlichen Glückwunsch zu allem, dem
Buch, dem Mann, den Mädchen. Man könnte denken,
nur wir kennen dich, dabei kennen dich sogar die Deutschen. Was du bekommen hast, hast du verdient, du hast
es dir erarbeitet, ohne irgendwem wehzutun, ohne mit
den Männern anderer Frauen rumzumachen. Danke,
jetzt muss ich aber wirklich los, gute Nacht.«

Seufzend und nur mit Mühe stand sie auf, vom Wein
war sie noch schwerfälliger geworden. Sie schrie ihre
Kinder an: »Los, beeilt euch«, aber sie protestierten, der
Ältere sagte etwas Grobes im Dialekt, sie gab ihm eine
Ohrfeige und zerrte ihn zur Wohnungstür. Michele
schüttelte grinsend den Kopf und brummte: »Mit dieser blöden Kuh habe ich mir was Schönes eingebrockt,
immer muss sie mir den Tag versauen.« Dann sagte er
ruhig: »Warte, Gigliò, wo willst du denn hin, wir müs-

sen doch erst noch den Nachtisch von deinem Vater essen, dann gehen wir.« Bestärkt durch die Worte ihres
Vaters machten sich die Jungen blitzartig los und setzten sich wieder an den Tisch. Aber Gigliola wankte weiter in Richtung Tür, wobei sie ärgerlich sagte: »Dann
gehe ich eben allein, ich fühle mich nicht wohl.« Da
schrie Michele sie laut und brutal an: »Du setzt dich
auf der Stelle hin!«, und sie machte halt, als hätte dieser
Satz ihre Beine gelähmt. Elisa sprang auf und sagte leise zu ihr: »Komm, wir holen die Torte.« Sie griff nach
ihrem Arm, zog sie in die Küche. Ich warf Dede einen
beruhigenden Blick zu, Micheles Geschrei hatte sie er-
schreckt. Dann hielt ich Lila das Buch hin, ich sagte:
»Willst du es dir ansehen?« Sie schüttelte gleichgültig
den Kopf.

94

»Wo sind wir hier bloß hingeraten?«, fragte Pietro halb
entsetzt und halb amüsiert, als wir uns, nachdem wir
die Mädchen ins Bett gebracht hatten, in das Zimmer
zurückzogen, das Elisa uns gegeben hatte. Er wollte sich
über die unglaublichsten Momente des Abends lustig
machen, aber ich griff ihn an, wir stritten uns mit ge-
dämpfter Stimme. Ich war sehr wütend auf ihn, auf alle, auf mich. Aus meinen chaotischen Gefühlen tauchte
der Wunsch wieder auf, Lila möge krank sein und sterben. Nicht aus Hass, ich mochte sie noch immer sehr,

ich wäre nie fähig gewesen, sie zu hassen. Aber ich ertrug die Leere nicht, die dadurch entstand, dass sie sich mir entzog. »Wie konntest du nur zulassen«, sagte ich zu Pietro, »dass sie unsere Koffer nehmen, dass sie sie hierherbringen, dass wir ganz offiziell in diese Wohnung umziehen?« Und er: »Ich wusste ja nicht, was das für Leute sind.« – »Nein«, zischte ich, »du hast mir nur nie zugehört, ich habe dir immer gesagt, woher ich komme.«

Wir stritten uns lange, ich versuchte, mich zu beruhigen, warf ihm alles mögliche vor. Ich sagte, dass er zu zaghaft gewesen sei, dass er sich auf dem Kopf habe herumtanzen lassen, dass er sich höchstens mit den gesitteten Leuten seines Milieus anlegen könne, dass ich ihm nicht mehr vertraute, dass ich auch seiner Mutter nicht mehr vertraute, denn wie könne es sein, dass mein Buch vor über zwei Jahren in Deutschland erschienen sei und der Verlag mir nichts davon gesagt habe, in welchen Ländern sei es wohl sonst noch herausgekommen, ohne dass ich etwas davon wisse, ich wolle der Sache auf den Grund gehen, und so weiter, und so fort. Um mich zu besänftigen, gab er mir recht, ermunterte mich sogar, gleich am nächsten Morgen bei seiner Mutter und im Verlag anzurufen. Dann bekundete er seine Sympathie für, wie er es nannte, die volkstümliche Welt, in der ich geboren und aufgewachsen war. Er flötete, meine Mutter sei eine großzügige, sehr kluge Frau, äußerte sich wohlwollend über meinen Vater, Elisa, Gigliola, Enzo. Aber sein Ton änderte sich schlagartig, als er auf die Solara-Brüder zu sprechen kam. Er bezeichnete sie als zwei Gauner, zwei Schlitzohren, zwei scheißfreundliche Kriminelle. Und schließlich war Lila an der Reihe. Leise sagte er: »Sie hat mich am meisten irritiert.« »Das habe ich gemerkt«, platzte ich heraus, »du hast dich ja den ganzen Abend mit ihr unterhalten.« Pietro schüttelte energisch den Kopf und fügte zu meiner Überraschung hinzu, Lila sei für ihn von allen die Schlimmste gewesen. Er sagte, sie sei auf keinen Fall meine Freundin, sie könne mich nicht ausstehen, sie sei zwar außergewöhnlich intelligent, sei zwar sehr charmant, aber sie missbrauche ihre Intelligenz – eine bösartige Intelligenz, die Zwietracht säe und das Leben hasse –, und ihr Charme sei das Unerträglichste, ein Charme, der versklave und in den Ruin treibe. Genau so.

Anfangs hörte ich ihm Widerspruch heuchelnd, doch im Grunde zufrieden zu. Ich hatte mich also getäuscht, Lila hatte nicht bei ihm landen können, Pietro war darin geübt, unter jedem Text den Subtext auszumachen, und hatte mit Leichtigkeit ihre unangenehmen Seiten entdeckt. Doch schnell beschlich mich das Gefühl, dass er übertrieb. Er sagte: »Ich verstehe nicht, wie eure Freundschaft so lange halten konnte, offensichtlich verheimlicht ihr euch tunlichst das, was sie zerstören könnte.« Und weiter: »Entweder habe ich nichts von ihr verstanden – was wahrscheinlich ist, denn ich kenne sie ja nicht – oder ich habe nichts von dir verstanden, und das wäre bedenklicher.« Am Ende sagte er etwas wirklich Hässliches: »Sie und dieser Michele sind wie füreinander geschaffen. Wenn sie nicht schon ein Paar sind, werden sie es bald sein.« Da begehrte ich auf. Ich zischte, dass sein besserwisserischer Ton eines oberschlauen Spießers nicht auszuhalten sei, dass er gut daran täte, nie wieder so über meine Freundin zu reden, und dass er rein gar nichts begriffen habe. Während ich sprach, ahnte ich, was in dem Augenblick nicht einmal er wusste: Lila hatte sehr wohl bei ihm landen können, und wie. Pietro hatte ihre Außergewöhnlichkeit so deutlich erkannt, dass er davor zurückgeschreckt war und nun das Bedürfnis hatte, Lila herabzuwürdigen. Er fürchtete nicht um sich, glaube ich, sondern um mich und unsere Beziehung. Er hatte Angst, sie könnte mich ihm auch aus der Ferne entreißen, uns zerstören. Und um mich zu schützen, übertrieb er, schleuderte Dreck und hatte den undeutlichen Wunsch, dass sie mich anwiderte und ich sie aus meinem Leben verbannte. Ich murmelte gute Nacht und drehte mich auf die andere Seite.

95

Am folgenden Tag stand ich in aller Frühe auf, packte die Koffer und wollte sofort zurück nach Florenz. Aber daraus wurde nichts. Marcello sagte, er habe seinem Bruder versprochen, uns nach Acerra zu bringen, und da Pietro sich nicht abgeneigt zeigte, sosehr ich ihm auch auf jede erdenkliche Weise bedeutete, dass ich abreisen wollte, ließen wir die Kinder bei Elisa und willigten ein, dass uns dieser Hüne zu einem langen, gelben Flachbau fuhr, einem großen Schuhdepot. Ich schwieg die ganze Fahrt über, während Pietro sich nach den Geschäften der Solaras in Deutschland erkundigte und Marcello ihm mit unzusammenhängenden Sätzen auswich wie: »Italien, Deutschland, die Welt, Professore, ich bin kommunistischer als die Kommunisten, revolutionärer als die Revolutionäre, wenn es nach mir ginge und man alles plattmachen und dann neu aufbauen könnte, wäre ich ganz vorn mit dabei.« Mit einem Blick in den Rückspiegel, mit dem er sich meine Zustimmung holen wollte, fügte er hinzu: »Auf jeden Fall steht bei mir die Liebe an erster Stelle.«

Als wir unser Ziel erreicht hatten, brachte er uns in einen Raum mit einer niedrigen Decke und Neonlicht. Mir fiel ein starker Geruch nach Tinte auf, nach Staub und nach überhitztem Isoliermaterial vermischt mit dem nach Leder und Schuhcreme. »Da wären wir«, sagte Marcello. »Das ist das Ding, das Michele gemietet hat.« Ich schaute mich um, kein Mensch war an der Maschine. Das System 3 war vollkommen nichtssagend, ein reizloses Möbelstück an der Wand: Metalltafeln, Bedienknöpfe, ein roter Schalter, eine Holzkonsole, Tastaturen. »Ich habe keine Ahnung davon«, sagte Marcello. »Mit dem Zeug kennt Lina sich aus, aber sie hat keine festen Arbeitszeiten, immer ist sie unterwegs.« Pietro inspizierte die Tafeln, die Knöpfe und alles andere, aber es war offensichtlich, dass ihn die modernen Formen enttäuschten, zumal Marcello auf jede Frage antwortete: »Das ist Sache meines Bruders, ich habe andere Probleme.«

Lila tauchte auf, als wir gerade gehen wollten. Sie war in Begleitung zweier junger Frauen, die Metallbehälter trugen. Sie schien gereizt zu sein, gab strenge Anweisungen. Als sie uns bemerkte, änderte sie ihren Ton und wurde freundlich, aber notgedrungen, als würde sich ein Teil ihres Gehirns abspalten und verbissen weg zu wichtigen Arbeitsaufgaben streben. Sie ignorierte Marcello und wandte sich an Pietro, doch so, als spräche sie auch mit mir. »Was geht euch dieses Zeug hier an«, sagte sie spöttisch. »Wenn euch wirklich so viel daran liegt, dann lasst uns doch tauschen: Ihr arbeitet hier, und ich kümmere mich dafür um euren Kram, Romane, Gemälde, Antiquitäten.« Wieder hatte ich den Eindruck, sie sei stärker gealtert als ich, nicht nur in ihrem Aussehen, sondern auch in ihren Bewegungen, in ihrer Stimme, durch die Wahl dieser wenig temperamentvollen, vage gelangweilten Tonlage, in der sie uns nicht nur die Funktionsweise des Systems 3 und der verschiedenen Maschinen erklärte, sondern auch die Magnetkarten, die Bänder, die 5-Zoll-Disketten und andere gerade aufkommende Neuheiten wie den Tischcomputer, den man zum privaten Gebrauch zu Hause haben konnte. Das war nicht mehr die Lila, die am Telefon mit kindlichem Tonfall über ihre neue Arbeit sprach, und sie schien auch weit entfernt von Enzos Begeisterung zu sein. Sie benahm sich wie eine hochkompetente Angestellte, auf die der Chef eine von vielen Unannehmlichkeiten abgewälzt hatte, nämlich unsere touristische Stippvisite. Sie hatte kein freundliches Wort für mich und machte Pietro gegenüber keine witzigen Bemerkungen. Zum Schluss nötigte sie die beiden Frauen, meinem Mann zu zeigen, wie die Kartenlochmaschine funktionierte, dann schob sie mich auf den Flur hinaus und sagte:

»Und? Hast du Elisa gratuliert? Schläft es sich gut in Marcellos Wohnung? Freust du dich, dass die alte Hexe sechzig geworden ist?«

Ich antwortete gereizt:

»Wenn meine Schwester das so will, was soll ich machen, ihr den Schädel einschlagen?«

»Siehst du? In den Märchen macht man, was man will, und in der Wirklichkeit macht man, was man muss.«

»Das ist nicht wahr. Wer hat dich denn gezwungen, dich von Michele ausnutzen zu lassen?«

»Ich bin es, die ihn ausnutzt, nicht umgekehrt.«

»Du machst dir was vor.«

»Wart's ab.«

»Was soll ich denn abwarten, Lila. Lass es gut sein.«

»Ich sag's dir noch einmal, ich mag es nicht, wenn du so bist. Du weißt nichts mehr über uns, also halte lieber die Klappe.«

»Soll das heißen, ich darf dich nur kritisieren, wenn ich in Neapel wohne?«

»Neapel, Florenz – du bringst gerade nirgendwo was zustande, Lenù.«

»Wer sagt das?«

»Die Tatsachen.«

»Über die Tatsachen, die mich betreffen, weiß ja wohl ich Bescheid, nicht du.«

Ich war angespannt, sie merkte es. Sie zog ein versöhnliches Gesicht.

»Du machst mich stinkwütend, darum sage ich Sachen, die ich gar nicht so meine. Es war richtig, dass du aus Neapel weggegangen bist, es war goldrichtig. Aber weißt du, wer zurückgekommen ist?«

»Wer denn?«

»Nino.«

Diese Nachricht fuhr mir brennend in die Brust.

»Woher weißt du das?«

»Marisa hat es mir erzählt. Er hat einen Lehrstuhl an der Universität bekommen.«

»Hat es ihm in Mailand nicht gefallen?«

Lila kniff die Augen zusammen.

»Er hat eine aus der Via Tasso geheiratet, die mit dem halben Banco di Napoli verwandt ist. Sie haben ein einjähriges Kind.«

Ich weiß nicht, ob ich litt, aber mit Sicherheit konnte ich es kaum glauben.

»Er hat wirklich geheiratet?«

»Ja.«

Ich schaute sie an, um zu ergründen, was sie vorhatte.

»Willst du ihn wiedersehen?«

»Nein. Aber wenn ich ihn zufällig treffe, werde ich ihm sagen, dass Gennaro nicht von ihm ist.«

96

Das sagte sie und noch einige unzusammenhängende Dinge. *Gratuliere, du hast einen gutaussehenden, intelligenten Mann, er redet wie ein Geistlicher, obwohl er gar nicht gläubig ist, er weiß alles, Altes und Modernes, vor allem weiß er eine Menge über Neapel, ich habe mich geschämt, ich bin Neapolitanerin, aber ich weiß gar nichts. Gennaro wächst heran, meine Mutter kümmert sich mehr um ihn als ich, in der Schule ist er gut. Mit Enzo läuft es auch gut, wir arbeiten viel, sehen uns wenig. Aber Stefano hat sich ruiniert, die Carabinieri haben im Hinterzimmer seines Ladens geklautes Zeug gefunden, keine Ahnung was, man hat ihn verhaftet; jetzt ist er wieder draußen, aber er muss auf der Hut sein, er hat nichts mehr, ich bin es, die ihm Geld gibt, nicht er mir. Siehst du, wie sich die Dinge ändern: Wäre ich Signora Carracci geblieben, wäre ich jetzt am Ende, ich wäre mit dem Arsch im Dreck gelandet wie alle Carraccis; stattdessen bin ich Raffaella Cerullo und für vierhundertfünfundzwanzigtausend im Monat die Chefin des Lochkartenzentrums bei Michele Solara. Darum behandelt meine Mutter mich jetzt wie eine Königin, mein Vater hat mir alles vergeben, mein Bruder zieht mir das Geld aus der Tasche, Pinuccia sagt, wie lieb sie mich* hat, und ihre Kinder nennen mich Tantchen. Aber die Arbeit ist langweilig, ganz anders, als ich am Anfang dachte, immer noch zu langsam, man verliert eine Menge Zeit, hoffen wir, dass die neuen Geräte bald kommen, die sind wesentlich schneller. Oder lieber nicht. Die Schnelligkeit zerfrisst alles, wie wenn Fotografien verwackeln. Alfonso hat das so genannt, zum Spaß, er sagte, er ist verwackelt, ohne klare Konturen. In letzter Zeit erzählt er mir ständig was von Freundschaft. Er will eng mit mir befreundet sein, würde mich am liebsten mit Durchschlagpapier kopieren, beteuert, dass er gern so eine Frau wäre wie ich. Was denn für eine Frau, habe ich gesagt, du bist ein Mann, Alfò, du weißt nicht, wie ich bin, und auch wenn wir Freunde sind und du mich beobachtest, mich erforschst und mich kopierst, wirst du es nie erfahren. Aber – sagte er im Scherz – was soll ich denn machen, ich leide darunter, dass ich so bin, wie ich bin. Und er hat mir gestanden, dass er schon immer in Michele Solara verliebt ist – in Michele Solara, ja –, und er möchte ihm so gefallen, wie nach seinen Worten ich ihm gefalle. Verstehst du, was mit den Menschen los ist, Lenù: Wir haben zu vieles in uns, und das bläht uns auf und lässt uns platzen. In Ordnung, habe ich zu ihm gesagt, lass uns Freunde sein, aber schlag dir aus dem Kopf, dass du eine Frau sein kannst wie ich, das Einzige, was du erreichen könntest, wäre, eine Frau zu sein, wie ihr Männer sie euch vorstellt. Du kannst mich nachahmen, ein genaues Abbild von mir erschaffen, wie Künstler es tun, aber meine Scheiße wird immer meine

Scheiße bleiben, und deine wird deine bleiben. Ach Lenù, was geschieht bloß mit uns allen, wir sind wie Rohre, wenn das Wasser gefriert, ein unzufriedener Kopf ist eine schlimme Sache. Weißt du noch, was wir mit meinem Hochzeitsfoto angestellt haben? In dieser Richtung will ich weitermachen. Irgendwann kommt der Tag, an dem ich mich komplett in Diagramme zerlege, dann werde ich zu einem Lochstreifen, und du wirst mich nicht mehr finden.

Kichern, mehr nicht. Dieses Geschwätz auf dem Flur bestätigte mir, dass in unserer Beziehung keine Vertrautheit mehr war. Sie hatte sich auf knappe Mitteilungen reduziert, auf spärliche Details, auf boshafte Bemerkungen, auf Worte in Freiheit, keine Enthüllungen von Tatsachen und Gedanken nur für mich. Lilas Leben gehörte nur noch ihr, Schluss, aus, offenbar wollte sie es mit niemandem teilen. Sinnlos, auf Fragen zu beharren wie: Was weißt du von Pasquale, wo ist er geblieben, was hast du mit Soccavos Tod zu tun, mit den Schüssen auf Filippos Beine, was hat dich dazu gebracht, Micheles Angebot anzunehmen, was willst du mit seiner Abhängigkeit von dir anfangen. Lila hatte sich ins Unaussprechliche zurückgezogen, keine meiner neugierigen Fragen konnte noch gestellt werden, sie hätte zu mir gesagt: Was fällt dir ein, du bist ja verrückt, Michele, Abhängigkeit, Soccavo, was redest du denn da? Auch jetzt, da ich dies verfasse, merke ich, dass ich nicht genügend Fakten habe, um zu schreiben *Lila ging, Lila tat, Lila traf, Lila plante.* Trotzdem hatte ich auf der Rückfahrt nach Florenz im

Auto den Eindruck, dass sie dort im Rione, zwischen Rückständigkeit und modernem Leben, mehr Geschichte hatte als ich. Wie vieles war mir entgangen, weil ich in dem Glauben weggezogen war, zu wer weiß was für einem Leben bestimmt zu sein. Lila, die geblieben war, hatte eine vollkommen neuartige Arbeit, verdiente viel Geld und handelte absolut frei und nach Plänen, die sich als unergründlich erwiesen. Sie hing sehr an ihrem Sohn, hatte sich in seinen ersten Lebensjahren viel um ihn gekümmert und sorgte sich auch jetzt noch um ihn. Aber offenbar konnte sie sich von ihm befreien, wie und wann sie wollte, sie hatte nicht solche Angst um ihn wie ich um meine Töchter. Sie hatte mit ihrer Familie gebrochen, und doch übernahm sie deren Bürde und die Verantwortung für sie, sooft sie konnte. Sie kümmerte sich um Stefano, der vom Pech verfolgt war, doch ohne sich ihm erneut anzunähern. Sie verachtete die Solaras, unterwarf sich ihnen aber. Sie verspottete Alfonso, war aber mit ihm befreundet. Sie behauptete, Nino nicht wiedersehen zu wollen, ich dagegen wusste, dass das nicht stimmte und sie ihn sehr wohl wiedersehen würde. Sie hatte ein bewegtes Leben, meines stand still. Während Pietro schweigend den Wagen fuhr und die Mädchen sich zankten, dachte ich viel an Lila und Nino, daran, was geschehen könnte. ›Lila wird ihn sich zurückholen‹, phantasierte ich, ›sie wird es so einrichten, dass sie ihn wiedertrifft, wird ihm ihren Willen aufzwingen, wie nur sie es kann, wird ihn seiner Frau und seinem Kind entfremden, wird ihn für ihren Krieg gegen ich weiß nicht mehr wen benutzen, wird ihn dazu bringen, sich scheiden zu lassen, und wird sich währenddessen Michele entziehen, nachdem sie ihm viel Geld abgenommen hat, und sie wird Enzo verlassen und sich endlich entschließen, sich von Stefano scheiden zu lassen, und vielleicht wird sie Nino heiraten oder vielleicht auch nicht, aber garantiert werden sie ihre klugen Köpfe vereinen und irgendetwas werden.‹

Etwas werden. Dieser Begriff hatte es mir schon immer angetan, aber bewusst wurde mir das erstmals bei dieser Gelegenheit. Ich wollte *etwas werden*, auch wenn ich nie gewusst hatte, was. Und ich war *etwas geworden*, so viel stand fest, aber ohne eine konkrete Vorstellung, ohne eine wahre Leidenschaft, ohne einen zielgerichteten Ehrgeiz. Ich hatte nur deshalb etwas werden wollen – und das war der springende Punkt –, weil ich Angst gehabt hatte, Lila könnte sonst etwas werden und ich würde hinter ihr zurückbleiben. *Mein Etwas-Werden hatte sich in ihrem Fahrwasser vollzogen*. Ich musste noch einmal von vorn beginnen *etwas* zu *werden*, aber für mich, als erwachsene Frau, außerhalb von ihr.

97

Kaum waren wir wieder zu Hause, rief ich Adele an, um mich nach der deutschen Übersetzung zu erkundigen, die mir Antonio geschickt hatte. Sie fiel aus allen

Wolken, auch sie wusste nichts davon, sie telefonierte mit dem Verlag. Nach einer Weile rief sie mich zurück, um mir zu sagen, dass mein Buch nicht nur in Deutschland, sondern auch in Frankreich und in Spanien bereits erschienen sei. »Und«, fragte ich, »was soll ich jetzt machen?« Adele antwortete verblüfft: »Nichts, dich freuen.« »Natürlich«, sagte ich leise, »ich freue mich sehr, aber rein praktisch, was weiß ich, soll ich auf Reisen gehen, es im Ausland vorstellen?« Sie sagte herzlich: »Du sollst gar nichts machen, Elena, das Buch hat sich leider nirgendwo gut verkauft.«

Meine Laune verschlechterte sich. Ich bedrängte den Verlag, verlangte genaue Angaben zu den Übersetzungen, regte mich auf, weil niemand es für nötig gehalten hatte, mich zu informieren, und sagte am Ende zu einer verschlafenen Angestellten sogar: »Von der deutschen Ausgabe habe ich nicht von Ihnen erfahren, sondern von einem fast analphabetischen Freund. Sind Sie überhaupt in der Lage, Ihre Arbeit zu machen, ja oder nein?« Dann entschuldigte ich mich, ich kam mir dumm vor. Nacheinander kamen ein französisches, ein spanisches und auch ein deutsches Exemplar bei mir an, das nicht so zerdrückt war wie das von Antonio. Es waren hässliche Ausgaben. Auf dem Umschlag waren Frauen in schwarzen Kleidern, Männer mit herabhängenden Schnauzbärten und mit sizilianischen Mützen auf dem Kopf, dazu aufgehängte Wäsche. Ich blätterte alle durch, zeigte sie Pietro, stellte sie ins Regal zu anderen Romanen. Stummes Papier, nutzloses Papier.

Eine Zeit der Gereiztheit und großer Unzufriedenheit begann. Jeden Tag telefonierte ich mit Elisa, um zu hören, ob Marcello immer noch freundlich war, ob sie beschlossen hatten, zu heiraten. Meiner ängstlichen Litanei setzte sie ein vergnügtes Lachen entgegen und Berichte von einem heiteren Leben, von Reisen mit dem Auto oder mit dem Flugzeug, vom wachsenden Reichtum unserer Brüder, vom Wohlstand unseres Vaters und unserer Mutter. Nun beneidete ich sie manchmal. Ich war müde, entnervt. Elsa war ständig krank, Dede forderte Aufmerksamkeit, Pietro lungerte herum, ohne sein Buch abzuschließen. Ich regte mich über jede Kleinigkeit auf. Schrie die Mädchen an, stritt mich mit meinem Mann. Das Ergebnis war, dass alle drei Angst vor mir hatten. Die Mädchen hörten auf zu spielen und schauten mich beunruhigt an, sobald ich an ihrem Zimmer vorbeiging, und Pietro saß immer öfter lieber in der Universitätsbibliothek als bei uns zu Hause. Er ging früh aus dem Haus und kam abends wieder. Wenn er heimkehrte, schien er von den Konflikten geprägt zu sein, über die ich, nunmehr vom öffentlichen Leben ganz ausgeschlossen, nur in den Zeitungen las: die Faschisten, die zustachen und töteten; die Genossen, die auch nicht besser waren; die Polizei, die per Gesetz weitgehende Schießbefugnisse erhalten hatte und sie auch hier in Florenz ausübte.

Bis das geschah, womit ich schon seit einer Weile gerechnet hatte. Pietro geriet in den Mittelpunkt einer schlimmen Geschichte, über die die Zeitungen ausgiebig berichteten. Er hatte einen Studenten durchfallen lassen, der einen bedeutenden Namen trug und sehr aktiv an den Kämpfen beteiligt war. Der junge Mann beschimpfte ihn in aller Öffentlichkeit und richtete eine Pistole auf ihn. Einem Bericht zufolge, den nicht er mir gab, sondern eine Bekannte von uns – er stammte nicht aus erster Hand, sie war nicht dabei gewesen –, trug Pietro seelenruhig die schlechte Note ein, reichte dem Jungen das Studienbuch und sagte sinngemäß: »Entweder Sie schießen wirklich, oder Sie tun gut daran, sich dieser Waffe sofort zu entledigen, denn in einer Minute gehe ich hier raus und zeige Sie an.« Der Junge zielte noch sekundenlang mit der Pistole auf Pietros Gesicht, dann steckte er sie ein, nahm das Studienbuch und machte sich aus dem Staub. Wenige Minuten später ging Pietro zu den Carabinieri, der Student wurde verhaftet. Aber damit war die Sache noch nicht vorbei. Die Familie des Jungen wandte sich nicht an Pietro, sondern an seinen Vater, damit der ihn überredete, die Anzeige zurückzuziehen. Professor Guido Airota versuchte, seinen Sohn umzustimmen, es kam zu langen Telefongesprächen, in denen der Alte, wie ich mit einem gewissen Erstaunen hörte, die Geduld verlor und laut wurde. Aber Pietro gab nicht klein bei. Da griff ich ihn sehr aufgebracht an, ich fragte:

»Merkst du eigentlich, wie du dich aufführst?«

»Was soll ich denn tun?«

»Die Spannung verringern.«

»Ich verstehe dich nicht.«

»Du willst mich nicht verstehen. Du bist genauso wie unsere Professoren in Pisa, wie die unausstehlichsten von ihnen.«

»Das glaube ich nicht.«

»Oh doch! Hast du vergessen, wie wir uns abgerackert haben, um geistlosen Vorlesungen zu folgen und noch geistlosere Prüfungen zu bestehen?«

»Mein Kurs ist nicht geistlos.«

»Da solltest du mal lieber deine Studenten fragen.«

»Man bittet nur die um eine Meinung, die auch kompetent genug sind, eine abzugeben.«

»Würdest du mich danach fragen, wenn ich eine von deinen Studentinnen wäre?«

»Mit denen, die lernen, verstehe ich mich ausgezeichnet.«

»Also gefallen dir Schleimer?«

»Und dir gefallen solche Großmäuler wie deine Freundin aus Neapel?«

»Ja.«

»Und warum bist du dann immer die Gehorsamste von allen gewesen?«

Ich war verwirrt.

»Weil ich früher arm war und es mir wie ein Wunder erschien, dass ich es bis hierher geschafft habe.«

»Tja, dieser Junge hat nichts mit dir gemeinsam.«

»Du hast auch nichts mit mir gemeinsam.«

»Was soll das heißen?«

Ich antwortete nicht, wich vorsichtig aus. Aber dann stieg wieder die Wut in mir hoch, und ich kritisierte seine Unnachgiebigkeit aufs Neue: »Du hattest ihn doch schon durchfallen lassen, was hatte es da noch für einen Sinn, ihn anzuzeigen?« Er knurrte: »Er hat ein Verbrechen begangen.« Ich: »Er wollte dich bloß ein bisschen erschrecken, er ist noch ein Junge.« Er antwortete kalt: »Diese Pistole ist eine Waffe und kein Spielzeug, und sie wurde zusammen mit anderen Waffen vor sieben Jahren aus einer Kaserne der Carabinieri in Rovezzano gestohlen.« Ich sagte: »Der Junge hat doch nicht geschossen.« Er platzte los: »Die Waffe war geladen, was wäre, wenn er es getan hätte?« »Er hat es nicht getan!«, schrie ich ihn an. Auch er wurde lauter: »Hätte ich mit der Anzeige warten sollen, bis er mich erschossen hat?« Ich gellte: »Schrei mich nicht an, du bist ja völlig fertig mit den Nerven!« Er antwortete: »Denk du mal lieber an deine Nerven.« Es war sinnlos, ihm in meiner großen Erregung zu erklären, dass ich, auch wenn ich in Wortwahl und Tonfall polemisch geworden war, diesen Vorfall für sehr gefährlich hielt und mir Sorgen machte. »Ich habe Angst um dich«, sagte ich, »um die Mädchen, um mich.« Aber er tröstete mich nicht. Er zog sich in sein Zimmer zurück und versuchte, an seinem Buch zu arbeiten. Erst Wochen später erzählte er mir, dass ihn zwei Polizisten in Zivil zwei Mal aufgesucht hätten und ihn um Aussagen zu einigen Studenten gebeten hätten, sie hätten ihm Fotos gezeigt. Beim ersten Mal habe er sie freundlich empfangen und sie ebenso freundlich wieder weggeschickt, ohne ihnen eine einzige Information geliefert zu haben. Beim zweiten Mal habe er gefragt:

»Haben diese Jugendlichen ein Verbrechen begangen?«

»Nein, bisher nicht.«

»Und was wollen Sie dann von mir?«

Er hatte sie zur Tür geleitet. Mit der ganzen verächtlichen Zuvorkommenheit, zu der er fähig war.

98

Lila rief nie an, monatelang nicht, sie war wohl sehr beschäftigt. Auch ich meldete mich nicht bei ihr, obwohl ich es gern wollte. Um das Gefühl der Leere zu dämpfen, versuchte ich, meine Beziehung zu Mariarosa zu vertiefen, aber es gab etliche Hindernisse. Franco wohnte nun ständig bei ihr, und Pietro gefiel es weder, dass ich mich zu sehr mit seiner Schwester anfreundete, noch, dass ich meinen Exfreund traf. Wenn ich mich länger als einen Tag in Mailand aufhielt, verschlechterte sich seine Laune, seine eingebildeten Krankheiten vervielfachten sich, und die Spannungen zwischen uns nahmen zu. Außerdem legte Franco, der für gewöhnlich nur wegen der medizinischen Behandlungen aus dem Haus ging, die er noch immer brauchte, keinen Wert auf meine Anwesenheit, war ungehalten über die zu lauten Stimmen meiner Mädchen und verschwand manchmal aus der Wohnung, was sowohl Mariarosa als auch mich beunruhigte. Darüber hinaus hatte meine Schwägerin unzählige Verpflichtungen und war vor allem unentwegt

von vielen Frauen umgeben. Ihre Wohnung war eine
Art Begegnungsstätte, sie empfing alle, Intellektuelle,
feine Damen, Arbeiterinnnen auf der Flucht vor ihren
gewalttätigen Lebensgefährten und orientierungslose
Mädchen, so dass sie wenig Zeit für mich hatte und
auf jeden Fall zu sehr die Freundin für alle gab, als dass
ich mir unserer Freundschaft sicher sein konnte. Aber
bei ihr zu Hause erwachte für einige Tage mein Wunsch
wieder, mich über Bücher zu beugen, und manchmal
auch, zu schreiben. Besser gesagt, ich fühlte mich dazu
wieder in der Lage.

Wir diskutierten viel über uns. Doch obwohl wir alle
Frauen waren – Franco blieb in seinem Zimmer, wenn
er nicht aus der Wohnung flüchtete –, fiel es uns äußerst
schwer, zu verstehen, was eine Frau ausmachte. Keine
unserer Gesten oder Reden, keiner unserer Gedanken
oder Träume schien, einmal gründlich analysiert, uns zu
gehören. Dieses tiefschürfende Nachdenken regte die
Empfindlichsten von uns auf, die diese exzessive Selbst-
bespiegelung schlecht vertrugen und die Ansicht vertra-
ten, es genüge, die Männer zu entfernen, um den Weg zur
Freiheit einzuschlagen. Es waren bewegte Zeiten, die
Wogen schlugen hoch. Viele von uns fürchteten sich vor
der Rückkehr zu einer seichten Ruhe und hielten sich
mit extremen Formulierungen auf dem Wellenkamm,
wobei sie mit Angst und Wut nach unten schauten. Als
bekannt geworden war, dass die Ordnungstruppe von
Lotta Continua einen Demonstrationszug separatisti-
scher Frauen angegriffen hatte, erhitzten sich die Ge-

müter so sehr, dass sich die Diskussion in der Folge drastisch verschärfte und die Brüche dramatisch waren, als einige der Unerbittlichsten entdeckten, dass Mariarosa einen Mann im Haus hatte – was sie weder an die große Glocke gehängt noch verheimlicht hatte.

Ich hasste solche Situationen. Ich suchte Anregungen, keine Konflikte, suchte Lösungsansätze, keine Dogmen. So sagte ich es zumindest mir selbst und manchmal auch Mariarosa, die mir schweigend zuhörte. Bei einer dieser Gelegenheiten schaffte ich es, ihr von meiner Beziehung mit Franco in der Zeit der Scuola Normale zu erzählen, davon, was er für mich gewesen war. »Ich bin ihm dankbar«, sagte ich, »ich habe viel von ihm gelernt, und es tut mir leid, dass er zu mir und meinen Töchtern jetzt so abweisend ist.« Ich dachte kurz nach, dann fuhr ich fort: »Vielleicht stimmt etwas nicht mit dem Wunsch der Männer, uns zu belehren. Damals war ich ein junges Mädchen, und ich sah nicht, dass sein Wunsch, mich zu verändern, der Beweis dafür war, dass ich ihm so, wie ich war, nicht gefiel, er wollte, dass ich anders war, oder besser gesagt: Er wollte nicht einfach eine Frau, sondern eine Frau, wie er selbst nach seiner Vorstellung eine hätte sein können, wenn er eine Frau gewesen wäre. Ich war für Franco eine Möglichkeit, sich ins Weibliche zu erweitern, es in Besitz zu nehmen. Ich war der Beweis für seine Allmacht, dafür, dass er nicht nur ein Mann auf die richtige Art sein konnte, sondern auch eine Frau. Und heute, da er mich nicht mehr als ein Teil von sich wahrnimmt, fühlt er sich betrogen.«

Genauso drückte ich mich aus. Und Mariarosa hörte mir mit ehrlichem Interesse zu, nicht mit dem etwas gespielten, das sie allen Frauen gegenüber zeigte. »Schreib was über dieses Thema«, drängte sie mich. Sie war gerührt, sagte leise, den Franco, von dem ich gesprochen hätte, habe sie nicht mehr kennengelernt. Dann fügte sie hinzu: »Das war vielleicht besser so, sonst hätte ich mich nicht in ihn verliebt, ich kann oberschlaue Männer nicht ausstehen, die mir sagen, wie ich zu sein habe; da ist mir dieser leidende, nachdenkliche Mann, den ich mir ins Haus geholt habe und nun pflege, schon lieber.« Schließlich drängte sie mich erneut: »Schreib das alles auf, was du gesagt hast.«

Ich nickte, und etwas atemlos, froh über das Lob, doch auch verlegen sprach ich über meine Beziehung zu Pietro, darüber, wie er versuchte, mir seine Sichtweise aufzuzwingen. Diesmal lachte Mariarosa los, und der fast schon feierliche Ton unserer Unterhaltung änderte sich. »Franco und Pietro auf einer Stufe? Du machst Witze«, sagte sie. »Pietro schafft es kaum, seine Männlichkeit zu behaupten, unvorstellbar, dass er die Energie aufbringt, dir sein Empfinden von Weiblichkeit aufzuzwingen. Weißt du was? Ich hätte schwören können, dass du ihn nicht heiratest. Ich hätte schwören können, dass du ihn, falls du es doch tun solltest, nach einem Jahr verlassen würdest. Ich hätte schwören können, dass du gut aufpassen würdest, um keine Kinder zu kriegen. Dass ihr immer noch zusammen seid, grenzt für mich an ein Wunder. Du Ärmste bist wirklich ein anständiges Mädchen.«

99

So weit waren wir nun also: Die Schwester meines Mannes hielt meine Ehe für einen Fehler und sagte mir das ins Gesicht. Ich wusste nicht, ob ich lachen oder weinen sollte, mir kam das vor wie eine letzte, unvoreingenommene Bestätigung meines ehelichen Unbehagens. Aber was konnte ich schon tun? Ich sagte mir, Reife bestehe darin, ohne sich allzu sehr aufzuregen, die Wende zu akzeptieren, die das Leben genommen hatte, und einen Weg zwischen der Praxis des Alltags und theoretischen Erkenntnissen einzuschlagen, zu lernen, sich anzusehen, sich zu erkennen, während man auf große Veränderungen wartete. Mit jedem Tag wurde ich ruhiger. Meine Tochter Dede ging etwas vorzeitig in die erste Klasse der Grundschule und konnte schon lesen und schreiben; meine Tochter Elsa war glücklich, den ganzen Vormittag in der reglosen Wohnung mit mir allein zu verbringen; mein Mann schien, obwohl er der farbloseste aller Akademiker war, endlich kurz vor dem Abschluss seines zweiten Buches zu stehen, das noch bedeutender als das erste zu werden versprach; und ich war Signora Airota, Elena Airota, eine durch ihre Fügsamkeit verkümmerte Frau, die sich aber, angestachelt durch ihre Schwägerin, doch auch, um gegen die Verzagtheit anzukämpfen, darangemacht hatte, die Erfindung der Frau durch die Männer geradezu heimlich zu erforschen und dabei die alte und die neue Welt zu vermischen. Ich tat es ziellos, nur um Mariarosa, meiner Schwiegermutter und ein paar Bekannten sagen zu können: Ich arbeite.

So drang ich mit meinen Überlegungen von der ersten und der zweiten biblischen Schöpfungsgeschichte vor bis zu Defoe-Flanders, zu Flaubert-Bovary, zu Tolstoi-Karenina, zu *La dernière mode,* zu Rose Sélavy und weiter und noch weiter, wie in einem Enthüllungsrausch. Allmählich wurde ich etwas zufriedener. Überall entdeckte ich von Männern produzierte weibliche Roboter. Von uns Frauen gab es nichts, das Wenige, was in Erscheinung trat, wurde sofort zu Konfektionsmaterial. Wenn Pietro arbeiten war und Dede in der Schule, wenn Elsa ein paar Schritte von meinem Schreibtisch entfernt spielte und ich mich endlich ein bisschen lebendig fühlte, während ich in und zwischen den Wörtern wühlte, stellte ich mir am Ende manchmal vor, was aus meinem und Lilas Leben geworden wäre, wenn wir beide die Aufnahmeprüfung für die Mittelschule absolviert hätten und dann das Gymnasium und dann das ganze Studium bis zum Diplom, Seite an Seite, aufeinander eingespielt, ein perfektes Paar, vereint durch die Kraft des Intellekts und die Freude am Verstehen und am Erfinden. Wir hätten gemeinsam geschrieben, gemeinsam signiert, hätten Kraft auseinander geschöpft, hätten Schulter an Schulter dafür gekämpft, dass das, was uns gehörte, unnachahmlich unseres blieb. ›Die Einsamkeit des weiblichen Denkens ist bedauerlich‹, sagte ich mir, ›dass alle voneinander isoliert sind, ohne Protokolle, ohne Tradition, ist eine Vergeudung.‹ In diesen Momenten fühlte ich

mich, als wären meine Gedanken in der Mitte durch-
trennt, faszinierend und doch mangelhaft, als bräuch-
ten sie dringend eine Überprüfung, eine Weiterentwick-
lung, doch ohne Überzeugung, ohne Selbstvertrauen.
Dann kehrte mein Wunsch wieder, Lila anzurufen, ihr
zu sagen: Hör mal, worüber ich gerade nachdenke, bitte
lass uns darüber sprechen, sag mir deine Meinung dazu, weißt du noch, was du mir über Alfonso erzählt hast?
Aber diese Gelegenheit war für immer verpasst, nunmehr
seit Jahrzehnten. Ich musste lernen, mich mit mir selbst
zu begnügen.

Dann eines Tages, gerade als ich mich mit dieser Notwendigkeit auseinandersetzte, hörte ich den Schlüssel
im Schloss. Pietro kam zum Mittagessen nach Hause,
nachdem er wie üblich Dede von der Schule abgeholt
hatte. Ich klappte die Bücher und Hefte zu, als die Kleine auch schon ins Zimmer stürmte, begeistert von Elsa
begrüßt. Sie hatte Hunger, ich wusste, dass sie gleich
schreien würde: »Mama, was gibt's zu essen?« Aber
noch bevor sie ihren Schulranzen fallen ließ, rief sie:
»Papa hat einen Freund mitgebracht, der bleibt zum
Mittagessen!« Ich erinnere mich noch an das genaue
Datum: Es war der 9. März 1976. Schlechtgelaunt stand
ich auf, Dede griff nach meiner Hand und zog mich in
den Flur. Nach dieser Ankündigung eines Fremden klammerte sich Elsa bereits vorsichtig an meinen Rock. Pietro
sagte fröhlich: »Sieh mal, wen ich dir mitgebracht habe.«

100

Nino hatte den dichten Bart nicht mehr, mit dem ich
ihn Jahre zuvor in der Buchhandlung gesehen hatte, aber
seine Haare waren noch lang und zerzaust. Ansonsten
war er der Junge von damals geblieben, hochgewachsen, spindeldürr, mit leuchtenden Augen und nachläs-
siger Kleidung. Er umarmte mich, hockte sich hin, um
die Mädchen zu tätscheln, stand wieder auf und entschuldigte sich für den Überfall. Ich brummelte nur ein
paar distanzierte Worte: »Komm rein, setz dich doch,
du in Florenz, wie kommt's denn.« Mir war, als hätte
ich heißen Wein im Kopf, ich konnte dem, was gerade
geschah, keine Konkretheit geben: er, ausgerechnet er,
bei mir zu Hause. Etwas in der Anordnung von Innen
und Außen schien nicht mehr zu funktionieren. Was bildete ich mir ein, und was geschah wirklich, wer war der
Schatten und wer der lebendige Körper? Unterdessen
erklärte mir Pietro: »Wir haben uns in der Fakultät getroffen, da habe ich ihn zum Essen eingeladen.« Ich lächelte, sagte: »Ja, es ist alles fertig, wo vier satt werden,
reicht es auch für fünf, leistet mir doch Gesellschaft,
während ich den Tisch decke.« Ich war zwar dem Anschein nach ruhig, aber vollkommen aufgewühlt, das
Gesicht tat mir weh vom künstlichen Lächeln. ›Wieso
ist Nino hier, und was heißt *hier*, und was heißt *ist*?‹
»Ich habe dich einfach so überrumpelt«, sagte Pietro etwas besorgt zu mir, so wie wenn er fürchtete, etwas
falsch gemacht zu haben. Und Nino lachend: »Ich habe

ihm hundert Mal gesagt, er soll dich anrufen, wirklich wahr, aber er wollte nicht.« Dann erzählte er, dass mein Schwiegervater ihn ermuntert habe, sich bei uns zu melden. Er sei Professor Airota in Rom begegnet, auf dem Parteitag der Sozialisten, und dort seien sie ins Gespräch gekommen, er habe ihm gegenüber erwähnt, dass er beruflich in Florenz zu tun habe, und der Professor habe ihm von Pietro erzählt, von dem neuen Buch, an dem sein Sohn gerade schreibe, und von einem Band, den er ihm soeben besorgt habe und den er ihm schnellstens zukommen lassen müsse. Nino habe sich angeboten, ihn persönlich zu bringen, und da waren wir nun also beim Mittagessen: die Mädchen, die um seine Aufmerksamkeit stritten, und er, der mit den beiden herumalberte, zu Pietro liebenswürdig war und mit mir nur wenige, ernste Worte wechselte.

»Stell dir vor«, sagte er zu mir, »ich war beruflich schon so oft in dieser Stadt, aber ich wusste nicht, dass du hier wohnst und dass ihr zwei so schöne junge Damen habt. Zum Glück hat sich diese Gelegenheit ergeben.«

»Unterrichtest du immer noch in Mailand?«, fragte ich, wohl wissend, dass er nicht mehr dort lebte.

»Nein, ich lehre jetzt in Neapel.«

»Und was?«

Er zog eine unzufriedene Miene.

»Geographie.«

»Und das heißt?«

»Urbane Geographie.«

»Wieso bist du zurückgegangen?«

»Meiner Mutter geht es nicht gut.«

»Das tut mir leid. Was hat sie denn?«

»Das Herz.«

»Und deine Geschwister?«

»Alles gut.«

»Und dein Vater?«

»Das Übliche. Aber die Zeit vergeht, man wird älter, in letzter Zeit haben wir uns angenähert. Wie jeder hat er seine schlechten und seine guten Seiten.« Er wandte sich an Pietro: »Was haben wir gegen unsere Väter und gegen unsere Familien gekämpft. Jetzt sind wir dran, wie werden wir uns wohl aus der Affäre ziehen?«

»Ich jedenfalls gut«, sagte mein Mann mit einem Hauch von Ironie.

»Das bezweifle ich nicht. Du hast eine außergewöhnliche Frau geheiratet, und diese beiden Prinzessinnen hier sind großartig, wohlerzogen und wunderhübsch. Was für ein schönes Kleidchen, Dede, das steht dir wirklich gut. Und Elsa, diese Haarspange mit den Sternchen, wer hat dir die denn geschenkt?«

»Mama«, sagte Elsa.

Langsam beruhigte ich mich. Die Sekunden fanden zu ihrem regelmäßigen Takt zurück, und ich nahm wahr, was mir gerade geschah. Nino saß neben mir am Tisch, aß die Pasta, die ich gekocht hatte, schnitt Elsas Schnitzel sorgfältig in kleine Stücke, wandte sich dann mit gutem Appetit seinem eigenen zu, erwähnte angewidert die Schmiergelder, die Lockheed an Tanassi und an Gui

521

gezahlt hatte, lobte meine Kochkunst, diskutierte mit Pietro über die sozialistische Alternative, schälte einen Apfel mit einer Spirale, die Dede in Entzücken versetzte. In der Wohnung breitete sich eine wohlige Stimmung aus, wie ich sie schon lange nicht mehr erlebt hatte. Es war so angenehm, dass die zwei Männer sich gegenseitig recht gaben, dass sie sich sympathisch waren. Ich begann schweigend den Tisch abzuräumen. Nino sprang auf und erbot sich sogar, das Geschirr zu spülen, doch unter der Bedingung, dass die Mädchen ihm halfen. »Bleib ruhig sitzen«, sagte er zu mir, und das tat ich, während er Dede und Elsa beschäftigte, die begeistert waren, und er mich ab und an fragte, wohin er dieses oder jenes räumen sollte, und er weiter mit Pietro plauderte.

Er war es wirklich, nach so langer Zeit, er war hier. Unwillkürlich starrte ich auf den Ehering an seiner Hand. ›Seine Ehe hat er mit keinem Wort erwähnt‹, dachte ich. ›Er hat von seiner Mutter und von seinem Vater erzählt, aber nicht von Frau und Kind. Vielleicht ist es keine Liebesheirat gewesen, vielleicht ist es eine Vernunftehe, vielleicht war er *gezwungen*, zu heiraten.‹ Dann hörte das Flattern meiner Vermutungen auf. Nino begann unversehens den Mädchen von seinem Sohn Albertino zu erzählen, und zwar so, als wäre der Kleine eine Märchengestalt, er erzählte teils lustig, teils sanft. Schließlich trocknete er sich die Hände ab, nahm ein Foto aus seiner Brieftasche, zeigte es zunächst Elsa, dann Dede und dann Pietro, der es an mich weiterreichte. Albertino war bildhübsch. Er war zwei Jahre alt und schmoll-

te in den Armen seiner Mutter. Ich schaute mir den Kleinen nur wenige Sekunden an und konzentrierte mich
sofort auf die Frau. Sie sah blendend aus, mit großen
Augen und langen, schwarzen Haaren, sie mochte nicht
viel älter als zwanzig sein. Sie lächelte, ihre regelmäßig
geformten Zähne schimmerten, ihr Blick wirkte verliebt.
Ich gab Nino das Bild zurück, sagte: »Ich mach' uns einen
Kaffee.« Ich blieb allein in der Küche zurück, die vier
gingen ins Wohnzimmer.

Nino hatte einen dienstlichen Termin und erging sich
in Entschuldigungen. Gleich nach dem Kaffee und einer
Zigarette brach er auf. »Ich fahre morgen nach Hause«,
sagte er, »aber ich komme bald zurück, nächste Woche.«
Pietro bat ihn mehrmals, wieder von sich hören zu lassen, Nino versprach es. Er verabschiedete sich sehr herzlich von den Mädchen, schüttelte Pietro die Hand, nickte mir zu und verschwand. Kaum hatte sich die Tür hinter
ihm geschlossen, überwältigte mich die Eintönigkeit
der Wohnung. Ich rechnete damit, dass Pietro, obwohl
er sich mit Nino sehr wohlgefühlt hatte, etwas Gehäs-
siges über unseren Gast verlauten lassen würde, das tat
er fast immer. Stattdessen sagte er zufrieden: »Endlich
mal jemand, mit dem es sich lohnt, seine Zeit zu verbringen.« Ich weiß nicht, warum, aber dieser Satz tat mir
weh. Ich schaltete den Fernseher ein und blieb mit den
Mädchen für den Rest des Nachmittags davor sitzen.

101

Ich hoffte, Nino würde sofort, gleich am nächsten Tag, anrufen. Bei jedem Telefonklingeln zuckte ich zusammen. Aber eine ganze Woche verstrich, ohne dass er sich meldete. Ich fühlte mich, als hätte ich eine schlimme Erkältung. Ich wurde lustlos, hörte auf zu lesen und zu schreiben, ärgerte mich wegen dieses unvernünftigen Wartens über mich selbst. Dann, eines Nachmittags, kam Pietro ausgesprochen gutgelaunt nach Hause. Er sagte, Nino habe in der Fakultät vorbeigeschaut, sie hätten etwas Zeit miteinander verbracht und es sei aussichtslos gewesen, ihn zu überreden, zum Abendessen zu uns zu kommen. »Er hat uns für morgen Abend ins Restaurant eingeladen«, sagte er, »die Mädchen auch, er will dir die Arbeit ersparen.«

Mein Blut zirkulierte schneller, ich empfand eine bange Zärtlichkeit für Pietro. Sobald die Mädchen in ihr Zimmer gegangen waren, umarmte ich ihn, küsste ihn, flüsterte ihm Liebesworte ins Ohr. In der Nacht schlief ich wenig, besser gesagt, ich schlief mit dem Gefühl, wach zu sein. Als Dede am nächsten Tag aus der Schule kam, steckte ich sie zusammen mit Elsa in die Badewanne und schrubbte die beiden gründlich ab. Dann kümmerte ich mich um mich selbst. Ich badete lange und voller Freude, rasierte mir die Beine, wusch mir die Haare und föhnte sie anschließend sorgfältig. Ich probierte sämtliche Kleider an, die ich besaß, und wurde immer nervöser, weil ich mir nicht gefiel, und bald war ich auch mit meiner Frisur unzufrieden. Dede und Elsa wuselten um mich herum und ahmten mich nach. Sie posierten vor dem Spiegel, gaben sich verärgert über Kleider und Frisuren und schlurften in meinen Schuhen umher. Ich fand mich damit ab, zu sein, was ich war. Nachdem ich zu heftig mit Elsa geschimpft hatte, weil sie sich im letzten Augenblick ihr Kleidchen schmutzig gemacht hatte, setzte ich mich ans Steuer, und wir fuhren zur Universität, um Pietro und Nino abzuholen. Unterwegs war ich angespannt und schnauzte in einem fort die Mädchen an, die sich damit amüsierten, auf der Grundlage von Kacka und Pipi erfundene Reime zu trällern. Je näher ich unserem Treffpunkt kam, umso mehr hoffte ich, Nino sei durch irgendeine unvorhergesehene Verpflichtung verhindert und könne nicht erscheinen. Aber da sah ich die zwei Männer schon, sie unterhielten sich. Ninos Gesten waren mitreißend, als wollte er seinen Gesprächspartner in einen eigens für ihn abgesteckten Raum einladen. Pietro war wie üblich unbeholfen, sein Gesicht gerötet, er lachte allein und unterlegen. Keiner der beiden schenkte meiner Ankunft besondere Aufmerksamkeit.

Mein Mann gesellte sich zu den Mädchen auf den Rücksitz, Nino setzte sich neben mich, um mir den Weg zu einer Trattoria zu zeigen, wo man gut aß und – sagte er zu Dede und Elsa – wo es wunderbare Pfannkuchen gab. Er beschrieb sie bis in alle Einzelheiten, was die Mädchen begeisterte. ›Vor langer Zeit‹, dachte ich, während ich ihn aus den Augenwinkeln beobachtete, ›sind wir Hand in Hand spazieren gegangen, und er hat mich zwei Mal geküsst. Was für schöne Finger er hat.‹ Zu mir sagte er nur: *Hier musst du nach rechts, dann noch mal rechts, dann an der Kreuzung nach links.* Nicht ein bewundernder Blick, nicht ein Kompliment.

In der Trattoria wurden wir freudig und respektvoll empfangen. Nino kannte den Besitzer, die Kellner. Ich landete am oberen Tischende zwischen den Mädchen, die beiden Männer setzten sich einander gegenüber, und Pietro fing an über die schwierigen Zeiten an den Universitäten zu reden. Ich schwieg fast ununterbrochen und passte auf Dede und Elsa auf, die bei Tisch normalerweise sehr diszipliniert waren, aber diesmal nichts als Unfug trieben, um Ninos Aufmerksamkeit auf sich zu ziehen. Missmutig dachte ich: ›Pietro redet zu viel, er langweilt ihn, lässt ihn nicht zu Wort kommen.‹ Dachte: ›Wir leben seit sieben Jahren in dieser Stadt und haben kein Stammlokal, in das wir ihn einladen könnten, um uns zu revanchieren, kein Restaurant, in dem man gut essen kann, so wie hier, und wo man uns gleich persönlich begrüßt, wenn wir hereinkommen.‹ Mir gefiel die Freundlichkeit des Besitzers, er kam häufig an unseren Tisch und sagte irgendwann sogar zu Nino: »Das möchte ich Ihnen heute nicht anbieten, das ist nichts für Sie und Ihre Gäste«, und er empfahl ihm etwas anderes. Als die legendären Pfannkuchen kamen, jubelten die Mädchen, Pietro auch, sie machten sie sich gegenseitig streitig. Erst jetzt sprach Nino mich an:

»Wie kommt es denn, dass gar nichts mehr von dir

erschienen ist?«, fragte er ohne die übliche Oberflächlichkeit eines Tischgesprächs und mit einem Interesse,
das mir ehrlich zu sein schien.

Ich wurde rot, sagte auf die Mädchen weisend:

»Ich habe was anderes gemacht.«

»Dein Buch damals war großartig.«

»Danke.«

»Das meine ich wirklich so, du konntest schon immer gut schreiben. Erinnerst du dich noch an den kleinen Artikel über den Religionslehrer?«

»Deine Freunde haben ihn nicht gedruckt.«

»Es gab da ein Missverständnis.«

»Ich habe den Mut verloren.«

»Das tut mir leid. Schreibst du jetzt gerade was?«

»In meiner Freizeit.«

»Einen Roman?«

»Ich weiß nicht, was es ist.«

»Worum geht es denn?«

»Um Männer, die Frauen produzieren.«

»Gut.«

»Abwarten.«

»Beeil dich, ich will bald was von dir lesen.«

Zu meiner Überraschung zeigte er sich bestens im Bilde über die Frauenliteratur, mit der ich mich beschäftigte, ich war mir sicher gewesen, dass Männer so etwas
nicht lasen. Aber damit nicht genug. Er erwähnte auch
ein Buch von Starobinski, das er kürzlich gelesen hatte,
und sagte, es könnte mir eine Hilfe sein. Wie viel er wusste, so war er schon als Junge gewesen, neugierig auf al-

les. Jetzt zitierte er Rousseau und Bernard Shaw, ich unterbrach ihn, er hörte mir aufmerksam zu. Und als die Mädchen mich nervös machten, weil sie an mir zerrten, um noch mehr Pfannkuchen zu bekommen, winkte er dem Besitzer, damit er uns noch welche buk. Dann sagte er zu Pietro:

»Du musst dafür sorgen, dass deine Frau mehr Zeit für sich hat.«

»Sie hat den ganzen Tag zur Verfügung.«

»Ich meine das ernst. Wenn du es nicht tust, machst du dich nicht nur auf menschlicher Ebene schuldig, sondern auch auf politischer.«

»Und worin soll mein Verbrechen bestehen?«

»In der Vergeudung von Intelligenz. Eine Gemeinschaft, die es normal findet, so viel weibliche Intelligenz mit der Sorge um Kinder und Haushalt zu ersticken, schadet sich selbst und merkt es nicht mal.«

Ich wartete schweigend auf Pietros Antwort. Mein Mann reagierte mit Ironie:

»Elena kann ihre Intelligenz kultivieren, wann und wie sie will, Hauptsache, sie stiehlt nicht ausgerechnet meine Zeit.«

»Wenn sie nicht deine stehlen darf, wessen dann?«

Pietro runzelte die Brauen.

»Wenn die Aufgabe, die wir uns stellen, von wahrer Leidenschaft beseelt ist, kann uns nichts davon abhalten, sie zu Ende zu führen.«

Ich war verletzt, sagte leise mit einem künstlichen Lächeln:

»Mein Mann will sagen, dass ich mich für nichts wirklich interessiere.«

Schweigen. Nino fragte:

»Und ist das so?«

Ich antwortete spontan, ich wisse es nicht, ich wisse überhaupt nichts. Aber während ich sprach, verlegen, wütend, merkte ich, dass mir Tränen in die Augen stiegen. Ich senkte den Blick. »Das sind jetzt genug Pfannkuchen«, sagte ich mit schlecht beherrschter Stimme zu den Mädchen, doch Nino sprang mir zur Seite, er rief: »Ich esse nur noch einen, eure Mama auch, euer Papa auch und ihr noch zwei, aber dann ist Schluss!« Er rief den Besitzer und sagte feierlich: »In genau dreißig Tagen komme ich mit diesen beiden jungen Damen wieder her, und dann machen Sie uns einen ganzen Berg dieser großartigen Pfannkuchen, abgemacht?« Elsa fragte:

»Wann ist in dreißig Tagen?«

Ich hatte meine Tränen inzwischen heruntergeschluckt, schaute Nino an und sagte:

»Ja, wann ist in dreißig Tagen?«

Wir machten uns über Elsas verschwommene Zeitvorstellung lustig, Dede mehr als wir Erwachsenen. Dann wollte Pietro zahlen, stellte aber fest, dass Nino das schon erledigt hatte. Er protestierte, dann setzte er sich ans Steuer und ich mich zwischen die zwei schläfrigen Mädchen auf den Rücksitz. Wir brachten Nino ins Hotel, unterwegs hörte ich den leicht beschwipsten Reden der beiden Männer zu, ohne ein Wort zu sagen. Als wir das Hotel erreichten, sagte Pietro überschwenglich:

»Wozu Geld zum Fenster rauswerfen, wir haben ein Gästezimmer, beim nächsten Mal kannst du bei uns wohnen, also nur keine falsche Bescheidenheit.«

Nino lachte:

»Vor nicht einmal einer Stunde haben wir festgestellt, dass Elena mehr Zeit für sich braucht, und jetzt willst du ihr auch noch meinen Besuch aufhalsen?«

Ich widersprach matt:

»Ich würde mich freuen, Dede und Elsa auch.«

Aber sobald wir allein waren, sagte ich zu meinem Mann:

»Bevor du irgendwelche Einladungen aussprichst, könntest du mich wenigstens fragen.«

Er ließ den Motor wieder an, suchte meinen Blick im Rückspiegel und brummte:

»Ich dachte, du freust dich.«

102

Oh, natürlich freute ich mich, ich freute mich sehr. Aber mir war auch, als hätte mein Körper die Beschaffenheit einer Eierschale und als genügte ein leichter Druck auf meinen Arm, auf meine Stirn, auf meinen Bauch, um ihn zu zerbrechen und alle meine Geheimnisse zutage zu fördern, besonders die, die nicht einmal ich selbst kannte. Ich vermied es, die Tage zu zählen. Konzentrierte mich auf meine Lektüren, allerdings so, als wäre Nino der Auftraggeber meiner Arbeit und erwartete bei seiner Rückkehr solide Ergebnisse. Ich wollte ihm sagen: Ich habe deinen Rat befolgt, habe weitergeschrieben, hier ein Entwurf, sag mir, was du davon hältst.

Das war eine ausgezeichnete Maßnahme. Die dreißig Tage Wartezeit verflogen fast zu schnell. Ich vergaß Elisa, dachte nicht mehr an Lila, telefonierte nicht mit Mariarosa. Ich las keine Zeitungen, sah nicht fern, vernachlässigte die Mädchen und den Haushalt. Von den Verhaftungen und Zusammenstößen und Morden und Kriegen auf dem ständigen Kampfplatz Italiens und der Welt erreichte mich nur ein fernes Echo, und auch den mit Spannungen aufgeladenen Wahlkampf nahm ich so gut wie gar nicht wahr. Ich schrieb nur, mit großem Eifer. Ich zerbrach mir den Kopf über eine Menge alter Fragen, bis ich den Eindruck hatte, zumindest auf dem Papier eine endgültige Gliederung gefunden zu haben. Manchmal war ich versucht, Pietro um Rat zu bitten. Er war viel klüger als ich und hätte mich sicherlich davon abgehalten, unüberlegte, ungeschliffene oder dumme Sachen zu schreiben. Aber ich fragte ihn nicht, ich konnte es nicht ausstehen, wenn er mir mit seinem allumfassenden Wissen seine Überlegenheit bewies. Ich weiß noch, dass ich viel arbeitete, vor allem über die erste und die zweite biblische Schöpfungsgeschichte. In der ersten sah ich eine Synthese des göttlichen Schöpfungsakts und in der zweiten eine ausführlichere Erzählung. Ich machte daraus eine ziemlich lebhafte Geschichte, ohne mich besonders kühn zu fühlen. Gott – schrieb ich sinngemäß – erschafft den Menschen, *Ish*, nach seinem Bilde. Er macht eine männliche und eine weibliche Version. Wie? Zunächst formt er aus dem Staub der Erde Ish und bläst ihm den Odem des Lebens in die Nasc. Dann schält er *Ishah*, die Frau, aus dem bereits geformten männlichen Stoff, einem nicht mehr rohen, sondern mit Leben erfüllten Stoff, den er aus Ishs Seite nimmt, und schließt die Stelle sofort mit Fleisch. Das Ergebnis ist, dass Ish sagen kann: Das ist nicht wie das Heer all dessen, was erschaffen worden ist, *anders* als ich, sondern das ist Fleisch von *meinem* Fleisch, Bein von *meinem* Bein. Gott hat sie aus mir erschaffen. Er hat mir den Odem des Lebens eingeblasen und hat sie aus *meinem* Körper genommen. Ich bin Ish, und sie ist Ishah. Vor allem im Wort, in dem Wort, das sie benennt, stammt sie von mir ab, der ich das Ebenbild des göttlichen Geistes bin, der ich sein Wort in mir trage. Sie ist also nur ein an *meinen* Wortstamm angehängtes Suffix, sie kann sich *nur* in *meinem* Wort ausdrücken.

Und so fuhr ich fort und lebte viele Tage in einem Zustand angenehmer intellektueller Überreiztheit. Mein einziger Antrieb war, rechtzeitig einen lesbaren Text zu haben. Ab und an wunderte ich mich über mich selbst: Mir schien, das Streben nach Ninos Zustimmung erleichterte mir das Schreiben, es ließ mir freien Lauf.

Aber der Monat verging, ohne dass Nino sich meldete. Anfangs kam mir das sehr gelegen, ich hatte mehr Zeit und konnte meine Arbeit zu Ende bringen. Dann wurde ich unruhig, fragte Pietro. Ich erfuhr, dass sie

sich häufig im Büro angerufen hatten, dass Pietro aber
seit einigen Tagen nichts von ihm gehört hatte.

»Ihr habt oft miteinander telefoniert?«, fragte ich pi-
kiert.

»Ja.«

»Und warum hast du mir das nicht erzählt?«

»Was denn?«

»Dass ihr oft miteinander telefoniert habt.«

»Es ging um berufliche Belange.«

»Tja, wenn ihr jetzt so dicke Freunde seid, ruf ihn
doch mal an und frag ihn, ob er geruht, uns mitzuteilen, wann er kommt.«

»Muss das denn sein?«

»Für dich überhaupt nicht, aber die Arbeit habe ich:
Ich bin es, die sich um alles kümmern muss, und ich
wüsste gern rechtzeitig Bescheid.«

Er rief ihn nicht an. Ich sagte mir: ›Na gut, warten
wir eben, Nino hat den Mädchen versprochen, dass
er wiederkommt, ich glaube nicht, dass er sie enttäuschen wird.‹ Und so war es auch. Mit einer Woche Ver-
spätung rief er eines Abends an. Ich ging ans Telefon,
das schien ihn verlegen zu machen. Nach einigen allgemeinen Bemerkungen erkundigte er sich: »Ist Pietro
nicht da?« Nun wurde ich verlegen, ich reichte ihn weiter. Sie unterhielten sich lange, zunehmend schlechtgelaunt hörte ich, dass mein Mann ungewohnte Töne anschlug: die Stimme zu laut, Ausrufe, Lachen. Erst jetzt
wurde mir klar, dass die Freundschaft mit Nino ihm
Sicherheit gab, er fühlte sich weniger isoliert, vergaß

seine Sorgen, arbeitete mit größerer Freude. Ich zog mich in mein Zimmer zurück, wo Dede las und Elsa spielte, beide in Erwartung des Abendessens. Doch auch hier hörte ich seine ungewohnte Stimme, er klang wie betrunken. Dann verstummte er, ich hörte seine Schritte in der Wohnung. Er schaute zu uns herein und sagte fröhlich zu den Mädchen:

»Kinder, morgen Abend gehen wir mit Onkel Nino Pfannkuchen essen.«

Dede und Elsa stießen entzückte Schreie aus, ich fragte:

»Was macht er, übernachtet er hier?«

»Nein«, antwortete er. »Er ist mit Frau und Kind da, sie wohnen im Hotel.«

103

Ich brauchte sehr lange, um den Sinn dieser Worte zu erfassen. Ich fuhr auf:

»Er hätte Bescheid sagen können.«

»Sie haben sich erst im letzten Augenblick entschieden.«

»Er ist ein Flegel.«

»Elena, wo ist das Problem?«

Nino war also mit seiner Frau gekommen, mir graute vor dieser Gegenüberstellung. Ich wusste nur zu gut, wie ich aussah, kannte die Grobschlächtigkeit meines Körpers, aber einen Großteil meines Lebens hatte ich ihr nur wenig Bedeutung beigemessen. Ich war mit jeweils nur einem Paar Schuhe aufgewachsen, mit von meiner Mutter genähten Kleidchen, mit Make-up nur zu seltenen Anlässen. Vor einiger Zeit hatte ich angefangen mich für Mode zu interessieren, unter Adeles Anleitung meinen Geschmack auszubilden, und nun gefiel es mir, mich zurechtzumachen. Aber manchmal – besonders wenn ich mich nicht nur zurechtgemacht hatte, um im Allgemeinen zu gefallen, sondern für einen Mann – schien es mir etwas Lächerliches zu haben, mich herzurichten (das war das richtige Wort). Dieser ganze Aufwand, diese ganze Zeit, um mich zu maskieren, während ich etwas anderes hätte tun können. Die Farben, die mich kleiden, die, die mich nicht kleiden, die Modelle, die mich schlanker machen, die, die mich dicker machen, ein Schnitt, der vorteilhaft für mich ist, einer, der es nicht ist. Eine lange, kostspielige Vorbereitung. Die Reduzierung meiner Person auf eine gedeckte Tafel für den sexuellen Appetit des Mannes, auf ein gut gekochtes Gericht, damit ihm das Wasser im Mund zusammenläuft. Und dann die Angst, es nicht zu schaffen, nicht schön zu *erscheinen*, es nicht zustande gebracht zu haben, die Vulgarität des Fleisches mit seinen Säften, seinen Gerüchen und seinen Unförmigkeiten geschickt zu verbergen. Trotzdem hatte ich es getan. Und ich hatte es auch für Nino getan, vor kurzem. Ich hatte ihm zeigen wollen, dass ich eine andere geworden war, dass ich mir eine eigene Feinheit erschlossen hatte, dass ich nicht mehr das kleine Mädchen auf Lilas Hochzeitsfest war, das Schulmädchen auf der Party bei den Kindern der Galiani und auch nicht die ahnungslose Autorin eines einzigen Buches, die ich wohl in Mailand für ihn gewesen war. Aber jetzt war es genug. Er hatte seine Frau mitgebracht, und ich war wütend, für mich war das eine Gemeinheit. Es war mir zuwider, mit einer anderen Frau in Schönheitskonkurrenz zu treten, und dann auch noch vor den Augen eines Mannes, und ich litt bei dem Gedanken, mich mit der hübschen Frau, die ich auf dem Foto gesehen hatte, am selben Ort aufhalten zu müssen, ich bekam Bauchschmerzen. Sie würde mich taxieren, würde mich bis ins Kleinste mustern, mit der Arroganz einer Signorina aus der Via Tasso, die von Geburt an in der Verwaltung ihres Körpers geschult worden war. Und dann, am späten Abend unter vier Augen mit ihrem Mann, würde sie mit grausamer Klarheit meine Mängel aufzählen.

Ich konnte mich stundenlang nicht entscheiden, am Ende beschloss ich, mir eine Ausrede einfallen zu lassen, mein Mann sollte allein mit den Kindern zu dem Essen gehen. Aber tags darauf konnte ich doch nicht widerstehen. Ich zog mich an, zog mich aus, entschied mich für eine Frisur, zerzauste sie wieder, setzte Pietro zu. In einem fort ging ich in sein Zimmer, mal mit dem einen Kleid, mal mit einem anderen, mal auf diese Art frisiert, mal auf jene, und fragte ihn aufs Äußerste gespannt: »Wie findest du das?« Er warf mir einen zerstreuten Blick zu, sagte: »Du siehst gut aus.« Ich antwortete: »Und wenn ich das blaue Kleid anziehe?« Er stimmte zu. Ich zog das blaue Kleid an, aber es gefiel mir nicht, es war an den Hüften zu eng. Ich ging wieder zu ihm, sagte: »Es kneift.« Pietro sagte geduldig: »Ja, das Grüne mit den Blümchen steht dir besser.« Doch ich wollte nicht, dass das Grüne mit den Blümchen mir einfach nur besser stand, ich wollte, dass es mir ausgezeichnet stand und dass meine Ohrringe mir ausgezeichnet standen, ebenso wie meine Frisur und meine Schuhe. Kurz, Pietro war nicht in der Lage, mir Selbstvertrauen zu geben, er schaute mich an, ohne mich zu sehen. Und ich fühlte mich immer missratener, zu viel Busen, zu viel Hintern, breite Hüften und dazu diese mattblonden Haare, diese große Nase. Ich hatte die Gestalt meiner Mutter, einen plumpen Körper, es fehlte bloß noch, dass sich der Ischias plötzlich wieder meldete und ich zu hinken begann. Ninos Frau war dagegen sehr jung, schön, reich und garantiert so weltgewandt, wie ich es nie gelernt hatte. Daher kam ich unzählige Male auf meinen ursprünglichen Entschluss zurück: ›Ich gehe nicht mit, ich schicke Pietro mit den Mädchen los und lasse ausrichten, dass ich mich nicht wohlfühle.‹ Aber ich ging doch mit. Ich zog eine weiße Bluse und einen fröhlich geblümten Rock an, legte als einzigen Schmuck das alte Armband meiner Mutter an und steckte den Text, den ich geschrieben hatte, in meine Handtasche. Ich sagte mir: ›Scheiß auf Ninos Frau, auf ihn, auf alle.‹

104

Wegen meiner Zauderei kamen wir zu spät in die Trattoria. Familie Sarratore saß schon am Tisch. Nino stellte uns seiner Frau Eleonora vor, und meine Laune schlug um. Doch, doch, sie hatte ein hübsches Gesicht und wunderschöne schwarze Haare, genau wie auf dem Foto. Aber sie war kleiner als ich, und ich war ja nicht groß. Und sie hatte keinen Busen, obwohl sie pummelig war. Und sie trug ein knallrotes Kleid, das ihr überhaupt nicht stand. Und sie war mit Schmuck behangen. Und mit den ersten Worten, die sie sagte, offenbarte sie eine schrille Stimme und den Akzent einer Neapolitanerin, die in einem Haus mit Glasfront zum Golf von Canastaspielerinnen erzogen worden war. Aber vor allem bewies sie im Laufe des Abends, dass sie ungebildet war, obwohl sie Jura studierte, und gern schlecht über alles und jeden redete, mit der Miene eines Menschen, der glaubt, gegen den Strom zu schwimmen, und stolz darauf ist. Kurz, sie war reich, launisch, gewöhnlich. Ihre angenehmen Züge verzerrten sich ständig zu einer Miene des Überdrusses, gefolgt von einem nervösen Kichern, hi, hi, hi, das ihre Rede und sogar die einzelnen Sätze zerhackte. Sie regte sich über Florenz auf – *was hat diese Stadt denn Neapel schon voraus?* –, über die Trattoria – *miserabel* –, über den Besitzer – *keine Manieren* –, über alles, was Pietro sagte – *so ein Unsinn* –, über die Mädchen – *mein Gott, redet ihr viel, haltet doch bitte mal den Mund* – und natürlich über mich – *du hast in Pisa studiert, aber warum denn, Geis-teswissenschaften sind doch in Neapel viel besser, nie gehört von deinem Roman, wann ist der erschienen, vor acht Jahren war ich vierzehn.* Nur zu ihrem Sohn und zu Nino war sie immer zärtlich. Albertino war sehr hübsch, rund und offenbar glücklich, Eleonora lobte ihn in einem fort. Ebenso wie ihren Mann, keiner war besser als er. Sie stimmte jedem seiner Worte zu, berührte ihn, umarmte ihn, küsste ihn. Was hatte dieses Püppchen mit Lila gemein? Oder mit Silvia? Nichts. Warum hatte Nino sie geheiratet?

Ich beobachtete ihn den ganzen Abend. Er war freundlich zu ihr, ließ sich umarmen und küssen, lächelte ihr zärtlich zu, während sie unhöfliche Dummheiten von sich gab, und spielte zerstreut mit dem Kleinen. Aber sein Verhalten zu meinen Töchtern, denen er sehr viel Aufmerksamkeit schenkte, änderte er nicht, er setzte fröhlich seine Diskussion mit Pietro fort, und sogar an mich richtete er ein paar Worte. Seine Frau – so wollte ich glauben – beanspruchte ihn nicht völlig. Eleonora war eines der vielen Mosaiksteinchen seines bewegten Lebens, hatte aber keinerlei Einfluss auf ihn, Nino ging seinen Weg, ohne ihr groß Bedeutung beizumessen. Darum fühlte ich mich zunehmend wohler, besonders, als er einige Sekunden mein Handgelenk hielt und es beinahe streichelte, womit er mir zu verstehen gab, dass er mein Armband wiedererkannt hatte; besonders, als er meinen Mann mit der Frage aufzog, ob er mir ein bisschen mehr Zeit für mich gelassen habe, und besonders, als er mich gleich darauf fragte, ob ich mit meiner Arbeit vorangekommen sei.

»Ich habe eine erste Fassung fertig«, sagte ich.

Nino wandte sich ernst an Pietro:

»Hast du sie gelesen?«

»Elena lässt mich nichts lesen.«

»Das willst du doch auch gar nicht«, entgegnete ich, aber ohne Groll, als wäre das ein Spiel zwischen uns.

Da mischte sich Eleonora ein, sie wollte nicht abseitsstehen:

»Und was für Zeug schreibst du so?« Doch als ich antworten wollte, war sie mit ihren Gedanken schon wieder woanders, sie fragte mich fröhlich: »Kommst du morgen mit zu einem Schaufensterbummel, wenn Nino arbeitet?«

Ich lächelte mit gespielter Herzlichkeit. Ich sagte zu, und sie begann minutiös aufzuzählen, was sie alles kaufen wollte. Erst als wir die Trattoria verließen, konnte ich Nino beiseitenehmen und ihm zuflüstern:

»Hast du Lust, einen Blick auf meinen Text zu werfen?«

Er sah mich ehrlich erstaunt an:

»Du würdest ihn mir wirklich zu lesen geben?«

»Wenn es dich nicht langweilt, ja.«

Verstohlen und mit Herzklopfen gab ich ihm mein Manuskript, als wollte ich nicht, dass Pietro, Eleonora und die Mädchen es bemerkten.

105

Ich tat kein Auge zu. Am Morgen dachte ich resigniert daran, dass ich zu der Verabredung mit Eleonora musste, um zehn wollten wir uns vor dem Hotel treffen. ›Mach bloß nicht den Fehler‹ – befahl ich mir – ›sie zu fragen, ob ihr Mann schon angefangen hat deinen Text zu lesen. Nino hat zu tun, er wird eine Weile brauchen; du darfst nicht daran denken, es wird mindestens eine Woche dauern.‹

Stattdessen klingelte um Punkt neun, als ich das Haus verlassen wollte, das Telefon, er war dran.

»Entschuldige«, sagte er, »ich will gerade zur Bibliothek und kann dich sonst vor heute Abend nicht anrufen. Störe ich dich auch nicht?«

»Überhaupt nicht.«

»Ich hab's gelesen.«

»Schon?«

»Ja, und es ist eine ausgezeichnete Arbeit. Du hast ein großes Forschungstalent, eine bewundernswerte Strenge und einen verblüffenden Einfallsreichtum. Aber am meisten beneide ich dich um deine erzählerischen Fähigkeiten. Du hast einen schwer definierbaren Text geschrieben, ich weiß nicht, ob das ein Essay oder eine Erzählung ist. Aber er ist außergewöhnlich.«

»Ist das ein Nachteil?«

»Was?«

»Dass man ihn nicht einordnen kann.«

»Ach was, das ist einer seiner Vorzüge.«

»Dann sollte ich ihn deiner Meinung nach so, wie er ist, veröffentlichen?«

»Unbedingt.«

»Danke.«

»Ich danke dir, jetzt muss ich los. Hab Geduld mit Eleonora, sie wirkt aggressiv, das ist aber bloß Schüchternheit. Morgen früh fahren wir zurück nach Neapel, aber nach den Wahlen melde ich mich, und dann können wir ja ein bisschen plaudern, wenn du willst.«

»Das würde mich sehr freuen. Möchtest du dann bei uns wohnen?«

»Störe ich auch ganz sicher nicht?«

»Nein, gar nicht.«

»Einverstanden.«

Er legte nicht auf, ich hörte seinen Atem.

»Elena.«

»Ja.«

»Lina hat uns damals beide getäuscht.«

Ein großes Unbehagen stieg in mir auf.

»Inwiefern?«

»Du hast ihr am Ende Fähigkeiten zugeschrieben, die nur deine waren.«

»Und du?«

»Ich war noch schlimmer. Was ich in dir gesehen hatte, glaubte ich dann dummerweise in ihr zu finden.«

Ich schwieg einige Sekunden. Warum hatte er das Bedürfnis gehabt, Lila ins Spiel zu bringen, mal eben so, am Telefon? Und vor allem, was wollte er mir sagen? Waren das nur Komplimente? Oder versuchte er, mir mitzuteilen, dass er mich in unserer Jugend begehrt hatte, dass er aber auf Ischia der einen schließlich das zuge-schrieben hatte, was die andere gewesen war?

»Komm bald wieder«, sagte ich.

106

Ich schlenderte mit Eleonora und den drei Kindern in einem Zustand so großen Wohlbefindens umher, dass ich nicht einmal dann Schmerz empfunden hätte, wenn sie mit einem Messer auf mich losgegangen wäre. Au-ßerdem stellte Ninos Frau angesichts meiner überaus freundlichen Euphorie alle Feindseligkeiten ein, lobte Dede und Elsa dafür, wie artig sie waren, und gestand, dass sie mich sehr bewunderte. Ihr Mann habe ihr alles über mich erzählt, von meinem Studium, von meinem Erfolg als Schriftstellerin. »Aber ich bin ein bisschen ei-fersüchtig«, räumte sie ein, »und das nicht, weil du so klug bist, sondern weil du ihn von klein auf kennst und ich nicht.« Sie wäre ihm auch gern schon als kleines Mädchen begegnet, hätte gern gewusst, wie er mit zehn Jahren gewesen war, wie mit vierzehn, wie seine Stim-me vor dem Stimmwechsel gewesen war, was für ein Lachen er gehabt hatte. »Zum Glück habe ich Alberti-no«, sagte sie. »Er ist ganz der Vater.«

Ich betrachtete den Jungen, konnte aber nichts von Nino an ihm entdecken, vielleicht würde sich das spä-ter zeigen. »Ich habe Ähnlichkeit mit Papa«, platzte

Dede stolz heraus, und Elsa ergänzte: »Und ich am meisten mit Mama.« Silvias Sohn Mirko fiel mir ein, der Nino aufs Haar geglichen hatte. Was für eine Freude es in der Wohnung von Mariarosa für mich gewesen war, ihn auf dem Arm zu haben und zu beruhigen. Was hatte ich damals in diesem Kind gesucht, als ich noch weit davon entfernt war, selbst Mutter zu sein? Was hatte ich in Gennaro gesucht, als ich noch nicht wusste, dass Stefano sein Vater war? Was suchte ich in Albertino, jetzt, da ich die Mutter von Dede und Elsa war, und warum musterte ich ihn so aufmerksam? Ich hielt es für ausgeschlossen, dass Nino sich dann und wann an Mirko erinnerte. Und soweit ich wusste, hatte er sich auch nie für Gennaro interessiert. Ach, dieses achtlose Besamen durch von der Lust betäubte Männer. Von ihrem Orgasmus überwältigt, befruchten sie uns, schauen kurz bei uns herein und ziehen sich zurück, wobei sie uns, im Fleisch verborgen, wie aus Versehen ihr Phantom hinterlassen. War Albertino ein gewolltes, ein bewusst gezeugtes Kind? Oder wurde auch er im Arm dieser Frau und Mutter gehalten, ohne dass Nino das Gefühl hatte, etwas damit zu tun zu haben? Ich riss mich aus meinen Gedanken, sagte Eleonora, ihr Sohn sei seinem Vater wie aus dem Gesicht geschnitten, und freute mich über diese Lüge. Dann erzählte ich ihr in allen Einzelheiten mit Zuneigung, mit Zärtlichkeit, von Nino in der Grundschulzeit, von den von Maestra Oliviero und dem Direktor veranstalteten Lernwettbewerben, von der Gymnasialzeit, von Professoressa Galiani und von den Ferien auf Ischia, die wir zusammen mit weiteren Freunden verbracht hatten. Hier brach ich ab, obwohl sie wie ein Kind unablässig fragte: »Und dann?«

Wir redeten und redeten, ich wurde ihr immer sympathischer, sie hatte mich gern. Wenn wir in ein Geschäft gingen und mir etwas gefiel, ich es anprobierte, dann aber zurückgab, entdeckte ich beim Hinausgehen, dass Eleonora es gekauft hatte, um mir ein Geschenk zu machen. Auch Dede und Elsa kaufte sie Kleider. Im Restaurant bezahlte ebenfalls sie. Und sie bezahlte das Taxi, mit dem sie mich und die Mädchen nach Hause brachte, bevor sie sich, mit Einkaufstüten beladen, selbst ins Hotel fahren ließ. Wir verabschiedeten uns. Sowohl ich als auch die Mädchen winkten, bis das Auto um die Ecke bog. ›Sie ist ein anderes Mosaiksteinchen meiner Heimatstadt‹, dachte ich. Weit entfernt von meinen Erfahrungen. Sie ging mit Geld um, als hätte es keinerlei Wert. Ich schloss aus, dass es Ninos Geld war. Ihr Vater war Anwalt, ihr Großvater auch, ihre Mutter stammte aus einer Bankiersfamilie. Ich fragte mich, was ihren bürgerlichen Reichtum von dem der Solaras unterschied. Überlegte, wie viele verborgene Wege das Geld ging, bevor es zu hohen Gehältern und üppigen Honoraren wurde. Ich erinnerte mich an die Jungen im Rione, die sich ihren Lebensunterhalt damit verdienten, dass sie Schmuggelware entluden, Bäume in den Parks abholzten und auf Baustellen arbeiteten. Ich dachte an Antonio, an Pasquale, an Enzo, von klein auf kratzten sie ein paar Lire zusammen, um zu überleben. Ingenieure, Architekten,

Anwälte und auch Banken waren etwas anderes, aber ihr Geld kam, selbst wenn es durch tausend Filter ging, aus denselben krummen Geschäften, aus derselben Verunstaltung der Landschaft, und einige Münzen hatten sich sogar in ein Trinkgeld für meinen Vater verwandelt und dazu beigetragen, dass ich studieren konnte. Wo also war die Grenze, an der aus schlechtem Geld gutes wurde und umgekehrt? Wie sauber war das Geld, das Eleonora in der Hitze dieses Tages in Florenz leichthin ausgegeben hatte; und worin unterschieden sich die Schecks, mit denen die Geschenke gekauft worden waren, die ich nun nach Hause brachte, von den Schecks, mit denen Michele Lilas Arbeit bezahlte? Die Kinder und ich stolzierten den ganzen Nachmittag mit den geschenkten Kleidern vor dem Spiegel auf und ab. Es waren hochwertige, farbenfrohe Sachen. Darunter ein blassrotes Kleid im Stil der vierziger Jahre, das mir ausgesprochen gut stand, und es hätte mir gefallen, wenn Nino mich darin gesehen hätte.

Aber die ganze Familie Sarratore fuhr zurück nach Neapel, ohne dass wir die Gelegenheit hatten, uns noch einmal zu sehen. Wider Erwarten blieb die Zeit nicht stehen, ja sie begann sogar leicht dahinzufließen. Nino würde wiederkommen, so viel stand fest. Und er würde mit mir über meinen Text reden. Um unnötige Spannungen zu vermeiden, legte ich eine Kopie davon auf Pietros Schreibtisch. Dann rief ich mit der angenehmen Gewissheit, gut gearbeitet zu haben, Mariarosa an und sagte ihr, dass es mir gelungen sei, ein System in das Gekritzel zu bringen, von dem ich ihr erzählt hatte. Sie wollte, dass ich ihr den Text sofort zusandte. Einige Tage später rief sie mich begeistert an und fragte, ob sie ihn ins Französische übersetzen und einer Freundin in Nanterre schicken dürfe, die einen kleinen Verlag habe. Ich willigte hocherfreut ein, aber das war noch nicht alles. Nach wenigen Stunden meldete sich meine Schwiegermutter mit einer gespielt beleidigten Stimme.

»Wie kommt es, dass du die Sachen, die du schreibst, jetzt Mariarosa zu lesen gibst und nicht mir?«

»Ich fürchte, dass sie dich nicht interessieren. Es sind nur siebzig Seiten, kein Roman, ich weiß selbst nicht, was das ist.«

»Wenn du nicht weißt, was du geschrieben hast, heißt das, du hast gut gearbeitet. Und überlass auf jeden Fall mir die Entscheidung, ob mich das interessiert oder nicht.«

Ich schickte auch ihr eine Kopie. Ich tat es nahezu unbekümmert. Und ich tat es an dem Tag, als Nino mich gegen Mittag überraschend vom Bahnhof aus anrief, er war gerade in Florenz angekommen.

»In einer halben Stunde bin ich bei dir, ich stelle mein Gepäck ab und gehe dann in die Bibliothek.«

»Willst du nichts essen?«, fragte ich wie selbstverständlich. Ich fand es – am Ende eines langen Weges – normal, dass er bei mir übernachtete, dass ich für ihn kochte, während er in meinem Bad duschte, dass wir zusammen aßen, ich, er und die Kinder, während Pietro in der Universität Examen abnahm.

107

Nino blieb ganze zehn Tage. Nichts von dem, was in dieser Zeit geschah, hatte mit meiner Verführungssucht Jahre zuvor zu tun. Ich alberte nicht mit ihm herum, sprach nicht mit piepsiger Stimme, bestürmte ihn nicht mit allen nur möglichen Liebenswürdigkeiten, spielte nicht die befreite Frau nach dem Vorbild meiner Schwägerin, probierte es nicht mit neckischen Anspielungen, suchte nicht seinen seelenvollen Blick, legte es nicht darauf an, am Tisch oder auf dem Sofa vor dem Fernseher neben ihm zu sitzen, lief nicht halbnackt in der Wohnung herum, versuchte nicht, allein mit ihm zu sein, berührte seinen Ellbogen nicht mit meinem Ellbogen, seinen Arm nicht mit meinem Arm oder mit meiner Brust, sein Bein nicht mit meinem Bein. Ich war schüchtern, brav, einsilbig und sorgte nur dafür, dass er gut zu essen hatte, die Mädchen ihn nicht störten und er sich wohlfühlte. Das war keine bewusste Entscheidung, ich hätte mich gar nicht anders verhalten können. Er blödelte viel mit Pietro herum, auch mit Dede, mit Elsa, aber sobald er mit mir sprach, wurde er ernst und schien seine Worte abzuwägen, als gäbe es keine alte Freundschaft zwischen uns. Und mir ging es genauso. Ich war überglücklich, ihn im Haus zu haben, hatte aber trotzdem nicht das geringste Bedürfnis nach vertraulichen Tönen oder Gesten, im Gegenteil, es gefiel mir, am Rand zu stehen und jede Nähe zwischen uns zu vermeiden. Ich fühlte mich wie ein Regentropfen auf einem Spinnennetz, und ich achtete darauf, nicht abzuperlen.

Wir hatten nur ein einziges langes Gespräch, und das drehte sich ganz um meinen Text. Gleich nach seiner Ankunft sprach er mit mir darüber, mit Präzision und Scharfsinn. Die Geschichte von Ish und Ishah hatte ihn sehr beeindruckt, er fragte nach: »Für dich ist die Frau in der biblischen Erzählung nicht anders als der Mann, sie ist der Mann selbst?« »Ja«, sagte ich. »Eva kann nichts, weiß nichts und hat keine Materie, um außerhalb von Adam Eva zu sein. *Ihr* Gut und *ihr* Böse sind Adams Gut und Adams Böse. Eva ist ein weiblicher Adam. Und das göttliche Werk ist so gut gelungen, dass sie selbst, für sich, nicht weiß, wer sie ist, sie hat keine festen Konturen, besitzt keine eigene Sprache, hat keinen eigenen Geist, keine eigene Logik, mir nichts, dir nichts verformt sie sich.« »Ein schrecklicher Zustand«, kommentierte Nino, und nervös betrachtete ich ihn aus den Augenwinkeln, um zu sehen, ob er sich über mich lustig machte. Nein, das tat er nicht. Er lobte mich sogar sehr und ohne jede Ironie, erwähnte einige mir unbekannte Bücher zu verwandten Themen und bekräftigte erneut, dass er meine Arbeit bereits für druckreif hielt. Ich hörte zu, ohne mich erfreut zu zeigen, und sagte am Ende nur: »Mariarosa hat der Text auch gefallen.« Daraufhin erkundigte er sich nach meiner Schwägerin, würdigte sie sowohl als Gelehrte als auch wegen ihrer hingebungsvollen Sorge für Franco und machte sich auf zur Bibliothek.

In der übrigen Zeit verließ er das Haus jeden Morgen mit Pietro und kam jeden Abend nach ihm zurück. Nur selten gingen wir alle zusammen aus. So war er einmal mit uns im Kino, in einem eigens für die Mädchen ausgesuchten lustigen Film. Nino setzte sich neben Pietro und ich mich zwischen meine Töchter. Als mir auffiel, dass ich laut lachte, sobald er lachte, verstummte ich. In der Pause machte ich ihm sanfte Vorwürfe, weil er für Dede, für Elsa und natürlich auch für uns Erwachsene Eis kaufte. »Für mich nicht«, sagte ich, »danke.« Er flachste ein bisschen herum, sagte, das Eis schmecke gut, ich wisse nicht, was mir entgehe, und bot mir an, es zu kosten, ich kostete es. Kleinigkeiten, alles in allem. Eines Nachmittags gingen wir zusammen spazieren, er, ich, Dede und Elsa. Wir redeten kaum, Nino hörte vor allem den Mädchen zu. Aber dieser Spaziergang prägte sich mir tief ein, ich könnte noch jede Straße nennen, jede Ecke, jede Stelle, an der wir anhielten. Es war heiß, die Stadt voller Menschen. In einem fort grüßte er Passanten, ständig rief ihn irgendwer beim Namen, und ich wurde mit übertriebenem Lob diesem und jenem vorgestellt. Mich beeindruckte, wie bekannt er war. Ein Mann, ein namhafter Historiker, gratulierte uns zu den Mädchen, als wären sie unsere Töchter. Mehr geschah nicht, abgesehen von einer plötzlichen, unerklärlichen Veränderung in der Beziehung zwischen ihm und Pietro.

108

Alles begann eines Abends beim Essen. Pietro erzählte ihm voller Bewunderung von einem damals recht angesehenen Professor aus Neapel, und Nino sagte: »Darauf hätte ich wetten können, dass dir dieses Arschloch gefällt.« Mein Mann wurde unsicher, lächelte irritiert, aber Nino setzte noch eins drauf, indem er ihn damit aufzog, wie leicht er sich vom Schein trügen ließ. Schon am nächsten Morgen beim Frühstück gab es einen weiteren kleinen Zwischenfall. Ich weiß nicht mehr, in welchem Zusammenhang, aber Nino kam auf meine frühere Auseinandersetzung mit dem Religionslehrer über den Heiligen Geist zu sprechen. Pietro, der diese Episode nicht kannte, fragte nach, und Nino, der sich dabei nicht an ihn, sondern an die Mädchen wandte, begann sofort zu erzählen, als handelte es sich um wer weiß was für eine Heldentat ihrer damals noch kindlichen Mutter.

Mein Mann sagte anerkennend zu mir: »Du warst sehr mutig.« Doch dann erklärte er Dede in dem Ton, den er anschlug, wenn im Fernsehen Blödsinn erzählt wurde und er sich verpflichtet fühlte, seiner Tochter zu erläutern, wie sich die Dinge wirklich verhielten, was die zwölf Apostel am Pfingstmorgen erlebt hatten: ein Brausen wie das eines gewaltigen Windes, Zungen wie von Feuer, die Gabe, von allen verstanden zu werden, egal in welcher Sprache. Schließlich wandte er sich an mich und an Nino, erzählte uns leidenschaftlich von der *virtus*, die die Jünger durchdrungen habe, zitierte den Propheten Joel: *da will ich ausgießen von meinem Geist auf alles Fleisch*, und sagte, der Heilige Geist sei ein unentbehrliches Symbol, um wiederzugeben, wie die Scharen einen Weg finden, sich auseinanderzusetzen und sich in Gemeinschaften zu organisieren. Nino ließ ihn reden, aber mit zunehmend spöttischer Miene. Am Ende platzte er heraus: »Ich hätte schwören können, dass ein Pfaffe in dir steckt!« Und amüsiert zu mir: »Bist du seine Frau oder seine Haushälterin?« Pietro wurde rot, kam durcheinander. Diese Themen waren ihm seit jeher wichtig, ich merkte, dass er missmutig wurde. Er brummte: »Entschuldigt, ich stehle euch die Zeit, gehen wir arbeiten.«

Solche Szenen wiederholten sich immer öfter und ohne erkennbaren Grund. Während die Beziehung zwischen mir und Nino unverändert blieb – wir wahrten aufmerksam den Anstand, waren höflich und distanziert –, brachen zwischen ihm und Pietro die Dämme. Beim Frühstück wie beim Abendessen wandte sich der Gast mit einem Crescendo höhnischer Sätze am Rande der Beleidigung an den Gastgeber, mit Bemerkungen, die kränkten, aber auf eine freundschaftliche Art und mit einem Lächeln auf den Lippen, so dass man nicht protestieren konnte, ohne als Mimose zu gelten. Solche Töne kannte ich, im Rione wurden sie oft von den Aufgewecktesten angeschlagen, um die Langsamsten gefügig zu machen und sie, die Sprachlosen, vorzuführen. Pietro war in erster Linie verblüfft. Er verstand sich gut mit Nino, schätzte ihn, und deshalb wehrte er sich nicht, schüttelte mit einer gespielt amüsierten Miene den Kopf, schien sich manchmal zu fragen, was er falsch gemacht hatte, und wartete darauf, dass man zum guten, alten, herzlichen Ton zurückfand. Aber Nino hörte einfach nicht auf. Er wandte sich an mich, an die Mädchen und trieb das Ganze auf die Spitze, um unseren Beifall zu erheischen. Die Mädchen stimmten ihm belustigt zu, und ein bisschen auch ich. Doch gleichzeitig dachte ich: ›Warum tut er das? Wenn Pietro ihm das übelnimmt, geht diese Freundschaft in die Brüche.‹ Aber Pietro nahm es ihm nicht übel, er verstand es einfach nicht, und mit jedem Tag plagten ihn seine Neurosen wieder mehr. Sein Gesicht wurde wieder müde, die Zermürbung jener Jahre zeigte sich wieder in seinen unruhigen Augen und in den Falten auf seiner Stirn. ›Ich muss was unternehmen‹, dachte ich. ›Und zwar so schnell wie möglich.‹ Doch ich unternahm nichts, stattdessen hatte ich Mühe, die Erregung zu verdrängen – ja, vielleicht war es keine Bewunderung, sondern Erregung –, die mich erfasste, als ich sah, als ich hörte, wie ein Airota, ein hochgelehrter Airota, ins Hintertreffen geriet, sich verhaspelte und mit lahmen Bemerkungen auf die schnellen, brillanten und auch grausamen Attacken Nino Sarratores antwortete, meines Schulkameraden, meines Freundes, der wie ich im Rione geboren war.

109

Wenige Tage bevor Nino nach Neapel zurückkehrte, gab es zwei besonders unangenehme Zwischenfälle. Eines Nachmittags rief mich Adele an, die ebenfalls sehr zufrieden mit meiner Arbeit war. Sie bat mich, den Text sofort an den Verlag zu schicken, man könne ein kleines Buch daraus machen, das parallel zu der Ausgabe in Frankreich erscheinen würde oder, falls die Zeit nicht reiche, kurz danach. Das erzählte ich eher zurückhaltend beim Abendessen, und Nino gratulierte mir vielmals, er sagte zu den Mädchen:

»Ihr habt eine außergewöhnliche Mutter.« Dann wandte er sich an Pietro: »Hast du es gelesen?«

»Ich hatte keine Zeit.«

»Besser, du liest es nicht.«

»Warum?«

»Das ist nichts für dich.«

»Was soll das heißen?«

»Es ist zu intelligent.«

»Wie meinst du das?«

»Dass du nicht so intelligent bist wie Elena.«

Und er lachte. Pietro schwieg, Nino bedrängte ihn:

»Bist du jetzt beleidigt?«

Er wollte, dass er sich wehrte, um ihn dann noch mehr zu beschämen. Aber Pietro stand vom Tisch auf, er sagte:

»Entschuldigt, ich habe zu tun.«

Ich sagte leise:

»Iss doch zu Ende.«

Er antwortete nicht. Wir saßen im Wohnzimmer, der Raum war groß. Für einige Augenblicke sah es wirklich so aus, als wollte er ihn durchqueren und sich in sein Arbeitszimmer zurückziehen. Doch dann vollführte er eine halbe Drehung, setzte sich aufs Sofa und schaltete den Fernseher ein, den er sehr laut stellte. Die Stimmung war unerträglich. Innerhalb weniger Tage war alles kompliziert geworden. Ich war sehr unglücklich.

»Machst du ein bisschen leiser?«, bat ich ihn.

Er antwortete einfach:

»Nein.«

Nino lachte auf, beendete seine Mahlzeit und half mir beim Abräumen. In der Küche sagte ich zu ihm:

»Nimm's ihm nicht übel, er arbeitet viel und schläft wenig.«

Wütend fuhr er auf:

»Wie kannst du den bloß ertragen?«

Unruhig schaute ich zur Tür, zum Glück war die Lautstärke des Fernsehers unverändert hoch.

»Ich liebe ihn«, antwortete ich. Und da er mir unbedingt beim Geschirrspülen helfen wollte, fügte ich hinzu: »Bitte geh, du bist mir nur im Weg.«

Der zweite Zwischenfall war noch hässlicher, und entscheidend. Ich wusste nicht mehr, was ich eigentlich wollte: Nunmehr wünschte ich mir, dass diese Zeit schnell vorüberging, ich wollte in den Familienalltag zurückkehren und mich um mein Büchlein kümmern. Aber gleichzeitig gefiel es mir, morgens in Ninos Zimmer zu gehen, Ordnung in die Unordnung zu bringen, die er hinterließ, sein Bett zu machen und mit der Vorstellung zu kochen, dass er am Abend mit uns essen würde. Es quälte mich, dass das alles fast vorüber war. Nachmittags hatte ich manchmal das Gefühl, verrückt zu werden. Die Wohnung kam mir trotz der Mädchen leer vor, ich selbst war auch im Leerlauf, was ich geschrieben hatte, interessierte mich nicht mehr, ich fand es oberflächlich, und ich verlor das Vertrauen in die Begeisterung Mariarosas, Adeles, des französischen Verlags und auch des italienischen. Ich dachte: ›Wenn Nino geht, hat nichts mehr einen Sinn.‹

In diesem Zustand war ich – mit einem unerträglichen Verlustgefühl entglitt mir das Leben –, als Pietro einmal besonders bedrückt aus der Universität nach Hause kam. Wir warteten mit dem Abendessen auf ihn, Nino war eine halbe Stunde zuvor gekommen und sofort von den Mädchen in Beschlag genommen worden. Ich fragte Pietro freundlich:

»Ist was passiert?«

Er platzte heraus:

»Bring mir nie wieder Leute aus deiner Gegend ins Haus!«

Ich erstarrte, glaubte, er meine Nino. Und auch Nino, der mit Dede und Elsa im Schlepptau aufgetaucht war, dachte wohl dasselbe, denn er schaute ihn mit einem herausfordernden Grinsen an, als wartete er nur auf einen Krach. Doch Pietro meinte etwas anderes. In dem verächtlichen Ton, den er so gut beherrschte, wenn er davon überzeugt war, dass grundlegende Prinzipien auf dem Spiel standen, und er sich berufen fühlte, sie zu verteidigen, sagte er:

»Heute waren die zwei Polizisten wieder da und haben mir Namen genannt und Fotos gezeigt.«

Ich atmete erleichtert auf. Ich wusste, dass er, nachdem er seine Anzeige gegen den Studenten, der eine Waffe auf ihn gerichtet hatte, nicht hatte zurückziehen wollen, viel stärker unter den Besuchen der Polizei litt, die ihn wie einen Spitzel behandelte, als unter der Verachtung vieler junger Radikaler und nicht weniger Dozenten. Als ich merkte, dass er deswegen so schlecht gelaunt war, unterbrach ich ihn ärgerlich:

»Selbst schuld. Du hättest keine Anzeige erstatten dürfen, ich hab's dir ja gesagt. Jetzt wirst du die nicht mehr los.«

Nino mischte sich ein, fragte Pietro spöttisch:

»Wen hast du denn angezeigt?«

Pietro würdigte ihn keines Blickes. Er war wütend auf mich, mit mir wollte er sich streiten. Er sagte:

»Ich habe damals getan, was getan werden musste, und ich hätte es auch heute tun müssen. Aber ich habe meinen Mund gehalten, weil du darin verwickelt bist.«

Da begriff ich, dass nicht die Polizisten das Problem waren, sondern das, was er von ihnen erfahren hatte. Ich fragte leise:

»Was habe ich damit zu tun?«

Seine Stimme wurde aufgebrachter:

»Sind Pasquale und Nadia etwa nicht deine Freunde?«

Ich wiederholte dumpf:

»Pasquale und Nadia?«

»Die Polizisten haben mir Fotos von Terroristen gezeigt, und darunter waren auch ihre.«

Ich reagierte nicht, ich war sprachlos. Was ich mir vorgestellt hatte, stimmte also wirklich, Pietro bestätigte es mir gerade. Für einige Sekunden kehrten die Bilder von Pasquale wieder, der die Pistole auf Gino abfeuerte und Filippo in die Beine schoss, während Nadia – Nadia, nicht Lila – die Treppe hochlief, an Brunos Tür klopfte, eintrat und ihm ins Gesicht schoss. Entsetzlich. Und doch schien mir Pietros Ton in dem Moment unangebracht zu sein, ganz als setzte er diese Mitteilung ein, um mich vor Nino in Schwierigkeiten zu bringen und eine Diskussion zu entfachen, auf die ich keine Lust hatte. Tatsächlich mischte Nino sich sofort wieder ein und zog ihn weiter auf:

»Dann bist du also ein Polizeispitzel? So was machst du? Du denunzierst Genossen? Weiß dein Vater davon? Und deine Mutter? Und deine Schwester?«

Ich sagte matt: »Kommt, wir essen.« Fügte aber an Nino gewandt sofort freundlich abwiegelnd hinzu, auch um zu verhindern, dass er Pietro weiter reizte: »Hör schon auf, wieso denn ein Spitzel.« Dann erwähnte ich beiläufig, dass mich Pasquale Peluso vor einer Weile besucht habe, ich wisse nicht, ob er sich noch an ihn erinnere, einer aus dem Rione, ein anständiger Kerl, der, wie das Leben so spiele, eine Beziehung mit Nadia angefangen habe, und an sie erinnere er sich natürlich, die Tochter von Professoressa Galiani, genau die. An dieser Stelle brach ich ab, weil Nino bereits lachte. Er rief: »Nadia, du lieber Gott, Nadia!« Dann wandte er sich noch höhnischer wieder Pietro zu: »Nur du und ein paar blöde Polizisten könnt annehmen, dass Nadia Galiani beim bewaffneten Kampf mitmacht, was für ein Schwachsinn. Nadia, der anständigste und netteste Mensch, dem ich je begegnet bin, wie tief sind wir in Italien schon gesunken, lass uns was essen, na los, die Verteidigung der bestehenden Ordnung kann einen Moment ohne dich auskommen.« Er steuerte auf den Tisch zu und rief Dede und Elsa, ich begann aufzutun, davon überzeugt, dass Pietro sich gleich zu uns gesellen würde.

Aber das tat er nicht. Ich dachte, er sei sich die Hände waschen gegangen und er brauche einen Moment, um sich zu beruhigen, und setzte mich auf meinen Platz. Ich war aufgeregt, gern hätte ich einen schönen, ruhigen Abend gehabt, ein friedliches Ende dieses Besuchs. Doch Pietro ließ sich nicht blicken, die Mädchen aßen schon. Jetzt schien auch Nino verblüfft zu sein.

»Fang schon mal an«, sagte ich zu ihm, »sonst wird es kalt.«

»Nur, wenn du auch isst.«

Ich zögerte. Vielleicht sollte ich nachsehen, wie es meinem Mann ging, was er tat, ob er sich beruhigt hatte. Mir war aber nicht danach, sein Verhalten hatte mich geärgert. Warum hatte er diesen Auftritt der Polizisten nicht für sich behalten, für gewöhnlich tat er das doch mit allen seinen Angelegenheiten, er erzählte mir nie etwas. Warum hatte er in Ninos Beisein so mit mir gesprochen: *Bring mir nie wieder Leute aus deiner Gegend ins Haus.* Warum war es unbedingt nötig, diese Sache öffentlich zu machen, er hätte warten können, hätte sich später hinter der verschlossenen Schlafzimmertür Luft machen können. Er war sauer auf mich, das war der springende Punkt. Er wollte mir den Abend verderben, ihm war scheißegal, was ich tat und was ich wollte.

Ich begann zu essen. Wir aßen alle vier, den ersten Gang, den zweiten Gang und auch die Nachspeise, die ich zubereitet hatte. Pietro ließ sich nicht blicken. Da wurde ich wütend. Pietro wollte nicht essen? Gut, dann sollte er auch nicht essen, offenbar hatte er ja keinen Hunger. Er wollte für sich sein? Na wunderbar, die Wohnung war groß genug, ohne ihn würde es erst gar keine Spannungen geben. Jedenfalls wurde nun klar, dass das Problem nicht darin bestand, dass zwei Menschen, die nur einmal bei uns aufgetaucht waren, der Teilnahme am bewaffneten Kampf verdächtigt wurden. Das Problem bestand darin, dass er nicht schlagfertig genug war, dass er einem Duell unter Männern nicht gewachsen war, dass er darunter litt und sauer auf mich war. Aber was interessiert mich denn deine Beschränktheit. »Ich räume später ab«, sagte ich laut, als wollte ich mir einen Befehl geben und Ordnung in meine Verwirrung bringen. Dann schaltete ich den Fernseher ein und setzte mich zusammen mit Nino und den Mädchen aufs Sofa.

Es verging nervenaufreibend viel Zeit. Ich merkte, dass Nino sich nicht wohlfühlte und zugleich amüsiert war. »Ich hole Papa«, sagte Dede, die sich nun, da sie satt war, um Pietro sorgte. »Geh nur«, sagte ich. Sie kam auf Zehenspitzen zurück und flüsterte mir ins Ohr: »Er liegt im Bett und schläft.« Nino hörte es trotzdem und sagte:

»Ich fahre morgen ab.«

»Bist du fertig mit deiner Arbeit?«

»Nein.«

»Bleib doch noch.«

»Ich kann nicht.«

»Pietro ist ein anständiger Mann.«

»Du verteidigst ihn?«

Ihn gegen was verteidigen, gegen wen? Ich verstand das nicht und war kurz davor, mich auch über Nino aufzuregen.

110

Die Mädchen schliefen vor dem Fernseher ein, ich trug sie ins Bett. Als ich zurückkam, war Nino nicht mehr da, er hatte sich in sein Zimmer zurückgezogen. Niedergeschlagen räumte ich ab, spülte das Geschirr. Wie dumm von mir, ihn zu bitten, noch länger zu bleiben, es war besser, wenn er ging. Aber wie sollte ich andererseits diese Ödnis ohne ihn aushalten. Ich wünschte mir, dass er wenigstens mit dem Versprechen abreiste, irgendwann zurückzukommen. Ich wollte, dass er wieder bei mir zu Hause schlief, dass wir zusammen frühstückten und abends am selben Tisch aßen, dass er mit seinem amüsierten Ton über Gott und die Welt sprach, dass er mir zuhörte, wenn ich einen Gedanken formulieren wollte, dass er jeder meiner Bemerkungen Respekt entgegenbrachte, dass er mir gegenüber nie spöttisch oder sarkastisch wurde. Trotzdem musste ich einräumen, dass es seine Schuld war, dass sich die Situation so rapide verschlechtert hatte und ein Zusammensein unmöglich geworden war. Pietro hatte ihn ins Herz geschlossen. Er hatte ihn gern in seiner Nähe, und ihm lag viel an der Freundschaft, die sich zwischen ihnen entwickelt hatte. Warum hatte Nino das Bedürfnis gehabt, ihn zu verletzen, ihn zu beschämen, ihm seine Autorität zu nehmen? Ich schminkte mich ab, wusch mich, zog mein Nachthemd an. Ich verschloss die Wohnungstür, legte die Kette vor, drehte das Gas ab, ließ alle Rollos herunter, löschte überall das Licht. Ich schaute nach den Mädchen. Hoffte, dass Pietro nicht nur so tat, als schliefe er, dass er nicht auf mich wartete, um sich mit mir zu streiten. Ich warf einen Blick auf seinen Nachttisch, er hatte sein Beruhigungsmittel genommen, war fest eingeschlafen. Ich fand ihn rührend, küsste ihn auf die Wange. Was für ein unberechenbarer Mensch: hochintelligent und dumm, sensibel und abgestumpft, mutig und feige, überaus gebildet und unwissend, wohlerzogen und grob. Ein missratener Airota, der unterwegs steckengeblieben war. Hätte Nino, der so selbstsicher, so entschlossen war, ihn wieder in Gang bringen und ihm helfen können, besser zu werden? Erneut fragte ich mich, warum diese aufkeimende Freundschaft sich einseitig in Feindschaft verwandelt hatte. Und nun glaubte ich, zu verstehen. Nino hatte mir helfen wollen, meinen Mann so zu sehen, wie er wirklich war. Er war der Meinung, ich hätte ein idealisiertes Bild von ihm, dem ich mich sowohl gefühlsmäßig als auch intellektuell unterworfen hätte. Er hatte mir die Haltlosigkeit zeigen wollen, die hinter dem sehr jungen Lehrstuhlinhaber steckte, hinter dem Verfasser einer Diplomarbeit, aus der ein hochgeschätztes Buch geworden war, hinter dem Gelehrten, der seit langem an einer neuen Publikation saß, die sein Ansehen untermauern sollte. Es war, als hätte er mich in jenen Tagen unentwegt angeschrien: »Du lebst mit einem banalen Mann zusammen, du hast zwei Töchter von einem Versager!« Sein Plan war, mich zu befreien, indem er Pietro herabsetzte, mich wieder zu mir selbst zu bringen, indem er ihn vernichtete. Aber war ihm dabei bewusst gewesen, dass er sich mir zwangsläufig als alternatives männliches Modell angeboten hatte?

Diese Frage regte mich auf. Nino war voreilig gewesen. Er hatte Unruhe in einen Zustand gebracht, der für mich das einzige mögliche Gleichgewicht darstellte. Wozu Verwirrung stiften, ohne mich auch nur zu fragen? Wer hatte ihn darum gebeten, mir die Augen zu öffnen, mich zu retten? Woraus hatte er geschlossen, dass ich das brauchte? Glaubte er, mit meinem Eheleben, mit meiner Verantwortung als Mutter tun zu können, was ihm beliebte? Mit welchem Ziel? Worauf wollte er hinaus? ›Er ist hier derjenige‹, sagte ich mir, ›der sich Klarheit verschaffen muss. Ist ihm unsere Freundschaft denn egal? Es ist nicht mehr lange bis zu den Ferien. Ich fahre nach Viareggio, und er hat gesagt, dass er nach Capri will, ins Haus seiner Schwiegereltern. Müssen wir bis zum Ferienende warten, um uns wiederzusehen? Warum denn? Schon jetzt im Sommer wäre es möglich, dass unsere Familien sich häufiger träfen. Ich könnte Eleonora anrufen und sie, ihren Mann und das Kind für einige Tage zu uns nach Viareggio einladen. Und ich würde mich freuen, meinerseits mit Dede, Elsa und Pietro nach Capri eingeladen zu werden, wo ich noch nie gewesen bin. Doch selbst wenn es nicht dazu kommt, warum sollten wir uns nicht schreiben, nicht unsere Gedanken austauschen und uns nicht Bücher empfehlen oder über unsere Arbeitsprojekte reden?‹

Ich konnte mich nicht beruhigen. Nino hatte einen Fehler gemacht. Wenn ihm wirklich etwas an mir lag, musste er dafür sorgen, dass alles wieder so wie vorher werden würde. Er musste Pietros Sympathie und Freundschaft zurückgewinnen, mein Mann wünschte sich nichts sehnlicher. Glaubte Nino wirklich, mir etwas Gutes zu tun, indem er diese Spannungen provozierte? Nein, nein, ich musste mit ihm reden, musste ihm sagen, wie dumm es war, Pietro so zu behandeln. Vorsichtig stand ich wieder auf und verließ das Schlafzimmer. Ich ging barfuß über den Flur, klopfte an Ninos Tür. Wartete einen Moment, trat ein. Im Zimmer war es dunkel.

»Du hast dich also entschieden«, hörte ich ihn sagen.

Ich zuckte zusammen, fragte mich nicht *wofür ent-schieden*. Ich wusste nur, dass er recht hatte, ich hatte mich entschieden. Hastig zog ich mein Nachthemd aus und legte mich dicht neben ihn.

III

Gegen vier Uhr morgens kehrte ich in mein Bett zurück. Mein Mann fuhr auf, murmelte im Schlaf: »Was ist los?« Ich sagte fest: »Schlaf weiter«, und er beruhigte sich. Ich war wie betäubt. Obwohl ich glücklich darüber war, was geschehen war, konnte ich es beim besten Willen nicht *innerhalb* meiner Lebensverhältnisse wahrneh-men, *innerhalb* dessen, was ich in dieser Familie in Flo-renz war. Es kam mir so vor, als hätte sich zwischen mir und Nino alles im Rione abgespielt, während seine Eltern umgezogen waren und Melina vor Schmerz schrei-end Gegenstände aus dem Fenster geworfen hatte; oder auf Ischia, als wir Hand in Hand spazieren gegangen waren; oder an dem Abend in Mailand, nach unserer Begegnung in der Buchhandlung, als er mich gegen den scharfen Kritiker in Schutz genommen hatte. Daher fühlte ich mich für eine kurze Weile von aller Verantwortung befreit, vielleicht sogar unschuldig, so als hätte Lilas Freundin, Pietros Frau und die Mutter von Dede und Elsa nichts zu tun mit der kleinen-jungen-erwachsenen Elena, die Nino liebte und ihn sich endlich genommen hatte. Ich spürte seine Hände und seine Küsse noch im-

565

mer überall auf meinem Körper. Mein Begehren wollte sich nicht beruhigen, ich dachte: ›Der Morgen ist noch fern, was mache ich denn hier, ich gehe wieder zu ihm, noch einmal.‹

Dann schlummerte ich ein. Ich öffnete die Augen und fuhr auf, im Zimmer war es hell. Was hatte ich getan? Ausgerechnet hier, bei mir zu Hause, was für eine Dummheit. Gleich würde Pietro aufwachen. Gleich würden die Mädchen aufwachen. Ich musste das Frühstück vorbereiten. Nino würde sich von uns verabschieden, würde nach Neapel zu Frau und Kind zurückkehren. Ich würde wieder ich selbst werden.

Ich stand auf, duschte ausgiebig, föhnte mir die Haare, schminkte mich sorgfältig und zog ein schickes Kleid an, als wollte ich ausgehen. Ja, natürlich, Nino und ich hatten uns in der Nacht geschworen, dass wir uns nie wieder aus den Augen verlieren wollten, dass wir eine Möglichkeit finden würden, uns weiter zu lieben. Aber wie, und wann? Warum hätte er sich erneut um mich bemühen sollen? Alles, was zwischen uns geschehen konnte, war geschehen, der Rest war nur kompliziert. Genug jetzt, sorgfältig deckte ich den Frühstückstisch. Ich wollte, dass er ein schönes Bild von diesem Aufenthalt bewahrte, von der Wohnung, von den Alltagsgegenständen, von mir.

Pietro erschien zerzaust und im Schlafanzug.

»Wo musst du denn hin?«

»Nirgendwohin.«

Er starrte mich erstaunt an, es kam nie vor, dass ich

kurz nach dem Aufstehen schon so zurechtgemacht war.

»Du siehst sehr gut aus.«

»Nicht deinetwegen.«

Er ging zum Fenster, sah hinaus, brummte:

»Ich war sehr müde gestern Abend.«

»Und auch sehr unhöflich.«

»Ich werde ihn um Entschuldigung bitten.«

»Du solltest vor allem mich um Entschuldigung bitten.«

»Entschuldige.«

»Er fährt heute ab.«

Dede schaute herein, barfuß. Ich holte ihre Hausschuhe, weckte Elsa, die mich wie üblich noch mit geschlossenen Augen abküsste. Wie gut sie roch, wie weich sie war. ›Ja‹, sagte ich mir, ›es ist passiert. Zum Glück, es hätte auch nie passieren können. Aber jetzt brauche ich Disziplin. Ich muss Mariarosa anrufen, um mich wegen Frankreich zu erkundigen, mit Adele sprechen, zum Verlag fahren, um zu hören, was sie mit meinem Büchlein vorhaben, ob sie ernsthaft daran glauben oder ob sie nur meiner Schwiegermutter einen Gefallen tun wollen.‹ Ich hörte Geräusche im Flur. Es war Nino, die Zeichen seiner Anwesenheit überwältigten mich, er war da, noch für kurze Zeit. Ich löste mich aus der Umarmung meines Kindes, sagte: »Entschuldige, Elsa, Mama kommt gleich wieder«, und lief hinaus.

Nino war gerade verschlafen aus seinem Zimmer gekommen, ich schob ihn ins Bad, schloss die Tür. Wir küssten uns, wieder verlor ich jedes Gefühl für Raum und Zeit. Mich überraschte, wie sehr ich ihn begehrte, ich war gut darin, mir selbst Dinge zu verheimlichen. Wir umarmten uns mit einer Heftigkeit, die ich nicht kannte, unsere Körper prallten gegeneinander, als wollten sie sich zerschlagen. Und darin bestand auch die Lust: zu zerbrechen, zu verschmelzen, nicht mehr zu wissen, was mein und was sein war. Selbst wenn Pietro aufgetaucht wäre, selbst wenn die Mädchen gekommen wären, sie hätten uns nicht unterscheiden können. Ich flüsterte:

»Bleib noch.«

»Ich kann nicht.«

»Dann komm wieder, schwöre, dass du wiederkommst.«

»Ja.«

»Und ruf mich an.«

»Ja.«

»Sag, dass du mich nicht vergisst, sag, dass du mich nicht verlässt, sag, dass du mich liebst.«

»Ich liebe dich.«

»Sag es noch mal.«

»Ich liebe dich.«

»Schwöre, dass das keine Lüge ist.«

»Ich schwöre.«

Eine Stunde später verabschiedete er sich, obwohl Pietro in einem etwas mürrischen Ton darauf drängte, dass er noch blieb, und Dede in Tränen ausbrach. Mein Mann ging ins Bad, um sich zu waschen, und kam kurze Zeit später ausgehbereit zurück. Mit gesenktem Blick sagte er: »Den Polizisten habe ich nicht erzählt, dass Pasquale und Nadia bei uns waren. Und das habe ich nicht getan, um dich zu schützen, sondern weil ich denke, dass man inzwischen schon eine abweichende Meinung mit einem Verbrechen verwechselt.« Ich verstand nicht gleich, was er meinte. Pasquale und Nadia waren vollkommen aus meinen Gedanken verschwunden und kamen nur mühsam zurück. Pietro wartete einige Sekunden. Vielleicht wünschte er sich, dass ich seiner Überlegung zustimmte, vielleicht wollte er diesen heißen Tag voller Examen in dem Bewusstsein beginnen, dass wir uns wieder nähergekommen waren, dass wir zumindest einmal dasselbe dachten. Aber ich beschränkte mich auf ein flüchtiges Nicken. Was interessierten mich noch seine politischen Ansichten, Pasquale und Nadia, der Tod von Ulrike Meinhof, die Gründung der Sozialistischen Republik Vietnam und die Wahlerfolge der Kommunistischen Partei? Die Welt hatte sich zurückgezogen. Ich war in mich selbst versunken, in mein Fleisch, das mir nicht nur die einzige mögliche Wohnstätte zu sein schien, sondern auch der einzige Stoff, für den eine Anstrengung sich lohnte. Es war eine Erleichterung, als er, der Zeuge von Ordnung und Unordnung, die Tür hinter sich schloss. Ich ertrug es nicht, seinem Blick ausgesetzt zu sein, fürchtete, meine von Küssen schmerzenden Lippen, meine Müdigkeit nach dieser Nacht und mein überempfindlicher, wie verbrannter Körper könnten plötzlich sichtbar werden.

Sobald ich allein war, kehrte die Gewissheit zurück, dass ich Nino nie wieder sehen oder hören würde. Und dazu eine weitere: Ich konnte nicht länger mit Pietro zusammenleben. Dass wir weiter im selben Bett schlafen sollten, erschien mir unerträglich. Was tun? ›Ich werde ihn verlassen‹, dachte ich. ›Ich werde mit den Mädchen weggehen.‹ Aber wie sollte ich verfahren, einfach gehen und basta? Ich hatte keine Ahnung von Trennungen und Scheidungen, was war da üblich, wie viel Zeit brauchte es, bis man wieder frei war? Ich kannte nicht ein Paar, das diesen Weg beschritten hatte. Was wurde aus den Kindern? Wie einigte man sich über ihren Unterhalt? Konnte ich mit den Mädchen in eine andere Stadt ziehen, nach Neapel, zum Beispiel? Und warum überhaupt nach Neapel, warum nicht nach Mailand? ›Wenn ich Pietro verlasse‹, sagte ich mir, ›brauche ich früher oder später eine Arbeit. Die Zeiten sind schwierig, die Wirtschaft ist schwach, und Mailand ist der richtige Ort für mich, dort ist der Verlag.‹ Aber Dede und Elsa? Ihr Verhältnis zu ihrem Vater? Sollte ich also doch in Florenz bleiben? Nein, auf keinen Fall. Lieber Mailand, Pietro würde die Mädchen besuchen kommen, so oft er wollte und konnte. Genau so. Und doch trugen mich meine Gedanken nach Neapel. Nicht in den Rione, dorthin wollte ich niemals zurück. Ich stellte mir vor, in das blendende Neapel zu ziehen, in dem ich nie gelebt hatte, nur ein paar Schritte von Ninos Wohnung in der Via Tasso entfernt. Ihn vom Fenster aus auf seinem Weg zur Universität oder zurück zu sehen, ihn auf der Straße zu treffen, jeden Tag mit ihm zu sprechen. Ohne ihn zu stören. Ohne ihm Schwierigkeiten mit seiner Familie zu machen, ja im Gegenteil, ich wollte mein freundschaftliches Verhältnis zu Eleonora vertiefen. Diese Nachbarschaft sollte mir genügen. Also nach Neapel, nicht nach Mailand. Mailand würde nach meiner Trennung von Pietro ohnehin nicht mehr so gemütlich sein. Meine Beziehung zu Mariarosa würde sich abkühlen, die zu Adele auch. Sie würde nicht abbrechen, nein, sie waren kultivierte Menschen, aber sie waren immer noch Pietros Mutter und Schwester, auch wenn sie keine großen Stücke auf ihn hielten. Von Guido, seinem Vater, ganz zu schweigen. Nein, garantiert könnte ich nicht wie bisher auf die Airotas zählen, und vielleicht nicht einmal mehr auf den Verlag. Hilfe könnte nur von Nino kommen. Er hatte überall gute Freunde, mit Sicherheit würde er einen Weg finden, mich zu unterstützen. Es sei denn, es würde seine Frau nervös machen, es würde ihn nervös machen, dass ich so an ihm klebte. Für ihn war ich eine verheiratete Frau, die mit ihrer Familie in Florenz lebte. Also weit weg von Neapel, und nicht frei. Meine Ehe Hals über Kopf auflösen, ihm nachlaufen, in seine unmittelbare Nähe ziehen, herrje. Er hätte mich für verrückt erklärt, ich hätte die Figur eines kopflosen Weibchens abgegeben, den vom Mann abhängigen Typ Frau, den Mariarosas Freundinnen so entsetzlich fanden. Und der vor allem nicht zu Nino passte. Er hatte viele Frauen geliebt, stieg von einem Bett ins nächste, zeugte unverbindlich ein Kind nach dem anderen, betrachtete die Ehe als eine notwendige Konvention, die aber das Verlangen nicht einsperren konnte. Ich hätte mich lächerlich gemacht. Ich hatte in meinem Leben auf vieles verzichtet, ich konnte auch auf Nino verzichten. Ich würde mit meinen Töchtern meinen eigenen Weg gehen.

Aber da klingelte das Telefon, ich hastete zum Apparat. Er war es, im Hintergrund war eine Lautsprecherdurchsage zu hören, Geschrei und Lärm, seine Stimme drang nur unzusammenhängend zu mir. Er war gerade in Neapel angekommen, rief vom Bahnhof aus an. »Nur ein kurzer Gruß, ich wollte wissen, wie es dir geht.« »Gut«, antwortete ich. »Was machst du?« »Ich will gerade mit den Mädchen essen.« »Ist Pietro da?« »Nein.« »Hat es dir gefallen, mit mir zu schlafen?« »Ja.« »Sehr?« »Wirklich sehr.« »Ich habe keine Telefonmünzen mehr.« »Ja, gut, ciao, danke für den Anruf.« »Wir hören voneinander.« »Wann immer du willst.« Ich war zufrieden mit mir, mit meiner Selbstbeherrschung. ›Ich habe ihn genügend auf Abstand gehalten‹, sagte ich mir. ›Auf einen Höflichkeitsanruf habe ich mit Höflichkeit reagiert.‹ Doch drei Stunden später rief er erneut an, wieder von einem öffentlichen Telefon. Er war gereizt. »Warum bist du so kalt?« »Ich bin nicht kalt.« »Heute Morgen hast du verlangt, dass ich dir sage, dass ich dich liebe, und ich habe es dir gesagt, obwohl ich es aus Prinzip zu niemandem sage, nicht mal zu meiner Frau.« »Das freut mich.« »Und liebst du mich?« »Ja.« »Schläfst du heute Abend mit ihm?« »Mit wem sollte ich wohl sonst schlafen?« »Ich ertrage das nicht.« »Schläfst du denn nicht mit deiner Frau?« »Das ist nicht dasselbe.« »Wieso nicht?« »Eleonora ist mir völlig egal.« »Dann komm wieder her.« »Wie soll ich das denn machen?« »Verlasse sie.« »Und dann?«

Seine Anrufe wurden obsessiv. Ich liebte dieses Klingeln, besonders dann, wenn wir uns verabschiedet hatten und es so schien, als würden wir uns erst wer weiß wann wieder sprechen, er aber eine halbe Stunde später erneut anrief, manchmal auch nur zehn Minuten später, und wieder zu schmachten begann, er fragte mich, ob ich mit Pietro geschlafen hätte, seit wir zusammen gewesen waren, ich verneinte, er ließ es mich schwören, ich schwor es, ich fragte ihn, ob er es mit seiner Frau getan habe, er schrie nein, auch ich verlangte, dass er es schwor, und so folgte Schwur auf Schwur, dazu unzählige Versprechen, vor allem mein feierliches Versprechen, zu Hause zu bleiben, erreichbar zu sein. Er wollte, dass ich auf seine Anrufe wartete, und wenn ich doch einmal außer Haus war – schließlich musste ich einkaufen gehen –, ließ er das Telefon wie im Leerlauf immer weiter klingeln, bis ich nach Hause kam, die Mädchen stehenließ, die Taschen fallen ließ, nicht einmal die Wohnungstür schloss und zum Apparat stürzte. Verzweifelt sagte er am anderen Ende der Leitung: »Ich dachte, du gehst überhaupt nicht mehr ran.« Dann fügte er erleichtert hinzu: »Aber ich hätte immer wieder angerufen, in Ermangelung deiner Person hätte ich den Freiton des Telefons geliebt, dieses Tuten ins Leere, es schien mir das Einzige zu sein, was mir geblieben ist.« Dann beschwor er unsere Nacht in allen Einzelheiten noch einmal herauf – weißt du noch dies, weißt du noch das –, er beschrieb sie wieder und wieder. Er zählte alles auf, was er mit mir tun wollte, nicht nur im Bett: einen Spaziergang, eine Reise, ins Kino gehen, ins Restaurant, mir von seiner laufenden Arbeit erzählen, hören, wie es mit meinem Büchlein voranging. Da verlor ich die Beherrschung. Ich flüsterte: »Ja, ja, ja, alles, alles, was du willst«, und ich schrie: »Ich fahre bald in den Urlaub, in einer Woche bin ich mit den Mädchen und mit Pietro am Meer«, so als handelte es sich um eine Deportation. Und er: »Eleonora fährt in drei Tagen nach Capri, sobald sie weg ist, komme ich nach Florenz, und sei es auch nur für eine Stunde.« Währenddessen schaute Elsa mich an, sie fragte: »Mama, mit wem redest du da die ganze Zeit, komm spielen.« Eines Tages sagte Dede: »Lass Mama in Ruhe, sie redet mit ihrem Freund.«

113

Nino fuhr die Nacht durch, gegen neun Uhr morgens
war er in Florenz. Er rief an, Pietro ging ans Telefon, er
legte auf. Rief wieder an, ich hastete zum Apparat. Er
stand mit dem Auto vor unserem Haus. »Komm runter.« »Ich kann nicht.« »Komm sofort runter, sonst
komme ich rauf.« Bis zu meiner Abreise nach Viareggio waren es nur noch wenige Tage, Pietro hatte schon
Urlaub. Ich ließ die Mädchen bei ihm, sagte, ich müsste
dringend ein paar Sachen für den Strand einkaufen. Ich
rannte zu Nino.

Sich wiederzusehen, war eine denkbar schlechte Idee
gewesen. Wir stellten fest, dass unser Verlangen nicht
abgeflaut, sondern im Gegenteil stürmischer geworden
war und mit unverschämter Dringlichkeit zahllose Ansprüche erhob. Während uns unsere Worte aus der Ferne, per Telefon, erlaubten, uns in der Phantasie erre-
gende Perspektiven auszumalen, uns aber auch eine
Ordnung auferlegten, uns zügelten und erschreckten,
gab das Wiedersehen im engen Raum des Autos, dessen Hitze uns nicht störte, unserem Rausch etwas Konkretes und auch Unvermeidliches, machte ihn zu einem
Teil der gerade herrschenden großen Zeit des Umbruchs,
brachte ihn in Einklang mit den damaligen Formen des
Realismus, mit denen, die das Unmögliche verlangten.

»Geh nicht wieder nach Hause.«

»Und die Mädchen, und Pietro?«

»Und wir?«

Bevor er nach Neapel zurückfuhr, sagte er, dass er nicht wisse, ob er es aushalte, mich den ganzen August nicht zu sehen. Voller Verzweiflung verabschiedeten wir uns. In dem Haus, das wir in Viareggio gemietet hatten, war kein Telefon, Nino gab mir die Nummer des Hauses auf Capri. Er nahm mir das Versprechen ab, dass ich ihn jeden Tag anrufen würde.

»Und wenn deine Frau dran ist?«

»Dann legst du auf.«

»Und wenn du am Strand bist?«

»Ich muss arbeiten, ich werde fast nie am Strand sein.«

In unseren Phantastereien malten wir uns aus, dass wir uns auch anrufen wollten, um uns für Mitte August, für die Zeit vor oder nach Ferragosto, zu verabreden und einen Weg zu finden, uns wenigstens einmal zu sehen. Er drängte mich, unter irgendeinem Vorwand nach Florenz zurückzufahren. Er wollte für Eleonora ebenfalls eine Ausrede erfinden und zu mir kommen. Wir würden uns bei mir zu Hause treffen, abends zusammen essen, miteinander schlafen. Noch so eine Verrücktheit. Ich küsste ihn, streichelte ihn, biss ihn, riss mich in einem Zustand unglücklichen Glücks von ihm los. Hastig kaufte ich aufs Geratewohl Handtücher, eine Badehose für Pietro, Eimerchen und Schippchen für Elsa, einen blauen Badeanzug für Dede. Blau war damals ihre Lieblingsfarbe.

114

Wir fuhren in die Ferien. Ich kümmerte mich wenig um die Mädchen, überließ sie fast immer ihrem Vater. Ständig lief ich auf der Suche nach einem Telefon herum, und wenn auch nur, um Nino zu sagen, dass ich ihn liebte. Nur ein paar Mal nahm Eleonora den Hörer ab, ich legte dann auf. Schon allein ihre Stimme regte mich auf, ich fand es ungerecht, dass sie Tag und Nacht bei ihm war, was hatte sie mit ihm zu schaffen, mit uns. Dieser Ärger half mir, meine Angst zu überwinden, der Plan, uns in Florenz wiederzusehen, schien mir zunehmend durchführbar zu sein. Ich erzählte Pietro, und das stimmte, dass mein Text in Frankreich schon Ende Oktober erscheinen werde, während der italienische Verlag es beim besten Willen nicht vor Januar schaffen werde. Ich müsste daher einige dringende Fragen klären, ich bräuchte ein paar Bücher, ich müsste nach Hause zurück.

»Ich kann sie für dich holen«, bot er sich an.

»Verbring ein bisschen Zeit mit den Mädchen, das machst du sonst nie.«

»Ich fahre gern Auto, du nicht.«

»Lässt du mir mal ein bisschen Ruhe? Kann ich wohl mal einen freien Tag haben? Jedes Dienstmädchen kriegt einen, warum ich nicht?«

Ich fuhr frühmorgens mit dem Auto los, der Himmel war weiß gestreift, durchs offene Fenster wehte ein frischer Wind die Gerüche des Sommers herein. Mit Herzklopfen betrat ich die verlassene Wohnung. Ich zog mich aus, wusch mich, betrachtete mich, unzufrieden mit den ungebräunten Stellen an Bauch und Brust, im Spiegel, zog mich an, zog mich wieder aus, zog mich wieder an, bis ich mich schön fühlte.

Gegen drei Uhr nachmittags kam Nino, ich weiß nicht, was für ein Märchen er seiner Frau erzählt hatte. Wir liebten uns bis zum Abend. Zum ersten Mal hatte er die Gelegenheit, sich meinem Körper mit einer Hingabe und einer Vergötterung zu widmen, auf die ich nicht vorbereitet war. Ich versuchte, ihm in nichts nachzustehen, wollte in seinen Augen um jeden Preis gut sein. Doch als ich ihn erschöpft und glücklich sah, verdarb mir ein Gedanke plötzlich die Stimmung. *Für mich war das ein einzigartiges Erlebnis, für ihn eine Wiederholung.* Er liebte die Frauen, betete ihre Körper an wie Fetische. Ich dachte weniger an seine anderen Liebschaften, von denen ich gehört hatte, Nadia, Silvia, Mariarosa, oder an seine Frau Eleonora. Ich dachte vielmehr an das, was ich genau wusste, an die Verrücktheiten, die er für Lila getan hatte, an die Besessenheit, die ihn bis an den Rand der Selbstzerstörung getrieben hatte. Ich erinnerte mich daran, wie sehr sie an diese Leidenschaft geglaubt hatte, wie sie sich an ihn geklammert hatte, an die schwierigen Bücher, die er las, an seine Gedanken, an seine Ambitionen, um sich selbst zu festigen und sich eine Chance auf Veränderung zu verschaffen. Ich erinnerte mich daran, wie verzweifelt sie gewesen war, als Nino sie verlassen hatte. Konnte er nur auf diese übertriebene Art lieben und verführen, kannte er keine andere? War unsere Amour fou die Reproduktion anderer Amours fous? Folgte er damit, dass er mich begehrte, ohne sich um irgendetwas zu kümmern, einem Muster und der Art, wie er Lila begehrt hatte? Und war sein Besuch bei mir, in meiner und Pietros Wohnung, etwa das Gleiche wie damals, als Lila ihn zu sich in ihre und Stefanos Wohnung geholt hatte? War das hier nicht das Original, sondern die Wiederholung?

Ich zog mich zurück, er fragte: »Was hast du?« »Nichts«, ich wusste nicht, was ich sagen sollte, diese Überlegungen waren unaussprechlich. Er drückte mich an sich, ich küsste ihn und versuchte, mir den Gedanken an seine Liebe zu Lila aus dem Kopf zu schlagen. Aber Nino fragte weiter nach, und schließlich konnte ich nicht mehr ausweichen, ich griff eine relativ neue Bemerkung auf – *ja, das kann ich ihm vielleicht sagen* – und fragte ihn in einem gespielt amüsierten Ton:

»Bin ich irgendwie sexuell verkorkst, so wie Lina?«

Seine Miene veränderte sich. In seinen Augen, in seinem Gesicht schien ein anderer Mensch auf, ein Fremder, der mich erschreckte. Noch bevor er antworten konnte, flüsterte ich hastig:

»Das war nur ein Witz, du musst nicht antworten, wenn du nicht willst.«

»Ich habe nicht verstanden, was du meinst.«

»Ich habe nur deine Worte zitiert.«

»So was habe ich nie gesagt.«

»Du lügst, das hast du in Mailand gesagt, auf dem Weg ins Restaurant.«

»Das ist nicht wahr, aber ich will sowieso nicht über Lina reden.«

»Warum denn nicht?«

Er antwortete nicht. Ich wurde ärgerlich, drehte ihm den Rücken zu. Als er mit seinen Fingerspitzen sanft über meinen Rücken fuhr, zischte ich: »Lass mich in Ruhe!« Eine Zeitlang blieben wir reglos liegen, ohne etwas zu sagen. Dann streichelte er mich erneut, küsste sacht meine Schulter, ich gab auf. ›Ja‹, gestand ich mir ein, ›er hat recht, ich darf ihn nie wieder nach Lila fragen.‹

Am Abend klingelte das Telefon, das war garantiert Pietro mit den Mädchen. Ich bedeutete Nino, keinen Mucks von sich zu geben, stand aus dem Bett auf und lief zum Apparat. Ich legte mir einen zärtlichen, beruhigenden Ton zurecht, redete aber unbewusst zu leise, ein unnatürliches Gemurmel, ich wollte nicht, dass Nino zuhörte und sich später über mich lustig machte oder sogar wütend wurde.

»Warum flüsterst du denn so?«, fragte Pietro. »Ist alles in Ordnung?«

Ich sprach sofort lauter, diesmal viel zu laut. Ich suchte nach freundlichen Worten, begrüßte Elsa sehr herzlich, trug Dede auf, ihrem Vater nicht das Leben schwerzumachen und sich vor dem Schlafengehen die Zähne zu putzen. Als ich ins Bett zurückkehrte, sagte Nino:

»So eine brave Ehefrau, so eine brave Mami.«

Ich antwortete:

»Du bist doch genauso.«

Ich wartete darauf, dass die Spannung nachließ, dass das Echo der Stimmen meines Mannes und der Mädchen verklang. Wir duschten gemeinsam, mit viel Spaß, eine neue Erfahrung, es gefiel mir, ihn zu waschen und mich waschen zu lassen. Danach machte ich mich ausgehfertig. Erneut machte ich mich schön für ihn, doch diesmal vor seinen Augen und plötzlich ruhig. Er schaute mir entzückt zu, wie ich auf der Suche nach dem richtigen Kleid eines nach dem anderen anprobierte, wie ich mich schminkte, und trat manchmal hinter mich – obwohl ich im Scherz sagte: *Wag es ja nicht, das kitzelt, du ruinierst mir das Make-up, dann muss ich wieder von vorn anfangen, pass auf, du zerreißt mir das Kleid, lass mich –*, küsste mich auf den Hals und schob seine Hände in mein Dekolleté, unter meinen Rock.

Ich bestand darauf, dass er allein losging, sagte, er solle im Auto auf mich warten. Obwohl unser Haus halbleer war, weil viele im Urlaub waren, hatte ich Angst, dass uns jemand zusammen sehen könnte. Wir gingen ins Restaurant, aßen viel, redeten viel, tranken sehr viel. Als wir wieder zu Hause waren, gingen wir ins Bett, schliefen aber nicht. Er sagte:

»Im Oktober bin ich für fünf Tage in Montpellier, zu einer Tagung.«

»Viel Spaß. Fährst du mit deiner Frau hin?«

»Ich will mit dir fahren.«

»Ausgeschlossen.«

»Warum?«

»Dede ist sechs, Elsa drei. Um diese beiden muss ich mich kümmern.«

Wir begannen unsere Situation zu erörtern, zum ersten Mal sagten wir Wörter wie *verheiratet*, *Kinder*. Wir waren verzweifelt, hatten Sex, waren wieder verzweifelt. Am Ende flüsterte ich:

»Wir dürfen uns nicht mehr sehen.«

»Wenn du das kannst, bitte sehr. Ich kann das nicht.«

»So ein Unsinn. Du kennst mich seit Jahrzehnten, und trotzdem hattest du ein ganzes Leben ohne mich. Du wirst mich bald vergessen.«

»Versprich mir, dass du mich weiterhin jeden Tag anrufst.«

»Nein, ich rufe dich nicht mehr an.«

»Dann werde ich verrückt.«

»*Ich* werde verrückt, wenn ich nicht aufhöre, an dich zu denken.«

Mit masochistischem Genuss beleuchteten wir die Sackgasse, in der wir uns gefangen fühlten, und sehr verärgert durch unser Aufzählen von Hindernissen stritten wir uns schließlich. Morgens um sechs reiste er extrem gereizt ab. Ich räumte die Wohnung auf, weinte eine Weile und fuhr die ganze Strecke in der Hoffnung zurück, nie in Viareggio anzukommen. Auf halbem Weg fiel mir auf, dass ich kein einziges Buch zur Rechtfertigung dieser Reise mitgenommen hatte. Ich dachte: ›Umso besser.‹

115

Bei meiner Rückkehr wurde ich überschwenglich von Elsa begrüßt, und mürrisch sagte sie: »Papa kann nicht richtig spielen.« Dede verteidigte Pietro, sie schrie, ihre Schwester sei klein, dumm und verderbe jedes Spiel. Pietro musterte mich schlechtgelaunt.

»Du hast nicht geschlafen.«

»Ich habe schlecht geschlafen.«

»Hast du deine Bücher gefunden?«

»Ja.«

»Und wo sind sie?«

»Wo sollen sie denn sein? Zu Hause. Ich habe nachgeschlagen, was ich nachschlagen musste, das ist alles.«

»Warum regst du dich so auf?«

»Du regst mich auf.«

»Wir haben dich gestern Abend noch mal angerufen. Elsa wollte dir gute Nacht sagen, aber du warst nicht da.«

»Es war heiß, ich habe einen Spaziergang gemacht.«

»Allein?«

»Mit wem denn wohl?«

»Dede sagt, du hast einen Freund.«

»Dede hängt sehr an dir und möchte am liebsten meinen Platz einnehmen.«

»Oder sie sieht und hört Dinge, die ich nicht sehe und höre.«

»Was willst du damit sagen?«

»Das, was ich gesagt habe.«

»Pietro, lass uns Klartext reden: Wollen wir zu deinen vielen Krankheiten jetzt auch noch Eifersucht hinzufügen?«

»Ich bin nicht eifersüchtig.«

»Na, hoffentlich. Denn falls doch, will ich dir gleich sagen: Eifersucht ist das Letzte, so was ertrage ich nicht.«

In den darauffolgenden Tagen häuften sich solche Auseinandersetzungen. Ich hielt ihn in Schach, machte ihm Vorwürfe und verachtete mich. Aber ich war auch wütend. Was wollte er denn von mir, was sollte ich tun? Ich liebte Nino, hatte ihn immer geliebt. Wie sollte ich ihn mir aus der Brust, aus dem Kopf, aus dem Bauch reißen, jetzt, da auch er mich begehrte? Von klein auf hatte ich mir einen perfekten Mechanismus der Selbstunterdrückung gebastelt. Nie hatte einer meiner wahren Wünsche die Oberhand gewonnen, immer hatte ich einen Weg gefunden, jede Begierde zu kanalisieren. ›Es reicht‹, sagte ich mir. ›Soll doch alles zum Teufel gehen, und ich zuallererst.‹

Aber ich schwankte. Einige Tage rief ich Nino nicht an, genauso, wie ich es ihm in Florenz der Vernunft gehorchend angekündigt hatte. Dann tat ich es sogar drei-, viermal am Tag plötzlich doch und ohne jede Vorsicht. Selbst Dede, die wenige Schritte entfernt vor der Telefonzelle stand, war mir herzlich egal. Ich diskutierte in der unerträglichen Hitze dieses sonnenbeschienenen Kastens mit ihm, und manchmal riss ich schweißüberströmt und wütend über den spionierenden Blick meiner Tochter die Glastür auf und schrie: »Was stehst du hier rum, ich hab' gesagt, du sollst auf deine Schwester aufpassen!« Meine Gedanken kreisten nun um die Tagung in Montpellier. Nino bedrängte mich, machte daraus zunehmend so etwas wie die Nagelprobe für die Echtheit meiner Gefühle, so dass wir von heftigen Streitereien in Unentbehrlichkeitserklärungen verfielen, von einem langen, kostspieligen Schmollen per Ferngespräch in das dringende Bedürfnis, unser Verlangen in eine Flut hitziger Wörter zu gießen. Eines Nachmittags, Dede und Elsa quengelten vor der Telefonzelle: »Mama, mach schnell, uns ist langweilig«, sagte ich erschöpft zu ihm:

»Es gibt nur eine Möglichkeit, mit dir zusammen nach Montpellier zu fahren.«

»Und welche?«

»Pietro alles zu sagen.«

Ein langes Schweigen folgte.

»Willst du das wirklich?«

»Ja, aber unter einer Bedingung: dass du Eleonora auch alles sagst.«

Erneutes Schweigen. Dann murmelte er:

»Du willst, dass ich Eleonora und dem Kind wehtue?«

»Ja. Mache ich das mit Pietro und meinen Töchtern etwa nicht? Sich zu entscheiden heißt, jemandem wehzutun.«

»Albertino ist noch sehr klein.«

»Das ist Elsa auch. Und für Dede wird es unerträglich sein.«

»Lass uns das nach Montpellier machen.«

»Spiel nicht mit mir, Nino.«

»Ich spiele nicht.«

»Wenn du nicht spielst, dann verhalte dich auch so: Du redest mit deiner Frau, und ich rede mit meinem Mann. Sofort. Gleich heute Abend.«

»Lass mir etwas Zeit, das ist nicht so einfach.«

»Ist es das vielleicht für mich?«

Er suchte nach Ausflüchten, nach Erklärungen. Sagte, Eleonora sei eine sehr verletzliche Frau. Sagte, sie habe ihr Leben nach ihm und dem Kind ausgerichtet. Sagte, als junges Mädchen habe sie zweimal versucht, sich umzubringen. Aber dabei beließ er es nicht, ich spürte, dass er sich zu vollkommener Aufrichtigkeit zwang. Nach und nach gab er mit der ihm eigenen Klarheit schließlich zu, dass die Auflösung seiner Ehe nicht nur bedeutete, seiner Frau und seinem Kind wehzutun, sondern auch, vielen Annehmlichkeiten den Rücken zu kehren – *nur ein Leben in Wohlstand macht das Leben in Neapel annehmbar* – und auch einem Netz von Verbindungen, das es ihm erlaubte, an der Universität zu tun, was er wollte. Von seinem eigenen Entschluss überwältigt, nichts zu verschweigen, sagte er am Ende: »Vergiss nicht, dass dein Schwiegervater mich sehr schätzt, und wenn wir unsere Beziehung öffentlich machen, führt das sowohl für mich als auch für dich unweigerlich zu einem Bruch mit den Airotas.« Ich weiß nicht warum, aber gerade diese letzte Bemerkung verletzte mich.

»Na gut«, sagte ich. »Machen wir hier Schluss.«

»Warte.«

»Ich habe schon zu lange gewartet, ich hätte mich schon früher entscheiden sollen.«

»Was hast du vor?«

»Zur Kenntnis zu nehmen, dass meine Ehe keinen Sinn mehr hat, und meines Weges zu gehen.«

»Bist du sicher?«

»Ja.«

»Und kommst du nach Montpellier?«

»Ich habe gesagt, meines Weges, nicht deines. Es ist aus zwischen uns.«

116

Mit Tränen in den Augen hängte ich ein und verließ die Telefonzelle. Elsa fragte: »Mama, hast du dir wehgetan?« Ich antwortete: »Mir geht's gut, aber deiner Großmutter nicht.« Unter den besorgten Blicken der Mädchen schluchzte ich weiter.

In den letzten Ferientagen weinte ich nur noch. Ich sagte, ich sei erschöpft, es sei zu heiß, ich hätte Kopfschmerzen, und ich schickte Pietro mit den Mädchen ans Meer. Ich lag auf dem Bett und heulte das Kissen voll. Ich verabscheute diese übertriebene Empfindlichkeit, ich war nie so gewesen, auch als kleines Mädchen nicht. Lila und ich hatten uns darin geübt, nie zu weinen, und wenn es doch geschah, dann in außergewöhnlichen Situationen und nur kurz. Unsere Scham war groß, wir unterdrückten unsere Schluchzer. Aber nun war in meinem Kopf ein Tränenquell wie der des rasenden Rolands entsprungen und ergoss sich nie versiegend aus meinen Augen, und selbst als Pietro, Dede und Elsa zurückkamen, ich meine Tränen mühsam zurückhielt und lief, um mir unter dem Wasserhahn das Gesicht zu erfrischen, versickerte der Quell nicht und wartete auf eine Gelegenheit, um meinen Augen wieder zu entströmen. Nino begehrte mich eigentlich nicht, Nino täuschte viel vor und liebte wenig. Er hatte mich ficken wollen – ja, ficken, wie er es mit wer weiß wie vielen anderen getan hatte –, aber mich haben, mich für immer haben und die Verbindung mit seiner Frau lösen, tja, das lag nicht in seiner Absicht. Wahrscheinlich war er nach wie vor in Lila verliebt. Wahrscheinlich würde er in seinem Leben immer nur sie lieben, wie so viele, die sie gekannt hatten. Deshalb würde er bei Eleonora bleiben. Seine Liebe zu Lila war die Garantie dafür, dass keine Frau – sosehr er sie auf seine unwiderstehliche Art auch begehren mochte – seine hinfällige Ehe in Gefahr bringen konnte, und ich am allerwenigsten. So standen die Dinge. Manchmal sprang ich während des Mittagessens oder des Abendbrots auf und lief schluchzend ins Bad.

Pietro begegnete mir mit Vorsicht, weil er ahnte, dass ich von einem Augenblick zum nächsten explodieren konnte. Anfangs, schon wenige Stunden nach der Trennung von Nino, hatte ich ihm alles erzählen wollen, als wäre er nicht nur ein Ehemann, dem ich einige Erklärungen schuldete, sondern auch ein Beichtvater. Dieses Bedürfnis hatte ich, und besonders wenn er im Bett an mich heranrückte und ich ihn flüsternd abwies: »Nicht, die Mädchen wachen auf«, war ich oft kurz davor, alles bis ins Kleinste vor ihm auszuschütten. Aber es gelang mir jedes Mal, mich rechtzeitig zu bremsen, es war unnötig, ihm von Nino zu erzählen. Jetzt, da ich den Mann, den ich liebte, nicht mehr anrief, jetzt, da ich mich wirklich verloren fühlte, hielt ich es für sinnlos, grausam gegen Pietro zu sein. Es war besser, das Ganze mit wenigen deutlichen Worten zu beenden: Ich kann nicht mehr mit dir leben. Aber nicht einmal das gelang mir. Immer wenn ich mich im Halbdunkel des Schlafzimmers bereit fühlte, diesen Schritt zu gehen, tat Pietro mir leid, fürchtete ich um die Zukunft der Mädchen, und ich streichelte seine Schulter, seine Wange und flüsterte: »Schlaf.«

Am letzten Urlaubstag änderten sich die Dinge. Es war fast Mitternacht, Dede und Elsa schliefen. Seit wenigstens zehn Tagen hatte ich Nino nicht angerufen. Ich hatte die Koffer gepackt, war erschöpft von der Wehmut, von der Anstrengung, von der Hitze und saß mit Pietro auf dem Balkon unseres Ferienhauses, jeder schweigend in seinem Liegestuhl. Es herrschte eine unerträgliche Luftfeuchtigkeit, die Haare und Kleider durchnässte, ein Geruch nach Meer und Harz wehte heran. Plötzlich fragte Pietro:

»Wie geht es deiner Mutter?«

»Meiner Mutter?«

»Ja.«

»Gut.«

»Dede hat mir erzählt, es gehe ihr schlecht.«

»Sie hat sich wieder erholt.«

»Ich habe heute Nachmittag mit ihr telefoniert. Deine Mutter war die ganze Zeit kerngesund.«

Ich sagte nichts. Wie unerwünscht war dieser Mann. Schon kamen mir wieder die Tränen. Herrgott noch mal, ich hatte es satt, so satt. Ich hörte ihn ruhig sagen:

»Du hältst mich für blind und taub. Denkst, ich hätte nicht bemerkt, wie du mit diesen Idioten geflirtet hast, die in unserer Wohnung herumschwirrten, bevor Elsa geboren wurde.«

»Ich weiß nicht, wovon du redest.«

»Das weißt du ganz genau.«

»Nein, das weiß ich nicht. Wen meinst du? Die Leute, die vor Jahren ein paar Mal zum Essen da waren? Mit denen soll ich geflirtet haben? Bist du verrückt geworden?«

Pietro schüttelte den Kopf und lächelte in sich hinein. Er wartete einige Sekunden, dann fragte er, den Blick auf das Eisengitter geheftet:

»Und auch mit diesem Schlagzeuger hast du nicht geflirtet?«

Ich wurde unruhig. Er blieb dabei, gab nicht auf. Ich schnaufte.

»Mario?«

»Siehst du, du erinnerst dich an ihn.«

»Natürlich erinnere ich mich, wieso auch nicht? Er

ist einer der wenigen interessanten Menschen, die du in sieben Jahren Ehe mit nach Hause gebracht hast.«

»Du fandst ihn interessant?«

»Ja, na und? Was hast du denn hcute Abend?«

»Ich will es nur wissen. Darf ich das nicht wissen?«

»Was willst du wissen? Du weißt alles, was ich weiß. Es muss mindestens vier Jahre her sein, seit wir diesen Typ das letzte Mal gesehen haben, und da kommst du jetzt mit diesem Blödsinn?«

Er hörte auf, das Eisengitter anzustarren, drehte sich zu mir und sah mich ernst an.

»Dann reden wir eben über neuere Ereignisse. Was läuft zwischen dir und Nino?«

117

Dieser Schlag kam ebenso heftig wie unerwartet. *Er wollte wissen, was zwischen mir und Nino lief.* Diese Frage und dieser Name genügten, um den Quell in meinem Kopf wieder lossprudeln zu lassen. Ich hatte das Gefühl, vor Tränen blind zu sein, und schrie ihn außer mir an, wobei ich vergaß, dass wir im Freien waren und andere Leute uns hören konnten: »Warum stellst du mir diese Frage, du hättest sie für dich behalten sollen, jetzt hast du alles kaputt gemacht, das lässt sich nicht mehr ändern, du hättest einfach bloß den Mund halten müssen, aber das hast du nicht geschafft, und so muss ich jetzt gehen, mir bleibt *keine Wahl.*«

Ich weiß nicht, was mit ihm geschah. Vielleicht erkannte er, dass er wirklich einen Fehler gemacht hatte, der nun aus unerfindlichen Gründen drohte, unsere Beziehung für immer zu zerstören. Oder er sah plötzlich ein ungehobeltes Wesen in mir, das die zerbrechliche Oberfläche des Gesprächs zerschlug und sich als etwas Prälogisches erwies, eine Frau in ihrer alarmierendsten Form. Fest steht jedenfalls, dass ich ihm ein unerträgliches Schauspiel geboten haben musste und er aufsprang und zurück ins Haus lief. Aber ich stürzte ihm nach und hörte nicht auf, ihm alles mögliche hinterherzuschreien: von meiner Liebe zu Nino von Kindheit an, von den neuen Lebenswegen, die er mir eröffnet hatte, von der ungenutzten Energie, die ich in mir spürte, von der Eintönigkeit, in die er, Pietro, mich seit Jahren hineingezogen hatte, und von seiner Schuld, mich an einem erfüllten Leben gehindert zu haben.

Als ich nicht mehr konnte und in einer Ecke zusammensank, stand er unversehens vor mir, mit eingefallenen Wangen, dunklen Augenringen, weißen Lippen und einer Sonnenbräune, die nun wie eine Schlammschicht wirkte. Erst jetzt wurde mir klar, dass ich ihn tief erschüttert hatte. Die Fragen, die er mir gestellt hatte, ließen nicht einmal hypothetisch eine bejahende Antwort zu, wie etwa: Ja, ich habe mit dem Schlagzeuger geflirtet und sogar noch mehr; ja, Nino und ich waren ein Liebespaar. Pietro hatte sie nur gestellt, um meinen Widerspruch zu hören, um die Zweifel zu zerstreuen, die ihm gekommen waren, und um sorgloser ins Bett ge-

hen zu können. Stattdessen hatte ich ihn in einen Alb-
traum gesperrt, aus dem er nun nicht mehr herausfand.
Flüsternd und auf Rettung hoffend fragte er:

»Habt ihr miteinander geschlafen?«

Wieder tat er mir leid. Hätte ich mit ja geantwortet,
wäre ich wieder laut geworden, ich hätte geschrien: ›Ja,
das erste Mal, als du geschlafen hast, das zweite Mal im
Auto, das dritte Mal in unserem Bett in Florenz.‹ Und
ich hätte diese Sätze mit der Wollust hervorgestoßen,
die diese Aufzählung in mir hervorrief. Doch ich schüttelte den Kopf.

118

Wir fuhren zurück nach Florenz. Unsere Gespräche
beschränkten wir auf das Allernötigste und auf einige
freundliche Bemerkungen in Gegenwart der Kinder.
Pietro schlief in seinem Arbeitszimmer wie zu der Zeit,
als Dede kein Auge zugetan hatte, und ich im Ehebett.
Ich grübelte darüber nach, was zu tun sei. Die Art und
Weise, wie die Ehe von Lila und Stefano zu Ende gegangen war, konnte nicht als Beispiel dienen, das waren
andere Zeiten gewesen, ohne gesetzliche Regelungen.
Ich rechnete mit einem respektvollen Umgang auf einer
rechtlichen Grundlage, der zeitgemäß und uns angemessen war. Aber eigentlich wusste ich nach wie vor nicht,
was ich tun sollte, deshalb tat ich nichts. Zumal mich
kurz nach meiner Rückkehr Mariarosa anrief, um mir

mitzuteilen, dass die französische Fassung meines Textes schon weit gediehen sei und sie mir die Fahnen schicken werde, während mir der ernste, akribische Lektor meines Verlags noch Fragen zu verschiedenen Passagen ankündigte. Anfangs freute ich mich, ich versuchte, mich wieder für meine Arbeit zu begeistern. Doch es gelang mir nicht, ich hatte wesentlich ernstere Probleme als eine falsch übersetzte Stelle oder einige holprige Sätze.

Dann, eines Morgens, klingelte das Telefon, Pietro nahm den Hörer ab. Er sagte hallo, wiederholte hallo, legte auf. Mein Herz begann wie verrückt zu klopfen, ich stellte mich darauf ein, zum Apparat zu laufen, um meinem Mann zuvorzukommen. Es klingelte nicht mehr. Die Stunden vergingen, ich versuchte mich abzulenken und erneut meinen Text durchzugehen. Das war keine gute Idee, er kam mir vor wie eine Ansammlung von Blödsinn, und das ermüdete mich so sehr, dass ich mit dem Kopf auf dem Schreibtisch einschlief. Da klingelte das Telefon erneut, wieder antwortete mein Mann. Er brüllte, so dass er Dede erschreckte: »Hallo!«, dann knallte er den Hörer auf, als wollte er den Apparat zertrümmern.

Es war Nino, ich wusste es, Pietro wusste es. Der Termin der Tagung rückte näher, bestimmt wollte er wieder darauf drängen, dass ich ihn begleitete. Er würde es darauf anlegen, mich erneut für die körperlichen Freuden zu gewinnen. Würde mir beweisen, dass unsere einzige Chance eine heimliche Beziehung war, die bis zur Erschöpfung ausgelebt werden musste, zwischen schlimmen Taten und Genüssen. Indem wir betrogen, Lügen erfanden, gemeinsam wegfuhren. Ich würde zum ersten Mal mit einem Flugzeug fliegen, würde mich an ihn schmiegen wie im Film, wenn die Maschine abhob. Und, warum nicht, im Anschluss an Montpellier würden wir nach Nanterre reisen, würden Mariarosas Freundin besuchen, ich würde mit ihr über mein Buch reden, würde Lesungstermine vereinbaren, würde ihr Nino vorstellen. Ja, mich einem Mann anschließen, den ich liebte und der eine starke Ausstrahlung hatte, eine Kraft, die niemandem entging. Meine Ablehnung ließ nach. Ich wurde weich.

Am nächsten Tag ging Pietro in die Universität, und ich wartete darauf, dass Nino wieder anrief. Das geschah nicht, und so rief ich in einem Anfall von Unvernunft ihn an. Ich wartete viele Sekunden, war sehr aufgeregt, im Kopf hatte ich nichts als den dringenden Wunsch, seine Stimme zu hören. Danach, keine Ahnung. Vielleicht würde ich ihn grob anfahren, würde wieder losheulen. Oder ich würde schreien: ›Gut, ich komme mit, ich werde deine Geliebte sein, bis du genug von mir hast.‹ In jenem Moment wollte ich nur, dass er sich meldete.

Eleonora meldete sich. Ich fing meine Stimme noch rechtzeitig ein, bevor sie sich an Ninos Phantom richtete und mit kompromittierenden Wörtern durch die Leitung raste. Ich presste sie in einen heiteren Tonfall: »Ciao, hier ist Elena Greco, geht's dir gut, wie waren die Ferien, was macht Albertino?« Sie ließ mich schwei-

gend ausreden, dann schrie sie: »Du bist Elena Greco,
ja, die Nutte, diese scheinheilige Nutte, lass meinen Mann
in Ruhe und wag es ja nicht, noch mal anzurufen, denn
ich weiß, wo du wohnst, und so wahr mir Gott helfe,
ich komme und schlag' dir die Fresse ein!« Dann unterbrach sie die Verbindung.

119

Ich weiß nicht, wie lange ich am Telefon stand. Ich war
voller Hass, hatte nur Sätze im Kopf wie: ›Ja, komm,
komm nur, du Miststück, ich kann's kaum erwarten,
wo, verdammt noch mal, bist du her, aus der Via Tasso, aus der Via Filangieri, aus der Via Crispi, aus der
Villa La Santarella, und da willst du dich mit mir anlegen, du Stück Scheiße, du leiser Furz, du weißt nicht, mit
wem du es zu tun hast, du Stück Dreck!‹ Ein anderes
Ich, das unter meiner Sanftmut verborgen gewesen war,
brach aus mir heraus, so dass die Stimmen aus meiner
Kindheit mein Italienisch überlagerten, ich bestand
nur noch aus Geschrei. Sollte Eleonora es wagen, vor
meiner Tür zu erscheinen, würde ich ihr ins Gesicht
spucken, sie die Treppen runterwerfen, sie an den Haaren auf die Straße schleifen und ihren Kopf voller Scheiße auf dem Gehweg zerschmettern. Mir tat die Brust
weh, in meinen Schläfen hämmerte es. Vor dem Haus
hatten Bauarbeiten begonnen, durch das Fenster dran-
gen die Hitze und ein dröhnendes Knattern und Staub

und der nervtötende Krach irgendeiner Maschine. Dede stritt sich im Nebenzimmer mit Elsa: »Du sollst nicht alles machen, was ich mache, du bist ein Affe, alle Affen machen nach!« Langsam begriff ich. Nino hatte sich entschlossen, mit seiner Frau zu sprechen, deshalb hatte sie mich angeschrien. Meine Wut verwandelte sich in unbändige Freude. *Nino wollte mich* so sehr, dass er seiner Frau von uns erzählt hatte. Er hatte seine Ehe zerstört, hatte sehenden Auges auf alle Annehmlichkeiten verzichtet, die damit verbunden gewesen waren, hatte sein ganzes Leben aus dem Gleichgewicht gebracht, indem er sich dafür entschieden hatte, lieber Eleonora und Albertino leiden zu lassen als mich. Also stimmte es, er liebte mich. Ich seufzte zufrieden. Wieder klingelte das Telefon, ich meldete mich augenblicklich.

Diesmal war es Nino, seine Stimme. Er wirkte ruhig. Sagte, seine Ehe sei am Ende, er sei frei. Er fragte mich:

»Hast du mit Pietro gesprochen?«

»Ich habe angefangen.«

»Du hast es ihm noch nicht gesagt?«

»Ja und nein.«

»Willst du einen Rückzieher machen?«

»Nein.«

»Dann beeil dich, wir müssen los.«

Er hatte bereits damit gerechnet, dass ich mitkommen würde. Wir würden uns in Rom treffen, alles sei organisiert, das Hotel, die Flugtickets.

»Mein Problem sind die Mädchen«, sagte ich, allerdings leise, ohne Überzeugung.

»Schick sie zu deiner Mutter.«

»Kommt gar nicht in Frage.«

»Dann nimm sie mit.«

»Meinst du das im Ernst?«

»Ja.«

»Du würdest mich trotzdem mitnehmen, auch mit meinen Töchtern?«

»Natürlich.«

»Du liebst mich wirklich«, flüsterte ich.

»Ja.«

120

Plötzlich fühlte ich mich wieder unverwundbar und unbesiegbar, wie in einer vergangenen Phase meines Lebens, als es mir so vorgekommen war, als wäre mir alles erlaubt. Ich war ein Glückspilz. Selbst als das Schicksal mir nicht gnädig zu sein schien, arbeitete es doch für mich. Gewiss, ich hatte meine Vorzüge. Ich war ordentlich, hatte ein gutes Gedächtnis, arbeitete hartnäckig, hatte gelernt, männliche Methoden anzuwenden, konnte jedem Sammelsurium einen logischen Zusammenhang geben und verstand es, zu gefallen. Aber hauptsächlich zählte das Glück, und ich war stolz darauf, zu spüren, dass es mich begleitete wie ein treuer Freund. Es wieder auf meiner Seite zu haben, gab mir Sicherheit. Ich hatte einen anständigen Mann geheiratet, keinen wie Stefano Carracci oder, noch schlimmer, Mi-

chele Solara. Ich würde mich mit ihm auseinandersetzen, er würde leiden, aber am Ende würden wir zu einer
Einigung kommen. Garantiert würde die Zerstörung
unserer Ehe, unserer Familie uns traumatisieren. Und
da wir aus unterschiedlichen Gründen nicht die geringste Lust hatten, das Ganze unseren Eltern zu erzählen,
und wir es ihnen im Gegenteil sicherlich so lange wie
möglich verschweigen würden, konnten wir in nächs-
ter Zeit auch nicht auf Pietros Familie zählen, die in jeder Lage wusste, was zu tun war und an wen man sich
wenden konnte, um eine schwierige Situation zu meis-
tern. Doch ich war ruhig, endlich. Wir waren zwei ver-
nünftige Erwachsene, wir würden miteinander reden,
diskutieren, uns aussprechen. Im Chaos dieser Stunden
war jetzt nur eines unverzichtbar für mich: Ich würde
nach Montpellier fahren.

Ich sprach noch am selben Abend mit meinem Mann,
gestand ihm, dass Nino mein Liebhaber war. Er gab
sich alle Mühe, es nicht zu glauben. Als ich ihn davon
überzeugt hatte, dass es die Wahrheit war, weinte er,
flehte mich an, wurde wütend, nahm die Glasplatte des
Couchtischs und schmetterte sie an die Wand, vor den
entsetzten Augen der Mädchen, die von dem Gebrüll
aufgewacht waren und nun fassungslos in der Wohn-
zimmertür standen. Das erschütterte mich, aber ich
knickte nicht ein. Ich brachte Dede und Elsa zurück
ins Bett, beruhigte sie, wartete, bis sie eingeschlafen
waren. Dann setzte ich mich wieder mit meinem Mann
auseinander, jede Minute tat weh. Zu allem Überfluss

traktierte uns Eleonora nun Tag und Nacht mit Anrufen, beschimpfte mich, beschimpfte Pietro, weil er sich nicht wie ein richtiger Mann verhalten könne, und kündigte mir an, dass ihre Eltern schon einen Weg finden würden, uns und unseren Kindern alles zu nehmen, sogar die Tränen zum Weinen.

Aber ich ließ mich nicht einschüchtern. Ich war in einem solchen Freudenrausch, dass ich mich nicht im Unrecht fühlen konnte. Ich hatte den Eindruck, dass sogar der Kummer, den ich verursachte, und die Kränkungen und Aggressionen, denen ich ausgesetzt war, zu meinen Gunsten wirkten. Diese schlimme Erfahrung würde nicht nur dazu beitragen, dass ich etwas *wurde*, womit ich zufrieden sein konnte, sondern sie würde am Ende auf unerforschliche Weise auch denen helfen, die jetzt viel leiden mussten. Eleonora würde verstehen, dass gegen die Liebe kein Kraut gewachsen war, dass es keinen Sinn hatte, jemandem, der gehen wollte, zu sagen: Nein, du musst bleiben. Und Pietro, der diese Regel in der Theorie sicherlich schon kannte, würde lediglich Zeit brauchen, um sie zu verinnerlichen und sie in Weisheit und gelebte Toleranz zu verwandeln.

Nur in Bezug auf die Mädchen wurde mir klar, dass alles kompliziert war. Mein Mann bestand darauf, dass wir ihnen erzählten, weshalb wir uns stritten. Ich war dagegen. »Sie sind noch klein«, sagte ich. »Was können sie schon verstehen.« Doch irgendwann schrie er mich an: »Wenn du beschlossen hast, zu gehen, dann musst du deinen Töchtern das erklären, und wenn du den Mut dazu nicht aufbringst, dann bleib, das heißt dann nämlich, dass du selbst nicht von dem überzeugt bist, was du vorhast!« Ich sagte leise: »Lass uns mit einem Anwalt sprechen.« Er antwortete: »Für Anwälte bleibt noch genug Zeit.« Und mich überrumpelnd rief er laut nach Dede und Elsa, die sich gut eingespielt immer in ihr Zimmer zurückzogen, sobald sie uns schreien hörten.

»Eure Mutter hat euch was zu sagen«, begann Pietro. »Setzt euch hin und hört zu.«

Die Mädchen setzten sich artig aufs Sofa und warteten. Ich sagte:

»Euer Vater und ich, wir haben uns lieb, aber wir verstehen uns nicht mehr, darum haben wir beschlossen, uns zu trennen.«

»Das ist nicht wahr«, unterbrach mich Pietro ruhig. »Eure Mutter hat beschlossen, wegzugehen. Und es stimmt auch nicht, dass wir uns lieb haben. Sie hat mich nicht mehr lieb.«

Ich regte mich auf:

»Meine Kleinen, so einfach ist das nicht. Man kann sich auch noch lieb haben, wenn man nicht mehr zusammenlebt.«

Er unterbrach mich erneut:

»Auch das stimmt nicht. Entweder wir haben uns lieb, dann leben wir zusammen und sind eine Familie; oder wir haben uns nicht lieb, dann gehen wir auseinander und sind keine Familie mehr. Wie sollen sie was verstehen, wenn du hier Lügen erzählst? Bitte sag ihnen in aller Ehrlichkeit und Klarheit, warum wir uns trennen.«

Ich sagte:

»Ich lasse euch nicht im Stich, ihr seid das Wichtigste, was ich habe, ohne euch könnte ich nicht leben. Ich habe nur einige Probleme mit eurem Vater.«

»Welche?«, bedrängte er mich. »Erkläre doch mal, was das für Probleme sind.«

Ich seufzte, sagte leise:

»Ich liebe einen anderen und will mit ihm leben.«

Elsa schielte zu Dede hinüber, um zu sehen, wie sie auf diese Nachricht reagieren sollte, und da Dede keine Miene verzog, verzog sie auch keine. Dafür verlor mein Mann die Nerven, er schrie:

»Den Namen. Sag, wie dieser andere heißt! Das willst du nicht? Du schämst dich? Dann sage ich es: Ihr kennt diesen anderen, es ist Nino, erinnert ihr euch an ihn? Mit ihm will eure Mutter jetzt zusammenleben!«

Dann brach er in verzweifeltes Weinen aus, während Elsa etwas unruhig flüsterte: »Mama, nimmst du mich mit?« Aber sie wartete meine Antwort nicht ab. Als ihre Schwester aufstand und im Laufschritt das Zimmer verließ, folgte sie ihr sofort.

In dieser Nacht schrie Dede im Schlaf, ich schreckte hoch, rannte zu ihr. Sie schlief, hatte aber ins Bett gemacht. Ich musste sie wecken, ihr frische Wäsche anziehen, das Bettzeug wechseln. Als ich sie wieder hinlegte, flüsterte sie, dass sie in mein Bett kommen wolle. Ich

willigte ein, behielt sie dicht bei mir. Ab und an fuhr sie
im Schlaf auf, vergewisserte sich, dass ich da war.

121

Der Tag der Abreise rückte näher, aber mit Pietro wurde es nicht besser, jede Einigung, und wäre es auch nur
wegen dieser Reise nach Montpellier, schien unmöglich zu sein. »Wenn du gehst«, sagte er, »darfst du die
Mädchen nie wiedersehen.« Oder: »Wenn du die Mädchen mitnimmst, bringe ich mich um.« Oder: »Ich zeige dich an wegen böswilligen Verlassens der ehelichen
Wohnung.« Oder: »Lass uns wegfahren, wir vier, nach
Wien.« Oder: »Meine Kleinen, eure Mutter hat Signor
Nino Sarratore lieber als euch.«
Langsam hielt ich es nicht mehr aus. Mir fiel Antonios Widerstand ein, als ich ihn damals verlassen hatte. Doch Antonio war ein junger Kerl gewesen, er hatte
Melinas labilen Verstand geerbt, und vor allem hatte er
nicht Pietros Erziehung genossen, er hatte nicht von
klein auf geübt, Regeln im Chaos zu erkennen. ›Vielleicht‹, dachte ich, ›habe ich den kultivierten Gebrauch
des Verstandes überschätzt und auch den Wert einer
richtigen Lektüre, einer gut beherrschten Sprache und
der politischen Zugehörigkeit. Vielleicht sind wir, wenn
wir verlassen werden, alle gleich. Vielleicht hält nicht
mal ein wohlsortierter Kopf die Entdeckung aus, nicht
geliebt zu werden.‹ Mein Mann – da war nichts zu ma-

chen – war davon überzeugt, mich um jeden Preis vor
dem giftigen Biss meiner Sehnsüchte bewahren zu müssen, und dazu war ihm, nur um mein Mann zu bleiben,
jedes Mittel recht, auch das abscheulichste. Er, der eine
standesamtliche Trauung gewollt hatte, er, der sich immer für ein Recht auf Scheidung ausgesprochen hatte,
verlangte aufgrund eines schlecht beherrschten inneren Impulses, dass unsere Verbindung bis in alle Ewigkeit dauern sollte, als hätten wir vor Gott geheiratet.
Und da ich darauf bestand, unserer Geschichte ein Ende zu machen, probierte er es zunächst mit seiner ganzen Überredungskunst, dann zerschlug er Gegenstände, ohrfeigte sich selbst und begann unversehens zu
singen.

Es machte mich wütend, wenn er so übertrieb, und
ich beschimpfte ihn lauthals. Dann veränderte er sich
schlagartig, wie ein erschrecktes Tier, setzte sich neben
mich, bat mich um Verzeihung, sagte, dass er mir nicht
böse sei, sein Kopf funktioniere nicht richtig. Adele –
verriet er mir eines Nachts unter Tränen – habe seinen
Vater ständig betrogen, das habe er als Kind entdeckt.
Mit sechs Jahren habe er gesehen, wie sie in Genua, in
dem großen Wohnzimmer mit Blick aufs Meer, einen
riesigen, blaugekleideten Mann geküsst habe. Er erinnere sich noch an jedes Detail. Der Mann habe einen
großen Schnauzbart gehabt, der wie eine dunkle Klinge gewesen sei; auf seiner Hose habe sich ein glänzender Fleck abgezeichnet, wie eine Hundert-Lire-Münze;
seine Mutter habe an diesem Kerl ausgesehen wie ein

gespannter Bogen. Ich hörte ihm schweigend zu, versuchte, ihn zu trösten: »Immer mit der Ruhe, das sind falsche Erinnerungen, du weißt, dass es so ist, das muss ich dir nicht erzählen.« Aber er hörte nicht auf: Adele habe ein rosa Strandkleid getragen, ein Träger sei von der sonnengebräunten Schulter gerutscht; ihre langen Fingernägel hätten wie Glas ausgesehen; sie habe sich einen schwarzen Zopf geflochten, der von ihrem Nacken herabgehangen habe wie eine Schlange. Zum Schluss sagte er, von Kummer in Wut verfallend: »Begreifst du, was du mir angetan hast, begreifst du, in welches Grauen du mich gestürzt hast?« Und ich dachte: ›Auch Dede wird sich erinnern, auch Dede wird, wenn sie erwachsen ist, solche Dinge schreien.‹ Doch dann entzog ich mich, ich begriff, dass Pietro erst jetzt, nach so vielen Jahren, von seiner Mutter erzählte, um mich auf genau diesen Gedanken zu bringen, um mich zu verletzen und mich zurückzuhalten.

Erschöpft schleppte ich mich so dahin, Tag und Nacht, an Schlaf war nicht mehr zu denken. Während mich einerseits mein Mann quälte, stand ihm andererseits Nino in nichts nach. Wenn er merkte, dass ich unter den Spannungen und Sorgen litt, regte er sich auf, anstatt mich zu trösten, er sagte: »Glaubst du etwa, für mich ist das leichter, hier ist genauso die Hölle los wie bei dir, ich habe Angst um Eleonora, habe Angst davor, was sie tun könnte, also glaub ja nicht, dass ich nicht genauso in der Klemme stecke wie du, vielleicht sogar noch mehr.« Und er rief: »Aber du und ich zusammen, wir sind stärker als alle anderen, unsere Verbindung ist eine unausweichliche Notwendigkeit, ist dir das klar, sag es, ich will es hören, ist dir das klar?« Es war mir klar. Aber seine Worte waren mir keine große Hilfe. Ich schöpfte meine ganze Kraft vielmehr daraus, dass ich mir den Augenblick vorstellte, da ich ihn endlich wiedersehen würde und wir nach Frankreich fliegen würden. ›Bis dahin muss ich durchhalten‹, sagte ich mir, ›dann sehen wir weiter.‹ Vorerst sehnte ich mich nur nach einer Pause von der Quälerei, ich konnte nicht mehr. Auf dem Höhepunkt eines extrem heftigen Streits vor Dede und Elsa sagte ich zu Pietro:

»Jetzt reicht's. Ich fahre fünf Tage weg, nur fünf Tage, danach komme ich wieder, und wir überlegen, was wir tun können. In Ordnung?«

Er wandte sich an die Mädchen:

»Eure Mutter sagt, dass sie nur fünf Tage weg sein wird, aber glaubt ihr das?«

Dede schüttelte den Kopf, Elsa auch.

»Nicht mal sie glauben dir«, sagte Pietro, »wir wissen alle, dass du uns verlässt und nie mehr zurückkommst.«

Daraufhin stürzten, wie auf ein verabredetes Zeichen, Dede und Elsa zu mir, umschlangen meine Beine und flehten mich an, nicht wegzufahren und bei ihnen zu bleiben. Das hielt ich nicht aus. Ich kniete mich hin, umfasste ihre Taillen, sagte: »Gut, ich fahre nicht weg, ihr seid doch meine Mädchen, ich bleibe hier bei euch.« Das beruhigte sie, und allmählich beruhigte sich auch Pietro. Ich zog mich in mein Zimmer zurück.

Du lieber Gott, wie sehr doch alles aus den Fugen war, sie, ich, die Welt. Frieden war nur mit Lügen möglich. Es blieben nur noch wenige Tage bis zur Abfahrt. Ich schrieb zunächst einen langen Brief an Pietro, dann einen kurzen an Dede, mit der Bitte, ihn auch Elsa vorzulesen. Ich packte einen Koffer und schob ihn im Gästezimmer unters Bett. Ich kaufte alles mögliche, stopfte den Kühlschrank voll. Kochte zum Mittag und zum Abendbrot Pietros Lieblingsspeisen, er aß voller Dankbarkeit. Erleichtert begannen die Mädchen wieder, sich um jede erdenkliche Kleinigkeit zu streiten.

122

Nino hörte gerade jetzt, da die Abreise unmittelbar bevorstand, auf, mich anzurufen. Ich versuchte meinerseits, ihn zu erreichen, und hoffte, dass nicht Eleonora rangehen würde. Es meldete sich das Hausmädchen, und ich war zunächst erleichtert, ich fragte nach Professor Sarratore. Die Antwort war eindeutig und feindselig: »Ich gebe Ihnen die Signora.« Ich knallte den Hörer auf die Gabel, wartete. Ich hoffte, mein Anruf würde einen Ehestreit auslösen und Nino würde so erfahren, dass ich versuchte, ihn zu sprechen. Zehn Minuten später klingelte das Telefon. Ich stürzte hin, davon überzeugt, dass er es war. Aber es war Lila.

Wir hatten uns lange nicht gesprochen, und ich hatte auch keine Lust dazu. Ihre Stimme zu hören, ärgerte mich. In jener Zeit brachte mich schon ihr Name durcheinander, wenn er mir wie eine Natter durch den Kopf fuhr, und raubte mir meine Kraft. Außerdem war dies nicht der richtige Moment für eine Plauderei. Falls Nino anriefe, wäre die Leitung besetzt, und die Verbindung war ohnehin schon sehr schlecht.

»Kann ich dich zurückrufen?«, fragte ich sie.

»Hast du zu tun?«

»Ein bisschen.«

Sie ignorierte meine Bitte. Für gewöhnlich glaubte sie, vollkommen unbesorgt in meinem Leben ein und aus gehen zu können, als wären wir noch immer eins und als wäre es nicht nötig, zu fragen: Wie geht's, störe ich? Mit müder Stimme sagte sie, dass sie gerade eine schlimme Nachricht erhalten habe. Die Mutter der Solara-Brüder sei ermordet worden. Sie sprach langsam, als wägte sie jedes Wort ab, und ich hörte ihr zu, ohne sie zu unterbrechen. Ihre Worte waren wie ein Trauerzug für die festlich gekleidete Wucherin, die auf der Hochzeit von Lila und Stefano am Tisch des Brautpaars gesessen hatte, die teuflische Frau, die mir die Tür geöffnet hatte, als ich Michele sprechen wollte, die weibliche Schattengestalt aus unserer Kindheit, die Don Achille erstochen hatte, die alte Dame mit der Kunstblume im Haar, die sich mit einem himmelblauen Fächer Luft zugewedelt und verstört gesagt hatte: »Mir ist heiß, euch auch?« Aber ich empfand nichts, auch nicht, als Lila auf die Gerüchte zu sprechen kam, die sie mir in ihrer typischen eindrucksvollen Art aufzählte. Man habe Manuela die Kehle durchgeschnitten; oder man habe fünf Pistolenschüsse auf sie abgefeuert, vier in die Brust und einen in den Hals; oder man habe sie mit Fausthieben und Fußtritten totgeprügelt und sie durch die ganze Wohnung geschleift; oder die Mörder – so nannte Lila sie – seien gar nicht erst in die Wohnung eingedrungen, sie hätten sie erschossen, als sie die Tür geöffnet habe, Manuela sei auf dem Treppenabsatz aufs Gesicht gefallen, und ihr Mann, der gerade ferngesehen habe, habe überhaupt nichts bemerkt. »Fest steht jedenfalls«, sagte Lila, »dass die Solaras ausgerastet sind, sie suchen mit den Polizisten um die Wette nach den Tätern und haben Leute aus Neapel und von außerhalb zu sich gerufen, alle ihre Geschäfte ruhen, auch ich arbeite heute nicht, es ist zum Fürchten hier, man traut sich nicht mal zu atmen.«

Wie gut sie dem, was ihr und um sie herum geschah, Bedeutung und Substanz verleihen konnte: die ermordete Halsabschneiderin, die erschütterten Söhne, deren zu weiterem Blutvergießen bereite Schergen und Lilas eigene, wachsame Person mitten im Wogen der Ereignisse. Schließlich kam sie zum eigentlichen Grund ihres Anrufs:

»Morgen schicke ich dir Gennaro. Ich weiß, dass ich dich überstrapaziere, du hast deine Töchter, deine eigenen Angelegenheiten, aber ich kann und will ihn jetzt nicht hierbehalten. Er wird ein bisschen Schule versäumen, na wenn schon. Er hängt sehr an dir, bei dir geht es ihm gut, du bist der einzige Mensch, zu dem ich Vertrauen habe.«

Ich dachte kurz über diesen letzten Satz nach: *Du bist der einzige Mensch, zu dem ich Vertrauen habe.* Ich musste lächeln, sie wusste noch nicht, dass ich nicht mehr vertrauenswürdig war. Angesichts dieser Bitte, die die Reglosigkeit meiner Existenz in der klarsten Vernünftigkeit als gegeben voraussetzte und mir das Leben einer roten Beere auf dem blattähnlichen Zweig eines Mäusedorns zuschrieb, sagte ich daher, ohne zu zögern:

»Ich fahre weg, ich verlasse meinen Mann.«

»Ich verstehe nicht.«

»Mit meiner Ehe ist es aus, Lila. Ich habe Nino wiedergesehen, und wir haben erkannt, dass wir uns schon immer, seit unserer Kindheit, geliebt haben, ohne es zu wissen. Darum gehe ich weg, ich fange ein neues Leben an.«

Ein langes Schweigen folgte, dann fragte sie:

»Machst du Witze?«

»Nein.«

Sie hielt es wohl für unmöglich, dass ich Chaos in mein Zuhause und in meinen ordentlichen Kopf bringen konnte, und so setzte sie mir sogleich zu, wobei sie sich unwillkürlich auf meinen Mann konzentrierte. »Pietro«, sagte sie, »ist ein außergewöhnlicher, anständiger, hochintelligenter Mann, du bist verrückt, wenn du ihn verlässt, denk daran, was du deinen Töchtern damit antust.« Sie redete, ohne Nino zu erwähnen, ganz als wäre sein Name in ihrer Ohrmuschel steckengeblie-

ben und nicht bis in ihr Gehirn vorgedrungen. Zwangsläufig war ich es, die seinen Namen erneut aussprach,
ich sagte: »Nein, Lila, ich kann nicht mehr mit Pietro
leben, denn ich kann nicht mehr ohne Nino sein, ich
gehe mit ihm weg, komme, was da wolle«, und noch
mehr solcher Sätze, die ich vortrug, als wären sie eine
Ehrung. Da schrie sie los:

»Du wirfst alles, was du bist, für Nino weg? Für den
machst du deine Familie kaputt? Weißt du, was dir passieren wird? Er wird dich ausnutzen, wird dir das Blut
aussaugen, wird dir deine Lebenslust nehmen, und dann
wird er dich verlassen. Wozu hast du so viel studiert?
Wozu, zum Teufel, habe ich mir vorgestellt, dass du ein
wunderschönes Leben haben würdest, auch für mich
mit? Ich habe mich geirrt, du bist wirklich bescheuert!«

123

Ich legte den Hörer auf, als hätte ich mich an ihm verbrannt. ›Sie ist eifersüchtig‹, sagte ich mir, ›sie ist neidisch, sie hasst mich.‹ Ja, das war die Wahrheit. Die Sekunden zogen sich in die Länge, nicht einen Augenblick
kam mir die Mutter der Solara-Brüder in den Sinn, ihr
vom Tod gezeichneter Körper verblasste. Stattdessen
fragte ich mich ängstlich: ›Warum ruft Nino nicht an,
kann es sein, dass er ausgerechnet jetzt, da ich Lila alles
erzählt habe, einen Rückzieher macht und mich der Lä-
cherlichkeit preisgibt?‹ Für einen kurzen Moment sah

ich mich ihr ausgeliefert mit meiner ganzen Spärlichkeit eines Menschen, der sich für nichts und wieder nichts ruiniert hatte. Dann klingelte das Telefon erneut. Während es zwei oder drei lange Male läutete, saß ich da und starrte den Apparat an. Als ich zum Hörer griff, lagen mir Worte für Lila auf der Zunge: ›Misch dich nie wieder in meine Angelegenheiten ein, auf Nino hast du kein Recht, lass mich meine Fehler machen, wie es mir passt.‹ Doch sie war nicht dran. Es war Nino, und ich überhäufte ihn mit abgehackten Sätzen, glücklich darüber, seine Stimme zu hören. Ich erzählte ihm, wie sich die Dinge mit Pietro und mit den Mädchen entwickelt hatten, erzählte ihm, dass eine Einigung mit Ruhe und Vernunft unmöglich sei, erzählte ihm, dass ich meinen Koffer gepackt hätte und es kaum erwarten könne, ihn in die Arme zu schließen. Er berichtete mir von den heftigen Auseinandersetzungen mit seiner Frau, die letzten Stunden seien unerträglich gewesen. Leise sagte er: »Obwohl ich große Angst habe, kann ich mir ein Leben ohne dich nicht vorstellen.«

Tags darauf, als Pietro in der Universität war, fragte ich unsere Nachbarin, ob sie Dede und Elsa für ein paar Stunden nehmen könnte. Ich legte die Briefe, die ich geschrieben hatte, auf den Küchentisch und ging. Ich dachte: ›Etwas Großes ist im Gange, das alle alten Lebensweisen auflösen wird, und ich bin ein Teil dieser Auflösung.‹ Ich fuhr zu Nino nach Rom, wir trafen uns in einem Hotel in der Nähe des Bahnhofs. Als ich ihn umarmte, sagte ich mir: ›Ich werde mich nie an diesen nervösen Körper gewöhnen, er ist eine fortwährende Überraschung, lange Knochen, eine Haut mit einem erregenden Duft, eine Masse, eine Kraft, eine Beweglichkeit, die nichts mit dem zu tun haben, was Pietro ausmacht, mit den Gewohnheiten, die es zwischen uns gab.‹

Am folgenden Morgen stieg ich zum ersten Mal in meinem Leben in ein Flugzeug. Ich wusste nicht, wie man sich anschnallt, Nino half mir. Wie aufregend es war, fest seine Hand zu halten, während das Dröhnen der Motoren lauter, lauter, lauter wurde und die Maschine sich in Bewegung setzte. Wie überwältigend es war, mit einem Ruck von der Erde abzuheben und zu sehen, wie die Häuser zu schrägen Gebilden wurden und die Straßen sich in dünne Striche verwandelten und die Landschaft zu einem grünen Fleck zusammenschrumpfte und das Meer sich wie eine feste Platte neigte und die Wolken unten in einen Bergrutsch weicher Felsen glitten und die Angst, der Schmerz und sogar das Glück Teil einer einzigen Bewegung voller Licht wurden. Mir schien, durch das Fliegen wurde alles einem Prozess der Vereinfachung unterzogen, ich seufzte, versuchte mich zu entspannen. Hin und wieder fragte ich Nino: »Freust du dich?« Und er nickte, küsste mich. Manchmal hatte ich den Eindruck, dass der Boden unter meinen Füßen – die einzige Oberfläche, auf die man bauen konnte – bebte.

Elena Ferrante – Die Neapolitanische Saga

»Wirkt wie eine Droge!« *Le Monde*

»So etwas haben Sie noch nie gelesen.« *The Guardian*

»Elena Ferrante ist für Neapel, was Charles Dickens
für London gewesen ist.« *The New Yorker*

»Kraftvoll und fesselnd, voller Abenteuer und
überraschender Wendungen – eine unvergessliche
Ode an die Freundschaft.« *Le Monde des Livres*

Elena Ferrante
Meine geniale Freundin
Kindheit und frühe Jugend

Band 1 der Neapolitanischen Saga

Roman
Aus dem Italienischen von Karin Krieger
suhrkamp taschenbuch 4930
Taschenbuch. 488 Seiten
(978-3-518-46930-9)
Auch als eBook erhältlich

»Ein epochales literaturgeschichtliches Ereignis.« *Die Zeit*

Die unangepasste, draufgängerische Lila und die beflissene
Elena wachsen in einem armen volkstümlichen Viertel Neapels
auf. Sie gehen gemeinsam in die Schule und wetteifern darum,
besser zu sein als die andere. Bis Lila von ihrem Vater gezwungen wird, in der Schusterei mitzuarbeiten, und Elena mit dem
Verdacht zurückbleibt, das Leben zu leben, das eigentlich ihrer
Freundin zugestanden hätte.

suhrkamp taschenbuch

Weitere Informationen erhalten Sie unter www.suhrkamp.de
oder in Ihrer Buchhandlung.

Elena Ferrante
Die Geschichte eines neuen Namens
Jugendjahre

Band 2 der Neapolitanischen Saga

Roman
Aus dem Italienischen von Karin Krieger
suhrkamp taschenbuch 4952
Taschenbuch. 703 Seiten
(978-3-518-46952-1)
Auch als eBook erhältlich

»**Das beste Porträt einer Frauenfreundschaft in der modernen Literatur.**« *The New York Times*

Es ist das Neapel der sechziger Jahre, und alles scheint im Umbruch. Lila und Elena wollen den beengten Verhältnissen ihres Viertels entfliehen, sie beharren darauf, ihr Leben selbst zu bestimmen – auch wenn der Preis, den sie dafür zahlen müssen, bisweilen brutal ist …

Elena Ferrante
Die Geschichte des verlorenen Kindes
Reife und Alter

Band 4 der Neapolitanischen Saga

Roman
Aus dem Italienischen von
Karin Krieger
Gebunden. 614 Seiten
(978-3-518-42576-3)
Auch als eBook erhältlich

»**Der einzige Makel dieses vierten Bandes ist es, dass er das Ganze zu einem Ende bringt.**« *Le Figaro*

Bei allen Verwerfungen und Rivalitäten, die ihre lange gemeinsame Geschichte prägen – Lila und Elena halten einander die Treue, und fast scheint das Glück eine späte Möglichkeit. Aber beide haben sie übersehen, dass ihre hartnäckigsten Verehrer im Lauf der Jahre zu erbitterten Feinden geworden sind …

suhrkamp taschenbuch

Weitere Informationen erhalten Sie unter www.suhrkamp.de oder in Ihrer Buchhandlung.